WUNDERLICH

Ruth Rendell

In blinder Panik
Die Masken der Mütter

Zwei Romane

Deutsch von Ilse Bezzenberger
und Edith Walter

WUNDERLICH
TASCHENBUCH

In blinder Panik
Die Originalausgabe erschien 1986 unter dem Titel
«Live Flesh» bei Hutchinson Ltd., London

Die Masken der Mütter
Die Originalausgabe erschien 1984 unter dem Titel «The Tree of Hands»
bei der Hutchinson Publishing Group, London

Veröffentlicht im Rowohlt Taschenbuch Verlag GmbH,
Reinbek bei Hamburg, Mai 2000
In blinder Panik
Deutsch von Ilse Bezzenberger

Die Masken der Mütter
Deutsch von Edith Walter

Umschlaggestaltung Barbara Hanke
(Foto: Premium. / ibid)
Druck und Bindung Clausen & Bosse, Leck
Printed in Germany
ISBN 3 499 26257 6

In blinder Panik

I

Die Pistole sei eine Attrappe, sagte Spenser zu Fleetwood, da sei er zu neunundneunzig Prozent sicher. Fleetwood wußte, was das bedeutete, nämlich, daß er in Wirklichkeit zu neunundvierzig Prozent überzeugt war, aber er gab ohnehin nie viel auf das, was Spenser sagte. Er für sein Teil glaubte allerdings auch nicht, daß die Waffe echt war. Vergewaltiger haben keine echten Waffen, und eine Nachbildung tut es auch als Mittel zur Einschüchterung.

Das Fenster, das das Mädchen eingeschlagen hatte, war ein rechteckiges, leeres Loch. Nur einmal, seit Fleetwood hergekommen war, war der Mann mit der Pistole darin aufgetaucht. Er war auf Fleetwoods Aufforderung hin erschienen, aber gesagt hatte er nichts, bloß dagestanden hatte er, vielleicht dreißig Sekunden lang, die Pistole mit beiden Händen umklammernd. Er war jung, etwa in Fleetwoods Alter, mit langem dunklen Haar, richtig lang, bis auf die Schultern herab, so wie es zur Zeit Mode war. Und er trug eine dunkle Brille. Eine halbe Minute lang stand er da, dann drehte er sich abrupt um und verschwand in den Schatten des Zimmers. Das Mädchen hatte Fleetwood nicht gesehen, und nach allem, was er wußte, konnte sie auch tot sein.

Er setzte sich auf eine Gartenmauer der gegenüberliegenden Straßenseite und blickte an dem Haus hinauf. Sein eigenes Auto und der Mannschaftswagen der Polizei waren am Bordstein geparkt. Zwei der uniformierten Männer hatten es geschafft, die Menschenmenge, die sich gesammelt hatte, beiseite zu drängen und sie durch eine improvisierte Barriere zurückzuhalten. Obgleich es eben zu regnen begann – die Menge völlig zu zerstreuen, wäre eine unlösbare Aufgabe gewesen. Die ganze Straße entlang waren Haustüren sperrangelweit offen; Frauen standen auf der Schwelle und warteten, daß etwas geschehen würde. Eine von ihnen war es auch gewesen, die den Notruf 999 gewählt hatte, als sie das Fenster klirren und das Mädchen schreien hörte.

Eine Gegend, die weder zu Kensal Rise noch zu West Kilburn noch zu Brondesbury gehörte, ein undefinierbarer Bezirk ohne deutlich erkennbare Abgrenzungen. Fleetwood war hier eigentlich noch nie gewesen, immer nur hindurchgefahren. Die Straße hieß Solent Gardens, war lang, schnurgerade und eben, mit einander gegenüberliegenden zweistöckigen Häuserzeilen, manche viktorianisch, andere viel später erbaut, in den zwanziger und dreißiger Jahren. Das Haus mit der zerbrochenen Scheibe, Solent Gardens Nr. 62, war eines der neueren Gebäude, das Endhaus einer Zeile von acht Reihenhäusern – roter Backstein, grober Putz, rote Ziegeldächer, in Schwarz und Weiß gemalte Verzierungen, blaßblaue Haustüren. Alle Häuser hatten sowohl hinten als vorne Gärten voller Buchsbaum und Ligusterhecken und kleiner Rasenflächen, und die meisten von ihnen hatten niedrige Ziegel- oder Steinmauern vor den Hecken. Auf einer solchen saß Fleetwood im Regen und überlegte, was er als nächstes unternehmen sollte.

Keines der bisherigen Opfer des Sexualverbrechers hatte eine Waffe erwähnt, es hatte also den Anschein, als habe er das Falsifikat erst kürzlich erworben. Zwei von ihnen – es waren insgesamt fünf oder wenigstens fünf, die sich gemeldet hatten – waren imstande gewesen, ihn zu beschreiben: groß, schlank, sieben- oder achtundzwanzig Jahre alt, olivfarbene Haut, dunkles, ziemlich langes Haar, dunkle Augen und sehr schwarze Augenbrauen. Ein Ausländer? Orientale? Vielleicht; vielleicht aber auch einfach ein Engländer mit dunkelhäutigen Vorfahren. Eins der Mädchen war schwer verletzt worden, denn sie hatte sich gewehrt. Aber eine Waffe hatte er ihr gegenüber nicht benutzt, lediglich die bloßen Hände.

Fleetwood stand auf und ging auf die Tür des Hauses gegenüber zu, auf Nummer 63, um noch einmal mit dieser Mrs. Stead zu reden, die die Polizei alarmiert hatte. Mrs. Stead hatte sich einen Küchenstuhl zum Sitzen herausgeholt und ihren Wintermantel angezogen. Daß der Name des Mädchens Rosemary Stanley wäre, hatte sie ihm schon gesagt, und daß sie mit ihren Eltern zusammenwohnte auch. Aber die Eltern waren heute nicht da. Genau fünf Minuten vor acht sei es gewesen, also anderthalb Stunden her, daß Rosemary die Fensterscheibe zertrümmert und geschrien hätte.

Fleetwood fragte, ob Mrs. Stead sie gesehen habe?

«Er hat sie weggeschleppt, bevor ich Gelegenheit dazu hatte!»

«Ich nehme an, sie geht irgendwo zur Arbeit, ich meine, normalerweise?»

«Ja, aber sie verläßt das Haus nie vor neun. Oft sogar erst zehn nach neun. Ich kann Ihnen sagen, was passiert ist, ich hab mir das genau überlegt: Er hat an der Tür geklingelt, und sie ist runtergegangen, im Nachthemd, um aufzumachen, und da hat er gesagt, er kommt den Stromzähler ablesen – das war nämlich fällig für dieses Quartal, und das hat er gewußt –, und sie hat ihn mit raufgenommen, und da ist er dann über sie hergefallen, aber sie konnte gerade noch rechtzeitig die Scheibe einschlagen und ihren verzweifelten Hilferuf loslassen. Genau so muß es gewesen sein.»

Fleetwood glaubte das nicht. Erstens einmal war der Stromzähler wohl kaum im Obergeschoß. Alle Häuser in der Nachbarschaft waren gleich, und Mrs. Steads Stromzähler hing direkt innen neben der Haustür. Und allein im Haus, an einem dunklen Wintermorgen, hätte Rosemary Stanley wohl kaum einem Unbekannten die Tür aufgemacht. Sie hätte sich bestimmt zuerst aus dem Fenster gelehnt, um zu sehen, wer es war. Die Frauen in diesem Bezirk waren durch die Berichte über den Triebtäter so verunsichert, daß keine von ihnen nach Eintritt der Dunkelheit auch nur einen Fuß vor die Tür setzte oder allein im Haus schlief, wenn es sich vermeiden ließ, oder ohne vorgelegte Kette die Haustür öffnen würde. Der Eisenwarenhändler der Gegend hatte Fleetwood erzählt, in den letzten Wochen habe er einen reißenden Absatz an Sicherheitsketten gehabt. Fleetwood hielt es für wahrscheinlicher, daß der Mann mit der Pistole sich gewaltsam Zugang zu dem Haus verschafft und sich dann den Weg in Rosemary Stanleys Schlafzimmer gesucht hatte.

«Wie wär's mit einem Kaffee, Inspector?» fragte Mrs. Stead.

«Sergeant», verbesserte Fleetwood sie. «Nein danke, später vielleicht. Aber wir müssen ja hoffen, daß es kein ‹später› geben wird.»

Er ging wieder über die Straße. Hinter der Barriere harrte die Menge geduldig aus. Die Leute standen im Nieselregen, die Mantelkragen aufgestellt, Hände in den Taschen. Am Ende der Straße, dort, wo sie in die Hauptverkehrsstraße mündete, hatte einer der Polizisten eine Auseinandersetzung mit einem Fahrer, der mit seinem Laster anscheinend partout hier hereinfahren wollte.

Spenser hatte mit aller Bestimmtheit behauptet, der Mann mit der Pistole werde rauskommen und sich ergeben, wenn er Fleetwood und die anderen sähe; Vergewaltiger wären notorische Feiglinge, das sei eine bekannte Tatsache. Und was konnte er auch schließlich gewinnen, wenn er sich noch länger da drinnen verschanzte? Aber ganz so war es denn doch nicht gelaufen. Vielleicht, so überlegte sich Fleetwood, glaubte der Mann immer noch, er habe eine Chance zu entkommen? Falls er der Vergewaltiger war. Man konnte nicht sicher sein, daß er es war, und Fleetwood hielt nun mal auf Exaktheit, auf Fairness. Wenige Minuten nach dem Notruf waren auf dem Polizeirevier ein Mädchen namens Heather Cole und ein Mann namens John Parr erschienen, und Heather Cole hatte erklärt, vor einer halben Stunde sei sie im Queens Park überfallen worden. Sie habe gerade ihren Hund trainiert, da habe ein Mann sie von hinten gepackt. Aber sie habe geschrien, und Mr. Parr sei dazugekommen, und da sei der Mann weggelaufen. Hierher weggelaufen, überlegte Fleetwood, und in das Haus Solent Gardens 62 eingedrungen, vielleicht mehr, um sich vor seinen Verfolgern zu verstecken, als in der Absicht, Rosemary Stanley zu vergewaltigen, nachdem es bei Heather Cole nicht geklappt hatte. Wenigstens war das Fleetwoods Vermutung.

So nah wie jetzt war er vorher noch nicht an das Stanley-Haus herangegangen: Er öffnete die kleine schmiedeeiserne Pforte, überquerte das feuchte, hellgrüne Rasenrechteck und ging seitlich am Haus entlang. Von drinnen war kein Laut zu hören. Die Seitenwand war glatt, ohne Regenfallrohre oder sonstige Vorsprünge, und hatte lediglich drei kleine Fenster. An der Rückseite jedoch war anscheinend die Küche durch einen Anbau erweitert worden, und das Dach dieses Vorbaus, das nicht höher als gute zweieinhalb Meter über den Erdboden ragte, konnte man leicht über die Seitenwand erklimmen, an der sich ein robuster, dornenloser Kletterstrauch in die Höhe rankte. Eine Glyzinie wahrscheinlich, dachte Fleetwood, der sich in seiner Freizeit gern mit Gärtnerei beschäftigte.

Oberhalb dieses niedrigen Daches stand ein Schiebefenster offen. Also hatte Fleetwood recht gehabt. Ein Zugang zum Garten bestand, wie er feststellte, von einem hinter dem Grundstück verlaufenden Weg aus über einen mit Steinplatten gepflasterten Pfad, der hinter einer Betongarage herumführte. Wenn alles andere versagte, dachte er, dann konnte er oder sonst jemand immer noch ins

Haus gelangen, indem sie auf demselben Weg hinaufkletterten wie der Mann mit der Pistole.

Als er wieder an die Frontseite des Hauses kam, schrie ihm die Stimme entgegen. Es war eine Stimme voller Angst, aber doch auch eine furchterregende Stimme. Fleetwood war nicht darauf gefaßt gewesen, und er fuhr zusammen. Er war nervös, stellte er fest, er hatte Angst, auch wenn er darüber bisher nicht nachgedacht hatte. Er mußte sich zwingen, den Vorgartenweg entlang zu gehen, nicht zu rennen. Der Mann mit der Pistole stand an dem zerbrochenen Fenster, einem Rahmen, aus dem er das gesamte Glas herausgeschlagen hatte in das darunterliegende Blumenbeet. Er hielt die Waffe in der rechten Hand, und mit der linken hielt er den Vorhang zurück.

«Sind Sie hier zuständig?» fragte er Fleetwood.

Als ob er hier eine Art Show abzog. Na ja, vielleicht tat er das ja auch, und eine erfolgreiche obendrein, gemessen an der atemlosen Spannung seines Publikums, das dem Regen und der Kälte trotzte. Beim Ertönen seiner Stimme gab es einen langgezogenen Laut von sich, einen Massenseufzer, ein kollektives Murmeln, nicht unähnlich dem Wind in den Baumkronen.

Fleetwood nickte. «Das ist richtig.»

«Also sind Sie es, mit dem ich Bedingungen ausmachen muß?»

«Es gibt keine Bedingungen auszumachen.»

Der Mann mit der Pistole schien zu überlegen. Dann sagte er: «Welchen Rang haben Sie?»

«Ich bin Detective Sergeant Fleetwood.»

Enttäuschung malte sich auf dem mageren Gesicht, auch wenn die Augen verborgen waren. Der Mann fand wohl, er habe mindestens einen Chief Inspector verdient. Vielleicht erkläre ich besser Spenser, daß seine Anwesenheit vonnöten ist, dachte Fleetwood. Die Waffe war jetzt auf ihn gerichtet. Fleetwood dachte nicht daran, die Hände hochzuheben, natürlich nicht. Dies hier war Kensal Rise, nicht Los Angeles, obgleich er eigentlich nicht wußte, worin da noch ein Unterschied bestand. Er blickte in das schwarze Loch der Pistolenmündung.

«Ich will die Zusicherung, daß ich hier raus kann und eine halbe Stunde Zeit kriege, um zu verschwinden. Das Mädchen nehme ich mit, und wenn die halbe Stunde um ist, dann schick ich sie mit einem Taxi zurück. Okay?»

«Sie machen wohl Spaß, Mann», sagte Fleetwood.

«Es wird kein Spaß für das Mädchen, wenn Sie mir die Zusicherung nicht geben. Sie sehen doch die Waffe hier, oder?»

Fleetwood gab keine Antwort.

«Sie haben eine Stunde Zeit, sich zu entscheiden. Dann kriegt sie meine Pistole zu spüren.»

«Das wäre Mord. Das unumgängliche Urteil für Mord ist lebenslängliches Gefängnis.»

Die Stimme, tief und leise, aber irgendwie farblos – eine Stimme, die auf Fleetwood den Eindruck machte, als werde sie nicht oft benutzt oder immer nur sehr sparsam –, wurde eiskalt. Sie sprach von grauenhaften Dingen mit völliger Gleichgültigkeit.

«Ich werde sie nicht töten. Ich schieße ihr in den Rücken, in die untere Wirbelsäule.»

Fleetwood erwiderte nichts. Was gab es auch darauf zu sagen? Das war eine Drohung, die nur moralische Verdammung oder schockierende Entrüstung hervorrufen konnte. Er hatte sich abgewandt, denn aus den Augenwinkeln sah er einen wohlbekannten Wagen herankommen, aber ein Schnaufen der Menschenmenge, eine Art synchrones Luftschnappen, ließ ihn noch einmal zu dem Fenster hochblicken. Das Mädchen, Rosemary Stanley, war in das gähnende Rechteck gestoßen worden, aus dem alles Glas verschwunden war. Dort wurde sie festgehalten, und ihre Haltung ließ an eine Sklavin denken, die auf dem Markt feilgeboten wird. Ihre Arme waren hinter ihrem Rücken von anderen Armen geknebelt, und ihr Kopf hing vornüber. Jetzt packte eine Hand das lange Haar und riß daran den Kopf zurück, ein gewaltsamer Ruck, der sie aufschreien ließ.

Fleetwood erwartete, daß die Leute ihr etwas zurufen oder daß sie selbst etwas sagen würde, aber keins von beidem geschah. Sie starrte nur stumm geradeaus, steinern vor Angst wie eine Statue. Die Pistole, fürchtete er, war vermutlich von hinten in ihren Rücken gepreßt, gegen die untere Wirbelsäule. Zweifellos hatte sie ebenfalls die Absichtserklärungen des Mannes gehört. So intensiv war die Empörung der Menge, daß Fleetwood sie förmlich als Vibration zu spüren glaubte. Er wußte, eigentlich mußte er dem Mädchen jetzt irgendwelche beruhigenden Worte sagen, aber ihm fiel nichts ein, was nicht total falsch und heuchlerisch geklungen hätte. Sie war ein dünnes kleines Ding mit langem blonden Haar, und sie trug ein Kleidungsstück, das ein Kleid oder auch ein Morgenrock sein konnte. Ein Arm schob sich um ihre Taille, riß sie zurück, und jetzt wurden erstmals von beiden Seiten her die Vorhänge vor dem Fenster zugezogen. Es waren dichte, vielleicht sogar gefütterte Vorhänge.

Spenser saß noch immer auf dem Beifahrersitz des Rovers und las ein Papier. Er gehörte zu den Männern, die man, sofern sie nicht anderweitig beschäftigt sind, stets über einem Dokument brütend antrifft. Es fiel Fleetwood auf, wie gekonnt er sich auf künftige Führungspositionen förmlich hinstilisierte – das dicke, volle Haar mit dem ersten Silberschimmer, die Rasur, sauberer denn je, die Haut merkwürdig gebräunt, jetzt, im tiefsten Winter, das Hemd Popelin gewordenes Speiseeis, der Regenmantel mit Sicherheit ein Burberry... Fleetwood stieg hinten in den Wagen, und Spenser wandte ihm Augen zu von dem Blau einer Gasflamme.

Nach Fleetwoods Ansicht hatte ihn die Lektüre, wie immer, über alles informiert, was belanglos war, während er zur Abkühlung der Krise bislang nicht das geringste beigetragen hatte.

«Sie ist achtzehn, hat im letzten Sommer die Schule verlassen, arbeitet in einem Schreibbüro. Die Eltern sind heute morgen ganz früh in den Westen des Landes aufgebrochen, sind gegen halb sieben mit einem Taxi losgefahren, sagt ein Nachbar. Mrs. Stanleys Vater in Hereford hatte einen Herzanfall. Man wird sie informieren, sobald wir sie erreichen können. Wir wollen ja schließlich nicht, daß sie es durch das Fernsehen erfahren.»

Fleetwood mußte an das Mädchen denken, das er nächste Woche heiraten würde. Ob Diana herausbekam, daß er hier war, und würde sie sich Sorgen machen? Aber soweit er wußte, war bisher kein Fernsehteam oder überhaupt irgendein Reporter aufgetaucht. Er berichtete Spenser, was der Mann mit der Pistole gesagt hatte über die Zusicherung freien Abzugs und dann von der Drohung, auf Rosemary Stanley zu schießen.

«Wir können doch zu neunundneunzig Prozent sicher sein, daß das eine Attrappe ist», meinte Spenser. «Und wie ist er da reingekommen. Wissen wir das?»

«Über einen Baum, der an der hinteren Hausmauer hochwächst.» Fleetwood wußte, Spenser hätte keine Ahnung, wovon er redete, wenn er Glyzinie sagte.

Spenser brummelte etwas vor sich hin, und Fleetwood mußte ihn bitten, es zu wiederholen.

«Ich sagte, wir werden da reingehen müssen, Sergeant.»

Spenser war siebenunddreißig, fast zehn Jahre älter als er. Er fing auch an, korpulent zu werden, wie es ja vielleicht einem künftigen Befehlshaber angemessen war. Älter als Fleetwood, weniger fit, zwei Rangstufen höher als er... Spenser meinte also mit seinem ‹wir›, daß Fleetwood da hineingehen mußte, vielleicht, indem er einen der jungen Polizisten mitnahm.

«Unter Zuhilfenahme dieses Baumes möglicherweise, von dem Sie sprachen», meinte Spenser.

Das Fenster stand offen und wartete auf ihn. Drinnen waren ein Mann mit einer echten Pistole oder mit einer Attrappe – wer konnte das wissen? – und ein verängstigtes Mädchen. Er, Fleetwood, hatte überhaupt keine Waffe außer seinen Händen und seinen Füßen und seinem Verstand, und als er jetzt Spenser vorschlug, ihn mit einer Waffe auszurüsten, da blickte der Superintendent ihn an, als habe er um einen nuklearen Sprengkopf gebeten.

Es war Viertel vor zehn; der Mann mit der Pistole hatte sein Ultimatum gegen neun Uhr zwanzig gestellt.

«Werden Sie denn überhaupt nicht mit ihm reden, Sir?»

Spenser bedachte ihn mit einem dünnen Lächeln. «Kriegen wohl kalte Füße, was, Sergeant?»

Fleetwood schluckte das schweigend. Spenser stieg aus dem Wagen und überquerte die Straße. Fleetwood zögerte einen Moment und folgte ihm dann. Der Regen hatte aufgehört, und der Himmel, bisher ein eintöniges, glattes Grau, war jetzt aufgebrochen in Grau und Weiß, mit Flecken von Blau darin. Es schien kälter zu sein. Die Menge staute sich inzwischen bis zur Hauptstraße, der Chamberlayne Road, die durch Kensal Rise führt und am Ende in den Ladbroke Grove mündet. Fleetwood sah, daß der Verkehr in der Chamberlayne Road zum Stehen gekommen war.

Oben in dem zerbrochenen Fenster des Stanley-Hauses bewegten sich die Vorhänge im leichten Wind. Ohne zu zaudern, ohne auch nur einen Blick auf seine spiegelnd geputzten, schwarzen italienischen Schuhe zu werfen, trat Spenser von dem verhältnismäßig sauberen Betonplattenweg auf den aufgeweichten Rasen. In der Mitte blieb er stehen, breitbeinig, die Arme verschränkt. Und mit der selbstsicheren Stimme eines Mannes, der die Rangleiter im Polizeidienst bis oben erklommen hat, in frostig-klarem Ton, ohne regionalen Akzent, ohne geheuchelte Kultiviertheit, nahezu teilnahmslos, wie die Mitteilung eines hervorragend programmierten Roboters, rief er zu dem Fenster hinauf:

«Hier spricht Detective Superintendent Ronald Spenser. Kommen Sie ans Fenster, ich will mit Ihnen sprechen!»

Es sah aus, als flatterten die Vorhänge heftiger, aber das konnte auch ein zufälliger Windstoß gewesen sein.

«Können Sie mich hören? Kommen Sie ans Fenster, bitte!»

Die Vorhänge bewegten sich weiterhin, aber sie gingen nicht auseinander. Fleetwood, der jetzt mit dem jungen Bridges auf dem Trottoir stand, sah, wie sich ein Kamerateam mit den Ellbogen den Weg durch die Menge bahnte; Nachrichtenjäger ganz unverkennbar, auch wenn kein an der Ecke geparkter Gerätewagen zu sehen war. Einer von ihnen begann, ein Stativ aufzustellen. Und dann geschah etwas, das alle zusammenfahren ließ. Rosemary Stanley schrie.

Der Schrei war ein grauenhafter Laut, der die Luft zerriß. Die Menge reagierte darauf mit einem Geräusch wie einem Echo jenes Schreis, ein Echo von weit her, halb Schreckenslaut, halb qualvolles Murmeln. Spenser, der wie alle anderen zusammengezuckt war, stand dennoch wie ein Mann, versank buchstäblich mit den Füßen im Schlamm, und er hatte die Schultern in die Höhe gezogen, wie um seine Willensstärke zu demonstrieren, seine Entschlossenheit, sich nicht anfechten zu lassen. Aber er sagte nichts mehr. Fleetwood dachte, was wohl alle dachten, was vielleicht sogar Spenser selbst dachte – daß es womöglich seine Worte gewesen waren, die die Aktion ausgelöst hatten, deren Folge dieser entsetzliche Schrei gewesen war.

Wenn der Mann mit der Pistole tat, wozu man ihn aufforderte, wenn er ans Fenster käme, so konnten Fleetwood und Bridges im Schutz dieses Ablenkungsmanövers hinten am Haus hinaufklettern und durch das offene Fenster einsteigen. Ganz bestimmt wußte der Mann das auch. Trotzdem war Fleetwood merkwürdig erleichtert. Eine Detonation war nicht erfolgt. Rosemary Stanley hatte also nicht geschrien, weil auf sie geschossen worden war. Spenser, der seine Furchtlosigkeit und sein Phlegma unter Beweis gestellt hatte, wandte sich vom Haus ab, schritt langsam durch das aufgeweichte Gras, den Plattenweg entlang, öffnete die Pforte, trat aufs Trottoir und streifte die Menge mit leerem, leidenschaftslosem Blick. Zu Fleetwood sagte er: «Sie werden wohl dran denken müssen, da reinzugehen.»

Fleetwood merkte, daß er fotografiert wurde, eine Aufnahme

von der Seite, sein Kopf im Halbprofil. Aber eigentlich war es natürlich Spensers Gesicht, von dem sie ein Bild haben wollten. Plötzlich flogen oben die Vorhänge auseinander, und der Mann mit der Pistole stand da. Es war schon komisch, wie Fleetwood das an die Pantomime erinnerte, zu der er und Diana Weihnachten ihre Nichte mitgenommen hatten: ein Vorhang, der in der Mitte aufgerissen wurde, und ein Mann, der dramatisch dazwischen auftauchte – der Schurke des Stückes, der Dämonenkönig. Die Menschenmasse seufzte. Eine Frau in der Menge brach in schrilles, hysterisches Kichern aus, das abrupt verstummte, so, als habe sie sich die Hand auf den Mund gepreßt.

«Sie haben noch zwanzig Minuten Zeit», sagte der Mann mit der Pistole.

«Woher haben Sie die Pistole, John?» fragte Spenser.

John? dachte Fleetwood, wieso John? Weil Lesley Allan oder Sheila Manners oder eines der anderen Mädchen das gesagt hatten, oder damit Spenser sich die Genugtuung verschaffte, ihn sagen zu hören: ‹Mein Name ist nicht John›?

«Diese Attrappen sind verdammt gut, was?» meinte Spenser beiläufig. «Es gehört Erfahrung dazu, den Unterschied zu erkennen. Nicht gerade Expertenwissen, würde ich sagen, aber Erfahrung doch, ja.»

Fleetwood war jetzt ein Teil der Menge, einbezogen von ihr, und genauso Bridges. Sie zwängten sich durch sie hindurch in Richtung auf die Hauptstraße. Wie lange konnte Spenser den Mann am Reden halten? Nicht lange, wenn ihm nichts Besseres einfiel, als sich über ihn zu mokieren, seine Waffe madig zu machen. Hinter sich hörte er rufen: «Sie haben noch siebzehn Minuten!»

«Schon gut, Ted, also reden wir doch mal miteinander.»

Das war schon besser, obwohl Fleetwood sich wünschte, Spenser würde aufhören, den Mann mit der Pistole mit Phantasienamen anzureden. Mittlerweile war er außer Hörweite, außerhalb der Menge auch, in der Hauptstraße, wo dichter Verkehr herrschte. Er und Bridges gingen die schmale, durch einen Eisenpoller für Fahrzeuge gesperrte Gasse hinunter, die in den Heckenweg mündete, der an der Rückseite der Häuser entlangführte. Das Stanleysche Haus war leicht zu finden, erkennbar durch die häßliche Betongarage. Inzwischen konnte der Mann mit der Pistole das Schiebefenster natürlich längst geschlossen haben, aber er hatte es nicht getan.

Wenn nämlich das Fenster zugemacht worden wäre, so hätte praktisch keine Möglichkeit bestanden, in das Haus hineinzukommen, zumindest nicht geräuschlos. Er sollte also doch eigentlich froh sein, dachte Fleetwood, daß John oder Ted, oder wie er sonst hieß, nicht daran gedacht hatte, es zu schließen? Statt dessen löste es bei ihm ein Gefühl unbestimmter, kalter Bestürzung aus. Wenn das Fenster *nicht* zugemacht worden war, so war das bestimmt nicht aus Fahrlässigkeit geschehen, sondern es war zu einem bestimmten Zweck offengelassen worden.

Jetzt waren sie wieder nahe genug, um Spensers Stimme hören zu können und ebenso die Stimme des Mannes mit der Pistole. Spenser sagte irgend etwas in dem Sinne, er solle erst Rosemary Stanley aus dem Hause lassen, ehe sie anfangen könnten, zu verhandeln. Er solle sie die Treppe runtergehen und vor die Haustür treten lassen, dann könnten sie sich über Bedingungen und Zusicherungen unterhalten. Die Antwort des Mannes konnte Fleetwood nicht verstehen. Er setzte seinen rechten Fuß in die Glyzinie, dorthin, wo sich ihr Stamm in nahezu rechtem Winkel bog, darauf den linken ein Stück höher in eine Gabelung, und dann zog er sich auf das Dach des Anbaus hinauf. Alles, was er jetzt noch tun mußte, war, ein Bein über das Fenstersims zu schwingen. Er wollte, er könnte weiterhin die Stimmen hören, aber er hörte nichts mehr außer dem Kreischen der Bremsen auf der Hauptstraße und dem unsinnigen, sporadischen Hupen ungeduldiger Autofahrer. Bridges kletterte hinter ihm her. Es war verrückt, was für Sachen einem in Momenten höchster Anspannung auffielen: Die Farbe, in der das Fenstersims gestrichen war, war doch sicherlich das letzte, worauf es jetzt ankam. Und doch registrierte Fleetwood den Farbton, Kretablau, die gleiche Tönung wie an der Eingangstür des Hauses, das Diana und er gerade in Chigwell kaufen wollten.

Fleetwood fand sich im Badezimmer des Hauses wieder. Es hatte grüngekachelte Wände und cremefarbene Bodenfliesen. Fußstapfen von nassem Schmutz, mittlerweile getrocknet, liefen darüber hinweg, wurden undeutlicher, je näher sie der Tür kamen. Der Mann mit der Pistole war also auf diesem Weg hereingekommen. Bridges war draußen am Fenster angekommen und hievte sein Gewicht auf das Sims. Fleetwood mußte jetzt diese Tür hier aufmachen. Er konnte sich nicht erinnern, jemals in seinem Leben etwas widerwilliger getan zu haben. Nein, er war nicht tapfer, dachte er, dazu hatte er zu viel Phantasie, und manchmal (obwohl dies nicht der richtige Zeitpunkt war, darüber nachzudenken) kam es ihm vor, als ob ein beschaulicheres, intellektuelleres Leben besser zu ihm gepaßt hätte als der Polizeidienst.

Von hier aus hörte man den Verkehrslärm nur sehr schwach und aus der Ferne. Irgendwo im Haus knackte eine Fußbodendiele. Fleetwood hörte und spürte ein regelmäßiges Pochen, aber das, so wußte er, war sein eigenes Herz. Er schluckte und machte die Tür auf. Der Flur dahinter war ganz und gar nicht so, wie er ihn sich vorgestellt hatte. Dort lag ein dicker, hellbeigefarbener Teppich, am Kopf der Treppe begann ein Handlauf aus poliertem Holz, und an der Treppenwand hingen kleine Bilder in goldenen und silbernen Rahmen, Zeichnungen und Stiche von Vögeln und Tieren, und eins davon waren Dürers *Betende Hände*. Dies hier war ein Haus, in dem Menschen glücklich waren, dessen Ausgestaltung und dessen Unterhalt liebevolle Aufmerksamkeit gewidmet wurde. Jähe Wut befiel Fleetwood, weil das, was jetzt in diesem Haus geschah, eine Beleidigung seiner stillen Zufriedenheit war, eine Entweihung.

Er stand auf dem Flur und hielt sich am Geländer fest. Die drei Schlafzimmertüren waren alle geschlossen. Sein Blick fiel auf die Zeichnung eines Hasen und die einer Fledermaus, deren Gesicht entfernt sowohl an einen Menschen als auch an ein Schwein erinnerte, und er überlegte, was wohl daran wäre, an diesen Vergewaltigungen, etwas, wonach es angeblich jeden Mann verlangte. Er für seine Person konnte Sex nur genießen, wenn die Frau es genauso sehr wollte wie er. Diese armen Mädchen, dachte er. Der Mann mit der Pistole und das Mädchen waren hinter der Tür links von Fleetwood; vom Standpunkt der Zuschauer draußen aus gesehen, rechts. Der Mann mit der Pistole wußte, was er tat. Er war nicht so dumm, die Vorderseite des Hauses unbewacht zu lassen, während er nachsah, was sich hinten abspielte.

Fleetwood überlegte: Wenn er auf mich schießt, dann kann ich entweder sterben oder nicht sterben und wieder gesund werden. Sein Vorstellungsvermögen hatte Grenzen. Später sollte er sich noch oft erinnern an das, was er in seiner Unschuld geglaubt hatte. Er stand vor der geschlossenen Tür, legte seine Hand dagegen und sagte mit fester, klarer Stimme: «Hier ist Detective Sergeant Fleetwood. Wir sind im Haus. Bitte öffnen Sie diese Tür!»

Drinnen hatte vorher keine totale Stille geherrscht, das merkte

Fleetwood jetzt, da plötzlich Totenstille einsetzte. Er wartete, dann sprach er weiter.

«Das Beste, was Sie machen können, ist wirklich, diese Tür aufzumachen. Seien Sie vernünftig und geben Sie auf. Öffnen Sie jetzt die Tür und kommen Sie raus, oder lassen Sie mich rein!»

Auf die Idee, die Tür könne gar nicht verschlossen sein, war er nicht gekommen. Als er den Griff niederdrückte, gab sie nach. Fleetwood kam sich ein bißchen lächerlich vor – was er merkwürdigerweise als hilfreich empfand. Er machte die Tür auf, aber er stieß sie nicht auf. Sie flog von selbst auf, sie gehörte zu den Türen, die immer gleich auffliegen und gegen das Möbelstück knallen, das direkt im rechten Winkel dahintersteht.

Unvermittelt, wie ein Bühnenbild, erschien das Zimmer in seinem Blickfeld: ein Bett mit blauen Bettbezügen und einem blauen, beiseite geworfenen Überwurf, ein Nachttisch mit einer Lampe darauf, einem Becher, einem Buch, einer Vase mit einer einzelnen Pfauenfeder darin, an den Wänden weitere grüne und blaue Pfauenfedern als Tapetenmuster... und der Wind fuhr durch das zerbrochene Fenster herein und blies die smaragdgrünen Seidenvorhänge in die Höhe.

Der Mann mit der Pistole stand mit dem Rücken gegen einen Eckschrank und zielte mit der Waffe auf Fleetwood. Das Mädchen hatte er direkt vor sich, den freien Arm um ihre Taille geschlungen. Er befand sich an der Grenze gefährlicher Panik, das konnte Fleetwood an den Veränderungen seines Gesichtes ablesen. Es war kaum noch das Gesicht, das zweimal am Fenster erschienen war; jetzt war es nur noch von Instinkten beherrscht, und animalische Angst spiegelte sich darin. Das einzige, was der Mann noch spürte, war der Selbsterhaltungstrieb. Nur noch der panische Wille zu entkommen, indem er alles tötete, was ihn daran hinderte. Aber er hatte ja niemanden getötet, dachte Fleetwood, und er hielt eine Attrappe in der Hand...

«Wenn Sie die Waffe jetzt senken», sagte er, «und wenn Sie Miss Stanley loslassen, damit ich sie runterbringen kann... wenn Sie das jetzt tun, dann fällt die Anklage, die gegen Sie erhoben wird, minimal aus verglichen mit dem, was Sie erwartet, wenn Sie noch jemanden verletzen oder bedrohen.»

Und die Vergewaltigungsfälle? fragte er sich im stillen. Aber es gab bis jetzt keine Beweise, daß dies hier derselbe Mann war. «Sie brauchen die Waffe nicht fallenzulassen. Senken Sie einfach die Hand, in der Sie sie halten. Heben Sie den anderen Arm, und lassen Sie Miss Stanley gehen.»

Der Mann rührte sich nicht. Er hielt das Mädchen so fest, daß die Adern an seiner Hand blau hervortraten. Je ratloser er die Stirn zusammenzog, desto intensiver wurde der Ausdruck animalischer Panik auf seinem Gesicht. Die Haut um seine Augen fältelte sich immer stärker, und die Augen selbst begannen förmlich zu lodern.

Fleetwood hörte Geräusche an der Frontseite des Hauses. Ein Scharren zuerst und dann einen dumpfen Ton, aber dann wurde alles das buchstäblich ertränkt vom Pladdern eines plötzlichen Regenschauers, der gegen die heil gebliebenen oberen Fensterflügel schlug. Die Vorhänge wurden nach innen geweht und blähten sich wie Ballons. Der Mann mit der Pistole rührte sich immer noch nicht. Fleetwood hatte auch eigentlich nicht damit gerechnet, daß er reden würde, und als er es jetzt tat, war es fast ein Schock. Die Stimme war stranguliert von Panik, war nicht mehr als ein krächzendes Wispern.

«Die Kanone hier ist keine Attrappe. Die ist echt. Es wär besser, wenn Sie mir das glauben.»

«Wo haben Sie sie her?» fragte Fleetwood, bei dem die Nerven immer eher den Magen angriffen als die Kehle. Seine Stimme war ruhig, aber ihm begann übel zu werden.

«Jemand, den ich kenne, hat sie 1945 einem toten Deutschen weggenommen.»

«Das haben Sie wohl im Fernsehen gesehen», sagte Fleetwood. Hinter ihm auf dem kleinen Flur, am Kopf des Treppengeländers, stand Bridges. Er konnte seinen Atem warm in der kühlen Luft spüren.

«Und wer war dieser Jemand?»

«Warum soll ich Ihnen das erzählen?» Eine sehr rote Zunge kam zwischen den angefeuchteten Lippen hervor, die die gleiche olivfarbene Tönung hatte wie die Haut. «Es war mein Onkel.»

Ein Frösteln durchlief Fleetwood. Ein Onkel, der käme altersmäßig hin, ein Onkel wäre jetzt in den Fünfzigern, fünfundzwanzig oder dreißig Jahre älter als dieser Mann.

«Lassen Sie Miss Stanley gehen», wiederholte er. «Was haben Sie zu gewinnen, wenn Sie sie weiterhin festhalten? Ich bin nicht bewaffnet. Sie nützt Ihnen also nichts.»

Das Mädchen rührte sich nicht. Sie hatte Angst, sich zu bewegen. Sie hing schlaff über dem Arm, der sie so fest umklammerte, ein kleines, dünnes Mädchen in einem blauen Baumwollnachthemd, Gänsehaut auf den nackten Armen. Fleetwood wußte, er durfte hier keine Zusicherungen abgeben, die einzuhalten ihm nicht gestattet waren.

«Lassen Sie sie gehen, und ich garantiere Ihnen, es wird zu Ihren Gunsten angerechnet. Ich kann Ihnen nichts Konkretes versprechen, aber ich sage Ihnen, es wird zu Ihren Gunsten angerechnet.»

Ein leiser, dumpfer Aufschlag war zu hören, und Fleetwood war ziemlich sicher, daß da jemand eine Leiter mit gepolsterten Enden gegen die Hausmauer stellte. Der Mann mit der Pistole schien nichts gehört zu haben. Fleetwood schluckte und trat zwei Schritte in den Raum hinein, und jetzt sah der Mann mit der Pistole Bridges, der hinter ihm stand. Die Hand mit der Waffe hob sich um ein paar Zentimeter. Sie zielte jetzt in Fleetwoods Gesicht. Gleichzeitig riß der Mann den rechten Arm unter dem vornübergebeugten Mädchen hervor, als ob er mit den Nägeln hart über ihre Haut kratzte. Und wirklich krümmte sich das Mädchen und gab ein zitterndes Wimmern von sich. Sehr brutal riß er seinen Arm zurück, und dann stieß er ihr das Knie ins Gesäß, so daß sie vorwärtstaumelte und auf alle viere fiel.

«Ich will sie nicht», knurrte er, «sie nützt mir nichts.»

Fleetwood sagte betont freundlich: «Sehr vernünftig von Ihnen.»

«Aber jetzt müssen Sie mir irgend etwas zusichern!»

«Kommen Sie hier herüber, Miss Stanley, bitte», sagte Fleetwood. «Hier sind Sie in Sicherheit.» Aber war sie das? Das mochte Gott wissen. Das Mädchen richtete sich taumelnd auf, schleppte sich zu ihm herüber und klammerte sich mit beiden Händen an seinen Ärmel. Er wiederholte es trotzdem: «Hier sind Sie in Sicherheit.»

Auch der Mann mit der Pistole wiederholte sich. Seine Zähne schlugen aufeinander, und seine Worte waren nur ein Gestammel.

«Sie müssen mir etwas zusichern!»

«Was denn?»

Fleetwood blickte über ihn hinweg, und als ein heftiger Windstoß die Vorhänge fast bis an die Decke hochblies, sah er Kopf und Schultern des jungen Irving am Fenster erscheinen. Der Körper des Polizisten verdunkelte das hereinfallende Licht, aber dem Mann mit der Pistole schien das nicht aufzufallen. Er stieß hervor:

«Sichern Sie mir zu, daß ich durchs Badezimmer hier raus kann, und dann geben Sie mir fünf Minuten Zeit. Das ist alles – bloß fünf Minuten!»

Irving war im Begriff, über die Fensterbank zu steigen. Jetzt ist es geschafft, dachte Fleetwood, jetzt haben wir ihn, und er wird lammfromm sein. Er nahm das Mädchen tröstend in die Arme, aus keinem anderen Grund, als weil sie jung war und völlig verstört, und dann schob er sie Bridges zu. Dabei drehte er dem Mann mit der Pistole den Rücken zu, und hinter sich hörte er die zähneklappernde Stimme sagen: «Sie ist echt, ich hab Sie gewarnt, ich hab's Ihnen gesagt!»

«Los, bringen Sie sie runter.»

Oberhalb des Geländers, an der Treppenwand, hing die Reproduktion der *Betenden Hände*, ein Kupferstich. Und genau vor diesem Bild übernahm Bridges das Mädchen, um es hinunterzubringen. Es war einer dieser ewig währenden Momente, unendlich, und doch schnell wie der Blitz. Fleetwood sah die Hände, die für ihn beteten, für sie alle, als Bridges, dessen Körper sie verdeckt hatte, sich die Stufen hinunterbewegte. Hinter Fleetwood landete geräuschvoll ein Fuß auf dem Boden, ein Fensterflügel knallte, eine panische Stimme stieß einen Schrei aus, und etwas fuhr ihm in den Rücken. Das alles geschah sehr langsam und zugleich sehr schnell. Die Detonation schien von weither zu kommen, die Fehlzündung eines Autos auf der Hauptstraße vielleicht, und der Schmerz war nicht größer und nicht kleiner, als bei einem Knuff in die Kreuzgegend.

Während er vornüberfiel, sah er jene locker zusammengelegten, beschwörenden Hände, jene in Kupfer gestochenen Hände gleichsam in die Höhe fahren und seinem Blickfeld entschwinden. Er sackte gegen das Geländer, klammerte sich daran fest und glitt daran nieder, ähnlich wie ein Kind, das sich an die Sprossen seines Bettchens klammert. Er war bei hellwachem Bewußtsein, und merkwürdig, dieser Stoß in den Rücken verursachte jetzt gar keine Schmerzen mehr, bloß eine enorme Müdigkeit.

Eine Stimme, die eben noch leise und rauh gewesen war, hörte er jetzt kreischen: «Er hat es so gewollt, ich hab's ihm gesagt, ich hab ihn gewarnt, er hat mir nicht geglaubt. Er hat schuld, daß ich's getan hab!»

Er hat schuld, daß ich's getan hab? Was denn? Jedenfalls nicht viel, dachte Fleetwood, und er versuchte noch immer, das Geländer umklammernd, sich aufzurichten. Aber sein Körper ließ sich nicht bewegen, war schwer wie Blei, taub, heruntergesackt auf den Boden, festgenagelt oder festgeleimt. Die rote Feuchtigkeit, die sich auf dem Teppich ausbreitete, verwunderte ihn, und er fragte: «Wessen Blut ist das?»

2

Sein ganzes Leben lang, jedenfalls so lange er zurückdenken konnte, hatte Victor diese Phobie gehabt. Ein Lehrer im College, dem gegenüber er sie einmal erwähnte – was unklug genug war –, nannte das eine Chelonophobie, was sich, wie er behauptete, aus dem Griechischen herleite. Und er machte dümmliche Witze darüber, wann immer sich Gelegenheit dazu bot; so etwa, als einmal die Katze des Direktors in den Hörsaal hereinspaziert kam, oder als sie eines Tages über Alice im Wunderland sprachen. Victors Phobie war sehr schlimm, er litt darunter in einem Ausmaß, daß er es nicht einmal ertragen konnte, den Namen jenes Tieres nennen zu hören oder es in Gedanken selbst zu tun oder etwa ein Bild von ihm in einem Buch zu sehen oder auch nur ein Spielzeug oder Ornament, das ihm nachgebildet war, und davon gab es viele Tausende.

Während der letzten zehn Jahre und länger hatte er es weder gesehen noch davon reden gehört, aber manchmal erschien es ihm – oder eine seiner Abwandlungen – in seinen Träumen. Das war immer wieder einmal geschehen, und es würde wahrscheinlich auch weiterhin geschehen, aber er glaubte doch, es gehe ihm jetzt, was seine Phobie betraf, ein bißchen besser als früher, denn wenigstens schrie er jetzt nicht mehr laut im Schlaf. Georgie hätte es ihm bestimmt erzählt, wenn er das getan hätte. Schon wenn er bloß mal ein bißchen stöhnte im Schlaf, machte Georgie ja genug Aufhebens davon. Einen dieser Träume hatte er gerade in der vergangenen Nacht wieder gehabt, seiner letzten Nacht da drinnen, aber er hatte mittlerweile gelernt, wie er sich selbst wachmachen konnte. Er tat es wimmernd, mit den Händen um sich tastend, auf der Suche nach Realität.

Das Mädchen kam mit ihrem Wagen, um ihn abzuholen. Er saß

vorn neben ihr, aber er blickte nicht viel hinaus, er wollte im Grunde die Welt noch gar nicht sehen. Es passierte, als sie an einer roten Ampel hielten und er den Kopf zur Seite wandte. Da sah er eine Tierhandlung, und das machte ihm schlagartig klar, daß er nun wieder von seiner Phobie übermannt werden würde. Nicht daß da in dem Schaufenster irgend etwas Einschlägiges zu sehen gewesen wäre; da waren keinerlei Reptilien, bloß ein weißes Hündchen und zwei kleine Katzen, die in einem Strohhaufen spielten. Trotzdem überlief es ihn fröstelnd.

«Alles in Ordnung, Victor?» fragte das Mädchen.

«Bestens», sagte er.

Sie fuhren nach Acton. Nicht gerade seine Lieblingsgegend, aber man hatte ihm nicht viel Auswahl gelassen. Irgendwo, wo er nicht völlig fremd wäre, hatten sie gemeint – also vielleicht Acton oder Finchley oder Golders Green? Na ja, Golders Green wäre vielleicht ein bißchen kostspielig. Er hatte erwidert, Acton sei ganz in Ordnung. Er war in Acton aufgewachsen, seine Eltern waren dort gestorben, und er hatte noch eine Tante dort wohnen.

Er fand es schier unerträglich, so aus dem Fenster zu blicken und die vertraute Gegend wiederzusehen, verändert zwar, aber doch immer noch da wie eh und je, während er eine runde Dekade fortgewesen war. Das war etwas, worauf er nicht gefaßt gewesen war. Er schloß die Augen und hielt sie geschlossen, bis er spürte, wie der Wagen abbog und in nördlicher Richtung weiterfuhr. Hanger Lane? Nein, Twyford Avenue. Egal, dies hier war Mutterboden, war Vaterland. Die wollten ihn doch wohl nicht wieder in die alte Straße verfrachten? Nein, wollten sie nicht. Mrs. Griffiths Haus in der Tolleshunt Avenue war drei oder vier Straßen weiter westlich. Victor wäre am liebsten bis in alle Ewigkeit im Wagen sitzen geblieben, aber er stieg aus, stand auf dem Bürgersteig und fühlte sich benommen.

Das Mädchen ging voraus. Victor folgte ihr den Gartenweg entlang. Sie hatte eine dieser Handtaschen, die in viele Fächer unterteilt sind, mit Reißverschlußfächern und Außentaschen; und aus einer solchen zog sie einen Ring mit zwei Schlüsseln dran, einer war aus goldfarbenem, der andere aus silbrigem Metall. Sie steckte den goldenen ins Schloß, um die Tür zu öffnen. Sie wandte sich nach ihm um und lächelte ihm aufmunternd zu. Alles, was er zunächst sehen konnte, war die Treppe. Der größere Teil der Diele lag dahinter.

Das Mädchen – ihr Name war Judy Bratner, und sie hatte Victor gleich anfangs aufgefordert, sie Judy zu nennen – ging voraus, die Treppe hinauf.

Das Zimmer lag im ersten Stock, und die Tür ließ sich mit dem silbernen Schlüssel aufschließen. Victor war überrascht, wie klein der Raum war, denn Judy hatte ihm gesagt, wie hoch die Miete wäre, obwohl nicht er sie bezahlen würde. Er blieb einen Moment auf der Schwelle stehen und ließ seine Blicke wandern, von dem winzigen Ausguß mit dem Abtropfbrett in der Ecke zu dem vorhanglosen Fenster mit dem Baumwollrollo, und dann weiter bis zu Judys Bohnenstangengestalt mit dem ernsten, beflissenen, wohlmeinenden Gesicht.

Das Rollo war herabgelassen, und Judy begann sogleich, es hochzuziehen. Ein bißchen diffuses, gleichsam verzeihungheischendes Sonnenlicht fiel herein. Judy stand am Fenster und lächelte zuversichtlich, als habe sie persönlich die Sonne veranlaßt, zu scheinen, und als habe sie auch – vielleicht, indem sie sie auf Leinwand malte – die Aussicht erschaffen.

Victor trat ans Fenster und blickte hinaus. Er stand jetzt neben ihr. Seine rechte Schulter war gute fünfzehn Zentimeter von ihrer linken Schulter entfernt, und trotzdem wich sie unwillkürlich zur Seite, bewegte sich unauffällig nach rechts. Sicherlich konnte sie nichts dafür, es war eine reine Reflexbewegung, denn wahrscheinlich wußte sie über seine Vergangenheit Bescheid.

Er blickte hinaus und konnte die Straße sehen, wo er geboren und aufgewachsen war. Welches Haus es gewesen war, das ließ sich von hier aus nicht genau erkennen, aber es war eines von den Reihenhäusern mit den grauen Schieferdächern und den langen, schmalen Gärten, die durch braune Holzzäune voneinander getrennt waren. In einem dieser Häuser hatte er es zum erstenmal gesehen...

Bedauernd und so, als müsse sie ihren ganzen Mut zusammennehmen, sagte Judy: «Wir haben es leider nicht geschafft, Ihnen einen Job zu verschaffen, Victor. Und ich fürchte auch, daß gerade zu diesem Zeitpunkt wenig Aussicht darauf besteht.»

Wie die redeten! Er wußte doch Bescheid über die Arbeitslosigkeit, die während des letzten Teiles seiner verlorenen Jahre wie eine Wolke heraufgezogen war und jetzt wie ein Nebel über dem ganzen Land lag.

«Sie könnten mal selbst zur Arbeitsvermittlung gehen, nachdem

Sie sich hier eingelebt haben. Natürlich müßten Sie völlig offen sein bezüglich Ihres ...» Sie suchte nach einem Wort, wahrscheinlich nach einem beschönigenden Ausdruck.

«Vorlebens», sagte er trocken.

Sie schien es nicht gehört zu haben, obwohl sich ihr Gesicht mit Farbe überzog. «Aber zunächst», meinte sie, «werden Sie ja auch eine Weile brauchen, wieder auf die Beine zu kommen. Manches wird Ihnen zuerst ein bißchen fremd vorkommen, Äußerlichkeiten, meine ich. Aber darüber haben wir ja gesprochen.»

Nicht so viel gesprochen, wie Victor erwartet hatte. Andere Häftlinge, die dem Ende ihrer Gefängniszeit entgegensahen, waren schrittweise an die Außenwelt gewöhnt worden, hatten unter Begleitung einen Tag Ausgang bekommen, waren mal übers Wochenende freigelassen worden. Nichts von alldem hatte man mit ihm gemacht, und er fragte sich, ob es womöglich neue Verordnungen gab hinsichtlich der Entlassungsprozedur bei Langzeithäftlingen.

Zeitungen fanden sehr wohl ihren Weg ins Gefängnis, und es bestand auch kein Verbot, sie täglich zu lesen, aber es waren keine ‹seriösen› Zeitungen, nicht das, was man als ‹anspruchsvoll› bezeichnen konnte. Sie lieferten einem mehr Schlagzeilen und Bilder, als Informationen. Nach jenem Gespräch mit dem Gefängnisdirektor zum Beispiel, das ziemlich am Anfang stattgefunden hatte, waren kaum noch Nachrichten über den Polizisten erschienen.

Sechs Monate vor seiner Entlassung hatte sein sogenanntes Rehabilitationsprogramm begonnen. Man hatte ihm das im voraus mitgeteilt, aber alles, was dann schließlich geschah, war, daß Judy Bratner oder ihr Kollege, ein Mann namens Tom Welch, alle vierzehn Tage kamen und eine halbe Stunde mit ihm redeten. Sie waren ehrenamtliche Mitarbeiter der Bewährungshilfe oder Nachsorgeorganisation oder irgend so was und betonten öfters nachdrücklich, sie seien keine Gefangenenfürsorger. Was oder wer genau sie letzten Endes eigentlich waren, hatte Victor nie herausbekommen, denn sowohl Judy als auch Tom, obwohl stets freundlich und geneigt, ihm zu helfen, behandelten ihn, als sei er ein sehr dummer, ungebildeter Zwölfjähriger. Aber ihm war das egal, und er wollte es auch gar nicht wissen. Wenn sie nur taten, was sie versprochen hatten und ihm irgendeine Bleibe verschafften und ihm erläuterten, wie er das Ministerium für Gesundheit und Soziales dazu bringen konnte, ihm Unterhalt zu zahlen, so war das schon alles, was er wollte. Was er im Moment wollte, war, daß Judy hier verschwand.

«Oh, fast hätte ich's vergessen», sagte sie, «ich muß Ihnen ja noch zeigen, wo das Badezimmer ist.»

Bis ans Ende des Flurs also, dann sechs Stufen hinunter und um die Ecke, da lag es, ein kleiner, kalter Raum, gestrichen in dem Grün von Konservendosenerbsen.

«Sie sehen, es ist alles da, was man verlangen kann.»

Dann fing sie an, ihm auseinanderzusetzen, wie man die Zimmerheizung durch Einwurf von Zwanzig-Pence-Stücken in Betrieb setzen konnte und den Wasserboiler durch Fünfzig-Pence-Stücke. Victor konnte sich nicht erinnern, schon mal ein Zwanzig-Pence-Stück gesehen zu haben. Das war wohl eine dieser neuen Münzen. Ihm war so, als gäbe es jetzt sogar auch eine Pfundmünze. Sie gingen den Flur zurück. Etwa in Gürtelhöhe lief eine verzierte Holzleiste an der Wand entlang – Stoßleiste nannte man das wohl, fiel Victor ein –, und auf den Putz oberhalb dieser Leiste hatte jemand mit Bleistift in zentimetergroßen Buchstaben geschrieben: ‹Bald steht die Scheiße bis an die Decke.›

«Jetzt geb ich Ihnen noch eine Telefonnummer, Victor, damit Sie uns anrufen können, wenn es irgend etwas gibt, womit Sie nicht klarkommen. Genaugenommen zwei Nummern, für alle Fälle. Wir möchten nicht, daß Sie sich im Stich gelassen fühlen. Sie sollen wissen, daß es ein paar hilfreiche Leute gibt, die sich echt um Sie kümmern, klar?»

Victor nickte.

«Und natürlich – unnötig, das zu erwähnen – werden Tom oder ich in ein, zwei Tagen mal vorbeischauen, um zu sehen, wie Sie zurechtkommen. Hab ich Ihnen gesagt, daß das Münztelefon unten im Flur ist, direkt hinter der Treppe? Dafür brauchen Sie Fünf- und Zehn-Pence-Stücke. Aber mit Geld sind Sie ja versorgt, bis Ihre Unterhaltszahlungen vom Sozialamt anlaufen, ja? Übrigens fürchte ich, Mrs. Griffith, der dieses Haus gehört, weiß Bescheid. Ich dachte mir, ich erzähle Ihnen das lieber; es gab wirklich keine Möglichkeit, es ihr zu verheimlichen.» Judys Gesicht war ganz zerfurcht von der Anstrengung, das auszusprechen. Ihr ganzer Arbeitstag bestand schließlich daraus, deprimierende, wenig erbauliche Wahrheiten beim Namen zu nennen – es gibt keinen Job, es gibt keine Sicherheit, keinen Komfort, keine Sorglosigkeit, keinen Frieden, keine Zukunft –, und das begann sich allmählich auf ihrem bekümmerten, säuerlichen Gesicht abzuzeichnen. «Ich meine, wir müssen es ihnen immer sagen, sie würden es doch rauskriegen, wissen Sie? Aber Mrs. Griffith steht seit einer ganzen Weile schon auf unserer Liste.»

Was sollte das heißen? Daß die Hälfte, womöglich sogar alle übrigen Mieter, ebenfalls ehemalige Häftlinge, Ex-Kriminelle, waren?

«Aber sie lebt nicht von den Mieteinkünften», sagte Judy mit der Miene dessen, der zuerst die schlechte und dann die gute Nachricht zum besten gibt. Sie schien nach einer Bemerkung zu suchen, mit der sie sich verabschieden konnte, und redete krampfhaft drauflos. «Das hier ist wirklich eine nette Gegend, kein bißchen mies. Und es ist eine ruhige Straße, keine Durchgangsstraße. Sie müssen eben mal versuchen, sich irgendwo anzuschließen, Freunde zu finden. Wie wär's mit einer Abendschule?»

Übers Treppengeländer hinweg sah er ihr nach, wie sie hinunterging. Die Haustür fiel hinter ihr ins Schloß. Er fragte sich, ob er wohl allein im Haus war? Hier drinnen war nirgends ein Geräusch zu hören. Er lauschte, hörte, wie Judys Wagen startete, hörte einen schwereren Dieselmotor weiter unten an der Straße halten, er hörte den Aufschrei einer Frau, dem schallendes Gelächter folgte. Victor ging in sein Zimmer zurück und schloß die Tür. Judy oder sonst jemand hatte auf das Abtropfbrett und in das Bord daneben verschiedene Sachen gelegt, ein eingewickeltes Brot, eine Packung Margarine, pasteurisierte Milch, Hackfleisch- und Bohnenkonserven, Teebeutel, Instantkaffee und Kristallzucker – die gängigen Nahrungsmittel der englischen Arbeiterklasse, gesehen durch die Brille eines Sozialarbeiters.

Victor untersuchte den Ausguß, die Wasserhähne, den kleinen, zylindrischen Wasserboiler, um mit seiner neuen Umgebung vertraut zu werden. Zwischen Ausguß und Fenster befand sich ein dreieckiger Wandschrank, hergestellt, indem man einfach einen Rahmen mit einer Tür darin quer über dieser Ecke des Zimmers befestigt hatte. Darin hingen seine wenigen Kleidungsstücke, von denen er einige, wie er jetzt feststellte, schon in jener längst verstrichenen Zeit vor seiner Inhaftierung besessen hatte. Seine sämtlichen Besitztümer waren damals der Obhut seiner Eltern überlassen worden. Seine beiden Eltern aber waren inzwischen tot. Sein

Vater war als erster gestorben und seine Mutter sechs Monate später. Man hatte Victor damals angeboten, er könne beurlaubt werden, um an den Begräbnissen seiner Eltern teilzunehmen, aber er hatte das gar nicht gewollt. Es hätte ihn bloß aus der Fassung gebracht.

Das Bett war ein schmales Einzelbett, ausgestattet mit pinkfarbenen Nylonlaken, zwei mehrfarbigen Wolldecken, hergestellt in der Dritten (vielleicht auch der Vierten) Welt, und einem Überwurf, der als bodenlanger Fenstervorhang schon einmal bessere Tage gesehen hatte. Das Gardinenband, an dem einst die Haken befestigt gewesen waren, saß noch an einem der Säume. Der einzige Stuhl im Zimmer war ein koreanischer Rohrstuhl. Sonst gab es noch einen Couchtisch aus Glas mit einem derben Gestell aus Bambusrohr, auf dem jemand – der Graffitiprophet des Unheils? – Hunderte von Zigaretten ausgedrückt hatte, wodurch beinahe, wenn auch nur beinahe die Wirkung von Brandmalerei entstanden war. Auf dem glatten Linoleum, rot gemustert, mit cremefarbenen Rechtecken wie Ravioli in Tomatensauce, lagen zwei kleine Bettvorleger aus grünem Nylonplüsch.

Victor blickte aus dem Fenster. Die Sonne war untergegangen, und die Dächer des westlichen Acton lagen rot und grau und terrakottafarben unter einem blaßgrauen Himmel, über den ein großes, leuchtendes, nicht identifizierbares Flugzeug seine Bahn zog auf dem Weg nach Heathrow. Es wehte kein Wind, und die Luft war sehr klar. Er konnte eine Hauptstraße erkennen, auf der in metallischem Strom der Verkehr dahinfloß. Diese Straße verlief direkt hinter den Gärten der Straße, in der sein Elternhaus gewesen war, oder vielmehr, wo das Haus stand, das seine Eltern während der ganzen Dauer ihres Ehelebens zur Miete bewohnt hatten. Er war froh, daß sie tot waren – nicht aus irgendwelchen konventionellen oder sentimentalen Gründen, etwa aus Scham darüber, ihnen gegenübertreten zu müssen oder ihnen Kummer gemacht zu haben, sondern einfach nur, weil auf diese Weise eine zusätzliche Unannehmlichkeit, ein Stein des Anstoßes, aus dem Weg geräumt war. Trotzdem, er hatte seine Mutter zutiefst geliebt, mindestens hatte er sich so oft eingeredet, sie zu lieben, daß er es glaubte.

Als er ins Gefängnis kam, hatte er angenommen, er werde nun mit regelmäßigen Sitzungen bei einem Psychiater anfangen, denn bei der Urteilsverkündung hatte der Richter noch einmal die Empfehlung der Geschworenen wiederholt, er müsse unbedingt in psychiatrische Behandlung kommen. Aber er bekam nie einen Psychiater zu Gesicht – wie er annahm, aufgrund einer Knappheit an Mitteln oder einer Knappheit an Psychiatern –, und das einzige Mal, daß man in Erwägung zog, ihm wegen potentieller psychischer Labilität eine Behandlung angedeihen zu lassen, war vor zwei Jahren, als man ihn fragte, ob er interessiert sei, freiwillig an einer Gruppentherapie teilzunehmen, die ein als Gast anwesender Soziologe als Teil eines Forschungsprojektes durchführte. Victor lehnte ab, und dann wurde nie wieder darüber gesprochen. Aber damals, als er in der ersten Zeit auf die Überweisung an einen Psychiater wartete, hatte er sich oftmals das Hirn zermartert, was er diesem Mann oder dieser Frau sagen sollte, wenn es soweit war. Ganz besonders hatte er über seine Phobie nachgegrübelt, über die groteske Art und Weise, wie es damit angefangen hatte, und über seine Zustände von Panik und gewalttätigem Zorn. Und er hatte sich auch gefragt, warum ein Kind von glücklich verheirateten Mittelklasseeltern, dessen Kindheit größtenteils still und friedlich verlaufen war, es nötig hatte, vollkommen unüberlegt und unmotiviert Frauen zu überfallen.

Ein Psychiater hätte vielleicht ein paar Erklärungen liefern können. Victor, auf sich selbst gestellt, war nicht imstande, welche zu finden. Er wurde nur wütend, wenn er an seine Wutanfälle dachte, und er geriet in Verwirrung und Panik, wenn er versuchte, seine panischen Zustände zu analysieren. Manchmal hielt er sie für die Symptome irgendeiner Krankheit, die er sich eingefangen hatte, denn ererbt haben konnte er sie nicht, und ebensowenig konnte sie durch Mißhandlungen oder Vernachlässigung während seiner Kindheit entstanden sein. Was er im Gefängnis mehr als jede andere Emotion empfunden hatte, war Selbstmitleid.

Eines Tages hatte der Direktor ihn zu sich gerufen. Victor nahm an, um ihm mitzuteilen, daß es seinem Vater, der krank war, schlechter ginge oder daß er gar im Sterben läge. Tatsächlich aber sollte sein Vater erst fünf Jahre später sterben. Ein Gefängnisaufseher brachte ihn ins Büro des Direktors und ließ sich auf einem Stuhl nieder, der speziell für solche Wächter vorgesehen war, mehr oder weniger zwischen Victor und dem Direktor, der ohnehin schon durch seinen riesigen Schreibtisch aus Eichenholz geschützt war. Der Aufseher saß da in einer Art und Weise, wie Wächter und Polizisten, die auf etwas warten oder jemanden bewachen, wohl immer dasitzen: aufrecht, die Beine auseinandergestellt, die Hände im Schoß gefaltet, mit einem Gesichtsausdruck reinster Idiotie.

«Tja, Jenner», sagte der Direktor, «wir dachten, es interessiert Sie vielleicht zu erfahren, welche Fortschritte Detective Sergeant Fleetwood gemacht hat. Hab ich recht?»

«Ja, Sir», sagte Victor. Was hätte er auch sonst sagen sollen? Er hätte am liebsten gesagt, daß es ihn nicht die Bohne interessiere, daß es ihm überhaupt nichts bedeute; er hätte am liebsten das Tintenfaß vom Schreibtisch genommen und es dem Direktor an den Kopf geschleudert, um zu sehen, wie dem Herrn Direktor die Tinte wie schwarzes Blut das Kinn hinunter und in den makellosen Kragen flösse. Aber er wollte ja soviel Straferlaß wie möglich herausschlagen. Damals sehnte er sich noch danach, rauszukommen.

«Sergeant Fleetwood ist jetzt seit einem Jahr im Stoke Mandeville Hospital. Das ist eine orthopädische Klinik, müssen Sie wissen; das heißt, man ist dort spezialisiert auf Verletzungen der Wirbelsäule und der Gliedmaßen.»

Das hieß es überhaupt nicht, sondern auf die Korrektur von Deformationen. Aber der Direktor war eben ein ignoranter Bastard, der unterschiedslos mit allen auf die gleiche Art redete. Als ob sie alle die gleichen ungebildeten Hohlköpfe wären!

«Ich freue mich, Ihnen mitteilen zu können, daß er ... ja, daß er geradezu große Sprünge gemacht hat ...» Dem Direktor ging anscheinend ein Licht auf, was er da gesagt hatte, er stockte jedenfalls und räusperte sich. «Er kann natürlich nicht ohne mechanische Gehhilfe laufen, aber es besteht doch die Hoffnung, daß er das eines Tages wird tun können. Er ist sehr zuversichtlich, und er wird demnächst die Klinik verlassen, um sich auf ein selbständiges Leben im eigenen Umfeld einzurichten.»

«Vielen Dank, Sir», sagte Victor.

Vor der Gerichtsverhandlung, als er noch in Untersuchungshaft saß, hatte er in den Zeitungen Artikel über Sergeant Fleetwood gelesen. Bedauern hatte er nie für ihn empfunden, bloß Verachtung und eine Art Verbitterung. Wenn Fleetwood vernünftig gewesen wäre, wenn er auf ihn gehört und ihm geglaubt hätte, ja, wenn er ihm geglaubt hätte, als Victor ihm sagte, daß die Waffe echt sei, dann wäre Fleetwood heute noch ein strammer, gesunder Mann, einer, der ein normales Leben führen und seine Arbeit tun könnte.

Aber er hatte nicht auf ihn gehört, und Victor hatte den Kopf verloren. Das war etwas, das er nun mal in Augenblicken großer Anspannung oder großen Druckes tat, das er schon eh und je getan hatte. Er verlor den Kopf, geriet in Panik, und dann handelte er nur noch aus dieser Panik heraus. Und genau deshalb war es auch falsch gewesen, ihn wegen versuchten Mordes anzuklagen und zu verurteilen. Er hatte ja nicht beabsichtigt, Fleetwood zu töten oder auch nur zu verletzen. Panik hatte von ihm Besitz ergriffen, hatte ihn umschlossen wie eine Art elektrisch geladener Anzug, der ihm saß wie eine zweite Haut, ihm ein Prickeln über den ganzen Körper jagte, ein Kribbeln, das übermächtig wurde und jenen Impuls in seine Hand leitete, der den Abzug niedergedrückt und den Schuß ausgelöst hatte. Das war die einzige Art und Weise, wie er so einen panischen Zustand beschreiben konnte – ein elektrisch geladener Anzug voll kribbelnder Drähte.

In einer der bunten Illustrierten hatte ein sentimentaler Artikel über Fleetwood gestanden. Darin hieß es, daß sein Rufname David sei, daß er achtundzwanzig Jahre alt sei (genauso alt wie Victor) und verlobt mit einem Mädchen namens Diana Walker. Und da war auch ein Foto gewesen, das auf ihrer Verlobungsfeier entstanden war. Die Tatsache, daß Fleetwood genau in der folgenden Woche hatte heiraten wollen, wurde in dem Artikel besonders aufgebauscht. Nun hatte er nicht geheiratet, aber seine Freundin erklärte gegenüber der Zeitung, sie wollten nur abwarten, bis Fleetwoods oberflächliche Verletzungen geheilt wären. Sie werde ihn trotz allem heiraten, sobald sie könne, es mache ihr nichts aus, wenn er sich nicht bewegen und nicht gehen könne, wenn er vielleicht nie wieder werde gehen können. Sie sei einfach nur glücklich, daß er noch am Leben sei. Sie würden es schon schaffen, sie beide zusammen. Einzig und allein das Zusammensein sei wichtig. In dem Artikel stand nichts über Victor Jenner. Natürlich, es konnte ja auch gar nichts drinstehen, nichts darüber, welch ein Monster er war und was für ein Jammer, daß man Leute wie ihn nicht zu Tode prügeln konnte, denn das wäre sub judice, das wäre gesetzwidrig gewesen. Dafür stand eine Menge darüber drin, was für ein wundervoller Polizist Fleetwood gewesen sei. So wie die über ihn schrieben, über seinen brillanten Verstand, sein angenehmes Naturell, seine unbesiegbare Courage, seine Selbstlosigkeit, sein Urteilsvermögen, seine Fähigkeit, Schlüsse zu ziehen... da fragte man sich doch wirklich, weshalb er nicht mindestens Chief Superintendent oder Generalstaatsanwalt war!

Victor dagegen sah in ihm lediglich das Instrument, durch das er für vierzehn Jahre hinter Schloß und Riegel gesetzt worden war.

Nach jenem Gespräch mit dem Gefängnisdirektor ließ man Victor gegenüber nie wieder ein Wort über Fleetwood verlauten. Er kam nicht alle Tage an Zeitungen heran. Manchmal bekam er wochenlang hintereinander keine Zeitung zu Gesicht. Aber eines Tages, etwa zwei Jahre später, las er einen Bericht über ein Wohltätigkeitskonzert in der Albert Hall, organisiert zur Unterstützung von Familienangehörigen verletzter Polizisten, und der Conférencier dieses Konzertes war David Fleetwood. Ein Bild war nicht dabei, aber es wurde erwähnt, daß Fleetwood die Mitwirkenden vom Rollstuhl aus angesagt habe.

Von den meisten Dingen, die im Gefängnis passierten, hatte der Direktor keine Ahnung. Es hatten sich Details herumgesprochen über Victors Lebensführung, bevor er auf den Polizisten schoß... Die anderen Männer im Knast wußten, daß er der Frauenschänder von Kensal Rise war, und sie alle hatten eine seltsam tugendhafte Antipathie gegen Vergewaltiger, ebenso wie gegenüber Burschen, die sich an Kindern vergingen. Es war in Ordnung, alten Damen im Tabakladen eins über den Schädel zu hauen und die Kasse aufzubrechen, es war auch in Ordnung, Banken auszurauben, aber Vergewaltiger, das war etwas anderes, das war jenseits der Grenze des Erlaubten.

Victor wußte inzwischen, wie es war, vergewaltigt zu werden. Vier von ihnen vergewaltigten ihn eines Nachts, und Cal, der später sein Vorgesetzter in der Büromöbelwerkstatt wurde, meinte hinterher, vielleicht wäre ihm das eine Lehre, damit er es nicht wiedertäte. Blutend und voller Schmerzen, wenn auch in diesem Falle nicht in Panik, starrte Victor ihn mit kaltem Blick an und brachte trotz der Tränen auf seinem Gesicht ein kleines, verkniffenes Lächeln zustande. Er starrte ihn an, und er lächelte angesichts einer so unaussprechlichen Unkenntnis der menschlichen Natur, des menschlichen Lebens und der Art, wie Männer sein konnten.

Konnte so etwas einen lehren, es nicht wieder zu tun? Victor wußte es nicht. Während er so über seine Vergangenheit nachsann, hatte er den Blick wie gebannt auf das fixiert, was er für das Dach des Hauses hielt, in dem er als Kind gelebt hatte – ein roter Fleck zwischen anderen roten und grauen Flecken, zwischen dem Weiß der Straßen und dem Grün der Gärten. Er schüttelte sich und zwinkerte mit den Augen, um den Bann zu brechen.

Es war April. Vor drei Wochen waren die Uhren vorgestellt worden, und die Tage waren lang und hell. Direkt unter seinem Fenster lag ein verkommener Garten mit einem Schuppen darin, vier Müllbehälter und ein verrosteter Aktenschrank standen daneben. Im Gefängnis hatte er in der Büromöbelwerkstatt gearbeitet und Aktenschränke wie den da hergestellt oder auch Untergestelle für Fotokopierer und Drehstühle. Natürlich konnte dies hier kaum einer seiner alt gewordenen Schränke sein, denn die von den Häftlingen hergestellten Gegenstände durften nicht in der Öffentlichkeit verkauft werden. Mrs. Griffiths Garten gehörte nicht zu jenen, in denen man saß oder gärtnerte, es war einer, in den man mit seinem Müllbeutel hinunterrannte oder um vielleicht einen Eimer Kohlen zu holen. Viele ähnliche, mit Krempel vollgestopfte Gärten waren von hier oben aus zu sehen, aber auch wohlgeflegte; in jedem Falle jedoch waren es die Rückseiten der Häuser. Victor überlegte, ob Judy und Tom das wohl absichtlich so eingerichtet hatten, um zu verhindern, daß Victor Leute vorbeigehen sah, wenn er zum Fenster hinausblickte...

Was sie ihn vor allem nicht sehen lassen wollten, das waren wohl Frauen.

War er verrückt, so was zu denken, anderen eine derartige Vorsicht zu unterstellen? Sobald er ausginge, würde er doch ohnehin Frauen sehen. Sie machten schließlich die Hälfte der menschlichen Rasse aus. Vielleicht wußten Tom und Judy auch gar nicht Bescheid, sagte er sich, und Judy war vielleicht aus einem ganz anderen Grund zusammengezuckt und von ihm abgerückt.

Immerhin war er ja nicht wegen Vergewaltigung ins Gefängnis gesteckt worden, sondern wegen versuchten Mordes.

3

In dieser ersten Nacht lag er im Bett und zählte sich im Geiste all die Dinge auf, die er tun mußte. Er hatte es nicht fertiggebracht, auszugehen, denn sobald er die Tür geöffnet hatte, auf den Flur hinausgetreten war und von unten Stimmen und das Lachen eines Mädchens gehört hatte, da war wieder der elektrische Anzug dagewesen, der sich langsam um seinen Rumpf und seine Glieder schmiegte, sich am Hals schloß und ihm die Kehle zuschnürte, der an seinen Hand- und Fußgelenken prickelte und seine Brust zusammenpreßte. Da hatte er sich ins Zimmer zurückgeflüchtet, nach Atem ringend, hatte sich das Bettzeug über Kopf und Körper gezogen und war eine halbe Stunde lang auf dem Bett liegengeblieben. Dann war er aufgestanden, hatte sich Tee und gebackene Bohnen auf Brot gemacht, und die ganze Zeit über hatte er tief und gleichmäßig durchgeatmet, um seine Ruhe und sein Gleichgewicht zu wahren. Es hatte ihn viel Willensanstrengung und große Konzentration gekostet, nur an praktische Dinge zu denken, aber schließlich, nachdem es dunkel war und er im Bett lag, das Rollo herabgelassen, Deckenbeleuchtung und Nachttischlampe eingeschaltet, da gelang es ihm doch. Also – zuerst das Sozialamt, dann bei einem Arzt anmelden, dann zur Bank und in Erfahrung bringen, was mit seinem Geld war. Dann ein Telefonanruf bei seiner Tante in Gunnersburry, dann die Arbeitsvermittlung.

Große Veränderungen mußten stattgefunden haben da draußen in der Außenwelt. Eine erste Ahnung davon hatte er schon während der Heimfahrt mit Judy bekommen; es war ihm vorgekommen, als sähe London schmutziger, die Leute schäbiger aus. Überhaupt wirkte alles viel größer, aber das konnte er sich auch eingebildet haben. Und er kannte niemanden, hatte keine Freunde, er war mutterseelenallein. Er wußte noch, wie er sich damals, in den alten Zeiten, gebrüstet hatte, er wisse gar nicht, was Einsamkeit sei, ihm reiche seine eigene Gesellschaft. Jetzt war er sich da gar nicht mehr so sicher. Zweifel beschlichen ihn, was er eigentlich gemeint hatte damals mit ‹seiner eigenen Gesellschaft›, was genau das hatte bedeuten sollen.

Er hatte so lange Zeit eine Zelle geteilt in einem Gebäude voll von Menschen, daß ihn die relative Einsamkeit dieses Zimmers auf einmal ängstigte. Aber endlich schlief er doch ein, und sein Schlaf war voller Träume. Er war schon immer ein großer Träumer gewesen und hatte auch im Gefängnis eine Menge geträumt, besonders diesen Traum von der Straße durchs Leben mit den verschiedenen Häusern daran, und unvermeidlich natürlich auch seinen Angsttraum, aber niemals hatte er von dem Haus Solent Gardens 62 in Kensal Rise geträumt. Jetzt, nach mehr als zehn Jahren, tat er es. Er war wieder in jenem Schlafzimmer, ein Tier in der Höhle, und da waren die Jäger, die zuerst von hinten und dann von vorne kamen. Als Geisel war das Mädchen nutzlos gewesen, denn er konnte sie ja höchstens töten. Und dann, was sollte er dann tun? An dieser Stelle des Traums begriff Victor, daß er träumte, denn in Wirklichkeit waren die Dinge nicht ganz so verlaufen. Und er fand es eigentlich besser, aus diesem Traum aufzuwachen, ehe der schlimme Teil dran war. Aber Fleetwood machte die Tür auf und kam herein – bloß, es war gar nicht Fleetwood, sondern es war er selbst oder sein Spiegelbild. Victor hörte sich, wie er Fleetwood anbrüllte, er solle gefälligst einen richtigen Polizisten schicken, nicht jemand Verkleideten, und Fleetwood, als ob er es verstünde, verwandelte sich vor seinen Augen, wurde größer und dünner und durchsichtiger. Hinter ihm an der Wand hing ein Bild, eine Zeichnung oder ein Stich. Was darauf dargestellt war, konnte Victor nicht erkennen, und dennoch fürchtete er sich davor.

«Ich träume ja», sagte Victor zu sich selbst, kniff die Augen zu und öffnete sie wieder, entschlossen, wach zu werden, aber der Traum wollte nicht weichen. «Dies ist eine echte Pistole», sagte er zu Fleetwood. «Ich hab sie von meinem Onkel, der war ein hoher Offizier in der deutschen Armee. Sie täten besser daran, mir zu glauben.»

«Natürlich glaube ich Ihnen», erwiderte Fleetwood, und da wußte Victor, daß der Traum kein böses Ende haben würde. «Sie bekommen zehn Minuten Zeit, um zu verschwinden. Ich schaue weg, sehen Sie? Ich seh mir das Bild hier an.»

Fleetwood wandte ihm den Rücken zu und blickte das Bild an. Dabei lehnte er sich gegen das Geländer. Auf dem Bild war nicht das, was Victor gefürchtet hatte, sondern ein Paar betender Hände. Das Mädchen an sich gepreßt, ging Victor hinter ihm vorbei ins Badezimmer. Bloß, als sie dort ankamen, da war es gar kein Badezimmer, sondern das Haus seiner Tante Muriel in Gunnersbury, und seine Mutter und sein Vater waren da und seine Tante und sein

Onkel, und alle tranken Tee. Als seine Mutter das Mädchen sah, stand sie auf und sagte: «Hallo, Pauline, du bist ja eine Fremde.»

Victor wachte auf. Sonnenschein füllte das Zimmer. Er dachte über seinen Traum nach. Wie viele Menschen träumten wohl von Dingen, die vor zehn Jahren passiert waren, und von Leuten, die längst tot oder verschwunden waren, bloß weil sie niemanden Neues kannten? Keinen Menschen zu kennen, das hatte allerdings zwei Seiten. Er kannte sie nicht, und sie kannten ihn nicht. Aber das war etwas, das sich sehr bald ändern würde. Es würde sich ändern, wenn er sich bei einem Arzt anmeldete, wenn er sich mit den anderen Mietern des Hauses bekannt machte und tat, was Judy empfohlen hatte, und eine Abendschule besuchte.

Er würde jedem, den er kennenlernte, erzählen müssen, wer er war und wo er die letzten zehn Jahre gewesen war. Das würde er tun müssen oder aber ausgeklügelte Lügen verzapfen, seinen Namen ändern vor allem, sagen, er sei krank gewesen, oder er habe im Ausland gelebt oder so. Aber wenn er das tun wollte, dann mußte er es gleich von Anfang an tun; dann durfte er nicht mal länger als irgend nötig in diesem Haus bleiben.

Zu allererst jedoch war es absolut unerläßlich, daß er ausging. Ähnlich wie einer, der einen Autounfall gehabt hat, weiß, daß er so schnell wie möglich wieder in einen Wagen steigen und fahren muß, oder er tut es nie mehr, so wußte Victor, daß er ausgehen mußte. Es war schlimm genug gewesen, in Judys Wagen zu steigen und sich herfahren zu lassen. Alles hatte so riesig und verändert und unwirklich ausgesehen. Und das war nichts gewesen gegen das, was er empfinden würde, wenn er nun zu Fuß wäre, ohne eine starke Schutzhülle aus Glas und Metall, die ihn schützte. Aber raus mußte er, und zwar noch heute morgen.

Er blieb im Bett liegen und wartete, bis die Geräusche im Haus verstummt waren. Gestern abend hatte er sich ausgerechnet, daß es noch vier weitere bewohnte Zimmer im Haus geben mußte. Also stand er auf, nachdem er die Haustür viermal hatte zuschlagen hören. Natürlich konnte es auch noch mehr Leute im Haus geben, Ehefrauen, die nicht arbeiteten, oder alte Leute, aber das war ein Risiko, das er eingehen mußte. Und wirklich begegnete er auch niemandem auf seinem Weg zum und vom Badezimmer. Er zog Sachen an, die er schon vor seiner Inhaftierung besessen hatte, eine graue Kammgarnhose und ein grünes Cordsamtjackett. Die Hose saß ziemlich stramm, und er mußte den Gürtel unter dem Bauch schließen, denn er hatte im Gefängnis aufgrund des pappigen Essens Gewicht zugelegt.

Es war gar nicht so leicht auszugehen. Zweimal kehrte er wieder um. Einmal, weil er dachte, er habe das Fenster nicht zugemacht, und das zweite Mal – da war er schon unten am Fuß der Treppe gewesen –, weil er dachte, er könnte frieren und einen Pullover brauchen. Das große, sonnige, windige, schreckliche Draußen empfing ihn, wie eisiges Wasser einen nackten Taucher empfängt. Er japste nach Luft, und die Luft fuhr in ihn hinein und füllte seine Lungen. Einen Augenblick lang mußte er stillstehen und sich an einem Türpfosten festhalten. Dies war höchstwahrscheinlich die Agoraphobie, die Platzangst, von der Tante Muriel behauptete, daß sie daran litte. Jedenfalls pflegte ihm seine Mutter zu erzählen, sie sei schon seit fünf Jahren nicht mehr ausgegangen. Wenn sie sich so fühlte wie er jetzt, dann konnte er das verstehen.

Er setzte sich in Bewegung und spazierte langsam die Straße entlang in Richtung Acton High Road. Dabei kam er an dem Haus vorüber, in dem er früher gewohnt hatte. Ängstlich ging er vorwärts, immer mit dem beklemmenden Gefühl, er werde verfolgt. Alle paar Sekunden mußte er sich ruckartig umsehen, aber es war nie jemand da. Was für eine Menge Autos es gab, dachte er. Überall standen parkende Wagen, doppelt, nein, dreimal so viele wie vor zehn Jahren. Eine Frau kam aus ihrer Haustür und knallte sie hinter sich zu. Das Geräusch ließ ihn zusammenfahren, und er hätte beinahe laut aufgeschrien. Vor der Pforte seines Elternhauses blieb er stehen und betrachtete es.

Seine Mutter war keine pingelige oder auch nur besonders sorgfältige Hausfrau gewesen, und zu ihrer Zeit hatte das Haus – mindestens von außen – sicherlich einen etwas schäbigen Eindruck gemacht. An allen Fenstern hatten Vorhänge mit verschiedenen – und nicht besonders hübschen – Mustern gehangen. Jetzt war jedes einzelne mit schneeweißem Tüll herausgeputzt; zarte Volants rüschten und bauschten sich wie der Petticoat eines Mädchens. Ein merkwürdiges Gefühl von Atemlosigkeit und ein undefinierbares Mißbehagen beschlich Victor, als ihm dieser Vergleich in den Sinn kam. Die Mädchen trugen wohl keine Petticoats mehr, oder? Es sei denn, die Mode hätte sich drastisch geändert. Ihm wurde ein bißchen ruhiger zumute, als ihm einfiel, daß selbst seine Mutter so einen Petticoat gehabt hatte – weiß und gestärkt und voller Rüschen –, damals, Mitte der fünfziger Jahre, als solche Kleidungsstücke sich großer Beliebtheit erfreuten.

Der Putz des Hauses war weiß gestrichen worden, wie der Zukkerguß auf einem Weihnachtsstollen, und alle Holzteile in hellem Smaragdgrün. Zu beiden Seiten der Haustür standen weiße Kübel mit Zypressen. Victor begriff, daß das Haus so gut gepflegt aussah, weil es wahrscheinlich seinen Bewohnern gehörte. Seine Großmutter, die Mutter seiner Mutter, war die ursprüngliche Mieterin gewesen, und als seine Eltern heirateten, zogen sie mit ihr zusammen. Das war gleich nach dem Zweiten Weltkrieg gewesen. Seine Großmutter starb ein paar Monate, ehe er geboren wurde, und seine Eltern übernahmen das Mietverhältnis, denn der Mietzins war niedrig und die Wohnungsknappheit groß. Seine Mutter war eine glückliche Frau gewesen, denn ihr war das gütige Los zuteil geworden, sich zu verlieben, den Mann auch zu heiraten, in den sie sich verliebt hatte, und die ganzen fünfunddreißig Jahre lang, bis er starb, in ihn verliebt zu bleiben. Victor hatte sich noch nie verliebt, und er wußte nicht, wie das war. Seine Mutter war erst siebenundfünfzig, als sie starb. Sein Vater, zehn Jahre älter als sie, war zuerst gestorben. Er hatte einen Schlaganfall erlitten, fünf Jahre, nachdem Victor ins Gefängnis gekommen war, und danach hatte er sich nur noch im Rollstuhl bewegen können. Und eines Sommermorgens, als er sich allein und eigenhändig die Straße hinunterbewegte – genau auf diesem Stück Bürgersteig, von hier bis zur Straßenecke, vermutete Victor –, da war er tot vornübergekippt, und der Rollstuhl war gegen eine Mauer geprallt und umgekippt. Todesursache war ein schwerer Herzanfall. Woran seine Mutter gestorben war, wußte Victor nicht, obwohl auf der Sterbeurkunde, die man ihm gezeigt hatte, ein Herzleiden als Ursache erwähnt wurde, was erstaunlich war, denn sie war eine sehr starke Frau gewesen. Sie hatte seinen Vater nur um etwa sechs Monate überlebt. Aber vielleicht war es auch gar nicht so erstaunlich, denn ihr Mann war ihr ein und alles gewesen, Herz und Seele ihrer gesamten Existenz. Victor hatte manchmal versucht, sich auszumalen, wie das Alleinleben für seine Mutter wohl gewesen war, aber es war ihm einfach nicht gelungen, sie sich ohne seinen Vater vorzustellen.

Von frühester Kindheit an war Victor an die Gesellschaft überschwenglicher Menschen gewöhnt gewesen. Seine Mutter war jung und hübsch, und sein Vater faßte sie andauernd an, schlang seinen Arm um sie und küßte sie. Sie saßen nie auf Stühlen, sondern immer auf dem Sofa, Händchen haltend. Wenn Victor zurückblickte (wie er es tat, um zu resümieren, was er dem Psychiater sagen sollte), dann gelang es ihm nie, seine Eltern im Geiste einzeln zu sehen oder sich auch nur an Zeiten zu erinnern, wo er mit seiner Mutter allein gewesen wäre, obgleich das doch häufig der Fall gewesen sein mußte, zum Beispiel nach der Schule, bevor sein Vater von der Arbeit kam. Sie hatten sich nie gestritten, soweit er sich erinnern konnte. Auch waren sie freundliche, liebevolle Eltern, und wenn Victors Mutter immer den Vater dem Sohn vorzog, etwa, indem sie ihm bei Tisch zuerst auflegte oder ihm den Vorzug gab, wenn es um Leckerbissen ging – es war der Nachholbedarf nach den Hungerzeiten des Krieges –, so hätte Victor dem Psychiater erzählt, daß er gar nichts anderes erwartete, denn der Vater war ja älter und größer und stärker gewesen als er.

Seine Eltern hatten kaum Freunde. Es waren fast nur Verwandte, die zu Besuch kamen. Die beiden bedeuteten einander ein und alles, waren eingesponnen in eine exklusive Partnerschaft aus Zuneigung und Sex. Victors Mutter beantwortete all seine Fragen in puncto Sex wohlüberlegt und furchtlos, so daß er um die Zeit, als er fünf war, Bescheid wußte, wie Babies gemacht werden, und er wußte auch, daß die Eltern mit dieser Sache, wodurch die Babies zustande kommen – der Mann schiebt seinen Pimmel in das Hinterteil der Frau –, auch dann noch weitermachen, wenn sie gar keine Babies mehr wollen, einfach, weil das so gut und richtig sei und weil, so sagte sein Vater, Männer und Frauen nun mal dazu geschaffen seien. Sein Vater zeichnete ihm schematische Darstellungen auf – also, genaugenommen zeichnete er sie nicht selbst, sondern kopierte sie aus einem Buch, und sie desillusionierten Victor ziemlich –, und er beantwortete auch Fragen, die seine Mutter nicht beantworten konnte oder wollte, so zum Beispiel, was feuchte Träume waren, und wie man sich vorher fühlte, wenn man die Sache machen wollte, bei der die Babies zustande kommen – oder auch nicht.

Trotz alledem verband er diese ‹Sache› eigentlich nie mit seinen eigenen Eltern. Einmal, als er etwa sechs war und nachts aufstand, um ins Badezimmer zu gehen, da war er an ihrer Schlafzimmertür vorbeigekommen und hatte seine Mutter stöhnen hören: «Laß das, laß das... O nein, nein, nein!» Und dann hatte sie ein dumpfes

Heulen von sich gegeben wie ein Tier. Und dabei hatte sie noch so glücklich ausgesehen, ehe sie ins Bett gegangen war! Jenes Heulen noch in den Ohren, fiel ihm ihr sanftes, girrendes Kichern wieder ein und wie sie den Vater aus den Augenwinkeln angelächelt hatte, wobei ihre Hand seinen Halsansatz streichelte. Victor fürchtete sich ganz und gar nicht vor seinen Eltern, aber er hatte Angst, in ihr Zimmer zu gehen. Dennoch nahm er all seinen Mut zusammen und drückte den Türgriff nieder. Die Tür war verschlossen.

Das erste, was er am nächsten Morgen hörte, als er aufwachte, war das Singen seiner Mutter. Sie sang einen populären Schlager jener Tage: ‹*Mister Sandman, bring me a dream* ...› Darin gab es eine Zeile, die hieß: ‹Sag mir, daß meine einsamen Nächte vorüber sind.› Sie trat damit in Victors Schlafzimmer, lachte noch über etwas, das sein Vater eben gesagt hatte, gab Victor einen Gutenmorgenkuß und meinte, es sei ein wunderschöner Tag. Dabei zog sie die Vorhänge zurück, um die Sonne hereinzulassen. So wußte er also, daß ‹es› richtig war und daß sie nicht verletzt, sondern glücklich war. Er fragte sich sogar, ob er nicht das Gehörte bloß geträumt hätte, ob ihm nicht vielleicht tatsächlich Mister Sandman diesen Traum gebracht hatte, so wie in dem Lied? Noch jetzt fragte er sich das. Ganz gewiß aber hatte er nie wieder draußen an ihrer Tür gehorcht, und deshalb war er auch sprachlos gewesen vor Verblüffung, als er Jahre später – er war schon über zwanzig – hörte, wie sein Vater jemandem erzählte, welche Plage er als kleiner Junge gewesen sei – eine ‹Pest› nannte sein Vater ihn –, weil er ständig nachts im Haus herumgegeistert sei, und einmal hätten sie ihn sogar fest schlafend auf der Schwelle ihres Schlafzimmers gefunden.

Am Abend vor seinem siebenten Geburtstag sah er sie zufällig dabei, wie sie ‹die Sache› machten. Später hatte er in einer Zeitschrift – vermutlich in *Reader's Digest* – gelesen, daß in der psychiatrischen Fachsprache so etwas eine Primärszene, eine frühkindliche Prägung genannt wird, und in einem anderen Artikel, daß das Alter von sieben Jahren für den Beginn des ‹Verstandesalters› gehalten wird, das heißt, danach weiß man, was man tut, man ist verantwortlich. Es war der Abend vor seinem Geburtstag, und er wußte, sie hatten ihm ein Geschenk gekauft und es irgendwo versteckt; und das suchte er, ganz ohne sich zu schämen. Zu Weihnachten war es immer genau das gleiche – er ging förmlich auf Jagd nach seinen Geschenken, und er glaubte sogar, sie wußten das. Sie wußten es, amüsierten sich über seine Neugierde, trugen ihr Rechnung und versteckten die Geschenke an den unwahrscheinlichsten Plätzen.

Er hatte sich einen Hund oder eine Katze gewünscht, aber er fürchtete, es bestand nicht viel Hoffnung, das eine oder das andere zu bekommen. Als drittbestes hoffte er auf ein Kaninchen. Mehr oder weniger hatten sie ihm ein ‹Haustier› versprochen. Er konnte nicht einschlafen, und gegen halb zehn stieg er aus dem Bett und ging nach unten, seine Geschenke suchen. In jenen Tagen gab es noch kein Fernsehen, das heißt, es existierte zwar, aber sie hatten noch keins. Seine Eltern hatten abends immer das Radio an. Sanfte Musik tönte aus dem Wohnzimmer. Er machte ganz leise die Tür auf, um sich zu überzeugen, daß sie hinreichend beschäftigt waren und nicht merkten, daß er aufgestanden war. Sie waren hinreichend beschäftigt. Sein Vater, mit einem Hemd bekleidet, aber ohne Hose, lag oben auf seiner Mutter drauf, buckelnd und plumpsend, immer rauf und runter, und sie lag rücklings auf dem braunen Samtsofa, den Rock hochgezogen und die Bluse aufgeknöpft.

Es waren nicht so sehr die Bewegungen, die sie vollführten, als die Geräusche dabei, eine Art saugendes Schmatzen, sein Vater keuchte und japste, seine Mutter stieß lange Seufzer und spitze kleine Schreie aus... Aber es war beides. Die Bewegungen, die Art, wie seine Mutter sich wild von einer Seite auf die andere warf, die Art, wie sein Vater, immer schneller werdend, zuckend auf und nieder fuhr... Er brauchte keine Angst zu haben, daß er sie störte. Ein Gewehrschuß (so dachte er Jahre später), direkt im Zimmer abgefeuert, hätte sie nicht gestört.

Er machte kehrt und ging fort. In die Küche. Er wollte ein Bonbon oder einen Keks, obwohl das nach dem Zähneputzen verboten war, er wollte etwas Süßes – zum Trost. Sie besaßen einen kleinen Kühlschrank, aber darin wurden keine Süßigkeiten aufbewahrt. Die Speisekammer war eher eine Art begehbarer Schrank mit Steinfußboden, mit einem Maschendrahtfenster in der Tür und einem Lüftungsschlitz in der Außenwand. Victor war nicht groß genug, um an den Türgriff heranzureichen, aber die Tür war nicht ganz geschlossen. So packte er die Kante und zog sie auf.

Eine riesige Muschel. Ein Kopf, der unter ihrem Rand hervorstak, schlangenartig, aber mit leeren, verhangenen, gleichsam fragenden Augen, der sich von einer Seite zur anderen wiegte, zwei schuppenbewehrte Füße, die sich träge bewegten, und das alles knappe fünf Zentimeter von seinem Kopf entfernt. Er schrie. Er bedeckte sein Gesicht, seine Ohren, seine Augen und rollte sich schreiend auf dem Boden hin und her. Sein Vater und seine Mutter waren wohl fertig, denn sie hörten ihn und kamen angerannt, ihre Kleidungsstücke raffend und seinen Namen rufend. Seine Mutter hob ihn hoch und drückte ihn an sich und fragte, was los sei. Hinterher begriff er, akzeptierte ihre Erklärungen. Es war sein Geburtstagsgeschenk, über Nacht versteckt in einem Kasten auf dem Speisekammerregal, bloß, er hatte weder den Kasten, noch das Stroh, noch den Maschendraht gesehen, nur die Schildkröte. Sie gaben sie natürlich fort, an die Macphersons weiter unten an der Straße.

Das da, fünf Häuser weiter, das hatte den Macphersons gehört. Vielleicht lebten sie noch, aber das Ding, das er einmal und nie wieder in Gedanken beim Namen genannt hatte, das konnte ja nicht mehr am Leben sein. Womöglich beobachtete Mrs. Macpherson ihn in diesem Augenblick vom Fenster aus? Was hatte seine Mutter wohl den Nachbarn erzählt? Sie hatte ja keine Möglichkeit, es geheimzuhalten. Denn tagelang waren die Zeitungen voll gewesen von ihm, und später dann noch einmal während der Gerichtsverhandlung. Er fragte sich, ob es sie wohl wirklich so tief getroffen hatte. Immerhin war *er* es gewesen und nicht sein Vater, den man ihr fortgenommen und ins Gefängnis gesteckt hatte.

Victor trat ein wenig von der Pforte zurück, denn er hatte sich unwillkürlich auf sie gelehnt. Dort um die Ecke, nach hinten heraus, war ein kleiner gepflasterter Hof, wo seine Mutter in Töpfen Tomaten gezogen hatte, und eines der Fenster – oder in diesem Falle eine Lüftungsscharte, die auf den Hof hinausging – gehörte zu jener Speisekammer, wo das ... das Ding in seinem Maschendrahtkasten gewesen war. Es kam Victor erstmals zum Bewußtsein, daß nur eine sehr nachlässige Hausfrau auf die Idee kommen konnte, ein Tier, eine solche Kreatur, über Nacht in eine Speisekammer einzusperren, und aus irgendeinem Grund schauderte er. Sein Leben wäre vielleicht anders verlaufen, wenn er nicht jene Speisekammertür geöffnet hätte – aber vielleicht auch nicht.

Victor warf einen letzten Blick auf das Haus. Im Grunde hatte er hier ja nicht mehr gewohnt, seit er die Schule beendet hatte und aufs Polytechnikum gegangen war. Es war ein Jammer, daß seine Eltern das Haus nicht gekauft hatten, dann würde er jetzt kassieren anstelle des Eigentümers. Welche Summe ein Haus wie dieses heutzutage wohl einbrachte? Zwölftausend Pfund? Fünfzehn? Er war verblüfft, als er im Schaufenster des Maklerbüros die Angebote las, nachdem sein Selbstvertrauen ganz allmählich so weit gediehen war, daß er sich in die High Street hineintraute.

Vierzigtausend für ein Haus dieses Typs! Wieviel dann wohl ein Busfahrschein kostete? Oder angenommen, er nähme mal ein Taxi? Victor fiel ein Witz ein, der die Runde gemacht hatte, ehe er ins Gefängnis kam, damals, als die Inflation gerade begann. Alan, für den er arbeitete, hatte ihn ihm erzählt.

Es war mal ein Mann, der überlegte sich, wie er aus der Inflation Nutzen ziehen könnte. Er läßt sich also künstlich einschläfern und für zwanzig Jahre einfrieren. Als er wieder aufwacht, ist das erste, was er sieht, ein Brief von seinem Bankier, ein Jahr alt, in welchem steht, daß sein Vermögen sich auf eine Million Pfund beläuft. Er rennt die Straße runter zur Telefonzelle, um den Bankier anzurufen, und während er in seinen Taschen nach ein bißchen Kleingeld sucht, liest er die Gebrauchsanweisung des Münztelefons, und die lautet: Wählen Sie die gewünschte Nummer, und wenn das Rufzeichen ertönt, werfen Sie neun Millionen Pfund ein ...

Es war nicht Apathie oder Angst, was ihn davon abhielt, mehr zu tun, als sich um die Zahlungen vom Sozialamt zu kümmern. Es widerstrebte ihm einfach mehr und mehr, sich hier in Acton anzusiedeln. Während dieser ersten Woche Freiheit war es ihm gelungen, jeden Kontakt mit den anderen Bewohnern des Hauses zu vermeiden, nicht einmal der Hauswirtin oder ihrem Verwalter war er begegnet. Seine Miete wurde direkt bezahlt. Wahrscheinlich fürchteten die vom Sozialamt – mit einigem Recht –, daß, wenn sie dem Mieter das Mietgeld aushändigten, dieser es zum eigenen Gebrauch einbehalten würde. Sich bei einem Arzt anzumelden, dazu war schließlich auch noch Zeit, wenn er krank wurde.

Seine tägliche Lektüre von Zeitungen und Illustrierten verschaffte ihm Kenntnisse über die derzeitige Verhaltens- und Redeweise. So stieß er zum Beispiel auf den Ausdruck ‹Selbstmotivierung›, den er, soweit er sich erinnerte, von früher her nicht kannte. Also motivierte Victor sich selbst, zur Bank zu gehen, um festzustellen, wie hoch sein Guthaben war, genauer gesagt, er war eben dabei, sich selbst zu motivieren, indem er sich einredete, wenn er erst mal in der Bank wäre und mit dem Filialleiter oder sonstwem redete, dann würde er auch keine Angst mehr haben, da geschah etwas, das ihn aus dem Haus trieb.

Seit fast einer Woche wohnte er jetzt unbehelligt in diesem Zimmer und in diesem Haus, da wurde ihm der Kontakt mit einem anderen menschlichen Wesen aufgezwungen. Genau an diesem Morgen um zehn Uhr klopfte es an die Tür, und als er schlotternd vor Schreck und Kälte aufmachte, stand draußen eine Frau, die sagte, sie sei Noreen, und sie sei gekommen, sein Zimmer saubermachen.

«Ich will das Zimmer nicht saubergemacht kriegen», sagte er schroff, «ich kann es mir nicht leisten, dafür Geld auszugeben.»

Er hatte seine Stimme während der vergangenen Wochen nicht viel benutzt, und er war auch noch nicht so weit, daß er mit sich selbst redete, deshalb klangen ihm seine Worte seltsam fremd und gekünstelt in den Ohren. Noreen aber schien für derartige Nuancen wenig Sinn zu haben. Sie kam einfach herein und zog einen Staubsauger hinter sich her.

«Dafür ist schon gesorgt», meinte sie, «das ist in Ihrer Miete mit drin.» Sie blickte sich im Zimmer um. «Von wegen nicht nötig! Das wollen Sie *mir* doch wohl nicht erzählen!»

Mit geradezu wütender Energie machte sie sich an die Arbeit, rückte das Bett von der Wand, stapelte Rohrstuhl, Tisch und Teppiche in der Mitte des Zimmers aufeinander. Währenddessen hatte sie den Staubsauger bereits eingeschaltet, obgleich er noch gar nicht in Aktion war, so als müsse er erst warmlaufen. Sie war eine kleine, recht hübsche Frau von etwa fünfunddreißig Jahren, mit langen, fettigen Haaren, dunkel und lockig. Ihr Körper war eher untersetzt und rund, aber die Beine waren dünn und hatten schöne, schmale Fußgelenke. Sie trug einen schwarzen Baumwollrock, ein hellviolettes T-Shirt und Gesundheitssandalen von Scholl. Entsetzt spürte Victor, wie eine unverhoffte, rasende Begierde nach dieser Frau von ihm Besitz ergriff.

Verwirrt zog er sich vor ihr zurück, blieb zwischen Schrank und Ausguß stehen, und er fühlte, wie ihn der elektrische Anzug langsam umhüllte. Während der vergangenen Woche war er so froh gewesen, daß er nichts davon gespürt hatte: warum suchte ihn diese Plage jetzt wieder heim? Sie war alles andere als eine Augenweide, diese Noreen, und sie roch nach Schweiß. Und besonders jung war sie auch nicht. Kam es vielleicht daher, daß er hier in seinen eigenen vier Wänden war und sich verhältnismäßig sicher fühlte, während er draußen die meiste Zeit erstaunt und verängstigt zugleich war? Er hätte winseln mögen, blöken wie ein Tier, er hätte am liebsten losgeschrien!

Noreen rief ihm über den Lärm des Staubsaugers hinweg zu: «Wenn Sie irgendwas zu besorgen haben, würde ich das jetzt machen! Dann stehen Sie mir hier nicht im Wege. Meistens bin ich so in einer halben Stunde fertig.»

Er fuhr in seine Jacke und drückte sich an ihr vorbei, mit den Händen an der Wand entlangtastend. Die Jahre im Gefängnis hatten es also nicht ausgemerzt. Hatte er das denn auch ernsthaft geglaubt? Draußen auf dem Flur fiel er auf die Knie und kroch vorwärts, den Kopf gegen den Boden gepreßt. Er schaukelte vorwärts und rückwärts. Hinter der Tür vollführte der Staubsauger seinen jaulenden, stöhnenden Schluckauf. Victor schlug die Stirn gegen den Boden, kam taumelnd auf die Füße und stolperte die Treppe hinunter. Jetzt, da sein Zimmer okkupiert war, gab es für ihn keine Zuflucht mehr, nichts, wo er sich verstecken konnte! Er mußte an eine Verszeile denken, die er mal gelesen hatte, vor langer Zeit. Sicherlich war er irgendwann während seiner Englisch-, Soziologie- oder Volkswirtschaftskurse, die er damals am Polytechnikum begonnen hatte, darauf gestoßen:

‹Dies ist die Hölle, und mitnichten
bin ich außen vor...›

Er hatte nicht die leiseste Ahnung, wer das gesagt hatte, aber dies war die Hölle, und er steckte bis zum Hals darin.

Das Geld, das seine Eltern ihm hinterlassen hatten, lag auf einem Depositenkonto bei der hiesigen Filiale der Lloyds Bank. Ursprünglich waren es einmal an die tausend Pfund gewesen, aber die Kosten für das Begräbnis seiner Mutter und für die Wohnungsauflösung hatten davon bestritten werden müssen. Mit zusammengebissenen Zähnen, die Hände in den Taschen vergraben, zwang sich Victor, zur Bank zu gehen. Einen guten Teil des Weges legte er fast blind zurück, die Augen halb geschlossen, den Kopf so tief gesenkt, daß er nur das Pflaster sah.

In der Bank ging dann alles so leicht, daß er sich fragte, was ihn eigentlich daran gehindert hatte, schon längst herzukommen. Er sagte seinen Namen, der den Schalterbeamten keineswegs aufhorchen ließ, der ihm augenscheinlich überhaupt nichts sagte; und daß er die Nummer des Kontos nicht angeben konnte, schien auch kaum etwas auszumachen. So was stellte man heutzutage über Computer fest. Victor, der kaum wußte, was ein Computer war, kam sich blöde und unwissend vor.

Sein Konto belief sich nur noch auf knapp über dreihundert Pfund. Ein Streifen Papier, in der Mitte gefaltet, wurde ihm durch eine kleine Mulde unter dem Schaltergitter zugeschoben. Man war jetzt in den Banken weit mehr auf Sicherheit bedacht als noch vor zehn Jahren. Cal hatte eingesessen, weil er eine Bank geknackt hatte, fiel Victor ein, und Georgie, weil er auf irgendeinem Postamt in Hertfordshire einen Beamten mit der Knarre in Schach gehalten hatte, während sein Komplize das Geld für ein paar hundert Altersrenten eingesackt hatte. Dreihundert Pfund – und das schloß die aufgelaufenen Zinsen von fünf oder sechs Jahren mit ein!

Victor mochte nicht das Telefon benutzen, das hinter der Treppe an der Wand hing. Womöglich konnte man ihm dort zuhören? Man konnte nie mit Bestimmtheit sagen, ob das Haus leer war. Vor der Arbeitsvermittlungsstelle gab es zwei Telefonzellen, und beide waren nicht besetzt. Victor überflog, was im Schaukasten der Vermittlung an Jobs angeboten wurde. Die erstaunliche Anzahl der Angebote stimmte nicht mit dem überein, was Judy ihm erzählt hatte, aber wenn man sich um so eine Stelle bewarb, dann stellte sich wahrscheinlich heraus, daß sie schon besetzt oder daß sie nicht das war, was man sich darunter vorgestellt hatte. Es war sogar eine dabei, die für ihn in Frage kam: ‹Voll oder halb ausgebildeter Metallarbeiter für die Herstellung von Aktenschränken gesucht von Spezialfirma für Büromöbel.› Damals, als er noch für Alan arbeitete, war er Fahrer in dessen Autoverleihfirma gewesen. Er konnte alles fahren, und er konnte gut fahren, und außerdem konnte er Aktenschränke bauen. Aber was sollte er den Leuten erzählen, wenn sie ihn nach seiner Berufserfahrung fragten?

Er zog die Tür der ersten Telefonzelle auf. Es waren keine Telefonbücher da, und als er das Telefon benutzen wollte, stellte er fest, daß es tot war. In der nächsten Zelle war nicht nur das Telefon tot, sondern der Hörer war abgeschnitten und lag auf der Seite in dem Metallkasten, in dem eigentlich die Telefonbücher hätten liegen müssen. Victor konnte das nicht begreifen. Seine Verblüffung stand ihm wohl im Gesicht geschrieben, denn als er aus der Zelle trat, sagte eine vorübergehende Frau zu ihm: «Tja, mein Guter, einfach so aus Zerstörungswut kaputtgemacht! Die sind schon seit Wochen so.»

Victor fand es unglaublich, daß da Leute herumliefen und derartigen Schaden anrichteten, ohne daß sie dafür bestraft wurden. Er hatte seine Tante anrufen wollen, aber jetzt überlegte er – warum eigentlich? Egal, wann er sich entschloß, zu ihr zu gehen, sie würde ja sowieso zu Hause sein. Sie ging ja nie aus. Inzwischen hatte Noreen wahrscheinlich das Raviolilinoleum fertig saubergemacht, aber sehr wahrscheinlich war sie noch immer im Haus, und er ging auf keinen Fall zurück, solange sie da war.

Er machte sich auf den Weg, die Gunnersbury Avenue entlang, denn einen Bus zu nehmen, dazu brachte er nicht den Mut auf. Der Verkehr in Richtung Heathrow donnerte an ihm vorbei wie zu Stoßzeiten, und dabei war es erst elf Uhr vormittags. Er fragte sich, wie es wohl wäre, wie er sich wohl fühlte, wenn er jetzt, nach zehn Jahren, wieder versuchte, ein Auto zu fahren. Diese Gegend hier war das, was seine Mutter als ‹gediegen› bezeichnet hätte, aber Victor hatte sie immer eher als bizarr empfunden, diese Reihen großer Neo-Tudorhäuser, deren Außenwände über und über mit Holzwerk verziert waren, mit ihren steil aufragenden Dächern und den bleigefaßten Fenstern mit getönten Glasscheiben. Das wäre vielleicht gar nicht so schlecht gewesen, wenn es genügend Platz gegeben, wenn zu jedem Haus ein halber Morgen Land gehört hätte. Statt dessen standen sie dicht aneinandergedrängt. Vor den meisten Häusern waren Steingärten angelegt, durch die sich Stufen zur Haustür hinaufwanden. Das Haus seiner Tante war ein Eckhaus. Die Haustür war eine Imitation eines mittelalterlichen, eisenbeschlagenen Eichenportals, und eine Art Granitfelsen, von Steingartenpflanzen überwuchert, trug das Vordach.

Muriel Faraday hatte spät geheiratet. Sie war älter als seine Mutter, aber Victor war schon sechzehn gewesen, als sie heiratete. Er konnte sich noch erinnern, wie sie zu ihrer Hochzeit gegangen waren, weil er unmittelbar vorher sein Abschlußzeugnis bekommen hatte, und während des Hochzeitsempfangs war sein Vater überall herumgelaufen und hatte allen Leuten erzählt, sein Sohn habe acht Einser im Abschlußzeugnis, was Victor sehr peinlich fand. Die Ehe war auf irgendeinem Standesamt geschlossen worden, Victor konnte sich nicht mehr entsinnen, wo, und Muriel hatte hohe Absätze und einen riesigen Hut getragen, wodurch sie neben dem untersetzten älteren Herrn, der ihr Ehemann war, sehr mächtig gewirkt hatte. Sydney Faraday war Eigentümer dreier gutgehender Gemüseläden, ein Witwer mit erwachsenen Kindern. Wie die Mutter Victor erzählte, hatte Muriel sich ausbedungen, daß sie, falls sie einwillige, ihn zu heiraten, auf gar keinen Fall jemals in einem der Läden bedienen werde, nicht einmal aushilfsweise in Notfällen.

Victor und seine Eltern zogen keinerlei Vorteil aus Muriels neuem Wohlstand, obgleich seine Mutter sich große Hoffnungen gemacht hatte auf Früchte außerhalb der Saison oder auf einen Preisnachlaß bei jungen Kartoffeln. «Nichts, nicht mal ein Körbchen Erdbeeren!» pflegte seine Mutter zu jammern. Es wäre auch schwierig gewesen, solche Geschenke zu überbringen, denn seine Mutter lud äußerst selten Gäste ins Haus und nahm ebenso selten Einladungen an, und bei seiner Tante entwickelte sich bald nach ihrer Hochzeit jene Platzangst, die sie am Ausgehen hinderte. Lediglich bei zwei oder drei Gelegenheiten war Victor im Haus seiner Tante und seines Onkels gewesen, zweimal zu Weihnachtsessen und dann irgendwann noch einmal, aber er wußte noch ganz genau, wo das Haus lag.

Ehe er die Stufen zur Haustür hinaufstieg, ging er die Einfahrt zur Garage hinunter. Diese Garage war zur Hälfte aus Holz gebaut und hatte kleine, rautenförmige Fenster, wie eine ländliche Hütte in einem Kalender. Victor blickte durch eines der Fenster und sah drinnen die Möbel stehen, allesamt zugedeckt mit den Gardinen seiner Mutter. Oben auf den Vorhängen lag aller möglicher Krimskrams aus den Schränken und Regalen seiner Mutter durcheinander – Tassen und Teller und Vasen und Aschenbecher und Briefbeschwerer und Kerzenhalter. An einer Stelle war ein Vorhang verrutscht, und er erkannte den Kopfteil vom Bett seiner Eltern, die wattierte Bespannung aus altem, goldfarbenem Satin, mit Ziernägeln befestigt, und eine dicke, lange Spinnwebe baumelte daran herunter.

Eine Betontreppe, gewunden und rustikal uneben, führte zur Haustür hinauf. Hier und da zeichneten sich undeutlich künstliche Felsüberhänge ab, überwuchert von kriechenden Gewächsen und teilweise verschattet von dunklen, fächerförmigen Zwergnadelbäumchen. Solange Victor zurückdenken konnte – das hieß, bis zu dem Tag, als Muriel Sydney geheiratet hatte und hier eingezogen war –, hatten allerlei kleine Gartenstatuetten die düstere Öde dieser Böschung aufgeheitert, kleine Kreaturen, aus Zement gegossen – ein Frosch, ein Kaninchen, eine Eule mit aufgemalten gelben Augen und eine Schildkröte. Zu Victors Glück war die Schildkröte am wenigsten augenfällig, denn der Stein, auf dem sie stand, lag am dichtesten an der Buchsbaumhecke und war halb verdeckt von den Zweigen eines Wachholderbaums. Wenn man sie mit flüchtigem Blick streifte, konnte man sie ebenfalls für einen Stein halten. Victor war natürlich niemals näher an sie herangegangen als bis zu dieser Treppe, und er hatte sie nie angeschaut, höchstens aus den Augenwinkeln. Auch jetzt stellte er lediglich fest, daß sie noch da war, nicht mehr und nicht weniger verborgen als bei seinem letzten Besuch; und das war über zehn Jahre her. Entweder war der Wacholder nicht mehr gewachsen, oder er wurde absichtlich immer wieder so weit zurückgeschnitten.

Die Haustür sah aus, als sei sie seit Monaten nicht geöffnet worden oder als sei sie tatsächlich das Tor zu einer Festung, und auf sein Läuten – mittels einer Glocke, die durch das Ziehen an einem gedrehten Eisenstab in Bewegung gesetzt wurde – werde ein Torhüter in Kettenhemd und mit einem Knüttel in der Hand erscheinen. Victor zögerte, ehe er an der Stange zog. Er wollte die Möbel doch eigentlich gar nicht, er hatte ja gar keinen Platz, um sie unterzubringen, und selbst wenn er ein leeres Haus besessen hätte, das darauf wartete, möbliert zu werden, dann wäre alles andere besser gewesen als diese Stücke, an denen Erinnerungen, Kümmernisse und Schande unablösbar hafteten. Aber vielleicht war er gar nicht deswegen gekommen, vielleicht war er bloß gekommen, um Muriel zu besuchen, seine einzige lebende Verwandte, das einzige übriggebliebene Verbindungsglied aus jener Kette von Fleisch und Blut, die ihn mit der Vergangenheit verband.

Womöglich war sie tot? Man hatte es sicherlich nicht für nötig gehalten, ihm das im Gefängnis mitzuteilen. Womöglich war sie bettlägerig oder in einem Pflegeheim? Das Haus sah nicht gerade bewohnt aus. Aber es hatte auch damals nicht bewohnt ausgesehen, als er mit seinen Eltern zu Weihnachten hier gewesen war – keinerlei Weihnachtsdekoration, nicht mal eine bunte Papierkette. Er griff nach der Eisenstange und zog die Glocke.

Sämtliche Fenster, soweit er die Straße entlangsehen konnte, all jene Fensterflügel der anderen Häuser mit ihren kleinen Scheiben und den verschnörkelten Metallgriffen an den hölzernen Mittelstreben leuchteten in einer Art schwarzem Glitzern; die Fenster in Tante Muriels Haus dagegen schienen von einem grauen Nebel überzogen, einem staubigen Flor, auf den es geregnet und auf dem sich dann erneut Staub zu einem zähen Film verdichtet hatte. Er läutete noch einmal. Dieses Mal hörte er etwas. Und es war absurd – denn schließlich besuchte er hier bloß seine alte Tante, sagte er sich, niemanden, auf den es sonderlich ankam –, aber er verspürte einen Anflug von Panik, elektrische Stöße durch seine Schultern und den Rücken hinunter. Er zog den Bauch ein, drückte die Schultern zurück und atmete tief durch.

Langsam wurde die Tür einen Spaltbreit geöffnet mit äußerstem Mißtrauen – ein Schlitz zuerst, dann eine Handbreit, dann einen Fußbreit. Ein altes Gesicht blickte ihn scheel an, ein zuckendes Mäusegesicht. Sie war so sehr gealtert, daß er sie kaum oder überhaupt nicht wiedererkannt hätte, wären sie sich anderswo begegnet – was ja allerdings höchst unwahrscheinlich gewesen wäre. Er starrte sie an, und seine Kehle schnürte sich zusammen. Damals war sie eine große, stattliche Frau gewesen, mit großem, mehlig bemaltem, pausbäckigem Gesicht, das ihn als Jungen immer an eine kunstvolle Torte aus dem Schaufenster einer Konditorei erinnert hatte, pudrig weiß, mit Kirschen drauf und mit Marzipan und umrahmt von einer goldenen Krause. Der Kuchen war in sich zusammengefallen und verdorben, Staub und Spinnweben waren, wo einst die Glasur gesessen hatte; auf den schwammigen Wangen lagen sie wie pelziger Schimmel. Der schwere Körper, damals im straffen Korsett, war schlaff und gebeugt. Muriel trug eine Art rosa Netz oder Kopftuch über dem strähnigen grauen Haar, das früher wasserstoffblond gewesen war, dazu einen schmutzigen blauwollenen Morgenmantel und schmutzige blaue, mit Federn besetzte Pantoffeln.

Victor wußte nicht, was er sagen sollte. Er schluckte. Er wartete, daß sie etwas sagen würde, und dann begriff er, daß sie ihn nicht erkannte.

«Ich bin Victor», sagte er.

Sie trat einen Schritt zurück und legte eine Hand über ihren Mund. Er ging einfach ins Haus und schloß die Tür hinter sich. Ihre Stimme war ein heiseres Flüstern: «Bist du geflüchtet?»

Er hätte sie am liebsten umgebracht, er hätte das glatt fertiggebracht. Aber dann begriff er, daß sie Angst hatte.

«Was meinst du damit, geflüchtet?» fragte er barsch.

«Du hast doch noch vier Jahre nach.»

«Hast du noch nie was gehört von Straferlaß für gute Führung?»

Entsetzt blickte sie ihn an, ganz langsam von oben bis unten; dabei umschlossen ihre Hände wie Klauen das Gesicht. Und dann brach sie in ein dünnes, nervöses Kichern aus.

«Gute Führung!» lachte sie schrill. «Das finde ich ja reizend – gute Führung!»

Von damals her wußte er noch, wo das Wohnzimmer war. Er stieß einfach die Tür auf und ging hinein. Sie folgte ihm schlurfend.

«Ich dachte schon, du wärst über die Mauer geklettert.»

Er nahm es nicht zur Kenntnis. Das Wohnzimmer war vollgestopft mit Zeitungen, Illustrierten und Magazinen. An der Wand, die dem Kamin gegenüberlag, ragten vier Türme aus Zeitschriften buchstäblich vom Fußboden bis zur Decke. Es war tatsächlich, als habe sie den Turmbau nur deshalb eingestellt, weil die Zimmerdecke erreicht war. In der Leibung des Erkerfensters lagen Zeitungen aufgestapelt, die großformatigen links und die kleineren Sensationsblättchen rechts, jeweils bis zur Höhe von einem Meter. Weitere Zeitschriften füllten den Raum zwischen der Platte des Refektoriumstisches und dem Fußboden, füllten auch die drei Bücherregale, die Nischen zu beiden Seiten des Kamins, sogar das Sofa und einen der Sessel. Nur ein kleiner Platz in der Mitte des Teppichs war frei geblieben, ebenso der Lehnsessel, über dem eine Decke hing und in dem seine Tante vermutlich vor dem Fernseher zu sitzen pflegte.

Und sie ging doch nie nach draußen! Wie konnte eine alte Frau, die nie ausging, eine derartige Masse Papier ansammeln? Indem man nie etwas wegwarf, überlegte er, indem man sich zum Beispiel eine Tageszeitung und zwei Wochenzeitungen hielt und dazu noch zwei oder drei Monatszeitschriften. Und wenn man dann nie etwas wegwarf... Ob sie wohl schon immer so gewesen war? Er konnte sich nicht erinnern. Er drehte sich zu ihr um.

«Du hast meine Möbel.»

Kaum hatte er es gesagt, wartete er natürlich darauf, daß sie zu lamentieren anfangen würde, von wegen wie großzügig sie gewesen sei und was es ihn gekostet hätte, das Mobiliar zu lagern und so weiter. Aber sie sagte bloß: «Die sind in der Garage.»

«Kannst du mich bitte hinbringen?»

Sie schüttelte den Kopf. «Das ist draußen», erklärte sie ihm, als ob andere Leute ihre Garagen mitten im Haus hätten. «Du kannst durch die Küche und durch den Hinterausgang gehen. Da sind die Schlüssel. Ich geb sie dir.»

Sie schlurrte durchs Haus, und er folgte ihr. Ihr Mann war wohlhabend gewesen, und es war ein großes Haus, ausgestattet mit teuren, schwer gepolsterten Möbelgarnituren aus den dreißiger Jahren. Im Speisezimmer waren ebenfalls eine Menge Zeitschriften, aufgeschichtet zu ähnlichen säulenartigen Stapeln. Wenn hier seit Jahren niemand mehr saubergemacht hatte, so war andererseits ja auch nicht sonderlich viel schmutzig gemacht worden. Nur blasser, feiner Staub lag allenthalben, und es herrschte ein trockener, stickiger Geruch. Die Küche sah aus, als hätte seit langem kein Mensch mehr darin Essen gekocht. Seine Tante zog eine Schublade auf und nahm einen Schlüsselbund heraus. Sie hatte sein Eigentum wohl gehütet, denn drei verschiedene Schlüssel waren nötig, um die Garagentür aufzumachen. Eigentlich war sie gar kein so übles altes Mädchen, dachte er bei sich. Vielleicht war es ganz natürlich, daß sie Angst gekriegt hatte, als sie erfuhr, wer er war. Er hatte Boshaftigkeit und Krittelei bei ihr erwartet, aber im Grunde war sie nur ein bißchen geistig verwirrt. In ihrem ruinierten Gesicht fand er etwas von seiner Mutter wieder, was eigentlich unverständlich war, denn seine Mutter war sehr hübsch gewesen, aber es saß tief in den Augen, es war irgendwas in der Form der Nasenflügel, in der Linie der Schläfen. Ihm wurde ganz merkwürdig zumute, ganz schwach, irgendwie schlimmer als damals, als er erfuhr, daß seine Mutter gestorben sei.

Er hantierte mit den drei Schlüsseln und wollte die Garagentür aufmachen. Aber sie klemmte, und er mußte sich mit der Schulter dagegenstemmen. Hier drinnen war seit langem niemand mehr gewesen. Victor blieb auf der Schwelle stehen und blickte verloren auf seine Vergangenheit, seine Kindheit, die in diesen Betten und Matratzen nistete, in diesen Tischen und Kommoden und Stühlen, alles wie von einem Leichentuch bedeckt mit jenem vielfarbigen Stoff, der damals vor den Fenstern gehangen und die Außenwelt ausgesperrt hatte.

Er zog die Tür hinter sich zu und bahnte sich einen Weg in die Tiefe des Raumes. Er bewegte sich wie einer, der in einem Labyrinth oder einem Dickicht von Bäumen ausgesetzt ist, an denen er nichts beschädigen darf. Die Möbelstücke rochen nach dem Haus seiner Mutter, ein Geruch, den er nie wahrgenommen hatte, solange er mit ihr zusammenlebte, jetzt jedoch erkannte er ihn als einzigartig und unverwechselbar wieder: der Tabak seines Vaters, Bienenwachs, virginischer Zauberstrauch, *Coty L'Aimant*-Körperpuder... Victor ertappte sich dabei, daß er ihn gierig einsog, so wie man in tiefen Zügen frische Luft einatmet, und er mußte sich zwingen, damit aufzuhören. Er schloß die Augen, öffnete sie wieder, und da fiel sein Blick auf den Saum eines Vorhangs. Er zog daran. Darunter verborgen war das Sofa, das gepolsterte braune Samtsofa, auf dem seine Eltern Hand in Hand zu sitzen pflegten und auf dem er sie an dem Abend mit der Schildkröte beim Beischlaf überrascht hatte. Auf den Kissen lag zusammengefaltet eine braunkarierte Reisedecke, und dicht hinter seiner Rückenlehne stand ein Rollstuhl.

Es mußte der Rollstuhl sein, zu dem sein Vater verdammt gewesen war. Nachdem sein Vater den ersten Schlaganfall erlitt, hatte Victor ihn nicht mehr wiedergesehen, aber seine Mutter hatte ihn auch weiterhin im Gefängnis besucht, und zwar ohne durch die Atmosphäre dort sonderlich eingeschüchtert oder entmutigt zu sein und auch ohne sichtbare Verzweiflung darüber, daß ihr Sohn dort einsaß. Sie war ausgeglichen und redselig wie immer, und er glaubte auch nicht, daß sie ihm zuliebe nur so tat. Warum sollte es sie auch bekümmern? Sie hatte ja seinen Vater, und der war alles, was sie brauchte. Er besann sich, daß sie ihm von diesem Rollstuhl erzählt hatte, und wie geschickt er damit umging, wie er ‹den Bürgersteig entlangflitzte›. Das war der Ausdruck, den sie gebraucht hatte.

Victor wunderte sich, daß sie ihn aufbewahrt hatte. Man hätte ihn der Sozialfürsorge überlassen sollen, das lag doch auf der Hand. Warum hatte nicht irgend jemand deshalb an ihn geschrieben? Der Rechtsanwalt zum Beispiel, der das Testament seiner Mutter vollstreckt hatte, der mit seiner Tante die Unterbringung dieser Möbel vereinbart und sein Honorar fein säuberlich von Victors Erbschaft abgezogen hatte. Wieso konnten Leute mit gesundem Menschenverstand annehmen, *er* könne für einen Rollstuhl Verwendung haben?

Er deckte die Sachen wieder zu. All dieser Kram mußte verkauft werden, das war das einzige, was man damit machen konnte. Als er vorhin durch die Acton High Street ging, war er an einem Trödelladen vorübergekommen, an dem ein Schild hing: WOHNUNGSAUFLÖSUNGEN, NACHLASSÜBERNAHME. ZAHLE GUTE PREISE.

Als er die Tür wieder mit den drei Schlüsseln abgesperrt hatte, ging Victor zurück durch das Haus. Es war ein sehr ruhiges Haus, eins, das eher in ländlichen Gegenden hätte liegen können als in einem Londoner Vorort an der Hauptverkehrsstraße nach Heathrow.

«Tante Muriel?» rief er laut.

Keine Antwort. Er trat an die Tür zum Eßzimmer, und da sah er sie drinnen, über einen Tisch gebeugt, der mit Papierstücken bedeckt war. Victor ging hinein. Er sah, daß die Papierstücke Ausschnitte aus Zeitungen und Illustrierten waren, alle säuberlich ausgeschnitten, nicht herausgerissen, so, als seien sie für eine Sammelmappe gedacht. Vielleicht waren sie auch für eine Sammelmappe gedacht, vielleicht war das Tante Muriels Absicht? Als er sah, welches Thema sie alle gemeinsam hatten, da überfiel ihn eine Woge jäher Hitze, schlug über ihm zusammen wie ein Brecher in einem warmen Meer, schwappte in sein Gesicht und brach sich über seinem Kopf. Ihm wurde übel, nicht aus persönlicher Betroffenheit oder gar Reue, sondern bei dem Gedanken, daß sie all diese Illustrierten, all diese Zeitungen und Zeitschriften womöglich einzig und allein zu diesem Zweck gehalten haben könnte. Er hielt sich krampfhaft an der Tischplatte fest und biß die Zähne aufeinander. Das war doch wohl Blödsinn, nein, kein Mensch würde so was tun, und doch ...

Er fuhr herum und packte sie an den Schultern. Sie gab einen kleinen, bibbernden Laut von sich und duckte sich. Er hätte ihr am liebsten das Mark aus den Knochen geschüttelt, aber er ließ sie los, tat es immerhin so grob, daß sie taumelte und beinahe gefallen wäre.

Die Ausschnitte auf dem Tisch waren samt und sonders Berichte, Geschichten und Fotos von David Fleetwood und dem Leben, das er führte, seit Victor vor zehn Jahren auf ihn geschossen hatte.

4

Da er nur zwei Gesprächsthemen hatte, nämlich den Zweiten Weltkrieg und den Gemüsehandel, hatte Sydney Faraday immer erschöpfend über Schlachten und über Wurzelgemüse geredet, wobei das erstere leicht dominierte. Er war Sergeant in einem Panzerregiment gewesen, einem Teil von Montgomerys Zweiter Armee, die im Frühjahr 1945 das nördliche Deutschland überrannt hatte. Eine seiner liebsten Geschichten war, wie er und ein Corporal und ein einfacher Soldat nahe der Weser in die Küche eines Bauernhauses eingedrungen waren, deren Bewohner eben geflohen waren, und dort hatten sie nichts zu essen gefunden, außer einem Spanferkel auf dem Rost des Backofens, das justament in diesem Moment gar und knusprig war. Eine andere war die von der Pistole. Bei Bremen hatte Sydney einen toten deutschen Offizier in einem Graben liegend gefunden, der hielt noch seine Pistole in der Hand, was Sydney zu der Annahme verleitete (da es andere Anzeichen nicht gab), er habe sich selbst erschossen aus Verzweiflung über den Verlauf, den der Krieg genommen hatte. Aus rein altruistischen Gründen, nämlich, um den Mann nicht als Selbstmörder brandmarken zu lassen, nahm Sydney die Pistole an sich und behielt sie. Es war eine Luger.

«Eine deutsche Kleinkaliberautomatik», pflegte Sydney seinen Zuhörern im Ton eines Konversationslexikons zu erklären.

Das erste Mal, daß Victor diese Geschichte hörte, war nach dem Weihnachtsessen. Er war erst siebzehn und ging immer noch meistens mit seinen Eltern. Und dann hörte er sie zehn Jahre später wieder, als seine Mutter jammerte, sie sähe ihn ja in letzter Zeit überhaupt nicht mehr, und dann so lange nörgelte, bis er an einem Weihnachtstag mitging zu Muriel. Alles war genau wie immer – der gleiche zu kurz gebratene, tiefgefrorene Truthahn, diesmal mit Kartoffeln aus der Konserve, denn es hatte ja während der vergangenen Dekade schließlich technische Fortschritte gegeben, und dazu Gemüse, das vielleicht im Laden nicht verkäuflich war. Während sie den fertig gekauften, nicht mehr hausgemachten, sondern nur noch hausgewärmten Plumpudding aßen und den einzig erfreulichen Bestandteil der Mahlzeit zu sich nahmen, nämlich Sydneys Portwein, erzählte der Onkel wieder einmal die Geschichte von dem deutschen Offizier und der Pistole. Victors Mutter murmelte, wenngleich ohne Erfolg, daß sie die schon mal gehört hätte. Muriel, die sie ja bestimmt schon viele, viele Male gehört hatte, rief immer mechanisch dazwischen: «Du meine Güte!» oder: «Nun stell dir das vor!» Sie tat es völlig ausdruckslos, so als lerne sie diese Ausrufe als Teil einer Nebenrolle in einem Theaterstück. Sie war dick geworden, und je dicker sie wurde, desto geistesabwesender wurde sie auch. Es war, als würden alle Lebensgeister, die sie je besessen hatte, nach und nach erdrückt, betäubt und eingelullt unter den Schichten ihres Fleisches.

Damals hatte Victor sich zwar nicht präzise erinnern können, welche Worte genau Sydney vor zehn Jahren benutzt hatte, als er die Geschichte von dem toten deutschen Offizier erzählt hatte, aber er glaubte nicht, daß die jetzige Version wesentlich davon abwich. Möglich, daß die Geschichte ein wenig ausgeschmückt worden war.

«Also, denk ich bei mir, armer alter Teufel, der muß am Ende seines Lateins gewesen sein. Keine Zukunft, denk ich mir, nichts, gar nichts, auf das man sich freuen kann. Und ich stell mir vor, wie er dann gefunden wird, wie man seiner Frau und seinen Kindern zu Hause mitteilt, er sei kein Held gewesen, nicht im aktiven Fronteinsatz gefallen, o nein, selbst Hand an sich gelegt habe er! Man weiß ja, wie man selbst da schon mit sich ringt, was nun falsch und was richtig ist. Also denk ich mir, Sydney, denk ich, der einzige gute Deutsche ist ein toter Deutscher, wie du weißt.»

«Du meine Güte!» rief Muriel dazwischen, mit völlig reglosem Gesicht.

«Aber irgendwie – ich nehme an, die Wahrheit ist, daß wir alle irgendwo die Gabe des Mitleids in uns tragen –, irgendwie hab ich's nicht fertiggebracht, ihn so liegenzulassen, ihn als dreckigen Feigling abstempeln zu lassen. Also, ich pack seine steife, tote Hand, kalt wie Eis war die, das weiß ich noch, als ob's gestern gewesen wär, nehm ihm die Luger weg und steck sie in die Tasche. Hab nie zu irgendwem ein Wort darüber verloren. Das war so 'n kleines Geheimnis zwischen mir und dem Toten, meine private kleine Ehrenbezeugung.»

«Kann ich noch ein bißchen Portwein haben?» fragte Victor.

Sydney schob ihm die Flasche hin. «Und ihr werdet's nicht glauben, aber die Luger hab ich immer noch. O ja. Ich kann sie euch zeigen, wenn ihr wollt. Aus irgendeinem Grund hab ich sie aufbewahrt wie einen Schatz. Nicht etwa, um sie ab und zu rauszuholen und mich insgeheim hämisch daran zu weiden, nein, kein bißchen. Bloß, daß ich mich manchmal gern daran erinnere und so bei mir denke, Sydney Faraday, denk ich, diesen Weg kommst du nur einmal entlang, und alles Gute, was du tun kannst, tu es *gleich*. Na ja, und das war eben mein kleines bißchen Gutes, damals, als wir dem Sieg entgegenstürmten in Old Montys Gefolge.»

Niemand bat darum, die Pistole sehen zu dürfen. Victor überlegte eben, ob *er* fragen sollte, aber da sagte Sydney schon, er werde mal raufgehen und sie runterholen. Die Luger war in einen weißen Seidenschal eingewickelt, so ein Ding, wie es Männer zum Abendanzug trugen. Victors Mutter fragte ängstlich, ob sie geladen sei, und als Sydney spöttisch erwiderte, natürlich sei sie nicht geladen, wofür sie ihn eigentlich hielte, da befühlte sie sie scheu und meinte bloß, so ganz das richtige sei das eigentlich nicht an Weihnachten.

Sydney wickelte die Waffe wieder ein und ging damit nach oben. Kaum war er aus dem Zimmer, da entschuldigte sich Victor, er müsse mal auf die Toilette. Lautlos stieg er die Treppe hinauf. Oben lag auf der linken Seite Sydneys und Muriels Schlafzimmer, ein großer Raum mit einem rosageblümten Teppich und einem mannshohen Kippspiegel in der Mitte des Zimmers. Victor warf einen flinken Blick hinein und bog dann in den Korridor, an dessen Ende das Badezimmer lag. Im Vorübergehen sah er Sydneys untersetzte Gestalt im zweiten Schlafzimmer (im ganzen gab es vier). Er hob eben die Eiderdaunendecke auf dem Messingbett an und schien Victor nicht zu hören.

Damals war Victor noch nie wirklich auf den Gedanken gekommen, er könne eine Waffe brauchen. Höchstens hatte er gefunden, eine Waffe sei ein kostbarer Besitz, weil so etwas selten war und obendrein verboten. Aber im darauffolgenden Mai überfiel er dann in der Hampstead Heath ein Mädchen, und das Mädchen hatte irgendein Selbstverteidigungstraining absolviert, etwas, das damals, in den siebziger Jahren, noch nicht sehr üblich war. Es gelang ihr, Victor zu Boden zu werfen und wegzulaufen. Und da dachte er an Sydneys Pistole.

Manchmal überlegte Victor, wie verwerflich es doch von Sydney gewesen war, ihn derartig in Versuchung zu führen. Denn wenn Sydney nicht mit der Pistole so angegeben und sie so herumgezeigt hätte, dann wäre Victor doch nie im Traum darauf gekommen, daß in Muriels Haus so ein Ding versteckt wäre; und hätte es sie dort nicht gegeben, dann wäre er doch nie an so was herangekommen. Und wenn er nie an eine Waffe herangekommen wäre...

Immerhin dachte er nicht besonders oft daran, bis Sydney dann krank wurde und ins Krankenhaus kam. Er litt an Lungenkrebs, und nach ungefähr einem Jahr starb er daran. Muriel hatte seit Jahren kaum einen Fuß vors Haus gesetzt, jetzt aber mußte sie gehen und Sydney besuchen. Victor erfuhr das alles von seiner Mutter, die ihm erzählte, daß Muriel nur ins Krankenhaus ginge, wenn sie mitkäme. Also fuhr sie immer mit einem Taxi zu Muriel und holte sie ab. Schon seit langem hatte Victors Mutter einen Schlüssel zum Haus ihrer Schwester.

Beim nächstenmal, als wieder ein Krankenhausbesuch der Schwestern fällig war, ging Victor nach Gunnersbury hinüber. Er beobachtete, wie das Taxi ankam und wie seine Mutter den künstlichen Bergpfad zwischen den Alpenpflanzen und den Zwergkoniferen hinaufkletterte. Seine Mutter schloß selbst die Haustür auf, und fünf Minuten später kam sie mit der fettleibigen Gestalt ihrer Schwester, die sich an ihren Arm klammerte, wieder heraus. Muriel trug einen großen schwarzen Hut mit breitem Rand und dazu einen schwarzseidenen Regenmantel, so als erwarte sie stündlich Sydneys Tod und sei bereits jetzt in Trauer. Ein paar Minuten, nachdem das Taxi außer Sicht war, schloß Victor seinerseits die Haustür auf mit einem Schlüssel, den er nach dem Exemplar seiner Mutter hatte nachmachen lassen. Er war noch neu und ein bißchen schwergängig, und einen Augenblick lang befürchtete er schon, er werde das Schloß damit nicht aufbekommen. Aber es klappte doch.

Er überlegte, wo jener Schlüssel wohl geblieben, was mit ihm passiert wäre. Nicht, daß er irgendwie dafür Verwendung hätte – es gefiel ihm eben einfach, derartige Sachen zu besitzen; sie verschafften ihm ein Gefühl von Sicherheit und von Macht. Der Schlüssel mußte wohl verlorengegangen sein damals, sechs Monate später, als seine gesamte Habe in das Haus seiner Eltern gebracht wurde. Und was diese Habe betraf: Was wohl aus der Pistole geworden war? Wahrscheinlich hatte die Polizei sie beschlagnahmt, obwohl sie denen doch ebensowenig gehörte wie Sydney. Von Rechts wegen gehörte sie doch wohl der deutschen Regierung, fand Victor.

Er ging schnurstracks die Treppe hinauf. Sie war aus dunklem, poliertem Holz, und in der Mitte der Stufen verlief ein Läufer, ein roter Orientteppich. Wie dunkel dieses Haus immer war, selbst im Hochsommer! Der düstere obere Flur roch nach Kampfer, so, als ob nie die Fenster geöffnet würden. Victor betrat das Zimmer mit dem Messingbett und hob die Daunendecke hoch. Eine Keramikwärmflasche und eine flache Bettpfanne aus Metall lagen auf der nackten Matratze, aber keine Pistole.

Victor blickte in die Wärmflasche hinein und in die Bettpfanne ebenfalls, er blickte in die Kommode mit den sauber gefalteten Kleidungsstücken, ließ Mottenkugeln aus Jackenärmeln und Socken rollen. Der Teppich war blau und hatte am Rand ein verblichenes Muster aus gelben Trauben und grünem Weinlaub. Er hob den Teppich an, er durchsuchte den Kleiderschrank, er machte einen Wandschrank auf, der voller Schuhe und Stiefel war und dessen oberstes Bord eine kleine Bibliothek aus Wildwestromanen in Taschenbuchformat enthielt: *Der Mann, der nach Phoenix ritt, Das Geheimnis der Dead Eye Ranch* ...

Es war sein Temperament, sein Jähzorn gewesen, der ihm damals zu Hilfe kam. In seiner wütenden Ungeduld trat er mit dem Fuß nach den feinen Schuhen auf ihren hölzernen Leisten, so daß sie allesamt umkippten. Und ganz unten war ein Regalbrett. Victor konnte es mit den Fingern hochheben. Darunter befand sich ein Schuhkarton, und in dem Karton lag die Luger, eingewickelt in Sydneys weißseidenen Fransenschal. Was Sydney damals nicht erwähnt hatte, war, daß er dem deutschen Offizier auch noch vier Schuß Munition abgenommen hatte. Wahrscheinlich wäre es schwierig gewesen, eine solche Leichenfledderei plausibel und Sydneys prahlerischen moralischen Grundsätzen entsprechend zu erklären.

Sydney starb erst, als Victor schon fast ein Jahr im Gefängnis saß. Man hatte ihn zunächst aus dem Krankenhaus entlassen; er war wieder zu Hause, als Victor von der Waffe Gebrauch machte, und bestimmt war er sich nicht im geringsten bewußt, mußte Victor oft denken, wie sehr er mit verantwortlich war für Fleetwoods Verkrüppelung. Er und auch Fleetwood und das Mädchen Rosemary Stanley, jeder von ihnen trug einen Teil Mitverantwortung: Sydney, weil er, als Anfang allen Übels, die Pistole genommen hatte, Fleetwood, weil er sich geweigert hatte, an ihre Echtheit zu glauben, und das Mädchen, weil sie so dämlich geschrien und das Fenster zerschlagen hatte. Die Leute machten sich eben nie klar, wie sehr sie durch ihr gedankenloses Verhalten andere in Mitleidenschaft zogen.

Trotz allem hoffte er, daß Sydney sich wenigstens teilweise seiner Mitschuld bewußt geworden war, als nach der Schießerei die Polizei bei ihm erschien und man ihn wegen der Pistole befragte, wie er dazu gekommen sei und warum er sie dem Neffen seiner Frau gegeben habe. Selbst auf dem Krankenlager hatten sie ihn nicht geschont und ihn so lange gezwiebelt, bis er ihnen alles haarklein erzählt hatte. Das war bestimmt das erste Mal gewesen, dachte Victor, daß es ihm keinen Spaß gemacht hatte, seine Gäste mit diesem speziellen Nachtisch-Histörchen zu langweilen, das erste Mal, daß er nicht die rührende Show, wie selbstlos und moralisch er doch war, abziehen konnte.

In einem Interview, das er einer Sonntagszeitung gab, äußerte Fleetwood sich sehr offen über sein derzeitiges Leben und über seine Gefühle, weniger offen hingegen gegenüber einem Frauenmagazin. Vielleicht hatte die Frauenzeitschrift aber auch bloß die Teile weggelassen, von denen sie annehmen mußte, daß sie ihren Leserinnen peinlich wären. Er sprach ganz offen darüber, daß er nie mehr würde gehen können, daß er auf alle sportlichen Aktivitäten verzichten mußte, die ihm früher wichtig gewesen waren – auf Laufen, Rugby und Squash, auf das Wandern während der Ferien. Er erzählte – nicht der Zeitung, nur dem Magazin –, wie das Lesen ihm nach und nach immer mehr Freude gemacht habe. Eines der Wagnisse, auf die er sich eingelassen hatte, war, am Telekolleg auf einen akademischen Grad hin zu studieren. Er las Romane, Biographien, Lyrik, und er hatte sich sowohl bei der Londoner Bibliothek als auch bei zwei Buchclubs einschreiben lassen. Auch Gärtnerei interessierte ihn. Es machte ihm Freude, einen Garten zu planen, auch wenn er jemand anderen brauchte, der die Arbeit für ihn machte. Und dann hatte er vor, als Hobby Musikinstrumentenbau zu lernen, eine Orgel zu bauen vielleicht oder eine Harfe.

Mitten in dem Zeitungsartikel dann, gerade wenn der Leser zu denken anfing, daß es schließlich gar nicht so schrecklich sei, gelähmt und für den Rest seines Lebens an einen orthopädischen Stuhl gefesselt zu sein, sagte Fleetwood: «Das Schlimmste, glaube ich, ist etwas, worauf die meisten Leute wohl nicht kommen, nämlich daß ich impotent bin, ohne Sex. Ich kann nicht mehr mit einer Frau schlafen, und es ist ziemlich unwahrscheinlich, daß ich es je wieder kann. Die Leute denken meist nicht daran, daß auch das gelähmt ist, sie denken, es ist bloß eine Sache des Nichtlaufenkönnens. Aber das ist am schwersten zu ertragen, denn ich liebe Frauen, ihre Schönheit, wissen Sie... Das alles ist für mich verloren, im wahrsten Sinne des Wortes, und ich muß mich damit abfinden. Ich kann nie heiraten; ein solches Unrecht könnte ich einer Frau ja nicht antun.»

In einem anderen Artikel, der ein paar Jahre vor jener Sonntagszeitung erschienen war, hatte gestanden, daß Fleetwoods Verlobte ihn schließlich doch nicht geheiratet hatte. Dabei war ein Foto von ihr und ihm, als er noch gesund und kräftig war, und ein zweites, auf dem sie neben seinem Rollstuhl saß. Sie war schlank und blond, sehr hübsch. Die Illustrierte, aus der der Artikel stammte, ging nicht besonders streng mit ihr ins Gericht und ließ es an Verständnis nicht fehlen. Ihr Verhalten wurde ohne weiteren Kommentar geschildert, und am Schluß des Artikels wurden die Leser gefragt, wie *sie* sich in ihrer Situation gefühlt hätten: *Schreiben Sie uns, lassen Sie uns Ihre Meinung wissen.*

«Ich habe David geliebt – ja, und ich tue es immer noch», hatte sie damals gesagt. «Anfangs steckte ich so voller großer Hoffnungen – voller guter Vorsätze, sollte man wohl lieber sagen. Die Wahrheit ist, ich war eben doch nicht der Mensch, um damit fertig zu werden. Ich möchte eine richtige Ehe führen, ich möchte Kinder. Ich wollte, ich wäre ein besserer Mensch, ich wäre das, was er erwartet hat, aber ich glaube, es ist besser, sich jetzt darüber klarzuwerden, es jetzt einzusehen, als es mit einer Ehe zu versuchen und dann zu scheitern.»

Victor wand sich innerlich unter der widerwärtigen Sentimentalität, aber er las weiter. Die Ausschnitte waren auf dem Tisch ausgebreitet wie ein Kartenspiel für eine komplizierte Patience. Sie umspannten Fleetwoods Leben von jenem Tag in dem Haus in Solent Gardens bis zur Gegenwart oder nahezu bis zur Gegenwart, denn der letzte Artikel stammte vom vorigen Weihnachten. Da war der Bericht über das Wohltätigkeitskonzert, von dem Victor gelesen hatte, als er noch im Gefängnis saß. Auch ein Foto von Fleetwood war dabei. Er saß in einem Rollstuhl auf der Bühne und auf der einen Seite neben ihm ein berühmter Komödiant, dessen

Name schon in aller Munde war, bevor Victor ins Gefängnis kam; und an seiner anderen Seite saß ein schönes, langbeiniges Mädchen im schimmernden Leopardenmantel, die sich über ihn neigte und die Arme lose um seinen Nacken gelegt hatte. Weitere Fotos waren neben einem Zeitungsbericht über die krankengymnastische Behandlung, der Fleetwood sich unterziehen mußte. Eins davon zeigte den ehemaligen Polizisten in einem Garten sitzend mit einem hellen Labrador neben sich; ein anderes aus einem späteren Artikel zeigte ihn beim Begräbnis seines Vaters mit einem Grabgebinde aus weißen und rosa Rosen auf dem Schoß; ein drittes befand sich neben dem Text eines Interviews mit Fleetwood, in welchem er erklärte, daß er aus London wegzöge, daß er möglicherweise sogar emigrieren werde, nach Australien oder Neuseeland. Alles in allem lagen einundfünfzig Zeitungsausschnitte auf dem Tisch ausgebreitet, nicht ganz ein volles Kartenspiel, und der letzte handelte von Fleetwood, wie er Geschenke an Kinder in einer orthopädischen Klinik verteilte. Er war dazu eigens aus seinem neuen Wohnort angereist, einem Ort in Essex namens Theydon Bois.

Victor, der kaum seine eigene Tante wiedererkannt hatte, dem das eigene Gesicht im Spiegel bisweilen fremd war – Fleetwood hätte er ohne besonderen Hinweis und ohne Erwähnung seines Namens immer und überall erkannt. Nur ein einziges Mal in seinem Leben hatte er ihn gesehen – Fleetwood war zu krank gewesen, um an der Gerichtsverhandlung teilzunehmen –, aber ihn würde er jederzeit wiedererkennen. Dieses Gesicht war seinem Gedächtnis unauslöschlich und tiefer eingebrannt als das seiner eigenen Mutter. Es war ein festes, rechteckiges, kräftiges Gesicht mit regelmäßigen Zügen und einem ziemlich großen, breiten Mund. Die Augen waren dunkel (und jetzt traurig verdüstert), die Brauen schwarz und fast ganz gerade, das Haar dunkel, dick und wellig. Ein Gesicht, das seinem eigenen nicht unähnlich war; nicht im Sinne einer Zwillingsähnlichkeit, aber man hätte sie doch für Brüder halten können. Sie gehörten dem gleichen Körpertypus an, es war, als seien sie von ein und demselben Stamm hochgewachsener, gutgebauter, wohlgestalteter Menschen. Victor hob den Kopf und betrachtete sich in dem großen Spiegel mit dem ovalen Metallrahmen, der an der gegenüberliegenden Wand hing, und er bemerkte graue Fäden in seinem Haar, eine undefinierbare Alterung der Haut, etwas sonderbar Altes, Müdes und Erfahrenes in den Augen, ähnlich dem Ausdruck in Fleetwoods Augen. Sie waren beide achtunddreißig Jahre alt; das war noch jung, aber Fleetwood hatte ihrer beider Leben ruiniert, indem er sich geweigert hatte, eine offenkundige Wahrheit zu glauben.

Seine Tante war auf leisen Sohlen wieder ins Zimmer gekommen. Sie verzog sich hinter den Tisch, so daß sie ihn – zum Zweck der Verteidigung vielleicht – zwischen sich und Victor hatte. An der Hand, die die beiden Seiten ihres Morgenrockes zusammenhielt, saß ein auffallender Diamantring. Die dicht bei dicht gefaßten Diamanten bildeten eine kleine Kuppel von über einem Zentimeter Durchmesser und reichlich einem halben Zentimeter Höhe. Es war ein Ring, der auf die lilienweiße Hand der Jugend gehört hätte. Wie reich Sydney doch gewesen sein mußte, dachte Victor, viel wohlhabender, als irgend jemand von ihnen geahnt hatte. Er sagte zu ihr: «Warum hast du all dies Zeug gesammelt?»

Ihr Gesichtsausdruck war böse und gehässig. «Einer mußte es doch tun.»

Eine blödsinnige Bemerkung. «Und warum das? Was für einen Sinn hat es, die Vergangenheit wieder auszugraben? Ich jedenfalls muß das alles hinter mir lassen.»

Sie blieb stumm, blickte ihn nur an, und ihre Zunge bewegte sich zwischen den fast geschlossenen Lippen, eine Gewohnheit, an die er sich aus seiner frühesten Kindheit erinnern konnte. Dann sagte sie: «Es gibt Leute, die meinen, du müßtest dich schämen für das, was du getan hast.»

Sinnlos, sich mit Leuten wie ihr herumzustreiten. Sie hatten stereotyp geprägte Hirne, deren Rillen nur vorgefertigte Antworten und Gemeinplätze parat hielten. «Also, ich jedenfalls will den Kram nicht», sagte er, «ich bin nicht daran interessiert.»

«Ich habe doch auch nie gesagt, daß du es haben kannst», antwortete sie. «Das ist alles meins; hat mich Jahre gekostet, es zusammenzukriegen.»

Sie tat, als spräche sie von einem Kunstwerk, von einem Buch, das sie geschrieben, oder von einem Teppich, den sie gestickt hätte. Wie ein Kind, das Angst hat, einen Klaps auf die Hände zu bekommen, sammelte sie hastig die Ausschnitte zusammen und warf dabei von unten her argwöhnische Blicke in sein Gesicht. Eine Welle Kampfergeruch strömte von ihr aus, und er trat angewidert ein paar Schritte zurück.

«Ich seh mich mal nach jemandem um, der mir die Möbel transportiert. Ich ruf dich an.»

«Kannst von Glück sagen, wenn sich jemand meldet.»

«Was soll das denn nun wieder heißen?»

Sie verstaute die Ausschnitte sorgfältig in zwei großen braunen Umschlägen. Wahrscheinlich hatte sie irgendein geheimes Versteck dafür, und Victor schauderte ein bißchen, als er an die Verstecke in diesem Haus dachte.

«Na, es gibt so komische Typen, die mich anrufen», meinte sie. «Du würdest gar nicht glauben, was für Sachen die schon zu mir gesagt haben. Mir, in meinem Alter! Deswegen gehe ich jetzt meistens gar nicht ran.»

«Okay, dann komm ich vorbei und sag dir Bescheid.»

Die Umschläge wurden lediglich zwischen die Illustrierten geschoben, auf halber Höhe des *Lady*-Stapels. «Kann mir gar nicht lange genug dauern», sagte Muriel in ganz normalem Ton, ein wenig mürrisch, aber keineswegs zu der Boshaftigkeit ihrer Worte passend. «Lieber hab ich deine Stühle und Tische hier als dich, das laß dir gesagt sein. Was du getan hast, das reicht, einem den Magen umzudrehen.»

Nach und nach wurde ihm die Außenwelt vertrauter und verlor ihre Schrecken. Er war sogar schon mit dem Bus gefahren und hatte zur Belustigung der anderen Fahrgäste seine Verblüffung über die unglaubliche Höhe des Fahrpreises geäußert. Auf der Rückfahrt hatte er es mit der U-Bahn versucht, und die Tunnel oder die Menschenmenge hatten ihm nichts ausgemacht. Tagelang konzentrierte er sich darauf, sich an London zu gewöhnen, die überspannte Selbstbeobachtung loszuwerden, dieses Gefühl, daß jeder ihn anblicke und jeder über ihn Bescheid wüßte. Als er die Acton High Street entlangging, folgte er eine Zeitlang einem Mädchen – das heißt, sie ging die Straße hinunter, und er ging hinter ihr in derselben Richtung. Sie trug hohe Pfennigabsätze und einen kurzen Rock, was ihm eine Art Unbehagen bereitete. Genauer wollte er das Gefühl lieber nicht definieren. Eine Art Unbehagen, das war alles. Angenommen allerdings, es wäre Nacht gewesen und einer der Wege durch den Ealing Park anstatt diese dicht bevölkerte Straße – was dann? Er weigerte sich, die Frage zu beantworten.

Der Laden, wo man Möbel ankaufte und Wohnungen auflöste, lag am Ende der Grove Road. Auf dem Bürgersteig vor der Tür stand ein Regal mit alten Büchern, die aber weder ihres Inhaltes noch ihres Dekorationswertes wegen je einer kaufen würde, und drinnen, dicht am Fenster, stand ein Tablett mit viktorianischem Schmuck – Ringe, Ohrgehänge und Knöpfe. Das Zeug, das da drinnen zum Verkauf angeboten wurde, erinnerte ihn an Muriels Mobiliar – groß, häßlich, unbequem und schäbig. Ein ausgestopfter Pfau, die Schwanzfedern zu einem fadenscheinigen Rad gespreizt, hockte auf der Rückenlehne einer mit Roßhaar und schwarzem Leder gepolsterten Chaiselongue.

Ein Junge von etwa achtzehn Jahren in Jeans und Denimweste kam aus dem Hintergrund und fragte Victor, was er wünsche, oder ob er sich vielleicht bloß ein bißchen umsehen wolle? Victor erklärte, er habe ein paar Möbelstücke, die er verkaufen wolle, und er würde sie gern taxieren lassen.

«Da müssen Sie sich an Mr. Jupp wenden», sagte der Junge.

«Na schön – bitte.»

«Tja, bloß der ist nicht hier, wissen Sie. Der ist drüben im anderen Laden. Ich meine, Sie könnten ja mal da rübergehen, wenn es Ihnen nichts ausmacht, oder sonst könnt ich's ihm ausrichten.»

«Ich könnte schon hingehen, wenn es nicht so weit ist.»

«Salusbury Road – also so ungefähr Kilburn. Sie fahren bis Queens Park, mit der Bakerloo-Linie.»

Victor kapierte es erst, als er dort ankam und den Namen Harvist Road las. Sämtliche Angaben über diese Gegend hier waren anscheinend falsch oder doch von einer perversen Ungenauigkeit, die ihn verunsicherte; als ob man sich über ihn lustig machte. Aber das war nicht der eigentliche Grund, weshalb er draußen vor der Station stehenbleiben, sich gegen eine Mauer lehnen und vorübergehend die Augen schließen mußte: Solent Gardens war eine Seitenstraße der Harvist Road! Ein Schritt, vielleicht auch zwei oder drei weiter nach Westen, und man war in Kensal Rise.

Er wolle vergessen, hatte er zu Muriel gesagt, er wolle die Vergangenheit hinter sich lassen, aber jetzt ging er die Harvist Road entlang, in der entgegengesetzten Richtung, nicht dorthin, wo Jupps Laden lag, und plötzlich erinnerte er sich wieder, wie er vor zehn Jahren mit Sydneys Pistole in der Tasche ganz früh morgens in dem Park gewesen war, der hier rechter Hand lag.

Damals hatte er die Gewohnheit gehabt, zu allen Tages- und Nachtzeiten durch London zu streifen. Die Pistole zu besitzen, verlieh ihm Selbstsicherheit. Mit einer Luger in der Tasche fühlte er sich unbesiegbar, Victor, ein Sieger, wie sein Name sagte. Ob Sydney, der inzwischen ja wieder zu Hause war, sie schon vermißt hatte? Und ob Muriel es erfahren hatte? Wenn ja, dann war jedenfalls nichts davon zu Victor durchgesickert, der damals in Finchley in einem sogenannten Studio wohnte und für Alan Wagen zu den Flughäfen und zum Bahnhof fuhr. Morgens stand er manchmal um fünf Uhr auf und ging los, wenn es draußen noch dunkel war. Seine Arbeitszeit war ohnehin verrückt und ungeregelt. Oft mußte er früh um sechs zur Ankunft eines Flugzeuges bereitstehen oder Partygäste heimfahren nach Surrey oder Kent, wenn sie um Mitternacht oder noch später zu betrunken waren, um selbst fahren zu können.

An jenem Morgen im Spätherbst war er auf dem Weg nach Heathrow gewesen. Dort sollte er mit der besten Limousine um neun Uhr dreißig einen arabischen Geschäftsmann abholen und ihn ins *London Hilton* bringen. Was wohl mit der Limousine geschehen war? Darüber hatte sich Victor oft Gedanken gemacht. Nachdem er um fünf von zu Hause losgefahren war, hatte er den Wagen hier um die Ecke abgestellt, in der Milman Road. Und dann war er einfach herumgelaufen, und dabei hatte er gespürt, wie eine Erregung in ihm aufstieg, die man nicht eigentlich angenehm nennen konnte, auf die er aber dennoch ganz versessen war, auf dieses zitternde, atemberaubende, erstickende Gefühl, von dem Cal sagte, er kriegte das immer, wenn er ein pornographisches Foto ansähe. Cal hatte nicht genau diese Worte benutzt, aber das mußte es sein, was er damit gemeint hatte, und Victor erkannte es als das Gefühl wieder, das er immer hatte, wenn er sich ausmalte, daß er eine Frau überwältigte, irgendeine beliebige Frau. Um halb acht war er dann in den Park gegangen, der nördlich der Harvist Road lag.

Das Mädchen richtete seinen Hund ab, einen sehr kleinen Hund. Sie hatte ihn eben von der Leine gelassen und sah zu, wie er in die Büsche rannte, als Victor über sie herfiel. Er packte sie von hinten, hakte einen Arm um ihren Hals und preßte seine Hand über ihren Mund. Das tat er, um sie am Schreien zu hindern. Aber sie hätte auch gar nicht zu schreien brauchen, denn sie wurde gesehen. Ein Mann stand nämlich zwischen den Bäumen. Er sei dort ‹aus natürlichen Gründen› hineingegangen, wie es bei der Gerichtsverhandlung hieß, mit anderen Worten, er hatte dort an einem Busch gestanden und gepinkelt. Und das war Victors Pech.

Er hatte die Pistole nicht vergessen, aber er benutzte sie nicht. Er rannte bloß. Er war sich nicht sicher gewesen, ob sie alle beide hinter ihm herjagten oder bloß der Mann, aber beim Prozeß stellte sich dann heraus, daß es beide gewesen waren und noch zwei oder drei andere, die sie unterwegs aufgescheucht hatten. Wie eine Meute Hunde hinter einem unglückseligen Fuchs! Hier durch diese kleinen rückwärtigen Straßen war er gerannt, hatte Haken geschlagen, sich versteckt, immer noch in dem Gedanken, sie abzuschütteln, immer noch in der Hoffnung, den Wagen wiederzufinden und damit nach Heathrow zu entkommen. Und dann hatte er sich auf diesem Weg zwischen den Hintergärten wiedergefunden, einem Bereich aus zerbröckeltem Betonpflaster, Garageneinfahrten und Gartenpforten, die mit Vorhängeschlössern gesichert waren. Eine der Pforten war nicht verschlossen gewesen, und da war er hineingegangen, den Gartenweg entlang, tief gebückt, damit man ihn über den Zaun nicht sehen konnte, und hatte sich schließlich in einer Ecke zwischen Zaun und Hauswand zusammengekauert. Genau da hatte er den Dieselmotor eines Taxis scheppern und eine Haustür zuschlagen hören. Die Bewohner des Hauses fuhren also weg, verschwanden just in diesem Moment. Und wenn sie so früh am Morgen wegfuhren, folgerte er, dann war es bestimmt für den ganzen Tag.

Er kletterte auf das Dach des Anbaus und dann durch ein Badezimmerfenster, das oben einen Spaltbreit offengeblieben war. Es war ein Schiebefenster, das nicht verriegelt war, es hatte sich ganz leicht hinunterschieben lassen. Seine Verfolger hatte er abgeschüttelt, jedenfalls waren sie weder zu sehen noch zu hören. Er blieb ein paar Minuten geduckt auf dem Badezimmerfußboden hocken. Dann, weil er überzeugt war, das Haus sei leer, ging er auf den Treppenflur hinaus. Er überquerte ihn, blickte durch den Spalt einer angelehnten Tür, und weil er nichts sehen konnte oder wenigstens nicht genug, schob er die Tür ein bißchen weiter auf, und das Mädchen namens Rosemary Stanley setzte sich im Bett auf und schrie bei seinem Anblick. Schreiend sprang sie aus dem Bett, rannte ans Fenster, zertrümmerte die Scheibe mit einer Haarbürste und schrie nach draußen: «Hilfe, Hilfe!!»

Das Merkwürdige war, daß das Haus ihm überhaupt nichts sagte, als er es jetzt so betrachtete. Ohne Zweifel war es das gleiche Haus, Solent Gardens 62, das letzte in der Häuserzeile, aber allein vom Äußeren her hätte er es nicht wiedererkannt. Er ging auf die andere Straßenseite hinüber und blickte es von dort an. Der rauhe Putz war kalkweiß gestrichen, und auch die Haustür hatte eine andere Farbe – oder? Victor konnte sich nicht erinnern, ob er die Haustür eigentlich jemals gesehen hatte. Das zerbrochene Fenster war repariert worden. Natürlich, vor Jahren schon. Und doch, immer wenn er während seiner Gefängniszeit an das Haus dachte, dann sah er es stets mit dem kaputten Fenster vor sich, mit dem Wind, der hineinfuhr und die Vorhänge hochblies, und sie gehörten zu den Dingen, die ihn am meisten geängstigt hatten, diese sich blähenden Vorhänge, denn jedesmal, wenn sie sich hoben, mußte er befürchten, dahinter einen Polizisten oder eine Leiter zu sehen. Und schließlich hatte er ja auch wirklich einen gesehen. Nie würde er begreifen, weshalb er die Pistole auf Fleetwood gerichtet hatte und nicht auf den Polizisten auf der Leiter draußen vor dem Fenster.

Jetzt kam eine Frau aus dem Haus, ging bis zur Gartenpforte, lehnte sich darüber, blickte nach rechts und nach links. Er schätzte sie um die Vierzig, dunkel und rundlich, und es war unwahrscheinlich, daß es Rosemary Stanley sei oder ihre Mutter. Die Stanleys mußten wohl weggezogen sein. Sie ging ins Haus zurück und ließ die Tür angelehnt. Victor wandte sich ab und ging den Weg zurück, vorbei an dem Haus in Richtung Harvist Road und Salusbury Road, wo Jupps Laden lag.

Damals, in dem Zimmer mit dem Mädchen, da war ihm alles ganz unwirklich vorgekommen. Das kann nicht wahr sein, hatte er ein übers andere Mal gedacht. Die Polizisten hatten später darauf beharrt, er habe das Mädchen vergewaltigen wollen, aber der Gedanke war ihm überhaupt nie gekommen. Nur Entrüstung hatte er verspürt, Entrüstung und Verwirrung darüber, daß all dies ausgerechnet ihm passierte: Polizisten draußen, Polizisten, die hineinzukommen versuchten, ein regelrechter Belagerungszustand, Sirenengeheul, eine Menschenmenge, die gaffte... Und das alles nur, weil er einem Mädchen den Arm um den Hals gelegt hatte, weil er weggerannt war und versucht hatte, in einem leeren Haus Zuflucht zu finden.

Jupps Laden sah genauso aus wie der in Acton. Ein Büchertrog voll antiquarischer Schwarten draußen auf dem Bürgersteig und ein Tablett mit viktorianischem Schmuck gleich hinter der Schaufensterscheibe. Eine Glocke bimmelte, als er die Tür öffnete. Drinnen war es allerdings anders, es gab weniger Möbel und anstelle des ausgestopften Pfaus einen Glaskasten voll aufgespießter Schmetterlinge, Schwalbenschwänze und Pfauenaugen und rote Admirale. Auf einem roten Marmortisch stand eine altertümliche Registrierkasse, die mit vierunddreißig Pfund ausgepreist war. Victor konnte sich nicht vorstellen, daß irgend jemand das Ding würde kaufen wollen. Ein staubiger, grüner Samtvorhang im Hintergrund des Ladens wurde beiseite geschoben, und ein alter Mann kam heraus. Er war groß und kräftig und hatte mächtige, schwielige Hände. Sein Gesicht hatte das ins Purpurne spielende Rot marokkanischen Leders, und die Mähne gelblichweißen Haars, ziemlich lang getragen, sowie der struppige, vergilbte Schnurrbart bildeten dazu einen fast gewalttätigen Kontrast. Er hatte kleine, flinke, von roten Äderchen durchzogene blaue Augen.

«Sind Sie Mr. Jupp?»

Der alte Mann nickte. Er gehörte zu den Leuten, die immer die Unterlippe vorschieben, wenn sie nicken. Er war ziemlich ungewöhnlich gekleidet für sein Alter, trug ein Paar Jeans, ein rotes Hemd und dazu eine offenstehende schwarze Nadelstreifenweste. Victor erklärte ihm, was er wollte, nämlich, daß er Mobiliar für ein ganzes Haus besäße, für das er eine Taxierung brauche. Und dann müßte ein Käufer für die Sachen gefunden werden.

«Kann ja mal kommen und 'nen Blick drauf werfen», meinte Jupp. «Wo ist es denn? Nicht am Arsch der Welt, hoff ich.»

Victor erklärte ihm, das Zeug sei in der Garage eines Hauses in Gunnersbury gelagert.

Die Unterlippe schob sich über die Oberlippe, als Jupp wiederum bedächtig nickte.

«Solange Sie mit Ihren Vorstellungen hübsch im Rahmen bleiben... Ich meine, bitte keinen Größenwahn von wegen Mammis unschätzbaren Antiquitäten und ähnlichen Quatsch!»

«Woher wissen Sie, daß es meiner Mutter gehört hat?» fragte Victor.

«Na überlegen Sie mal, Sie Schlaukopf – von wem könnt's denn sonst sein? Die arme alte Mammi ist nun schließlich hinüber und hat Ihnen ihren ganzen Krempel hinterlassen. Und das ist nun wirklich das Letzte, was Sie sich aufhalsen wollen, stimmt's? Wo es eben doch kein Louis Kangs und kein Hepplewhite ist, wie Sie es andere gern glauben machen möchten.»

«Es sind sehr gute Möbel», protestierte Victor leicht gekränkt.

«Aber klar doch! Solange wir hier nichts von ‹Taxierung› oder von ‹Käufer finden› zu hören kriegen. Was ich mache, das sind Wohnungsauflösungen, klar? Ich guck mir das Zeug an und sag Ihnen einen Preis, und wenn Ihnen der paßt, dann nehm ich das Zeug insgesamt, ja? Und wenn nicht, dann gehen Sie woanders hin und suchen sich einen noch größeren Trottel, als ich es bin. Wenn Sie das schaffen. Klar? Zufrieden?»

«Okay, aber ich muß ihr Bescheid sagen, daß Sie kommen. Meiner Tante, meine ich. Das Haus, wo die Sachen stehen, gehört meiner Tante. Ich werd gleich bei ihr vorbeigehen und ihr sagen, daß Sie kommen.»

«Na, nu brechen Sie mal keine Geschwindigkeitsrekorde», sagte Jupp. «Das dauert noch gute zwei Wochen. Für die nächsten vierzehn Tage bin ich voll bis an die Ohren. Wie wär's denn... Sagen wir mal, morgen in zwei Wochen, Freundchen? Sie geben mir die Adresse von der guten Dame, und Punkt drei bin ich da.»

Victor gab ihm Muriels Adresse. Jupp schrieb sie auf und Victors Namen dazu. Victor wartete förmlich darauf, daß er bei dem Namen stutzte, aber er schien Jupp nichts weiter zu sagen. Er klappte sein Auftragsbuch zu, zog eine Packung Polo Pfefferminzpastillen aus der Tasche und bot Victor eine an.

Victor nahm sie, weil er nicht ablehnen mochte. Jupp zögerte, betrachtete nachdenklich die Pfefferminzpastille, die oben auf der Packung lag, fast wie ein Mann, der versucht, das Rauchen aufzugeben und voller Gier, Ekel, Zweifel und Hunger auf die nächste Zigarette starrt. Nach ein oder zwei Sekunden tat er einen kleinen Seufzer, faltete das zerrissene Papier über die bloßliegende Pastille und verstaute die Packung wieder in seiner Tasche.

«Ich darf mich nicht gehenlassen», sagte er. «Früher war ich total süchtig nach diesen Dingern, gräßlich so was, richtig abhängig war ich, kann man wohl sagen. Zwanzig Packungen am Tag waren gar nichts, eher waren es schon dreißig. Zum Glück hab ich nicht mehr meine eigenen Zähne, sonst wären die dabei draufgegangen wie nix. Jetzt hab ich's schon geschafft und bin auf fünf runter. Fünf am Tag, und ich bin glücklich, oder sagen wir, ich halt's aus, ich kann damit leben. Das können Sie wohl nicht verstehen, Freundchen, wie?»

Obgleich er nie das Opfer einer Sucht gewesen war, konnte Victor es nur zu gut verstehen. So sehr sogar, daß es ihm unangenehm war und er sich wünschte, er wäre nicht an Jupp geraten. Aber er hatte auch keine Lust, sich nach einem anderen Altwarenhändler umzusehen, also sagte er, sie würden sich dann am Donnerstag in vierzehn Tagen nachmittags um drei bei Muriel treffen.

Diesmal mied er die U-Bahn und stieg statt dessen in einen Bus. Als sie über die klotzige Brücke am Bahnhof Kensal Rise fuhren, fiel sein Blick durchs Fenster auf den Aushang eines Zeitungshändlers. VERGEWALTIGUNG – MÄDCHEN AUS ACTON IM SCHOCKZUSTAND – stand da in großen Lettern. Er wandte den Kopf heftig ab, aber an der nächsten Haltestelle stieg er aus dem Bus, ging in den ersten Zeitungsladen, der am Weg lag, und kaufte sich eine Zeitung, den *Standard*.

5

Die Geschichte war kurz und stand am Fuß der Seite. Ein Mädchen aus Acton Vale war am gestrigen Abend im Gunnersbury Park vergewaltigt worden. Ihr Gesicht war zerschnitten, der Kiefer durch brutale Schläge gebrochen. Die ganze Nacht hatte sie in dem Lorbeergebüsch gelegen, in das der Täter sie geschleppt hatte, bis ein Gärtner sie frühmorgens fand. Ein merkwürdiges Gefühl packte Victor, als er das las, ein leiser Schwindel, eine Übelkeit. Früher hatte er manchmal Berichte über Vergewaltigungen gelesen, die er selbst verübt hatte. Damals, als er London unsicher machte, von Finchley bis Chiswick und von Harlesden bis Leytonstone, wenn er in einem von Alans Wagen irgendwo parkte, als halte er beiläufig nach Kundschaft Ausschau, während er in Wirklichkeit nach dem fahndete, was die Sensationsblätter ‹Opfer› nannten. In jenen Tagen sprangen die Polizei und die Richter, die Schöffen und die Öffentlichkeit mit Vergewaltigungsopfern weit weniger mitleidig um und mit den Tätern weniger unerbittlich, als sie es heute taten. Damals war es allgemeine Ansicht gewesen, daß die Opfer schließlich nur herausgefordert hätten, was sie bekommen hatten, daß sie die

Täter provoziert hätten, bis diese die Kontrolle über sich verloren. Selbst ranghohe Polizeioffiziere entblödeten sich nicht zu verkünden, die ‹Opfer› sollten sich mal lieber einfach hinlegen und es genießen! Als er aber jetzt den *Standard* las, kam es Victor vor, als habe sich das entscheidend geändert. Schon während seiner Gefängniszeit hatte er das verfolgt. Durch die Womans's-Lib-Bewegung und die Frauenkampagne gegen die Art und Weise, wie Vergewaltigungsopfer behandelt wurden, hatte sich die Einstellung der Gerichte allmählich gewandelt, so daß dieses Vergehen jetzt mit einer Härte geahndet wurde, die vor zehn Jahren noch undenkbar gewesen wäre.

Auf einer Innenseite der Zeitung standen ein paar Zahlen. Er las sie im Gehen. Bei 1334 Vergewaltigungen war in 644 Fällen den Männern der Prozeß gemacht worden. Über die für schuldig Befundenen waren die verschiedensten Strafen verhängt worden. Zwölf von ihnen hatten lebenslänglich bekommen, elf Gefängnisstrafen zwischen sieben und zehn Jahren und sechsundfünfzig zwischen zwei und drei Jahren. Es war interessant, fand er, daß es nur in drei Fällen auf Strafverschonung wegen geistiger Unzurechnungsfähigkeit hinausgelaufen war. Wenn er solche Überlegungen für seine eigene Person anstellte, für sich ganz persönlich, dann *wußte* er, daß die Vergewaltigungen, die er begangen hatte, außerhalb jeder Willenskontrolle geschehen waren, daß sie nichts mit Absicht zu tun hatten und ebenso unwillkürlich passiert waren, so weit entfernt von jeglicher Entscheidung wie das Abfeuern der Pistole auf Fleetwood. Bedeutete das, daß er verrückt war, während er diese Dinge tat, oder mindestens nicht verantwortlich für sein Handeln?

Mittlerweile war er den ganzen Ladbroke Grove entlanggewandert, die Zeitung lesend oder auch nur auf die verschwimmenden Zeilen starrend, und die ganze Zeit beschäftigte ihn die Frage, wie er in Zukunft unter Kontrolle halten konnte, was sich doch anscheinend seiner Kontrolle entzog. Schließlich stieg er in einen Bus, der ihn nach Hause brachte. Ein seltsames Gefühl beschlich ihn, eine Art leises Bedauern, das Gefängnis verlassen zu haben, eine Art Heimweh nach jener animalischen Trägheit und dem Fehlen jeglicher Verantwortlichkeit. Dort war er versorgt, dort war er sicher gewesen, und wenn es auch oft unbequem und ständig langweilig gewesen war, eine reine Vergeudung des Lebens, so hatte er doch dort auch keine Sorgen gehabt und in den späteren Jahren auch keine Ängste mehr. Während er die Twyford Avenue entlanggging, las er die Geschichte von der Vergewaltigung im Gunnersbury Park noch einmal, und er hob erst den Blick, als er fast zu Hause war. Draußen vor der Haustür saß Tom Welch in seinem Wagen. Er stieg aus, als er Victor kommen sah, und setzte eine betont warme, joviale Miene auf.

«Ich dachte mir schon, daß Sie nicht lange wegbleiben würden, also hab ich auf Sie gewartet.»

Es war jetzt eine Woche her, daß Judy ihn hierhergebracht hatte, und ihm war einfach nicht danach zumute gewesen, sich mit diesen Leuten von der Bewährungshilfe in Verbindung zu setzen. Eigentlich mußten die doch auch froh darüber sein, fand er, die mußten doch genug am Halse haben.

«Na, wie läuft's denn so? Wie sind Sie zurechtgekommen?»

Victor sagte, er sei okay, er sei gut zurechtgekommen. Während sie die Treppe hinaufstiegen, redete Tom in herzerfrischendem Ton über das Wetter und über die Gegend, daß dies wirklich der schönste Teil Actons sei, und diese Häuser vor allem seien ja besonders attraktiv. Als er die Kritzelei sah von der Scheiße, die bis an die Decke stand, lachte er ein bißchen zu laut und meinte, er hoffe bloß, das sei nicht Victors Kunstwerk. Victor erwiderte darauf nichts. Als sie drinnen waren, machte er Tom einen Becher Nescafé und beschloß dabei, daß er sich später was zu trinken besorgen würde. Schließlich und endlich, nach all diesen Jahren würde er sich was zu trinken genehmigen – einfach losgehen und sich was kaufen, eine Flasche Wein vielleicht.

«Irgendein Job in Aussicht?» fragte Tom vorsichtig.

Victor schüttelte den Kopf. Sich um einen Job zu bemühen, das hatte er längst aufgegeben. Es war ihm zu unwichtig. Es gab so viele andere Dinge, über die man nachdenken, mit denen man fertigwerden, mit denen man leben mußte.

Früher einmal hatte er völlig anders darüber gedacht. Nach einem Jahr auf dem Polytechnikum war ihm das Weiterstudium versagt worden, weil er sein Jahresabschlußexamen total verhauen hatte. Er hatte es vorsätzlich getan. Der Kurs war nicht schwer gewesen, und er war überzeugt, er hätte eine gute Note schaffen können, aber diese ganze Sache war wie Schule, und Schule hatte er satt bis obenhin. Er wollte arbeiten und echt Geld verdienen!

Jobs waren in den späten Sechzigern kein Problem. Man konnte sie sich aussuchen. Er probierte es mit der Verwaltung, er versuchte es mit einer Bank, aber beides langweilte ihn. Sein Vater fing an, Druck zu machen, kam ihm mit vagen Drohungen. Also zog Victor aus. Er bekam eine Wohnung, indem er die Miete vorauszahlte mit Hilfe einer Versicherungspolice, die fällig wurde, als er einundzwanzig war. Er hatte auch einen neuen Job und verkaufte Autos. Die Ausstellungsräume waren in North Finchley, seine Wohnung nicht weit davon entfernt in einer Gegend, die der Wohnungsmakler ‹Highgate Borders› betitelte. Und er war verlobt mit einem Mädchen, das er am Polytechnikum kennengelernt hatte und die auch weiterhin dort Studentin war. Wenn Paulines Temperament in einer bestimmten Hinsicht anders gewesen wäre, dachte er manchmal, dann wäre vielleicht sein ganzes Leben anders verlaufen, und nichts von alledem wäre geschehen. Dann wäre er jetzt glücklich verheiratet – sagten nicht alle Psychologen, daß Kinder aus glücklichen Ehen ihrerseits die besten Aussichten auf Glück in der Ehe hätten? –, er wäre Vater, Haushaltsvorstand, erfolgreich wahrscheinlich, wohlangesehen, zufrieden. Aber Pauline... Was für ein ausgesuchtes Pech, daß er sich von allen Frauen ausgerechnet mit dieser eingelassen hatte! Er wollte gar nicht mehr an sie denken.

Ihm fiel auf, daß Tom, der immer noch von Beschäftigung und Nichtbeschäftigung laberte, seinen Blick auf die Zeitung heftete, die Victor gekauft hatte. Sie lag aufgeschlagen mit der Seite nach oben, über die die Schlagzeile lief: VERGEWALTIGUNG UND IHRE FOLGEN.

«Sind Sie wirklich ganz und gar okay?» fragte Tom auf einmal. «Nichts, was Ihnen fehlt?»

Was zum Teufel meinte der damit? Was würde der wohl sagen, wenn Victor ihm jetzt antwortete, jawohl, es gäbe 'ne Menge, das ihm fehle? Er wolle seine Jugend zurück, einen Platz für sich ganz allein, weit weg von hier, eine anständige Arbeit, eine, die er gern täte – ja, und dann auch noch was anderes, etwas, das er im Moment nicht mal sich selbst gegenüber beim Namen nennen würde? Seine Augen überflogen die offene Zeitung, jenes Wort dort auf der Seite, und er merkte, wie sein Gesicht blutleer wurde und ihm ein Frösteln über den Nacken lief.

Tom sagte: «Ach übrigens, Liz sagt, ich soll Sie einladen, doch mal sonntags zu uns zum Mittagessen rauszukommen. Ich meine, warum nicht gleich am kommenden Sonntag, Victor? Paßt Ihnen das?»

Victor spürte die Anstrengung hinter der Einladung. Er hatte den Eindruck, als müsse Tom einen enormen Widerwillen gegen diese Verpflichtung überwinden, als gäbe er sonstwas drum, sie schlichtweg zu verdrängen, aber die Pflicht trieb ihn, sein soziales Gewissen zwang ihn. Natürlich wollte Victor nicht hingehen, er würde auch nicht hingehen, aber ihm fiel kein plausibler Grund ein, nein zu sagen. Er sagte also ja, er werde kommen, während er insgeheim beschloß, sich einfach zu drücken, wenn es soweit war.

Nachdem Tom gegangen war, setzte sich Victor aufs Fensterbrett und blickte hinaus über die Dächer der Häuser, auf das Dach des Hauses, wo seine Mutter und sein Vater gelebt hatten, und er begann zu grübeln. Wieder sah er das Haus in Solent Gardens vor sich, das Haus, das all dieses nach sich gezogen hatte, obwohl er beschlossen hatte, nicht mehr an die Vergangenheit zu denken. Er konnte es nicht ändern. Es war doch merkwürdig, fand er, wieso die Leute immer von einem erwarteten, daß man das, was man sagte, auch wirklich meinte. Richter und Schöffen und Polizisten und Psychiater und Sozialarbeiter und überhaupt so ziemlich alle nahmen es als feststehend hin, daß man meinte, was man sagte, obgleich sie selbst doch auch nicht immer meinten, was sie sagten. Überhaupt schätzte Victor, daß von allem, was auf der Welt gesagt wurde, bloß etwa die Hälfte oder noch weniger ernstgemeint war. Man hatte ihn einen Psychopathen genannt wegen etwas, das er gesagt hatte, während er mit Rosemary Stanley in jenem Schlafzimmer war; und das wertete man dann als Indiz für seine Kaltschnäuzigkeit und für seinen Vorsatz, Fleetwood zu töten.

«Ich werde sie nicht töten», hatte er damals Fleetwood aus dem Fenster zugerufen, «ich schieß ihr in den Rücken, in die untere Wirbelsäule.»

Fleetwood war bei der Gerichtsverhandlung nicht dabeigewesen, um das zu wiederholen, aber Rosemary Stanley tat es und ein halbes Dutzend Zeugen auch. Und keiner von denen war auf die Idee gekommen, daß er es nicht so gemeint hatte. Dabei erinnerte er sich ganz genau, weshalb er es gesagt hatte. Am Abend davor nämlich, zu Hause in Finchley, hatte er die Abendzeitung gelesen, den *Standard* – bloß damals nannte er sich noch *Evening Standard* –, und da hatte eine Geschichte dringestanden über einen alten Kriegshelden, einen ehemaligen Flieger, Inhaber des Victoria Cross, der durch eine Verletzung des Rückgrats gelähmt worden war. Und dann stand in dem Artikel auch noch etwas von einem Arzt; der schrieb darüber, was mit einem passiert, wenn man dort unten einen Schuß abbekommt, dort ‹in der unteren Wirbelsäule›. Genau diese Worte waren ihm wieder in den Sinn gekommen, als er da vom Fenster her redete, und wie unter einer plötzlichen Inspiration hatte er sie ausgesprochen als das Scheußlichste, was ihm in dem Moment einfiel. Es war sein Pech, daß die Kugel, als er dann schoß – noch nie hatte er eine Waffe abgefeuert, wußte kaum, wo und wie man zielen mußte! –, Fleetwood ausgerechnet an der Stelle traf, wo er angedroht hatte, Rosemary Stanley durch einen Schuß zu verletzen. Warum er überhaupt geschossen hatte, das wußte er ganz und gar nicht.

Er war so außer sich gewesen vor Angst, so unvorstellbar erschrocken, in der schlimmsten Panik seines Lebens. Irgendwie, hatte er oft gedacht, wenn er es irgendwie geschafft hätte, ihnen das begreiflich zu machen, dann hätten sie ihn laufenlassen. Aber sie begriffen ja nie. Kaum, daß sie mal den Mund hielten, um zuzuhören. Und dabei mußten sie doch alle die Angst kennen, sie mußten doch alle schon mal wie von Sinnen gewesen sein vor Angst! Ebenso, wie sie ja auch alle selbst tagtäglich Bemerkungen, Kommentare, Entschuldigungen und Drohungen von sich gaben, die sie nicht mal in dem Augenblick ernst meinten, da sie sie äußerten, und das nur aus Angst oder aus Langeweile oder auch bloß, weil sie nicht wußten, was sie sonst sagen sollten.

Victor griff nach dem *Standard* und las die Vergewaltigungsgeschichte noch einmal. Der Name des Mädchens wurde nicht erwähnt, aber sie war vierundzwanzig, eine Friseuse aus der Old Oak Road. Sie ‹erholte› sich im Krankenhaus, ihr Zustand war ‹zufriedenstellend›. Victor fragte sich, wer sie wohl überfallen hatte dort in dem Park so dicht bei Muriels Haus, und wo der Mann jetzt wohl war und was er dachte? Er blätterte um, und seine Augen begegneten denen von David Fleetwood, der im Rollstuhl saß und seinen Hund neben sich hatte.

Der Artikel war ziemlich geschwätzig. Fleetwood schrieb seine Memoiren, hieß es, vielmehr, er hatte sie bereits geschrieben, und diese Autobiographie würde im Herbst erscheinen. Es war auch die Rede vom Verkauf der Fernsehrechte. Das Foto zeigte Fleetwood, wie er im Garten vor seinem Haus in Theydon Bois saß, wo er seit drei Jahren wohnte. Victor mußte an die Häuser denken, die wie Landmarken in seinem Leben standen: Es war, als sei sein Leben eine Straße, und immer wenn diese Straße eine Kurve machte, kam ein anderes Haus von bedrückender oder sogar schrecklicher Bedeutung in Sicht; zuerst das Haus seiner Eltern, das, dessen Dach er von hier aus sehen konnte, dann Muriels grotesker Tudorklotz, dann das Haus in Solent Gardens mit seinem zertrümmerten Fenster, in das der Wind fuhr und die Vorhänge in die Höhe hob, und jetzt dieses hier, Fleetwoods Haus in Theydon Bois.

Von den vieren war das letzte das schönste – teils Backstein, teils dunkle Holzverkleidung, mit hohem Giebel und vergitterten Fenstern, mit einem Vordach über der schweren Eichentür, mit großer, integrierter Garage, Kletterpflanzen, Rosen vielleicht, die über die halbe Wand wucherten und eben zu grünen anfingen. Der Vorgarten war ordentlich und gepflegt, ein Garten, schön genug, um auf einem Samenpäckchen abgebildet zu sein oder als Reklame für sonstwas – für Gartenschläuche etwa oder für Rasenmäher. Tulpen wuchsen in dem Beet unter den Vorderfenstern, und irgendeine Art Baum stand in voller Blüte. Auf einer Vogeltränke hatte sich passenderweise eine Taube niedergelassen, aber möglicherweise war der Vogel auch aus Stein. Fleetwood saß in seinem Rollstuhl, die Knie durch eine Decke verhüllt, eine Hand auf dem Kopf seines Labradors, während er in der anderen ein paar Manuskriptseiten hielt. Er wurde von einem Reporter des *Standard* interviewt und sprach hauptsächlich über das Buch, ohne jedoch den Vorfall zu erwähnen, der seine Lähmung verursacht hatte. Ja, er sei wirklich zufrieden mit dem Buch. Ja, er bekäme von seinem Verleger eine beträchtliche Vorauszahlung. Aber nein, er habe nicht vor, in Zukunft noch mehr zu schreiben. Heiraten? Das glaube er nicht, obwohl es natürlich möglich sei. Also ja, er habe eine Freundin. Clare war ihr Name, und sie hatte das Manuskript für ihn getippt.

Bei manchen Leuten stimmte eben einfach alles, dachte Victor, während er die Zeitung zusammenfaltete und sie außer Sicht schob, unter den Rattantisch. Geld, Erfolg, eine Frau, ein hübsches Haus – Fleetwood hatte einfach alles. Und was hatte er? Ein möbliertes Zimmer, einen Geldbetrag auf einer Bank, der nach heutigen Maßstäben sehr klein war, eine Tante, deren Vermögen er höchstens erben könnte, wenn sie vergaß, ein Testament zu machen. Wenn sie aber daran dachte, eins zu machen, dann würde er bestimmt überhaupt nichts erben. Außerdem konnte Muriel, obgleich sie aussah wie hundert, tatsächlich nicht älter als Mitte Sechzig sein, und sie konnte gut und gern noch zwanzig Jahre leben.

Seine Jugend hatte er verloren. Es wäre unrealistisch, das anders zu sehen. Die Jahre, die er im Gefängnis verbracht hatte, waren die besten im Leben eines Mannes. Es war die Lebensperiode, in der die besten Dinge passierten, in der man vorankam, in der man sich etablierte. Alan zum Beispiel, der im gleichen Alter war wie er, der war jetzt sicher verheiratet, hatte wahrscheinlich ein eigenes Haus und ein florierendes Geschäft. Victor hatte wie ein Sklave für ihn geschuftet, hatte sich geschunden mit Aufstehen zu jeder Tages- und Nachtzeit, oft ohne überhaupt ins Bett zu kommen. Fünf Jahre lang hatte er für ihn gearbeitet, nachdem er es satt bekommen hatte, Fords zu verkaufen, und Alan war nicht einmal ins Gefängnis gekommen, um ihn zu besuchen, und nicht mal geschrieben hatte er. Pauline, dachte er weiter, die war jetzt sicherlich mit irgendeinem armen Teufel verheiratet, der sich ja vielleicht abgefunden hatte mit etwas, woran Victor sich nie hatte gewöhnen können – mit ihrer eisigen, undurchdringlichen Gefühlskälte. Also nein, undurchdringlich nicht, denn er war ja bei zahlreichen Gelegenheiten in einen schlaffen, kraftlosen Körper eingedrungen, der passiv dalag wie ein Pudding, während Pauline im Geiste ganz woanders war, während sie mit intensiver Konzentration irgend etwas an der Wand betrachtete. Einmal hatte er gemerkt, wie sie an den Fingern abzählte und zusammenrechnete. Das hatte ihn schließlich so gestört, daß er in ihr erschlaffte. Pauline schien es nicht mal zu bemerken. Das war um die Zeit gewesen, als sie anfing, während ihrer sexuellen Momente wacher und präsenter zu werden, wacher und präsenter insofern, als sie dabei unentwegt quatschte, was ihre Mutter heute morgen am Telefon gesagt und wie sich ihr Tutor in Geschichte über ihren letzten Aufsatz geäußert hätte. Victor war schlichtweg aufgestanden, hatte seine Sachen angezogen, war in die Dunkelheit hinausgegangen und hatte ein Mädchen vergewaltigt, das auf dem Heimweg eine Abkürzung durch den Highgate Wood machte. Das Mädchen war wie verrückt gewesen vor Angst, hatte geschrien und sich wie wild gewehrt. Das war was anderes gewesen, als wenn man es mit einem toten Schaf trieb, während ein labberndes Tonband ablief – es war wundervoll gewesen! «Laß das, laß das, laß das!» schrie sie. Wie ein Tier heulte sie: «O nein, nein, nein!»

Victor brauchte einige Zeit – inzwischen hatte er schon drei weitere Vergewaltigungen begangen –, ehe ihm einfiel, wo und unter welchen Begleitumständen er das schon einmal gehört hatte. Und als es ihm einfiel, blockte er die Erinnerung abrupt ab. Es war widerwärtig, fast blasphemisch, daran zurückzudenken. Mittlerweile hatten Pauline und er sich getrennt. Wenn sie nun aber warm und liebevoll gewesen wäre, gierig nach Sex, so, wie nach allem, was er las, die Frauen der siebziger Jahre ausnahmslos waren? Wenn sie alles das gewesen wäre und obendrein noch seine Ehefrau, hätte er dann jemals die beiden Frauen in der Hampstead Heath überfallen, die Mädchen im Wandsworth Park und im Epping Forest? Und damals, Weihnachten, wenn da jene andersgeartete Pauline, jene gewandelte Pauline bei ihm gewesen wäre, statt fünf Jahre zuvor abzuhauen, ob er dann so interessiert gewesen wäre an Sidneys Luger und sie ein paar Monate später gestohlen hätte?

In dieser Nacht schlief er schlecht, und er träumte eine Menge. Etwa eine Stunde, nachdem Tom sich verabschiedet hatte, war er losgezogen, hatte sich eine Flasche Wein gekauft und sie ganz ausgetrunken. Es war der erste Alkohol, den er seit nahezu elf Jahren trank, und er machte ihn betrunken, genau was er wollte, obgleich er die Nachwirkungen natürlich nicht wollte. Sein Traum war eine Erweiterung jener Phantasie über sein Leben als einer Straße mit lauter Häusern daran, die jeweils erschienen, wenn er um eine Kurve bog. Bloß, diesmal kam nach Muriels Haus und vor dem Haus Solent Gardens 62 an jener Straße der Wohnblock in der Finchley High Road in Sicht, wo er mit Pauline gewohnt hatte, und dann das Haus im Ballards Lane, wo er die obere Etage gemietet hatte, als man ihn einsperrte. Er ging weiter, obwohl die Straße, bislang ebenerdig und glatt, jetzt holprig wurde wie ein Feldweg, mit Steinen und Geröll darauf, ähnlich den Felsbrocken in Muriels Steingarten. Das Haus in Solent Gardens stand ganz für sich, herausgerissen aus der Reihe seiner Gefährten, und das Fenster im Obergeschoß war immer noch kaputt, und der Wind fuhr hinein und hob den Vorhang. Warum eigentlich sah er es in seinen Phantasien und Träumen immer von dieser Seite, von außen, wo er es doch so nur ein einziges Mal flüchtig gesehen hatte, als sie ihn herausbrachten nämlich, zwischen zwei Polizisten und in Handschellen?

Das nächste Haus an der Straße, an das er kam, war das Fleetwoodsche mit seinem Giebel und dem dunklen Holzwerk und den Kletterrosen, aber es war nicht das letzte. Das letzte war das Gefängnis, wo er die Hälfte seines erwachsenen Lebens zugebracht hatte, ein weitläufiger Komplex aus rotem Backstein mit einem Wald aus Schornsteinen, die aus rötlichen Dächern sprossen.

Warum hatten wohl Gefängnisse immer so viele Schornsteine, überlegte er benommen, als er aufwachte. Schließlich waren das keine warmen, heimeligen Orte oder gar berühmt für ihre Küche oder den gepflegten Zustand ihrer Wäsche! Sein Herz pochte, sein Kopf schmerzte, und sein Mund war ausgetrocknet. Da er doch nicht wieder einschlafen konnte, stand er auf, trank literweise Wasser direkt aus der Leitung, den Wasserhahn im Mund, und dann setzte er sich ans Fenster und blickte hoffnungslos hinaus, über Acton hin. Der Morgen dämmerte perlgrau und dunstig, die Flut des Verkehrslärms schwoll bereits an, die Vögel begannen zu singen. In allen Gärten, die er überblicken konnte, wuchsen kleine Bäume, die eben anfingen, zu grünen und zu blühen, weiß und rosa. Wie ein durchsichtig blasser Farbschleier, wie ein dünnes, bedrucktes Tuch lag es über Erde und Ziegel und Stein. Und da er die menschliche Rasse haßte, dachte Victor mit einer Wut, die ihn die Fäuste ballen ließ, nur daran, daß all diese Spießer so kleinlich und mißgünstig waren, daß sie nie und nimmer einen Baum pflanzten, wenn es nicht ein Obstbaum war, von dem sie etwas zurückbekommen konnten.

Warum hatte sich sein Leben immer in diesen dürftigen Vorstädten abgespielt? Nie hatte er irgendwo anders gewohnt, wo es interessanter war. Dabei gab es eine Menge interessanter Gegenden, durch die er auf seinen Fahrten zu den Flugplätzen Heathrow und Gatwick, nach Luton und Stansted oft gekommen war. Wie die meisten Londoner, die nördlich des Flusses geboren sind, konnte er sich schwer vorstellen, südlich davon zu leben. Von der Westseite Londons hatte er genug, und den Norden, so redete er sich ein, haßte er. Also schlag dich gen Osten, dachte er, weit weg, nach Epping vielleicht oder nach Harlow oder sogar bis nach Bishops Stortfort.

Drei Stunden später war er wieder auf den Beinen, die Gunnersbury Avenue hinunter, auf dem Weg zu Muriels Haus im Popesbury Drive. Dies war die Route, die er regelmäßig nach Heathrow gefahren war. Es störte ihn sehr, daß er kein Auto zur Verfügung hatte. Würde er je wieder eins haben? Genaugenommen konnte er, wenn es ihm wirklich darauf ankam, mit dem Bus oder der Bahn nach Epping hinausfahren oder auch bis zur Endstation der Central Line.

Immer mehr Bäume hatten Blätter bekommen in der Woche, seit er das letzte Mal hiergewesen war. Die Hängepflanzen über den Miniaturfelsen, die zu Muriels Haustür hinaufführten, waren förmlich explodiert zu einer Masse purpurner Blüten, rosa und zartlila und purpurfarben und braunrot, so glühend, daß einem die Augen schmerzten. Victor hörte Muriel drinnen heranschlurren und an der Tür herumfummeln. Sie wußte schon, wer es war – entweder hatte sie ihn durchs Fenster gesehen oder es geahnt. Der blaue Morgenmantel und die Hausschlappen, die sie trug, waren die gleichen wie beim vorigen Mal und ebenso der Geruch nach Kampfer, aber das rosa Netz, unter dem sie damals ihre Haare verborgen hatte, war durch ein braunes ersetzt. Sie blinzelte ihn mißtrauisch durch den Türspalt an, bequemte sich dann mürrisch, die Sperrkette zu lösen, und vergrößerte bedächtig Zentimeter um Zentimeter den Spalt zwischen Tür und Rahmen, bis er für Victor groß genug war zum Durchschlüpfen.

«Was willst du denn diesmal?»

Er hätte eher ein lästiger Schnorrer sein können, der sie ständig um Geld und Essen anbettelte, als ein Neffe, den sie während der letzten zehn Jahre bloß zweimal gesehen hatte. Überflüssig zu erwähnen, daß auch Muriel ihn nicht im Gefängnis besucht hatte. Wenn sie nicht mal zum Begräbnis ihres Mannes den Fuß aus dem Haus gesetzt hatte, um wieviel weniger denn wohl, um einen Besuch im Gefängnis abzustatten. Aber schließlich hatte er ihr nie etwas Böses getan. Man konnte doch wohl nicht behaupten, daß *ihr* durch das Wegnehmen der Pistole ein Leid geschehen wäre, und wenn auch die Polizei hier erschienen war und sie deshalb verhört und das Haus durchsucht hatte, so hatte man ihr ja nichts angelastet, niemand hatte sie für zehn Jahre hinter Schloß und Riegel gesteckt. Er ging hinter ihr her ins Wohnzimmer und sagte ihr Bescheid wegen Jupp, daß er heute in zwei Wochen kommen würde, um sich die Möbel anzusehen.

Das Zimmer war stickig von abgestandenem Mief und Staubgeruch. Ein großer elektrischer Ofen mit zwei Heizspiralen war eingeschaltet, und vor diesem Feuer hatte Muriel sich eine Art gemütliches Nest gebaut, eine Insel im Meer ihrer Zeitungen. Da stand der Lehnsessel, in dem sie eben noch gesessen hatte, mit zwei Sofakissen an der Rückenlehne, außerdem noch einem Kopfkissen in schmutzigem, weißen Bezug, einer Wolldecke, seitlich über die Lehne geworfen, und einem Fußschemel, der aussah wie ein aus der Kirche gestohlenes Betpolster. An beiden Seiten standen Tische; auf dem einen lag ein Buch aus der Leihbücherei, eine Brille und ein Röhrchen Aspirin, auf dem anderen türmte sich ein Stapel illustrierter Zeitschriften, daneben lagen ein Kugelschreiber und eine Schere. Anstatt in ihren Sessel zurückzukehren, blieb Muriel stehen und blickte ihn abschätzig an. Aus dem hinteren Teil des Hauses ertönte ein Pfeifen, das sich zu einem schrillen Geschrei auswuchs.

Natürlich wußte Victor sehr gut, was das wahrscheinlich war, wenigstens fiel es ihm im Bruchteil einer Sekunde ein. Beim ersten Ton jedoch war er zusammengefahren, und aus irgendeinem Grund hatte sich deshalb ein Grinsen auf Muriels Gesicht breitgemacht.

«Ich war gerade dabei, mir einen Kaffee zu kochen», sagte sie.

Victor folgte ihr den Korridor entlang zur Küche. Muriel schlurfte voraus, und der Gürtel ihres Morgenmantels schleppte hinter ihr her. Aus unverständlichen Gründen machte sie den Gürtel nie zu, sondern hielt die beiden Seiten des Morgenrockes immer mit der linken Hand zusammen. Der Kessel hüpfte über der Gasflamme und schrillte ohrenbetäubend. Muriel war sehr langsam. Sie tat einen Teelöffel Instantkaffee in jede Tasse, taxierte sorgfältig, ob auch beide die gleiche Menge enthielten, indem sie jedes der beiden Häufchen streng begutachtete und dann dem zweiten noch eine Messerspitze voll hinzufügte. Victors Nerven ertrugen das Scheppern und Kreischen des Kessels nicht länger, er stürzte an ihr vorbei und hob den Kessel von der Gasflamme. Sie blickte ihn ärgerlich und verdutzt an. Dann machte sie den Kühlschrank auf und holte einen kleinen Pappbehälter mit Kaffeesahne heraus. Den stellte sie zusammen mit einer der Kaffeetassen auf ein rundes Tablett, dazu eine Zuckerdose und einen Teller mit zwei Keksen darauf. Es waren Kekse für Kinder, Zuckerbären genannt, denn sie hatten die Form von Teddybären und waren mit buntem Zucker verziert. Auf ein zweites kleines Tablett stellte Muriel die andere Tasse Kaffee und schob es über den Tisch zu Victor hinüber.

Er traute seinen Augen nicht. Das Tablett mit der Sahne und den Keksen war ausschließlich für sie selbst bestimmt, sie hatte die Hände schützend um den Rand gelegt und drückte es förmlich an sich. Nicht mal einen Teelöffel war er ihr wert gewesen. Aber was hatte es für einen Sinn, sich mit ihr herumzustreiten? Er langte einfach über den Tisch und nahm sich den Zucker, mußte dazu sozusagen über ihre Hände klettern wie jemand, der den Zaun zu einem verbotenen Park übersteigt. Er nahm seine Tasse und ging hinaus in die Garage, um sich die Möbel noch einmal anzusehen. Es war wundervoll, wie bloßes Material, lächerliche Stücke bunten Stoffes so viele Erinnerungen freisetzen konnten. Über ein Bettgestell und eine Truhe waren die Vorhänge gebreitet, die einmal am Fenster seines Zimmers gehangen hatten, als er ein Junge war. Es mußte eine sehr gute Qualität gewesen sein, wenn sie so lange gehalten hatten, mit ihrem Muster aus blaugrünen und roten Rechtecken auf schwarzweißem Untergrund – die Mode der Nachkriegszeit und der frühen fünfziger Jahre. Er konnte sich noch genau erinnern, wie er im Bett gelegen und immer dieses Muster betrachtet hatte, wie das Sonnenlicht hindurchschien und es transparent machte; wenn es dagegen draußen dunkel war, dann wirkte es milchig verschleiert. Er hatte immer dagelegen und gewartet, daß seine Mutter heraufkam, ihn schön zudeckte und ihm einen Gutenachtkuß gab. Manchmal, als er noch nicht lesen konnte, hatte er auch auf eine Geschichte gehofft. Sie versprach zwar immer zu kommen, aber sie tat es dann doch selten. Sie war unten bei seinem Vater, abgelenkt durch die stärkere Faszination seines Vaters, seine stärkere Anziehungskraft. Die Zurücksetzung war denn aber doch nicht so schlimm, daß er geweint hätte, und wenn er schließlich einschlief, so waren das letzte, das sich seiner Netzhaut einprägte, diese Vorhänge mit ihrem Muster aus blaugrünen und roten Blöcken auf schwarzweißem Grund.

Vielleicht sollte er Jupp doch nicht all dies Mobiliar überlassen. Wenn er zum Beispiel irgendwo in Epping eine Bleibe für sich fände, dann könnte er es doch gebrauchen. Aber auf einmal begriff Victor, daß es ihm gar nicht möglich wäre, mit diesen Sachen zu leben, die ihn umgeben hatten, als er ein Junge war. Es war sogar schon schmerzlich, sie nur anzuschauen. Das Vorhangmuster war aus irgendeinem Grund am schlimmsten, aber auch die Betten waren schlimm und dieses braune Samtsofa. Das einzige, was ihm nichts ausmachte, war seines Vaters Rollstuhl, stellte er fest, und das lag vielleicht daran, daß er nicht dagewesen war, als sein Vater ihn bekam, und daß er nie gesehen hatte, wie sein Vater ihn benutzte. Victor trank seinen Kaffee aus, deckte das Bett und die Truhe wieder zu und fragte sich plötzlich, wieso er es eigentlich für beschlossene Sache hielt, daß er in Epping wohnen würde? Er hatte doch nichts dergleichen entschieden, er war sogar noch nie richtig in Epping gewesen, bloß durchgefahren auf dem Weg nach Stansted. Einmal allerdings hatte er draußen im Wald angehalten, bei einer Kneipe, die *Robin Hood* hieß, soweit er sich erinnerte. Und dort, ein paar hundert Meter von der Straße entfernt, in einer Lichtung voller Farnkraut und kleiner Birken, war er auf eine Frau gestoßen, die ganz allein dort herumspazierte – weder jung noch hübsch noch auf irgendwelche Weise attraktiv, aber eben eine Frau und allein...

Victor ging in die Küche zurück. Seine Tante war fort. Er fand sie wieder in ihrem Lehnsessel vor dem elektrischen Ofen, in dem beklemmenden, kampfergeschwängerten Mief, und sie schnitt eben mit ihrer Schere aus einem Nachrichtenblatt etwas aus.

«Hier werd ich dir mal was zeigen», sagte sie.

«Nein danke. Ich weiß, was es ist.» Aus den Augenwinkeln hatte er einen Fotoausschnitt von Fleetwoods Haus gesehen, ein Stückchen Giebel, ein Stückchen Schornstein.

Sie nahm es nicht zur Kenntnis, sondern fuhr mit dem Ausschneiden fort, wobei sie sich Papier und Schere dicht an die Nase hielt. «Er schreibt ein Buch», fuhr sie unbeirrt fort, «es wird alles drinstehen über sein früheres Leben.»

«Ich weiß», sagte Victor, «ich hab die Zeitung schon gelesen. Du sagst mir nichts, was ich nicht schon wüßte.»

«Du wirst auch drinstehen.»

Wieder fühlte er den Zorn in sich hochquellen, eine heiße Flüssigkeit, die im Kessel seines Körpers aufwallte.

«Da steht bestimmt eine Menge über dich drin, mit Bildern.» Sie legte die Schere weg und faltete das ausgeschnittene Stück zusammen. Ihr Gesicht war aufwärts gerichtet, und das welke Fleisch ihres Halses hing ihr in einer Doppelfalte vom Kinn. «Das ist nur, was du verdienst», meinte sie.

Victor hatte mal irgendwo gelesen, daß Spazierengehen oder sonstige heftige Bewegung den Körper von Spannungen befreit und Ärger mildert. Er stellte fest, daß das in seinem Fall nicht stimmte. Während er durch die Gunnersbury Avenue zurückging, war er von geradezu mörderischer Wut erfüllt, wirklich bis zum Platzen. Der Mangel an Verständnis machte ihn verrückt, nicht bloß bei seiner Tante, sondern bei allen, bei all diesen Leuten, die nicht begreifen konnten, wie Dinge eben passierten, wie einem Dinge passieren konnten, nahezu ohne daß man sich dessen bewußt war, und dann – ja, dann wurde man einfach für sein Lebtag bestraft, und selbst dann noch sagten sie, es sei nicht genug.

Er würde in Fleetwoods Buch stehen. Victor war kein großer Leser, er hatte immer Film und Fernsehen vorgezogen, aber wenn er mal etwas gelesen hatte, dann waren es Biographien und Memoiren gewesen. Wenn Fleetwood also dabei war, ein Buch über sein Leben zu schreiben, beziehungsweise das schon getan hatte, dann würde Victor allerdings darin vorkommen, mit einem eigenen Kapitel wahrscheinlich sogar und mit Fotos von ihm. Während sein Prozeß lief, hatten die Zeitungen eine Studio-Porträtaufnahme benutzt, die auf Drängen seiner Mutter zu seinem einundzwanzigsten Geburtstag gemacht worden war. Seine Mutter hätte das Bild bestimmt nicht an einen Reporter gegeben, also mußte Muriel es getan haben. Ein anderes Foto zeigte ihn, wie man ihn zwischen zwei Polizisten aus dem Haus Solent Gardens 62 brachte. Wahrscheinlich würden sie alle beide in Fleetwoods Buch erscheinen – es sei denn, er könnte es durch juristische Schritte verhindern, obwohl er nicht wußte, wie er das anfangen sollte. Und er hatte auch Angst, daß das einen Haufen Geld kosten würde.

Durfte Fleetwood in seinem Buch einfach alles über ihn sagen, was er wollte, und er, Victor, bekam keine Entschädigung? Kein Zweifel, Fleetwood würde ihn einen Psychopathen nennen, und jene Worte, die er aus dem Fenster gerufen hatte, würden wiederum zitiert werden: *Ich schieße ihr in den Rücken, in die untere Wirbelsäule!* Als sie im Zeugenstand diese Worte wiederholte, da war Rosemary Stanley in Tränen ausgebrochen – sie stammelte die Worte hervor und fing an zu weinen. Eine höchst effektive Methode, fand Victor, sich die gesamte Sympathie des Gerichts zu verschaffen. Als ob sie die nicht ohnehin schon hatte! Das alles stand bestimmt in Fleetwoods Buch, obwohl er bei der Gerichtsverhandlung doch gar nicht dabeigewesen war. Und Fleetwoods Buch würde überall verkauft werden, auch noch als Taschenbuch, und ein Fernsehfilm würde bestimmt auch noch daraus gemacht werden! Bei dem Gedanken wurde Victor ganz übel. Sobald er wieder in seinem Zimmer war, zog er den *Standard* aus der Ablage unter dem Rattancouchtisch und las den Artikel noch einmal, um daraus möglichst viel zu erfahren. Aber er hatte die Zeitung so zusammengefaltet, daß die Geschichte von der Vergewaltigung im Gunnersbury Park zuoberst lag, und da fiel ihm eine Zeile ins Auge, eine Art kleingedruckter Überschrift in Anführungszeichen: ‹Vergewaltigung ist kein sexueller Akt, sondern ein Akt der Aggression.› Irgendein Psychiater hatte das gesagt. Er überlegte eben, was das wohl heißen sollte, wie es bitteschön was anderes als sexuell sein konnte, ein Mädchen zu ficken, da klingelte es an der Haustür. Victor hatte die Türklingel schon öfter gehört, gewöhnlich abends, und dann war immer einer der anderen Mieter aufmachen gegangen. Wer immer da klingelte, für ihn konnte es nicht sein, und er würde auch jetzt nicht aufmachen gehen. Es klingelte noch einmal. Victor hörte Schritte und dann Stimmen. Irgend jemand machte die Haustür auf, und das überraschte ihn, beunruhigte ihn sogar ein bißchen, denn er war nahezu sicher gewesen, daß niemand sonst im Haus wäre.

Schritte kamen die Treppe herauf. Er wußte, sie würden an seiner Tür vorbeigehen, weiter nach oben, sie mußten es einfach tun, denn es gab ja niemanden, der womöglich zu ihm wollte! Es waren mindestens zwei Leute, die die Treppe heraufkamen. Das Klopfen an seiner Tür war wie ein Donner, jener unverhoffte Donner, der einen zusammenfahren läßt, weil ihm kein warnender Blitz vorausgegangen ist. Victors Ruhe, seine gesunde Gelassenheit, seine Euphorie, alles war auf einen Schlag dahin, und er spürte die Panik wie ein Gewirr prickelnder elektrischer Drähte. Er öffnete die Tür, und ihm war klar, wie hilflos, wie verletzbar er aussehen mußte.

Draußen stand eine Frau mit einem Hut auf und zwei Männer in jener Art lässiger Kleidung, von der die Polizisten meinen, sie mache sie unkenntlich. Victor wußte sofort, die Frau mußte Mrs. Griffith sein, seine Hauswirtin; er wußte es durch den Ausdruck auf ihrem Gesicht – betont nachsichtig, geduldig, tugendhaft und doch leise mißbilligend, ein Gesicht, wie es Leute aufsetzen, deren soziales Gewissen so ausgeprägt ist, daß sie Ex-Gefangene in ihr Haus aufnehmen, ungeachtet aller unvermeidlichen Konsequenzen.

«Kriminalpolizei», sagte der ältere Mann, der in dem melierten Tweedjackett. «Können wir Sie kurz sprechen, Vic?»

6

Nie hatte ihn jemand so genannt. Vic – er haßte das, es klang wie das Zeug, mit dem seine Mutter ihm immer die Brust einrieb, als er ein Kind war. Und was für ein Recht hatten die überhaupt, ihn beim Vornamen zu nennen? Er hörte den jüngeren Mann, den in der schäbigen Lederjacke, sagen: «Vielen Dank, Mrs. Griffith. Tut uns leid, Sie belästigen zu müssen.» Die nannten sie nicht Betty oder Lily oder wie immer ihr Name war! Aber er war ja im Gefängnis gewesen, klar, er hatte seine menschliche Würde, sein Recht auf Respekt ein für allemal eingebüßt!

Sie kamen herein, und Schäbiges Leder schloß die Tür. Der melierte Tweed sagte: «Schöne kleine Bleibe haben Sie hier.»

Victor sagte nichts. Die Innenflächen seiner Hände prickelten, er fühlte ein Kribbeln in den Schultern, als ob ein Insekt über seinen Rücken kröche. Er setzte sich hin. Sie taten es nicht.

«Ausgehen tun Sie wohl nicht viel, was? Einen Job haben Sie nicht?»

Er antwortete darauf mit einem Kopfschütteln, und er fragte sich krampfhaft, ob er es wohl schaffte, seine Stimme wiederzufinden. Seine Kehle war wie zugeschnürt. Er hätte lieber gefragt, was sie von ihm wollten, anstatt dieses geistreiche Vorspiel über sich ergehen zu lassen, aber er wagte nicht, sich auf ein Experiment mit seiner Sprache einzulassen. Beide blickten ihn unverwandt an. Wenigstens die schäbige Lederjacke hatte sich jetzt hingesetzt.

«Aber trotzdem werden Sie heute doch wohl draußen gewesen sein – man braucht ja manchmal ein bißchen frische Luft, stimmt's? Und wir haben ja auch einen schönen Frühling, nicht wahr? Das ist oft so nach einem schlechten Sommer. Aber das können Sie ja eigentlich gar nicht wissen, wo Sie – wie soll man sagen –, wo Sie zu der Zeit noch aus dem Verkehr gezogen waren. Für die meisten Leute in Ihrer Situation, Vic, sind die ersten Ausgänge eine Art Zerreißprobe, aber bei Ihnen war das wohl nicht so, hab ich recht?»

Victor hob schwerfällig seine kribbelnden Schultern.

«Nein, bei Ihnen war das sicherlich nicht so», wiederholte der melierte Tweed. «Sie sind tüchtig unterwegs, bieten der Welt die Stirn. Was glauben Sie so, wie oft sind Sie schon ausgegangen? Jeden Tag, jeden zweiten Tag, zweimal am Tag? Wie war's denn letzten Montag zum Beispiel? Sind Sie da ausgegangen?»

Seine Stimme funktionierte wieder, schlechter als eine Stimme, aber besser als ein Krächzen. «Warum wollen Sie das wissen?»

Schon während er fragte, wußte er es. Und trotzdem war es ein entsetzlicher Schock für ihn. Am Montag abend war im Gunnersbury Park ein Mädchen vergewaltigt worden, er hatte das ja im *Standard* gelesen; er hatte sich den *Standard* gekauft und ihn auf dem Rückweg von Jupps Laden gelesen. Er war nicht wegen Vergewaltigung ins Gefängnis gekommen, er war im Gefängnis gewesen, weil er auf David Fleetwood geschossen hatte. Aber er hatte damals, nachdem er schuldig gesprochen worden und noch ehe die Strafe festgesetzt war, durch seinen Anwalt – und auf dessen Empfehlung – darum gebeten, bei der Strafzumessung auch zwei Fälle von Vergewaltigung mit einzubeziehen. Das war vorsorglich geschehen für den Fall, daß die Polizei versuchte, ihn dieser Vergehen anzuklagen, nachdem er seine Strafe verbüßt hatte. Victors Anwalt brauchte ja nicht zu wissen, daß diese beiden Fälle nicht die einzigen Vergewaltigungen waren, die Victor begangen hatte.

Er hatte überhaupt das alles nicht zur Sprache bringen wollen damals, er hatte nicht gewollt, daß seine... seine Neigung allgemein bekannt würde, aber dann hatte er sich eben doch überreden lassen. Und jetzt wußte die Polizei natürlich Bescheid, jetzt war er irgendwo ‹erfaßt›, erfaßt von einem dieser Computer, die die Welt erobert hatten, während er einsaß. An die möglichen Folgen wollte er erst gar nicht denken.

«Machen wir's doch so», sagte Melierter Tweed, «zuerst beantworten Sie mal meine Fragen. Wie wäre das?»

«Ich bin meine Tante besuchen gegangen.»

Melierter Tweed verzog keine Miene, aber um den Mund des anderen zuckte ein Grinsen.

«Und wo, bitte, wohnt diese Dame?»

«Gunnersbury.»

Sie waren stumm und starr. Für einen Moment jedenfalls.

«Was Ihre Frage betrifft, Vic, ich glaube, das können wir vergessen, meinen Sie nicht auch? Sie wissen ganz genau, auf was wir es abgesehen haben. Sie wissen, was für einer Sie sind, und wir wissen das auch. Es würde uns allen eine Menge Zeit und Ärger sparen, wenn wir jetzt alle zusammen in den Wagen steigen und zum Polizeirevier runterfahren.»

Sie wollten ein paar Tests durchführen. Der melierte Tweed hatte alle möglichen Euphemismen für den Aufenthalt im Knast auf Lager, und er brachte sie einen nach dem anderen leutselig an, vielleicht weil er Victors Unruhe sah und den überheblich geschürzten Mund seines Kollegen mit der schäbigen Lederjacke. Zuerst weigerte sich Victor und sagte, er verlange seinen Rechtsanwalt. Den Namen des Anwaltes, der ihn vor nahezu elf Jahren vertreten hatte, wußte er noch, aber nicht die Büroadresse oder die Telefonnummer des Mannes. Auch hatte er keine Fünf- oder Zehnpencestücke für das Telefon. Der melierte Tweed meinte, er könne seinen Anwalt kriegen, kein Problem, die leichteste Sache der Welt, er könne ihn ja vom Polizeirevier aus anrufen. Da gab Victor nach, weil er dachte, womöglich könnten sie ihn zwingen, zum Polizeirevier mitzukommen; obwohl er das nicht genau wußte.

Der Name des Mädchens war Susan Davies. Sie war im Krankenhaus und würde dort noch lange bleiben müssen. Sie hatte den Täter als einen Mann zwischen fünfundzwanzig und fünfunddreißig beschrieben, dunkelhaarig, mittelgroß. Das alles sagten sie ihm. Als Victor betonte, daß er achtunddreißig sei, meinte der melierte Tweed, den meisten Leuten gefiele es doch, für jünger gehalten zu werden, als sie wirklich seien. Und überhaupt altere man ja nicht so rasch, wenn man hinter Schloß und Riegel vor der Welt bewahrt werde.

Sie erklärten Victor, sie würden gern eine Blutuntersuchung machen. Wieder sagte Victor, er verlange seinen Anwalt. Nichts leichter als das, sagte ein Kriminalbeamter, den Victor vorher noch nicht gesehen hatte, aber als er um ein Telefonverzeichnis bat, da meinte der Mann, er habe im Moment gerade keins griffbereit, und warum Victor nicht erst mal einfach mit Sergeant Latimer (Schäbige Lederjacke) rüberginge ins Labor und sein Blut testen ließe, während er sich nach einem Telefonbuch umsähe? Natürlich ging Victor mit. Er war ziemlich durcheinander. Latimer erklärte ihm etwas, das er noch nicht gewußt hatte – vielleicht war es noch nicht allgemein bekannt oder noch gar nicht entdeckt gewesen, ehe er ins Gefängnis kam –, nämlich daß manche Männer sogenannte *Sekretoren* sind, mit anderen Worten, man kann ihre Blutgruppe aus ihrem Sperma und aus anderen Körpersekreten ermitteln. Ohne daß dieser Test durchgeführt wurde, konnte man aber nicht wissen, ob Victor ein Sekretor war oder nicht.

Jetzt begriff Victor, daß es durchaus in seinem eigenen Interesse lag, diesen Test durchführen zu lassen. Er wollte auch gar keinen Anwalt mehr, er wollte bloß noch eins – hier rauskommen, nach Hause –, frei von allem Verdacht! Er hatte Susan Davies nicht vergewaltigt, aber er sah es schon kommen, es würde ihm – ‹bedingt durch die Umstände› – gar nicht gelingen zu beweisen, daß er zur fraglichen Zeit nicht im Gunnersbury Park gewesen war. Es gab keine Zeugen, die er benennen konnte, um nachzuweisen, daß er zu Hause gewesen war. Und seine Tante Muriel konnte – wenn es überhaupt vorstellbar war, daß jemand etwas Vernünftiges aus ihr herausbekam – ja höchstens sagen, daß er am Nachmittag ein, zwei Stunden bei ihr gewesen sei. Aber der Bluttest würde es beweisen. Drei Viertel aller Menschen wären Sekretoren, sagte Latimer.

Sie hielten ihn dort fest, bis sie die Ergebnisse des Tests bekamen. Von einem Telefonbuch war nicht mehr die Rede, und auch Victor erwähnte es nicht mehr. Es wurde nahezu Abend, und sie hatten ihm schon einen Hamburger und eine Tasse Tee gebracht, ehe sie ihm das Resultat mitteilten. Das heißt, man teilte es ihm nicht genau mit, sie sagten bloß, er könne jetzt nach Hause gehen und sie wollten ihn bitteschön nicht wiedersehen. Ähnlich wie Judy und Tom, bloß noch deutlicher, behandelten sie ihn, als sei er ein Untermensch, ein Schwachsinniger. Victor sagte, dann vermute er also, daß er ein Sekretor sei? Ganz richtig, sagte der Inspektor. Welche Blutgruppe er denn habe, fragte Victor noch, ohne jedoch eine Antwort zu erwarten, vielmehr darauf gefaßt, daß man ihm sagte, dies sei ein Polizeirevier, wenn's recht sei, und kein Sprechzimmer in der Harley Street. Aber der Inspektor sagte es ihm tatsächlich, lakonisch und um ihn loszuwerden. Anscheinend sei er B positiv, ob ihm das etwas sage? Victor ging fort.

Auf dem Heimweg ging er in eine Spirituosenhandlung und kaufte eine Viertelflasche Whisky und zwanzig Zigaretten. Bald nachdem er ins Gefängnis eingeliefert worden war, hatte er das Rauchen aufgegeben, obwohl es dort zu bestimmten, vorgeschriebenen Zeiten erlaubt war zu rauchen. Aber er hatte trotzdem aufgehört. Heute aber hatte er das dringende Bedürfnis nach etwas Starkem und Tröstlichem. Zumindest hatte er sich nicht von seiner

Panik überwältigen lassen, hatte nicht verrückt gespielt und versucht, sie am Kragen zu packen, zu schütteln und auf sie einzuschlagen. Dazu gratulierte er sich im stillen. Die Zigaretten und der Scotch würden ihn schon kurieren von dem Zittern, das seine Hände befallen hatte und manchmal auch seine Knie, von dem Augenblick an, da er das Polizeirevier verlassen hatte.

Er schloß die Haustür auf und ging hinein. Mrs. Griffith, in Hut und Mantel und Handschuhen, stand in der Diele und sprach mit einer jungen Frau, die Victor noch nie gesehen hatte. Die junge Frau blickte sofort weg. Mrs. Griffith bedachte ihn mit einem verkniffenen Lächeln, das Victor zu verstehen gab, es sei eben doch eine Sache für sich, Ex-Gefangene in sein Haus aufzunehmen, und Voraussetzung sei doch wohl, daß sie ein ganz neues Leben anfingen. Es war sieben Jahre her, seit er zuletzt eine Zigarette geraucht hatte. Der erste Zug krempelte ihm den Magen um, und er erbrach sich in den Ausguß. Schlotternd setzte er sich auf sein Bett.

Und auf einmal sah er die Dinge mit erschreckender Klarheit: Gewiß hatte es zum gegebenen Zeitpunkt in seinem Interesse gelegen, diesen Test durchführen zu lassen, aber auf lange Sicht betrachtet, war das eine Katastrophe! Sie hatten seine Blutgruppe festgestellt, sie hatten festgestellt, daß er ein Sekretor war, und damit nicht genug – zu allem Unglück gehörte er auch noch einer sehr seltenen Blutgruppe an! Dabei fiel ihm völlig unzusammenhängend ein, daß er vor Jahren einmal eine Fernsehsendung gesehen hatte, in der der Komiker Tony Hancock in einem Sketch über Blutgruppen auftrat. Es ging darum, daß bei ihm die seltenste Blutgruppe festgestellt wurde, die es überhaupt gab, AB negativ. B positiv, Victors Blutgruppe, war nicht ganz so selten wie jene, aber dennoch gehörten ihr bloß sechs Prozent der Bevölkerung an.

Jedesmal, wenn im westlichen London ein Mädchen überfallen würde – nein, genaugenommen in ganz London und auch noch in den umliegenden Grafschaften –, und wenn die Gewißheit bestand, daß der Täter ein B-Sekretor war, dann würden sie zu ihm kommen. Aber das war eine Sache, mit der sich wohl noch leben ließ, weil es schließlich nur ganz wenige Fälle geben würde. Was aber, wenn er selbst der Täter wäre? Victor wußte, es würde die Zeit kommen, wo er wieder über ein Mädchen herfallen würde. Gewiß, ein Teil seines Ich beteuerte, das werde nie wieder geschehen, er werde um seiner selbst willen kämpfen, das zu verhindern, aber im gleichen Moment wußte er, daß alles Kämpfen letztlich nichts ausrichten würde.

Er goß sich Whisky in einen von Mrs. Griffiths dicken Preßglasbechern – die Sorte, die man bei Abnahme von mehr als dreißig Litern Benzin gratis als Zugabe bekommt. Beim Whisky bestand keine Gefahr, daß er ihn erbrechen würde. Er durchwärmte ihn, und er stieg ihm in den Kopf. Falls es wieder einmal so weit kommen sollte, daß er ein Mädchen anfiel, wenn es so weit war, dann würden die das machen, was man eben mit einem Computer anstellte – etwas hineintippen wie in eine Schreibmaschine, und schon erschiene da ein Ausdruck: Victor Jenner, 38, Tolleshunt Avenue 46, Acton, W 5, Sekretor, Blutgruppe B positiv... Und das würde unweigerlich jedesmal geschehen. Bloß, daß es dann gar kein ‹jedesmal› mehr gab, denn das erste Mal würde auch das letzte sein, und den Rest seines Lebens verbrächte er dann im Knast. Er konnte sich richtig vorstellen, wie der Richter ihn ‹ein gefährliches Tier› nannte, das eingesperrt gehörte ‹zum Schutze des Gemeinwesens›, eine wilde Bestie, die, wenn man sie nicht unschädlich machte, blindlings weiterhin Frauen überfallen und Männer morden werde. Die Sache war bloß die, dachte Victor, daß er doch ganz und gar nicht so war. Er hatte bloß oft Angst, und er geriet leicht in Panik, und er war so allein. Er hätte gerne Hilfe gehabt, aber er wußte nicht, wo er sie bekommen konnte – von Tom und Judy jedenfalls bestimmt nicht, die würden bloß wieder ihre Abendschule oder die Fürsorge oder sonstwas vorschlagen.

Wie anders mußte das Leben von David Fleetwood aussehen, dessen Schuld all dies schließlich war! Fleetwood, der war fein raus, rundherum versorgt mit Haus und Pension. Dessen sexuelle Probleme hatten sich erledigt, auf die gesündeste Weise, ein für allemal. Wie er da so auf seinem Bett saß und in dem dämmrig werdenden Zimmer seinen Whisky trank, dachte Victor, daß auch er selbst eigentlich nichts gegen eine derartige Lösung seines Dilemmas einzuwenden hätte. Dann wäre es doch endgültig vorbei mit dieser Lust, mit dieser Versuchung und der unkontrollierbaren Gier. Vor allen Dingen aber – Fleetwood genoß Respekt. Jeder respektierte ihn, bewunderte und verehrte ihn geradezu. Wenn *er* aufs Polizeirevier gemußt hätte, um eine Blutuntersuchung machen zu lassen, dann hätten sie ihn wahrscheinlich ‹Sir› genannt. Es war wirklich paradox. Fleetwood hatte diese ganze Sache durch seine Borniertheit verursacht, und trotzdem war jetzt er es, der den ganzen Ruhm davon erntete, und Victor den ganzen Schlamassel, und das über Jahre und Jahre. Vielleicht hatte Fleetwood das mit Absicht gemacht? Menschliches Verhalten war unbegreiflich, das wußte schließlich jeder. Vielleicht hatte Fleetwood vorsätzlich auf sich schießen lassen, weil er wußte, daß dann sein Leben lang für ihn gesorgt sein würde und daß die Leute einen verkrüppelten Helden besonders verehrten?

Victor ging die Twyford Avenue in Richtung High Street hinunter. Er hatte zwei entsetzliche Nächte und einen schlimmen Tag hinter sich. In beiden Nächten war er aufgewacht, weil sein Herz raste und sein Körper ein einziges Prickeln war. Zuerst hatte er weinend dagelegen, und dann hatte er das Gesicht in sein Kissen gepreßt, um die Schreie zu ersticken, die er anders nicht kontrollieren konnte. Am Morgen traf er auf dem Flur einen der anderen Mieter, einen Mann, der ihn fragte, ob er auch in der Nacht was gehört hätte, jemanden, der laut geweint habe, und dann so ein Geräusch, als ob Sprungfedern rhythmisch quietschten. Victor brummte, er habe nichts gehört. Den größten Teil des Tages schlief er dann. Es fiel ihm nicht schwer, einzuschlafen, dankbar in den Schlaf zu flüchten wie in ein Refugium vor dem Leben. Aber in der Nacht darauf überfiel ihn die Panik mit doppelter Gewalt, umschloß ihn wie eine Zwangsjacke, ließ seine Glieder wie im Veitstanz zucken, so daß er nicht ruhig liegenbleiben konnte, sondern aus dem Bett springen und sich den ersten besten Gegenstand in Reichweite greifen mußte. Das war zufällig der Rohrstuhl, den er wie unter einem fremden Willen packte und auf und nieder stieß, immer wieder, immer wieder, zuerst gegen die Wand, dann auf den Fußboden. Seine Zähne waren krampfhaft zusammengebissen, und er hörte sich knurrende Laute ausstoßen.

Eins der Stuhlbeine brach krachend ab und hing lose an einem Peddigrohrstrang. Völlig verausgabt warf Victor sich keuchend aufs Bett. Und fast im selben Augenblick klopfte jemand an die Tür. Victor beachtete es nicht. Sein Herz schlug so hart, daß es ihn schmerzte mit seinem Pumpen; es war, als wolle es sich seinen Weg durch den Brustkorb nach außen pumpen. Wer immer da an die Tür geklopft hatte, jetzt brüllte er wütend, er wolle gern wissen, was zum Teufel hier eigentlich los sei? Victor taumelte zur Tür, legte seinen Mund dicht daran und flüsterte, es sei nichts, es sei schon vorbei. «Geb's Gott!» stöhnte die Stimme.

Victor konnte nicht mehr schlafen. Er stand sehr früh auf und ging in den Flur hinaus, mit einem Riegel Seife und einem Topfschrubber. Damit brachte er die Kritzelei zum Verschwinden. Sie hatte ihren Sinn verloren, es war bereits soweit: Die Scheiße stand bis zur Decke!

Er ging in die Bibliothek, um nachzusehen, was er über Blutgruppen in Erfahrung bringen konnte. Es gab eine Menge Literatur darüber. Victor wußte, daß er ein intelligenter Mensch war – irgend jemand hatte mal seinen Intelligenzquotienten gemessen, als er aufs College ging, und er hatte sich auf 130 belaufen – und daß er für gewöhnlich imstande war, wissenschaftliche Daten zu begreifen, aber die Blutgruppen waren doch zu viel für ihn; das war einfach zu kompliziert und abstrus, um da folgen zu können. Was er immerhin begriff, war, daß das A-B-O-System bereits vor langer Zeit, etwa um 1900, entdeckt worden war, daß man aber seither ein Dutzend oder mehr anderer Systeme erfunden hatte, einschließlich des Rhesus-Systems. Und jedes für sich ließ sich testen, was einer immer breiteren Auffächerung der Möglichkeiten gleichkam, festzustellen, welches Blut wem gehörte. Da gab es das MNS-System, das Luther-, das Kell-, das Yt- und das Domrock-System. Wirklich, es sah aus, als käme bald die Zeit, in der die Blutgruppe eines jeden Menschen von der aller anderen unterscheidbar war.

Später dachte er nüchterner über alles das nach. Er war ja nie wegen Vergewaltigung angeklagt worden, nie hatte man ihm eine Vergewaltigung nachgewiesen. Außerdem hatte er nicht vor, je wieder eine Frau zu überfallen. Wenn er zehn Jahre im Gefängnis überstanden hatte, ohne eine zu überfallen, dann konnte er auch noch den Rest seines Lebens so überstehen. ‹Vergewaltigung ist kein sexueller Akt, sondern ein Akt der Aggression›, hatte es in der Zeitung geheißen. Waren es also Zorn und Wut, die ihn über Frauen herfallen ließen? Und wenn er mit dieser Wut auf andere Weise fertig wurde, würde er dann gar nicht mehr über sie herfallen wollen?

Tom wohnte in North Ealing, draußen in der Nähe der Park Royal Station. Victor fand nicht, daß das Haus dazu angetan war, eine

Station auf seiner geträumten Lebensstraße zu werden, klein, wie es war. Doppelhaushälfte, eines jener typischen Gemeindesiedlungshäuser, wie sie zwischen den Kriegen im Nordwesten Londons nur so aus dem Boden geschossen waren. Wahrscheinlich gehörte es Tom sogar. Ein umgekipptes Dreirad lag auf dem Rasenfleckchen davor und daneben ein Teddybär mit dem Gesicht nach unten. Er sah aus, als habe ihm jemand in den Rücken geschossen. Victor zuckte förmlich zusammen, und er fragte sich, warum ihm ausgerechnet dieser Vergleich einfallen mußte! Er hatte eigentlich überhaupt nicht herkommen wollen, sondern den Tag dazu benutzen, sich einen Plan für seine Zukunft zurechtzulegen – zuerst spazierenzugehen, also seine Gewöhnung an die Außenwelt weiter zu betreiben, und später zu Hause in seinem Zimmer auszurechnen, wieviel Geld er besaß und wieviel er flüssigmachen konnte. Aber er war nur bis zum Ealing Park gekommen, als es anfing zu regnen, und da war er in die U-Bahnstation gegangen, um sich unterzustellen. Es wollte und wollte nicht aufhören, es schüttete nur so, ein typisches sommerliches Unwetter. Park Royal lag nur zwei Stationen weiter auf dieser Linie, und wenigstens kriegte er da ein Mittagessen vorgesetzt.

Das Dreirad glitzerte von Wassertropfen, und der Teddybär sah klatschnaß aus, obgleich der Regen jetzt aufgehört hatte. Toms Kinder mußten die Sachen im Stich gelassen haben, um schnell ins Haus zu rennen. Victor mochte Kinder nicht besonders. Eine dünne Frau öffnete ihm die Tür. Sie lächelte bei weitem zu enthusiastisch und versicherte ihm auf äußerst herzliche Weise, wie froh sie sei, daß er da wäre, wie sehr sie und die Kinder sich darauf gefreut hätten, ihn kennenzulernen. Ein merkwürdiger Erinnerungsfetzen schoß Victor durch den Kopf, als er das Wohn-Eßzimmer betrat. Es handelte sich um einen Zeitungsartikel, den er vor vielen Jahren gelesen hatte, lange bevor er ins Gefängnis kam. Darin wurde die Theorie aufgestellt, daß niemand länger als fünf Jahre im Gefängnis zubringen und dabei geistig ganz gesund bleiben könne. Ein Psychiater, der sich als Verhaltensforscher bezeichnete, hatte den Aufsatz geschrieben. Während all der Zeit, die er im Gefängnis verbracht hatte, war es ihm nicht eingefallen, aber ausgerechnet jetzt tat es das, und zwar wie eine Art Blitz oder wie ein Schock... Er konnte sich nicht erklären, warum er sich jetzt plötzlich daran erinnerte, denn an Liz Welch oder an dem kleinen, schäbigen, vollgestopften Zimmer war bestimmt nichts, das es ausgelöst haben konnte.

«Tom ist gerade losgeflitzt, um eine Flasche zu besorgen», sagte sie, «Wein, meine ich. Möchten Sie vielleicht jetzt erst mal eine Dose Bier?»

Sie lebten also mehr oder weniger von der Hand in den Mund, dachte Victor, und mußten darum jedesmal wohl oder übel zur Weinhandlung laufen, wenn einer zu Besuch kam. Wahrscheinlich war auch nur eine einzige Dose Bier im Haus. Er hatte noch nie Bier getrunken, er mochte es nicht. Die Welchs waren arm. Tom kriegte nichts bezahlt für seine Arbeit bei der Bewährungshilfe, er war von Beruf Schullehrer. Aber er tat Victor nicht sonderlich leid. Ihm kam es einfach schwachsinnig vor, zu heiraten und sich mit diesem ganzen Kram zu belasten.

Die Kinder kamen herein, verschüchtert und glotzend. Das kleine Mädchen trug eine Stahlbrille. Der Junge, der ein wenig kleiner war, hatte einen Verband ums Knie, aus dem das Blut zu sickern begann. Als der Kleine das Blut sah, brach er in lautes Geschrei aus. Da nahm ihn die Mutter auf den Schoß und tröstete ihn. Mrs. Welch redete mit Victor über das Wetter, andere Themen schienen ihr wohl zu heikel.

«Dieser ewige Regen, Tag für Tag», seufzte sie und wickelte dabei den Verband ab. «In der letzten Woche hat es doch keinen einzigen Tag ohne Regen gegeben. Genauso schlimm wie letztes Jahr, nicht wahr?»

Sie merkte, was sie gesagt hatte, und wurde rot. Victor genoß ihre Verlegenheit. Er überlegte, ob es wohl Tom gewesen war, der der Polizei erzählt hatte, wo er zu finden wäre. Aber Tom wußte doch nichts von seiner Vergangenheit als Frauenschänder, oder? Tom kam herein, als Liz eben das Knie des Kindes frisch verband. Es hatte wieder angefangen zu regnen, und das Wasser rann an seinem hellblauen Nyloncape herunter. Er schüttelte Victor herzlich die Hand, brachte eine Flasche bulgarischen Rotwein zum Vorschein, den er eingekauft hatte, und meinte, jetzt wollten sie sich's gutgehen lassen.

Victor beschloß plötzlich, Tom lieber nicht zu erzählen, daß er die Absicht hatte, aus London wegzuziehen. Je weniger alle Welt von seinem Tun wußte, desto besser. Wären sie allein gewesen, vielleicht hätte er dann seine Befürchtungen erwähnt, daß er womöglich in Fleetwoods Buch vorkommen werde, und er hätte ihn gefragt, wohin er sich um Rat wenden konnte, um juristische

Schritte dagegen zu unternehmen. Aber er würde doch nicht in Gegenwart dieser Frau darüber reden – er hoffte bloß, sie wüsche sich die Hände, ehe sie das Essen servierte – oder vor diesem greinenden Jungen oder dem Mädchen, das, seit er das Zimmer betreten, nichts anderes getan hatte, als wie angewurzelt vor ihm zu stehen und ihn anzuglotzen.

Endlich kam das Mittagessen. Es gab Schweinebraten, Apfelsauce, Konservenerbsen und alte Kartoffeln, gekocht, nicht geröstet. Hinterher gab es eine Sainsburytorte mit Himbeeren und roten Johannisbeeren und einer Creme darüber, die aus Pulver angerührt war. All das erinnerte Victor an bessere Sonntagsessen im Gefängnis. Tom redete über Fernsehprogramme, und Victor sagte, er dächte daran, sich einen Fernseher zu mieten. Das belebte die Welchs sichtlich, weil es ihnen Gelegenheit gab, verschiedene Verleihfirmen zu empfehlen und zu vergleichen, was sie über die unterschiedlichen Gebühren wußten. Tom ging hinaus, um Kaffee zu machen, während Liz den Tisch abräumte.

Mit den Kindern allein gelassen, verschanzte sich Victor hinter dem *Sunday Express*. Soweit er sah, stand nichts darin über die Vergewaltigung oder über Fleetwood. Das einzige, was ihn stutzen ließ, war auf einer der inneren Seiten das Foto eines Mannes zu Pferde, der durch den Epping Forest ritt. Ihm war, als wolle das etwas bedeuten, als wolle ihn das Schicksal in diese Richtung weisen. Und eigentlich war das auch gar nicht außergewöhnlich. Es war doch bekannt, daß aller guten Dinge drei waren, daß man zum Beispiel bloß auf einen neuen Namen oder ähnliches stoßen mußte, und schon begegnete er einem am gleichen Tag noch zwei weitere Male.

Er fuhr zusammen unter einem Faustschlag, der von hinten gegen das Papier knallte, und er rettete die Zeitung zur Seite, dachte aber nicht daran, sie sinken zu lassen. Aber das kleine Mädchen griff nach dem oberen Rand und zog sie herunter, und über das Papier hinweg brachte sie ihr Gesicht dicht an seins heran.

«Was ist ein Galgenvogel?» fragte das Kind.

Victor stammelte: «Weiß ich nicht.»

«Mein Vati hat zu meiner Mammi gesagt, es hilft nichts, Sonntag müssen wir mal einen meiner Galgenvögel einladen.»

Manchmal dachte Victor, er habe seine ganze Bildung einzig und allein aus Zeitschriften bezogen; die meisten Informationen, die er in seinem Hirn gespeichert hatte, stammten anscheinend daher. Vielleicht lag das Zeitschriftenlesen in seiner Familie, vielleicht war es auch eine Leidenschaft, die nur bei ihm und bei Muriel zutage getreten war, denn er konnte sich nicht erinnern, daß sein Vater und seine Mutter sonderlich viel gelesen hätten. Aber er konnte sich sehr wohl entsinnen, daß Muriel ihm Comic-Hefte mitbrachte, als er sehr klein war, und vielleicht war das der Anfang dieser Gewohnheit gewesen?

Ein Aufsatz in einem Magazin hatte in ihm den Glauben genährt, er könne sich von seiner Phobie selbst heilen. Das war Jahre her, lange vor dem Gefängnis, lange vor dem Haus in Solent Gardens, lange bevor er Sydneys Pistole klaute. In dem Aufsatz hieß es, die darin beschriebene Methode entstamme modernster psychotherapeutischer Behandlung – bloß übe man sie eben alleine aus, ohne Psychotherapeuten. Man beginne damit, daß man sich Bilder des Objektes ansah, das man fürchtete. Ein oder zwei Wochen zuvor war unter den Zeitschriften, die Victor gekauft hatte, zufällig ein Natur-Magazin gewesen, dessen Mittelteil einen ausführlichen Bericht über die Landschildkröten Nordamerikas enthielt, besonders über das Liebeswerben der Gopherschildkröte. Kaum hatte er auch nur einen flüchtigen Blick darauf geworfen, da hatte Victor das Magazin hastig zugeklappt und sogar noch eine andere Zeitschrift darübergelegt, damit nicht einmal mehr der Umschlag zu sehen war. Dabei war das Titelbild harmlos genug, es zeigte einen Schmetterling, der an einer blühenden Orchidee hing, aber da Victor nun einmal wußte, was sich auf den Innenseiten befand, genügte dieses unschuldige und wirklich sehr schöne Foto, ihm einen Schauer über den Rücken zu jagen. Trotzdem warf er das Magazin nicht weg, denn es stand darin noch ein anderer Artikel, den er gern lesen wollte – falls er je den Mut aufbrachte, auch nur die äußeren Seiten noch einmal anzufassen. Bevor er die Sache über die moderne Psychotherapie gelesen hatte, brachte er diesen Mut nicht auf. Aber gut, er würde es versuchen.

Als Halbwüchsiger, während er noch zur Schule ging, hatte er einmal mit seiner Klasse das Victoria und Albert Museum besucht. In dem Museum war eine Whieldon-Teekanne aus Staffordshire ausgestellt gewesen, etwa von 1765 – er wußte das noch ganz genau, nie würde er es vergessen –, geformt in der Gestalt einer Schildkröte, das Steingut gemustert wie ein Schildkrötenpanzer. Da hatte sie gestanden, direkt vor ihm, und sie blickte ihn an! Ein vollkommen unerwarteter Anblick. Victor war in Ohnmacht gefallen.

Niemand wußte damals, warum. Und er dachte nicht daran, es ihnen zu sagen. Allein der Gedanke, seine Schulkameraden wären dahintergekommen, hinter eine solche Macke! Jungen in dem Alter kannten keine Gnade. Die Lehrer, die sie begleiteten, dachten, er sei krank, und tatsächlich hatte sich der Vorfall auch ereignet, als er noch nicht lange wieder zur Schule ging, nachdem er Grippe und Bronchitis gehabt hatte. Seitdem war seine Phobie schlimmer geworden, sehr langsam aber stetig war sie immer schlimmer geworden, bis sie den Punkt erreichte, wo er nicht nur kein Bild dieser Kreatur ansehen konnte, sondern wo er nicht einmal mehr ein Buch berühren konnte, in welchem das Bild vorkam, wo er nicht einmal nahe an das Regal oder den Tisch herangehen konnte, auf dem es lag. Alles dies durchlitt er im geheimen, ganz für sich und in aller Stille. Pauline besaß eine Haarbürste mit einem Schildpattrücken, die er zwar berühren konnte – eben gerade anfassen –, aber sie war ihm doch zuwider, und er mochte es nicht, wenn der Name erwähnt wurde.

Natürlich konnte man ganz gut durchs Leben kommen und den Landbewohnern unter den Schildkröten der Familie testudinae dabei nur selten begegnen. Es war nicht so, als habe man eine Phobie gegen Katzen oder gegen Spinnen. Aber daß er im Victoria und Albert Museum glatt in Ohnmacht gefallen war, das hatte ihn wirklich erschreckt, oder vielmehr die Wirkung, die das Tier auf ihn ausübte. Was würde passieren, wenn er eine echte sähe?

In der Absicht, seine Phobie zu heilen, oder wenigstens in dem Versuch, sie zu heilen, schlug er jenes Magazin in der Mitte auf und zwang sich, hinzusehen. Zuerst war es eine böse Erfahrung. Er schauderte, fühlte sich elend, ihm wurde übel, und dann fing er an, unkontrollierbar zu schlottern. Aber er befolgte stur die Anweisungen. Er redete sich immer wieder ein, daß dies ein harmloses Reptil sei, daß dies hier lediglich Fotos des harmlosen Reptils seien, in glänzenden Farben zu Papier gebracht. Sie konnten ihm doch nichts anhaben, und es stand ihm ja frei, das Magazin zuzuklappen, wann immer er wollte. Und so weiter.

Bis zu einem gewissen Grade klappte es. Er schaffte es, die Bilder zu betrachten, er schaffte es sogar, ihnen gegenüber ganz gleichgültig zu bleiben, obwohl er nach jeder solchen Sitzung eine enorme Müdigkeit, ein Gefühl totaler Erschöpfung an sich feststellte. Er ging in die Bibliothek, schlug in der *Encyclopedia Britannica* unter ‹Schildkröte› nach und zwang sich, seine Augen auf den gräßlichsten Anblick zu heften, der ihm in seinem ganzen Leben begegnet war – eine Farbfotografie des testudo elephantopus, der riesigen Galapagos-Schildkröte, eines ungeheuer mächtigen Reptils, einen Meter dreißig lang und an die dreihundert Pfund schwer. Zum Glück war das Bild von ihr sehr klein.

Der nächste Schritt sollte der Besuch in einer Tierhandlung sein. Aber da versagten seine Nerven. Auch die Anweisungen des Artikels versagten, denn etwas war dabei unerläßlich – die Gegenwart eines Psychotherapeuten, und wenn auch nur in der Rolle eines mitfühlenden menschlichen Wesens. Victor konnte es für sich allein nicht schaffen. Er rief tatsächlich eine Tierhandlung an und fragte, ob sie wohl Schildkröten hätten – er sprach das Wort am Telefon laut aus! –, und sie sagten, ja, sie hätten welche, und er machte sich auf den Weg dahin... Aber die ganze Anstrengung hatte ihn total geschafft, und sein Kampfgeist war gebrochen. Was hatte es schließlich auch für einen Sinn, wo man doch kaum je so eine Kreatur zu Gesicht bekam, wenn man sie nicht geradezu suchte?

Immerhin bildete er sich ein, daß es ihm seitdem nicht mehr ganz so schlecht gehe. Einen gewissen Fortschritt hatte er gemacht, einen gewissen Erfolg errungen. Er konnte jetzt an Tierhandlungen vorübergehen, er mußte nicht mehr einen Bogen um sie machen, und er konnte die Umschlagseiten von Naturmagazinen betrachten und auch anfassen, ungeachtet dessen, was vielleicht, ganz zufällig, drinnen war. Seit seiner Entlassung aus dem Gefängnis war diese leichte Besserung, die er bei seiner Phobie erreicht zu haben glaubte, nicht auf die Probe gestellt worden. Das geschah erst am vierten oder fünften Morgen, nachdem er so außer sich in seinem Zimmer herumgewütet hatte.

Gegen halb zehn am Morgen klopfte jemand an seine Tür. Es war Mrs. Griffith, die Victor zum erstenmal richtig zu Gesicht bekam. Angezogen war sie eher wie eine Frau, die zu einer Gartenparty in den Buckingham Palast eingeladen war, so, wie sie vor runden dreißig Jahren stattgefunden hatten: marineblaues Kostüm, Rüschenbluse, Strohhut mit weißer Nylonblume darauf, weiße Handschuhe und sehr hochhackige, ausgeschnittene, weiße Schuhe. Am linken Aufschlag ihrer Kostümjacke steckte eine goldene Brosche in Form einer Schildkröte, deren Panzer aus Steinen gebildet war, mochten es nun echte Saphire sein oder nicht.

«Es sind mir Klagen gekommen Ihretwegen, Mr. Jenner», sagte sie.

Es lag ihr fern, sich Zurückhaltung aufzuerlegen, zunächst zu zögern oder ihre Worte einzuleiten mit einem ‹Ich fürchte...› oder ‹Sie werden's mir nicht verübeln, wenn ich Ihnen sage...› Sie haute gleich voll drauflos, und sie sprach in einem vulgären Tonfall, schon beinahe Cockney, der in krassem Widerspruch stand zu ihrer vornehmen Aufmachung. Victor hatte nur einen einzigen Blick auf die Brosche geworfen; er mußte schlucken, und dann blickte er fort. Aber immerhin war ihm nicht so, als ob er in Ohnmacht fiele, ihm wurde nicht mal übel. Er meinte sogar, er würde es schaffen, noch einmal hinzublicken, vorausgesetzt, er heftete seinen Blick nur auf die blauen Steine und vermied den winzigen, goldenen, vorstehenden Kopf.

«So herumzulärmen in der Nacht», schimpfte sie, «herumzutrampeln und gegen die Wand zu ballern und ich weiß nicht was sonst noch alles!» Er sah, wie sie mit den Augen die Möbel absuchte nach Bruchstellen oder fehlenden Beinen. «Was wollten Sie denn eigentlich?»

«Ich hab schlechte Träume gehabt», sagte er, und seine Augen wanderten zurück zu der Brosche.

«Legen Sie sich gefälligst nächstes Mal ins Bett, wenn Sie wieder welche haben», sagte sie, und da sie seinen hypnotischen Blick und vielleicht auch seine fahle Gesichtsfarbe bemerkte, meinte sie noch: «Ich hoffe, Sie sind in Ordnung, Mr. Jenner? Ich hoffe, wir kriegen keinen Ärger mit Ihnen. Zum Beispiel...» fügte sie zögernd hinzu «... muß man etwa damit rechnen, daß die Polizei noch mal kommt?»

«Nein», sagte Victor, «oh, nein.»

Es würde gut sein, so bald wie möglich hier auszuziehen, dachte Victor, als sie gegangen war. Wenn er seine Augen schloß, dann sah er noch immer diese Brosche, ein dunkel glühendes Abbild auf weißem Hintergrund. Aber langsam wurde es undeutlicher und verschwand.

7

Auf dem Bahnsteig hing eine Übersichtskarte des U-Bahnnetzes, so wie es sie auch früher schon auf den Bahnhöfen gegeben hatte. Aber Victor machte sich nicht die Mühe, daraufzuschauen, denn die Anzeigentafel sagte ihm, daß der als nächstes eintreffende Zug nach Epping fuhr. Das war nicht ganz das äußerste andere Ende der Central Line, aber doch fast. Eine kleine Nebenlinie ging während der Hauptverkehrszeiten noch weiter nach North Weald und Ongar. Er stand auf dem Bahnsteig, mit einer Rückfahrkarte nach Epping in der Tasche, und wartete auf den Zug, der ohnehin nur bis Epping fuhr. Später, in den darauffolgenden Wochen, sollte er sich noch oft fragen, was wohl geschehen wäre, wenn er auf die Übersichtskarte geblickt hätte. Hätte das sein Leben grundlegend verändert, wäre es dann in anderen Gleisen verlaufen, sozusagen auf einer alternierenden Linie? Gewiß, womöglich hätte er seine Absicht, an diesem Tag nach Epping zu fahren, geändert, aber auf lange Sicht betrachtet, hätte sich wahrscheinlich nichts geändert. Wahrscheinlich war er zu diesem Zeitpunkt bereits auf bestimmte Schritte festgelegt, auf einen bestimmten, unausweichlichen Kurs, auch wenn das seinem bewußten Denken nicht bekannt war.

Die Fahrt war lang und langsam, denn die Linie verlief schon bald in dem Tunnel, den sie bis zu den östlichen Randbezirken Londons nicht wieder verlassen sollte. Victor hatte sich zum Lesen *Ellery Queen's Magazine* und *Private Eye* gekauft. In Notting Hill Gate begann der Zug voll zu werden. Eine ältere, stark übergewichtige Frau warf sehnsüchtige Blicke auf seinen Sitzplatz und seufzte jedesmal, wenn jemand sie anrempelte oder sich an ihr vorbeidrängte. Victor bot ihr seinen Platz nicht an. Warum sollte er auch? Keine Frau hatte jemals etwas für ihn getan, sie hatten sich ihm gegenüber sogar feindlich verhalten: seine Mutter, die ihn vernachlässigt hatte, die boshafte alte Schachtel Muriel oder Pauline, Rosemary Stanley, die geschrien und das Fenster eingeschlagen hatte, als er sich ihr auf Gedeih und Verderb ausgeliefert hatte, und dann dieses Weib, die Griffith, mit ihrem harten Gesicht... Nein, er schuldete den Frauen nichts, und er nahm es geradezu übel, als ein Mann, etwa in ihrem Alter, aufstand und der Dicken seinen Platz anbot.

Endlich, hinter Leyton, schlüpfte der Zug aus dem Tunnel heraus. Victor war auf dieser Strecke noch nie so weit gefahren. Dies hier waren bereits entlegene Vororte. Der Blick ging auf die Hinterfronten von Häusern mit großen, weitläufigen Gärten voller Gras und Blumen und in Blüte stehenden Birnbäumen, die sich bis an den Bahndamm erstreckten. Noch vier weitere Stationen ähnlicher Art und dann, hinter Buckhurst Hill, geradezu das Hereinbrechen der Landschaft, des Grüngürtels, der London umgab! Loughton, Debden und dann etwas, das aussah wie ein riesiger Bezirk von Gemeindesiedlungen mit Fabrikanlagen dazwischen. Danach kam der Zug wieder durch mehr oder weniger unverdorbene Landschaft, verlangsamte das Tempo und kam zum Halten. Die Station hieß Theydon Bois.

Victor starrte den Namen an. Er hatte nicht auf die Übersichtskarte geblickt, und ihm war nie klar gewesen, daß Theydon Bois hier in diesem Waldwinkel lag, direkt anschließend an Epping... Essex, hatte es im *Standard* geheißen, und natürlich, dies war Essex, zum Großstadtbereich gehörend zwar, aber doch schon Essex. Das war eine der größten Grafschaften Englands, und sie erstreckte sich von Woodford im Süden bis nach Harwich im Norden. Den Namen vor sich zu sehen, die Buchstaben dieser beiden Worte, die ihn anzuspringen, die zu vibrieren schienen, das wirkte auf ihn wie ein Schock, der ihm Brechreiz verursachte. Er stand auf und starrte darauf hin, lehnte sich über die Sitzbank und stützte die Hände auf das Fenstersims. Die Türen schlossen sich, und der Zug setzte sich wieder in Bewegung. Victor wandte sich ab und blickte, ohne etwas zu sehen, in das Gesicht eines Mitreisenden, eines Mannes in mittleren Jahren.

Der Mann grinste ihn an. «Theydon Bois», sagte er, «oder *Theydong Boa*, wie die Einwohner es *nicht* nennen.» Und er lachte wiehernd über seinen Witz.

Victor sagte nichts. Völlig benommen setzte er sich wieder hin. Hier also, hier wohnte Fleetwood. Dort draußen, irgendwo hinter den Stationsgebäuden und den Bäumen stand das Haus mit den Holzschindeln und dem Giebel, mit den Rosen um die Tür und der Vogeltränke im Garten. Wenn er auf die Übersichtskarte geblickt hätte, dachte Victor, dann wäre ihm aufgegangen, wo Theydon Bois lag, und dann wäre er nicht hergekommen. Wenn er seine Augen schloß, dann sah er diesen Namen vor sich, Theydon Bois, in grellweißen Buchstaben, die ein wenig vibrierten, auf und nieder tanzten. Er wünschte so sehr, er wäre nicht hergekommen, denn jetzt wurde ihm übel, richtig körperlich übel. Welchen Sinn hatte es überhaupt, daß er nach Epping fuhr? Was glaubte er eigentlich, was dabei für ihn herauskommen würde? Er konnte es sich doch gar nicht leisten, ein Haus zu kaufen, und Mietwohnungen gab es hier bestimmt nicht, so was gab es nie in Gegenden wie dieser. Als ob er daran dächte, nur einen Kilometer von Fleetwood entfernt zu leben!

Der Zug hielt in Epping, und Victor stieg aus. Dies war ja sowieso die Endstation. Zuerst hatte er gezögert, hatte gemeint, er könne ebensogut im Zug sitzen bleiben und wieder zurückfahren, aber seine Übelkeit hinderte ihn daran. Frische Luft würde ihm guttun – er malte sich aus, er müsse sich im Zug übergeben, und die Leute sahen ihm zu!

Epping hatte sich nicht sehr verändert, soweit er sehen konnte. Die High Street schien allenfalls ein bißchen ruhiger, weniger verstopft, und es gab Verkehrsschilder, die darauf hindeuteten, daß während seiner verlorenen zehn Jahre hier neue Straßen gebaut worden waren, um den Verkehr abzuleiten. Der weite Marktplatz sah noch ziemlich genauso aus, ebenso der Wasserturm in Form einer Burg mit dem einsamen Türmchen, das an einer Ecke aufragte und kilometerweit zu sehen war, die graue Steinkirche, die große, dreieckige Grünfläche und die hohen, schattigen Bäume. Victor ging von einem Ende der Stadt bis zum anderen, von der Waldseite des Turms fast bis zum St. Margaret's Hospital. Viel sehen tat er nicht, der Prozeß des Sehens, des Registrierens war gleichsam in die Schwebe geraten. Er konnte an nichts anderes denken als an Fleetwood und an die Tatsache, daß Fleetwood nicht weiter als ein, zwei Kilometer von ihm entfernt war, drüben hinter jenem Hügel gegen Südosten. Oder vielleicht sogar noch näher, denn wenn die Leute aus Theydon Bois einkaufen gingen, dann kamen sie doch sicherlich hierher?

Als er zurückging, hügelabwärts, wurde er sich bewußt, daß er nach Fleetwood Ausschau hielt. Es parkten überall Autos, und Victor betrachtete sie alle, auf der Suche nach jenem Aufkleber mit einem Strichmännchen in einem Rollstuhl, wie Behinderte ihn an der Windschutzscheibe haben. Wenn Fleetwood hier in der Stadt einkaufte, dann würde auch er in einem Rollstuhl sitzen. Victor entdeckte auch wirklich einen Rollstuhl vor einem Supermarkt. Er ging darauf zu, und wieder stellte sich die Übelkeit ein. Aber schon auf eine Entfernung von fünfzig Metern konnte er erkennen, daß die Person, die mit dem Rücken gegen ihn gewandt darin saß, blonde Haare hatte. Während er an der sitzenden Gestalt vorüberging und den Speichel hinunterschluckte, der sich in seinem Mund gesammelt hatte, blickte er flüchtig zurück und sah einen Jungen mit hochgezogenen Knien und verdrehten, spastischen Händen.

Es war noch früh, noch nicht einmal Mittag. Der Regen, über den Liz Welch so gejammert hatte, kam unverhofft als stürmischer Schauer zurück, begleitet von Donnergrollen über dem Wald. Victor trat in ein Lokal, das halb Café und halb Weinbar war, bestellte sich eine Tasse Kaffee, und weil es regnete und ohnehin beinahe Mittagszeit war, noch einen Hamburger und Salat und ein Erdbeerjoghurt dazu. Die Übelkeit war vergangen. Ebenso der Regen, jedenfalls vorübergehend, und die Sonne war wieder zum Vorschein gekommen, mit tropischer Hitze und Helligkeit. Sie schien in die Pfützen auf dem nassen Pflaster und machte sie zu gleißenden Spiegeln, zu grell, um hinzublicken.

Victor studierte die Anzeigenkästen vor dem Zeitungsladen. Diverse möblierte Zimmer waren zu vermieten, zwei oder drei in Epping selbst, eins in North Weald und eins in Theydon Bois. Er notierte sich die Telefonnummern. Auf der Anzeige für North Weald stand ‹Anfrage im Laden›, aber als er hineinging, sagte das Mädchen hinter dem Ladentisch, sie wisse ganz bestimmt, daß das Zimmer schon vor Wochen, ach, vor Monaten vergeben worden sei; man habe sich bloß nicht die Mühe gemacht, die Anzeige herauszunehmen; warum, wisse sie auch nicht.

«Kann man von hier nach Theydon Bois laufen?» fragte er sie.

Mit einem Grinsen auf dem flachen Gesicht sah sie ihn an. «Sie könnten das vielleicht. Ich könnte es nicht, das weiß ich.» Sie dachte wohl, er sei auch an dem Zimmer interessiert, das auf der Karte daneben angezeigt war. «Ich nehme an, das da ist auch längst weg. Der meiste Kram hier ist völlig veraltet.» Sie sprach mit jener Gleichgültigkeit gegenüber den Interessen eines Arbeitgebers, die so typisch ist für jemanden, dessen Job langweilig war und nicht den Fähigkeiten entsprach.

Er hatte gar nicht die Absicht, nach Theydon Bois zu gehen, und er hatte keine Ahnung, weshalb er die Frage gestellt hatte. Als ob er dort wohnen wollte! Er verließ den Laden und ging in Richtung U-Bahnstation. Wenn er schon außerhalb Londons wohnen wollte, warum dann nicht irgendwo am Fluß, in Kew oder Richmond zum

Beispiel, oder ganz oben im Norden, an der Grenze zu Hertfordshire?

Es stand zwar ein wartender Zug da, aber es dauerte noch lange, ehe er abfuhr. Eine alte Frau mit zwei Tragetaschen stieg in den Zug. Er und sie waren die einzigen Menschen im Wagen. Victor merkte bald, daß mit ihr etwas nicht stimmte, daß sie vermutlich mehr als nur ein bißchen verrückt war, auf jeden Fall litt sie an Wahnvorstellungen. Sie trug einen langen, rotgeblümten Rock und dazu ein Sweatshirt mit einer Nummer drauf, wie ein amerikanischer Baseballspieler – beides höchst unpassende Kleidungsstücke für jemanden in ihrem Alter. Ihre Schuhe und Strümpfe jedoch waren höchst konventionell, ebenso der für alte Damen typische Strickhut, der mit Häkelschnüren unter dem Kinn gebunden war.

Zuerst saß sie einfach nur da, lächelnd und nickend, hantierte mit ihren Taschen herum, stellte die eine rechts, die andere links neben sich, dann beide auf die rechte Seite, dann beide zwischen ihre Knie. Die Türen schlossen sich, vibrierten und gingen wieder auf. Sie stand auf, ließ ihre Taschen stehen, wo sie waren, trippelte zum einen Ende des Wagens, ließ das Fenster zwischen diesem und dem nächsten herab, rannte dann das ganze Stück bis zum gegenüberliegenden Ende und machte mit dem Fenster dort dasselbe. An der offenen Tür lehnte sie sich weit hinaus und blickte nach beiden Seiten den leeren, sonnenbeschienenen Bahnsteig entlang. Victor begriff, daß sie so tat, als sei sie der Schaffner, und ein kalter Schauer fuhr ihm das Rückgrat entlang. Sie war mindestens siebzig. Er konnte sich nicht entsinnen, jemals einen Schaffner in der U-Bahn gesehen zu haben, nicht mal in den früheren Jahren, aber geben tat es sie wahrscheinlich, sie existierten tatsächlich, und so spielte sie hier eben Schaffner. Auch wenn ihm das klar war, er fuhr doch zusammen, als sie sich hinauslehnte und schrie: «Vorsicht beim Schließen der Türen!»

Entweder war es Zufall, oder sie wußte etwas, das er nicht wußte, denn noch während sie es rief, begannen die Türen sich zu schließen. Sie sprang zurück und rieb mit sichtlicher Zufriedenheit ihre Hände aneinander. Dann rief sie Victor zu: «Alles einsteigen nach Liverpool Street, Oxford Circus, White City und Ealing Broadway!»

Victor sagte nichts. Er war verlegen, aber ihn beschlich auch ein Gefühl, das schlimmer war als Verlegenheit. Er mußte an diesen

Ausspruch denken, der ihm gestern bei den Welchs plötzlich wieder eingefallen war, an diesen Verhaltensforscher, der gesagt hatte, daß das Gefängnis jeden verrückt macht, der länger als fünf Jahre drinnen ist. Er, Victor, war zweimal so lange dort gewesen. Und auch er bemerkte an sich eigenartige Verhaltensweisen, Abweichungen von der Norm und Impulse, die er kaum verstehen konnte. Würde er eines Tages auch so werden wie diese alte Frau? Sie saß jetzt wieder ihm gegenüber, räumte mit ihren Taschen umher, flüsterte Unverständliches und lächelte. Der Zug hatte das Tempo beschleunigt und fuhr auf Theydon Bois zu. Sie schlingerte den Gang zwischen den Sitzen entlang, packte den Griff der letzten Tür am anderen Ende des Wagens und mühte sich ab, sie zu öffnen. Ihm kam der entsetzliche Gedanke, sie könne vorhaben, sich hinauszustürzen. Er wußte nicht, was er tun sollte. Die Taschen standen jetzt auf dem Fußboden, ihm gegenüber, und er sah, wie sich eine von ihnen bewegte. Ja, er sah in einer der Taschen eine leichte Bewegung, das Oberteil schien sich zu heben und zu senken. Möglich, daß da drinnen ein Tier war... ein Kaninchen vielleicht? Oder das Ding, dessen Namen er lieber nicht aussprach? Oder war es lediglich das Plastikmaterial der Tasche selbst, das auf Temperaturveränderungen reagierte? Aber Victor glaubte nicht, daß es letzteres war. Er stand auf und stellte sich an die Tür. Sie kam, stellte sich dicht neben ihn und blickte ihm von unten her ins Gesicht.

Der Zug schien Stunden zu brauchen, um nach Theydon Bois zu kommen. Er kam schon beinahe zum Halten, dann beschleunigte er wieder, und endlich hielt er in der Station. Die Türen öffneten sich, und Victor stieg aus, ungeheuer erleichtert. Er hatte die Absicht, den Bahnsteig entlangzulaufen und in den nächsten Wagen wieder einzusteigen, und er wußte selbst nicht, weshalb er statt dessen einfach dastand und die Erleichterung genoß. Hinter ihm schrie sie wieder: «Vorsicht beim Schließen der Türen!»

Er sah, wie der Zug abfuhr und die Verrückte mit sich nahm. Später fand er, er wäre in jedem Fall aus dem Zug ausgestiegen, sein Schicksal oder seine Sterne oder seine Bestimmung oder sonstwas habe eben verfügt, daß er aus dem Zug stiege – im Moment aber war er verärgert über das, was ihm hier passierte. Wahrscheinlich würde er jetzt eine halbe Stunde auf den nächsten Zug warten müssen.

Es war nicht nur Geldverschwendung, es war auch Zeitverschwendung, fand er, als er die Station verließ und seine Rückfahrkarte abgab. Jetzt würde er nämlich wieder einen Einzelfahrschein nach West Acton kaufen müssen, wenn er erledigt hatte, was immer er hier in Theydon Bois wollte. Und was wollte er hier? Nach Fleetwoods Haus suchen, antwortete eine ruhige kleine Stimme in ihm.

Der Ort war viel größer, als er gedacht hatte. Eine mächtige Grünanlage, durchschnitten von einer Baumallee, bildete das Zentrum. Um diese Grünfläche herum standen Häuser, eine Kirche und ein Gemeindesaal, und von hier gingen Straßen ab, die aussahen, als führten sie zu weiteren, ähnlichen Wohnsiedlungen. Victor ging eine Ladenzeile entlang. Er fühlte sich schwach und verletzlich und doch zugleich angespannt wach. Er hatte bereits einen Wagen mit dem Behindertenaufkleber auf der Windschutzscheibe entdeckt. Aber Tausende von Leuten hatten solche Dinger. Alan hatte ihm mal erzählt, daß sie ganz leicht zu bekommen wären. Jeder Arzt konnte sie einem verschaffen für nichts Schlimmeres als Hühneraugen oder Anfälle von Zipperlein. Es gab also keinen Grund zu der Annahme, daß dieser Wagen, der vor den Läden parkte, ausgerechnet Fleetwood gehörte. Und weit und breit war kein Mann im Rollstuhl oder mit Krücken zu sehen. Zufällig sah Victor sein Gesicht, das sich in einer Schaufensterscheibe spiegelte – dunkel, ziemlich mitgenommen, die Augen fiebrig glänzend, die Augenhöhlen, die allmählich immer dunkler wurden wie bei einem Inder, das kurze, schwarze Haar, an den Schläfen von grauen Fäden durchzogen und grauschimmernd auch in dem zurückgekämmten Büschel über der Stirn. Ein Vergleich, phantasievoller als die, die ihm sonst einfielen, kam ihm in den Sinn: Daß das Alter wie Frost sei, der vorüberstreicht und alles weiß geworden zurückläßt, weiß und welk und schrumpfend, ein Gifthauch, der jeden Hoffnungsschimmer zunichte machte. Würde Fleetwood ihn überhaupt erkennen, wenn er ihn jetzt sähe?

Der ehemalige Polizist hatte sich, wenn die Fotos nicht trogen, fast gar nicht verändert. Aber was hatte *er* schließlich auch für Gründe gehabt, sich zu verändern? In Krankenhäuser hinein und wieder heraus, bedient, umsorgt, verhätschelt... Der hatte ein Leben geführt, das jung hält, hatte nichts getan und nichts erlebt, das ihn alt aussehen ließ. Wieder hatte Victor eine blitzartige Vision jenes Schlafzimmers in Solent Gardens 62, wie er selbst dort mit dem Rücken gegen den Schrank stand und Rosemary Stanley vor sich hielt, einen Arm um ihre Taille geschlungen, und wie dann die Tür aufflog und Fleetwood dastand – Fleetwood, der nicht wissen konnte, daß nur noch wenige Minuten verstreichen sollten, zwei oder drei höchstens, und daß er danach für den Rest seines Lebens nie wieder stehen oder gehen würde. Nur zwei oder drei Minuten lang hatten sie einander angesehen und miteinander gesprochen, bevor er das Mädchen zu Fleetwood hinübergehen ließ und sie sich in seine Arme warf. Vielleicht waren es auch im ganzen fünf Minuten gewesen, ehe der Wind den Vorhang hochblies. Und da hatte er dann unter dem wehenden Vorhang draußen den Mann auf der Leiter gesehen, und Fleetwood hatte ihm den Rücken zugewandt, und da hatte Victor auf ihn geschossen. Allerhöchstens fünf Minuten lang also hatten sie jeweils das Gesicht des anderen studiert, hatten einander in die Augen geblickt, und Fleetwood hatte sich geweigert, ihm zu glauben, hatte sich mit einer derartigen Gläubigkeit auf diese Weigerung versteift, daß er ihm sogar noch den Rücken zukehrte und dadurch Victor ja förmlich herausforderte. Die Herausforderung wurde angenommen – die Pistole war losgegangen. Aber vorher hatte einer des anderen Gesicht besser kennengelernt, als jeder von ihnen das Gesicht der eigenen Mutter kannte, ebenso gut, wie sie ihr eigenes Gesicht kannten, wenn es sie aus dem Spiegel anblickte.

Oder war das alles nur Einbildung? War es Unsinn, und hatte er bloß das Gefühl, er werde Fleetwood mit solcher Leichtigkeit wiedererkennen, weil er immer wieder durch einen Haufen von Zeitungsbildern daran erinnert worden war? Fleetwood dagegen hatte von ihm keine Bilder mehr zu sehen bekommen nach jenen ersten von damals: wie er zwischen zwei Polizisten Solent Gardens 62 verließ, und dann jenes andere, das Victor zu vergessen trachtete – die gesichtslose Aufnahme des Mannes, der angeklagt war, Fleetwood zum Krüppel gemacht zu haben, wie er in einen vor dem Gerichtsgebäude wartenden Polizeiwagen hastet, eine dunkle Jacke über den Kopf geworfen. Sie würde für Fleetwood zu Identifikationszwecken unbrauchbar sein.

Victor blickte über die Schulter zurück. Er sah eine Frau mit bandagiertem Bein aus einem Geschäft kommen und in den Wagen mit dem Behindertenaufkleber einsteigen. Nach Fleetwoods Haus Ausschau haltend, ging er durch die gewundenen Straßen, durch ein Netzwerk von Straßen, wo die Gärten voller rosa und weißer Blüten waren, wo die Bäume ihre grünen Schleier spreizten, Häuser, von denen viele im gleichen Stil gebaut waren wie Fleetwoods, zur gleichen Zeit und aus ähnlichen Materialien – und dennoch waren sie alle nicht jenes *eine*.

Die Straße, die er entlangging, machte eine Schleife, die ihn zu der Grünanlage mit der Baumallee zurückbrachte. Jenseits davon erstreckte sich etwas, das aus der Ferne aussah wie unzählige weitere hübsche, blühende, von Gärten gesäumte Straßen, weitere Häuser aus Backsteinen und Putz und Schindeln, mit Rankengewächsen, die an ihnen hochkletterten und mit Tulpen in den Blumenbeeten. Victor überquerte die Straße und ging über die Grünfläche, mittlerweile voll leiser Befürchtungen. Er zweifelte zwar nicht daran, daß er das Haus sofort erkennen würde, wenn er es sah, aber er zweifelte doch an der Methode, die er gewählt hatte, es zu finden. Warum hatte er nicht das Naheliegendste getan, war in ein Postamt oder in eine Telefonzelle gegangen und hatte Fleetwoods Adresse im Telefonbuch gesucht? Dann hätte ihm jedermann sagen können, wo Fleetwoods Straße war, dazu brauchte er keinen Stadtplan.

Victor hatte die Baumallee erreicht, einen Schotterweg, der die Grünanlage diagonal durchschnitt. Sie führte zum Zentrum dieses ländlichen Vororts und zu der Ladenzeile zurück. Zwei Reihen Eichen bildeten die Allee, und Victor war kaum in den Schatten ihrer Zweige getreten, als er etwas sah, das sein Herz stocken und gleich darauf in schmerzhaften Stößen schlagen ließ. Vom anderen Ende der Allee her, unter den Bäumen und mitten auf dem Weg, kamen sehr langsam ein Mann und eine Frau ihm entgegen, und der Mann saß in einem Rollstuhl.

Sie waren noch weit von Victor entfernt, er konnte ihre Gesichter nicht sehen und auch sonst nicht viel an ihnen erkennen, außer, daß die Frau eine rote Bluse trug und der Mann einen blauen Pullover, aber er *wußte*, es war Fleetwood.

Das Mädchen schob den Rollstuhl nicht, Fleetwood bewegte ihn selbst mit den Händen vorwärts, aber sie ging dicht neben ihm, und sie unterhielten sich angeregt. Es war ein Ort, wo Stimmen weit trugen, und Victor hörte sie lachen, ein klares, glückliches, sorgenfreies Lachen. Dies war also Clare, dachte er, dies war seine Freundin, die Clare hieß. Selbst wenn sie so langsam weitergingen, gleich würde er ihre Gesichter sehen können und sie seins. Er würde in Fleetwoods kantiges, frisches Gesicht mit den regelmäßigen Zügen und den dunklen Brauen blicken, würde es zum erstenmal seit zehn Jahren leibhaftig vor sich sehen, insgesamt überhaupt erst zum zweitenmal. Victor traf nicht bewußt die Entscheidung, dieser Konfrontation auszuweichen, seine motorischen Nerven taten es für ihn. Sie lenkten ihn hastig seitwärts von der Baumallee fort, wieder auf die Grasfläche, trugen ihn über den Rasen zur Hauptstraße, wo die Garage lag und die Häuserreihe und die Kneipe, und als er den Bürgersteig auf der anderen Seite erreicht hatte, da rannte er, rannte zur U-Bahnstation wie einer, der nur noch eine Minute Zeit hat, um seinen Zug zu erreichen.

8

Früher, in den alten Zeiten pflegte Victor mindestens zwei Tages- und eine Abendzeitung zu kaufen, dazu die *Radio Times* und die *TV Times*, *Reader's Digest*, *Which* und *What Car?* und manchmal sogar noch *Playboy* und *Forum*, obgleich das erstere ihn langweilte und ihm von letzterem schlecht wurde. Cals Vorliebe für Pornographie, hart oder weich, überstieg sein Begriffsvermögen. Als Fahrer bei Alan hatte er oft lange Wartezeiten ausfüllen müssen, und den größten Teil seines Lesepensums absolvierte er, während er wartend im Wagen saß. Er versuchte es manchmal sogar mit echt hochkarätigen Zeitschriften, dem *Spectator* oder dem *Economist*, aber nach einer Weile gestand er sich ein, daß er das nur tat, um auf seine Fahrgäste Eindruck zu machen, die natürlich verblüfft sein würden, einen Mietwagenchauffeur in Literaturkritik oder polemische Artikel vertieft zu sehen. An den meisten Tagen lag auf dem Couchtisch seiner Wohnung in Finchley ein Haufen Zeitungen und Magazine, obgleich Victor sie nie derartig gehortet hatte, wie Muriel es tat.

Ein Psychiater, der in *Reader's Digest* schrieb, hatte einmal dargelegt, wie die Lebensgewohnheiten eines Menschen sich immer wieder behaupten, auch wenn sich die Lebensumstände verändern oder eine Periode zwangsweiser Unterbrechung stattgefunden hat. Es war ziemlich genau das, was Victor an sich selbst erlebt hatte – wenn man lange Worte liebte, dachte er. Seine Gewohnheiten behaupteten sich tatsächlich immer wieder, wenigstens die Gewohnheit, Zeitungen und Magazine zu kaufen. Was andere Gewohnheiten betraf, so sollten sie seinetwegen lieber in der Versenkung bleiben, so lange sie wollten. Jedenfalls hatte er sich wieder angewöhnt, zwei Tageszeitungen und eine Abendzeitung zu kaufen und sie von vorn bis hinten durchzulesen, alles, aber auch alles zu lesen, was drinstand. Auf diese Weise stieß er auch auf den kleinen Absatz über die Verhaftung eines Mannes wegen der Vergewaltigung jenes Mädchens im Gunnersbury Park. Ein winziger Absatz auf einer der inneren Seiten, das war alles. Der Name des Mannes war weggelassen, aber es hieß, daß er dreiundzwanzig Jahre alt sei, in Southall wohnte und daß er heute morgen auf dem Amtsgericht Acton erschienen sei, wo ihm der Prozeß gemacht werde. Victor überlegte, ob der wohl auch ein Sekretor war, und noch dazu mit einer nicht allzu gängigen Blutgruppe? Aber wenigstens bedeutete dies, daß die Polizei ihn jetzt in Ruhe lassen würde – bis zum nächstenmal natürlich.

In keiner der Zeitungen stand etwas über Fleetwood. Es gab ja auch keinen Grund, weshalb etwas drinstehen sollte, denn Fleetwood war ja keine Berühmtheit mehr mit Nachrichtenwert. Wahrscheinlich würde auch nichts mehr kommen, bis dieses Buch von ihm erschien. Es lag bestimmt an diesem Buch und an der Wahrscheinlichkeit, daß er darin vorkam, daß er so viel an Fleetwood dachte! Zuerst hatte er bitter bereut, daß er genau an dem Punkt, da eine Begegnung zwischen ihm und dem ehemaligen Kriminalinspektor unausweichlich schien, weggerannt war, obgleich er wußte, daß es seine typische Panik gewesen war, die ihn fortgetrieben hatte, also etwas, über das er wenig Kontrolle besaß. Und nach einer Weile fand er auch, es sei so am besten gewesen, denn was hätten sie einander schließlich zu sagen gehabt, außer Anschuldigungen, außer ihrem Zorn Luft zu machen? Aber was war mit dem Buch? Würde er nun vorkommen in dem Buch, und natürlich in solchem Licht, daß jeder, der es gelesen hatte und mit ihm zu tun bekam, ihn nur noch haßte und verfluchte?

Eines Morgens kam Tom vorbei, um ihm zu sagen, er habe von einem Job gehört – falls Victor daran interessiert sei? Der Besitzer einer Weinhandlung in Toms Nähe suchte einen Fahrer für seinen Lieferwagen. Tom hatte die Anzeige im Schaufenster gesehen. Es war das Geschäft, in dem er Sonntag mittag gewesen war, um den bulgarischen Claret zu kaufen.

«Sie werden natürlich über Ihren Hintergrund Angaben machen müssen», meinte Tom verlegen.

«Angenommen, da sind an die hundert Leute scharf auf den Job, und ich bin der einzige, der zehn Jahre auf dem Buckel hat, dann bin ich bestimmt ein aussichtsreicher Kandidat, was?»

«Ich möchte ja bestimmt nicht den Eindruck erwecken, als wäre meine Einstellung autoritär, Victor, das wissen Sie ganz genau, aber Sie müssen wirklich ein bißchen positiver denken!»

Victor fand, da Tom nun schon einmal da war, konnte er ihn ebensogut fragen. Er zeigte ihm also den Artikel im *Standard* über Fleetwoods Buch.

«Ich bin nicht qualifiziert genug, um Ihnen sagen zu können, ob das Verleumdung wäre oder nicht», sagte Tom und schaute bekümmert drein. «Ich weiß es einfach nicht. Ich könnte mir denken, daß er über Sie nicht einfach sagen darf, was er will, aber ehrlich gesagt, ich weiß es nicht.»

«Ich könnte ja mal einen Anwalt fragen.»

«Ja, aber das wird Sie viel Geld kosten, Victor. Ich werd Ihnen was sagen: Fragen Sie doch mal im Rathaus beim öffentlichen Auskunftsbüro nach. Die haben einen Anwalt, der regelmäßig kommt und kostenlosen Rat erteilt.»

Statt zum öffentlichen Auskunftsbüro ging Victor zur öffentlichen Bücherei, wo es die Telefonverzeichnisse des ganzen Landes gab. Dort suchte er nach Fleetwood und fand ihn eingetragen als ‹Fleetwood, D. G., *Sans Souci*, Theydon Manor Drive, Theydon Bois.› Victor wußte, daß der Name des Hauses französisch war, aber er wußte nicht, was es bedeutete. Er ging hinüber zur Lexikonabteilung und schlug ‹souci› nach. ‹Sans› wußte er schon. Die Übersetzung hieß ‹ohne Sorgen› oder ‹sorgenfrei›, ein merkwürdiger Name für ein Haus, fand er. Ob Fleetwood selbst ihm diesen Namen gegeben hatte? War er denn ohne Sorgen? Ja, vielleicht war er es. Er hatte ja wirklich nichts, um das er sich Sorgen machen mußte, keine schreckliche Vergangenheit zu vergessen, keine unsichere Zukunft zu befürchten. Er brauchte keinen Job, er hatte bestimmt eine hübsche fette Pension, und das Älterwerden konnte ihm auch nicht viel ausmachen.

Victor wollte keinen Spirituosen-Lieferwagen fahren, die Idee war grotesk. Außerdem würde es ja auch kein Fahren sein, oder wenigstens nicht viel – Schleppen würde es sein, große, schwere Kisten, die Treppen rauf in riesigen Mietkasernen. Trotzdem fuhr er mit der U-Bahn nach Park Royal hinaus und fand auch richtig das Geschäft, einen kümmerlichen, kleinen Laden, dessen Fenster mit Billigangeboten und ‹einmaligen Gelegenheiten› vollgekleistert war. Ein Stellenangebot war nicht dabei, und als Victor hineinging, um zu fragen, wurde ihm gesagt, die Stelle sei schon besetzt.

Während er zur U-Bahn zurückging, wurde er sich darüber klar, daß er den Job ausgeschlagen hätte, falls er ihm angeboten worden wäre. Den Job anzunehmen, das hätte Hierbleiben bedeutet, entweder weiterhin in Mrs. Griffiths Haus zu wohnen oder in der Nachbarschaft was anderes zu finden. Er wollte immer noch wegziehen, weit wegziehen. Im Geiste sah er wieder Epping vor sich, den Wald und Theydon Bois mit seiner Grünanlage und der Baumallee mitten hindurch. In seiner Erinnerung war das alles mit Geruhsamkeit verbrämt – ein sanfter, sonnenbeschienener Friede. Aber Fleetwood wohnte dort und machte es ihm unmöglich, ebenfalls dort zu wohnen. Zum zweitenmal fühlte Victor heißen Groll gegen Fleetwood in sich aufsteigen, als ob dieser Mann ihn von neuem aus seiner Lebensbahn werfen wollte. Immerhin hatte *sein* Verhalten Victor für die besten Jahre seines Lebens zu Gefängnishaft verdammt, und jetzt vertrieb er ihn – gleichsam wie aus dem Paradies – von dem einzigen Platz in der Welt, wo er gerne leben wollte!

Die ganze Zeit über, seit er von Theydon Bois zurückgekommen, die ganze Zeit seit dieser endlos langen Reise von einem Ende Londons zum anderen verspürte er so etwas wie den Druck einer unerledigten Angelegenheit: Er hätte nicht wegrennen dürfen, er hätte sich stellen, sich behaupten müssen! Seither verfolgte ihn hartnäckig eine sonderbare Idee, unentwegt, ob er nun die Twyford Avenue entlangging, wie eben jetzt, oder ob er in seinem Zimmer saß oder auf seinem Bett lag, die Zeitung sinken ließ, weil er sich nicht mehr konzentrieren konnte... Immer diese Idee, daß der Bann gebrochen sein würde, sobald er Fleetwood gesehen und mit ihm gesprochen hätte. Dann zum Beispiel wäre es ihm nicht länger unmöglich, in Epping oder sogar in Theydon Bois selbst eine Bleibe zu suchen, weil er dann ja nicht länger Angst haben mußte, Fleetwood zufällig in die Arme zu laufen, und er mußte nicht mehr jedesmal, wenn er ausging, auf der Hut sein, um eine Begegnung zu vermeiden. Vielmehr, es war sogar möglich, daß sie, nachdem sie die Dinge zwischen sich einmal geklärt hatten, sich gelegentlich auf der Straße oder unter jenen Bäumen begegneten und mit einem ‹Hallo› und vielleicht mit einer Bemerkung über das Wetter aneinander vorbeigingen... Möglich, aber doch nicht allzu wahrscheinlich, mußte Victor zugeben. Denn schließlich konnte man dieses Buch nicht außer Betracht lassen, dieses nie zu verwindende, große Unrecht, das Fleetwood ihm da antat. Natürlich fanden manche Leute, vielleicht sogar die meisten, daß da nur Gleiches mit Gleichem vergolten werde, und Fleetwood sei schließlich auch Unrecht geschehen. So weit, so gut, dachte Victor, aber Unrecht bemaß sich doch sicherlich nach seiner Langzeitwirkung, und Fleetwood war jetzt zufriedengestellt, eine bekannte, hochgeehrte Person, demnächst ein Bestseller-Autor, ein Mann, der in einem Hause namens ‹Sorgenfrei› lebte, während er, Victor... Aber es hatte keinen Sinn, sich das alles noch einmal zu vergegenwärtigen. Es änderte nichts an dem Faktum der unerledigten Sache, einer Sache, die ihn nie in Ruhe lassen würde, ehe er sie nicht erledigt hatte.

In Mrs. Griffiths Haus gab es im Erdgeschoß, in einem dunklen Winkel hinter der Treppe, ein Münztelefon. Früher war dort wohl mal eine Art Wandschrank gewesen, nahm Victor an, und später hatte man einfach Wände und Türen weggenommen, um mehr Platz zu schaffen. Wenn man am Telefon stand und nach oben blickte, sah man die Unterseite der Treppenstufen, rohes Holz, ungestrichen, obwohl das Haus bald an die hundert Jahre alt sein mußte. Über die Jahre hin hatten Hausbewohner Telefonnummern mit Bleistift oder Kugelschreiber auf das rohe Tannenholz jener Stufen gekritzelt.

Victor hatte Fleetwoods Telefonnummer auf demselben Stück Papier notiert, auf das Tom die Adresse der Weinhandlung geschrieben hatte. Jetzt schrieb er sie auf das Holz der Stufen und setzte, einem Impuls folgend, ‹David Fleetwood› dazu in der konfusen Vorstellung, er notiere sie dort für künftige Telefonbenützer, bloß so, zum Draufschauen und zum Rätseln, während sie darauf warteten, daß das Rufzeichen aufhörte und ihr Teilnehmer sich meldete... Er schrieb also Fleetwoods Namen hin, und dann wählte er Fleetwoods Nummer. Er war so gut wie sicher, daß er allein im Haus war; um diese Tageszeit war er das meistens, denn um die Mittagszeit war auch Noreen immer schon fort. Das Rufzeichen ertönte.

Es ertönte siebenmal, und dann mußte der Hörer abgenommen worden sein, denn das Piepen des Zahlzeichens erklang. Die Schnur des Telefonhörers war auf volle Länge ausgestreckt, denn Victor kauerte am Boden, weil er sich nicht zutraute, stehenzubleiben, oder genauer, weil er seinen Beinen nicht traute, daß sie ihn trügen. Er hatte ein Zehnpencestück in der Hand, und er reckte sich und schob es in den Schlitz. Eine Männerstimme sagte: «Hallo? Hier David Fleetwood.»

Victor war auf die Knie gesunken. Die Stimme war unverändert. Er hätte sie wiedererkannt, egal, welche Worte sie sagte, auch ohne Nennung dieses Namens. Das letzte Mal, da er sie gehört hatte, dort in jenem Schlafzimmer, da hatte sie in mattem Ton gefragt: «Wessen Blut ist das?»

Jetzt sprach Fleetwood wieder, diesmal mit einem leisen Unterton von Ungeduld. «Hallo?»

Victor hatte noch nie Fleetwoods Namen ausgesprochen. In jenem Zimmer hatte er ihn natürlich nicht mit Namen angeredet. Jetzt aber sprach er ihn aus, heiser und flüsternd:

«David.»

Er wartete nicht, was Fleetwood als nächstes sagen würde. Der Hörer entglitt seiner Hand und baumelte der Länge nach an seiner Schnur. Victor erhob sich mühsam und legte ihn wieder in die Gabel. Wie von fern hörte er sich stöhnen, und er stand mit der Stirn gegen die Treppenstufe gelehnt, auf der Fleetwoods Name und Telefonnummer geschrieben standen. Warum hatte er nicht mit Fleetwood gesprochen? Er hätte Fleetwood erklären sollen, wer er war, und wenn Fleetwood dann aufgehängt hätte – na bitte! Das hätte ihn nicht gekränkt, das hätte ihm wirklich nichts anhaben können. Aber wahrscheinlich hätte Fleetwood gar nicht aufgehängt, sondern wäre distanziert höflich geblieben, und vielleicht hätte er tatsächlich zugestimmt, wenn Victor gefragt hätte, ob er mal kommen und ihn besuchen könne, um mit ihm über das Buch zu sprechen.

Die Stimme klang noch in seinen Ohren und hallte als Echo nach. Er ging nach oben und legte sich mit dem Gesicht nach unten auf sein Bett. Fleetwoods Stimme hörte nicht auf, in seinem Kopf zu sprechen – sie sagte alles das, was er gesagt hatte während der Stunde zwischen seiner Ankunft in Solent Gardens und seinem Zusammenbruch auf dem Treppenabsatz unter dem Schuß in den Rücken. Victor wußte noch jedes Wort, das gesprochen worden war, so deutlich, als trüge er eine Tonkassette in seinem Hirn, die er nur in einen Recorder zu schieben und einzuschalten brauchte.

«Sehr vernünftig von Ihnen. Kommen Sie hier herüber, Miss Stanley, bitte. Hier sind Sie in Sicherheit!»

Dann hatte Victor gesagt, Fleetwood müsse ihm eine Zusicherung geben.

«Was denn?» Der gleiche Unterton von Ungeduld wie eben am Telefon.

Und dann seine Forderung nach einer Fluchtmöglichkeit durch das Badezimmerfenster und nach fünf Minuten Zeit, um wegzukommen – fünf Minuten Vorsprung, als wenn Kinder Verstecken spielen. Aber Fleetwood hatte nichts versprochen, denn gerade in dem Augenblick war der andere Polizist oben auf der Leiter erschienen, als der Wind die Vorhänge in die Höhe wehte und ihn sichtbar werden ließ.

«Los, bringen Sie sie runter», hatte Fleetwood gesagt.

Die Pistole in Victors Hand war losgegangen und hatte den Raum, das ganze kleine Haus mit dem lautesten Geräusch erfüllt, das er je in seinem Leben gehört hatte. Es schüttelte seinen Körper in panischem Schock von den Zehen bis zum Kopf, jagte den Schock durch ihn hindurch, daß er fast umfiel. Aber es war Fleetwood, der umfiel; er kippte vorwärts, hing über dem Geländer, klammerte sich mit den Händen daran fest und glitt daran abwärts, schweigend, während Victor schrie – ein Schweigen und ein Schreien, das eine unvorstellbare Ewigkeit zu dauern schien, bis Fleetwoods ruhige Stimme sich hineinmischte und fragte: «Wessen Blut ist das?»

Victor erinnerte das alles haargenau, sein Hirn ließ das Tonband laufen. Wann hatte Fleetwood ihm eigentlich gesagt, er glaube nicht, daß die Pistole echt sei? Er *mußte* es ihm gesagt haben, immer und immer wieder, denn das war es doch, was Victor herausgefordert hatte, auf ihn zu schießen, zu beweisen, daß er nicht log! Victor konnte diese Äußerungen des Unglaubens nicht einordnen in das Tonband. Und doch mußte es sie geben, sie waren ganz bestimmt gefallen. Vielleicht war er jetzt einfach zu sehr durcheinander, zu sehr aus dem Gleichgewicht geworfen durch das neuerliche Hören der Stimme, um sich exakt erinnern zu können.

Er stand vom Bett auf und betrachtete sein Gesicht im Spiegel, ganz dicht brachte er es an das Glas. Er sah blaß aus und mitgenommen, die Augen glänzten unnatürlich, und die Augenhöhlen waren so dunkel wie Blutergüsse. Ein Muskel zuckte in seinem Mundwinkel. Chorea nannte man das, auch Veitstanz oder *lebendes Fleisch*. Er hatte einen Artikel darüber in *Reader's Digest* gelesen. Der Spiegel war ihm vergällt, er nahm ihn von der Wand und legte ihn mit der Spiegelfläche nach unten auf die Ablage neben dem Ausguß. Mrs. Griffith (oder Noreen) versorgte ihn jede Woche montags mit einem frischen Handtuch, einem dünnen, fadenscheinigen Ding, größer als ein Händehandtuch, aber als Badetuch sehr klein, und immer in einem kränklichen Rosa. Vermutlich sollte es zu der rosa Nylonbettwäsche passen. Victor nahm sein Handtuch und das Stück Seife vom Ausguß und ging den Korridor entlang zum Badezimmer. Weil er nur noch zwei Zehnpencestücke hatte, um den Badeboiler zu füttern, reichte es nur für ein ziemlich dürftiges Bad, keins, in dem man sich entspannen konnte, das einen verwöhnte und tröstete... Er zog saubere Jeans und das einzige gute Hemd an, das er besaß, dazu das Jackett, das zu den Sachen gehörte, die er in Finchley schon gehabt hatte, ein Cordsamtjackett in Dunkelgrün, für das er die damals horrende Summe von fünfundzwanzig Pfund bezahlt hatte. Es sah ein bißchen schäbig und auf undefinierbare Weise unmodern aus, aber es war das Beste, was er hatte.

Mittlerweile war er nicht mehr in Panik, auch nicht mehr verstört oder verängstigt. Er war nur aufgeregt. Er war so aufgeregt, daß er sich bremsen mußte, um nicht die paar hundert Meter zur Station West Acton zu rennen. Und obgleich er wirklich ging, sich zwang, ganz nonchalant zu gehen, geradezu in den Bahnhof zu schlendern, war seine Stimme atemlos und heiser, als er eine Rückfahrkarte nach Theydon Bois verlangte.

Ein Mann, der an der Tankstelle gegenüber der Grünanlage die Benzinsäule bediente, erklärte ihm, wo der Theydon Manor Drive war. Er deutete zur gegenüberliegenden Seite der Grünanlage und dann weiter nach links. Es war halb vier Uhr nachmittags, und Victor hatte kein Mittagessen gehabt, nicht mal eine Tasse Kaffee. Aber er war nicht hungrig. Bei dem Gedanken an Essen wurde ihm sogar leicht übel. Er setzte sich in Bewegung, die Baumallee entlang.

Das Wetter war ziemlich das gleiche wie das letzte Mal, als er hier war, gerade vor einer Woche: Schwere Schauer wechselten ab mit strahlendem, sehr heißen Sonnenschein. Das Wasser stand noch in Pfützen am Straßenrand, die Baumblüte war im Laufe der Woche verregnet, und überall lagen die Blütenblätter in rosa und weißen Streifen. Soeben begannen die Apfelbäume zu blühen und der weiße Schierling. Victor wanderte die Eichenallee entlang, wo er neulich Fleetwood gesehen hatte, wie er mit dem Mädchen auf ihn zukam. Angenommen, Fleetwood ginge immer am Nachmittag spazieren? Angenommen, er wäre auch jetzt unterwegs? Wenn er unterwegs war, überlegte sich Victor, dann würde er einfach warten, bis er zurückkam, obgleich die Vorstellung des Wartenmüssens, überhaupt jede Art der Tatenlosigkeit, ihm unerträglich war. Er mußte sich schon wieder bremsen, daß er nicht einfach losrannte.

Victor befolgte die Anweisungen, die der Tankwart ihm gegeben hatte und überquerte die Grünanlage im oberen Teil, rechter Hand neben einem von Bäumen umstandenen Teich. Hier begann der Theydon Manor Drive, eine Straße, die eher eine ländliche Allee war und wo die Häuser aussahen, als seien sie in einen wundervollen, vielgestaltigen Wald hineingebaut worden. Hohe Kastanienbäume standen in voller Blüte, jeder von ihnen trug Hunderte cremigweißer Blüten, die wie Kerzen aussahen. Goldlack in allen Farbschattierungen persischer Teppiche umsäumte Rasenflächen von sattem Grün, verspätete Narzissen und Tulpen füllten Kübel und Blumenkästen, als ob Beete nicht ausreichten, all die Blumen aufzunehmen, die die Leute hier unbedingt haben mußten. Die Häuser waren alle verschieden, auch in der Größe, und jedes stand für sich, umgeben von einem Garten. Als er die Nummer 20 erreicht hatte, sah Victor *Sans Souci* vor sich; die Straße machte plötzlich einen kleinen Bogen nach rechts, und da blickte ihn Fleetwoods Haus diagonal über die Straße an.

Es war eines der kleineren Häuser, weniger großartig und imposant, als es auf dem Foto ausgesehen hatte. Der Vorgarten mit der Vogeltränke war nicht größer als vier mal fünf Meter. Der Vogel auf dem Rand des geriffelten Steinbeckens war nicht mehr da, also war es doch ein echter gewesen. Auch Fleetwood war nicht mehr da und auch die Tulpen nicht, deren Köpfe säuberlich abgeschnitten waren. Er mußte einen Gärtner beschäftigen, dachte Victor, denn alles war sehr gut geschnitten und gepflegt, das Gras gemäht und die Kanten getrimmt, die Kletterrose mit Draht an ihrem Spalier befestigt. Atemlos, obgleich er doch gar nicht gerannt war, blieb

Victor eine Weile stehen und betrachtete das Haus. An der weißgestrichenen Gartenpforte stand in schwarzen Buchstaben der Name *Sans Souci*, aber über der Haustür, einer verzierten Eichentür, stand die Nummer 28. Victor konnte nirgends ein Lebenszeichen bemerken, obgleich er eigentlich nicht wußte, was für Zeichen er denn erwartet hatte.

Den ganzen Weg hier heraus hatte er in einer wahren Weißglut von Aufregung und Zielstrebigkeit zurückgelegt, aber jetzt, da er am Ziel angekommen war, erfaßte ihn widerstrebendes Zögern. Auch jetzt noch gab es ja nichts, das ihn hinderte, sich umzudrehen und den Weg zurückzugehen, den er gekommen war. Allein die ahnungsvolle Aussicht auf die Selbstvorwürfe, die Bitterkeit und das Entsetzen, die das zur Folge haben würde, hielt ihn davon ab. Er befeuchtete seine Lippen, schluckte ein paarmal und griff mit der Hand nach der Pforte. Seine Finger berührten die schwarzen Lettern des Namens, die ein wenig über die glatte Fläche des weißen Holzes hinausragten. Zwar war es ein schattiges Grundstück wegen all der Bäume und Büsche, zahlreich und hoch, aber der Weg, der zur Haustür führte, lag doch im hellen Sonnenschein. Es lag etwas in der Luft, als käme jetzt eine Periode stabilen Wetters, als finge jetzt der Sommer richtig an. Die Sonne fiel auf Victors Gesicht, köstlich warm. Er überlegte, ob er auf die Klingel drücken oder den Klopfer benutzen sollte, der aus Messing war und die Gestalt eines römischen Soldaten hatte. Er entschied sich für die Klingel, und er zog scharf den Atem ein, als er den Finger darauf legte und drückte.

Niemand kam. Er drückte noch einmal, und wieder kam niemand. Natürlich, falls Fleetwood allein im Haus war, würde es ihn ein bißchen Zeit kosten, an die Tür zu kommen, denn er mußte sich ja in seinem Rollstuhl allein zur Tür manövrieren. Victor wartete, ohne irgend etwas zu empfinden, ohne sich auch zurechtzulegen, was er sagen wollte. In der Luft lag ein süßer Blumenduft, einer, den er schon einmal gerochen hatte, irgendwann, vor langer Zeit, aber er konnte ihn nicht einordnen. Zum drittenmal läutete er. Fleetwood mußte wohl unterwegs sein.

Victor blickte durch zwei nach vorn gelegene Fenster in ein komfortabel möbliertes Zimmer. Regale, voll mit Büchern, Bilder an den Wänden, Blumenvasen. Auf einem Couchtisch lag zusammengefaltet der *Guardian*, daneben ein Päckchen Zigaretten, ein Tischfeuerzeug aus Achat und etwas, das aussah wie ein Adressenbüchlein. Er ging seitlich am Haus entlang. Hier gab es keine weiteren Fenster außer einem, hinter dem offenbar ein Badezimmer oder eine Toilette lag. Jener bestimmte Blumenduft wurde noch stärker, als Victor das Ende der Seitenwand erreichte, dort, wo es zur Rückseite des Hauses ging, zum Hintergarten. Da sah er, daß der Duft von einer hohen Kletterpflanze herrührte, die mit einer dichten Masse rosagoldener Blüten bedeckt war, ein Geißblatt vielleicht. Der Busch verbarg von hier aus die gesamte Rückfront des Hauses. Victor ging noch ein paar Schritte tiefer den Weg entlang und drehte sich dann um. Auf der Steinterrasse, die an der ganzen Länge des Hauses entlanglief und an deren diesseitigem Rand das Geißblatt seine Farbe und seinen Duft ausbreitete, stand eine Frau und blickte ihn an. Sie stand hinter einem runden Gartentisch aus Teakholz. Aus seiner Mitte ragte der Schaft eines Sonnenschirms, dessen blauweiß gestreiftes Baumwolldach jedoch noch nicht aufgespannt war.

Es war das Mädchen, das vorige Woche mit Fleetwood in der Baumallee gewesen war. Irgendwie wußte er das ganz genau, obgleich er sie bei jener Gelegenheit doch nur aus der Ferne gesehen hatte.

«Hallo», sagte sie, «haben Sie versucht zu läuten? Die Klingel funktioniert nicht, die hat einen Wackelkontakt oder so was.»

Er trat ein paar Schritte auf sie zu, über das Gras bis an den Rand der Terrasse. Mit einem leichten Lächeln, vielleicht in der Annahme, er sei irgendein Strom- oder Gasableser oder ein Vertreter, beugte sie sich über den Tisch, um den Sonnenschirm aufzuspannen.

«Und weshalb kommen Sie?»

Er gab keine Antwort, denn der Baumwollstoff klappte auseinander zu einem großen Schirm, und als das Mädchen zur Seite trat, gab sie den Blick auf die offene Terrassentür frei. Und auf der Schwelle, an der eine schräge Rampe angebracht war, stand ein Rollstuhl, und darin saß David Fleetwood. Seine Hände ruhten auf den Rädern. Es war klar, er erkannte Victor nicht sofort, auf seinem Gesicht lag ein höflich fragender Ausdruck. Eine merkwürdige, undefinierbare Gefühlsregung verschlug Victor die Sprache, und doch gewahrte er inmitten dieser Erregung – oder vielleicht auf einer anderen Bewußtseinsebene – so etwas wie Genugtuung darüber, daß Fleedwood im Leben weit älter aussah als auf den Fotos. Victor fuhr sich mit der Zunge über die Lippen. Damit, daß Fleetwood ihn nicht wiedererkannte, hatte er nicht gerechnet, und jetzt wußte er nicht, was er tun sollte. Fleetwood bewegte die Räder mit geübten Händen, rollte den Stuhl die Rampe hinunter und hielt etwa einen Meter vom Tisch entfernt an.

Da sagte Victor: «Ich bin Victor Jenner.» Und dann: «Den Namen kennen Sie wohl.»

Das Mädchen kannte ihn nicht. Sie hatte sich einen der gestreiften Kanvasstühle an den Tisch gezogen und setzte sich hin. In Fleetwoods Gesicht, kantig, braunhäutig, mit schwarzen Augenbrauen und klaren blauen Augen, vollzog sich sehr langsam eine Veränderung. Sein Ausdruck war nicht so sehr Zorn, als Verwunderung, Ungläubigkeit.

«Was sagen Sie da?»

«Ich sagte, ich bin Victor Jenner.»

«Großer Gott», sagte Fleetwood, «o ja, großer Gott.»

Das Mädchen sah ihn fragend an. Er sagte: «Clare, du wolltest uns doch gerade eine Tasse Tee machen. Würdest du...? Du nimmst es doch nicht übel, wenn ich dich bitte, uns für fünf Minuten allein zu lassen, ja?»

Sie blickte ihn verwirrt an. «Allein lassen? Warum?»

«Bitte, Clare. Tu es mir zuliebe.» Seine Stimme klang beschwörend, fast als hätte er Angst.

«Also gut.»

Sie stand auf. Sie war eine schöne Frau. Ein Wunder, daß er solche Dinge in einem solchen Moment bemerkte, aber diese Tatsache prägte sich Victors Hirn ein – neben all den anderen Wundern. Er stellte fest, daß er verwirrt, daß er wie gelähmt war durch ihr Aussehen, durch die Wolke blonden Haares, die makellose Haut, die zarten perfekten Gesichtszüge. Jene Augen, von klarem Blaugrün, wandten sich zweifelnd von Fleetwood zu ihm und dann wieder zu Fleetwood. «Kommst du zurecht?»

«Natürlich. Ganz bestimmt.»

Da ging sie ins Haus. Zuerst bewegte sie sich zögernd, dann schneller und verschwand durch eine Tür, die wahrscheinlich zur Küche führte.

Fleetwood sprach mit ruhiger, stetiger Stimme. Einmal Polizist, immer Polizist, dachte Victor. Aber immerhin, Fleetwood klang doch so, als müsse er sich zwingen, ruhig zu bleiben, jene Selbstkontrolle zu wahren, um die Victor andere Menschen immer beneidete.

«Warum sind Sie gekommen?»

«Ich weiß es nicht», sagte Victor, und er wußte es auch nicht, er wußte jetzt plötzlich wirklich nicht mehr, weshalb er hergekommen war. «Ich wollte... Ich wollte Sie besuchen. Ich bin seit... seit drei Wochen draußen. Das heißt, beinahe schon einen Monat.»

«Ich weiß», sagte Fleetwood, «man hat es mir erzählt.»

Er ließ damit durchblicken, daß man ihm noch viel mehr erzählt hatte als bloß das, daß man ihn wahrscheinlich gewarnt hatte, weil Victor wieder auf freiem Fuß war. Vielleicht hatte auch die Mitteilung allein ihm genügt, um auf der Hut zu sein. Seine starken, schlanken, braunen Hände griffen in die Schwungräder des orthopädischen Stuhls.

«Ich hatte nicht gedacht, daß wir uns... auf diese Weise begegnen würden.»

Ziemlich verzweifelt wiederholte Victor: «Ich wollte Sie besuchen.»

«Waren vielleicht zufällig *Sie* es, der um die Mittagszeit angerufen hat?»

Victor nickte. Er befeuchtete seine Lippen und fuhr sich mit dem Handrücken über den Mund. Die Tischkante drückte sich gegen seine Schenkel, und er stützte sich schwer mit den Händen darauf.

«Setzen Sie sich erst mal, ja?» sagte Fleetwood ein wenig freundlicher, und als Victor sich in einem der Stühle niederließ, fügte er hinzu: «Ja, so.» Es war, als sei er erleichtert oder als habe er sein Gleichgewicht wiedergewonnen. «Möchten Sie eine Zigarette? Nein? Ich sollte eigentlich auch nicht, ich rauche zu viel, aber jetzt hab ich das Gefühl, ich brauche dringend eine. Und das ist noch eine Untertreibung. Ich bin froh, daß Sie es waren, der angerufen hat.»

Victor merkte, daß er sich an dem Sitz seines Stuhls festhielt, er umklammerte krampfhaft das Leinenkissen. «Warum... warum sind Sie froh?»

«Ich kriege öfter sehr unangenehme Anrufe. Nicht bloß obszöne, sondern, na ja, brutale, beleidigende. Auch anonyme Briefe krieg ich. Aber die Telefonanrufe waren schon manchmal ein bißchen... nun ja, ein bißchen beunruhigend. Und gerade kürzlich hat es wieder angefangen damit.»

Das Mädchen namens Clare kam zurück und trug ein Tablett.

«Ja, die sind wirklich entsetzlich», mischte sie sich ein. «Sie nennen David ‹Bulle› und ‹Schnüffler›, und ihr Hauptthema ist immer, es sei bloß ein Jammer, daß dieser Verbrecher nicht ganze Arbeit geleistet und ihn totgeschossen hätte.»

Victor gab einen kleinen, unartikulierten Laut von sich. Es war klar, Clare hielt ihn für einen Freund von Fleetwood aus der Zeit, bevor sie ihn kennengelernt hatte. Fleetwood war selbst erschrocken über das, was sie gesagt hatte. Er sog an seiner Zigarette, atmete aus und sagte: «Dies ist Clare Conway. Wenn Sie, wie ich vermute, durch den Artikel im *Standard* herausgefunden haben, wo ich wohne, dann werden Sie auch schon wissen, wer sie ist.» Er stockte, als Victor kaum erkennbar mit dem Kopf nickte. «Und wo wohnen Sie selbst?»

In seiner Stimme lag eine Art Autorität, befehlend und freundlich zugleich. Vielleicht lag es an diesem Ton, daß Victor antwortete wie einer, der sich um einen Job bewirbt oder ein Dokument beantragt. «Tolleshunt Avenue 46, Acton, West 7.» Und er setzte hinzu: «Ich hab da ein Zimmer.»

Clare blickte verdutzt und befremdet drein. Sie reichte Victor eine Tasse Tee und zeigte auf die Zuckerdose. Ihre Hände waren klein und gebräunt, ziemlich fleischig mit spitz zulaufenden Fingern. Sie war kein dünnes Mädchen, aber man konnte sie auch nicht rund nennen, höchstens vielleicht gut gebaut, wohlproportioniert. Als sie sich vorbeugte, um die Zuckerdose zurückzunehmen und sie Fleetwood zu reichen, sah Victor im Ausschnitt ihres rosa und weißen Kleides den Ansatz ihrer glatten, runden Brüste. Ihre Augenbrauen waren vor Verwirrung zusammengezogen wie Mottenflügel.

Fleetwood zündete sich an seiner Zigarettenkippe eine neue an.

«Ich will auch eine», sagte Victor, «bitte.»

«Aber sicher», sagte Fleetwood und schob das Päckchen über den Tisch.

Nach dem ersten Zug begann ihm der Kopf zu schwindeln, und jenes Gefühl der Übelkeit, zu dem er neigte, stieg ihm in den Mund. Er schloß die Augen und beugte sich über den Tisch.

«Na, na», erklang Fleetwoods aufmunternde Stimme, «nun mal Mut! Geht's denn?»

Victor stammelte: «Gleich geht's wieder, Moment... Es ist Jahre her... Jahre her, seit ich zuletzt geraucht hab.»

Er zwang sich, die Augen zu öffnen, er starrte Fleetwood an, und Fleetwood sagte in einem Ton, der gar nicht mehr stetig war: «Wissen Sie, als Sie eben hier ankamen und sagten, wer Sie sind, da hab ich gedacht, jetzt tut der, was dieser anonyme Anrufer sagt – jetzt schießt der noch mal auf dich, jetzt macht der ganze Arbeit!»

Victor sagte blöde: «Ich hab doch gar keine Waffe.»

«Nein, natürlich haben Sie keine.»

«Ich hab es nicht mit Absicht getan!» Fast ohne seinen Willen brach es aus ihm heraus. «Ich wollte es nicht. Ich hätte es nie getan, wenn Sie nicht dauernd gesagt hätten, die Pistole sei nicht echt!»

Clare war aufgesprungen. Das Blut schoß ihr ins Gesicht, es wurde dunkelrot. Victor roch eine schwere Wolke des Geißblattduftes, wie ausgelöst durch die Luftbewegung und die intensive Spannung, selbst Fleetwood wand sich und spannte seinen Oberkörper, lehnte sich vorwärts mit erhobenen Händen.

«Soll das heißen, dies ist der Mann, der auf dich geschossen hat?»

Fleetwood zuckte die Achseln. «Das soll es heißen, ja.» Er ließ sich gegen die Rückenlehne seines Rollstuhls fallen und wandte den Kopf zur Seite, weg von ihr.

«Das glaube ich nicht!»

«Oh, Clare, du weißt genau, daß du es glaubst. Du findest bloß, es ist so unbegreiflich, was hier passiert, ich meine, daß er … daß Victor hier herkommt. Glaubst du vielleicht, ich bin nicht verblüfft?»

Victor verspürte ein ungewöhnliches Wärmegefühl auf der Haut, ähnlich wie vorhin im Sonnenschein auf dem Gartenweg, aber diese Wärme drang nach innen und schien den ganzen Körper zu füllen. Ausgelöst worden war sie dadurch, daß Fleetwood seinen Vornamen benutzt hatte. Aber während er dem noch nachspürte, gewahrte er die Augen des Mädchens, die auf ihn gerichtet waren, den Ausdruck auf ihrem Gesicht – ein Ausdruck, so voller Haß und Entsetzen, wie er sich wohl auf dem Gesicht einer Frau malt, wenn sie sich einem giftigen Reptil gegenübersieht. Sie hatte sogar die Hände von der Tischplatte gehoben und sie vor der Brust gekreuzt, eine Hand auf jeder Schulter.

In einem Ton unermeßlichen Zorns sagte sie: «Warum sind Sie gekommen? Um sich zu entschuldigen?»

Victor hielt den Blick gesenkt auf die braunen, polierten Teakholzlamellen, auf die blaue Porzellantasse und Untertasse, auf seine glimmende Zigarette, von der ein langer Schaft weißer Asche auf den Steinboden der Terrasse fiel.

«Sind Sie gekommen, um sich dafür zu entschuldigen, daß Sie sein Leben ruiniert haben? Daß Sie ihm seinen halben Körper weggenommen haben? Daß Sie seine Karriere verdorben haben? Sind Sie deshalb hier?»

«Clare», sagte David.

«Jawohl, Clare! Und wenn das heißen soll: ‹Sei still, Clare, nimm dich zusammen, paß auf, was du sagst...› Nein, ich will's nicht, ich kann's nicht! Wenn *du* nicht sagen kannst, wie dir zumute ist, dann werde *ich* es für dich tun! Ich werde diesem Subjekt, diesem Tier – nein, denn Tiere machen so etwas nicht, die tun einander so was nicht an, nicht ihrer eigenen Art –, ich werde diesem Untermenschen klarmachen, was er dir angetan hat! All den Schmerz und das Leiden, all das Elend und den Verlust, alles, was du durchgemacht hast, all die wachsenden Hoffnungen, die dann am Boden zerschellten, die Schmerzen und Kämpfe, das grauenvolle Begreifen, was Gelähmtsein bedeutet, das...»

«Ich wollte, du tätest das nicht.»

Sie war stählern, die Stimme, dieselbe, die damals gesagt hatte: «Ich kann Ihnen nichts Konkretes versprechen, aber ich sage Ihnen, es schlägt zu Ihren Gunsten aus.» Und wieder sagte sie ihren Namen:

«Clare, bitte, Clare!»

Victor hatte sich schwerfällig erhoben. Schwankend stand er da, hielt sich an der Tischkante fest und blickte hinunter in seine Teetasse, in der die Teeblätter ein Muster bildeten wie Inseln. Sein Kopf schmerzte von jenem allgegenwärtigen, durchdringenden Geißblattduft.

«Er ist zehn Jahre lang im Gefängnis gewesen, Clare. Die meisten Menschen würden finden, das ist Sühne genug.»

«Dich hat er *lebenslänglich* ins Gefängnis geschickt!»

«Das stimmt nun wirklich nicht», sagte Fleetwood, «das ist eine Übertreibung, und das weißt du auch.»

«Das hast du selbst doch erst vorige Woche gesagt, genau das waren deine Worte!» Sie bewegte sich ein wenig um den Tisch herum auf Victor zu. Er hatte das Gefühl, sie werde ihn schlagen, und er wußte nicht, was er tun sollte.

«Sie sind gekommen, und Sie haben gesehen», sagte sie. «Ich

hoffe, Sie sind zufrieden mit dem, was Sie gesehen haben? Er wird nie wieder gehen können, egal, was die Zeitungen schreiben, und er weiß das, und alle Ärzte wissen es auch. Leute wie Sie verstehen ja nur ungeschminkte Grobheiten, also werde ich ungeschminkt und grob sein: Er wird auch nie wieder ficken können, nie wieder! Obwohl er es immer noch möchte! So, und jetzt können Sie abhauen. Hauen Sie ab und kommen Sie nie wieder! Raus, raus, raus!!»

Er blickte keinen von beiden noch einmal an. Hinter ihm weinte sie. Er hatte den verschwommenen Eindruck, als sei sie zusammengebrochen oder hätte sich über den Tisch geworfen und weinte jetzt. Von Fleetwood war kein Ton zu hören. Victor ging wieder seitlich am Haus entlang, zurück in den Sonnenschein, der jetzt noch heller und heißer war, obwohl der Nachmittag zur Neige ging. Eine helle, blaßgraue Taube mit einem dunkleren Streifen um den Hals saß auf dem Rand des Vogelbades und trank Wasser. Victor schloß die Pforte mit dem Namen *Sorgenfrei* hinter sich, und er fühlte nichts, er war wie ausgedörrt und leer und taub. Aber auf dem Rückweg zur Station, während er über die federnde Grasfläche ging, bemächtigte sich ein ungeheurer, wohlbekannter und willkommener Zorn seines Körpers und füllte jene entleerten Hohlräume mit seiner siedenden Glut.

9

Der Zorn nährte ihn, rettete ihn, hielt ihn aufrecht. Er war eine Quelle enormer Energie, einer Energie, die er behalten und nicht verausgaben wollte. Und wirklich verspürte er auch keine Versuchung, mit den Fäusten auf das Bett, auf die Möbel loszugehen. Er saß still in seinem Zimmer und nährte sich von seinem Zorn, konzentrierte ihn auf das Mädchen, diese fette, aufgemotzte Blondine, wie er sie in seiner wütenden Verfassung nannte, diese zeternde Hure, bei der die Titten durchs Kleid zu sehen waren und die diese dreckigen Ausdrücke benutzte, die er aus dem Mund einer Frau schon immer gehaßt hatte. Fleetwood hatte nichts gesagt, kein einziges Wort des Vorwurfs – falls er denn fände, er hätte Grund, gekränkt zu sein –, aber dieses Mädchen, die wahrscheinlich noch nicht länger als ein, zwei Jahre mit Fleetwood zusammen war, *die* maßte sich an, über Victor zu Gericht zu sitzen, *die* tobte und kreischte... Jetzt diktierte der Zorn Victor all die Worte, die er hätte sagen können, wenn sie ihm nur rechtzeitig eingefallen wären, mit denen er sie vor Fleetwood hätte fertigmachen können, einfach mit ein paar wohlgewählten Worten, die ihn selbst total rechtfertigten und zugleich die Wahrheit enthüllten – nämlich, daß niemand verantwortlich war, daß alles Schicksal war, daß es die Macht der Umstände und der Bestimmung gewesen war, welche dem Mann, den sie liebte, ein so entsetzliches Unrecht zugefügt hatte.

In der Nacht träumte er von Vergewaltigung. Sein kochender Zorn machte ihn potent und unerschöpflich, er schändete Frauen wie ein Soldat beim Plündern einer Stadt, gesichtslose Frauen, die er sich im Dunkeln packte. Und wenn er mit ihnen fertig war, dann hob er sie an den Schultern hoch und schmetterte ihren Kopf auf den steinernen Boden. Er ging zwischen den Frauen umher – tot oder bewußtlos lagen sie da in ihren zerrissenen Kleidern und in ihrem Blut –, und er hielt eine Taschenlampe in der Hand, suchte nach Clares Gesicht, fand es aber nicht, fand es nie, blickte statt dessen auf die welken Hängebacken und den schlaffen Mund seiner Tante Muriel, und er sprang davon mit einem Schrei des Entsetzens.

Ob es der Traum war oder die Nacht oder der Schlaf, der seinen Zorn mit sich fortnahm, das wußte er nicht, aber am Morgen war er verflogen und kam auch nicht wieder. An seiner Stelle verspürte er eine gewisse Befriedigung, nämlich daß er am Ende trotz allem David Fleetwood wiedergesehen und daß er mit ihm gesprochen hatte. «David», sagte er vor sich hin, kostete den Namen aus und wiederholte ihn: «David.» Wie wäre wohl alles gekommen, wenn David allein, wenn das Mädchen nicht dagewesen wäre, ausgegangen vielleicht oder einfach nicht existent? Er konnte sich zwar keine klare Vorstellung machen, was in Abwesenheit des Mädchens geschehen wäre, aber er hatte das bestimmte Gefühl, daß etwas Gutes dabei herausgekommen wäre, befriedigend für beide Seiten. Jeder von ihnen hätte seinen persönlichen Anteil an ihrer beider Schicksal – seiner Gefängnishaft und Davids Behinderung – zugeben können, um dann zu dem Schluß zu kommen, daß keinem von beiden mehr vorzuwerfen war als dem anderen und daß das Gute, was dabei herausgekommen war, darin bestand, daß sie sich nun gegenübertreten und das Thema diskutieren konnten... Und das hatte nur deshalb nicht passieren können, weil diese zeternde blonde Schlampe dazwischengekommen war! Dabei war Victor ganz sicher, daß es passiert wäre, es wartete sozusagen nur darauf zu passieren, und der notwendige gute Wille dazu war ja auf beiden Seiten vorhanden.

Victor kaufte sich eine Menge Zeitschriften. Erst suchte er sich aus den Fächern bei W. H. Smith alles zusammen, was in Frage kam, und später kaufte er bei der Bahnhofsbuchhandlung noch weitere Blätter. Er kaufte auch ein Päckchen Zigaretten, obwohl er nicht recht wußte, weshalb, denn er wollte im Grunde gar nicht rauchen, und er konnte es sich auch gar nicht leisten. Bei seiner derzeitigen Lebensweise – auswärts essen, Wein kaufen und jetzt auch noch Zigaretten –, da schaffte er es bestimmt nicht, mit seiner Unterstützung vom Sozialamt auszukommen, und bald würde er anfangen müssen, das kleine Kapital anzugreifen, das ihm seine Eltern hinterlassen hatten. Er mußte sich einen Job verschaffen!

Erst während er all die Zeitschriften las, wurde ihm klar, daß er einen Artikel oder einen Bericht über David Fleetwood suchte. Aber jetzt, wo er gern etwas über David lesen wollte, da gab es natürlich nichts! Es war wie verhext. Aber David war eben kein Sänger oder Schauspieler oder Fernsehstar, sondern bloß jemand, der... nun, der tapfer gewesen war, konnte man sagen. Kein Zweifel, ja, er war tapfer gewesen, obwohl... man konnte es auch tollkühn nennen, aber nun ja, damals in Solent Gardens 62 hatte er Mut bewiesen, das mußte Victor zugeben. Sie hatten alle beide ganz schön Mut bewiesen oder – wie war doch das Wort, das sein Vater zu benutzen pflegte? – Mumm.

Ob David von den Vergewaltigungen wußte? Die Polizei hatte, soweit Victor wußte, immer unterstellt oder doch halbwegs unterstellt, daß er der Mann war, der für diverse Fälle von Vergewaltigung in den Londoner Stadtteilen Kilburn, Kensal Rise und Brondesbury verantwortlich war. Und er war auch dafür verantwortlich, daran war nicht zu deuteln, denn durch diese Stadtteile führte seine Route nach Heathrow. Aber man hatte es ihm nie nachweisen können, und deshalb war er auch wegen Vergewaltigung nie bestraft worden. Aber weil Heather Cole vor der Polizei ausgesagt und später bei seinem Prozeß bestätigt hatte, daß Victor der Mann sei, der sie im Park überfallen habe, war er natürlich sofort als Vergewaltiger abgestempelt gewesen, als *der* Vergewaltiger! Und dann hatte er sicherheitshalber auch noch veranlaßt, daß zwei solche Fälle bei seiner Strafzumessung mit einbezogen würden! Das war vielleicht doch ein Fehler gewesen, mindestens hatte sich dadurch der Verdacht verstärkt, er habe die Absicht gehabt, Rosemary Stanley zu vergewaltigen. Dabei war er doch nur in das Haus eingedrungen, um sich zu verstecken, und seine Begegnung mit Rosemary Stanley war für ihn genauso ein Schock gewesen wie für sie. Über sie herzufallen, das war ihm nie in den Sinn gekommen, um so mehr, als er weder im Gefängnis noch seit seiner Entlassung an Vergewaltigung gedacht hatte. Und für seine Träume war ein Mann schließlich nicht verantwortlich; das war etwas ganz anderes.

Da er nie wegen Vergewaltigung bestraft und ihm auch nie etwas Derartiges nachgewiesen worden war, hatte die Polizei überhaupt kein Recht zu solchen Unterstellungen. Aber bei seinem Prozeß hatte die ganze Zeit die unterschwellige Vermutung vorgeherrscht, daß hinter alledem eine Vergewaltigungsabsicht gesteckt habe und daß diese Vergewaltigung die untergründige Ursache dessen war, was der Ankläger die ‹abschließende Tragödie› nannte. Der wirkliche Grund, seine Suche nach einem Versteck vor seinen Verfolgern und seine verständliche Reaktion auf David Fleetwoods Schmähungen, der wurde nie erwähnt. Aber alles das konnte ihm keinen Aufschluß darüber geben, ob David von den Vergewaltigungen wußte und ob er das, was er wußte, dem Mädchen, dieser Clare, weitererzählt hatte. Möglich, daß er es nicht wußte. Er war ja zur Zeit des Prozesses noch im Krankenhaus gewesen, und wenn er ein fair denkender Mensch war – was Victor allmählich zu glauben bereit war –, dann würde er einen Mann doch wohl für unschuldig halten, solange er nicht als schuldig überführt war, selbst wenn Gerüchte zu ihm gedrungen waren, Victor und der Vergewaltiger von Kensal Rise seien ein und derselbe. Nicht daß es ihn kümmerte, was diese Frau von ihm dachte, sagte sich Victor, aber Davids Meinung, das war etwas anderes. Es war so lange her, seit er eine Frau vergewaltigt hatte, und er würde es ja auch nie wieder tun, da war es doch schrecklich, wenn er wegen dieser Sache aus seiner Vergangenheit ein für allemal stigmatisiert sein sollte. Daß er auf David geschossen hatte, war *eine* Sache – das war ein Unfall gewesen, herbeigeführt durch die Umstände, durch den Verlust der Kontrolle über seine eigenen Reaktionen und auch durch Davids eigene Torheit –, aber die Vergewaltigungen, die gehörten in eine ganz andere Kategorie. Sie waren bedauerlich, waren etwas, von dem Victor sich vorstellen konnte, daß er eines Tages darüber Reue empfinden könnte, besonders wegen des Mädchens, das er im Epping Forest so furchtbar zugerichtet hatte. Es wäre ihm gar nicht lieb, wenn David davon wüßte, nein, daran lag ihm ganz und gar nichts.

Vergeblich blätterte er seine Zeitschriften nach einer Notiz oder einer Mitteilung über David durch. Er hatte sich angewöhnt, früh zu Bett zu gehen, denn es gab ja so wenig zu tun. Er lag also da und las eine Kurzgeschichte über einen alten Mann, einen französischen Bauern, der sein Geld, anstatt es zur Bank zu bringen, in die Wände seines Hauses einmauerte. Er faltete die Banknoten zusammen und wickelte sie in Streifen aus den Plastiksäcken, in denen der Dünger für den Acker geliefert wurde. Und dann klemmte er sie zwischen das Lattenwerk unter dem Putz, verschmierte es neu und übermalte es.

Keine Nacht verging ohne Träume, und in dem Traum dieser Nacht saß er in einem Zug der Northern Line in Richtung Finchley. Niemand außer ihm war im Wagen, aber dann, am Archway, stieg seine Mutter mit David Fleetwood ein. David konnte gehen, aber nicht gut, er hatte einen Stock und hing schwer am Arm von Victors Mutter. Sie nahmen keine Notiz von Victor, sie benahmen sich, als sei er nicht da, als sei überhaupt niemand da, sie tuschelten miteinander, die Gesichter dicht beieinander, und dann küßten sie sich. Sie küßten sich leidenschaftlich, als ob sie allein wären. Victor sprang auf und schrie und protestierte, es sei widerwärtig, was sie da machten, es sei unanständig, so in aller Öffentlichkeit! Da wachte er auf, schreiend, aufrecht im Bett sitzend, und er schüttelte die Faust.

Heute war der Tag, an dem er sich mit Jupp in Muriels Haus treffen sollte, aber um ein Haar hätte er es vergessen. Um die Mittagszeit kaufte er sich den *Standard* und fand darin einen Fahrerposten inseriert; ein Fahrer für ein Kleintaxi wurde gesucht, und das Attraktive an der Sache war, daß es hieß: ‹Wagen wird gestellt›. Die Firma war in Alperton. Victor fuhr sofort mit der U-Bahn hin und suchte das Kleintaxiunternehmen in der Ealing Road auf.

Kaum jemand, so überlegte er sich, hatte den *Standard* früher zu Gesicht bekommen als er, und wer ihn doch schon gelesen hatte, würde sich wahrscheinlich der Anzeige entsprechend zuerst telefonisch dort melden. Es konnte also sein, daß er der erste Bewerber war, der sich persönlich vorstellte. In seiner einzigen guten Hose, einem frischen Hemd und dem Cordsamtjackett sah er ganz präsentabel aus, das wußte er. Bevor er die Zeitung kaufte, hatte er sich zum Glück zufällig die Haare schneiden lassen. Zuerst hatte er daran gedacht, sie wieder lang wachsen zu lassen, so, wie sie am Tag seiner Inhaftierung gewesen waren, aber das war jetzt altmodisch, und er wurde mittlerweile auch reichlich alt für so was. In ein paar Wochen wurde er neununddreißig.

Das Kleintaxiunternehmen fand er in einer Ladenhälfte, einem sehr kleinen, schäbigen Raum, wenig mehr als eine Abstellkammer. Dort saß eine Frau mittleren Alters mit blond und braun gesträhnten Haaren und bediente zwei Telefonapparate. An Frauen als Chefs war er nicht gewöhnt, denn das hatte es sehr viel seltener gegeben, ehe er ins Gefängnis kam. Er wußte bereits, daß er verspielt hatte, als sie seine Vermutung, sie sei eine Art Sekretärin und Telefonfräulein und der Chef sei wohl irgendwo anders, energisch richtigstellte. Ihren Namen erfuhr er nicht. Sie wollte eine Referenz von seiner vorigen Stellung, und sie wollte wissen, warum er zehn Jahre lang keine Stellung gehabt hatte. Zehn Jahre?

«Mein Gott, bei Frauen sind's immer Kinder», meinte sie, «aber das kann's bei Ihnen ja wohl nicht gewesen sein. Wo waren Sie denn, im Knast oder sonstwo?»

Sie machte Spaß, aber er sagte kein Wort mehr. Wütend, wie er war, hätte er ihr an den Hals springen und sie an der Kehle packen können! Nur unter riesiger Anstrengung bewahrte er die Selbstkontrolle, drehte sich um, verließ den Laden und knallte mit aller Kraft die Tür hinter sich zu. Der ganze Laden wackelte. Der Nachbarladen wackelte gleich mit, und eine Verkäuferin kam ans Fenster, um zu sehen, was das für ein Krach war. Im Zurückblicken sah Victor in der Auslage hinter ihr alte Möbel, ein Messingbettgestell, Vasen, eine Blumenkrippe, und blitzartig erinnerte er sich an seine Verabredung mit Jupp – an Muriels Haus im Popesbury Drive um drei Uhr! Jetzt war es zehn vor!

Wenigstens konnte er das Mobiliar verkaufen und auf diese Weise an ein bißchen Geld kommen. Er stieg in Alperton wieder in die U-Bahn, und sie brachte ihn bis nach Acton Town, der Muriel am nächsten gelegenen Station. Die purpurroten Blüten, die die felsigen Hänge in Muriels Steingarten überwucherten, waren heute schier noch purpurfarbener, und ihre Ranken waren länger geworden, so daß das Steinornament, das Victor nach Möglichkeit nicht ansah, völlig verdeckt war. Herausfordernd blickte er in die Richtung, und er verspürte nichts. Seit seinem letzten Besuch war ein Goldregenstrauch von besonders stechendem Giftgelb aufgeblüht. Zwei tratschende Frauen standen auf dem Bürgersteig, betrachteten den Goldregen und meinten, wie wundervoll er doch sei, welch entzückender Anblick. Aber Victor fand durchaus nicht, daß er wundervoll aussah oder daß Blumen überhaupt zwangsläufig schön wären, bloß weil es Blumen waren. Irgendwo im Hinterkopf glaubte er jenen Geißblattduft wieder zu riechen, obwohl keine der Blumen hier duftete und der einzige Geruch ein leichter Dieselöldunst war.

Ein Lieferwagen mit der Aufschrift J. Jupp stand auf der Rampe, die zur Garage hinunterführte, mit dem Heck zum Garagentor. Victor ging hinten herum, durch die seitliche Pforte in den schmalen Gang zwischen der Garage und der Hintertür des Hauses. Der rückwärtige Garten war eine einzige Wildnis. Blühende Apfelbäume standen in Gras, das bis zur halben Höhe ihrer Stämme reichte. Victor klopfte an die Hintertür und faßte nach der Klinke. Zu seiner Überraschung war die Tür nicht abgeschlossen. Seine Tante und Jupp saßen am Küchentisch und tranken Tee.

Was hatte Jupp bloß getan oder gesagt, um Muriel so milde zu stimmen, daß er bis ins Haus, bis in die Küche vorgedrungen war? Anscheinend störte Victor ihre Unterhaltung, mindestens aber unterbrach er eine Anekdote, die Jupp der eifrig lauschenden Muriel erzählte. Sie schienen beide wenig erfreut, ihn zu sehen. Muriel trug ihr rosa Haarnetz, und der linke Bügel ihrer Brille, den sie anscheinend zerbrochen hatte, war mit rosa Heftpflaster umwickelt. Schließlich meinte Jupp, das Teetrinken allein mache den Kohl nicht fett, stand auf und ging mit Victor hinaus in die Garage. Heute trug er die Hose des schwarzen Nadelstreifenanzugs, zu dem auch die Weste von neulich gehörte, dazu ein schwarzes T-Shirt und eine lange rotbraune Wildlederjacke mit Fransen. Sein langes Haar und sein Walroßbart sahen heute noch fülliger aus, vielleicht aufgrund einer kürzlich stattgefundenen Wäsche. Er nahm eine Pfefferminzpastille aus der Tasche und schob sie sich in den Mund.

«Bemerkenswerte Frau, Ihre Tante», sagte Jupp. «Faszinierendes Leben hat sie hinter sich. Es passiert nicht oft, daß man jemanden trifft, der frank und frei zugibt, daß er bloß des Geldes wegen geheiratet hat. Das nenn ich mal ehrlich! Und muß auch mal verdammt gut ausgesehen haben, die Tante. Überreste davon sind sogar noch vorhanden, könnte man sagen.»

Victor sagte nichts. Es war, als ob sie nicht ein und dieselbe Frau im Sinn hätten.

«Ist doch ein Jammer, daß sie nie ausgeht. Wenn Sie mir's nicht übelnehmen, daß ich's so offen sage – da sollten Sie mal was tun, sollten sie mal auf Trab bringen, sollten ihr mal 'n bißchen Salz auf den Schwanz streuen!» Victor nahm es sehr wohl übel, daß er das sagte. Stumm fing er an, die Türen aufzuschließen. «Wieso hat sie das eigentlich gemacht, all dies Zeugs hier für Sie unterzustellen? Waren Sie weg?»

Der einzige Grund, weshalb Muriel ihm die Wahrheit nicht erzählt hatte, konnte nur sein, daß sie noch keine Gelegenheit dazu gehabt hatte, dachte Victor. Als er ein kleiner Junge war, noch sehr klein, da hatte er es gehaßt, wenn seine Eltern von einer Zeit sprachen, wo er noch nicht existierte, das hatte er einfach nicht ertragen können, und er hatte geschrien und gestrampelt, wenn seine Mutter davon sprach. Das war seine erste Erinnerung an Zornausbrüche, die er schon damals gehabt hatte. Weil ihm diese Zeit seiner Nichtexistenz unerträglich war, hatte er angefangen zu erklären, da sei er in Neuseeland gewesen. Wenn seine Mutter von etwas redete, ‹bevor du geboren warst›, dann korrigierte er sie und sagte, da sei er in Neuseeland gewesen. Und jetzt sagte er es zu Jupp.

«Ich war lange weg. Ich war in Neuseeland.»

«Wirklich?» meinte Jupp. «Hübsch, sehr hübsch. Na also, nu riskieren wir doch mal 'n Blick, werfen wir mal 'n Auge auf die guten Stücke!»

Er schob sich zwischen den Möbeln hindurch, riß die Vorhänge weg, die grobgewebten goldenen, den grünen Rips und Victors Schlafzimmervorhänge mit den roten und blaugrünen Rechtecken auf schwarzweißem Grund, riß sie fort und warf sie achtlos zur Seite. Er lugte unter Tischplatten und klopfte Oberflächen ab mit einem ziemlich langen Fingernagel. Victor überlegte, ob er die Sachen auf Holzwurmbefall untersuchte. Den Rollstuhl schob er hin und her wie jemand, der ein Kind zum Einschlafen bringen will. Victor fiel auf, daß der Rollstuhl dasselbe Fabrikat war wie Davids, obwohl er wie ein jüngeres Modell aussah. Jupp schob die Unterlippe vor.

«Ich will Ihnen was sagen – ich geb Ihnen fünfhundert Pfund für alles zusammen.»

Victor war enttäuscht. Neue Möbel, so hatte er beim Betrachten der Schaufenster gesehen, waren sehr teuer. Auch die Preise für Möbel aus zweiter Hand waren in die Höhe geschnellt. Na ja, wenn er ein paar Sachen für seine eigene Wohnung hätte behalten wollen... Aber bloß alte Anrichten und Eßtische wurden die Händler wohl schwer los; die Dinge hatten sich eben geändert. Die dreiteilige Garnitur allein war bestimmt vierhundert Pfund wert.

«Fünfhundert also», sagte er resigniert.

«Nein, Moment mal. Ich muß ja noch einem Kumpel gutes Geld zahlen, damit er mit mir hier rauskommt und den Kram wegschafft. Und ich muß Unterhalt und Saft für den Lieferwagen rechnen. Und dann verlier ich auch einen halben Tag im Geschäft.» Er nahm ein neues Pfefferminz, betrachtete es und steckte es in die Tasche zurück.

«Ich nehme an, der Rollstuhl ist allein einen Hunderter wert», sagte Victor. «Sehen Sie ihn sich an, der ist so gut wie neu.»

«Wir haben aber gerade keinen Boom auf dem Rollstuhlmarkt, um ehrlich zu sein, Freundchen. Sich einen Krankenstuhl von der Zimmerdecke hängen zu lassen, das hat sich in Acton noch nicht so recht durchgesetzt, ist nicht ganz das, was man schick nennen würde, klar? Vierhundertzwanzig.»

Sie einigten sich auf vierhundertvierzig Pfund, und Jupp sagte, er käme am nächsten Mittwoch wieder, um das Zeug aufzuladen. Er sah das hüfthohe Gras in Muriels Garten und meinte, was für eine verdammte Verschwendung, wo doch Löwinnen und ihre Jungen so dringend nach einer Heimstatt suchten! Victor ging zurück ins Haus. Muriel wusch gerade Tassen und Teller ab. Sie wusch jeweils eine Tasse ab, spülte sie, trocknete sie mit dem Geschirrhandtuch, stellte sie in einen Schrank und begann dann dieselbe Prozedur mit einem Teller. Victor sagte, er müsse mal ins Bad, ging den Flur entlang und dann die Treppe mit dem roten türkischen Läufer hinauf. Die Behauptung, es hätte sich nichts verändert, seit er vor etwas weniger als elf Jahren auf der Suche nach Sydneys Pistole diesen gleichen Weg gegangen war, wäre nicht ganz richtig gewesen. Das Haus war viel schmutziger. War es womöglich Sydney gewesen, der hier die Hausarbeit gemacht hatte? Oder lag es einfach nur daran, daß Muriel nichts mehr getan hatte, seit er gestorben war? Die damals gebohnerten Seitenteile der Treppenstufen lagen unter einer Schicht grauer Flocken, und der Läufer selbst war von einer Matte bedeckt, die größtenteils aus Haaren bestand, Muriels Haaren vermutlich, ausgefallen und liegengelassen über die Jahre hin. Draußen schien die Sonne, genau wie an jenem Abend, als er sich mit dem Schlüssel, den er hatte nachfertigen lassen, ins Haus geschlichen hatte, damals, als Muriel und seine Mutter ins Krankenhaus gegangen waren, um Sydney zu besuchen. Und genau wie an jenem Abend war das Innere des Hauses dunkel, trostlos und still, und jetzt war auch noch alles von Staub bedeckt. Vielleicht waren die Fenster während all dieser Jahre nie geöffnet worden. Der Kampferdunst war noch immer da, angereichert und überlagert von dem scharfen, säuerlich-stickigen Geruch, der altem Staub eigen ist.

Es war früher einmal ein ansehnliches Haus gewesen, denn es war zu einer Zeit gebaut worden, als Material relativ billig war, als es schönes Hartholz die Menge gab und als es wohl auch noch mehr Zeit, mehr Handwerker und mehr Fertigkeit gegeben hatte, um Holzpaneele, Schnitzereien und kunstvolle Stuckverzierungen an Zimmerdecken herzustellen. Aber die Erbauer oder vielleicht nur der Architekt waren dabei entschieden zu weit gegangen, so daß am Ende die schweren, bleigefaßten Fenster mehr Licht ausschlossen als einließen. Und die Vorhänge besorgten den Rest: Vorhänge, die bestimmt irgendein großes Geschäft – Whiteley, nahm er an, oder Bentall – nach Maß gefertigt und selbst aufgehängt hatten, Bahnen von dickem Samt oder schwerer, grobgewebter Seide, gefüttert und verstärkt und in Falten gelegt, mit Schabracken verziert, seitlich gerafft mit quastenverzierten Kordeln. Sie waren nie gereinigt oder auch nur abgebürstet worden, und in ihren Falten hafteten Staub und überpuderte Spinnweben. In dem Zimmer, wo er damals die Pistole in ihrem Versteck unter dem Schrankbrett gefunden hatte, versetzte Victor einem der Vorhänge einen leichten Schlag, und eine Staubwolke flog ihm ins Gesicht, daß er husten mußte. Der Staub lag so dick auf dem Teppich, daß man das Muster aus gelben Trauben und grünen Weinblättern nicht mehr erkennen konnte. Lediglich der vage Eindruck eines bläulich-grauen Musters war übriggeblieben.

Die Wildwest- und Cowboyromane standen noch immer auf dem Regal, ungestört seit mehr als einer Dekade. Er verließ das Zimmer und ging in das Schlafzimmer seiner Tante. Ein großer Spiegel, gerahmt und beweglich aufgehängt zwischen zwei Pfosten, stand in der Mitte des rosageblümten Teppichs, rosa und weiße Rosen aus Kreppapier häuften sich im Kamin. Der Ruß von zehn Jahren war auf sie herabgefallen und hatte ihre Blütenblätter fleckig gemacht. Das Bett war überraschenderweise gemacht, und mitten darauf lag ein rosa Plüschhund. Der Reißverschluß an seinem Bauch stand offen und enthüllte ein weißes Nachthemd. Es mußte wohl das sein, welches Muriel anzog, wenn sie das Nachtgewand auszog, das sie tagsüber trug.

Im Gedanken an die Geschichte von dem französischen Bauern fuhr Victor mit der Hand unter die Kissen, zwischen Unterbett und Matratze. Er zog die Schubladen in den Nachtkästen auf, öffnete die Türen des Einbauschrankes und sah, daß er vollhing mit Sydneys Anzügen. Die Taschen durchzusehen, kostete ja nichts. Von den Seitenfächern des Schrankes war eins vollgestopft mit alten Handtaschen – dunkelblau und schwarz und weinrot und weiß, rissig und aufgeplatzt, die Metallverschlüsse angelaufen, Schnallen zerbrochen. Victor zog eine schwarze heraus, imitiertes Krokodilleder, und griff hinein. Das Knistern von Banknoten ließ seinen Atem stocken. Aber er war schon zu lange hier oben, er würde nächste Woche wiederkommen, wenn Jupp die Möbel abholte. Ohne das Geld zu zählen, bediente er sich mit einer Handvoll Noten verschiedener Farbschattierung, machte die Tasche eilig wieder zu, schloß die Schranktür und rannte die Treppe hinunter.

Muriel saß an ihrem elektrischen Ofen und war mit Schere und Zeitschriften beschäftigt, mit Exemplaren von *Country Life* und *Cosmopolitan*. Anscheinend stellte sie eine Sammelmappe über die Ereignisse im Leben der Herzogin von Grosvenor zusammen.

«Du warst ja lange oben», meinte sie zu Victor.

Sie hatte eine Art, ihn anzublicken, die an eine Maus erinnerte, wenn sie aus ihrem Loch kommt: wachsam, argwöhnisch, scharf witternd und total selbstbezogen. Man konnte förmlich ihre Nase zucken, die Schnurrhaare vibrieren sehen unter den flinken, nervösen Bewegungen der Augen. Der Ring mit der Kuppel aus Diamanten saß an ihrem Finger. Vielleicht nahm sie ihn nie ab?

Er hatte die Hand in der Tasche und befühlte die spröden Banknoten, eine, zwei, drei, vier – mindestens vier, vielleicht sogar fünf, das war schwer zu sagen. Es konnten Zehner sein.

«Ich möchte dir was sagen», fing sie an.

Er ging durchs Zimmer und stellte sich ans Fenster. Aber dort war es genauso stickig, der beklemmende Geruch nach Mottenkugeln und alten, ungewaschenen Kleidern, nach vergilbendem Zeitungspapier und nach Staub, der auf den Heizelementen des Ofens verbrannte, war hier genauso streng. Aber man konnte wenigstens das Tageslicht sehen, und man spürte sogar die Wärme der Sonne, die sich durch die schmutzigen rautenförmigen Fensterscheiben kämpfte. Die langen gelben Rispen des Goldregens hingen gegen das Glas.

Muriel sagte: «Ich habe nie Lust gehabt, mein Testament zu machen. Wahrscheinlich bin ich abergläubisch und möchte die Vorsehung nicht herausfordern.» Sie blickte von ihrer Ausschneidearbeit auf und richtete den Blick zur Zimmerdecke, als ob Gott oben in ihrem Schlafzimmer Residenz genommen und sein Ohr am Fußboden hätte. «Aber einmal kommt die Zeit, da muß man tun, was richtig ist, und nicht, was man möchte. Und ich weiß eben, das Richtige ist, dafür zu sorgen, daß du nie etwas in die Finger kriegst, was mir gehört hat.»

«Vielen Dank», sagte Victor.

«Also habe ich am Tag, nachdem du das letzte Mal hier warst, mein Testament gemacht. Jenny von nebenan, die für mich einkauft, die hat mir ein Testamentsformular besorgt und hat es meinem Rechtsanwalt gebracht, und der hat getan, was ich wollte, und jetzt ist es unterschrieben und beglaubigt. Du kannst eine Kopie sehen, wenn du willst. Ich vermache alles der British Legion. Das würde Sydney freuen. Ich hab mir gesagt, der arme alte Sydney war sein ganzes Leben lang darauf bedacht, dich zu erfreuen, Muriel, und jetzt kannst du wenigstens dies tun, um ihn zu erfreuen.»

Victor stand wie angewurzelt und starrte sie an. Er spürte, wie jenes Pulsieren in seinem Mundwinkel wieder begann, jenes Zukken des Fleisches. Seine Hand in der Tasche fühlte das Geld, und er rieb die Finger über die Noten.

«Die Legion tut eine Menge Gutes», sagte Muriel, «sie werden es nicht vergeuden. Sydney würde sich im Grabe umdrehen, wenn *du* es in die Finger kriegtest.»

«Er ist doch verbrannt worden», sagte Victor.

Es war das einzige Mal, daß er geistesgegenwärtig reagierte, zur rechten Zeit eine schlagfertige Antwort gab, anstatt sie sich hinterher auszudenken. Er knallte die Haustür hinter sich zu, genau wie er die Tür des Taxiunternehmens zugeknallt hatte. Auf dem Heimweg durch verschiedene kleine Straßen hinauf zur Uxbridge Road zog er die Banknoten aus der Tasche. Es waren fünf Scheine, zwei Zwanziger, ein Zehner und zwei Fünfer. An die Möglichkeit, daß Zwanziger unter den Noten sein könnten, hatte er gar nicht gedacht, und seine Stimmung hob sich. Muriels Haus und ihr Geld zu verlieren, war im Grunde kaum ein Unglück, denn er hatte nie damit gerechnet, es zu bekommen. Aber die Boshaftigkeit ihrer Blicke und ihrer Worte wurmte ihn doch.

Eingedenk der Haltung, die sie ihm gegenüber eingenommen hatte, dieser Mischung aus Angst und Abscheu, war er richtig froh, daß er das Geld genommen hatte, er wünschte bloß, er hätte kräftiger zugelangt.

Victor hatte noch nie etwas gestohlen, außer man rechnete die Schokoladenriegel mit, die er von den Ladentischen bei Woolworth hatte mitgehen lassen, als er noch die Grundschule besuchte. Das machte jeder, und es war mehr ein Spiel als ein Vergehen. Als Erwachsener hatte er sich immer viel zugute gehalten auf seine Ehrlichkeit. Er und Alan und Peter, der andere Fahrer, hatten ein System gehabt, wonach sie ihre Trinkgelder teilten, die manchmal ganz beträchtlich waren, und Victor hatte seine fast immer in voller Höhe zur Verteilung abgeliefert. Nur ein- oder zweimal war die Versuchung doch zu groß gewesen, so zum Beispiel, als jener Amerikaner bei einem ersten Englandbesuch Pfund und Dollar verwechselt und ihm fünfundzwanzig gegeben hatte, aber im allgemeinen war er ehrlich gewesen. Wenn das, was sie ihm hatte sagen wollen, anders ausgefallen, wenn es – mal angenommen – das genaue Gegenteil von dem gewesen wäre, was sie dann tatsächlich sagte, nämlich, daß sie ein Testament zu seinen Gunsten gemacht hätte, dann, so redete er sich ein, hätte er das Geld wieder nach oben gebracht und es wieder in ihrer Handtasche verstaut. Jetzt war seine einzige Sorge, daß sie es vermissen könnte. Was wäre, wenn sie es tat? Es war wohl kaum wahrscheinlich, daß sie ihrem eigenen Neffen die Polizei auf den Hals hetzen würde, so sehr sie ihn vielleicht auch haßte.

Im Gedanken an das, was er von seinen Eltern geerbt, was er von

Jupp bekommen würde und was er Muriel gestohlen hatte, ging Victor eine halbe Stunde vor Ladenschluß in eins der Geschäfte in der High Street und kaufte einen Fernsehapparat.

Seit er in Mrs. Griffiths Haus eingezogen war, hatte Victor praktisch nie Post bekommen. Alles, was er bekam, waren Postwurfsendungen und Mitteilungen des Sozialamtes. Briefe und Karten wurden immer von demjenigen, der zuerst wegging und die Post von der Fußmatte aufsammelte, auf dem Tisch im Korridor ausgebreitet. Für Freitag morgen hatte man ihm die Lieferung seines Fernsehers zugesagt, und als zehn Uhr vorbei war, ohne daß etwas geschehen war – zwischen neun und zehn Uhr hatte man ihm gesagt –, da ging er hinunter, um nachzusehen, ob die Klingel funktionierte. Elektrische Klingeln konnten ausfallen, wie er ja gerade erlebt hatte. Er sah sich die Post auf dem Tisch nur an, weil womöglich eine Karte der Fernsehfirma dabei sein konnte, die erklärte, weshalb sie nicht gekommen waren oder wann sie nun kommen würden. Zwischen zwei Postkarten aus ausländischen Seebädern lag ein Umschlag, der in kräftiger, aufrechter Handschrift an *Victor Jenner* adressiert war, kein *Mr.* oder *Esq* oder sonstwas davor. Auf dem Poststempel stand Epping.

Victor vergaß den Fernseher. Er trug seinen Brief nach oben. Die Kehle wurde ihm trocken, und mit jener Verkrampfung, die der Übelkeit vorausging, setzte er sich auf sein Bett und riß den Umschlag auf. Der Brief war mit der Maschine geschrieben, auf beiden Seiten eines Bogens, und mit *Clare Conway* unterschrieben. Victor las:

Lieber Victor Jenner.
Sie werden überrascht sein, von mir zu hören, nach der Art und Weise, wie ich am Montag mit Ihnen gesprochen habe. Darf ich sagen, daß Sie das sehr gut hingenommen haben? Die meisten Leute hätten mich ihrerseits gröblich beschimpft, und ich glaube, Sie wären im Recht gewesen, wenn Sie es auch getan hätten. Dieser Brief ist zum Teil eine Entschuldigung. Ich hatte keinen Grund und kein Recht, so mit Ihnen zu sprechen, ich war ja nicht betroffen, weder Kläger noch Beklagter, ich war bloß, was ich häufig bin – ein wenig zu sehr Partisan.

Es fällt mir schwer zu sagen, was ich sagen muß. Es ist nicht leicht, aber versuchen will ich es. David und ich finden, es war sehr mutig von Ihnen, herzukommen, wirklich ein sehr mutiges Unterfangen, weil Sie ja nicht wissen konnten, welcher Empfang Ihnen bereitet würde, und tatsächlich war er von meiner Seite denn ja auch so schlecht wie überhaupt möglich. Sie haben nicht gesagt, weshalb Sie gekommen sind, obgleich es natürlich eigentlich klar war, daß Sie kamen, weil Sie das Gefühl hatten, an David irgendwie etwas wiedergutmachen zu müssen. Ich vermute, daß das Geschehene Sie einfach verfolgt und gejagt hat und daß Sie das Bedürfnis hatten, so bald wie möglich positive Schritte zu unternehmen.

Ich gestehe offen, daß ich Ihnen nicht schreiben würde, wenn es hier lediglich um Ihr Gewissen ginge. Damit müssen Sie selbst fertig werden. Es ist David, um den ich mir Sorgen mache, so wie ich es fast immer tue, seit ich ihn vor beinahe drei Jahren kennengelernt habe. David ist ein wundervoller Mensch, bei weitem der gerechteste, ehrlichste und großzügigste, der intakteste Mensch, den ich kenne, was sich gewiß absurd anhören muß, denn körperlich ist er natürlich alles andere als intakt. Sie können nicht wissen – und keiner kann es außer denen, die ihm sehr nahestehen –, daß auch er noch immer verfolgt und gejagt wird von dem, was vor elf Jahren in jenem Haus in Kensal Rise passierte, ebensosehr, wie meiner Vermutung nach Sie es sind. Er träumt immer wieder davon, jede noch so weit hergeholte Assoziation erinnert ihn daran, die Erinnerung überfällt ihn jeden Tag. Das Schlimmste aber ist, er kann sich nicht damit abfinden, daß es unabwendbar gewesen wäre. Er macht sich Vorwürfe, ich meine, er denkt dauernd darüber nach, was passiert wäre, oder eher, was verhindert worden wäre, wenn er anders gehandelt oder vielleicht etwas anderes gesagt hätte.

Nun ist es aber so, daß er, seit er Sie am letzten Montag gesehen und ein wenig mit Ihnen geredet hat, trotz allem, auch trotz meines Verhaltens, irgendwie erleichtert scheint. Jedenfalls kommt er mir ein wenig erleichtert vor. Und als ich ihm sagte, ich würde Ihnen schreiben, da begrüßte er diese Idee und sagte, er würde Sie gern wiedersehen. Sehen Sie, ich bin überzeugt, wenn Sie beide noch weiter miteinander sprechen, wenn einer dem anderen sagen könnte, was er empfindet, wenn Sie beide dieser Sache im Gespräch auf den Grund gingen, dann könnte sich vieles lösen. David wäre vielleicht endlich imstande, sich abzufinden mit dem, was für ihn in alle Zukunft ‹Leben› bedeutet, und Sie … nun, es könnte auch für Sie manches lösen und Ihnen Seelenfrieden bringen.

Ich hoffe, dies alles klingt nicht zu hochtrabend – oder, noch schlimmer, wie eine Art Psychotherapie. Wenn Sie bis hierher gelesen haben, werden Sie vielleicht erraten, was ich Sie fragen will. Wollen Sie kommen und uns besuchen? Ich weiß, es ist ein langer Weg für Sie, deshalb kommen Sie doch bitte für den ganzen Tag, einen Sonnabend oder Sonntag, und bitte tun Sie es bald. Ich denke, es war ein Wink des Schicksals, daß David Ihre Adresse im Kopf behalten hat. Er hat eben ein gutes Gedächtnis – zu gut, wie ich manchmal finde.

In der Hoffnung, daß wir Sie bald bei uns sehen,

Ihre Clare Conway

Victor konnte sich nicht erinnern, wann er das letzte Mal richtig glücklich gewesen war. Es mußte gewesen sein, bevor er ins Gefängnis kam, denn seitdem hatte es ganz sicher keine Glücksgefühle mehr für ihn gegeben, nicht einmal, als er erfuhr, daß er entlassen werden sollte und dann auch tatsächlich entlassen wurde. Resignation, ja, und ein gewisser Grad an Zufriedenheit, die relative Ruhe, die sich zwischen Anfällen von Wut und Panik einstellte, aber Glück niemals. Das letzte Mal war wohl gewesen, als er erfuhr, daß er die Wohnung im Ballards Lane kriegen würde, oder damals, sechs Monate, bevor er Sydneys Luger nahm, als Alan ihm für die Zukunft eine geschäftliche Partnerschaft versprochen hatte. Es war ein ungewohntes Gefühl, aber er erkannte es wieder: Glück. Es war wie Wut, bloß anders, ohne den brennenden Schmerz und das rasende Herz füllte es das ganze Gefäß des Körpers und des Geistes mit dem Moussieren eines prickelnden Weins. Es stieg ihm bis an die Lippen und ließ ihn laut loslachen – er wußte selbst nicht, warum.

Es stand keine Telefonnummer in dem Brief, und er hatte Toms Stück Papier weggeworfen. Wenn der Fernsehlieferant dagewesen war, würde er noch einmal in die Bibliothek gehen. Er ging in den Flur hinunter, sah nachdenklich das Telefon an, wünschte, er könnte sich auf Davids Nummer besinnen, und da, als er den Kopf wandte, sah er sie. Er hatte sie ja auf das rohe Holz auf der Unterseite der Treppenstufe geschrieben und Davids Namen daneben. Da stand es: David Fleetwood.

Seine Hand zitterte, er mußte sie mit der anderen am Gelenk umklammern, um sie zu beruhigen. Wegen dieses Zitterns in den Fingern war er nicht sicher, ob er die Nummer korrekt gewählt hatte, aber er mußte es wohl getan haben, denn als das Rufzeichen ertönte und er seine Zehnpence eingeworfen hatte, antwortete Clares Stimme.

Mit vor Aufregung flatternder Stimme sagte er: «Hier ist Victor.» Es war nicht sehr wahrscheinlich, daß sie noch einen anderen Victor kannten, also war es nicht notwendig, seinen Nachnamen zu sagen.

«Schön von Ihnen, daß Sie sich so schnell melden.» Sie hatte eine schöne Stimme, tief und ausgewogen, ein bißchen formell, lauter Dinge, die ihm nicht aufgefallen waren, als sie ihn beschimpft hatte. «Ein bißchen peinlich ist es mir ja schon, mit Ihnen zu sprechen», meinte sie. «Es war so entsetzlich neulich.»

«Oh, vergessen Sie es.»

«Gut, ich werd's versuchen. Ich hoffe, dieser Anruf bedeutet, daß Sie kommen werden. Und wann? Wann würde es Ihnen passen? Wenn es nach uns ginge, recht bald. Ich bin berufstätig, und David muß manchmal zu Untersuchungen und Behandlungen ins Krankenhaus, aber abgesehen davon, sind wir immer hier. Wir gehen nicht viel aus. Es ist kompliziert für David, auszugehen – wir müssen immer so viele Vorbereitungen treffen.»

«Ich könnte jederzeit kommen.»

Es klingelte an der Haustür, und er wußte, das mußte der Fernsehlieferant sein, aber das war für ihn jetzt nicht mehr als eine lästige Nebensache, etwas, dem man keinerlei Bedeutung beimessen durfte.

«Könnten Sie nicht gleich morgen kommen?» fragte sie.

10

Mit sechzig Pfund kam man heutzutage nicht sehr weit, wenn man Kleidung kaufte. Nachdem nahezu alles, was ihm seine Eltern hinterlassen hatten, beim Kauf des Fernsehers draufgegangen war, hatte Victor beschlossen, das Geld, das er von Muriel ‹hatte›, für eine Hose, ein Hemd und ein Paar Schuhe auszugeben. Er zog es vor, es so auszudrücken: was er von Muriel ‹hatte›, als: was er ‹genommen hatte›.

Zum Einkaufen ging er nach Ealing, wo die Auswahl größer war. Die Hälfte des Geldes ging für die Hose drauf, die andere Hälfte für die Schuhe; noch ein Hemd dazu, das überstieg seine Mittel. Mehr als je war er überzeugt, daß er einen Job brauchte und möglichst einen weit weg von hier, wo so vieles ihn an Muriel und Sydney, an seine Eltern und an seine Jugend erinnerte.

Victor hatte nie wirkliche Freunde gehabt. Wahrscheinlich schon deshalb, weil seine Eltern nie welche gehabt hatten. An Besuchern, die in sein Elternhaus kamen, erinnerte er höchstens Muriel und später, ein- oder zweimal, Muriel und Sydney und dann noch eine Nachbarin, die gelegentlich zum Tee kam, und ein Ehepaar namens Macpherson, um deren Gesellschaft seine Mutter sich jedoch gebracht hatte, weil sie, wie sein Vater es nannte, ‹die Freundschaft nicht warmhielt›. Sie hatte sich eben nie etwas gemacht aus Eindringlingen in die Einheit, die sie und ihr Mann darstellten. Die beiden waren sich selbst genug, wie Victor sie einmal zu Mrs. Macpherson sagen hörte; und außerdem waren ihr Gastgeberpflichten, selbst in bescheidenster Form, einfach zu viel, es machte sie hysterisch. Als Victor zur Schule ging, ermunterte sie ihn nie, andere Jungen mit nach Hause zu bringen, und aus diesem Grund wurde auch er selten in andere Häuser eingeladen.

Einmal, zu seinem neunten Geburtstag, wurde die Idee einer Kindergesellschaft erörtert. Nie würde er die entsetzlichen Umstände vergessen, aber wessen Idee es gewesen war, die seiner Mutter oder seines Vaters, das wußte er nicht mehr. Sein Geburtstag war im Juni, aber die Pläne für die Party wurden schon Wochen vorher geschmiedet. Victors Mutter fand, die Einladungen müßten per Post geschickt werden, aber dann wußte sie nicht, wie man sie abfassen sollte. So wurde eine Menge Energie mit allen möglichen Bedenken verschwendet, wirklich getan wurde nichts. Wenn es ein schöner Tag wäre, dann könnte man die Party im Garten veranstalten, aber wer konnte sagen – in England! –, ob der 22. Juni ein schöner Tag sein würde oder nicht? Victors Mutter wollte nicht all die kleinen Jungen – kleine Mädchen waren als Gäste nicht vorgesehen –, in ihrem Haus haben. Nicht, daß sie eine pingelige Hausfrau gewesen wäre, aber allein die Vorstellung, daß all die kleinen Jungen drinnen herumrannten, war ihr zuwider. Sie erlaubten Victor nicht, in der Schule schon irgend etwas von der Party zu sagen; sie hatten ihm verboten, Einladungen mündlich auszusprechen, aber natürlich hatte er Andeutungen fallenlassen, daß eine Party stattfinden werde. Dann ging es um das Essen. Es war wirklich sehr die Frage, welche Art Essen den geringsten Dreck und die geringste Mühe der Vorbereitung machte. Victor war einmal auf einer Party gewesen, wo die Kinder sich gegenseitig mit dem Essen beworfen hatten, und er war unklug genug gewesen, das zu Hause zu erzählen. Seine Mutter redete jeden Tag von der Party, und sie redete davon, als sei es ein reißender Strom, an dessen diesseitigem Ufer sich unvorstellbare Anstrengungen und Sorgen und Probleme ausbreiteten und am fernen gegenüberliegenden – falls man es je erreichte! – wunderbarer Friede und Freiheit. Manchmal weinte sie deshalb. Eines Abends – es war die erste Juniwoche, und noch waren keine Einladungen weggeschickt worden – brach sie in Tränen aus und fragte, warum sie bloß erwogen hätten, eine Party zu geben? Was war denn bloß in sie gefahren, waren sie verrückt? Victors Vater beruhigte sie, er liebkoste sie und sagte, sie müßten auch gar keine Party geben, wenn sie es nicht wolle. Dies löste in Victors Mutter eine wunderbare Veränderung aus. Sie trocknete ihre Tränen und lächelte und sagte, im Grunde wollten sie es ja auch alle wirklich nicht, nicht wahr? Und augenblicklich war sie wieder glücklich, stellte das Radio an und brachte Victors Vater dazu, mit ihr zu tanzen. Sie tanzte und sang *‹Mister Sandman…›* und eine Party gaben sie nie.

Als Victor älter war, fand er sich gelegentlich an der Peripherie solcher Gruppen wieder, wie sie sich aus einem Kern von zwei Freunden und zwei oder drei weniger engen Freunden und allerlei Mitläufern bilden, und Victor war immer einer der Mitläufer. Er wußte nie viel zu sagen, aber ein guter Zuhörer war er auch nicht. Still oder lakonisch lebte er in seiner eigenen Welt, wie es einer seiner Lehrer in einem Schulzeugnis ausdrückte. Wenn die Mädchen in seiner Schule nicht um die Zeit, wo sie vierzehn waren, einen Jungen hatten, mit dem sie ausgehen konnten, dann fühlten sie sich in ihrer Weiblichkeit gekränkt, kamen sich unzulänglich und unattraktiv vor. Einen Jungen dagegen, ob mit oder ohne Freundin, traf solch Stigma nicht. Als Victor aufs Polytechnikum kam, hatte er noch kaum je mit einem Mädchen gesprochen, und ganz bestimmt war er noch nie mit einem allein gewesen.

Pauline suchte sich *ihn* aus, nicht umgekehrt. Seine Mutter, die Pauline nicht mochte, sagte, sie wolle ja bloß jemanden, um zu heiraten, und es sei ihr nicht weiter wichtig, wer das sei, solange er nur jung war und gut aussah und die Voraussetzungen für ein angenehmes Leben mitbrachte. Victor sah damals sehr gut aus, das sagte jeder. Er war auch ein bißchen eingebildet auf seine Erscheinung, und er war glücklich, als es Mode wurde, sich die Haare lang wachsen zu lassen.

Pauline hatte Freundinnen, aber er kam mit ihnen nicht zurecht. Frauenstimmen irritierten ihn, das Schrille darin, die Modulationsfähigkeit, das Auf und Ab. Er hatte auch nicht das Bedürfnis nach Männerfreundschaften. Alan war das, was einem Freund noch am nächsten kam, aber sie sahen sich selten außerhalb der Arbeitsstunden, und die Arbeitszeit verbrachten sie in verschiedenen Wagen. Und sie hatten auch eigentlich nichts gemeinsam außer Alter und Geschlecht. Alan hatte eine Frau und ein Kind in Golders Green, eine Freundin in Camberwell und war besessen von Autoveteranen und Rugby. Victor konnte sich für Autos zur Not noch interessieren, aber das war auch ziemlich alles. Und was war das denn auch für ein Freund, dachte er, der einen im Stich ließ, wenn einen das Glück verlassen hatte, der einem nicht mal eine Postkarte schrieb! Nein, er hatte nie einen Freund gehabt, aber vielleicht sollte sich das jetzt ändern? Diese ungewohnte Aussicht erregte ihn. Als er seine neue Hose und seine neuen Schuhe anzog, da fühlte er sich selbst ganz neu, ein Mensch im Prozeß der Neuerschaffung. Seine Vergangenheit lag heute morgen wie im Nebel, als ob das alles in einem früheren Leben geschehen sei – allen Ernstes in Neuseeland.

Und doch, ohne diese Vergangenheit wäre er natürlich nie dazu gekommen, David kennenzulernen. Ganz schön teurer Weg, einen Freund zu gewinnen, dachte er, als er in den Zug stieg, und ein Bild aus der Gefängniszeit erstand vor seinen Augen – merkwürdigerweise die Nacht, als Cal und die drei anderen ihn vergewaltigt hatten. Warum mußte er ausgerechnet jetzt daran denken? Er setzte sich auf seinem Sitz zurecht, schlug die erste der Zeitschriften auf, die er gekauft hatte, und schob die Erinnerung beiseite.

Es war ein schöner Tag, der schönste seit seiner Entlassung. Die Sonne war heiß wie im Hochsommer, obgleich es doch erst Mai war. Clare hatte gesagt: ‹so gegen eins›, aber er hatte vor, ganz pünktlich zu sein, dort Punkt eins zu erscheinen. Zu spät fiel ihm ein, daß es in manchen Kreisen als höflich galt, bei solchen Gelegenheiten Blumen mitzubringen oder vielleicht eine Flasche Wein. Blumen, das wäre hier wie Kohlen nach Newcastle tragen. Vielleicht konnte er ihnen die *New Society*, *Country Life* und das *Time Magazin* schenken, die alle noch ganz neu und wie ungelesen aussahen?

Überall in den Grünanlagen waren Menschen, warfen Bälle, spielten Spiele und dressierten Hunde. Victor schlenderte langsam dahin, denn es war erst Viertel vor eins. Ihm fiel das Zimmer wieder ein, das er im Aushangkasten des Zeitungshändlers angezeigt gesehen hatte, und er überlegte, ob es wohl noch frei wäre. Der Ort war so grün und so friedvoll, die Luft so frisch, verglichen mit London, und dabei war London kaum zwanzig Kilometer entfernt. Langsam spazierte er auf den Theydon Manor Drive zu, spürte die Sonne auf dem Gesicht, dachte daran, wie beeindruckt sie sein würden von seiner Erscheinung, seinem knappen Haarschnitt, den neuen Sachen. Den Geißblattduft roch er schon den ganzen Weg die Straße hinunter, und er verstärkte seine Aufregung, sein Hochgefühl der Erwartung.

Er hatte gedacht, Clare werde ihm die Tür öffnen. Diesmal beging er nicht den Fehler, auf den Klingelknopf zu drücken, sondern er pochte mit dem Türklopfer, dem römischen Soldaten. Niemand kam, und er wartete. Er wartete, klopfte wieder und hielt angstvoll den Atem an. Die Tür wurde von David geöffnet, was die Verzögerung erklärte. David hatte sich aus seinem Rollstuhl gebeugt und die Tür geöffnet, und jetzt saß er da mit einem Lächeln auf dem Gesicht.

«Hallo, Victor. Ist das recht, oder würden Sie lieber Vic genannt?»

«Nein, lieber Victor», sagte Victor.

Er legte die Zeitschriften auf den Korridortisch. Es war das erste Mal, daß er seinen Fuß in dieses Haus setzte. Es war kühl und ziemlich dunkel, aber nicht so dunkel wie Muriels Haus, hier hatte man eher das Gefühl, die Räume seien eine Art Zuflucht aus dem Sonnenschein, aber wenn man wollte, brauchte man nur Türen und Fenster und Vorhänge aufzureißen, und das Licht strömte herein. Der Dielenboden war mit einem leuchtend weinroten Teppich ausgelegt. An der Treppe war ein Aufzug, der über eine Schiene oberhalb des Geländers lief und groß genug war, um Davids Rollstuhl aufzunehmen.

«Es ist schön, daß Sie kommen.»

Victor fiel darauf keine Antwort ein. Ausgerechnet jetzt, wo er es überhaupt nicht gebrauchen konnte, wo er unbedingt einen guten Eindruck machen wollte, stellte sich jenes Zucken wieder ein und ließ sein linkes Augenlid flattern. Er folgte David in das Zimmer mit der Terrassentür. David trug dieselben weiten Hosen, die er auch am letzten Montag angehabt hatte, aber oben herum trug er ein T-Shirt, und zu Victor sagte er, er solle doch sein Jackett ausziehen, wenn er wolle. Und einen Drink solle er sich bitte nehmen, das stünde alles auf der Anrichte. Victor goß sich einen Whisky ein, einen ziemlich großen Whisky. Er brauchte das – einmal als Hilfe, um mit David sprechen zu können, und zum anderen für die Begegnung mit Clare, die jetzt jede Minute stattfinden konnte. David, der ihn unverwandt beobachtete, zündete sich eine Zigarette an.

«Was haben Sie?» fragte Victor.

David schüttelte den Kopf. Victor spürte, er wurde einer faszinierten Musterung unterzogen. David schien jede seiner Bewegungen mit brennendem Interesse zu verfolgen, als überlege er, wie es möglich war, daß dieser Mann Routinehandlungen ausführen konnte wie andere Männer: Flüssigkeit aus einer Flasche in ein Glas gießen, durch das Zimmer gehen, sich hinsetzen... Vielleicht bildete Victor sich das aber auch nur ein. Vielleicht war David bloß still, weil er auch nach Worten suchte. Und jetzt lächelte er. Da kam Victor ein Gedanke.

«Wo ist der Hund?» fragte er.

«Mandy?» sagte David. «Oh, die ist gestorben. Sie wurde alt und ist dann gestorben.»

«Ich hab sie auf dem Foto in der Zeitung gesehen», erklärte Victor.

«Sie war schon kein Welpe mehr, als ich sie bekam. Sie war zwei Jahre alt. Sie werden gewöhnlich nicht älter als elf, diese Labradors. Sie fehlt mir sehr. Ich denke immer noch, ich sehe sie, wissen Sie – irgendwo in der Tür oder hier neben meinem Stuhl.»

Victor sagte darauf nichts, denn Clare kam herein.

Er fragte sich, wie er sie je hatte fett nennen können, selbst als er sie haßte, als nichts zu böse war, um es von ihr zu denken. Sie gehörte zu den Frauen, die zugleich schlank und rundlich sind. Ihre Figur war perfekt. Nur, daß sie eben keins von diesen insektendürren Mädchen war, die, wie er oft gesehen hatte, in Designermodellen in den Magazinen posierten. Sie trug einen dunkelblauen Rock und eine weiße Bluse, und ihr Gesicht war ohne Make-up. In diesem Mittagslicht sah man deutlich, daß es ohne Make-up war. Diese Farben, dieses rosige Gold und das sanfte Rosa und die federbraunen Augenbrauen, das war Natur...

Sie hatte ihm geschrieben, hatte am Telefon mit ihm gesprochen, sie hatte gewußt, daß er kam, wußte, daß er gekommen war, aber als sie ihn sah, wurde ihr Gesicht rot. Sie errötete und lächelte ein bißchen. Dabei legte sie eine Hand an die Wange, als könne sie die Röte fortwischen. Er streckte ihr die Hand hin, obwohl er das bei David nicht getan hatte. Sie schüttelten sich die Hände, und er mußte daran denken, daß dies seit Jahren und Jahren das erste Mal war, daß er eine Frau berührte... Aber das stimmte nicht, denn er hatte Muriel berührt, hatte sie gepackt und geschüttelt, als sie ihm zuerst die Zeitungsausschnitte über David gezeigt hatte.

«Victor, wir dachten uns, wir essen unser Mittag draußen, wenn Ihnen das recht ist. Wir haben so wenig Sommer, es ist schade, wenn man ihn nicht ausnutzt, aber wenn Sie es gar nicht mögen, draußen zu essen, dann bitte sagen Sie es.»

Er konnte sich nicht erinnern, es je ausprobiert zu haben, aber das würde er nicht zugeben. Clare trank Gin und Tonic und David Weißwein mit Perrier-Tafelwasser gemischt, und Victor zeigte sich interessiert an dem Perrier, das es wahrscheinlich noch nicht gegeben hatte, als er ins Gefängnis kam – oder wenigstens war es damals noch nicht das allgemein bekannte Getränk, das es seither geworden war.

«Nein, nicht bevor... na, Sie wissen schon», sagte David, und damit war das Eis gebrochen. Man konnte es förmlich klirren hören, als es brach.

«Ja, eine Menge Dinge haben sich geändert», sagte Victor.

«Ich weiß. Ich war... Ich war ja auch eine ganze Weile außerhalb der Welt. Mal drinnen, mal draußen, immer abwechselnd. Und immer, wenn ich wieder rauskam, dann fand ich irgendwas Neues vor, über das die Leute redeten oder das sie aßen und tranken.»

«... oder sagten oder sangen», ergänzte Clare. «Fünf Minuten weg, und man verliert den Anschluß. Aber Sie waren zehn Jahre weg, Victor, und Sie haben ihn trotzdem nicht verloren.»

Das Kompliment tat ihm gut. «Ich habe eine Menge gelesen», sagte er.

Sie aßen Mittag. Es gab kalte Suppe, weiß und grün mit einem Hauch Zitronengeschmack, und dann einen Zwiebelkuchen mit Speck und Käse und dazu Salat. Clare hatte das Kochen besorgt, und sie war eine gute Köchin, was er irgendwie nicht erwartet hatte. Schon der Whisky hatte bei Victor seine Wirkung getan, und der Wein, den sie jetzt tranken, verstärkte sie noch. Seine Zunge hatte sich gelockert, und er erzählte von dem Zimmer in Mrs. Griffiths Haus, von Acton und Ealing, die schließlich seine heimatlichen Gefilde waren; aber er fügte doch hinzu, wie gerne er von dort wegzöge, aus London hinaus, irgendwo nach draußen. Er habe einen Job auf dem Verkaufssektor in Aussicht, erzählte er, weil er es nicht ertrug, daß sie womöglich glaubten, er sei auf ewig arbeitslos und ohne Zukunftschancen. Eine anständige Wohnung, das wäre, was er am liebsten wollte, mit einer eigenen Küche, so daß er auch kochen könne. In Wirklichkeit hatte er kaum je etwas gekocht außer Rührei und Käsetoast, aber während er es sagte, glaubte er selbst daran. Und er versicherte Clare, was für eine gute Köchin sie sei – ganz wie ein kulinarischer Experte einen anderen beurteilt.

«Ja, da sollte man doch denken, er würde mich heiraten, nicht wahr, Victor? Ich habe ihm oft genug einen Antrag gemacht, aber er läßt mich immer abblitzen.»

Victor wußte nicht recht, wie er das verstehen sollte. Er blickte David von der Seite an.

«Ich lebe jetzt schon zwei Jahre mit ihm zusammen. Es ist wirklich Zeit, eine ehrbare Frau aus mir zu machen.»

David sagte sehr ernst: «Ich habe nie eine unehrenhafte Frau aus dir gemacht.»

Ein Frostschauer fiel auf sie hernieder. Es war, als sei die Sonne verschwunden. Victor glaubte zu verstehen, was hier angedeutet wurde, aber ganz sicher war er nicht.

Da meinte Clare aufmunternd: «Wenn wir Kaffee getrunken haben, dann, dachten wir, könnten wir einen Spaziergang machen. Ich meine, wir alle drei zusammen? Der Wald ist so schön im Mai, es ist die allerschönste Zeit.»

Eine Weile war er wieder allein mit David, während Clare den Tisch abräumte. Das Eis schien sich wieder verdichtet zu haben, Victor suchte verzweifelt nach Worten, die es wieder zum Tauen bringen konnten. Er bildete sich ein, David, obwohl ruhig und schweigsam, habe seine Augen starr auf ihn gerichtet. Der immer noch überwältigende Duft des Geißblattes hatte seine beste Zeit hinter sich, war jetzt kränklich, leicht widerwärtig, war von fauliger Süße.

«Hier oben am Horizont», sagte David unvermittelt, «kann man nachts die Lichter der neuen Schnellstraße sehen. Ich sage ‹neu›, dabei ist sie schon seit drei Jahren da. Gelbe Lampen ziehen sich über ihre ganze Länge hin, und sie sind die ganze Nacht an wie eine Art phosphoreszierendes gelbes Band, das sich über die Felder legt. Es ist wirklich ein Jammer, sie verdirbt den ländlichen Charakter dieser Gegend. Sie werden es später sehen. Manchmal denke ich daran, von hier wegzuziehen, weit wegzuziehen – nun ja, zu emigrieren.»

«Ich habe auch ans Emigrieren gedacht, aber wer wollte mich schon haben? Ich müßte doch ehrlich sein. Und wo ich auch hinwollte, keiner wird mich haben wollen, mit meiner Vergangenheit.»

David erwiderte nichts. Er hatte seine Hände ineinandergeschlungen, umklammerte die linke Hand mit der rechten, daß die Fingerknöchel weiß waren. Victor redete davon, wie es war, einen Job zu suchen, wenn man eine ‹Vergangenheit› hatte, wie man jedem potentiellen Arbeitgeber die Wahrheit erzählen mußte, und zu spät fiel ihm ein, daß er ja gesagt hatte, er habe einen Job in Aussicht. Aber noch ehe er den schiefen Eindruck, den David von ihm haben mußte, korrigieren konnte, kam Clare zurück und fragte, ob es ihm etwas ausmache, ihr mit dem Abwasch zu helfen. Victor war ziemlich überrascht, denn er hatte nie etwas im Haushalt getan, als Pauline mit ihm zusammenlebte, und auch seinen Vater hatte er nie einen Finger rühren sehen, um seiner Mutter zu helfen. Aber er ging hinter Clare her, weil er nicht wußte, wie er es ablehnen sollte. Es war eine gut eingerichtete Küche, ausgestattet mit den gebräuchlichen Maschinen und Gerätschaften und darüber hinaus mit vielen ungewöhnlichen, all den Handläufen und Rampen und Griffen, die speziell für die Bedürfnisse einer behinderten Person entworfen und installiert worden waren. Denn Clare war ja nicht immer hiergewesen, um für David zu sorgen. Sie reichte Victor ein Geschirrhandtuch, aber es war nicht viel Geschirr abzutrocknen, denn David besaß eine Spülmaschine, die Clare bereits beladen hatte.

«Ich wollte einen Moment mit Ihnen allein sein», sagte sie. Sie beugte sich über den Ausguß und sprach mit abgewandtem Gesicht.

«Ich muß Ihnen doch sagen, daß ich, als ich Ihnen schrieb und am Telefon mit ihnen sprach... Ich habe das bloß David zu Gefallen getan. *Ich* hätte Sie am liebsten umgebracht! Es kam mir so irreal vor, daß Sie herkämen, ich meine, *Sie*, der Mann, der allen Ernstes auf David geschossen und ihn lebenslänglich zum Krüppel gemacht hat. Und dennoch schien es zugleich nur zu real, das einzig Richtige, die einzig mögliche Lösung... Ich kam einfach nicht klar. Können Sie verstehen, was ich meine?»

Victor war nicht sicher, ob er es verstand, immerhin glaubte er, sie lobe ihn, daß er hergekommen war, sie gratulierte ihm förmlich, und er wurde sich eines warmen Gefühls der Befriedigung bewußt.

«Ich dachte», fuhr sie fort, «wenn Sie herkämen, dann würde ich es nicht durchhalten können, ich meine, nett zu Ihnen zu sein, Sie höflich zu behandeln. Ich war halb verrückt vor Angst, seit wir gestern am Telefon miteinander gesprochen haben, und wünschte bloß immer, ich hätte Sie nicht gebeten, herzukommen – alles, bloß nicht das! Aber jetzt, wo Sie da sind, eigentlich schon vom ersten Augenblick an, als ich Sie wiedersah, wußte ich, es würde alles gutgehen. Ich glaube, entweder habe ich in Ihnen so eine Art Monster gesehen, oder... ja, eine Art Instrument des Bösen. Und als ich Sie heute wiedersah, da war mir klar, daß Sie ganz einfach nur ein menschliches Wesen, ein Mann sind, der tun *mußte*, was er getan hat, weil er unglücklich war oder Angst hatte.»

«Die Pistole ist aus Versehen losgegangen», sagte Victor. Aber war sie das? Er wußte es nicht mehr. «Sie ist einfach in meiner Hand losgegangen, bloß, das glaubt mir keiner.»

«Oh, ich kann das schon glauben.» Sie wandte sich um und blickte ihn an. «Ich denke manchmal, das ganze Leben ist so – bloß eine Sache zufälliger Ereignisse, Glück und Unglück.»

«Da haben Sie recht», sagte er mit Gefühl.

«Nehmen Sie mein Zusammentreffen mit David zum Beispiel. Ich bin Röntgenassistentin im Krankenhaus Epping, also könnte man meinen, das sei kein Zufall, sondern eine der landläufigen Arten, wie Leute sich kennenlernen: Er wird halt wegen einer Röntgenuntersuchung zu mir gekommen sein. Aber das ist er gerade nicht, er ist nie im St. Margaret's Hospital gewesen. Seine Behandlung hat immer im Stoke Mandeville stattgefunden – in etwa zwei Wochen muß er wieder hin. Nein, wir sind uns in der Reinigung in Theydon begegnet. Die Räder seines Rollstuhls hingen an den Stufen fest, und ich half ihm, sie wieder freizubekommen. Er ist sehr abgenutzt, dieser Rollstuhl, er brauchte mal einen neuen. Aber der Punkt ist, es war reiner Zufall, daß wir uns begegneten.

Ich kam an der Reinigung vorbei und hatte gar nicht vor, hineinzugehen. Aber die Sonne war gerade herausgekommen, und es war warm, und da fiel mir ein, ich könnte doch mal einfach meine Jacke ausziehen, gleich hier und jetzt, und sie reinigen lassen. Und das tat ich, und da kam David herein, und seitdem sind wir mehr oder weniger immer zusammengewesen. Das war im September vor zwei Jahren.»

«Dann wohnen Sie also hier?» fragte Victor.

«Oh, ja.» Sie lachte. «Ich bin ganz schön kompromittiert. Ich habe mich David auf Gedeih und Verderb ausgeliefert, denn eine Alternative gab es eigentlich nicht. Ich sagte Ihnen schon, er ist ein wundervoller Mensch.» Sie blickte ihn herausfordernd an. «Ich bin glücklich.»

An diesem Nachmittag waren anscheinend sämtliche Einwohner von Theydon Bois zum Spazierengehen unterwegs. Die meisten von ihnen kannten David und redeten und lächelten ihn an, und selbst die, die ihn nicht kannten, bedachten ihn mit Blicken voll Mitleid und Bewunderung. Victor fragte sich, wie das wohl sein müßte, auf solche Weise das Wohlwollen der Menschen zu erfahren. Er ging auf der einen Seite neben dem Rollstuhl her und Clare auf der anderen. Sie spazierten am Teich vorüber, über die Grünfläche und dann die Straße hinunter, die in den Epping Forest führte. Clare meinte, sie hielte diesen Teil des Waldes für einen der schönsten, weil er hügelig wäre, mit offenen Lichtungen zwischen den Baumgruppen. Überall wuchsen silberne Birken mit den blassen, gefleckten Stämmen, eingehüllt in frisches, grünes Blattwerk wie in einen getupften Schleier. Die ganze Gegend wirkte wie neu geschaffen durch die Frische der jungen Blätter, das leuchtendgrüne, dichte Gras und die Blumen, die darin wuchsen, gelb und weiß und sternförmig. Aber die Birken, das Vorherrschen dieser Birken weckte in Victor eine diffuse, unangenehme Erinnerung, und je weiter sie gingen, desto deutlicher wurde sie. Und dann, einen bösen Moment lang, nein, länger als einen Moment lang, quälte ihn die panische Vorstellung, Clare und David wüßten Bescheid, kannten jedes Detail seiner Vergangenheit mit allen Begleitumständen, und sie führten ihn hier ganz bewußt zum Tatort jener Vergewaltigung zurück, die er einst verübt hatte, um ihn zu testen oder um ihn zu verspotten. Denn hier, genau auf diesem Platz, war es geschehen!

Die Frau war damals in ihrem Wagen vor ihm hergefahren, auf

der Epping New Road, in nördlicher Richtung. Er war unterwegs zum Flugplatz Stansted, um ein Ehepaar mit seiner Tochter abzuholen, aber er war sehr früh dran. Wohin das Mädchen in ihrem Wagen wollte, wußte er nicht, aber er folgte ihr um den Kreisverkehr bei Wake Arms und dann bei der zweiten Ausfahrt hier diese Straße hinunter. Damals hatte er keine Ahnung gehabt, daß sie zu einem Ort namens Theydon Bois führte. Aber genau hier, an diesem Punkt, wo Clare vorschlug, die Straße zu verlassen und auf einem der Sandwege zwischen den Bäumen weiterzugehen, da hatte sie ihren Wagen geparkt und war ausgestiegen, um ihren kleinen Hund spazierenzuführen. Der Hund war zu klein, um ihr helfen zu können. Victor wußte noch, wie sein Kläffen ihn verrückt gemacht hatte. Dieses Kläffen und alles übrige hatte ihn dazu gebracht, das Mädchen so furchtbar zu schlagen – das einzige Mal, daß er so was getan hatte: Er hatte ihr ins Gesicht geboxt, mit beiden Händen ihren Kopf umklammert, ihn gegen den Boden geschmettert und ihr am Ende die eigene Strumpfhose in den Mund gestopft. Der Hund hatte gekläfft und dann jämmerlich geheult. Er war neben der leblosen Gestalt seiner Herrin sitzengeblieben, während Victor davonfuhr und jenes dünne, klägliche Geheul noch aus der Ferne hinter sich hörte. In den Zeitungen hieß es dann, der Hund habe dem Mädchen das Leben gerettet, weil ein Passant ihn gehört und sie gefunden habe. Zu der Zeit verstaute Victor bereits in Stansted das Gepäck seiner Fahrgäste im Kofferraum seines Wagens.

Er erkannte tatsächlich einen der Bäume hier wieder, eine knorrige Eiche mit einem Loch im Stamm, das aussah wie ein offener, schreiender Mund. Er mußte damals seine Augen auf dieses Loch fixiert haben, während er das Mädchen vergewaltigte und der Hund heulte. Sarah Dawson, so war ihr Name gewesen.

Victor merkte mittlerweile, daß Clare und David keine Ahnung hatten von den Assoziationen, die dieser Platz für ihn hatte. Für sie war es einfach nur ein Ort, den sie gern aufsuchten. Die Vergewaltigung der Sarah Dawson war ja auch vor mindetens zwölf Jahren geschehen, und sie hatten von dem Fall vermutlich nie gehört. Und Clare konnte damals nicht älter als fünfzehn Jahre alt gewesen sein, überlegte er.

Wie hatte er so etwas tun können? Was hatte ihn getrieben, jenes Mädchen so zu verletzen, ihr solche Schmerzen zuzufügen, solche Todesangst, auf sie einzuschlagen, bis ihr Kiefer gebrochen und sie später Operationen und endlose kieferorthopädische Behandlungen über sich ergehen lassen mußte? Victor hatte sich solche Fragen bisher noch nie gestellt, sie waren etwas Neues für ihn, und er war vollkommen durcheinander angesichts der Nachforschungen, die er hier über sich selbst anstellte. Aber das war einfach zu viel für ihn, er scheute sich, der Sache noch tiefer auf den Grund zu gehen! Er wußte nur, daß diese Ereignisse weit zurücklagen in der Vergangenheit, daß sie weit entrückt waren und sich unter keinen Umständen wiederholen würden.

«Sie sind ein ziemlich stiller Mensch, was, Victor?» meinte Clare, als sie sich eine Weile auf einem glatten grauen Buchenstamm niederließen.

Er dachte darüber nach. «Na ja, ich habe nie viel zu sagen gewußt.»

«Dann muß ich Ihnen ja wie eine furchtbare Schwätzerin vorkommen.»

«Wenn's was ist, worüber es sich lohnt zu reden, dann ist das doch ganz in Ordnung.»

«David und ich reden den ganzen Tag lang», sagte sie.

Sie lächelte David an, und er griff nach ihrer Hand und hielt sie in seiner. Sie hatten tatsächlich die ganze Zeit über geredet, fiel Victor erst jetzt auf – über Leute, die sie kannten, über den Wald, über Pflanzen und Bäume, und wohin sie in die Ferien fahren würden und über Clares Beruf und die Leute, mit denen sie zusammenarbeitete... Ihm war das ein bißchen rätselhaft, denn solche Unterhaltungen waren ihm fremd. David fragte ihn jetzt, ob es ihm hier gefiele, und da sagte er ja und auch, daß er daran dächte, hier zu wohnen und sich hier Arbeit zu suchen. Er war enttäuscht, als weder David noch Clare sagten, daß sie das für eine gute Idee hielten oder daß sie ihm helfen wollten, etwas zu finden, daß sie die Augen offenhalten würden.

Aber später, als sie wieder zu Hause waren und Clare sie beide allein ließ – wohl, um das Essen vorzubereiten, dachte Victor, aber dann wurde er unsicher –, da fragte David ihn, ob es ihm etwas ausmache, wenn sie sich ein bißchen über jenen Morgen in Solent Gardens 62 unterhielten? Victor sagte, nein, es mache ihm nichts aus. David, der die ganze Zeit, während sie unterwegs waren, keine Zigarette geraucht hatte, zündete sich jetzt eine an, und Victor nahm auch eine, bloß so zur Gesellschaft.

«Ich hab es nie geschafft, mich mit dem, was an jenem Tag passiert ist, offen und ehrlich auseinanderzusetzen», fing David an. «Ich meine, ich habe es immer bloß übelgenommen, ich war außer mir, ich habe mein Schicksal beklagt, wenn das nicht zu melodramatisch klingt. Aber es war ja auch eine melodramatische Sache, die an dem Morgen dort passiert ist. Nein, was ich sagen will, ist, ich habe die Sache noch nie mit kühlem, nüchternen Blick betrachten können, ich habe nie versucht, es ganz nüchtern noch einmal nachzuvollziehen. Ich habe es auch noch nie mit jemandem durchgesprochen, nicht einmal mit mir selbst.»

Victor nickte. Er konnte es verstehen, wenn David es so empfand.

«Ich habe schließlich ganz einfach gedacht, ich hätte etwas falsch gemacht damals, ich hätte die Sache nicht im Griff gehabt – oder vielmehr, ich hätte *Sie* nicht im Griff gehabt. Erinnern Sie sich auch noch so deutlich an jedes Detail, wie ich es tue?»

«Ich weiß alles noch ganz genau», sagte Victor.

«Ich war im Vorgarten, und ich sagte zu Ihnen, wenn Sie Rosemary Stanley ermordeten, dann würden Sie lebenslänglich kriegen. Wissen Sie das noch?»

Wieder nickte Victor. Er merkte, daß er seine Unterlippe vorschob, wie Jupp es tat.

«Und Sie sagten darauf, Sie würden sie nicht ermorden, Sie würden ihr bloß ...» Davids Stimme brach ab, und er befeuchtete seine Lippen. Dann beugte er sich in seinem Stuhl vor und schien sich vergeblich zu mühen, weiterzusprechen.

Victor fand, er sollte ihm weiterhelfen: «In den Rücken schießen, in die untere Wirbelsäule.»

«Ja. Ja, Sie erinnern sich wirklich noch. Damals fand ich – fanden wir alle –, es sei entsetzlich, so etwas zu sagen. Es war so eiskalt. Ich vermute, das war es, was der Ankläger später während Ihres Prozesses als Indiz grausamer Vorsätzlichkeit bezeichnete. So hat es mir jemand erzählt. Und dann, später, haben Sie das mit *mir* wirklich gemacht... Es fällt mir außerordentlich schwer, das auszusprechen, Victor. Ich habe es auch nicht anders erwartet, und nun ist es wirklich kein bißchen einfacher, als ich es mir gedacht hatte. Die Sache ist nämlich die, ich hatte immer das Gefühl, Sie hätten die ganze Zeit über die Absicht gehabt, es... es irgend jemand anzutun, und dieser Irgend-Jemand war dann zufällig ich.»

«Ich hatte nie die Absicht», sagte Victor, «ich habe das bloß so dahingesagt, denn ich hatte am Abend davor zufällig in einer Zeitschrift etwas über – wie nennt man das doch? – über Paraplegie gelesen, ich meine, wenn man da unten verletzt ist. Ich lese eben eine Menge, und das war mir im Kopf hängengeblieben.»

«Und bloß *das* war der Grund? Ist das wirklich wahr?» Ungläubiges Staunen lag in Davids Stimme.

«Allerdings ist das wahr.»

«Sie haben diese Drohung bloß ausgesprochen wegen etwas, das Sie zufällig gelesen haben? Wenn Sie also zufällig etwas über einen Schuß in die rechte Schulter gelesen hätten und über daraus resultierende Lähmungserscheinungen des rechten Armes, dann hätten Sie eben damit gedroht?»

«Richtig», sagte Victor.

Clare kam wieder, und sie brachte das Abendbrot. Es waren kalte Sachen auf einem Tablett, Pastete und Käse und verschiedene Sorten Brot, ein Obstkuchen und Äpfel und Weintrauben und eine Flasche süßlich-blumigen deutschen Weins. Sie tranken die Flasche leer, und David machte eine neue auf. Der Abend war warm, und sie saßen um den Tisch auf der Terrasse, die Luft war getränkt vom schweren Duft des Geißblattes, eine violette Dämmerung senkte sich auf den Garten nieder. Um sie vor den Mücken zu schützen, hatte Clare einen sogenannten Insektenkiller aufgestellt, und die Insekten schwirrten mit ihren fragilen Leibern gegen diesen glimmenden, blauen Ring, um dann mit einem Knacks und einem Zischen elektrisch hingerichtet zu werden. Victor war belustigt über diese effektive Abwehrmethode und meinte jedesmal, wenn ein Opfer verzischte, mit großer Zufriedenheit: «Schon wieder eine!» Davids Einstellung verblüffte ihn sehr. David nämlich konnte das nicht ertragen und sagte, wenn er die Wahl hätte, hier draußen zu sitzen und diese Hinrichtungen anhören zu müssen oder drinnen bei geschlossenem Fenster sitzen zu müssen, dann würde er lieber hineingehen. Für einen Expolizisten war das doch geradezu unglaublich, fand Victor.

Sie gingen also nach drinnen, und Clare legte Platten auf, Countrymusic und dann englische Volkslieder. Die Dunkelheit brach herein, und schließlich sagte Victor, er müsse wohl jetzt nach Hause. Es war spät geworden, wenn auch nicht zu spät für den letzten Zug, und ihm kam die Idee, wenn er hier lange genug herumhinge, dann luden sie ihn vielleicht ein, über Nacht zu bleiben? Er hätte gern erlebt, wie es hier frühmorgens war: Die ersten Vogelstimmen in der Morgendämmerung, der Garten, wenn die Sonne aufging; er malte sich aus, hier zu frühstücken – Clare vielleicht noch im Morgenmantel –, und er roch förmlich den Duft von Kaffee und Toast. Aber als er sagte, er müsse jetzt gehen, da schlug keiner von ihnen vor, er solle über Nacht bleiben. Immerhin sagte Clare, sie würden ihn benachrichtigen, wenn sie von irgendwelchen Wohnungen oder Zimmern hörten, die frei würden, und sie gab ihm die Lokalzeitung mit, damit er die Wohnungsanzeigen durchsehen konnte.

Als er ging, begleiteten sie ihn ein Stück Wegs zur Station. Der Rollstuhl fing an zu quietschen, und wieder meinte Clare, er sei reichlich abgenutzt.

«Er strapaziert die Dinger ja auch so sehr, Victor, er nutzt sie ab, wie andere Leute ihre Ledersohlen.»

Victor fand das ein bißchen taktlos, aber David mußte laut lachen. Als sie an den Grünanlagen ankamen, deutete David zum Horizont und auf den gelben Lichterstrang, der sich über seine ganze Länge hinzog, auf die helle Perlenkette der Schnellstraße, die über das gesamte Panorama hinlief. Das brachte London näher, fand Victor, und er hatte das Gefühl, daß Acton doch nicht gar so weit von Theydon Bois entfernt sei. Er schüttelte David die Hand, und dann schüttelte er Clare die Hand, obgleich es ungewohnt war bei einer Frau, aber noch ungewohnter wäre es gewesen, sie zum Abschied zu küssen.

Er drehte sich noch zweimal um, und beim erstenmal drehten auch sie sich um und winkten ihm zu. Beim zweitenmal konnte er ihre schattenhaften Umrisse eben noch in der Ferne erkennen, aber obwohl er ihnen lange nachblickte, wie sie in der Dunkelheit verschwanden, sie wandten ihre Köpfe nicht noch einmal.

Victor saß in dem nahezu leeren Zug, las die Zeitung, die Clare ihm gegeben hatte, und gelegentlich blickte er nach draußen – als sie an Leytonstone vorüberkamen und an Leyton und als der Zug in den Tunnel einfuhr –, und plötzlich fiel ihm ein, daß er Davids Buch ganz vergessen hatte. Er hatte das Buch glatt vergessen, hatte es überhaupt nicht erwähnt, oder gefragt, ob er nun darin vorkäme oder nicht!

11

Seine Mutter hatte immer gesagt, man brauche nur Dankeschönbriefe an Leute zu schreiben, wenn man bei ihnen übernachtet hätte. Bloß wegen einer Mahlzeit oder einer Party sei das nicht nötig. Wie sie zu diesen Benimmregeln kam, wußte Victor nicht recht, denn er hatte nie erlebt, daß sie eine Mahlzeit außerhalb ihres eigenen Hauses eingenommen hätte (abgesehen von den Weihnachtsessen bei Muriel), und noch weniger war sie über Nacht in anderer Leute Haus geblieben. Den ganzen Montag lang hatte er vor, an Clare oder David oder an beide zu schreiben, aber er wußte nicht, wie er den Umschlag adressieren sollte. *Mr. David Fleetwood und Miss Clare Conway*? Das wirkte so unbeholfen und vielleicht sogar taktlos, und außerdem mußte vielleicht *Miss* vor dem *Mr.* stehen. Und dann fiel ihm auch nichts zu schreiben ein, außer: *Vielen Dank, daß ich kommen durfte*, wie es Kinder sagten, wenn sie zum Tee eingeladen waren. In Victors Leben gab es große Lücken, leere Flächen, wo andere Menschen gesellschaftliche Erfahrungen hatten. Das fiel ihm erst jetzt auf. Er konnte sie ja auch anrufen, aber dann dachten sie womöglich, er hoffe bloß auf eine neue Einladung. Das tat er zwar auch, aber er wollte nicht, daß sie es merkten.

Die Immobilienseite der Lokalzeitung hatte ihm nichts gebracht – oder doch nichts, das für ihn attraktiv war. Nur eine Anzeige war verheißungsvoll gewesen, aber als er die Frau anrief, die eine Zweizimmerwohnung zu vermieten hatte, da verlangte sie tausend Pfund Kaution. Als er den Hörer aufgelegt hatte, überlegte er, daß er natürlich in einer besseren Lage sein würde, wenn Jupp ihm erst einmal die Möbel bezahlt hätte, aber andererseits war es dringend nötig, daß er sein Vermögen nicht noch weiter plünderte. Wenn er bis Ende der Woche von Clare und David nichts gehört hatte und damit sie nicht dächten, er wolle schnorren, wollte er sie einladen, mit ihm essen zu gehen. Es mußte doch dort in ihrer Umgebung gute Restaurants geben, die gab es doch immer in solchen Gegenden, und Clare besaß doch einen Wagen – genau gesagt einen Landrover. Er hatte den Landrover zwar nicht gesehen, der hatte in der Garage gestanden, aber sie hatte ihm erzählt, daß sie einen besäßen und daß er speziell für Davids Rollstuhl eingerichtet sei. Wenn er also bis Freitag nichts von ihnen hörte, ja, dann würde er das tun. Es ließ sich wohl irgendwie ein Weg finden, dieses Essen zu bezahlen, ohne sein Erbe anzugreifen.

Jupp war bereits da, als er am Mittwochmorgen zu Muriel kam. Er und Muriel tranken im Eßzimmer Kaffee, und ein Mann, von dem Jupp sagte, es sei sein Schwiegersohn, fing eben an, Möbelstücke auf den Lieferwagen zu laden. Zum erstenmal war Muriel ordentlich angezogen. Sie trug einen Rock und eine geblümte Bluse, Strümpfe und Schuhe statt Nachthemd und Morgenrock. Sie hatte sogar ihr Haar gekämmt und sich ein bißchen Rot auf die Lippen geschmiert. Das einzig Unveränderte war der Kampfergeruch. Sie mochte diesen Jupp, das war Victor klar. Es gab Kekse zum Kaffee und eine Schokoladenbiskuitrolle.

Victor sagte, er werde mal rausgehen und dem Schwiegersohn helfen. Statt dessen ging er leise nach oben in Muriels Schlafzimmer. Dieser Raum lag über dem Wohnzimmer, nicht über dem Eßzimmer, wo Muriel und Jupp saßen, und so war es wenig wahrscheinlich, daß sie ihn hörten. In ihrem Alter waren sie sicher ohnehin schon ein bißchen schwerhörig.

Muriel war wohl zu beschäftigt gewesen, sich für Jupp herauszuputzen, um noch ihr Bett zu machen. Heute waren es zwei Nachthemden – schmuddelige Nylon-Eingeweide –, die aus dem offenen Reißverschluß am Bauch des rosa Spielzeughundes hervorquollen. Eines der Fenster stand offen, ein rautenförmiges Oberlicht. Es fehlte nicht viel, und sie benahm sich noch wie ein normaler Mensch! Victor machte die Tür des Kleiderschrankes auf, und ein Luftzug vom Fenster blies ihm den Saum von Muriels schwarzseidenem Regenmantel ins Gesicht. Das war der Mantel, den sie an jenem Abend getragen hatte, als Victors Mutter mit ihr per Taxi ins Krankenhaus gefahren war. Und während ihrer Abwesenheit war Victor dann hineingegangen und hatte sich Sydneys Pistole genommen. Vielleicht konnte er wieder an einen Zweitschlüssel von Muriels Haus herankommen und danach einen neuen anfertigen lassen?

Die Handtaschen lagen noch in derselben Anordnung in dem Schrankfach, wie er sie das letzte Mal zurückgelassen hatte, die schwarze aus imitiertem Krokodil ganz vorn. Jetzt, wo Muriel unten mit Jupp beschäftigt war, hatte er mehr Zeit – Zeit, hinzusehen, nicht bloß zu tasten. Er öffnete den Verschluß der Tasche und sah drinnen die Banknoten, säuberlich verteilt, ein Bündel in jedem der vielen Innenfächer aus versteifter Seide. Die wohlbekannte, leise Übelkeit stieg ihm in die Kehle hoch. Er bemühte sich, tief und gleichmäßig zu atmen.

Warum sollte er nicht David und Clare irgendwo in was richtig Feines einladen? Nach allem, was er in den letzten Wochen gelesen hatte, wußte er, daß ein wirklich gutes Essen für drei Leute sich selbst draußen in den entlegensten Außenbezirken auf eine Summe bis zu hundert Pfund belaufen konnte. Und warum sollte er nicht hundert Pfund für die beiden spendieren?

Er zog einen Packen Scheine heraus, so daß dieses Fach leer war. Einige der Banknoten waren Fünfziger, goldgrün und sehr kostbar aussehend. Er konnte sich nicht erinnern, je zuvor eine Fünfzigpfundnote gesehen zu haben. Sie waren neu, neu jedenfalls für ihn. Dies mußten Muriels angesammelte Pensionsgelder sein, überlegte er sich, die Jenny von nebenan als Bevollmächtigte für sie abholte. Es gab wahrscheinlich irgendein Formular, das sie hatte ausfüllen müssen, um einen Bevollmächtigten zu bestimmen, der ihre Pension abholte. So glücklich hätte er mal sein sollen! Wie bezahlte sie wohl ihre Einkäufe und all die abonnierten Zeitungen? Mit Schecks für den Zeitungshändler sicherlich und vielleicht auch Schecks für den Lebensmittelhändler. Warum auch nicht? Er wunderte sich nicht darüber, daß sie all dies Geld in bar hortete, er begriff, warum: Es gab ihr ein Gefühl der Sicherheit, reichlich Geld im Haus zu haben, überall verteilt, Geld in jedem Schrank vermutlich, in jeder Schublade, in Schuhe gestopft wahrscheinlich und in Manteltaschen. Er verstand das, er würde in ihrer Situation – in jeglicher Situation, wo reichlich Bargeld verfügbar war – genau dasselbe tun.

Sydney hatte ihr eine Menge hinterlassen, und die Pension war im Grunde überflüssig, Zuckerguß auf einem reichen Kuchen, aber die Sorte Zuckerguß, die man abschabt und am Tellerrand liegenläßt. Sie wußte wohl gar nicht, wieviel Bargeld sie besaß, und würde folglich wohl auch nicht wissen, wieviel ihr fehlte. Er nahm auch alle Scheine aus dem nächsten Innenfach der Tasche und verteilte dann alles Übriggebliebene gleichmäßig auf die Fächer, wobei er sorgfältig zählte. Die nächste Tasche, die er aufmachte, war leer, dafür enthielt eine aus rotem Leder mit viel Goldverzierung ein Bündel Zehner, das mit einem Gummiring zusammengehalten war. Victor zog zwanzig Scheine aus dem Bündel. Das machte zusammen fünfhundert Pfund! Er konnte es schier nicht glauben.

Ganz gewiß würde er später wiederkommen, um mehr zu holen, und dann mußte er wissen, ob sie in der Zwischenzeit die Taschen angerührt hatte. Seiner Vermutung nach hatte sie in die diversen Behältnisse jeweils so viel hineingepackt, wie sie sich vorgenommen hatte, und war dann zu einem anderen ‹Tresor›, einer anderen ‹Bank› übergewechselt – einem Regal oder einer Schublade oder irgendeiner Schachtel, und vielleicht nicht mal in diesem Zimmer. Er riß sich über der Stirn ein Haar aus und legte es lose auf die Klappe der schwarzen Krokodiltasche. Jetzt bestand keine Möglichkeit, daß jemand diese Taschen bewegte, ohne die Lage des Haares zu verändern.

Von unten hörte er Jupps Stimme. Er und Muriel kamen gerade aus dem Eßzimmer, und Jupp würde jetzt natürlich direkt in die Garage gehen, wo er Victor vermutete. Wahrscheinlich fiel es nicht mal besonders auf, aber er machte wohl doch besser, daß er hinunterkam! Rein zufällig erblickte er sich in dem Spiegel zwischen den Fenstern. Der bösartige Ausdruck auf seinem Gesicht – gemein, scharf und berechnend – entsetzte ihn. Er reckte die Schultern in die Breite, er hob den Kopf... Wenn Muriel das neulich nicht gesagt hätte – von wegen, all ihr Eigentum und ihr ganzes Geld der British Legion zu vermachen... Dann hätte er sich bestimmt nicht an ihrem Bargeld vergriffen, dann hätte er sogar zurückgelegt, was er sich neulich genommen hatte! Wenn das Gegenteil wahr gewesen wäre, wenn sie ihm eröffnet hätte, daß sie es alles ihm hinterließe, dann wäre er nie auf den Gedanken gekommen, sich noch mehr zu holen. Aber jetzt geschah es ihr recht! In einem anständigen Rechtssystem müßte es ein Gesetz geben, welches die Leute zwang, ihren Besitz dem eigenen Fleisch und Blut zu vererben!

Jupp machte keine Bemerkung über seine Abwesenheit und fragte nicht, wo er gewesen wäre. Er war gerade dabei, den Rollstuhl von Victors Vater in den Wagen zu bringen, er schob ihn soeben die Laderampe hinauf. Fast alles war schon weg, und die Vorhänge lagen in einem unordentlichen Haufen auf dem Boden. Da hatte Victor eine wunderbare Idee. Davids Rollstuhl war doch so abgenutzt, Clare hatte das zweimal erwähnt. Warum sollte er David nicht diesen schenken? Es war ein guter Rollstuhl, das sah man, und sein Vater hatte ihn nur etwa sechs Monate lang benutzt. Es war ein orthopädischer Stuhl von Everett und Jennings, Leder und Chrom, und Victor malte sich aus, welch herrliches Geschenk das für David sein würde. Sicherlich, David besaß das Haus und schöne Möbel und hatte offensichtlich weiter keine Bedürfnisse, aber bestimmt verfügte er zum täglichen Leben nur über eine Art Behindertenrente, nicht über ein üppiges Polster an geerbtem Kapital wie Muriel. Er konnte bestimmt nicht einfach losgehen und einen neuen Rollstuhl kaufen, wenn es ihm in den Sinn kam.

«Wollen Sie 'n Pfefferminz, Freundchen?» fragte Jupp und hielt ihm das Päckchen hin.

«Mir kannst du eins geben», sagte der Schwiegersohn. «Ich nehme an, man tut dir jedesmal einen Gefallen, wenn man eins von den Dingern nimmt, wie wenn jemand einem süchtigen Raucher 'ne Zigarette abnimmt – pure Freundlichkeit, weil's sie von ihrem Gift abhält.»

«So schlimm bin ich doch gar nicht, Kevin», meinte Jupp kläglich, «ich bin doch schon tausendmal besser, als ich mal gewesen bin. Man kann mich doch nicht süchtig nennen, was? Abhängig vielleicht, aber süchtig – nein.»

«Der ist ein Minzoholiker», sagte der Schwiegersohn und lachte. «Joseph Jupp, A. M. – Anonyme Minzoholiker e. V.»

«Den Rollstuhl will ich nicht weggeben», unterbrach Victor, «ich hab's mir anders überlegt, ich behalte ihn.»

«Das erzählt der mir jetzt!» stöhnte Jupp. Er zog den Rollstuhl wieder hervor zwischen dem Bücherregal und dem Berg Kissen, wo er ihn verstaut hatte. «Das geht natürlich runter vom Pauschalpreis, das können Sie sich ja wohl denken. Vierhundert.»

«Vierhundertzwanzig», sagte Victor.

Jupp gab dem Stuhl einen Schubs, und er ratterte die Rampe hinunter. «Vierhundertzehn, und das ist mein letztes Wort! – Was glauben Sie, Freundchen, ob Ihre Tante mal mit mir auf einen Drink ausgeht? Oder vielleicht ins Kino?»

«Die geht nie aus.»

Eine neue Pfefferminzpastille verschwand in Jupps Mund. Das Päckchen war jetzt leer, und er drehte die Papierumhüllung zusammen und warf sie hinter sich in den Wagen. «Sie hat sich sonst wohl auch nie richtig angezogen, was? Aber nun sehen Sie sie sich mal an heute morgen: ganz Glamourgirl! Ich glaub, ich geh mal einfach rein und versuch mein Glück. Ein zaudernd Herz erobert keine Schöne!»

«Allmächtiger Himmel!» stöhnte der Schwiegersohn.

«Nun sei mal nicht so, Kevin.» Jupps Hand fuhr in die Tasche, aber der Pfefferminzvorrat war erschöpft. Zu Victor sagte er: «Ich bin übrigens Witwer – für den Fall, daß Sie denken, das hier wär nicht ganz koscher.»

«Ist mir doch egal», brummte Victor. Er hielt die Hand auf, die Innenfläche nach oben. «Ich bin ein bißchen knapp dran mit Zeit.»

Jupp schrieb ihm einen Scheck aus. Er war Linkshänder, er schrieb langsam und mit runder, weit ausholender Schrift. Der Scheck roch nach Pfefferminz. Der mit seinem Pfefferminz und sie mit ihrem Kampfer – die gaben ja ein feines Paar ab, dachte Victor angewidert.

Er wartete, bis Jupp ins Haus zurückgegangen war, und ließ dann Kevin allein, der sich auf einen Felsbrocken zwischen den purpurnen Hängepflanzen gesetzt hatte. Er ging um das Haus herum, um nachzusehen, ob vielleicht irgendwo unter einem losen Pflasterstein oder einem Blumentopf ein Schlüssel versteckt wäre. Aber er fand nichts.

Auf dem Garagenfußboden lag die braunkarierte Reisedecke, die immer über einer Seitenlehne des Sofas drapiert gewesen war; um ein Loch zu verbergen, das sein Vater mit der Zigarette hineingebrannt hatte, bekam Victor heraus, als er acht war. Einem Impuls folgend, hob er sie auf, faltete sie zusammen und legte sie auf den Sitz des Rollstuhls.

«Das geht natürlich runter vom Pauschalpreis», feixte Kevin augenzwinkernd, «das können Sie sich ja wohl denken.»

Weil Kevin Spaß machen wollte, brachte Victor ein Lächeln zuwege. Er sagte «Auf Wiedersehen» und ging davon. Den Rollstuhl schob er vor sich her. Statt auf direktem Weg zurückzugehen, überquerte er die Gunnersbury Avenue und ging die Elm Avenue hinunter in Richtung Ealing Park. Es war Wochentag, ein dunstiger Morgen, der nach Regen aussah. Alles war ruhig, kein Mensch weit und breit. Victor konnte sicher sein, daß er unbeobachtet war, und so setzte er sich in den Rollstuhl und bedeckte seine Knie mit der Decke. Es sah so einfach aus, damit umzugehen, wenn David es tat, er beschloß, es einfach auch mal zu versuchen – er wollte doch sehen, wie einfach das war. Auf den Rädern saßen Metallreifen, deren Durchmesser ein wenig kleiner war. Die mußte man vorwärts schieben, und sie drehten dann die größeren Räder.

Es lag etwas sehr Angenehmes und Befriedigendes darin, den

Stuhl so in Bewegung zu setzen. Victor nahm einen der Wege durch die Grünanlage. Ihm war ähnlich zumute wie früher, als er zum erstenmal die Kunst des Fahrradfahrens gemeistert hatte; es brachte eine neue Dimension ins tägliche Leben. Eine Frau mit einem Retriever an der Leine kam ihm entgegen. Victors erster Gedanke war, er müsse sofort raus aus dem Rollstuhl, weil die Frau doch wohl befremdet oder sogar schockiert sein würde über das, was er da tat, aber dann fiel ihm ein, daß sie das natürlich ganz und gar nicht sein würde: Sie würde ihn ganz einfach für einen Behinderten halten, der gezwungen war, einen Rollstuhl zu benutzen! Und genau das passierte denn auch. Es war interessant, ihr Verhalten zu beobachten. Obwohl Victor sich auf der einen Seite des Weges befand und sie auf der anderen, und obwohl sie durch gute zwei Meter voneinander getrennt waren, zog sie an der Leine des Hundes, verkürzte sie auf einen Viertelmeter, bedachte Victor mit einem schnellen, neugierigen Blick und sah dann betont gleichgültig fort, als wolle sie sagen: Natürlich weiß ich, daß Sie ein Krüppel sind, aber für mich – gebildetes Wesen, das ich bin – sind Sie nichts anderes als alle anderen Menschen auch, und ich werde doch nicht den gesellschaftlichen Fauxpas begehen und Sie anstarren. Denken Sie also bitte nicht, ich überlegte womöglich, was da unter dieser Decke verborgen ist oder was Sie zu dem gemacht hat, was Sie jetzt sind...

Victor glaubte alles das aus ihrem Verhalten herauslesen zu können, und es faszinierte ihn. Kein Zweifel, in einem Rollstuhl befand man sich im Zentrum allgemeiner Aufmerksamkeit. Er fuhr noch an mehreren Menschen vorüber, oder sie kamen ihm entgegen, und das Gefühl, das er so oft gehabt hatte, wenn er zu Fuß ging, nämlich, daß er ebensogut gar nicht da sein könnte, daß er gleichsam unsichtbar sei und niemand ihm auch nur ein Quentchen Aufmerksamkeit schenkte, wandelte sich zu dem sensationellen Empfinden, daß er in dieser neuen Maskierung jedermann naheging. Niemand, der ihn sah, konnte sich seiner Wirkung entziehen. Es mochte Mitleid sein, was sie empfanden, oder Verlegenheit, Ärger, Schuld oder Neugierde, aber sie fühlten etwas, egal, ob sie ihn anstarrten, ihn ostentativ nicht anstarrten oder ihn verstohlen von der Seite anblickten. Als er die Verkehrsampel an der großen Kreuzung erreichte, wo die Uxbridge Road den North Circular kreuzt, kam ein großer Mann auf ihn zu und sagte: «Machen Sie sich keine Sorge, Kumpel, ich bring Sie rüber.» Und als das Licht wechselte und der

Verkehr anhielt, ging er neben dem Rollstuhl her und geleitete Victor sicher hinüber. Dabei meinte er mit einem Blick auf die Autos: «Lassen Sie die ruhig warten, das wird denen wohl nichts schaden.»

Victor dankte ihm. Das machte Spaß! Noch etwas wurde ihm jetzt klar, nämlich, daß er immer ungern zu Fuß gegangen war, obgleich er sich das nie eingestanden hatte, nicht einmal in seinen privatesten Gedanken. Das war ein Pluspunkt für das Gefängnis: Mochte dort auch tägliche Bewegung Pflicht gewesen sein, so hatte es ja doch nichts gegeben, wohin man hätte gehen können. Und vor seiner Gefängnishaft hatte er die meiste Zeit seines Erwachsenenlebens einen Wagen zum Fahren gehabt. Der Rollstuhl war natürlich kein Auto, und bei schlechtem Wetter zum Beispiel kam er gar nicht in Betracht, aber in mancher Hinsicht hatte er doch auch seine Vorteile gegenüber einem Auto. Er hatte durchaus Vorzüge, die ein Auto nicht hatte, stellte Victor fest, als zwei tratschende Frauen zur Seite sprangen, um ihn vorbeizulassen. Aber hier gebot er seinen Gedanken Einhalt, nämlich als ihm deren Ungeheuerlichkeit aufging: Ein Mann im Vollbesitz seiner Beweglichkeit, mit gesunden Beinen, der sich wünscht, an einen Rollstuhl gefesselt zu sein!

Es war nicht einfach, den Rollstuhl die Treppe bei Mrs. Griffith hinaufzubekommen, aber unten war kein Platz, ihn abzustellen. Victor dachte flüchtig, wie schön es wäre, wenn das Telefon unter der Treppe just in diesem Moment klingelte und wenn es Clare wäre. Dann würde er ihr von dem Rollstuhl erzählen, und daß er ein Geschenk für David sein sollte, und sie würde begeistert sein und wahrscheinlich mit ihrem Wagen herüberkommen, so bald sie könnte, um ihn und den Rollstuhl abzuholen nach Theydon Bois. Und dieses Mal würde man ihn vielleicht bitten, über Nacht zu bleiben. Aber das Telefon klingelte nicht, natürlich tat es das nicht. Clare hatte bestimmt Dienst, machte ihren Röntgenjob im St. Margaret's Hospital.

Der Rollstuhl war zum Sitzen bequemer als alles, was Mrs. Griffith an Mobiliar zu bieten hatte. Victor saß darin am Fenster, blickte zum Dach seines Elternhauses hinüber und las den *Punch*. Das Dach war alles, was man von dem Haus noch sehen konnte, denn die Bäume waren jetzt voller Blätter. Der rosa und weiß gesprenkelte grüne Schleier war zu einer dichten Blätterdecke geworden. Im Garten unter ihm war das Unkraut so hoch gewachsen wie die Holzstapel und die Ölbehälter – Nesseln und Disteln und eine rosa Blume, mannshoch.

Victor zählte sein Bargeld. Zusammen mit seiner letzten Zahlung vom Sozialamt hatte er an die tausend Pfund in der Hand. Die Zeitungen, die er gekauft hatte, enthielten reichlich Reklamen von Restaurants, die im *Good Food Guide* oder vom Automobilclub oder von Egon Ronay empfohlen wurden. Victor saß in seinem Rollstuhl und überlegte sich, wo sie am besten hingingen. Wenn er von David und Clare bis Sonnabend nichts hörte, beschloß er, dann würde er sie am Samstag morgen anrufen und sie einladen, am gleichen Abend mit ihm essen zu gehen. Er hatte noch nie jemanden zum Essen eingeladen, außer, daß er mal mit Pauline in einem Café etwas gegessen hatte oder ein-, zweimal mit Alan ins *Steakhouse* in Highgate gegangen war.

Victor beschloß, den ganzen Freitag nicht aus dem Haus zu gehen. Entsetzlicher Gedanke, daß er unterwegs wäre und David riefe an, und dann niemand da, um es ihm auszurichten! Immer wieder während dieses Tages, der sehr lang war und sehr langsam verging, redete er sich ein, er habe eigentlich gar keinen Grund zu der Annahme, daß David anriefe. Er hatte ja schließlich nicht gesagt, daß er anrufen würde. Vielleicht warteten er und Clare darauf, daß er, Victor, anrief und sich für letzten Samstag bedankte? Um drei Uhr am Nachmittag, als er die Langeweile und das Warten satt hatte, ging Victor hinunter und wählte Davids Nummer. Keine Antwort. Er setzte sich wieder in seinen Rollstuhl, las eine halbe Stunde lang das Farbmagazin des *Observer* vom letzten Sonntag, dann ging er wieder ans Telefon und versuchte es noch mal. Noch immer keine Antwort. Er würde es für zwei Stunden gut sein lassen und es dann um halb sechs wieder probieren.

Als er zwanzig nach fünf herunterkam und noch auf der Treppe war, fing das Telefon an zu klingeln. Er rannte hinunter und nahm den Hörer ab. Es war Clare.

Ihre Stimme übte eine seltsame Wirkung auf ihn aus. Er wollte um keinen Preis, daß sie aufhörte zu sprechen: Ihre Stimme war so wunderbar, so warm und voll und mit einem Akzent, wie ihn wenige Frauen seiner Kreise, das heißt, seiner damaligen Kreise besessen hatten. Sie sprach ziemlich langsam und sehr präzise und dennoch mit einer gewissen Atemlosigkeit, die sehr anrührend war. Er horchte auf den Ton und die Schönheit ihrer Stimme, nicht auf den Sinn dessen, was sie sagte, darum mußte er sie schließlich bitten, alles noch einmal zu sagen.

«Eine Wohnung, Victor! Nicht hier bei uns, sondern in einer Gegend, die Epping Upland heißt. Das Haus gehört jemandem, den meine Mutter kennt. Ihr Mann ist gestorben, und sie möchte einen Teil ihres Hauses vermieten. Sie will inserieren, aber erst in ein, zwei Wochen. Also – das ist Ihre Chance! Ich habe meiner Mutter noch nichts gesagt. Ich dachte, ich warte damit, bis ich Sie gefragt hätte.»

Victor sagte, er würde sich gern die Wohnung ansehen, und Clare erwiderte, daß könne er ja mit Mrs. Hunter selbst ausmachen. Sie wolle ihm deshalb Mrs. Hunters Telefonnummer und Adresse geben. Es dämmerte Victor, daß sie gar nicht vorhatte, ihn nach Theydon Bois einzuladen oder auch nur etwas über ein Wiedersehen zu sagen. Beginnende Übelkeit krampfte ihm die Brust zusammen.

«Da wäre bloß noch eins, was ich Ihnen nahelegen möchte, Victor. Ich will Ihnen ja nicht raten, unaufrichtig zu sein – ich bin auch überzeugt, Sie würden solchen Rat gar nicht beherzigen –, aber... Also, ich an Ihrer Stelle würde Mrs. Hunter nichts weiter über Ihre Vergangenheit sagen. Es ist ja schließlich nicht so, daß Sie womöglich wiederholen könnten, was Sie getan haben, es ist ja nicht so, daß Sie was gemacht hätten, was jemandem, der Ihnen eine Wohnung vermietet, Schaden zufügen könnte – ich meine, daß Sie einen Diebstahl, oder – na ja, oder einen Betrug begangen hätten oder so was... Bitte verzeihen Sie, daß ich es erwähne.»

Victor schluckte. Dann sagte er: «Ist schon gut.»

«David und ich haben darüber gesprochen, und wir sind uns einig, wir sagen gar nichts darüber, wer Sie sind, nicht mal zu meiner Mutter.»

«Danke», sagte Victor, und dann: «Ich denke auch daran, meinen Namen zu ändern», obwohl er bis zu diesem Augenblick in Wirklichkeit überhaupt noch nicht daran gedacht hatte.

«Das wäre vielleicht eine gute Idee. Na ja, fein. Jetzt geb ich Ihnen mal Mrs. Hunters Telefonnummer. Haben Sie einen Stift?»

Er schrieb es mechanisch auf. Epping Upland war bestimmt kilometerweit entfernt von Theydon Bois, am anderen Ende von Essex wahrscheinlich. Sie wollten ihn möglichst weit weg haben.

Hatte er letzten Samstag irgend etwas falsch gemacht? Hatte er da irgendwelches Geschirr zerschlagen?

«Also gut – ich muß jetzt Schluß machen», sagte sie, «wir wollen weggehen.»

«Clare», sagte er, und sein Mund war trocken, «ich würde Sie gern... Ich meine, würden Sie und David morgen mit mir essen gehen? Irgendein nettes Restaurant, irgendwo draußen in Ihrer Nähe. Ich würde Sie wirklich gern einladen, aber ich kenne gar keine Restaurants.» Er war völlig verausgabt von der Anstrengung dieser langen Rede.

«Also...» sagte sie. Dieses kleine Wort klang so zweifelnd. Klang es auch erfreut? «Morgen können wir nicht...»

Die Enttäuschung war ein akuter Schmerz. Er hockte sich auf den Boden, kauerte sich eng zusammen in dem Versuch, ihn zu mildern.

«Victor? Sind Sie noch da?»

«Ich bin noch da», sagte er heiser.

«Wäre auch ein Abend irgendwann in der Woche möglich?»

«Oh, ja. Jeder Abend. Montag?»

«Sagen wir Mittwoch, geht das? Und soll ich irgendwo einen Tisch reservieren lassen? Wäre Ihnen das recht? Ich muß das immer vorher arrangieren, damit wir Davids Stuhl reinkriegen. Wir müssen immer erst anfragen, ob die Restaurants das mitmachen.»

Das beste, sagte Victor, das beste Restaurant, das sie wüßte, und um die Kosten solle sie sich keine Gedanken machen. Er würde sie abholen, wär das recht? Er würde sich einen Wagen mieten. Warum auch nicht.

«Aber nein! Wir fahren mit unserem. Kommen Sie recht früh, so um sechs.»

Er bat sie um eine Empfehlung an David, ja, bitte seine besten Grüße an David. Sie klang überrascht, als sie sagte, sie werde es ausrichten, überrascht und ein bißchen verdattert. Erstaunt wahrscheinlich, daß er sich diese Gastgeberrolle leisten konnte, sagte er sich, als er in sein Zimmer zurückging. Epping Upland würde auch nicht gar so weit von Theydon Bois entfernt sein, sehr wahrscheinlich nicht weiter als vier, fünf Kilometer. Ihm war, als könne er sich besinnen, auf seinen früheren Routinefahrten nach Stansted und zurück ein Hinweisschild gesehen zu haben. Wenn er erst mal in Mrs. Hunters Wohnung wohnte, dann war es ihm auch möglich, Clare und David zu sich zum Essen einzuladen. Und dann würde er auch schon einen neuen Namen haben. Er überlegte, wie er sich wohl nennen sollte. Seine Mutter und Muriel hatten den Mädchennamen Bianchi gehabt. Ihr Großvater war Italiener gewesen, aus Süditalien, daher Victors dunkle Haar- und Augenfarbe. Aber es gefiel ihm nicht sonderlich, sich einen italienischen Namen zuzulegen. Dann vielleicht Faraday, nach Sydney? Paulines Nachname (bestimmt längst geändert) war Ferras gewesen, aber an die wollte er nicht erinnert werden. Es war ja schließlich einfach genug, sich einen Namen aus dem Telefonbuch zu suchen.

Victor rief Mrs. Hunter an, nannte als Namen Daniel Swift und sagte, er sei ein Freund von Clare Conway. Sie meinte, er könne ja mal am Mittwoch vorbeikommen und die Wohnung ansehen, wenn er wolle. Da er nicht wußte, wie weit Epping Upland von Theydon Bois entfernt war, und da er unbedingt pünktlich um sechs bei David sein wollte, sagte Victor, er werde vormittags kommen. Um halb zwölf würde er kommen. Wieviel Miete sie haben wollte oder wann die Wohnung verfügbar sei, vergaß er zu fragen.

Am Dienstag ging er einkaufen, diesmal nach West End. Er konnte das grüne Samtjackett nicht noch einmal anziehen. Zum Essengehen brauchte man doch einen Anzug! Wenn er nur einen eigenen Wagen gehabt hätte! Die Chance, je wieder einen Wagen zu besitzen, lag in weiter Ferne. Er ging in die Herrenabteilung von Selfridge und kaufte einen dunkelgrauen Anzug. Er kostete zweihundert Pfund. Passend zum Anzug kaufte er sich ein Seidenhemd mit grauen und weißen Streifen, und er hätte auch noch einen grauen Schlips gekauft, aber der Verkäufer wandte schmeichelnd ein, das sei doch reichlich langweilig für einen Mann seines Alters, und er empfahl ihm statt dessen einen saftiggrünen mit einem einzelnen cremefarbenen Diagonalstreifen.

Angetan mit seinen neuen Sachen brach er am Mittwoch vormittag zeitig auf – zu zeitig, denn er war schon gegen elf Uhr in Epping. Ein Taxi brachte ihn nach Epping Upland und zu Mrs. Hunters Haus. Es war ein ziemlich weiter Weg, und Victor sah keinerlei Spuren öffentlicher Verkehrsmittel, obwohl es sicherlich welche gab, und der Gedanke, immer die ganze Strecke laufen zu müssen, behagte ihm gar nicht. Er bat den Taxifahrer zu warten, und er war froh, daß er es getan hatte, denn es stellte sich heraus, daß Mrs. Hunter, obgleich sie davon am Telefon nichts gesagt hatte, für die Wohnung lieber ein verheiratetes Paar haben wollte und Hilfe im Haushalt in Anrechnung auf die Miete. Victor fuhr nach Epping zurück, und der ganze leere Tag dehnte sich vor ihm aus.

Wenigstens konnte er sich, so wie er angezogen war und mit Geld in der Tasche, in einem der Hotels ein gutes Mittagessen geben lassen. Es war ein sehr gutes Mittagessen, und man behandelte ihn sehr respektvoll, bestimmt wegen seines Anzugs. Während er seine Crème Caramel aß und den Rest seines Weines trank, kam ihm zum Bewußtsein, daß er seit fast zwei Wochen keine Zustände von Panik und Wut mehr gehabt hatte. Jene gewaltigen Wutanfälle, die ihn packten und außer sich brachten, die ihm körperlich so zusetzten, daß seine Haut brannte und er sich buchstäblich fühlte, als ob sein Blut koche, sie lagen gleichsam in weiter Ferne, und ebenso die plötzliche Panik, die seine Gliedmaßen wie ein elektrischer Anzug umschloß und Vibrationen und Schocks ausstrahlte, wo er die Haut berührte. Er war dabei, sich von Grund auf zu verändern. Und während er das dachte, wurde er wieder diese Empfindung gewahr, die denn wohl Glück sein mußte, und mit ihr stellte sich eine sanfte, köstliche innere Ruhe ein.

Beginnend an einem Ende des Ortes ging Victor in jedes Maklerbüro und fragte, was sie an unmöblierten Wohnungen oder Häusern an der Hand hätten. Sie hatten nichts, aber einige von ihnen hatten in ihren Listen möblierte Wohnungen und Häuser, deren Eigentümer sich durch strikt limitierte Mietzeiträume absicherten. Das Sozialamt würde zwar seine Miete bezahlen, aber würde es jede Miete zahlen? Hundert Pfund pro Woche zum Beispiel? Das war wohl unwahrscheinlich. Victor beschloß, Tom oder Judy danach zu fragen. Er kaufte ein lokales Anzeigenblatt, obwohl es fast eine Woche alt war, er sah die Aushänge eines Maklers durch – es war nicht der, bei dem er schon einmal gewesen war – und schrieb sich zwei Telefonnummern auf, beides Eppinger Anschlüsse.

Nachdem er es bei beiden Nummern versucht hatte – einmal wurde eine Wohnung, das andere Mal ein Zimmer angeboten – und weder hier noch dort jemanden erreicht hatte, war es nahezu halb vier. Wenn er ganz langsam zur Station ging, einen Zug nahm und dann ebenso langsam zum Theydon Manor Drive ging, dann war er doch sicherlich nicht zu früh bei David? Na, wenn schon, dann würde er eben zu früh da sein, aber doch höchstens eine Stunde, und das machte David bestimmt nichts aus.

Ebenso wie eine Fahrt sehr lang sein kann, wenn man spät dran ist, kann sie auch mit unglaublicher Schnelligkeit vonstatten gehen, wenn man Zeit totzuschlagen hat. Der Zug stand schon da, und kaum war Victor drinnen, schlossen sich die Türen. Das letzte Mal, als er von Epping nach Theydon Bois fuhr, da war diese alte Frau mit ihm im Wagen gewesen, die Verrückte, die immer hin und her gerannt war und Schaffner gespielt hatte. Und irgendein Lebewesen hatte sie in einer Tragetasche bei sich gehabt. Heute nachmittag war er allein. Etwa vor einer Stunde war die Sonne hervorgekommen, und es war sehr heiß. Die Luft des Wagens war voll von nahezu unbeweglichen Staubteilchen, die in den hereinfallenden Lichtstrahlen hingen. Es war immer noch erst zehn Minuten vor vier, als er in Theydon ankam.

Sehr langsam ging er durch die Grünanlage, aber hinsetzen wollte er sich nicht, nicht auf eine Bank und schon gar nicht ins Gras, aus Angst, seinen Anzug schmutzig zu machen. Um zehn nach vier konnte er es nicht länger aushalten. Er spürte, wie seine innere Ruhe bedroht wurde durch ein Spannungsgefühl, das teils aus Langerweile bestand, teils aus Ungeduld gegenüber der zögernd verstreichenden Zeit und teils aus undefinierbarer Furcht. Um zu verhindern, daß dieses Gefühl überhandnahm und sein neues Selbst zerstörte, setzte er sich entschlossen in Bewegung und steuerte schnellen Schrittes auf *Sans Souci* zu.

Die Garagentür stand offen, und die Garage war leer. Victor klopfte an die Haustür – ein forsches, zweimaliges Klappern mit dem römischen Soldaten. Niemand kam, also ging er seitlich ums Haus, wie er es beim erstenmal getan hatte. Der Geißblattduft war verflogen, und überall lagen die Blüten verstreut. Auf der Terrasse saß David in seinem Rollstuhl und schlief fest. Sein Kopf hing in unnatürlichem Winkel vornüber. Einen Moment blieb Victor stehen und betrachtete ihn. So nach unten geneigt, sah Davids Gesicht gedunsen aus, die Wangen schlaff und hängend. Er wirkte alt und krank und traurig.

Victor bewegte sich leise auf den Tisch zu und setzte sich in einen der blauweißen Kanvasstühle. Fast augenblicklich, obwohl Victor ganz sicher war, kein Geräusch gemacht zu haben, wurde David wach. Er wachte auf, blinzelte und machte, als er Victor erblickte, eine unwillkürliche Fluchtbewegung; es war ein Zusammenzucken der Schultern und des Kopfes, und gleichzeitig rollte er den Stuhl ein Stück gegen die Terrassentür zurück.

«David», sagte Victor, «ich weiß, ich komme zu früh. Ich dachte, es macht Ihnen nichts aus.»

David brauchte einen Moment, um sich zu fangen. Er fuhr sich mit den Fingern über die Stirn und zwinkerte nochmals. «Ist schon gut. Ich hab fest geschlafen.»

Victor hätte ihn gern gefragt, ob *er* der Grund war, weshalb er Angst gehabt und zurückgezuckt sei, oder ob das bei jedem anderen auch so gewesen wäre. Er hätte das nur zu gern gefragt, aber natürlich tat er es nicht. Davids Zigaretten und das Feuerzeug lagen auf dem Tisch, und daneben stand eine leere Tasse, in der Kaffee gewesen war. Victor blickte nicht David an, sondern die Mauer dahinter, an der eine Kletterrose emporwuchs, deren Ranken schwer waren von Büscheln weißlicher Knospen.

David meinte: «Sie sehen sehr elegant aus, Victor. ‹Sonntagnachmittagsausgehfein› pflegte mein Vater das zu nennen.»

«Mein Vater nannte das auch so», sagte Victor, obwohl er sich nicht erinnern konnte, daß sein Vater das wirklich jemals gesagt hätte. Er erzählte David von der Wohnung, und David meinte, es sei sehr schade, daß Mrs. Hunter nicht daran gedacht hätte, die Sache mit dem Ehepaar schon Clares Mutter gegenüber zu erwähnen.

«Ich habe übrigens etwas, das ich Ihnen bringen möchte», sagte Victor, «ein Geschenk. Sie müssen es unbedingt annehmen. Ich konnte es jetzt leider nicht mitbringen, es ist zu groß und zu sperrig.»

«Da bin ich aber neugierig. Was ist es denn?»

«Ein neuer Rollstuhl. Na ja, nicht ganz neu, er hat meinem Vater gehört. Aber er ist kaum benutzt worden.»

David sah ihn unverwandt an mit gläsernem Blick, und mit gleichsam erstarrten, wie steifgefrorenen Lippen sagte er: «Ich *habe* schon einen neuen Rollstuhl, diesen hier. Haben Sie das nicht bemerkt? Ich habe ihn Ende letzter Woche bekommen.»

Jetzt bemerkte Victor es – das schimmernde Chrom, die weiche, neue, graue Polsterung. Er fuhr sich mit der Zunge über die Lippen. Der gläsern steife Ausdruck auf Davids Gesicht fiel in sich zusammen, und er lächelte. Aber er lächelte wie jemand, in dem sich innerlich alles gegen dieses Lächeln wehrt, der aber dennoch seinem Gesprächspartner weismachen möchte, es gäbe einen Grund zum Amüsieren.

«*Sie* wollen *mir* einen Rollstuhl schenken?»

«Warum lächeln Sie?» wollte Victor wissen.

«Sie haben keinen Sinn für Humor, Victor.»

«Nein, vermutlich nicht. In meinem Leben gab es nicht viel Anlaß zu Humor.»

«Nichts für ungut, Victor, es war nur die Ironie der Situation, die mir aufstieß. Nichts für ungut.»

Victor brauchte einen Moment, um zu begreifen, was David meinte, aber dann verstand er. Er stand auf und hielt sich an der Tischkante fest.

«David, ich habe nicht mit Absicht auf Sie geschossen. Es war ein Unfall. Oder vielmehr, ich habe die Selbstkontrolle verloren, und zwar durch Sie, weil *Sie* mich verspottet haben. Ich hätte nicht geschossen, wenn Sie nicht dauernd gesagt hätten, die Pistole sei nicht echt.»

David atmete tief ein und sah ihn an, Auge in Auge.

«*Ich* habe das gesagt?»

«Immer und immer wieder! Immerzu haben Sie gesagt, die Pistole sei eine Attrappe, die sei nicht echt. Da mußte ich es eben *beweisen*. Können Sie das nicht verstehen?»

«Ich habe nicht ein einziges Mal gesagt, die Pistole sei nicht echt», erwiderte David.

Victor traute seinen Ohren nicht. Nie hätte er gedacht, daß David imstande sei zu lügen. Es war, als täte sich ein Abgrund vor ihm auf, und er klammerte sich noch fester an den Tisch, um zu verhindern, daß er hineinfiele.

«Natürlich haben Sie das gesagt! Ich höre Sie doch geradezu noch: ‹Wir wissen, daß die Pistole nicht echt ist›, haben Sie gesagt – vier- oder fünfmal mindestens.»

«Es war Superintendent Spenser, der das gesagt hat, Victor – vom Garten her.»

«Und Sie haben es auch gesagt. Als wir in dem Zimmer waren, Sie und ich und das Mädchen. Sie haben das bloß vergessen. Das kann ich auch verstehen, aber ich habe es nicht vergessen. *Deshalb* habe ich doch auf Sie geschossen. Es kann... es kann Ihnen doch jetzt nichts mehr ausmachen, das zuzugeben!»

«Es macht mir sogar eine Menge aus, etwas zuzugeben, was nie geschehen ist.»

«Unglücklicherweise gibt es keine Möglichkeit, es zu beweisen.»

«Doch, die gibt es, Victor. Ich besitze ein Protokoll Ihrer Gerichtsverhandlung. Detective Bridges bekundet es in seiner Zeugenaussage und ebenso Rosemary Stanley. Beide erinnerten sich sehr deutlich an alles, was gesagt wurde. Der Ankläger hat beide eingehend zu diesem Punkt vernommen, nämlich, ob ich je gefragt hätte, ob die Pistole echt sei – beziehungsweise unterstellt hätte, daß sie nicht echt sei. Wollen Sie das Protokoll sehen?»

Stumm geworden, nickte Victor nur.

«Wenn Sie das möchten, gehen Sie bitte ins Wohnzimmer, den Raum an der Straßenseite des Hauses. Da finden Sie rechts neben der Tür ein Rollpult. Es hat drei Schubladen, und das Protokoll liegt in der obersten.»

Das Haus roch nach Zitronenpolitur und entfernt nach Davids Zigaretten. Es war kühl und sehr sauber. Die Wohnzimmertür stand einen Fußbreit offen und war fixiert durch einen Türstopper, eine Figur aus Stein, die Victor einen panischen Schrecken einjagte, bis sie sich als eine hockende Katze entpuppte. Victor betrat das Wohnzimmer. An einer Seite neben dem Kamin, auf dessen Rost Birkenkloben aufgeschichtet lagen, war der Schreibschrank, und an der anderen stand auf einem niedrigen Tisch eine Fotografie von Clare in einem silbernen Rahmen. Sie lächelte nicht, sondern sah den Betrachter mit geheimnisvoll traumverlorenem Blick an. Victor zog die oberste Schublade des Sekretärs auf und nahm einen blauen Hefter aus Pappe heraus, auf dessen Etikett in Maschinenschrift stand: PROTOKOLL – PROZESS VICTOR MICHAEL JENNER.

Vermutlich erwartete David, daß er die relevanten Passagen des Prozeßprotokolls draußen in seiner Gegenwart las. Victor ging also zurück in den Garten, wo David, der seinen Stuhl wieder an den Tisch herangerollt hatte, sich eben eine Zigarette anzündete. Er setzte sich David gegenüber und fing an zu lesen. Es war ganz still im Garten bis auf das unregelmäßige tiefe Brummen einer Hummel, die die letzten Pollen aus dem Geißblatt sog. Victor las Rosemary Stanleys Zeugenaussage und dann James Bridges' Zeugenaussage. Er konnte sich an nichts von alledem erinnern. Hier herrschte bei ihm totale Gedächtnisschwärze. Der ganze Prozeß war für ihn eine einzige verschwommene Angelegenheit, eine konfuse Erinnerung an Ungerechtigkeit und persönliche Anfeindung. David saß und rauchte, den Blick in die Tiefe des Gartens gerichtet, der durch Bäume und eine blühende Rotdornhecke begrenzt wurde. Das wohlbekannte Gefühl beginnender Übelkeit beschlich Victor, vermischt mit jenem inneren Vibrieren, das er nur zu gut als die Anfänge einer Panik kannte. Er hatte sich zu früh gefreut heute mittag, als er seinen Lunch beendete. Er zwang sich, die Zeugenaussagen noch einmal zu lesen. Er las auch das Kreuzverhör noch einmal. Ein tiefer Atemzug von David, mit dem er Zigarettenrauch ausblies, ließ ihn aufblicken. Und da fielen ihm – vielleicht zum erstenmal – die Beine dieses Mannes auf, der unnatürlich abgeknickte Winkel, ihre ganze nutzlose Leblosigkeit. Es waren die Gliedmaßen eines Toten, wie man sie auf Schlachtengemälden sah.

Victor sprang auf. Er zitterte am ganzen Leibe.

«Victor...» sagte David.

Fast ohne zu wissen, was er tat, hatte Victor seine Faust krachend auf die Teakholzlatten des Tisches geschmettert. Wieder rollte David seinen Stuhl zurück; und er sagte:

«Victor, da kommt Clare gerade. Ich höre den Wagen.»

Ohne etwas zu sagen, wandte Victor sich ab und ging ins Haus. Drinnen kam es ihm ungewöhnlich dunkel vor. Wie ein Blinder ging er durch den Raum, bis er an eine Wand stieß. Dort blieb er stehen und preßte die in den Händen vergrabene Stirn dagegen. In seinem ganzen Leben war ihm noch nicht vorgekommen, was ihm hier geschah – begreifen zu müssen, daß er unrecht hatte, daß er schuldig war! Der Boden unter den Füßen war ihm abhanden gekommen, er hing im Nichts, hing an dieser Wand mit seiner Stirn und seinen Händen!

Victor stieß ein tiefes, animalisches Stöhnen aus, einen Schmerzenslaut, und wie blind drehte er sich um. Da spürte er, wie ein anderer Körper den seinen berührte. Eine fremde Haut berührte sein Gesicht, weiches, warmes Haar hüllte ihn ein, und Arme umfingen seine Schultern. Clare war hereingekommen und hatte ihn wortlos in die Arme genommen. Sie umfaßte ihn anfangs leicht, dann aber mit zunehmend zärtlichem Druck, ihre Hände fuhren über seinen Rücken, hinauf über seinen Nacken und seinen Hinterkopf, und sie zog seinen Kopf in die Mulde ihrer Schulter. Seine Lippen spürten die Wärme ihrer Haut. Er hörte sie Sanftes, Tröstliches murmeln.

Als er auch sie umschlang, so wie sie ihn umschlungen hielt, als er einfach seinen Körper gegen den ihren preßte, mit jener sehnsüchtigen Hingabe, wie er sie in der Vergangenheit allenfalls in warmem Wasser oder einem weichen Bett erlebt hatte, da spürte er etwas Unglaubliches, das letzte, was er erwartet hätte – eine plötzliche sexuelle Begierde. Er war erigiert, und sie mußte das merken. Es war nichts Peinliches dabei. Peinlichkeit... Zu tief hatte es ihn in Extreme verschlagen, zuerst in Verzweiflung und Horror und jetzt in eine Art Glückseligkeit, zu tief in heftigste Emotionen für etwas so Belangloses. Er wußte nur, daß seine Gefühle hier und jetzt ganz neu waren, nie zuvor erlebt auf diese Weise und aus diesem Anlaß. Er preßte sie fest gegen die ganze Länge seines Körpers, er hob seinen Kopf, legte sein Gesicht gegen ihres, schob es mit zitternder, sinnlicher Zartheit über die glatte Haut, und er hätte seine Lippen auf ihren Mund gelegt und sie geküßt, wenn sie sich nicht mit einem Flüstern, das er nicht verstand, von ihm freigemacht hätte und fortgegangen wäre.

12

In den nächsten zwei Wochen sah Victor David und Clare etliche Male, aber nie wieder legte Clare die Arme um ihn oder küßte ihn oder berührte auch nur seine Hand. Sie kannten einander inzwischen gut genug, sie waren jenseits von Händeschütteln, sie waren Freunde. So jedenfalls empfand es Victor. Seine Schüchternheit, Verabredungen mit ihnen zu treffen, hatte er verloren. Es war ohnehin besser, wenn er sie anrief, denn er hörte das Telefon kaum, wenn er oben in seinem Zimmer war, und meist war sonst niemand im Haus, der hätte hingehen können.

An dem Abend in jenem Restaurant im alten Ortskern von Harlow, in das sie zum Essen gegangen waren, hatte Victor nicht viel gesagt. Er hatte zugehört, wie die beiden anderen sich unterhielten. Es war ihm nie schwergefallen zu schweigen, und wenn er sprach, dann waren es knappe Sätze, lapidare Mitteilungen. Ihm gefiel der Klang von Davids und Clares Stimmen, ihr Rhythmus, das Auf und Ab, und er staunte nur immer, wie sie so viel reden konnten, wo es doch eigentlich gar nichts zu sagen gab. Wie war es bloß möglich, sich so endlos auszulassen über ein Stück gebratener Ente – wo sie es in der gleichen Zubereitung schon mal gegessen hätten – oder über etwas, das sich *cuisine naturelle* nannte, oder etwas anderes, das *Tofu* hieß, oder über das Aussehen, Alter und Berufe des Paares am Nebentisch – und das alles als reine Vermutung? Nach einer Weile hörte er kaum noch auf ihre Worte. Er dachte über David nach und über das, was er ihm angetan hatte, und daß David ihm verzieh. Wieso hatte er sich all die Jahre hindurch eingeredet, er sei durch David selbst provoziert worden, auf ihn zu schießen? Vielleicht, weil er sich nie recht hatte eingestehen wollen, daß er auch ohne Provokation die Kontrolle über sich selbst verlieren konnte. Was immer David ihm gesagt und was immer das Protokoll bestätigt hatte, ihm, Victor, blieb es nun überlassen, sich zu fragen, *warum* er es getan hatte und *was* ihn dazu provoziert hatte.

Ihr Gespräch jedoch hatte ihm David nähergebracht; und noch viel mehr Clare. Victor fragte sich ein übers andere Mal, was er bloß gemacht, wie er es verkraftet hätte, wenn nicht Clare in jenem Augenblick gekommen wäre und ihn getröstet hätte. Wenn sie zusammen waren, fand er keine Worte oder doch nur wenige, die er an Clare richten konnte, aber zu Hause, da redete er mit ihr. Die ganze Zeit über führte er ein stummes inneres Zwiegespräch mit ihr, etwas, das er vorher noch nie mit jemandem getan hatte. Sie antwortete zwar nie, aber das war irgendwie unwichtig. Ihre Antworten ergaben sich schon aus dem, was er zu ihr sagte, oder aus den Fragen, die er ihr stellte. Er saß in seinem Rollstuhl, blickte hinaus über die raschelnden, grünen Baumwipfel, erzählte ihr vom Haus seiner Eltern und von seinen Eltern und der ungewöhnlichen Zuneigung, die sie füreinander gehabt hatten. Er fragte sie, ob er wohl mehr ausgehen, sich mehr Bewegung verschaffen solle? Und es wäre doch vielleicht besser für ihn, Bücher zu lesen anstatt all dieser Zeitschriften? Und später, wenn er aufstand und ausging, dann fragte er sie beim Zeitungshändler, welche Zeitschrift er heute kaufen solle.

Eine andere bemerkenswerte Sache war, daß er dauernd meinte, er *sähe* sie. Sie kam nie nach Acton – sie hatte ihm sogar selbst erzählt, sie sei noch nie dort gewesen –, aber immer wieder bildete er sich ein, er sähe sie vor sich auf der Straße oder in einem Geschäft oder beim Einsteigen in die U-Bahn. Es war natürlich jedesmal jemand anders, irgendein anderes hübsches Mädchen mit feingesponnenem Flachshaar und rosig-goldener Haut. Aber für einen Augenblick ... Einmal war er sogar so sicher gewesen, daß er ihren Namen rief.

«Clare!»

Das Mädchen, das die Treppe zur Bibliothek herunterkam, wandte nicht einmal den Kopf. Sie dachte natürlich, er riefe jemand anderen.

Es war komisch, wie sehr David für ihn in den Hintergrund gerückt war. Natürlich mochte er David ungeheuer gern, er war sein Freund, aber er dachte jetzt nicht mehr so viel über ihn nach. Auf mancherlei Weise hatte sich Victor eine Menge Ideen über den menschlichen Geist und über menschliche Emotionen angeeignet, unter anderem durch die Zeitschrift *Psychology today*, und er überlegte, ob er David sozusagen *ausgelebt* hätte durch all die Gespräche, die sie geführt hatten, dadurch, daß sie alles *ausdiskutiert* hatten? Das war möglich. Ihm wurde erst jetzt bewußt, wie viel er über David nachgegrübelt hatte, wie bis zur Erschöpfung er geradezu auf ihn fixiert gewesen war während der Zeit zwischen seiner Entlassung und seinem ersten Besuch in *Sans Souci*. Jetzt beschäftigte er sich, wenn er nicht an Clare dachte oder mit ihr redete, im Geiste meistens mit seinen Eltern und ganz besonders mit der Liebe, die sie füreinander empfunden hatten. Damals, das begriff er jetzt, hatte er diese Liebe übelgenommen, war wahrscheinlich eifersüchtig gewesen, aber jetzt sah er das nicht mehr so. Jetzt war er dankbar, daß seine Eltern zusammen so glücklich gewesen waren, und wenn er an ihre Umarmungen auf dem Sofa zurückdachte, so tat er es mehr mit lächelndem Einverständnis als mit Abscheu.

Die meiste Zeit, die er zu Hause verbrachte, saß er in seinem Rollstuhl. Der war sehr bequem, und wenn er ihn schon in seinem Zimmer aufbewahren mußte, dann konnte er ihn ja auch ebensogut in Gebrauch nehmen. Ein paarmal stellte er ein Experiment an: Er setzte sich in den Rollstuhl und tat so, als könne er seine Beine nicht gebrauchen, als sei er von der Mitte abwärts wie tot. Das war sehr schwer zu bewerkstelligen. Er fand es weniger schwierig, wenn er seine Knie mit der Reisedecke verhüllte. Dann versuchte er, sich herauszuhieven, indem er nur die Kraft seiner Arme einsetzte. Und die ganze Zeit über redete er mit Clare, wobei er allerdings nicht zu sagen vermochte, ob sie sein Experiment billigte oder nicht. Einmal fiel er vornüber auf den Fußboden und lag hilflos da, blieb unbeweglich liegen, bis er sich sagte, daß er natürlich aufstehen *konnte*, daß *er* ja schließlich nicht gelähmt sei!

Als er zum erstenmal wieder nach Theydon hinausfuhr, nachdem sie zu dritt essen gegangen waren, geschah es, um ihnen ein Geschenk zu bringen – genaugenommen ein Geschenk für David, denn es war ja nicht Clares Haus, und Clare war nicht mit David verheiratet und nicht mal seine Freundin im üblichen Sinne des Wortes. Da es nicht möglich war, David den Rollstuhl zu schenken – und er sah jetzt ein, daß das ein taktloser Einfall gewesen war –, mußte er ihm nun doch etwas anderes schenken, das tat man doch. Wenn man jemandem ein Geschenk ankündigte und es wurde nicht akzeptiert, dann mußte man eben eine Alternative finden. Und was diese Alternative sein mußte, das lag auf der Hand – ein Hund! Davids Hund war gestorben, und er vermißte ihn, also mußte er einen neuen Hund haben.

Victor kaufte die Zeitschrift *Unsere Hunde*. Darin standen eine Menge Anzeigen, in denen gelbe Labradorwelpen angeboten wurden. Er war verblüfft, wie teuer Hunde waren. Um hundert Pfund war die Norm, und für seltenere Züchtungen waren auch zweihundert nicht ungewöhnlich. Victor rief den am nächsten gelegenen Hundezüchter an, der inseriert hatte, und als er hörte, daß noch Welpen verkäuflich seien, fuhr er nach Stanmore hinaus. Zum Glück fuhr die U-Bahn so weit, die Jubilee Line, die erweitert worden war und ihren Namen geändert hatte, seit er ins Gefängnis gekommen war. Er stellte fest, daß man nicht einfach einen Hund kaufen konnte, wie man etwa einen Fernseher kaufte. Der Züchter wollte alle möglichen Zusagen und Garantien, daß die zehn Wochen alte Hündin in gute Hände käme. Victor erzählte die Wahrheit. Alle Einwände schmolzen dahin, als der Züchter hörte, daß der neue Besitzer seines Hündchens der heroische Polizist David Fleetwood sein würde, an dessen Fall vor elf Jahren er sich noch gut erinnerte. Victor bezahlte den Hund und verabredete, er werde ihn am Mittwoch abholen.

Für Clare würde das kleine Tier wohl kein sonderlicher Gewinn sein, eher eine zusätzliche Belastung. Deshalb ging er in die Parfumerieabteilung bei Bentall und wählte einen ganzen Satz St. Laurent *Opium* aus, Eau de Toilette und Körperpuder und Badezusatz und Seife, aber als er der Verkäuferin erzählte, Clare sei jung und blond, da überredete sie ihn, doch lieber *Rive Gauche* zu nehmen.

Der Hund kostete hundertzwanzig Pfund und die Parfumerien nicht viel weniger als hundert. Victor besaß noch seinen Führerschein, und er war auch noch gültig. Er ging zu der Autovermietung in der Acton High Street und mietete sich einen Ford Escort XR3.

Mit einigem Glück hatte David sich um das Haus herummanövriert an die Vorderseite des Hauses und schnitt mit einer Gartenschere die welken Köpfe aller Frühlingsblumen ab, die in seiner Reichweite lagen. Wieder kam Victor zu früh. Er hatte zwei Stunden veranschlagt, um von Stanmore hierherzufahren, aber dank der Schnellstraße hatte er es in weniger als einer Stunde geschafft. Der Welpe steckte in einem Weidenkorb in Form einer Hundehütte, den Victor eigens gekauft hatte, und hatte den ganzen Weg über geheult.

David wirbelte den Rollstuhl an die Gartenpforte.

«Victor, du hast dir einen Wagen gekauft! Das hast du uns gar nicht erzählt!»

Er ist nur gemietet, wollte Victor gerade sagen. Aber es lag so ein bewundernder Glanz in Davids Augen statt der gewohnten geduldigen Höflichkeit – Bewunderung für ihn sicherlich ebenso wie für den Escort –, und diesen Glanz wollte er nicht verschwinden sehen.

«Er ist nicht neu», sagte er, denn ihm fiel das B auf dem Nummernschild ein.

«Na ja, vielleicht nicht, aber er ist sehr schön. Ich mag dieses Rot.»

Victor hatte das Gefühl, hier sei eine Erklärung nötig. Womöglich dachte David noch, er hätte den Wagen gestohlen oder das Geld, um ihn zu bezahlen!

«Meine Eltern haben mir ein bißchen was hinterlassen», sagte er.

«Was ist denn in dem Korb?» wollte David wissen.

Der kleine Hund mußte eingeschlafen sein. Während der letzten zehn Minuten war er still gewesen. Gerade in dem Moment, als er den Korb herausholte, kam Clare an. Der Landrover sah schäbig aus neben dem Escort, und Victor bedauerte sie und David insgeheim, aber zugleich war er auch stolz.

«Wir haben doch nicht Geburtstag, Victor», sagte sie, als er ihr das in buntes Papier eingewickelte Paket gab.

Victor genoß seine Überraschungsbescherung, als er den Deckel des Korbes öffnete, das dicke cremefarbene Hundebaby mit dem samtenen Fell heraushob und es in Davids Schoß legte. Hinterher wußte er, daß er ihre erschrockenen Blicke vorausgeahnt hatte. Er war nun mal ein Pessimist und manchmal sogar ein bißchen paranoid, das wußte er ja. Er neigte stets zu der Annahme, daß die Leute ihm mißtrauten und die Dinge, die er tat, nicht mochten. Immerhin, schon Sekunden später hätschelte David den kleinen Hund, der sich an ihn schmiegte, streichelte seinen Kopf und sagte, wie entzückend, was für ein schönes Tier, und – Victor, das hättest du aber nicht tun sollen...

Hinten im Garten tollte der Hund herum, untersuchte alles und jedes und grub ein Loch ins Blumenbeet. Clare sagte, obwohl sie dabei lächelte: «Ich weiß gar nicht, wie wir sie erziehen sollen, wo ich doch den ganzen Tag im Dienst bin. Mandy war schon abgerichtet, als David sie kriegte. Aber, ach, sie ist so süß, Victor! Wie willst du sie nennen, David? Wie wär's mit Victoria?»

«Ihr richtiger Name ist Sallowood Semiramis.»

«Ach», meinte David lachend, «ich meine aber doch, Hunde sollten lieber einfache, ganz gewöhnliche Namen haben. Sally tut's auch.»

Victor beschloß, den Mietwagen noch ein paar Tage zu behalten, denn er wollte die beiden während der nächsten Woche ja ohnehin wieder besuchen. In der Zwischenzeit fuhr er viel in den Außenbezirken Londons herum, sah sich zwei Wohnungen im städtischen Bereich von Essex an, eine in Buckhurst Hill und eine bei Chigwell Row, aber beide gefielen ihm nicht. Er stellte sich vor, Clare säße neben ihm auf dem Beifahrersitz, und er redete mit ihr, während er fuhr, jedoch ohne seine Lippen zu bewegen oder Laute von sich zu geben. Er fragte sie, ob sie nicht auch fände, er solle sich ein Paar wirklich guter Schuhe kaufen und einen Regenmantel und eine zusätzliche Jacke? Und er spürte, sie fand, er solle das tun. Von den neunhundertundzehn Pfund war jetzt nicht mehr viel übrig.

Auf dem Heimweg zu Mrs. Griffiths Haus überholte Victor Tom, der wie gewöhnlich zu Fuß ging. Er war noch ein gutes Stück von der Station West Acton entfernt, aber offensichtlich auf dem Weg dorthin. Zum erstenmal fiel Victor auf, wie schäbig Tom immer aussah. Er trug keine richtigen Schuhe, sondern Turnschuhe, eine dünne blaue Reißverschlußjacke aus Nylon und arg abgetragene, billige Jeans. Tom drehte sich um, als Victor neben ihm anhielt und seinen Namen rief. Sein dickes, blasses Gesicht mit der Brille lugte zwischen schwarzem, flusigem Haar und einem schwarzen, flusigen Bart hervor.

«Los, steigen Sie ein, ich bring Sie hin!»

«Na, Sie sind ja in der Welt vorangekommen!» staunte Tom.

Victor sagte, er habe einen Job, draußen in Essex. Zur Zeit pendle er noch, aber bald werde er umziehen. Kaum hatte er das gesagt, da fiel ihm ein, daß er Tom jetzt nicht mehr fragen konnte, ob das Sozialamt eine Wohnungsmiete von hundert Pfund die Woche für ihn zahlen würde.

«Gut sehen Sie aus, Victor! Die Arbeit bekommt Ihnen offenbar. Was ist das denn für ein Job?»

Victor erzählte ihm einen Haufen Lügen, deren Kern war, ein Grundstücksmakler in Epping hätte ihn eingestellt, weil zu dieser Zeit des Jahres viel Arbeit anfiele.

«Soll ich mir nicht Ihre Geschäftsadresse notieren, für den Fall, daß Sie umziehen, bevor ich Sie wiedersehe?»

Victor tat so, als hätte er nicht gehört. «So, da sind wir – West Acton», sagte er.

Es gab da noch eine andere Angelegenheit für ihn zu erledigen, solange er den Wagen hatte. Im Strom des Flughafenverkehrs fuhr er die Gunnersbury Avenue hinunter, aber anstatt mit dem Auto direkt bis zum Popesbury Drive 48 zu fahren, parkte er ihn eine Ecke weiter und ging zu Fuß bis zu Muriels Haus. Ihm kam der Gedanke, daß er womöglich Jupp dort antreffen würde – als permanenten Hausbewohner vielleicht sogar, wenigstens aber als Muriels ständigen Freund, als richtigen ‹Boyfriend›, wenn das Wort nicht zu grotesk war. Womöglich heiratete Muriel Jupp sogar noch, und dann würde er es sein und nicht die British Legion, der zu ihrem Geld käme.

Ein unerwarteter Anblick bot sich ihm, als er in Sichtweite des Hauses kam. Jupps Lieferwagen war nirgends zu sehen, aber die Haustür stand ein wenig offen, und dort, wo Kevin sich neulich niedergelassen hatte, auf einem flachen, grauen Steinbrocken, der zwischen den Steingartenpflanzen hervorragte, hockte jetzt ein Mann in Jeans und einer Weste und hatte eine Gartenschere in der Hand. Er war dabei, die grauen, ausgewachsenen Samenkapseln zurückzuschneiden, die von den Millionen roter Blüten übriggebliebenen waren, welche kürzlich noch wie eine Draperie aus dickem, flusigem Stoff über den künstlichen Felsterrassen gehangen hatten.

Victor trödelte herum. Er hatte keine Lust, gesehen zu werden. Der Mann lud armvollweise die abgeschnittenen Samenstände in eine Schubkarre, die er auf das oberste Steingartenriff gestellt hatte, dann holperte er mit der Karre über die Steine in Richtung Garage. Er ging seitlich ums Haus herum und ließ die Seitenpforte pendelnd hinter sich. Victor warf einen hastigen Blick in Richtung der am tiefsten gelegenen Steine, aber das Stutzen der Pflanzen war nicht so weit gegangen, das Objekt seiner Ängste war noch immer darunter verborgen. Er rannte die Gartenstufen hinauf und zur Haustür hinein.

In der Diele war niemand, und die Türen zu den Zimmern im Parterre waren geschlossen. Es bestand also die Chance, daß Muriel sich hier unten hinter einer von ihnen aufhielt. Victor schlich die Treppe hinauf und ging in ein Schlafzimmer, das er, soweit er sich erinnerte, noch nie betreten hatte. Genau wie das andere, wo er unter dem Schrankboden die Pistole gefunden hatte, enthielt das Zimmer ein Bett, eine Kommode und einen Stuhl. Der Unterschied war lediglich, daß hier auf der Kommode ein holzgerahmter Klappspiegel stand, daß die Vorhänge von schmutzigem Goldgelb waren und der Teppich ebenfalls dunkelgelb mit braunem Rand. Staub bedeckte alles und jedes, häufte sich zu flaumigen Nestern in den Falten, dort, wo die Vorhänge zurückgerafft waren, und lag so dick auf der Kommode, daß man einen Augenblick brauchte, um zu erkennen, daß das Holz zum Teil mit einem gestickten Tischläufer bedeckt war. Victor zog die oberste Schublade auf. Sie war leer und mit braunem Papier ausgelegt, auf dem die Aktivitäten der Holzwürmer kleine Pyramiden von Holzmehl hinterlassen hatten. Die zweite Schublade sah genauso aus, enthielt aber Männerunterwäsche und Socken. Die unterste Schublade war voller Geld.

Nicht voll, das war eine Übertreibung. Auf den ersten Blick sah sie sogar aus wie die andere, leer, mit braunem Papier ausgelegt. Aber sie war zu flach. Victor hob den Papierbogen, der auf dem Boden lag, hoch, und darunter war das Geld, nicht in Taschen oder sonstwie verpackt, sondern einfach in säuberlichen Stapeln aus Ein- und Fünfpfundnoten – Hunderte von ihnen, ebenso akkurat zu Blöcken aufgestapelt wie Muriels Magazine.

Er räumte die oberste Schicht ab. Einen guten halben Zentimeter nahm er oben von jedem der zwanzig Stapel und füllte seine Taschen. Er war froh, daß er die modisch ausladende, gesteppte

Baumwolljacke anhatte, die er sich gerade gekauft hatte. Man hätte pfundweise Papier in diese Taschen hineinstopfen können, ohne daß es zu sehen gewesen wäre. Als er wieder am Kopf der Treppe stand, fiel ihm das Haar ein, das er über die Klappe der falschen Krokotasche gelegt hatte. Da konnte er doch gleich mal nachsehen. Das Haus war still, es war nichts zu hören. Muriel hatte ihr Bett heute gemacht, aber aus irgendeinem Grund hatte sie den rosa Hund, dessen Reißverschluß sogar geschlossen war, auf den rosa Satinsessel vor ihrem Frisiertisch gesetzt, ein Ausguck, von dem er fett und glasäugig Victors Bewegungen zu verfolgen schien. Er öffnete die Tür vom Kleiderschrank, kniete sich hin und sah sich die Tasche an. Das Haar war noch da.

Was würde Clare denken, wenn sie ihn jetzt sehen könnte? Dieser Gedanke kam ihm unwillkürlich, ungebeten, als er zur Treppe zurückging. Als sie ihm neulich geraten hatte, Mrs. Hunter nichts über seine Vergangenheit zu erzählen, da hatte sie gesagt: «Es ist ja nicht so, als ob Sie was gestohlen hätten...» Aber hier waren die Umstände anders, dachte er; dies hier war nicht Stehlen im landläufigen Sinne des Wortes, denn hätte man ihn nicht so ungerechterweise ins Gefängnis gesteckt für etwas, das ein Unfall, nichts Vorsätzliches gewesen war, dann hätte Muriel ihm bestimmt all ihr Geld vermacht und ihm wahrscheinlich auch schon im voraus etwas gegeben, so wie es die Leute zu tun pflegten – er hatte in einem Artikel in *Reader's Digest* etwas über Kapitalverkehrssteuer gelesen –, um Erbschaftssteuern zu sparen. Wenn, ja wenn... Wenn Sydney nicht 1945 durch Zufall in jenen Graben in der Nähe von Bremen geblickt hätte, wenn seine Aufmerksamkeit irgendwie abgelenkt worden wäre, sei es durch ein tieffliegendes Flugzeug oder ein Vehikel auf der Straße, dann hätte er niemals den toten deutschen Offizier mit der Luger in der Hand gesehen, und die Pistole hätte nie hier unter den Schrankbrettern gelegen, und Victor hätte sie nie genommen als unglückliches Vorspiel dazu, daß sie ihm später in der Hand losging und David für immer lähmte...

Er war die Treppe wieder hinuntergegangen und stand im Korridor, als sich die Wohnzimmertür öffnete und Muriel mit einer jungen Frau herauskam, die genau wie Clare aussah. Wenigstens dachte Victor das zehn Sekunden lang. Natürlich war sie in Wirklichkeit kein bißchen wie Clare, denn sie war zehn Jahre älter und zwanzig Pfund schwerer und hatte ein Gesicht, als ob man Clares zerbeult und geschmolzen und neu geformt hätte. Aber für einen kurzen Moment – die Farben, das Haar, die graugrünen Augen...

Plötzlich wußte Victor, wie Muriel ihn vorstellen würde. Sie würde sagen, dies sei ihr Neffe, der im Gefängnis gesessen hätte. Aber er hatte sie falsch eingeschätzt, sie stellte ihn überhaupt nicht vor.

«Ich bin Jenny von nebenan.»

Die Stimme war so verschieden von Clares, wie es überhaupt nur möglich war – schrill, unlebendig, voll falscher Wärme.

«Und Sie müssen der Neffe sein, von dem ich schon so viel gehört habe?»

Gehört? Was konnte Muriel von ihm erzählt haben?

«Ich nehme an, Sie möchten sich ein bißchen um Ihre Tante kümmern, jetzt, wo Sie wieder da sind? Wir tun ja, was wir können – ich schau immer mal rein –, aber das ist ein Tropfen auf den heißen Stein, denn schließlich führen wir unser eigenes Leben. Ich meine, im Garten zum Beispiel, da bräuchte man eine ganze Mannschaft, nicht bloß einen Mann. Aber wo Sie nun wieder da sind, wollen Sie bestimmt mit zupacken, nicht wahr?»

«Wieder da?» fragte er und wartete ab.

«Muriel hat mir erzählt, Sie waren in Neuseeland.»

Victor brachte es nicht fertig, sie anzusehen. War das – konnte das Zufall sein? Oder reichte Muriels Erinnerung fünfunddreißig Jahre zurück bis zu dem Tag, als sie ihre Schwester besuchte und deren kleiner Junge darauf beharrte, daß es nie eine Zeit gegeben hätte, in der er noch nicht lebte, bloß eine Zeit, wo er in Neuseeland gewesen war? Sicher war, daß Muriel sich seiner, Victors, Vergangenheit schämte und damit nichts zu tun haben wollte. Und sie wollte auch nicht, daß ihre Bekannten, Jupp oder diese Frau hier, es erfuhren.

Jenny hatte eine Einkaufsliste von Muriel bekommen, die war so lang, daß die einzelnen Wünsche beide Seiten des Blattes füllten. Gleichzeitig händigte Muriel ihr einen Blankoscheck aus, der auf J. Sainsbury PLC ausgestellt und mit Muriel Faraday unterschrieben war. So glücklich sollte ich mal sein! dachte Victor. Ob sie Jupp wiedergesehen hatte? Ob sie mit ihm ausgegangen war? Angezogen – oder ausgezogen – war sie wie sonst, mit Nachthemd und Morgenmantel, braunem Haarnetz und rosa Schlappen. Victor dachte, sie werde kein Wort mit ihm reden, aber er irrte sich.

Ihre Nase zuckte wie bei einer Maus. «Weshalb kommst du heute her?»

«Ich dachte, ich könnte mal das Einkaufen für dich erledigen.»

Sofort mischte sich Jenny ein und unterband damit zum Glück jede Erwiderung, die Muriel auf Lager hatte. «Oh, das ist schon in Ordnung so, kein Problem, das versichere ich Ihnen. Ich meine doch nicht, Sie müßten sofort ran, kaum daß Sie wieder da sind; ich meine, wenn Sie sich erst mal wieder eingelebt haben und auf dem laufenden sind, ich meine, dann steht es Ihnen frei, Ihr Scherflein beizutragen, aber im Augenblick... Ich meine, Brian fährt mich doch morgen mit dem Wagen zu Sainsbury, und ganz ehrlich gesagt, ich hab da selber so einen riesigen Einkauf zu erledigen, daß ihr bißchen Krimskram nun wirklich nichts mehr ausmacht.» Sie und Victor hatten sich gemeinsam auf die Haustür zubewegt, während sie redete. Muriel folgte ihnen nur bis dorthin. Nicht nur, daß sie nie nach draußen ging, sie schien sogar Angst vor der Berührung mit frischer Luft zu haben oder vor dem Anblick jenes ‹Draußen›, sogar von innen her. Sie blieb zaudernd im Hintergrund und hielt krampfhaft mit beiden Händen die Seitenteile ihres Morgenmantels zu. Jenny sagte: «Also, Wiedersehen bis morgen denn, so gegen sechse, ja? Und halten Sie mal schön den Sherry bereit und die gerösteten Erdnüsse!» Sie zwinkerte Victor zu und zog die Tür hinter sich zu.

«Was für ein Leben! Die könnte ebensogut schon im Sarg liegen. Mir entgeht hier nie etwas, das sag ich Ihnen ganz offen, hier unten in der Straße geschieht nichts, was ich nicht von meinen Fenstern aus sehe; und ich kann Ihnen nur sagen, bevor Sie zurückkamen und dann dieser alte Bursche, der immer Pfefferminz ißt, auftauchte, da hat sie außer uns jahrein, jahraus keine Seele gesehen.»

«Dann haben Sie mich also kommen sehen?»

«Aber sicher. Dies ist bei Ihnen das vierte Mal in genau so vielen Wochen», sagte Jenny mit beängstigender Genauigkeit. «Wenn Sie ungesehen an mir vorbei wollen, dann müssen Sie samstags gegen Mittag kommen, das ist immer die Zeit, wo Brian mich zu meinem Großeinkauf fährt, was, Brian?»

Brian sah sich im Garten um und meinte: «Hier hab ich noch nicht mal das Oberflächlichste geschafft, nicht mal das Notwendigste.»

«Wenn ich anfange, hier manchmal was für sie zu tun, dann

müßte ich wohl einen Schlüssel haben», sagte Victor. Es war ihm unangenehm, aber er drängte weiter: «Könnten Sie mir vielleicht Ihren leihen, damit ich mir einen nachmachen lassen kann?»

«Wir haben keinen Schlüssel, Vic, jedenfalls keinen eigenen. Wissen Sie denn nicht, wo der Schlüssel liegt? Nein, wie sollten Sie auch. Ich würde das jetzt lassen, Brian, du überanstrengst dich bloß wieder, und dann hab ich wieder die halbe Nacht mit deinem Rükken zu tun.» Sie deutete auf die Hecke. «Unter der Schildkröte, Vic. Der Schlüssel liegt unter der Schildkröte.»

Der 22. Juni war Victors Geburtstag, sein neununddreißigster. Er konnte sich nicht entsinnen, je seinen Geburtstag gefeiert zu haben, außer daß er in jungen Jahren von seinen Eltern Geschenke bekam. Damals, als seine Mutter und sein Vater über eine Geburtstagsgesellschaft für ihn gesprochen hatten und seine Mutter bei der Aussicht darauf schier verzweifelte, waren sie zum Trost dann mit ihm nach Kew gefahren. In Botanischen Gärten gibt es nicht viel für einen Jungen von acht Jahren, aber seine Mutter war begeistert von Kew. Sie zitierte irgendein Gedicht: «*... wandering hand in hand with love in summer's wonderland...*» Und sie und sein Vater wanderten auch wirklich Hand in Hand, rochen an den Blumen und sagten immerfort, wie wundervoll alles sei. Victor überlegte sich, als er am Woodford Park entlangfuhr, wo die Kastanienbäume am Verblühen waren und ihre Blüten abwarfen, daß er dieses Jahr seinen Geburtstag feiern würde. Ja, er würde etwas unternehmen mit Clare und David, ehe David wieder ins Krankenhaus mußte.

Den Wagen hatte er für noch einen weiteren Tag behalten – genauer gesagt übers Wochenende, denn er wollte ihn am Sonntagabend wieder bei der Verleihfirma abliefern. Er trug seine neue Baumwollsteppjacke aus zwei Grautönen, taubengrau und schiefergrau mit schieferfarbenen Bündchen, dazu Designer-Jeans und, um nicht zu exklusiv zu wirken, ein dunkelrotes Sweatshirt von Marks and Spencer über dem grau und weiß gestreiften Hemd. Auf dem Rücksitz des Wagens lagen zwei Flaschen deutscher Wein – *Walsheimer Bischofskreuz* – und zweihundert Zigaretten. Ein leichter Wind wehte, und die Sonne schien. Kein schlechter Tag, warm genug, um an der Fahrerseite das Fenster offen zu haben. Victor gehörte nicht zu denen, die im Auto Radio hören. Er liebte die

Stille. Aus der Kommodenschublade in Muriels zweitem Gästeschlafzimmer hatte er vierhundertsechzig Pfund genommen. Unfähig, noch länger zu warten, hatte er die Scheine sofort gezählt, als er wieder in seinem Auto saß. Auf wieviel Bargeld das wohl insgesamt schließen ließ, wieviel Muriel wohl tatsächlich im Haus hatte? Tausende? So an die Zehntausend womöglich? Es war eine bekannte Tatsache, über die man dauernd in den Zeitungen las, daß alte Leute riesige Summen in ihren Wohnungen versteckten. Das war nichts Ungewöhnliches, es war sogar eher das Normale.

Das Haar auf der Klappe der Handtasche war nicht bewegt worden, also hatte Muriel bis jetzt keine Ahnung, daß Teile ihres Ersparten fehlten. Aber angenommen, sie kam darauf, angenommen, sie merkte es, würde sie dann etwas unternehmen? Mit ‹etwas unternehmen›, so gestand sich Victor ein, meinte er, es der Polizei melden. Ihr Verhalten ließ ihn aber eher annehmen, daß sie es nicht täte. Sie hatte weder in Jupps Gegenwart noch in Jennys von nebenan etwas über seine Vergangenheit oder seine Gefängnisstrafe verlauten lassen, und das mußte doch bedeuten, sie wollte das lieber im dunkeln lassen. Denn sie war von Natur boshaft und mitleidlos, und es bestand nicht die Möglichkeit, daß sie mit Rücksicht auf seine Gefühle diskret gewesen wäre. Wenn sie entdeckte, daß er sich an dem Inhalt ihrer Taschen und Schubladen vergriffen hatte – an einem Bruchteil dessen, was sie enthielten –, so bestand die Chance, daß sie ihn zwar beschimpfen, daß sie es zurückverlangen, sonst aber weiter nichts tun würde. Die Respektabilität ihrer Familie, wie sie nach außenhin erschien, war Muriel wichtig.

Wenn er sich bloß einen eigenen Wagen beschaffen könnte, dachte Victor, dann könnte er eine eigene Autovermietung starten, könnte auf eigene Faust das tun, was er früher für Alan getan hatte. Für sechstausend Pfund konnte er einen neuen Wagen kaufen oder zwei aus zweiter Hand und dazu einen weiteren Fahrer einstellen... Während ihm solche angenehmen Ideen durch den Kopf gingen – eine Wohnung in Loughton zum Beispiel, ein Telefonbeantworter und als Spezialservice Zubringerdienste zu den drei Flughäfen –, nahm er beim Kreisverkehr von Wake Arms die zweite Ausfahrt und fuhr hügelab durch den Wald nach Theydon.

Es war Samstag, also mußte Clare zu Hause sein. Seine Gedanken lösten sich von David und wandten sich Clare zu, als er in den Theydon Manor Drive einbog, und er wurde sich einer immer stärker werdenden angstvollen Spannung bewußt, bei der die gewisse Übelkeit nicht weit war. Letzte Nacht hatte er wieder von der Straße geträumt, die seinen Weg durchs Leben darstellte, mit den bedeutungsvollen Häusern zu beiden Seiten. Bei keinem der Häuser war er versucht gewesen, hineinzugehen, bis er *Sans Souci* erreichte, das nach einer scharfen Kurve in der Straße in Sicht kam. Der Teil der Straße, der abknickte, verlief durch einen dunklen Wald von Fichten, die in regelmäßigen Reihen sehr dicht aneinandergepflanzt waren. Jenseits des Waldes lag *Sans Souci*; es war in Sonnenlicht gebadet. Victor ging in den Vorgarten und holte sich den Schlüssel, der immer unter dem Vogelbad lag. Er schloß auf, trat ins Haus und rief ihre Namen, «Clare» zuerst und dann «David». Eine Zeitlang blieb alles still, und dann hörte er jemanden lachen, zwei Leute lachten. Die Wohnzimmertür öffnete sich, und Clare kam heraus, und David war neben ihr, bloß, David saß nicht in seinem Rollstuhl, er ging zu Fuß. Er war wieder gesund, nicht mehr gelähmt – er ging auf seinen Beinen!

Clare sagte: «Schau mal, ein Wunder!»

Ein entsetzliches Gefühl von Übelkeit und Verzweiflung kam über Victor, denn er wußte – warum, konnte er nicht sagen –, daß er sie jetzt, da David wieder gehen konnte, beide verloren hätte. Aber fast sofort hinterher wachte er auf, und die Erleichterung über die Realität war unermeßlich nach diesem seltsamen und erschreckenden Traum.

Aber er wollte sich jetzt nicht daran erinnern. Er stellte den Wagen ab und ging seitlich ums Haus. David hatte gesagt, er würde sie sicherlich im Garten antreffen, wenn es ein schöner Tag wäre. Der Geißblattduft war durch den Duft der Rosen ersetzt. Clare schnitt das Gras mit einem elektrischen Rasenmäher an einer langen Schnur, und David sah ihr aus seinem Rollstuhl unter dem weißblauen Sonnenschirm dabei zu. Sie stellte den Strom ab und kam auf ihn zu.

«Hallo, Victor.»

Lächelnd hob David eine Hand zum Salut. Die beiden waren jetzt ganz ungezwungen mit ihm, sie akzeptierten ihn, er war schon beinahe wie ein Familienmitglied. Clare trug ein cremefarbenes Baumwollkleid mit offenem Hemdkragen und großen Puffärmeln. Das Kleid wurde in der Taille zusammengehalten von einem breiten Gürtel aus dunkelbraunem Leder mit Doppelnähten, und an den

Füßen hatte sie flache Riemchensandalen. Das Haar, vielleicht frisch gewaschen, hing nicht wie sonst auf die Schultern herab, sondern stand ihr wie eine schimmernde Tüllwolke um den Kopf. In seinem Traum war sie viel weniger hübsch gewesen als jetzt, und wenn er daran dachte, daß er sogar eine Ähnlichkeit zwischen ihr und Jenny von nebenan festgestellt hatte, dann kam er sich vor, als habe er sie irgendwie betrogen.

Die kleine Hündin Sally lag auf Davids Schoß, aber als sie Victor sah, sprang sie herunter und ließ ein erstaunlich erwachsenes Bellen hören, worüber alle lachten.

«Du sollst uns nicht immer all diese Sachen mitbringen, Victor», sagte Clare, als sie den Wein und die Zigaretten sah.

«Ich möchte es aber, ich kann es mir doch leisten.»

«Du verschwendest dein Vermögen, damit wir in Saus und Braus leben», meinte David. «Eines Tages wirst du dieses Erbe noch brauchen.»

Das inspirierte Victor, David von seinen Plänen über eine eigene Autovermietung zu erzählen. David schien das zu billigen, aber er hielt es für das klügste, wenn Victor dabei klein anfinge, mit nur einem Wagen.

«Wir werden dich jedesmal engagieren, wenn David nach Stoke Mandeville muß», versprach Clare.

«Besonders, wenn du einen Wagen in der Größe eines Lasters parat hältst, mit einer Rampe, um einen Rollstuhl hineinzukriegen, und mit Haltevorrichtungen, wenn er drinnen ist, und mit einem extra angefertigten Spezialgurt.» David lächelte die ganze Zeit, während er das sagte, und Victor glaubte nicht, daß er ihn verspottete. Wie konnte er auch? David brauchte ja tatsächlich alle diese Dinge, und Clares Landrover besaß sie. Er, Victor, war wirklich überempfindlich, und bestimmt bildete er sich die Seitenblicke nur ein, die Clare David zuwarf, und ihr kaum merkliches Stirnrunzeln.

Zum Mittag gab es Lachs mit einer Mayonnaise, die Clare durch feingehackte Kräuter grün gemacht hatte, dazu Gurkensalat und Baguettebrot. Victor hatte noch nie solche Art Lachs gegessen, bloß immer aus der Konserve, und ein- oder zweimal auch Räucherlachs. Hinterher gab es Erdbeeren mit Schlagsahne. David zündete sich eine Zigarette an.

«Macht es dir was aus, mir etwas zu holen, Victor?» sagte er. «Du findest es auf dem Tisch, wo Clares Foto steht. In einem braunen Umschlag.»

«Es ist sein Buch», sagte Clare.

«Jetzt ist sie hin, meine Überraschung!»

«Aber Liebling, Victor muß doch von deinem Buch wissen. Es war doch der Artikel über dein Buch, aus dem er erfahren hat, wo du lebst.»

«Stimmt», sagte David.

Sein versonnener Blick ruhte auf Victor, und um seine Lippen lag wieder das kleine, ironische Lächeln. Davids Gesicht hatte heute wieder das schwere, schlaffe Aussehen, das es immer bekam, wie Clare ihm erzählt hatte, wenn er in der Nacht zuvor schlecht geschlafen hatte. Victor stand auf und ging ins Haus und betrat das Wohnzimmer, indem er die kauernde Türstopperkatze mit dem Fuß beiseite schob. Clares Blicke trafen ihn aus dem silbernen Rahmen. Er würde dieses Bild so gerne haben, und er überlegte, ob es nicht eine Möglichkeit gäbe, das zu bewerkstelligen. Aber es stand an so prominenter Stelle, und offenbar bedeutete es David viel...

Die Unruhe, die ihn beschlich, war ähnlich wie damals, als sie ihn auf jenem Spaziergang in den Wald mitgenommen hatten – das Gefühl, daß sie sich allem äußeren Anschein zum Trotz über ihn mokierten, daß sie sich verschworen hatten, um sich an ihm zu rächen, daß sie ihn nur zu jener Lichtung geführt hatten, um ihn mit den abscheulichsten Aspekten seiner Vergangenheit zu konfrontieren. Genauso fühlte er sich auch jetzt, als er den großen braunen Umschlag nahm. In dieser oder jener Form war darin Davids Buch. Würde David ihn auffordern, es zu lesen – es vielleicht sogar laut zu lesen, damit er auf entsetzliche Bloßstellungen seiner selbst stieße? War er, Victor, darin abgebildet und als ‹Psychopath›, als ‹kaltblütiger Krimineller›, als ‹wahnsinniger Triebtäter› beschrieben? Angenommen, es wäre so, was sollte er dann tun?

Mit dem Umschlag in der Hand stand er da, und ihm wurde bewußt, daß ihm davor graute, hineinzusehen. Plötzlich war er in Versuchung, das Haus durch die Vordertür zu verlassen, den Umschlag mitzunehmen und einfach wegzufahren. Aber er ging wieder zurück durch das Haus, hinaus in den Garten. Die kleine Hündin war auf dem Rasen eingeschlafen. Clare stand über Davids Stuhl gebeugt, den Arm um Davids Schultern, die Wange gegen seine gelegt. Für einen, der sich immer damit gebrüstet hatte, er wisse gar nicht, was Einsamkeit hieße, fühlte sich Victor sehr allein, verloren, ein Außenseiter. Er warf David den Umschlag hin.

«Hast du schon jemals einen Fahnenabzug gesehen?» fragte David. «Ich muß gestehen, ich noch nie. Faszinierend ist das!» Er lächelte, und Victor wußte, er wollte ihn auf die Folter spannen. «Ich soll das alles hier lesen und für den Drucker korrigieren – typographische Fehler markieren, verstehst du, oder auch meine eigenen Fehler.»

Es waren einfach die Seiten eines Buchs, Seite eins und zwei zum Beispiel auf einer Seite des Bogens und drei und vier auf der anderen. Im Text war ein Wort rot umrandet, und am Rand stand eine Hieroglyphe.

«Woher weißt du, wie man das machen muß?» wollte Victor wissen.

«In *Pears Encyclopedia* stehen sämtliche Korrekturvorschriften.»

Es waren keine Bilder dabei, natürlich nicht, und auch kein Umschlag oder Schutzumschlag, lediglich der dicke Packen bedruckter Seiten. Auf der ersten Seite stand der Titel: *Zwei Arten Leben – von David Fleetwood.* Victor fühlte ihre Blicke auf sich, und ihm war übel, als er die Seiten durchblätterte. Er tat es ziellos und wie blind, er sah nichts als eine tanzende Masse schwarzer und weißer Strudel.

Clare sagte leise: «Victor, du brauchst nichts zu befürchten.»

«Zu befürchten?» fragte er.

«Ich meine, es steht nichts über dich drin. Das Buch beschreibt nur, was es ankündigt – zwei Arten Leben. Das Leben, das David als Polizeioffizier geführt hat und alles, was damit zusammenhing, und das Leben... na ja, hinterher. Es soll den Menschen bloß zeigen, daß das Leben nicht vorbei ist, weil man querschnittgelähmt ist, es handelt von all den Dingen, die David zuwege gebracht hat – seinen Universitätsabschluß zunächst einmal, ferner Reisen, ins Konzert zu gehen, ein Musikinstrument zu erlernen... Wußtest du, daß er nicht nur Geige spielt, sondern auch gelernt hat, Geigen zu bauen? Von alledem handelt das Buch; es ist heiter und optimistisch, es ist voller Hoffnung.»

«Armer alter Victor», meinte David, «was hattest du denn gefürchtet?»

Früher einmal hatte Victor ihn gehaßt. Eine Woge jenes alten Hasses schlug erneut über ihm zusammen, bitterer Groll, weil er wußte, David hatte den Weg seiner Gedanken sehr wohl verfolgt, jeden Schritt bis zu diesem Punkt. David hatte sehr wohl gewußt, wie ihm zumute war, hatte ihn seelenruhig weiter auf die Folter gespannt, vielleicht in der Annahme, Victor habe es sich die ganze Zeit seit ihrer ersten Begegnung vor einem Monat verkniffen, nach dem Buch zu fragen. Wie hätte er auch wissen sollen, daß Victor viel zu glücklich gewesen war in dieser neuen Freundschaft, um dem Buch auch nur einen Gedanken zu widmen; bis jetzt...

«Sieh mal», sagte Clare, «dies ist die einzige Stelle, wo Solent Gardens erwähnt wird.»

Victor las es, und seine bösen Gedanken über David verflüchtigten sich. Vielleicht hatte er sich das alles wirklich nur eingebildet. Er wußte ja, er war manchmal ein bißchen paranoid, das Gefängnis machte einen paranoid, sagten die Leute, die es eigentlich wissen mußten.

Die «Belagerung» von Solent Gardens – mit Belagerung hatte das kaum etwas zu tun, und sie war ja auch von sehr kurzer Dauer – ist an anderer Stelle zu oft beschrieben worden, als daß ich darüber noch viel sagen könnte. Darum in wenigen Worten: Man hat auf mich geschossen, und der Schuß machte mich für den Rest meines Lebens zum Krüppel. Heutzutage, nachdem die Zeiten sich geändert haben – manche Leute sagen, zum Schlechteren verändert –, würden Polizisten, die zu einem solchen Einsatz herangezogen werden, zweifellos mit Schußwaffen ausgerüstet, und es besteht durchaus die Wahrscheinlichkeit, daß nicht auf mich geschossen worden wäre, wenn...

Aber ‹wenn› und ‹hätte›... all das Rückwärtsgrübeln ist eine ebenso sinnlose wie destruktive Tätigkeit. Das Vergangene ist vergangen. Der Schuß ging in meine untere Wirbelsäule, das Rückenmark wurde verletzt, und mein Körper unterhalb der Körpermitte ist für alle Zeit gelähmt. Meine letzte Erinnerung für lange Zeit war, daß ich in einer Blutlache lag, meinem eigenen Blut, und daß ich fragte: «Wessen Blut ist das?»

Die nächsten Monate meines Lebens, meines zweiten Lebens, verbrachte ich im Stoke Mandeville Hospital, und davon handelt das folgende Kapitel.

«Es wird noch ein Vorwort geben, geschrieben von einem älteren Polizeioffizier», erklärte David, «in dem er diese sogenannte ‹Belagerung› näher beschreiben wird. Aber ohne dich namentlich zu nennen, das haben wir beschlossen.» Er lächelte hintergründig. «Meinen Verlegern paßte das ganz und gar nicht, das muß ich der Wahrheit zuliebe sagen. Aber sie hatten dann doch wohl Angst vor einer Verleumdungsklage oder so was, denke ich. Also – keine Bilder, Victor, und keine harten Worte, klar?»

Das mit den Verlegern konnte wahr sein, dachte Victor, und ebenso stimmte es auch, davon war er überzeugt, daß David ihm nichts Böses wollte. David hatte begriffen, daß es ein Unfall gewesen war. Aber warum lag dann in seinem Blick, der ausgiebiger als sonst auf Victor ruhte, immer dieser Abglanz von Ironie, dieses tolerante Amüsement? Warum beobachtete er Victor fortwährend, so als warte er – ja, das war es! –, als warte er förmlich darauf, daß er wieder etwas Schreckliches täte, als erwarte er einen neuerlichen, entsetzlichen Unfall, bei dem er, David, wieder das Opfer sein würde?

Victor schob die Fahnenabzüge wieder in den Umschlag zurück und wandte seinen Blick Clare zu, einen Blick voller Dankbarkeit. Denn sie war es gewesen, die seine Gedanken erraten, die seine Ängste richtig interpretiert hatte; sie war es gewesen, die ihn getröstet hatte, ohne daß er darum gebeten hatte. Ihre ringlose Hand lag auf dem Tisch, diese Hand, der David einen Verlobungs-, einen Ehering verweigerte. Victor sehnte sich danach, sie mit seiner eigenen Hand zu bedecken, sie zu halten, aber er wagte es nicht.

13

Es waren noch zwei Wochen bis zu seinem Geburtstag. Victor hatte es schlau anfangen müssen, sich zu vergewissern, daß David und Clare an jenem Sonntagabend nichts Besonderes vorhatten und wie gewöhnlich zu Hause sein würden. Von seiner geplanten Überraschung sagte er nichts, ließ sie aber doch wissen, daß er an jenem Tag Geburtstag hätte, denn er war überzeugt, daß sie sich ohnehin während der nächsten vierzehn Tage noch sehen würden.

Während der Heimfahrt – sehr spät, erst in den frühen Morgenstunden des Sonntags – beschloß er, er werde es diesmal ihnen überlassen, ihn anzurufen. Denn natürlich konnten sie ihn erreichen, wenn sie es wollten, er war ja abends fast immer zu Hause, und wenn er die Tür ein wenig offenließ, dann hörte er auch das Telefon. Vielleicht war es ein bißchen zuviel des Guten gewesen, sie zweimal in einer Woche zu besuchen. Er mußte aufpassen, daß er die Dinge in diesem frühen Stadium nicht übertrieb. Warum auch, sie hatten ja noch Jahre vor sich. Es würde wahrscheinlich ein ganzes Jahr oder noch länger dauern, um wirklich enge Freunde zu werden. Und während er die leere Straße zwischen den Buchenwäldern entlangfuhr, an den dunklen Hängen und den blasseren Lichtungen des Waldes, sann er darüber nach, ob wohl der Tag käme, wo sie alle drei zusammenwohnten, sich irgendwo ein Haus teilten? Eine faszinierende Wunschvorstellung: Er betriebe sein Autovermietungsunternehmen, und wenn das so erfolgreich geworden war, wie er erwartete, dann würde auch Clare für ihn arbeiten, würde als Partnerin bei ihm eintreten, während David, dessen Buch ja unweigerlich ein Erfolg werden mußte, in ein drittes Leben überwechselte, das Leben eines Schriftstellers... Aber er wünschte sich doch, er besäße jenes Foto von Clare. Er hätte sie einfach bitten können, ihm ein Foto zu schenken. Warum hatte er das nicht getan? Aus Angst, sich lächerlich zu machen, gestand er sich ein. Wenn er die beiden das nächste Mal sah, würde er ihnen ein Foto von sich schenken und sie um Bilder von sich bitten. Auf diese Weise würden sie nicht merken, daß es vor allem Clare war, von der er ein Bild wollte.

Angetan mit seinem neuen Anzug ging Victor ein paar Tage später zu einem Fotografen, der sein Atelier am Ealing Park hatte. Der Fotograf schien ein bißchen überrascht von seinem Verlangen und nahm wohl zunächst an, Victor wolle eine Aufnahme für ein Paßfoto. Anscheinend kam es selten vor, daß alleinstehende, erwachsene Männer, ohne Frau und Kind, Porträtaufnahmen von sich selbst machen lassen wollten. Und dann spürte Victor förmlich seine Enttäuschung, daß er nicht Pfeife rauchte und auch weder einen Hund an der Leine noch einen Golfschläger in der Hand halten wollte. Aber schließlich wurden die Aufnahmen gemacht, und der Mann versprach Victor innerhalb der nächsten Tage eine Kollektion von Probeabzügen zum Aussuchen.

Er kaufte sich den *Tatler*, die *Radio Times*, die *TV Times*, *What Car?* und *House and Garden* und setzte sich in seinen Rollstuhl, um sie zu lesen. Am Abend saß er vor seinem neuen Fernseher, hatte den Ton leise gestellt und die Tür aufgemacht, so daß er das Telefon hören konnte. Am Freitag rief Clare dann wirklich an – um ihn zu fragen, ob er gemerkt habe, daß er seinen Sweater vergessen hätte? Sie hatte ihn eingepackt und ihn heute morgen per Einschreiben an ihn abgeschickt. Es war das rote Marks-and-Spencer-Sweatshirt, von dem sie sprach. Victor hatte es noch gar nicht vermißt, weil das Wetter sehr warm war, aber er wünschte, es wäre sein Jackett gewesen, das er vergessen hätte, oder sonst etwas mit einem exklusiveren Etikett.

Clare lud ihn nicht ein, aber sie meinte doch, kurz ehe sie das Gespräch beendete, na, sie sähen sich dann ja. Victor gefiel das, diese leichte Beiläufigkeit, mit der er als Freund akzeptiert wurde. Da gab es nichts Formelles mehr, keine Notwendigkeit zu sagen, wie anregend der Samstagnachmittag mit ihm gewesen sei, wie wunderbar sein Wein, und wie sie sich darauf freuten, ihn wiederzusehen. Das war vorbei, darüber waren sie hinweg. Und er redete sich ein, er sei froh, *nicht* eingeladen worden zu sein. Wenn er dieses Wochenende wieder hinausfuhr, dann würde das womöglich seine Geburtstagsfeier um so schwieriger machen. In einer Freundschaft mußte es auch Pausen geben, dachte er, Pausen zum Atemschöpfen. Aber als Clare eingehängt hatte, da stand er doch in der dämmerigen Diele, den Hörer noch in der Hand, und da sagte er laut in die Sprechmuschel, was er nicht gesagt hatte, als sie noch am anderen Ende der Leitung war: «Gute Nacht, Clare. Gute Nacht, Clare, Liebling.»

Das war ein Wort, das er während seines ganzen Lebens noch nie zu jemandem gesagt hatte. Er nahm den Bleistift, der oben auf dem Telefonkasten lag, und schrieb auf das Holz neben Davids Namen und Telefonnummer: Clare.

In der Lebensmittelabteilung von Harrods sah sich Victor die Delikatessen an, Käse und kaltes Fleisch und Fisch und Salate. Er sah sich Kuchen und Früchte an, rechnete Preise aus und war unfähig, irgendeine Wahl zu treffen angesichts dieser Vielfalt, dieses Überflusses, dieser unglaublichen Auswahl. Am nächsten Samstag wollte er wiederkommen und alles einkaufen, was er für sein Geburtstagsessen haben wollte. Er würde sich wieder den Wagen mieten. Es war ein Jammer, daß er sich nicht auch einen Kühlschrank mieten konnte.

Der Fotograf schickte die Aufnahmen und betonte, daß sie unfertig, daß es lediglich Rohabzüge seien, bloß zum Aussuchen. Victor fand, sie waren für ihn auch im gegenwärtigen Stadium gut genug.

Er hatte nicht gewußt, daß er so jung aussah. Sein gutes Aussehen war durch die Jahre im Gefängnis weniger ruiniert, als er angenommen hatte. Es war ein ernstes, hübsches, ziemlich reserviertes Gesicht, das ihn da anblickte, der Mund sensibel, und allein die Augen mit ihren düsteren Erfahrungen verrieten, daß der Mann auf dem Porträt die Dreißig überschritten hatte und kein Twen mehr war. Auf einem Bild war er im Profil abgebildet, auf zwei anderen blickte er nach vorn, die Augen ein wenig seitlich gerichtet. Sollte er das Bild für David und Clare rahmen lassen, oder sollte er es ihnen einfach in dem cremefarbenen, gerippten Papierumschlag mit dem Büttenpassepartout überreichen, den der Fotograf beisteuern würde? Er wandte sich mit dieser Frage in Gedanken an Clare, aber wie gewöhnlich antwortete sie nicht.

Muriel besaß einen Kühlschrank. Sie hatte sogar einen sehr großen Kühlschrank mit geräumigem Gefrierfach, so wie es für jemanden, der lebte wie sie, ja auch notwendig war. Aber es widerstrebte Victor, sie zu bitten, ob er in ihrem Kühlschrank über Nacht Sachen aufbewahren dürfe, die er bei Harrods kaufen wollte. Die kriegte es fertig und sagte nein. Außerdem hatte er das bestimmte Gefühl, jetzt, da er ihr Haus als eine Art Bank benutzte, dürfe es darüber hinaus keine Beziehungen mehr zwischen ihnen geben. Sie hatten aufgehört, Tante und Neffe zu sein. Das hatte sie nun erreicht durch ihre aggressive Haltung ihm gegenüber!

In gewisser Weise war Muriels Haus wirklich wie eine Bank mit Selbstbedienungsschalter, mit automatischem Außenschalter (ehe er ins Gefängnis kam, gab es sie noch nicht), wo man eine Karte einschob und eine geheime Nummer wählte, und schon kam das Geld heraus. Bei Muriel dagegen brauchte man bloß den Schlüssel und eine gute Portion Nerven. Im Moment brauchte er kein weiteres Geld, er hatte genug, um damit einigermaßen über die nächste Woche zu kommen. Victor ging die Acton High Street entlang und blieb stehen, um sich in den Schaufenstern eines Ausstellungsraumes Kühlschränke anzusehen. Sowie er eine Wohnung hatte, brauchte er bestimmt einen Kühlschrank, aber gegenwärtig hatte er wohl kaum Platz dafür, wo doch der Rollstuhl schon so viel Raum einnahm.

Auf dem Rückweg kam er an Jupps Laden vorbei. Mitten im Schaufenster, hinter dem Tablett mit dem viktorianischen Schmuck, stand der Schreibtisch seines Vaters. Das Preisschild, das an einem Bindfaden hing, war so gedreht, daß es von der Straße her nicht einsehbar war, eine Technik, die allen Antiquitätenhändlern und Trödlern eigen war. Aber in diesem Falle war es nicht vollständig umgedreht, und indem er seinen Kopf verdrehte und ihn so tief hinabbeugte, daß er fast die Knie berührte, konnte Victor die mit Kugelschreiber geschriebene Summe entziffern: 359.99 Pfund! Und ihm hatte Jupp für alles zusammen nur 410 Pfund gezahlt! Er mußte auch da schon gewußt haben, daß der Schreibtisch eine Antiquität war. Und wenn der Schreibtisch so viel wert war, wieviel dann wohl der ganze Rest? Wahrscheinlich hatte der Wert seiner Möbel näher an viertausend Pfund gelegen als an vierhundert.

Immerhin begriff er, während er den Schreibtisch und die beiden Messingkerzenhalter seiner Mutter betrachtete, die obendrauf standen, daß es jetzt zu spät war, irgend etwas dagegen zu tun. Dennoch betrat er den Laden. Die Türglocke schepperte. An prominenter Stelle, gleich hinter der Tür, stand das braune Samtsofa, auf dessen Armlehne jemand den ausgestopften Pfau gesetzt hatte, so daß seine hornigen Klauen das Zigarettenloch verdeckten, das sein Vater hineingebrannt hatte. Es war weder Jupp noch der Junge, sondern Kevin, der aus dem Hintergrund trat.

«Der hat mich ganz schön übers Ohr gehauen, was?» sagte Victor. «Verlangt für den Schreibtisch schon fast so viel, wie er mir für den ganzen Kram gezahlt hat!»

«Vollkommen richtig, die reine Halsabschneiderei», meinte Kevin vergnügt. «Na ja, er macht's ja schließlich nicht als Zeitvertreib, bloß der Gesundheit zuliebe, nicht wahr? Da wir gerade von Gesundheit reden: Sie werden's kaum glauben, aber er hat die Pfefferminzpastillen aufgegeben. Richtig total aufgegeben, ganz in echt!»

Victor interessierte das nicht. Der gesamte Inhalt seines Elternhauses war hier über Jupps Laden verteilt, außer einigen Sachen, von denen Victor annahm, daß er sie schon verkauft oder in den Laden an der Salusbury Road gebracht hatte. Er ging umher und las die Preisschilder: Hundertfünfzig Pfund für den Eßtisch und die sechs Stühle, fünfundzwanzig Pfund für das Doppelbett seiner Eltern (Schauplatz so vieler Liebesakte und -seufzer), zehn Pfund für das satinbezogene Kopfteil des Bettes, fünfundsiebzig Pfund für ein Bücherregal und hundertfünfundzwanzig Pfund für den chinesischen Glasschrank.

«Möchten Sie vielleicht einen Kaffee?» fragte Kevin, der aus der Tiefe des Ladens wieder auftauchte. «Kommen Sie nur.» Victor folgte ihm, bückte sich unter einem zur Seite gerafften Vorhang hindurch. Auf einer Kochplatte fing gerade ein Topf an, überzukochen. Weißer Schaum stieg blasig auf und lief über den Rand, ehe Kevin zur Stelle war. «Zwecklos, über verschüttete Milch zu weinen», seufzte er.

Der Raum war wie eine Küche eingerichtet, aber mit Lehnsesseln und einem schmiedeeisernen Tisch mit Marmorplatte, wie man sie manchmal in Kneipen fand.

«Wohnen Sie hier?» fragte Victor.

«Sie machen wohl 'nen Witz, wie?» Kevin reichte ihm einen Becher mit gekochter Milch und Wasser und einem halben Teelöffel Pulverkaffee darin. «Zucker? – Also, der hat Ihr Tantchen ganz schön auf Trab gebracht, das können Sie mir glauben. Ich weiß gar nicht, was seit kurzem in den alten Joe gefahren ist. Er ist sogar mit ihr ausgegangen.»

«Die geht doch nie aus.»

«Na ja, das ist auch mehr so eine Redensart, oder? ‹Ausgehen› – was heißt das schon! Alles, ob sie nun Ihrem Mädchen ein halbes Foster spendieren oder sie bis zur Besinnungslosigkeit vögeln. Er braucht wohl jetzt was, das ihn von seinen Entzugssymptomen ablenkt.»

«Dann wohnt *er* also wohl hier?» Victor beharrte entschlossen auf dem Thema.

«Kein Mensch wohnt hier», sagte Kevin geduldig. «Meine Frau und ich, wir wohnen in Muswell Hill, und der alte Joe hat eine Maisonette über dem Laden unten in Salusbury. Nun zufrieden? Warum wir dann diese Sessel und den Kühlschrank hier im Hinterzimmer haben? Weil es nämlich, wenn man in dieser Branche tätig ist, an einem Wochentag verdammt lange Pausen gibt, wo – gelinde ausgedrückt – keine Sau aufkreuzt. Klar?»

«Kann ich mal etwas in Ihrem Kühlschrank aufbewahren, über Nacht? Samstag nacht, genauer gesagt.»

«Was ist denn mit Ihrem eigenen los?»

Victor erklärte, daß er keinen Kühlschrank hätte. Es dauerte eine Weile, Kevin davon zu überzeugen. Anscheinend war es ihm noch nie in den Sinn gekommen, daß es tatsächlich Leute gab – ganz gewöhnliche Leute, solche, die um ihn herum lebten, nicht Ureinwohner, Mennoniten oder sonstwas –, die keinen Kühlschrank besaßen.

«Ist das wohl zu glauben!» staunte er und sah Victor mit ganz neuen Augen an. Und dann fing er an, von dem Kühlschrank zu erzählen, den er mit Jupps Tochter teilte, dem größten und effizientesten auf dem britischen Markt, mit enormem Rauminhalt, ausgerüstet mit Gefrierabteil, mit Eiswürfelautomatik und einem Behälter zum Kühlen von Getränken mit Zapfhahn dran. Mühsam brachte Victor aus ihm heraus, daß das Geschäft am Samstag bis sechs offen wäre und er, Kevin, es inoffiziell am Sonntag bis mittags öffnete. «Strikt gegen das Gesetz, aber dem Touristengeschäft sehr zuträglich», meinte er grinsend.

Victor war drauf und dran, darauf zu pochen, daß Jupp ihm etwas schulde, nachdem er ihm sein Mobiliar praktisch gestohlen hätte, aber es bedurfte bei Kevin gar keines weiteren Überredens. Sie hatten in dem Kühlschrank ja sowieso nie was außer Milch und vielleicht einem halben Dutzend Bierdosen, Victor solle nur ruhig kommen.

«Dann also am Samstag gegen zwölf», sagte Victor.

Mal angenommen, Jupp wollte seine Tante heiraten? Es waren schon verrücktere Sachen passiert auf der Welt. Und schließlich mußte es das sein, worauf Jupp aus war, denn Sex oder ihre trauliche Gesellschaft konnten es ja wohl nicht sein, woran er bei ihr interessiert war. Es konnte nur ihr Geld sein. Victor schloß die Tür auf und trat ein in die muffige Stille des Griffithschen Hauses, in die Ruhe eines langen Tages, wenn er hier allein war. Das Päckchen auf dem Dielentisch war für ihn, die Adresse in Clares Handschrift geschrieben. Das Sweatshirt natürlich, und dabei die neueste Ausgabe der lokalen Wochenzeitung. Victor hoffte auf einen beiliegenden Brief, fand aber nur eine Postkarte mit einer Zeichnung drauf – eine Statue auf einem Platz und ein paar Gebäude –, von der er dachte, Clare hätte sie vielleicht selbst gemacht, aber auf der Rückseite stand: *Versailles, Raoul Dufy*. Darauf schrieb sie: *Ich dachte, du brauchst ihn vielleicht; falls wir uns für eine Weile nicht sehen. Alles Liebe – Clare.*

Er nahm die Sachen mit nach oben. Und er zog das Sweatshirt an, obwohl es eigentlich zu warm dazu war. Dann setzte er sich in den Rollstuhl und studierte die Mitteilung noch einmal. Was hieß das, *für eine Weile*? Ein paar Tage? Eine Woche? Einen Monat? Aber eigentlich kam es nicht weiter drauf an, was es heißen sollte, wo er doch sowieso am Sonntag hinausfahren und sie überraschen würde. Sie hatte *Alles Liebe* geschrieben, wo sie doch ebensogut einfach mit *Deine Clare* hätte schließen können. Letztes Mal hatte sie noch *Ihre* geschrieben. Sie hätte auch schreiben können: *Freundliche Grüße* oder *Herzlich Deine* oder *Immer Deine*, aber nein, sie hatte *Alles Liebe* geschrieben. Man schrieb doch nicht *Alles Liebe*, wenn man nicht ein starkes Gefühl für einen Menschen hegte, nicht wahr? Er konnte sich nicht vorstellen, daß er an irgend jemanden *Alles Liebe* schriebe – außer an sie...

Das Sweatshirt war von ihr angefaßt worden, sie hatte es zusammengefaltet. Er konnte sie darin riechen, tatsächlich, er roch einen deutlichen, wenn auch schwachen Hauch jenes *Rive Gauche* darin, das er selbst ihr gekauft hatte.

In der Zeitung wurde eine annehmbar klingende Wohnung angeboten. Wahrscheinlich war sie mittlerweile schon vergeben, fürchtete Victor, aber er rief die Nummer doch an. Dabei stand er in der Diele, den Blick auf Clares bleistiftgeschriebenen Namen auf der Unterseite der Stufen geheftet. Die Wohnung war noch zu haben, fünfzig Pfund in der Woche, und direkt in Theydon Bois gelegen. Victor malte sich aus, daß er Clare und David dann jeden Tag sehen würde. Sie würden bei ihm hereinschauen, wenn sie von ihren Spaziergängen zurückkamen, würden mit ihm draußen sitzen unter einem gestreiften Sonnenschirm und weißen Wein trinken. Es war eine Parterrewohnung, großes Wohnschlafzimmer mit ‹Patio›, Küche und Bad. Eine Garage war gegen Extramiete zu haben, falls gewünscht. Victor vereinbarte, daß er die Wohnung am Sonntag nachmittag besichtigen werde.

Ohne viel darüber nachzudenken, was er tat, einzig und allein, weil es ihm richtig erschien, weil es das war, was er tun *wollte*, holperte er den Rollstuhl die Treppe hinunter und zur Haustür hinaus. Kaum war er damit in der Twyford Avenue, stieg er hinein, setzte sich darin zurecht und bedeckte seine Beine mit der braunkarierten Reisedecke. Es war ein warmer Tag, aber doch nicht so warm, daß die Decke lächerlich gewirkt hätte.

Victor bewegte sich auf den Ealing Park zu. In dunkler Vergangenheit einmal waren solche Gegenden um ihrer Möglichkeiten willen für ihn attraktiv gewesen: Dort konnte er auf Frauen ohne Begleitung treffen, und dort war niemand in Hörweite ihrer Schreie. Hunde hatte er immer als höchst unzulänglich empfunden, wenn es darum ging, ihren Frauchen zu Hilfe zu kommen, immerhin stimmte es andererseits, daß er nie Frauen überfallen hatte, die von großen Hunden begleitet waren. Er hielt den Rollstuhl unter ein paar Bäumen an. Ein Kind, das mit einem Ball spielte, wurde von seiner Mutter streng fortgerufen – aus Sorge, es könne für den behinderten Mann eine Belästigung sein, vermutete Victor. Der Sexualtäter, der er einmal gewesen war, erschien ihm wie eine andere Person, und das nicht nur, weil er zur Zeit die Rolle eines Behinderten spielte. Vergewaltigung erschien ihm so abwegig wie jedem anderen normalen Durchschnittsbürger auch. Warum hatte er es nur früher getan? Was hatte er davon gehabt? Er fragte Clare, die ihm einfühlsam zuhörte, aber wie gewöhnlich antwortete sie nicht. Er hatte es getan, weil er immer so voller Wut gewesen war, dachte er, und jetzt war er es überhaupt nicht mehr, er konnte sich gar keinen Grund vorstellen zum Wütendsein.

Er kehrte um und fuhr nach Hause. Ein junges Mädchen, das Clare sehr ähnlich sah, kam und half ihm über die Kreuzung an der Uxbridge Road. Sie ging neben seinem Rollstuhl her, die Hand an der Rückenlehne. Als er an der Ecke der Tolleshunt Avenue angelangt war, waren seine Arme erlahmt, aber als er aus dem Rollstuhl ausstieg, um ihn bis zu Mrs. Griffiths Haus zu schieben, da waren ihm die Beine steif geworden durch die ungewohnte Ruhigstellung.

Am nächsten Tag holte er wieder seinen Mietwagen. Mit einigem Glück bekam er denselben wie voriges Mal. Er erwischte gerade noch einen Parkplatz vor Harrods. In der Lebensmittelabteilung kaufte er Spargel und Himbeeren, geräucherte Forelle und Wachteln – bei denen er hoffte, daß Clare wüßte, wie man sie zubereitete –, winzige englische junge Kartoffeln, die ersten der Saison, Kräuterbutter, Crème fraîche, Schotenerbsen, Brie und Double Gloucester und einen Ziegenkäse, der aussah wie eine Biskuitrolle mit Zuckerguß. Er kaufte Champagner, *Moët et Chandon*, und zwei Flaschen *Orvieto*.

Es kostete nahezu hundert Pfund. Victor hatte nicht gewußt, daß man hundert Pfund ausgeben konnte für eine so kleine Menge Essen. Er fuhr zu Jupps Laden. Jupp war persönlich da und versuchte vergeblich, einer Frau, die offensichtlich nur hereingekommen war, um sich umzusehen, eine häßliche Art-Nouveau-Lampe zu verkaufen. Kevin hatte natürlich nicht daran gedacht, ihm zu erzählen, was er und Victor vereinbart hatten.

«Bißchen eigenartiges Ansinnen, was?» sagte Jupp mit Leidensmiene zu Victor. «Bißchen sehr merkwürdig, wie?»

«Ihr Schwiegersohn meinte, das ginge schon in Ordnung.»

«Ach, meinte er das! Der denkt wohl, ihm gehört das hier, der fühlt sich als Monarch, so weit das Auge reicht, was? Aber machen Sie nur, was Sie wollen, Freundchen, fühlen Sie sich ganz wie zu Hause!»

Jupp trug seine Jeans und seine gestreifte Weste, aber völlig unpassend dazu ein konventionelles weißes Hemd und einen Schlips mit einem Regimentskreuz darauf. Mit der Fingerspitze polkte er etwas von der Unterseite eines Spiegelrahmens ab und schob es in den Mund. Victor ging zum Wagen zurück und holte den Karton mit Lebensmitteln. Als er wiederkam, fiel ihm auf, daß seines Vaters Schreibtisch fort war. Jupp stand, sein Kaugummi mampfend, und hielt ihm die Kühlschranktür auf. Er beäugte alles eingehend, was Victor hineinpackte, und beim Anblick des Champagners fuhren seine buschigen weißen Augenbrauen in die Höhe.

«Habe ich Ihnen nicht gesagt, Sie sollen nicht alles auf einmal ausgeben, Freundchen?»

«Na, Sie schlagen doch wohl genug Profit daraus, sollte man meinen», erwiderte Victor.

Jupp knallte die Kühlschranktür zu. «In der Liebe und im Krieg ist alles erlaubt.» Er erläuterte nicht, was Liebe oder Krieg mit einer nüchternen geschäftlichen Transaktion zu tun hatten. Victor sagte, er werde morgen früh kommen und das Zeug abholen, und damit ging er hinaus.

Er fuhr sehr früh wieder hin, schon vor zehn, denn er war im Morgengrauen aufgewacht mit dem entsetzlichen Gedanken, was werden sollte, wenn sie ausgerechnet an diesem Sonntag das Geschäft nicht aufmachten, wenn Kevin es zum Beispiel einfach vergaß? Aber Kevin war da. Er half Victor, die Sachen wieder einzupacken, nachdem er einen ausgekauten Kaugummi, der am Kühlschrankgriff klebte, abgepolkt und weggeworfen hatte.

«Ekelhaft, so was, wie? Der ist einfach ein süchtiger Mensch. Als nächstes raucht er bestimmt.»

Das brachte Victor auf den Gedanken, ein paar Zigaretten für David zu kaufen. Er nahm noch ein Paket Hamlet-Zigarren dazu. Als er wieder zu Hause bei Mrs. Griffith war, kleidete er sich sorgfältig an, heute mal ganz lässig in ein dunkelblaues T-Shirt, das er sich gekauft hatte, dazu dunkelblaue Cordjeans und darüber die zweifarbig-graue Steppjacke. Er schnürte gerade seine neuen Schuhe zu – makellos glattes, feines, graues Leder, das teuerste Paar, das er je besessen hatte –, da fiel ihm ein, daß ja heute sein Geburtstag war. Der ganze Aufwand geschah doch zu Ehren seines Geburtstages, und er hatte unter der Anstrengung der Vorbereitungen den Anlaß glatt vergessen! Er betrachtete sich im Spiegel. Neununddreißig war er heute, er begann sein vierzigstes Lebensjahr. Niemand hatte ihm eine Karte geschrieben, aber wen gab es denn auch, der seine Adresse kannte, außer David und Clare? Trotzdem verspürte er im Unterbewußtsein ein unangenehmes Gefühl, das leise Gefühl, im Stich gelassen zu sein, aber er weigerte sich, den Grund dafür beim Namen zu nennen: David und Clare, denen er doch gesagt hatte, daß heute sein Geburtstag war, hatten ihm keine Glückwunschkarte geschickt!

Um zwölf brach er auf, den Karton mit den Essenssachen im Kofferraum des Wagens, und in einem festen braunen Umschlag auf dem Sitz neben sich sein Porträtfoto, das gestern mit der Post eingetroffen war. Victor hatte vierhundert Pfund in der Tasche seiner Jacke, alles, was von dem Geld noch übrig war, das er bei seiner ‹Bank› in Muriels Haus abgehoben hatte.

Er aß in einem Hotel in Epping zu Mittag und fuhr den Piercing Hill hinunter nach Theydon Bois. Ihm wurde klar, daß er jetzt in einem Stil lebte, auf den er es schon immer abgesehen, den er aber früher nie ganz erreicht hatte: einen schicken neuen Wagen fahren, gut angezogen sein, essen in guten Restaurants, drauf und dran, sich ein neues und attraktives Heim zu suchen und seine Freunde zu luxuriösen Mahlzeiten einzuladen... Gewiß, da war noch die Vergangenheit, aber sie war nicht einmal mehr wie ein böser Traum, so weit war sie entrückt, so unpersönlich war sie geworden. Sie war wie die Vergangenheit eines anderen oder wie etwas, über das er in einem Magazin gelesen hatte.

Die Wohnung war ein Teil eines der älteren Häuser, die direkt an den Wald stießen. Sie war sehr klein, ursprünglich ein großes Zimmer mit Fenstertüren, das in drei Räume unterteilt worden war.

Der ‹Patio› erwies sich als eine winzige Betonfläche vor diesen Fenstertüren, mit einem Geländer ringsherum, über das eine Klematis wucherte, die zur Zeit von Myriaden weißer Blüten bedeckt war. Die Frau, der das Haus gehörte – ihr Name war Mrs. Palmer –, erklärte ihm eifrig, dies sei eine Klematis, und die blauen Blüten in den nahegelegenen Rabatten, das sei Günsel, und der Eisentisch und die Stühle seien ganz neu und von bester Qualität. Victor hielt nicht sonderlich viel von den Möbeln aus Preßspanplatten, dem angeknacksten Waschbecken und dem Haargarnteppich, aber er malte sich aus, wie er hier wohnte und draußen auf dem Patio äße, und wie David und Clare etliche Male in der Woche bei ihm hereinschauen würden. Am Telefon hatte er eingedenk dessen, was Clare ihm geraten hatte, seinen Namen als Michael Faraday angegeben, und jetzt wiederholte er ihn, und sein Klang gefiel ihm ausnehmend gut. Mrs. Palmer wollte eine Kaution in Höhe einer Monatsmiete und eine Referenz. Victor händigte ihr zweihundert Pfund aus und versprach eine Referenz, wobei er daran dachte, daß Clare ihm sicherlich helfen würde. Schließlich war sie es ja gewesen, die ihm geraten hatte, einen anderen Namen anzunehmen und sich von seiner Vergangenheit zu befreien.

Es war noch nicht mal vier Uhr. David und Clare waren bestimmt noch auf ihrem Spaziergang, wenn sie heute überhaupt spazierengegangen waren. Als er in Acton aufgebrochen war, da war es hell und sonnig gewesen, aber jetzt bezog es sich und wurde kälter, und als er langsam an den Grünanlagen entlangfuhr, schlugen ein paar Regentropfen gegen seine Windschutzscheibe. Bis halb fünf schlug er die Zeit tot, saß in seinem geparkten Wagen und las *Time out*.

Es regnete ununterbrochen, als er vor *Sans Souci* hielt. Heute waren die beiden bestimmt nicht draußen im Garten. Er pochte mit dem Türklopfer, dem römischen Soldaten, an die Haustür. Der Karton mit dem Essen und den Flaschen stand zu seinen Füßen. Ein Vorhang an einem der Vorderfenster bewegte sich, und Clare blickte heraus. Er konnte sich nicht verhehlen, daß sich, als sie sah, wer es war, ein Ausdruck unverhohlenen Entsetzens darauf breitmachte. Das Lächeln, das im nächsten Augenblick darauf erschien, war unnatürlich und forciert. Ihm war auf einmal sehr kalt.

Clare öffnete die Tür. Sie trug weiße Baumwollhosen und ein blaues Hemd, in dem sie sehr jung aussah, und sie hielt die kleine

Hündin im Arm. Clare sah immer jung aus, sie war jung, aber jetzt sah sie wie achtzehn aus. Sie sagte: «Victor, was für eine Überraschung!»

«Es sollte auch eine Überraschung sein», sagte er, aber es war mehr ein verlegenes Stammeln.

Sie sah den Karton. «Was hast du denn diesmal mitgebracht!»

Er antwortete nicht. Er hob den Karton auf und trug ihn ins Haus. Und da blieb er stehen in dem plötzlichen Gefühl, daß irgend etwas anders war als sonst, daß irgend etwas fehlte, irgend etwas fort war.

«Leider ist David nicht da», sagte sie. «Man hat ihn gebeten, schon eine Woche früher ins Krankenhaus zu kommen, als vorgesehen war. Sie wollten das unbedingt, und ihm war es einerlei. Er kommt morgen wieder.»

Da wußte Victor, was fehlte – der Geruch von Davids Zigaretten.

«Schau nicht so enttäuscht drein!»

«Tut mir leid. Es war bloß ...»

«Du wirst dich eben mit mir begnügen müssen. Komm rein und begrüß Pauline.»

Wieder sprang ihn das Gefühl an, ihm werde ein übler Streich gespielt: Sie hatte das arrangiert, sie hatte das ausgeklügelt, und da hinter der Tür wartete Pauline Ferras auf ihn, hervorgeholt aus der Versenkung, mühsam aufgestöbert, hierhergeschleppt, um ihm gegenüberzutreten und ihn zu peinigen. Aber natürlich war es eine ganz andere Pauline, eine Freundin oder Nachbarin, eine junge Frau in Clares Alter, dunkelhaarig und hübsch, und sie trug einen goldenen Ehering.

Die beiden hatten Tee getrunken, da standen noch die Teekanne und zwei Becher und Kekse auf einem Teller. Während Clare ging, um einen weiteren Becher zu holen, versuchte er, sich mit Pauline zu unterhalten. Er sagte, es sei ein schöner Tag gewesen, bloß jetzt regne es. Sie pflichtete ihm bei. Clare kam wieder und fing an, von David zu erzählen, von der Behandlung, der er sich unterziehen mußte, irgendwelche Elektroschocks ins Rückgrat, die aber eigentlich noch nicht über das Versuchsstadium hinaus wären. Sie wollte ihn selbst abholen und nach Hause zurückbringen, sie nahm sich dafür einen Tag frei, denn ihm war das lieber, als mit dem Krankenwagen zu fahren, mit dem man ihn sonst befördert hatte.

Victor war mehr als enttäuscht. Er war wie vor den Kopf gestoßen und verstummte völlig. In Gegenwart dieser Frau war es ihm unmöglich zu sprechen, und er hatte sich bereits resigniert damit abgefunden, daß sie für den ganzen Tag, den ganzen Abend gekommen war. Die ganze Absurdität seines Plans, seiner ‹Überraschung›, wurde ihm deutlich, und er sah ein, wie dämlich er gewesen war, wie kindisch, nicht vorher anzurufen und sicherzustellen, daß sie beide zu Hause waren und auch Zeit hatten! Aber als Pauline dann aufstand und sagte, sie müsse jetzt gehen – es war nett, ihn kennenzulernen, sagte sie... wie das wohl stimmen konnte! –, da fühlte er sich schon etwas besser. Vielleicht ließ sich doch noch etwas retten, dachte er. Und obwohl immer noch verstört, war er zufrieden, als Clare, nachdem sie Pauline hinausbegleitet hatte, wieder hereinkam und meinte, sie habe nicht umhin können, den Champagner in dem Karton zu entdecken, und was sie denn eigentlich feierten?

«Meinen Geburtstag», sagte er, und weil er es sich nicht verkneifen konnte: «Das hab ich dir doch gesagt.»

«Oh, Victor, natürlich hast du! Jetzt fällt es mir ein! Es war bloß all dies Durcheinander mit David... daß er vorzeitig ins Krankenhaus ging – all seine Sachen mußten vorbereitet werden... es ist mir einfach entfallen!»

«Ach, macht doch nichts.»

«Du weißt selbst, daß es doch was macht. Es macht dir sogar sehr viel aus. Ich glaub, ich weiß schon, was in dem Karton ist. Sachen für ein Festessen, stimmt's? Wein, und gute Sachen zum Essen?»

Er nickte.

«Komm, laß mal sehen, laß uns auspacken!»

Victor schlug vor, sie könnten ja den Champagner trinken, während sie das täten.

«Meinst du nicht, wir sollten ihn aufheben, bis David nach Hause kommt? Du könntest doch an irgendeinem Tag in der nächsten Woche wiederkommen, und wir trinken ihn dann.»

«Aber mein Geburtstag ist *heute*», sagte Victor.

Sie kniete am Boden, und plötzlich blickte sie mit einem Lächeln zu ihm auf, das so freudig war und irgendwie so verschwörerisch – wie im Einverständnis mit seiner kindlich-trotzigen Antwort. Sie zog die Nase kraus. Ihm war wirklich nicht nach Lächeln zumute gewesen, aber jetzt brachte er eines zuwege. Die

Sachen, die aus dem Karton zum Vorschein kamen, verschlugen Clare den Atem.

«Das könnten wir doch sowieso nicht alles aufessen, bloß wir beide allein!»

Victor machte den Champagner auf. Sie hatte zwei Gläser bereitgestellt. Es war ihm nicht oft im Leben vergönnt gewesen, Champagnerflaschen zu öffnen, und wenn er es in der Vergangenheit doch einmal getan hatte, dann hatte es jedesmal eine Explosion gegeben, gefolgt von einer Überschwemmung. Aber diesmal ging die Aktion völlig glatt, und jeder der schäumenden Tropfen landete in Clares Glas.

«Kannst du all das Zeug kochen?» fragte er.

«Ich kann's versuchen. Die sehen so furchtbar rührend aus, diese Wachteln, so nach ‹Amsel, Drossel, Fink und Star...›»

«Das wird ja anders durchs Kochen», meinte Victor.

«Muß es auch!» Clare hob das Glas. «Alles Gute zum Geburtstag, Victor!»

Er trank. Ihm fiel ihr entsetztes Gesicht wieder ein, das am Fenster erschienen war, als er an die Tür geklopft hatte, und es war plötzlich, als schäle sich eine Schicht seiner Paranoia von seinem Geist, denn auf einmal erkannte er darin etwas viel Naheliegenderes, etwas durchaus Verständliches.

«Wenn du heute abend lieber allein sein möchtest», sagte er, «wenn du lieber möchtest, daß ich gehe... Es würde mir nichts ausmachen, ganz bestimmt nicht.»

Sie streckte ihre Hand aus und legte sie auf seinen Arm. «Ich möchte, daß du dableibst.»

Kein Zweifel, sie meinte es ehrlich. Er war sich ihrer Berührung sehr deutlich bewußt, des Gewichtes jener kleinen braunen Hand, obwohl sie ganz leicht, fast schwebend auf seinem Ärmel lag. Er verspürte den seltsamen Wunsch, seinen Kopf hinunterzubeugen und seine Lippen darauf zu pressen. Sie nahm die Hand fort, lehnte sich zurück und lächelte ihn an.

«Natürlich möchte ich, daß du bleibst. Wir schulden dir eine Menge, Victor.»

Er starrte sie an, witterte Sarkasmus.

«Ich weiß, das klingt merkwürdig, wenn man bedenkt... Ja, schon, wenn du nicht gewesen wärst, dann wäre David erst gar nicht in diesen Zustand geraten, das ist natürlich wahr, aber wir sind eben in verschiedenen Lebensstadien auch verschiedene Menschen, findest du das nicht auch?»

Und ob er das fand! Er nickte leidenschaftlich und ballte die Hände zu Fäusten.

«Der Mann, der auf David geschossen hat, ist nicht der Mann, der jetzt hier bei mir ist, nicht der Mann, mit dem David sprechen kann und... irgendwie die Dinge zurechtrücken kann, sie einordnen. Und selbst jenen ersten Mann... David sieht ihn nicht mehr als Monster, als das Böse schlechthin, er fängt an zu verstehen. Victor, es hat eine Zeit gegeben, da dachte ich, David würde verrückt werden. Er bewegte sich auf einen totalen Zusammenbruch zu. Er konnte über die Sache mit dem Schuß einfach nicht sprechen, und er hätte darüber auch nicht schreiben können, und das ist auch der wahre Grund, weshalb nichts davon in seinem Buch steht. Nicht aus Mitleid mit dir, falls du das gedacht hast. Und dann bist du plötzlich aufgetaucht. Zuerst dachte er, du kämest, um ihn zu töten, und dann – glaub es oder glaub es nicht –, dann hätte er am liebsten *dich* getötet.»

Stumm hörte Victor zu, den Blick auf ihr Gesicht geheftet.

«Und dann fing er langsam an, dich zu mögen. Du hast etwas – ich muß das richtige Wort finden –, etwas Liebenswertes an dir. Hast du das gewußt? Ich glaube, es kommt daher, weil du sehr verwundbar wirkst.»

Vielleicht war es ja der Champagner, obgleich Victor das nicht glaubte, aber irgend etwas schien sich im Innern seines Körpers zu bewegen, zu zittern, sich zu entfalten. Ihre Worte wiederholten sich wie ein Echo in seinem inneren Ohr.

«Ja, etwas Liebenswertes», sagte sie. «Und ich weiß, David spürt das. Verzeih mir, wenn ich das sage, aber ich glaube nicht, daß er dir schon ganz und gar traut, nicht völlig, aber bedenke, wie sehr er verletzt worden ist. Er wird... er wird schon noch dahin kommen. Er wird am Ende wieder mit dem Leben zurechtkommen... durch dich.»

Victor war zumute, als habe sie ihm ein überwältigendes Geburtstagsgeschenk gemacht. Es gab nichts Materielles, mit dem sie ihm auch nur halb so viel Freude hätte bereiten können. Er hätte ihr das gerne gesagt, aber er war unfähig, solche Gedanken in Worten auszudrücken, sie blieben ihm im Halse stecken, und er brachte keine Silbe heraus.

Er packte die Essenssachen wieder in den Karton und trug ihn in die Küche. Der Regen floß an den Fenstern herunter, und der grüne, blumige Garten war nichts als ein flirrendes Zerrbild hinter dem überspülten Glas. Sie kam hinterher und brachte den Champagner mit. Sie nahm seine Hand und drückte sie.

«Clare», sagte er und hielt ihre Hand fest, «Clare!»

Sie beschlossen, die Wachteln nicht zu essen, sondern sie im Kühlschrank zu verwahren, bis David wieder daheim war. Clare kochte den Spargel, und sie aßen die Forelle und hinterher die Erdbeeren mit Schlagsahne. Sie aßen einfach am Küchentisch, und Victor genoß das Unkonventionelle daran, das rotweiß gewürfelte Tischtuch, das Clare über den Kiefernholztisch breitete, die rote Kerze in dem Leuchter aus Zinn, die man jetzt um acht bereits ruhig anzünden konnte, so winterlich dunkel machte der Regen den Theydon Manor Drive an diesem Abend.

Er erzählte ihr von der Wohnung, für die er bereits eine Vorauszahlung geleistet hatte. Und Clare sagte das, was sie in seinen Wunschträumen gesagt hatte, ohne daß er es recht geglaubt hatte:

«Da können wir ja bei dir vorbeikommen, wenn wir von unseren Spaziergängen kommen.»

Victor fragte: «Er ist jetzt wieder im Krankenhaus? Gibt es denn... ich meine, heißt das, es besteht eine Chance, daß man ihn heilt? Kann es mit ihm wieder besser werden?»

Sie hob die Schultern. «Wer weiß? Eines Tages vielleicht. Das ist eine Sache, über die ich nicht viel weiß. David weiß darüber alles, was man wissen kann, du mußt *ihn* danach fragen.» Sie lächelte über seinen zweifelnden Blick. «Ja, ich meine das ernst. Es würde ihm guttun, darüber zu reden. Aber eine echte Heilung? Gegenwärtig nicht, nicht beim derzeitigen Stand der... nun, der Wissenschaft. Sie experimentieren ein bißchen an ihm herum – mit seinem vollen Einverständnis natürlich, sogar auf seinen Wunsch. Darum ist er auch jetzt wieder dort. Aber es werden keine Wunder geschehen, Victor. Nicht etwa, daß ich morgen früh dort hinfahren und von einem Empfangskomitee freudestrahlender Ärzte empfangen würde, und mittendrin David, aufrecht gehend... Nein, bestenfalls bringen seine Reaktionen sie auf ein paar neue Ideen, wie sie weitermachen sollen.»

Er überlegte, ob ihr Hinweis auf den nächsten Morgen wohl ein Wink war, daß er jetzt gehen solle? Aber diese seine Überempfindlichkeit gehörte ja gerade zu den Symptomen jener Paranoia, von der er sich allmählich befreite. Sie hatte ihn ja gebeten zu bleiben, sie *wollte* ihn hier haben! Er half ihr beim Geschirrspülen, und dann öffnete er die Flasche italienischen Wein.

Es war merkwürdig, daß er bis jetzt keinerlei körperliches Verlangen nach ihr verspürt hatte. Er hatte oft daran zurückgedacht, wie sie ihn mit den Armen umschlungen hatte an jenem Nachmittag, als David ihm die Probeabzüge seines Buchs gezeigt hatte, und wie er auf ihre Umarmung reagiert hatte. Diese Art Verlangen nach einer Frau, das war etwas, das er kaum jemals empfunden hatte, seit Pauline ohnehin nicht mehr, und Pauline mit Clare zu vergleichen, das war die reine Travestie. Er hielt seine spontane körperliche Reaktion auf Clare an jenem Nachmittag für ein einmaliges Phänomen, interessant, auch sogar angenehm, aber doch etwas, das er vielleicht nie wieder empfinden würde. Als sie ihn vorhin berührt, als sie ihre Hand auf seinen Arm gelegt hatte und seine Hand drückte, da hatte er etwas empfunden, das weit entfernt war von körperlicher Begierde, etwas, das vielleicht geheimnisvoll verquickt war mit dem, was sie seine Verletzlichkeit nannte, seine Eigenschaft, liebenswert zu sein. Jetzt aber hatten sich die Dinge geändert, und während sie in der Küche herumhantierten, wurde er sich seiner veränderten Empfindungen bewußt, seiner veränderten Beziehung zu ihr. Er wollte, sie sollte ihn wieder umarmen.

Sie blies die Kerze aus, und sie gingen ins Wohnzimmer. Dort stand der Fernseher, und er dachte, nun würden sie sich davorsetzen. In seiner Vorstellung war Fernsehen zu etwas geworden, was man eben abends tat, was jedermann selbstverständlich tat, zu einer Art Lebensinhalt. Clare legte statt dessen eine Platte auf. Es war die Art Musik, von der er sich immer eingeredet hatte, er möge sie nicht, sie klänge alt und fremdartig, historische Musik, gespielt auf Instrumenten, die heute keiner mehr benutzte. Sie reichte ihm die Plattenhülle zum Lesen, und er sah, daß es eine Suite für Clavicembalo von Purcell war. Die kalte Süße der Musik ergoß sich ins Zimmer, und seine innere Zufriedenheit ging ihm darin verloren; an ihrer Stelle erfüllte ihn Traurigkeit, Elend beinahe, und ein Gefühl des Überflüssigseins, der Einsamkeit.

Unvermittelt fragte er: «Kann ich das Bild von dir haben?»

«Was haben? Du? Du meinst – das Bild da in dem Rahmen haben?»

Er nickte. Und dann fiel es ihm wieder ein. «Ich hab etwas für dich. Ich meine, noch etwas. Das hab ich beinahe vergessen.»

Er hatte den Umschlag, in dem seine Fotografie steckte, auf dem Beifahrersitz des Wagens liegengelassen. Jetzt holte er ihn, schloß aber die Tür nicht wieder ab, denn er würde ja sowieso bald gehen. Der Regen hatte aufgehört, und die Luft war bläulich kalt und sehr klar. Ein weißer Mond war aufgegangen, umgeben von einem Hof, und am Horizont war das gelbe Band der Schnellstraße zu sehen, deren Licht einen hellen Schimmer in den dunklen Himmel warf. Sie stand auf, als er wieder hereinkam, und nahm ihm die Fotografie aus der Hand. Die Musik war jetzt anders, war wärmer, fast wie ein Tanz klang sie, wenn auch noch immer aus ferner Vergangenheit.

«Hast du das extra machen lassen?»

So ausgedrückt, klang es, als sei er nicht ganz bei Trost. Er nickte.

«Ach, dank dir», sagte sie. «Das Bild von mir dort kannst du nicht haben, es gehört David, aber ich gebe dir ein anderes.»

Er sah ihr zu, wie sie im Schreibschrank herumsuchte. Ein Gedanke nahm in ihm Gestalt an und verfestigte sich zur unbeirrbaren Überzeugung: Er *konnte* heute abend nicht mehr nach Hause fahren, das ginge irgendwie über seine Kräfte. Die Einsamkeit würde neben ihm sitzen und ihn überwältigen, ihn fertigmachen. Wie ein gewalttätiger Anhalter würde sie über ihn herfallen, ihn bezwingen und ihn wie tot auf der Strecke lassen. Er konnte ihr einfach irgendwelche Lügen erzählen, dachte er, von wegen, der Wagen spränge nicht an oder sonstwas – jeder Vorwand war ihm recht, wenn er nur hierbleiben konnte.

Möglich, daß sie seine Gedanken las, denn ohne den Kopf zu wenden, meinte sie: «Es ist spät, Victor. Warum bleibst du nicht einfach über Nacht hier? Ich muß morgen sehr früh losfahren, aber das wird dich nicht stören.» Sie lachte und wandte sich in ihrem Sessel um. «Um die Wahrheit zu sagen, ich bin in diesem Haus nicht besonders gern allein. Pauline hat hier bei mir gewohnt, aber jetzt ist ihr Mann von einer Reise zurück, und sie mußte gehen.»

Er bemühte sich, beiläufig zu klingen, lässig, als ob er es sei, der ihr einen Gefallen täte. «Könnte ich machen. Kein Problem.»

Das Bild, das sie ihm gab, war anders als das in dem Rahmen, viel früher aufgenommen, eine junge, fast kindliche Clare. Er saß da und betrachtete es unverwandt, starrte es so ungeniert an, wie er es bei einer lebendigen Frau nie gewagt hätte. Sie würde ihm das Gästezimmer geben, wo Pauline geschlafen hatte, sagte sie. Davids Zimmer war so voller persönlichem Kram und der ganzen speziellen Behindertenausstattung. Ihre Stimme hatte einen seltsam angestrengten Unterton bekommen, stellte er fest. Sie hatte eine ziemliche Menge Wein getrunken, viel mehr, soweit er sich erinnerte, als sie sich sonst erlaubt hatte bei den Mahlzeiten, die er mit ihr gemeinsam gegessen hatte. Ihre Wangen waren hektisch gerötet, und ihre Augen wirkten sehr groß. Wenn sie mir gute Nacht sagt, wird sie mich wieder küssen, dachte er.

Und doch hatte er nur einen Wunsch – diese Trennung hinauszuzögern. Er blickte sie stumm an, unverwandt, so wie er ihr Bild angestarrt hatte. Sie hatte die ganze Zeit geredet, höchst konventionell, über ihre Fahrt morgen, diese lange Fahrt über Land, und er war darauf eingegangen, hatte ihr Fragen gestellt über die Route, hatte ihr angeboten, sie selbst hinzufahren – ein Angebot, das abgelehnt wurde –, und die ganze Zeit hingen seine Blicke an ihrem Gesicht mit einem Verlangen, das sich so steigerte, bis es nahezu als körperliche Ausstrahlung spürbar sein mußte. Und zugleich spürte er auch bei ihr diese Ausstrahlung. Zuerst dachte er, das müsse Einbildung sein, aber er irrte sich nicht, er konnte sich nicht irren. Ihm fiel ein, daß sie gesagt hatte, er sei liebenswert... Innerlich zitterte er, obwohl sein Körper und seine Hände ruhig blieben. Seine Gefühle waren ganz anders als neulich, als sie ihn umarmt hatte – viel verworrener, viel zarter, weniger habgierig.

Genau dieses Wort münzte er auf sich, und es ließ ihn schaudern. Plötzlich fragte er barsch: «Was weißt du über mich? Über meine Vergangenheit? Was hat David dir erzählt?»

Sie sagte ruhig: «Daß du in einem Haus warst mit einem Mädchen, einer Art Geisel, und David mußte hineingehen und sie retten, und du hast auf ihn geschossen. Müssen wir jetzt darüber sprechen?»

«Ist das alles?»

«Ich glaube, ja.» Sie stand auf, und er erhob sich ebenfalls. Sie blieb stehen und blickte ihn an, stand einfach da und ließ die Hände hängen. «Es ist spät. Darüber müssen wir heute abend nicht reden.»

Dieser hungrige, unruhige Ausdruck auf ihrem Gesicht, den er nicht zu deuten wußte! Er hatte ihn vorher noch nie bei einer Frau gesehen. Er hatte noch nie eine Frau in seine Arme genommen, die

Hand um ihren Kopf gelegt, ihr Gesicht an seins herangezogen und ihre Lippen geküßt. Dies war sein neununddreißigster Geburtstag, und noch nie hatte er annähernd so etwas getan. Die Gefühle, die es in ihm auslöste, waren neu und unerwartet, ungeheuerlich, überwältigend, und trotzdem nicht auf schnelle, sofortige Sättigung ausgerichtet.

Sie erwiderte seinen Kuß ganz anders als beim letztenmal. Er spürte, sie war genauso sinnlich wie er. Ihr Kuß nahm seinen ganzen Mund in Besitz, und ihr Körper schmiegte seine Rundungen gegen seine harten Muskeln und seine verletzlichen Nerven. Und dann entwand sie sich ihm, blieb einen Moment stehen, blickte ihn an mit einer Art Entsetzen, einen Handrücken gegen die Lippen gelegt. Verwirrung verschlug ihm die Sprache, machte ihn ratlos. In diesen Dingen besaß er keine Erfahrung. Sie verließ das Zimmer, und als er ihr nachging, war sie verschwunden. Die Diele war leer. Er blickte in die Küche, aber dort war niemand, bloß die kleine Hündin Sally lag zusammengerollt in ihrem Korb. Er löschte die Lampen und ging die Treppe hinauf, an deren Geländer die Gleitschiene für Davids Rollstuhl entlanglief.

Oben kannte er sich mit den Räumen nicht aus. Er wußte nicht, wohin er gehen sollte, und geriet versehentlich in Davids Zimmer. Geigen in verschiedenen Stadien ihres Entstehens, eine ganz und gar fertig, lagen auf einem Holzbett. Ein großer Rundbogen führte in einen Duschraum, groß genug, um mit dem Rollstuhl unter die Wasserdüsen zu kommen. Er kehrte um. Sein Herz klopfte schmerzhaft, und beinahe wünschte er, er wäre nach Hause gefahren, selbst bei dem kalten Mondlicht, selbst mit der Einsamkeit als Beifahrerin. Das Haus war still. Durch ein Flurfenster konnte er den goldenen Faden der Schnellstraße sehen, der sich über Ebenen und Hügel spannte.

Er sog tief den Atem ein und öffnete eine Tür. Und da sah er sie nackt auf ihrem Bett sitzen. Sie blickte zu ihm auf und streckte ihm ohne ein Lächeln die Arme entgegen.

14

In der Nacht wachten sie beide zur gleichen Zeit auf. Victor erwachte und merkte, daß sie eng umschlungen geschlafen hatten, und jetzt bewegten sich ihre Lider, und ihre Augen öffneten sich. Er konnte sich nicht erinnern, daß er das Licht ausgemacht hatte, aber er mußte es wohl getan haben, denn jetzt sah er ihr Gesicht im weißen Mondlicht. Ihre Brüste waren sehr voll und weich, und er hielt sie in seinen Händen – auch etwas, das er bis zu dieser Nacht noch nie getan hatte. Früher war der ‹Liebesakt› für ihn immer ein Angriff gewesen und ein hastiges Pumpen, eine explosive Erleichterung, ein Stöhnen, ein Wegrollen. Und das nicht nur bei den Frauen, die er überfallen hatte – das war noch wieder etwas anderes, etwas, das noch weniger mit Liebe oder auch mit Sex zu tun hatte –, sondern bei Pauline, die ihn immer irgendwie frustriert, die ihn so weit gebracht hatte, daß er ihren Körper wie ein Loch mit ein bißchen Fleisch drumherum traktierte. Aber Clare mußte ihm die Liebe nicht erst beibringen – das hätte er sich auch von einer Frau, von jeder Frau, ungern gefallen lassen –, bei Clare geschahen Liebe und Zärtlichkeit ganz einfach und natürlich. Wie von selbst erforschten seine Hände ihren Körper, seine sensiblen Fingerspitzen, seine Zunge und seine streichelnden Lippen unter murmelndem Flüstern . . . Nie hätte er sich vorstellen können, was ihm als Belohnung zuteil wurde, ihr Nachgeben und Schmelzen unter seinen Berührungen, wie sie ihn einhüllte in ihren Körper und ihn empfing mit einer Art süßen, liebenden Dankbarkeit.

Sie war keine aktive Frau, nicht die Sorte, über die er in seinen Zeitschriften so viel las. Ein konvulsivisches Zucken der Gliedmaßen, ein Manipulieren seines Fleisches, ein Reiten, triumphierende Schreie, das hätte er nicht ertragen, damit wäre er nicht fertig geworden, wie überhaupt mit jeglicher fordernden Initiative. Leichthin, in träumerischer Reserve, die Gedanken nicht auf die Erfüllung des Augenblicks, sondern auf ein Leben voller geläuterter Genüsse gerichtet, hielt er seinen Höhepunkt zurück, bis er fühlte, wie sich der Druck ihrer Hände auf seinem Rücken verstärkte, bis ihre Lippen an seinem Mund stammelten: «Jetzt!» Am Abend zuvor war es nicht ganz so gewesen, nicht ganz so perfekt, weder für sie noch für ihn, nicht diese weltbewegende Gemeinsamkeit. Jahre der Verzweiflung und der Verworrenheit schlichen sich davon. Sein Körper füllte sich mit Licht, und er wußte, daß genau das gleiche auch ihr geschehen war, das Blut in ihren Venen hatte sich verändert, hatte sich aufgeladen.

«Ich liebe dich», sagte er. Ungewohnte Worte, Worte, die er gelesen hatte – sie aber jemals auszusprechen, das war ihm nie in den Sinn gekommen.

Als er wieder erwachte, war sie fort. Die Vorhänge waren zurückgezogen, und es war ein weißlichgrauer Morgen, der Himmel verhangen. Eine weiße Rose des Kletterstrauches am Haus, blasser als die Wolken, blickte aus dem Rahmen eines Fensterflügels. Clare kam herein, fertig angezogen. Sie brachte ihm Tee, setzte sich auf die Bettkante, gekleidet wie eine tüchtige Sekretärin, mit grauem Flanellkostüm und einer roten Bluse mit Schleife. Sie küßte ihn und entzog sich lächelnd, als er versuchte, sie in seine Arme zu nehmen.

«Laß mich dich hinfahren. Ich stehe auf und fahre dich hin.»

«Nein, Victor. Ich muß David alleine abholen. Das mußt du einsehen.»

Natürlich sah er es ein. Er sah ihrem Gesicht sehr genau an, was sie dachte. Nichts änderte ihre Zuneigung für David, ihre Loyalität ihm gegenüber, so wie ja auch Victors Loyalität ihm gegenüber unveränderlich war. Sie hatte ein Versprechen gegeben, und sie mußte es halten. Schließlich *war* sie in gewisser Weise Davids Sekretärin, war seine Krankenpflegerin oder eine liebevolle Schwester.

«Dann stehe ich auf und verdrücke mich», meinte er. «Ich fahre nach Hause.»

Sie nickte. «Wir sehen uns bald. Ich rufe dich an.»

«Ich würde David gern wiedersehen, weißt du.»

Sie schien überrascht. «Ja, ja natürlich.»

Er hörte aus der Garage direkt unter seinem Bett den Landrover herausfahren. Er hörte ihn abfahren, hörte das Schalten der Kupplung, die Pause, als die größere Straße erreicht war.

Als er nichts mehr hören konnte, stand er auf, zog sich an, räumte auf, spülte ihre Tassen und ihren Frühstücksteller und die Teekanne. Essen mochte er nichts, er brauchte kein Frühstück. Im Wohnzimmer fand er das Foto von ihr, das sie ihm geschenkt hatte. Clare, sagte er zu dem Bild, Clare. Er betrachtete es versunken, setzte sich in den Sessel, hielt das Bild vor sich und blickte es unverwandt an. Warum hatte er während all dieser Wochen nicht begriffen, daß er in sie verliebt war? Weil es ihm vorher noch nie passiert war. Jetzt auf einmal verstand er das ausschließliche Bedürfnis seiner Eltern nach der ausschließlichen Gesellschaft des anderen, und er fragte sich, wie er so blind und verbohrt hatte sein können.

Er schob die Fotografie in den Umschlag, in dem sein eigenes Bild gewesen war. Sein eigenes Foto ließ er auf dem Tisch liegen. Ursprünglich hatte er, wie es berühmte Leute machen, quer über eine Ecke eine Widmung für die beiden schreiben und es mit seinem Namen signieren wollen. Aber jetzt konnte er das nicht mehr tun, also ließ er es bleiben.

Es war noch nicht einmal acht Uhr. Er ging zu seinem Wagen hinaus und hörte ein schweres Brummen, wie von einem Flugzeug. Es war die Schnellstraße unter dem dichten morgendlichen Verkehr. Die Erfordernisse des Tages, die Pressionen des Alltags stellten sich wieder ein, das gewöhnliche Leben hatte ihn wieder. Heute morgen sollte er den Wagen wieder abliefern, aber es bestand gar keine Aussicht, ihn bis neun Uhr zurückzugeben. Er würde für einen weiteren Tag zahlen müssen. Dann mußte er auch Mrs. Griffith Bescheid geben, daß er auszog, und vielleicht sollte er es auch Tom oder Judy mitteilen. An all diese Dinge dachte er, aber dann wurden sie beiseite geschoben durch Clare, durch ihr Bild, die Erinnerung an ihre Stimme. Sein Kopf war voll von Clare, während er nach Acton zurückfuhr, sein Körper bisweilen erregt, wenn er an den Anblick dieser Frau dachte. Er wagte gar nicht, zu intensiv daran zu denken, wie sie nackt ausgesehen hatte, oder sich der Dinge zu erinnern, die sie gemeinsam getrieben hatten. Allein der Gedanke, wie sie im Mondlicht ihre Augen geöffnet hatte, ließ ihn zittern und jagte ihm einen Schauer den ganzen Rücken hinunter.

Und was nun? Sie hatten nicht davon gesprochen, ob sie es David erzählen wollten, obwohl Clare zugestimmt hatte, als Victor sagte, er würde David gern wiedersehen, und sie hatte doch gewiß verstanden, was er damit andeuten wollte. David würde wahrscheinlich verstehen, was geschehen war; womöglich war er sogar erfreut. Denn schließlich – mochte er auch an Clare hängen, mochte er sein Haus mit ihr teilen, mochte er in so vieler Hinsicht von ihr abhängen –, er konnte nicht ihr Liebhaber sein, konnte ihr niemals das geben, was Victor ihr in der letzten Nacht gegeben hatte. Wenn David wirklich so an ihr hing, dann würde er auch wollen, daß sie ein Liebesleben hatte, und dann wäre er wahrscheinlich froh, daß es mit jemandem wie Victor geschah, der sie wahrhaft liebte und schätzte und ihr von Herzen zugetan war.

Victor brachte den Wagen zurück, und weil es erst zehn nach neun war, berechneten sie ihm keinen Tag extra. Er ging zu Fuß in die Tolleshunt Avenue zurück, und er fühlte sich stark und fit und jung, obwohl er gestern neununddreißig Jahre alt geworden war und nahezu zwei Flaschen Wein getrunken hatte. Oben in seinem Zimmer setzte er sich in den Rollstuhl und versuchte sich vorzustellen, wie es sein mußte, in Davids Haut zu stecken, nur von der Taille aufwärts lebendig zu sein, fähig, zu denken und zu sprechen und zu essen und zu trinken und den Rollstuhl zu bewegen, aber sonst zu nicht viel mehr. Allerdings, wenn er ‹es› nicht konnte, weil die Nerven – oder was immer es dort unten sonst war – tot waren, dann kam es drauf an, ob er es überhaupt noch *wollen* konnte? Von sich selbst wußte Victor, er *wollte* es, denn er kriegte eine Erektion, sobald er bloß in dieser Hinsicht an Clare dachte. Auch jetzt wieder, hier im Rollstuhl sitzend, war er erigiert, eine steile Ausbuchtung unter der braunkarierten Decke, die er sich über die Knie gelegt hatte. Wie lächerlich und grotesk! Er sprang aus dem Rollstuhl und warf sich bäuchlings auf das Bett, mit dem Gesicht nach unten. Aber das Bett rief ihm ihren Körper in Erinnerung, und unversehens schüttelte ihn heftiges, schmerzhaftes Verlangen, daß sie da wäre, hier und jetzt – schmerzlich, weil für heute wenig Aussicht darauf bestand. Oder vielleicht doch? Wann war sie wohl wieder zu Hause? Wann würde sie ihn anrufen? Er malte sich aus, wie sie durch das junigrüne England fuhr, die Autobahnen entlang, auf schmalen, gewundenen Landstraßen durch die Dörfer, und sicherlich dachte sie genauso an ihn wie er an sie – ein goldhäutiges Mädchen mit blaßgoldenem Haar, in Sekretärinnenkostüm und roter Bluse mit Schleife.

Er zwang sich, aufzustehen, setzte sich an den Tisch mit dem von Zigarettenbrandstellen verunzierten Bambusrahmen und schrieb an Mrs. Griffith. Er gestand ihr nur eine Kündigungsfrist von einer Woche zu. Sie würde dabei nichts verlieren, denn das Sozialamt bezahlte sie ja. Er rechnete sich aus, daß Clare jetzt ungefähr dort angekommen sein mußte, aber als unten das Telefon klingelte, da dachte er, er müsse sich verrechnet haben und sie sei bereits wieder zu Hause. Und kaum zu Hause, rief sie ihn schon an! Er rannte die Treppe hinunter und griff nach dem Hörer. Eine Frauenstimme fragte, ob dort Curry sei. Eine falsche Nummer. Es war wohl besser, wegzugehen als hier herumzusitzen und auf das Telefon zu warten. Aber er wußte, er würde nicht weggehen.

All seine Gedanken kreisten um sie, und er machte Pläne, was sie machen würden, wo sie leben würden. Eine Weile vermutlich in der neuen Wohnung. Er mußte jetzt unbedingt Arbeit haben, mußte das Autoverleihunternehmen aufmachen, das er erwogen hatte. Ob sie ihn... ob sie ihn eines Tages heiraten würde?

Auch wenn es auf Geist und Körper eine geradezu selbstzerstörerische Wirkung hatte, auch wenn es ihm körperliche Qualen verursachte, wie er sie nie zuvor gekannt, er konnte nicht anders, er mußte immer daran denken, wie ihr Körper dem seinen geantwortet hatte, mit einer so süßen Hemmungslosigkeit, mit Erleichterung fast, als ob es etwas sei, wonach sie sich seit langer Zeit schmerzlich gesehnt hätte. Sie hatte sich ihm hingegeben – ein altmodischer Ausdruck, den er früher einmal von seiner Mutter gehört hatte, wenn auch im abträglichen Sinne: ‹Sie hat sich ihm hingegeben, und natürlich hat sie es bereut!› Clare, da war er ganz sicher, würde es nie bereuen. Und es war ja wirklich wahr – sie hatte sich ihm hingegeben, sie hatte ein jubelndes Geschenk der Liebe daraus gemacht, das zu empfangen reines Glück war. Er liebte sie, und sie liebte ihn. Hinter alledem steckte eine zwingende Folgerichtigkeit, die an dem Tag begonnen hatte, als er den Namen Theydon Bois auf dem Stationsschild gelesen und dann seine Suche nach David begonnen hatte. Ein glücklicher Tag auch für Clare, denn sie war gerettet worden aus einem Leben, das kein Leben war für jemanden, der so jung und so bezaubernd war wie sie, so sehr dazu geschaffen, Liebe zu geben.

Am Abend rief sie an. Es war sehr spät, gegen zehn, und er hatte schon alle Hoffnung aufgegeben, noch an diesem Tag von ihr zu hören. In gewisser Weise hatte er gar nicht fest damit gerechnet, von ihr zu hören, deshalb war er weder unglücklich noch besorgt. Aber nun die Telefonklingel und dann ihre Stimme – das war eine unverhoffte Zugabe.

«Victor? Hier ist Clare. David schläft, er hatte einen anstrengenden Tag.»

«Wann kann ich dich sehen?»

«David hat nach dir gefragt. Er meinte, ob's dir wohl recht sei, am Samstag zu kommen.»

«Ich meine, wann kann ich dich sehen?»

Sie schwieg und dachte wohl nach. Langsam begriff er, daß es Schwierigkeiten geben könnte. Zu Anfang mindestens würde es Schwierigkeiten geben. Nein, natürlich würde nicht von Anfang an alles reibungslos gehen.

«Ich nehme an, du hast ihm nichts gesagt, oder?»

«Gesagt?»

«Ich meine, ihm erzählt...»

«Nein, Victor, ich habe es ihm nicht erzählt.» Er sah ihr Gesicht so deutlich vor sich, als sei es ein Telefon mit einem Monitor. Es schwamm in der Dunkelheit der Diele wie ein Geistergesicht, ein schönes Gespinst auf seiner Netzhaut. Auf der Unterseite der Stufen war ihr Name geschrieben: Clare.

«Möchtest du mich noch vor Samstag sehen?»

«Natürlich möchte ich. Du mich nicht?»

«Doch.»

Sein Herz, das urplötzlich schon von schrecklichen Zweifeln und grundlosen Ängsten geplagt wurde, sprang vor Freude. Er konnte nicht singen, hatte es kaum jemals probiert, aber jetzt hätte er am liebsten lauthals gesungen. Die Tenöre in der Oper, röhrend vor Liebe und Glück, vor Trauer und Tragik, jetzt konnte er sie verstehen!

«Wann, Clare?»

«Nicht morgen. Da kann ich nicht. Mittwoch, nach der Arbeit, um halb sechs in Epping. Kannst du das einrichten, Victor?»

Er hätte auch Mittwoch halb sechs in Marrakesch einrichten können!

«Nicht in einem Pub. Dazu wäre es ohnehin zu früh. Im Bell Park, da können wir uns treffen, Victor. Ich parke den Landrover in der Hennal Street, gleich um die Ecke von der High Street, am Ende des Parks.»

«Ich liebe dich», sagte er.

Es war ein gräßlicher Traum, den er in der Nacht hatte – unerklärlich, unnötig, sagte er sich. Warum war es nötig, daß er von solchem Alptraum heimgesucht wurde? Sicher, was immer die Psychologen auch behaupten mochten, Träume hatten mit dem zu tun, was einem am Tag davor passiert war. Und an diesem Tag hatte im *Standard*, den er sich zusammen mit *Reader's Digest* und *Punch* und *TV Times* gekauft hatte, ein Artikel gestanden, der, obgleich ziemlich versteckt, Victor ins Auge gesprungen war. Alles, was mit Vergewaltigung zu tun hatte, tat das immer, auch wenn es ihn nicht mehr betraf. Darin hieß es, der Mann, den man den ‹roten Fuchs› nannte – weil er rote Haare hatte oder ein rotes Gesicht? –, jener, der eine siebzigjährige Frau in Watford vergewaltigt hatte, habe jetzt ein ähnliches Verbrechen an einem halbwüchsigen Mädchen in St. Albans begangen. Woher wußten sie, daß es der gleiche Mann gewesen war? Aufgrund der Beschreibungen, die die Frauen von ihm gegeben hatten?

Victor dachte nicht weiter darüber nach. Wenigstens glaubte er, es nicht zu tun. Aber wer wußte schon, was im Unterbewußtsein vor sich ging? Wenn man es wüßte, wäre es nicht mehr unbewußt, und da lag der Haken. Bevor er einschlief, las er in *Reader's Digest* einen Artikel über das Unterbewußtsein. Und dann, sehr bald nach dem Einschlafen anscheinend, hatte er diesen Traum. Keine Straße diesmal und keine Häuser. Er saß im Rollstuhl, war unterwegs für den Abend, und er fuhr durch einen Naturpark, in welchem Gehölze und Lichtungen abwechselten. Einmal kam er an eine Brücke, die über einen Strom führte. Es war eine schmale Brücke aus Holzplanken, wackelig und gebrechlich, mit Handläufen zu beiden Seiten, die aus Seilen bestanden. Ein Mann am anderen Ende der Brücke, eine Art Brückenwärter, kam herüber, um Victor zu helfen. Er ging rückwärts und zog den Rollstuhl, und er riet Victor, die Augen zuzumachen und nicht in den Abgrund hinunterzublikken. Victor dankte ihm und fuhr weiter auf dem Weg, der jetzt in eines der dunklen Wäldchen hineinführte. Eine Frau wandelte unter den Bäumen. Sie trug einen langen Staubmantel oder Regenmantel aus schwarzer Seide und über dem Kopf einen bestickten schwarzen Schleier wie eine Mantilla.

Als sie Victor herankommen sah, wandte sie sich um und blickte ihn an. Sie stand da in einer Haltung des Mitleids, warmherzigen Mitfühlens, die Hände vor der Brust zusammengelegt. Victor sprang aus dem Rollstuhl, rannte auf sie zu, umschlang sie mit den Armen, warf sie zu Boden und zerrte an ihren Kleidern. Sie trug unzählige Unterröcke, Schichten und Schichten steifer Spitzenunterröcke, und er mühte sich verzweifelt, sie ihr herunterzureißen, er vergrub seine Hände in dem gestärkten, knisternden Stoff, er vergrub sein Gesicht, seine Nase wie ein schnüffelndes Schwein... Aber darunter war nichts, rein gar nichts, kein Fleisch, nur ein Kleiderständer aus hölzernen Stäben. Er riß alle Kleider herunter, einen ganzen Schrank voll, und auch den Schleier, aber es war nicht nur ein Schleier, es waren zwei, drei, ein Dutzend, ein Ballen seidiger, staubschwarzer Gaze, und unten drunter, ganz unten, unter der letzten durchschimmernden Schicht, lag das Foto von Clare, und ihre Augen blickten ihn an.

Alpträume verblassen schnell. Wen hat schon ein böser Traum länger als ein, zwei Stunden nach dem Erwachen bedrängt? Ebensowenig konnte ihm der Traum seine Freude an Clares Foto verderben. Er nahm es mit hinunter in die Acton High Street und fand drei oder vier Häuser von Jupps Laden entfernt ein Rahmengeschäft. Dort sagte man ihm, das könne sofort erledigt werden, und Victor wählte einen ovalen Rahmen aus nußbaumfarbenem Holz, vielleicht sogar aus echtem Nußbaum. In Jupps Schaufenster lag zwischen dem viktorianischen Krimskrams und den Schmuckstücken ein goldenes Medaillon in Herzform mit einer zarten Gravur aus Blumen und Blättern. Das hätte er nur zu gern gekauft, er wäre am liebsten sofort hineingegangen und hätte es für Clare gekauft, selbst wenn das bedeutete, noch mehr Geld in Jupps Taschen zu stopfen. Aber als er dann wirklich die Tür einen Spaltbreit öffnete und die Ladenglocke zu scheppern begann, da sah er, daß an dem braunen Samtsofa jetzt ein Schild befestigt war, auf dem in roten Lettern stand: VERKAUFT. Jupp kam kaugummikauend hinter dem Vorhang hervor, und da machte Victor auf dem Absatz kehrt. Nein, er würde anderswo ein Geschenk für Clare kaufen! Goldene Medaillons, überhaupt alles mögliche aus Gold gab es schließlich haufenweise in Londons Trödelläden.

Es war Pech, daß er nicht denselben Wagen wiederbekommen konnte, aber als er zur Autovermietung kam, da hatten sie dort nur noch einen kleinen Nissan Transporter, das war alles, was verfügbar war. Der rote Escort war vermietet. Allmählich wurde ihm auch das Geld wieder knapp, und nachdem er für Clare ein Geschenk gekauft hatte, wurde es Zeit, wieder mal ‹zur Bank› zu gehen. Die Abneigungen gegen all seine Manipulationen und Transaktionen bedrückten ihn immer stärker. Er wollte Clare nicht länger belügen, daß er ein Auto besäße, er wollte ihr nichts mehr vormachen über die Herkunft seines Geldes. Die Vorstellung, sie könne von seinen Raubzügen in Muriels Haus erfahren, war entsetzlich, denn er ahnte, daß die Rechtfertigungen, die er sich selbst gegenüber gelten ließ, bei ihr nicht verfangen würden. «Es ist ja schließlich nicht so, als wärst du wegen Diebstahls ins Gefängnis gekommen», hatte sie gesagt. In seinem Geiste nahm langsam eine vage Zukunftsvision Gestalt an: Clare würde ihn aus seiner Vergangenheit emporziehen, so wie allein schon ihre Bekanntschaft ihn von Zorn, Panik und Gewalttätigkeit erlöst hatte.

Versehentlich geriet er in einen Zug, der nur bis Debden fuhr, also würde er dort aussteigen und auf einen Zug nach Epping warten müssen. Es war ein warmer, schwüler Tag mit weißem Himmel, und die Luft war voller Fliegen. Eine dicke Schmeißfliege flog brummend gegen das Wagenfenster in dem Versuch, nach draußen zu kommen, der Sonne entgegen. In einem Magazin hatte Victor mal in einem Artikel gelesen, daß Insekten bei ihrem Bemühen, den Weg in die Freiheit oder nach Hause zu finden, sich stets nach der Sonne richten. Er war heilfroh, als er rauskam, fort von dem panischen Summen.

Aus irgendeinem Grund bildete er sich ein, Clare würde ihn gern genauso gekleidet sehen, wie er an seinem Geburtstag gewesen war, dem Tag, der seinem Bewußtsein für alle Zukunft als der Tag eingebrannt war, an dem sie sich gefunden hatten. Er trug also wieder seine dunkelblaue Cordhose und dasselbe dunkelblaue T-Shirt. Aber für die Steppjacke war es zu warm, also trug er sie über die Schulter gehängt. Manchmal erblickte er sich in der Spiegelung der Fenster, und dann fiel ihm auf, wieviel jünger er aussah seit seiner Entlassung aus dem Gefängnis, wieviel Gewicht er wieder verloren, und wie sein gutes Aussehen, auf das er früher so stolz gewesen war, sich wieder eingestellt hatte. Kein Zweifel, er sah jetzt um Jahre jünger aus als der arme David mit seinen Hängebacken und seinem Paar nutzloser Eier. Während der Zugfahrt hatte er über David nachgedacht, und ihm war klargeworden, daß es auch noch eine andere Möglichkeit gab, wie er reagieren konnte: Er konnte womöglich auch bitter und neidisch sein, er konnte sogar behaupten, erst habe Victor sein Leben ruiniert und jetzt setze er dem Unrecht die Krone auf, indem er ihm sein Mädchen wegnähme. Mit Unbehagen entsann sich Victor, daß Clare gesagt hatte, David möge ihn zwar, aber er sei noch nicht so weit, ihm völlig zu vertrauen – bis jetzt jedenfalls.

Ein Zug fuhr ein. Es war nicht der Pendelservice, sondern ein durchgehender Zug von London, der bis nach Epping fuhr. Victor stieg in einen leeren Wagen ein, den zweiten von hinten. Die Türen fingen eben an, sich zu schließen, da zwängte sich im letzten Moment die verrückte alte Frau hinein, einen zugedeckten Korb vor sich haltend.

Sie setzte den Korb auf den Fußboden zwischen die langen Sitzreihen, aber anstatt sich selbst hinzusetzen, ging sie im Wagen auf und ab und öffnete die Fenster. Victor betrachtete den Korb, der mit einem Stück zerschlissenem Frottee zugedeckt war, welches sich ganz deutlich langsam hob und senkte, eine Wellenbewegung, als ob eine lebende Kultur darunter am Werk war. Es waren die gleichen unregelmäßigen Regungen, die beim letztenmal die Tragetasche in Bewegung gesetzt hatten. Victor brachte es nicht fertig, den Blick davon abzuwenden. Aber keine Kultur, kein Hefepilz oder sonstige Zellengewächse konnten sich mit solcher Heftigkeit bewegen. Es war eher, als hielte sie ein paar Schlangen in dem Korb verborgen.

Der Zug fuhr in die Station Theydon Bois ein, und Victor stand auf, um in den nächsten Wagen umzusteigen. Aber die alte Frau hinderte ihn am Aussteigen – obwohl sicherlich nicht absichtlich –, denn sie stand in der offenen Tür, die Arme in den fadenscheinigen roten Baumwollärmeln weit ausgebreitet, um sie offenzuhalten, und sie rief in einem Tonfall, der einem Indianersingsang ähnelte: «Vorsicht beim Schließen der Türen – Vorsicht beim Schließen der Türen!»

Er setzte sich wieder hin, denn es war zu spät, die andere Tür zu erreichen. Was sollte es schließlich auch? Sie konnte ihm ja nichts tun, und in zwei, drei Minuten waren sie ohnehin in Epping. Er versuchte, die Zeitschrift *Essex Countryside* zu lesen. Sie kniete jetzt auf einem der Sitze unten am anderen Ende und kritzelte mit starrer, winziger Schrift etwas auf eine Reklame für ein Mundwasser. Victors Blick wanderte wieder zu dem verdeckten Korb. Jetzt herrschte unter dem grünen Handtuch keine Bewegung mehr, und es hätten ebensogut Eier sein können oder ein paar Kohlköpfe, die sie darin beförderte.

Aber warum deckte sie es dann mit einem Handtuch zu? Vielleicht gab es für die Handlungen Schwachsinniger keine Erklärungen. Er las ein paar Zeilen über Moriskentänzer in Thaxted, dann blickte er, weil er seine Augen nicht beherrschen konnte, wieder auf den Korb hinunter. Wenn es nun *das* war, was er fürchtete, dort unter dem Handtuch, wenn es nun zum Vorschein kam oder auch nur ein Teil davon – was würde er tun, was würde ihm passieren? In diesem hermetisch geschlossenen Raum, aus dem es kein Entrinnen gab, eingesperrt zu sein mit dem Objekt seiner Phobie und auch noch auf Gnade und Ungnade dieser alten Kreatur ausgeliefert zu sein... wenn sie das erst einmal kapiert hätte – das war der Stoff, aus dem seine schlimmsten Alpträume waren! Denn kapieren würde sie es, sobald sie seine Reaktion sah, da half keine Selbstkontrolle mehr. Am ganzen Körper brach ihm der Schweiß aus, und er stand auf. Seine Augen waren starr auf den Korb gerichtet, aber aus dem rechten Augenwinkel konnte er sie dort knien sehen. Und sie sah ihn an.

Das Handtuch bewegte sich und rutschte weg. Er stieß einen unwillkürlichen Schrei aus. Es war die pelzige Schnauze eines Meerschweinchens, die da schnuppernd zum Vorschein kam, ein Meerschweinchen, dessen Fell ironischerweise die Farbzusammenstellung aufwies, die man Schildpattbraun nannte... Er atmete keuchend. Der Zug fuhr in die Station Epping ein, und die alte Frau nahm den Korb auf, warf mit einer hastigen, beschwichtigenden Geste das Handtuch über das Meerschweinchen wie jemand, der einen Papageienkäfig zudeckt. Victor riß den Rückfahrtabschnitt seines Billetts ab. Einerseits glaubte er ja, er werde ihn gar nicht brauchen, aber andererseits – wenn David nun böse wäre auf ihn ...

Daß er dauernd zu früh kam, war auch so eine Sache, die er sich abgewöhnen mußte! Immer wenn er sehr gern irgendwohin wollte, dann war er glatt eine Stunde zu früh dort, und diese Stunde dann herumzubringen, das war wie einen ganzen Tag hinter sich zu bringen. Er setzte sich an der Station in Bewegung, so langsam wie möglich, und dachte dabei an das erste Mal, daß er hier gegangen war, bevor er Clare kannte, als er noch kaum wußte, daß es sie gab. Wenn er oben am Hügel nach rechts abbog, dann konnte er zum St. Margaret's Hospital entlangschlendern und dort vor dem Tor auf sie warten. Aber das Haupttor war vielleicht nicht der einzige Ausgang, fiel ihm ein, es gab vielleicht noch andere Türen. Also wanderte er statt dessen durch die Stadt. In einem kleinen Antiquitätenladen, viel eleganter und hübscher – und auch teurer – als Jupps, kaufte er Clare einen viktorianischen Ring mit zwei goldenen, ineinandergeschlungenen Händen auf silbernem Reif. Der Ladeninhaber steckte ihn in ein blaues Samtkästchen, das mit weißem Satin ausgeschlagen war.

Um die Zeit totzuschlagen, spazierte er durch den Bell Park, von einem Ende zum anderen. Der Wald war inzwischen dicht und dunkel, all das blasse Grün der Buchen und Birken hatte der Sommer dunkler gefärbt; das Gras unter seinen Füßen strotzte von weißen und gelben Blumen. In der immer noch schweren Luft bewegten sich träge Insekten.

Er sah den Landrover schon aus der Ferne. Er war an einer Straßenbiegung unter einem Kastanienbaum geparkt und mußte in einem Moment angekommen sein, als er gerade den Kopf abgewandt hatte. Er konnte sich nicht bremsen, spontan auf sie zuzurennen, obwohl er sich zum Narren machte, wenn er so rannte – aber egal, er rannte trotzdem. Die Beifahrertür wurde aufgestoßen. Er kletterte hinein und nahm sie in die Arme, fast noch ehe er sie gesehen hatte. Sie war in seinen Armen, und er küßte sie, roch ihre Haut, schmeckte ihren Mund und fuhr mit den Fingern durch ihr Haar, bevor er auch nur hätte erkennen können, ob sie Make-up auf dem Gesicht hatte oder ob ihr Kleid weiß oder rosa war. Sie wehrte sich ein bißchen, lachte, rang nach Atem, und da wurde er sanfter, nahm ihr Gesicht in beide Hände und blickte sie an, Auge in Auge.

Hinterher konnte er sich nicht mehr darauf besinnen, wie sie angefangen hatte, was sie gesagt hatte, welches die ersten Worte waren, die gefallen waren – jedenfalls nicht genau. Und das war eine gnädige Fügung, denn es war schon schlimm genug, sich an das zu erinnern, was dann später kam. Und seine Erinnerung setzte erst von dem Moment an ein, wo sein Zorn sich bemerkbar gemacht hatte.

«Du liebst mich doch», hatte er aufbegehrt, als es angefangen hatte mit seinem Zorn, «du bist in mich verliebt, das hast du selbst gesagt.»

Sie schüttelte den Kopf. «Victor, ich habe das nie gesagt.»

Er hätte schwören können, sie hätte es gesagt. Oder war bloß *er* es gewesen, der es dauernd gesagt hatte, der dauernd gesagt hatte: «Ich liebe dich»?

«Ich versteh überhaupt nichts mehr.»

Sie sagte: «Könnten wir nicht bitte raus hier, uns ins Gras setzen oder so was? Hier so dicht neben dir zu sitzen und dich so direkt anzusehen, das macht es alles so schwer.»

«Ich stoße dich wohl ab, wie? Du hast mich zum Narren gehalten, wie?»

«Das stimmt nicht, Victor, und du weißt es auch.»

«Ich weiß überhaupt nichts mehr», sagte er, aber er stieg doch aus dem Wagen, hinaus in eine Öde aus trockenem Gras, totem, weißem Himmel und stickiger Luft voller Fliegen. Schweigend gingen sie nebeneinander her. Plötzlich ließ sie sich auf den Boden gleiten und verbarg das Gesicht in den Händen. Aber dann wandte sie sich zu ihm.

«Wirst du mir glauben, wenn ich dir jetzt sage, ich habe ehrlich nicht gewußt, daß du es so empfindest? Ich weiß, du hast gesagt, du liebst mich, aber die Leute sagen nun mal, sie lieben sich. Sie sagen es aus der Emotion heraus, weil sie glücklich sind, und es bedeutet nicht viel.»

«Für mich bedeutet es die Welt.»

«Ich dachte, du empfindest es ähnlich wie ich. Ich mag dich, Victor. Du bist auch sehr anziehend, körperlich sehr anziehend. Und ich bin...» Sie blickte auf den Boden nieder, auf das Gras und die Blumen, und ihre Finger zerpflückten ein Gänseblümchen, rupften die Blütenblätter von dem gelben Kelch. «...die Art, wie David und ich die Liebe praktizieren... das ist schön und gut. Aber manchmal ist es eben nicht genug. Ich muß noch dahin kommen, daß es genug ist, und ich werd es auch schaffen. Ich bin bis jetzt noch nie... ausgebrochen, weichgeworden, oder wie du es nun nennen willst», sagte sie ruhig. «Noch nie zuvor.»

Er war entsetzt. «Du und David... ihr macht Liebe? Wie könnt ihr denn das? Ich weiß gar nicht, was du meinst!»

Sie sagte ein wenig erschöpft: «Denk nach, Victor. Benutz deine Phantasie. Seine Hände sind ja nicht gelähmt. Oder sein Mund. Oder seine Sinne, um es genau zu sagen.»

«Das ist ekelhaft!»

Sie zuckte die Achseln. «Vergiß es. Es geht dich ja auch nichts an. Ich war von dir angezogen; ich bin es noch, um es genau zu sagen. Und du warst von mir angezogen. Wir sehnten uns beide nach Trost und Wärme, und es regnete, und – na ja, wir hatten zu viel Wein getrunken. Wir waren allein zusammen, und wir waren beide frustriert, und wir mochten uns gegenseitig… Ich versuche doch, ehrlich zu sein, Victor, und die Dinge nicht so zu verdrehen, daß ich sagen könnte, ich hätte es gewußt… Nun, *gewußt* hab ich es am Montagmorgen, daß wir es nicht einfach so abschütteln und vergessen können, da hab ich gewußt, daß es Nachwirkungen geben würde. Deshalb bin ich auch so früh aufgestanden. Ich war ein bißchen entsetzt von dem, was ich getan hatte, Victor. Denn *ich* war es ja, die es getan hatte. Ich weiß genau, du hättest mich nicht angerührt, wenn ich es nicht provoziert hätte.»

«Allerdings hätte ich das nicht getan!»

Sie überhörte es und sagte: «Du bist nicht wirklich in mich verliebt, Victor. Du kennst mich ja gar nicht. Du weißt doch kaum etwas von mir. Wir sind uns gerade sechsmal begegnet, und fünf Male von diesen sechs war David mit dabei.»

«Was hat das denn damit zu tun? Ich liebe dich», sagte er, und er glaubte es selbst, «ich habe es vom ersten Augenblick an gewußt, als ich dich sah.»

«Als ich so gräßlich zu dir war?» Sie lächelte müde, versuchte ein Lachen. «Als ich dich beschimpft habe mit den übelsten Ausdrücken? Nein, ich bin ganz sicher, das hast du *nicht* getan, Victor. Ich habe nie… Also ich habe wirklich nicht die Gewohnheit, nach Lust und Laune herumzuschlafen, das hab ich wohl schon gesagt, aber diesmal eben… Victor, können wir nicht einfach sagen, daß wir einander sehr gern haben, daß wir uns gegenseitig anziehen und daß die Sonntagnacht sehr gut und sehr schön war und daß wir sie nie vergessen werden? Könnten wir es nicht dabei belassen? Sieh mal, es ist jetzt sechs. Laß uns in den *Halbmond* gehen und einen Drink nehmen. Ich *brauche* jetzt einen Drink und du bestimmt auch.»

Der Zorn in diesem Stadium machte ihn kalt und boshaft: «Du hast ja selbst gesagt, du trinkst zuviel.»

«Ich glaube nicht, daß ich es *so* gesagt habe.»

«Wie auch immer, es spielt ja keine Rolle. Nichts von alledem spielt eine Rolle, denn ich glaube dir kein Wort. *Du* kannst dich nicht verstellen bei etwas so Ernstem. Du hast dich ja auch Sonntag nacht nicht verstellt. Und jetzt verstellst du dich bloß, um David nicht zu verletzen. Du willst dich opfern für David. Gut, und ich werde das nicht zulassen. Hörst du, Clare, ich lasse es nicht zu! Bin ich nicht genauso wichtig wie er? Ist mein Leben nicht genauso ruiniert wie seins?» Ihm kam eine Idee. «Ich nehme an, du hast dich nicht getraut, es ihm zu sagen, stimmt's?»

Sie wandte den Kopf ab. «Ich habe nicht geglaubt, daß es nötig wäre, es ihm zu sagen.»

«Sieh mich an, Clare! Dreh dich um, ich will dein Gesicht sehen!» Er sah, daß sie sehr blaß geworden war. «Natürlich hast du Angst, es ihm zu erzählen. Aber ich erzähle es ihm, mir macht das nichts aus! Du willst doch nicht unser beider Leben verderben, bloß wegen zehn Minuten Unannehmlichkeit, oder? – *Knüppel und Steine brechen meine Beine*», zitierte er, «aber harte Worte können mir nichts anhaben.»

«Du begreifst überhaupt nichts.»

«Ich begreife sehr wohl, daß du nervös bist und keine unnötige Aufregung auslösen willst. Sieh mal, warum nimmst du mich jetzt nicht einfach mit, und wir reden beide mit David – wir beide zusammen?»

«Das ist unmöglich!»

«Also gut. Dann geh jetzt. Du fährst nach Hause und tust, als ob nichts gewesen wäre, und ich komme in einer Stunde nach. Sag kein Sterbenswörtchen zu ihm, ich will nicht, daß du dich aufregst. Das ist sowieso eine Sache zwischen mir und David.»

«Victor», sagte sie verzweifelt, «begreifst du denn nicht, daß uns Welten trennen, dich und mich? Die Art, wie wir reden und denken, die Art, wie wir das Leben betrachten?»

«Was macht das schon?» sagte er. «Das ist nicht wichtig. Sonntag nacht haben wir das jedenfalls nicht gefunden, und wir werden es auch in Zukunft nicht.»

«Es wäre mir lieber, du kämest heute abend nicht», begann sie vorsichtig.

«Wann dann?»

«Oh, Victor, was hat das alles für einen Sinn? *Begreifst* du denn nicht?»

«Du fährst jetzt heim zu David», sagte er fest, «und ich komme in einer Stunde nach.»

Er lächelte sie ermutigend an. Ihre Augen waren auf ihn gerichtet, und tiefe Ausweglosigkeit lag darin. Nun, das war verständlich, wenn man bedachte, was sie vor sich hatte. Er schlug die Tür zu, und sie setzte den Landrover in Gang. Ihm fiel ein, sie mußte glauben, er habe seinen Wagen dabei und könne ohne Schwierigkeiten nach Theydon kommen. Aber er wollte ja auch, daß sie das dachte.

Einen Moment lang, als er den Landrover in die Hauptstraße einbiegen sah, übermannte ihn das Gefühl, er werde sie nie wiedersehen. Aber das war lächerlich, sie würde nicht weglaufen. Es war Viertel nach sechs. Es bestand keine Notwendigkeit, die vereinbarte Stunde zu wörtlich zu nehmen. Außerdem war ja er es gewesen, der sie festgesetzt hatte. Er war innerlich erregt und energiegeladen, er vibrierte vor Aufregung, aber Angst hatte er nicht. David konnte ihm überhaupt nichts anhaben, außer ihm vielleicht ein paar harte Dinge sagen. Es würde ihn eine Stunde kosten, nach Theydon zu laufen, und da die Alternative der Zug war, beschloß er, zu Fuß zu laufen.

Die Schnellstraße verschwand hier in der Erde und kam an der anderen Seite des Hügels wieder heraus und zog sich dann weiter übers Land. Aber alles, was er von ihr sehen konnte, war die Mauer über dem Tunnel, die ebensogut die Einfriedung eines Gartens hätte sein können. Victor ging einen gewundenen, ungepflasterten Fahrweg hinunter, der von grünen Hecken gesäumt und von Bäumen überwölbt war – vorbei an einem Golfclub, an den Gartentoren großer Häuser, durch ein Wäldchen, bis er bei der Kirche von Theydon herauskam. Die Sonne war hervorgekommen, und es versprach ein schöner Abend zu werden. Theydon Manor Drive war voller Rosen, ganze Hecken aus Weiß und Rot, runde Beete voller Rosen in allen Farben, Rosen, die über Hauseingänge und Pergolen kletterten. *Wie auf Rosen gebettet* fiel ihm ein; auch so ein Slogan, an den er sich aus der Zeit vor seiner Inhaftierung nicht erinnern konnte.

Ein zaudernd Herz erobert keine Schöne. Wer hatte das gesagt? Jupp, fiel ihm ein, Jupp, als er ins Haus ging, um Muriel den Hof zu machen. Es verdroß ihn, in diesem Zusammenhang an Jupp zu denken – und vor allem an Muriel! Das mit seinem eigenen Fall zu vergleichen, war grotesk! An der Gartentür zögerte er aber doch. Dort hinter der Haustür befand sich ein Abgrund. Clare hatte den Landrover weggestellt und das Gartentor geschlossen, und aus irgendeinem Grund beunruhigte ihn das. Er hatte gedacht, sie würde ihn gleich draußen auf der Straße stehenlassen. Aber natürlich dachte sie ja, er habe einen Wagen...

Er ging zur Haustür, aber er klopfte nicht. Er hob zwar den Türklopfer, aber anstatt ihn fallenzulassen, brachte er ihn leise wieder in seine Ausgangsposition. Ohne in die Fenster hineinzuspähen, ging er seitlich ums Haus herum und kam in den Garten, der voller Rosen war. Am Sonntag hatte es zu sehr geregnet, da hatte er sie nicht bemerkt. Langsam wandte er sein Gesicht dem Haus zu. Die Terrassentüren standen offen. Drinnen im Zimmer, direkt hinter den offenen Türflügeln, saß David in seinem Rollstuhl, und auf einem anderen Stuhl, ganz dicht neben ihm, saß Clare. Es hatte den Anschein, als hätten sie sich von draußen dorthin zurückgezogen, denn auf dem Gartentisch stand ein Krug Wasser mit schmelzenden Eiswürfeln darin, daneben ein Glas, und Davids Zigaretten lagen auch dabei. Victor konnte sich nicht erinnern, David und Clare je so sitzen gesehen zu haben, so dicht beieinander, sich bei den Händen haltend. Die Art, wie sie dasaßen, war merkwürdig; als ob sie gemeinsam darauf warteten, daß etwas Grauenhaftes passierte, auf den Tod vielleicht, auf Zerstörung, auf eine endgültige Katastrophe. Er mußte an ein Bild denken, das er vor Jahren einmal gesehen hatte, in einem Schulbuch für Geschichte. Es handelte von den Goten oder den Hunnen oder sonstigen Eroberern, die nach Rom kamen, und die Mitglieder des Senats erwarteten sie, warteten mit gelassener Würde auf das Eintreffen einer Horde von Barbaren und auf die Entweihung, die sie mit sich bringen würden. Daran erinnerten ihn Clare und David.

Er sagte: «David?» Und dann: «Ich nehme an, Clare hat dir gesagt, daß ich komme.»

David nickte. Er sagte nichts, aber sein Blick wanderte von Victors Gesicht an seinem Körper hinab. Victor hatte die Hände in den Taschen, er hatte sie hineingesteckt, weil sie angefangen hatten zu zittern. David blickte auf Victors rechte Hand in der Jackentasche, und Victor begriff schlagartig, daß er glaubte, er habe dort eine Pistole.

Clare war aufgestanden. Ihr Gesicht war blaß, und die Augen waren sehr groß. Sie trug das helle Baumwollkleid mit den großen Ärmeln. Hatte sie es auch schon in Epping angehabt, als er sie küßte? Er konnte sich nicht entsinnen. Er nahm seine Hände aus den Taschen. Sie waren jetzt ruhig. Er trat ein, zwei Schritte vor und stand am Tisch wie an einer Barrikade, errichtet für einen bevorstehenden Kampf, und er ließ sich auf einem der Gartenstühle nieder.

«Clare hat gerade gesagt, daß sie mich heiraten will», begann David.

Victor schüttelte den Kopf. «Nein.»

«Ich habe mich geweigert, sie zu fragen, das weißt du. Jetzt eben hat sie mich wieder gefragt, und ich habe ja gesagt.»

«Es gibt ein paar Dinge, die ich dir sagen muß», sagte Victor, «und es ist sehr gut möglich, daß du deine Meinung dann änderst, was das betrifft.»

«Ich habe ihm die paar Dinge schon erzählt, Victor», sagte Clare.

«Hat sie dir erzählt, daß ich sie gevögelt habe? Nicht einmal, sondern immer wieder, die ganze Nacht?»

«Natürlich hat sie es mir erzählt. Sei nicht so melodramatisch, Victor. Und das kann in den kommenden Jahren auch wieder passieren – oh, nicht mit dir, da besteht keine große Chance –, nein, mit anderen, sie sagt das selbst. Ich kenne meine Beschränkung, Victor, und sie kennt sie auch. Keiner von uns betrachtet das Leben als etwas, das es nicht ist – im Gegensatz zu dir.»

«Ich will David heiraten», sagte Clare. «Ich habe das immer gewollt, seit ich ihn kennengelernt habe.»

Victor zitterte. Er hatte das Gefühl, als hätte er am ganzen Körper vibrierende Nadeln im Fleisch.

«Was hast du ihr erzählt, daß sie ihre Meinung geändert hat?» fragte er.

«Sie hat ihre Meinung nicht geändert.»

Victor hätte es nicht gesagt, wenn er nicht so zornig gewesen wäre:

«Hast du ihr erzählt, daß ich Frauen vergewaltigt habe?»

«Nein.»

Clare fuhr mit einer Bewegung zurück, ähnlich wie Judy zurückgewichen war, als er neben ihr am Fenster gestanden hatte.

«Das glaub ich dir nicht», sagte Victor.

«Ist das wahr?» fragte Clare.

«Frag ihn doch! Er hat doch deine Gedanken vergiftet – gegen mich! Ich hätte dich nie zu ihm zurücklassen dürfen. Ich wußte ja, wie er ist, ich hab's immer gewußt. Und ich dachte ... ich dachte, wir könnten *Freunde* sein!»

Victor stand ruckartig auf, und mit Vergnügen beobachtete er, wie David sich mühte, ruhig und gelassen zu bleiben, keinen Boden zu verlieren. Aber David schaffte es nicht, er schrumpfte gleichsam in sich zusammen, er zog die Hände zurück und griff nach den Rädern. Clare machte eine Geste der Abwehr, deckte David schützend mit den Armen ab. Victor sah rot. Krachend schlug er seine Faust auf den Tisch, und das Glas fiel herunter und zersplitterte auf den Steinen. Victor packte den Wasserkrug und schmetterte ihn ebenfalls zu Boden. Das Wasser spritzte über David, die Glassplitter flogen, und er verbarg das Gesicht hinter dem Arm.

«Ich wollte, ich hätte dich umgebracht!» schrie Victor. «Schlimmeres hätte man mir auch nicht antun können, wenn ich dich getötet hätte. O ja, ich wollte wirklich, ich hätt's getan!»

Irgendwo im Haus begann der kleine Hund zu bellen wie ein richtiger Wachhund.

15

Als er Davids Haus verlassen hatte, lief Victor eine Weile ziellos umher, ohne eine Vorstellung, wo er hin sollte, unfähig, in Gedanken einen Ort zu finden, wo er gern wäre. Vielleicht war das Gefängnis der beste Ort für ihn, der einzig mögliche Ort, und wenn er David tötete, dann käme er wieder ins Gefängnis. Er hatte keine Waffe, aber es war möglich, sich eine zu beschaffen. Man konnte sich alles beschaffen, wenn man nur wußte wie, wenn man Geld hatte. Er merkte, daß er auf den Wald zulief, und er kam an dem Haus vorbei, wo er eine Vorauszahlung auf die Wohnung bezahlt hatte. Jetzt würde er nie mehr in Theydon wohnen, nie wieder würde er einen Fuß in diesen Ort setzen, bloß noch einmal, um David ein letztes Mal zu besuchen. Den Kopf voller wilder Vorstellungen – David erschossen, David blutend, David am Boden, alle viere von sich gestreckt –, ging er zur Haustür und drückte auf die Klingel.

Mrs. Palmer benahm sich ziemlich verängstigt. Wahrscheinlich, weil er so wild gestikuliert und geredet hatte, überlegte sich Victor hinterher. Er mußte ihr einigermaßen meschugge vorgekommen sein. Clare war völlig aus seinem Bewußtsein verdrängt, allein Davids Bild füllte es aus. Die Frau machte erst gar keine Einwände, sie sagte sofort, er könne seine Anzahlung zurückhaben, und sie gab ihm einen Scheck. Victor beschloß, daß er das Geld für eine Pistole ausgeben würde.

Er schlug den Weg ein, der in steilen Windungen hügelan durch den Wald führte, in Richtung auf die Kreuzung der beiden Hauptstraßen. Es war kurz nach halb neun. Der Zorn begann in ihm zu kochen und nahm die Form hitziger Energie an. Er hätte kilometerweit laufen können, er hätte den ganzen Weg bis nach Acton laufen können, und auch dann wäre diese vom Zorn stimulierte Energie noch nicht verbraucht! Es war nicht Clare, auf die er wütend war. Es war ja nicht ihre Schuld, sie hatte sich lediglich einer größeren Macht gebeugt, so wie Frauen es tun mußten. Wenn sie nicht dabeigewesen wäre, dachte er, dann hätte er David an der Kehle gepackt und alles Leben aus ihm herausgequetscht. Aber welche Macht besaß David schon! Welche Macht konnte ein Mann in einem Rollstuhl ausüben, ein Mann, der bloß halb lebendig war!

Manchmal fuhr ein Wagen an ihm vorüber, entweder nach Loughton hinauf oder nach Theydon hinunter. Einmal sah er in der Tiefe des Waldes einen Mann mit einem großen grauen Hund, einem irischen Wolfshund, spazierengehen. Hier gab es große baumlose Lichtungen im Wald, mit kurzem, harten Gras bewachsen, und weite Flächen, auf denen lediglich Farne wuchsen mit ihren aufspringenden Spiralen und den hohen grünen Wedeln, fast wie Bäume, und dazwischen kleine Birkengehölze mit dünnen weißen Stämmen und zitternden Blättern. Die Sonne verlosch in rauchig rötlicher Glut, und dann wurde der Himmel vorübergehend bleich, grüngolden und streifig, als würde ihm die Wolkenhaut abgezogen. Victor war voller Zorn und voll angestauter Energie, und jetzt hatte er Angst, denn er fragte sich, was aus diesem Zorn werden sollte, wie er mit ihm leben sollte? Was geschah mit einem, wenn ihn der Zorn übermannte?

Und dann sah er das Mädchen im Wald.

Zuerst sah er den Wagen, und der war leer. Er stand an der Einmündung einer der Fahrspuren, die durch den Wald führten, tiefe Rinnen im Lehmboden, jetzt ausgetrocknet, die von einem schwereren Fahrzeug herrührten. Sie saß mit dem Rücken zu dem geparkten Wagen und zum Weg auf einem Baumstamm zwischen den Farnen. Victor, der noch vor einer Woche niemals auf solche Gedanken gekommen wäre, war überzeugt, daß sie auf einen Mann wartete. Auf die gleiche Weise, genauso klammheimlich hatte Clare auf ihn gewartet. Auch dieses Mädchen hatte bestimmt einen eifersüchtigen, besitzergreifenden und herrschsüchtigen Mann zu Hause, und deshalb mußte sie sich heimlich mit ihrem Geliebten treffen, an einem einsamen, vor aller Augen verborgenen Ort.

Bloß, er war nicht vor aller Augen verborgen! Sie war dunkel und mager, ganz und gar nicht wie Clare. Es war Viertel nach neun, und sie war vielleicht zu früh dran, womöglich hatten sie sich für halb zehn verabredet, aber darüber dachte er nicht weiter nach, er war jenseits vernünftiger Überlegungen. Sie ahnte nichts von seiner Gegenwart, hörte auch nicht seine Schritte auf dem Gras hinter ihr, und er sah jetzt auch, was sie so absorbierte. Sie machte sich im schwindenden Tageslicht ihr Gesicht zurecht. Sie hatte ihre Handtasche geöffnet, einen kleinen Spiegel oben draufgestellt, und sie malte sich Lidstriche. Er wagte kaum zu atmen, blieb einen Meter hinter ihr stehen und sah zu, wie die Finger mit den rotlackierten Nägeln nach dem Maskarastift griffen, mit dem sie ihre Wimpern färbte. Eine Verrichtung, die sie hatte aufschieben müssen, bis sie hier war, eine Tätigkeit, die zu Hause Argwohn erregt hätte.

Er trat einen Schritt näher an sie heran, hakte seinen linken Arm um ihren Hals und preßte seine andere Hand auf ihren Mund. Ein Schrei versuchte aus ihr herauszubrechen und erstickte in seiner Handfläche. Der Inhalt der Handtasche flog nach allen Seiten. Sie wehrte sich wie ein Tier in einem Netz. Er war unglaublich stark, seine Stärke faszinierte ihn selbst. Es war leicht, sie festzuhalten, sie zu Boden zu werfen in ein Nest aus Farn und ihr den Schal in den Mund zu stopfen, der aus ihrer Handtasche gefallen war. Er war erigiert wie ein Messingbolzen, heiß wie Feuer, und sein Zorn war wie glühender Schmerz. Mit der freien Hand nestelte er an seinem Hosenschlitz, aber sie war jetzt ganz schlaff, Hals und Kopf waren zur Seite gedreht, ihre Hände kämpften nicht mehr, sondern waren unter ihren Rücken geschoben. Er riß ihr die Stumpfhose herunter, seine Finger bohrten sich durch das durchsichtige Gewebe, fragil wie Spinnweben.

Undeutlich nahm er ein Knacken wahr, er hörte einen scharfen Knacks und dachte, es könne ein brechender Knochen sein, denn sie war ja nichts als Knochen, eisenhart und unnachgiebig. Er stieß gegen kaltes, trockenes, widerstrebendes Fleisch, und plötzlich spürte er einen scharfen, unerträglichen Schmerz in der Brust, wurde sich eines stechenden Schlages bewußt. Blitzartig rollte er sich von ihrem Körper herunter. Er sah Blut, er roch Blut, und er brüllte los vor Schmerz und Entsetzen. Und immer noch neuer

Schmerz kam dazu, wie von Nadelstichen, und er hörte das Röhren eines Automotors, hörte Räder über den trockenen Lehm schurren, jenes Aufheulen eines Motors, dessen Fahrer noch einmal aufs Gaspedal tritt, ehe er bremst. Victor schnellte in die Höhe. Blut floß an seiner Brust hinunter. Das Mädchen, den Mund vollgestopft mit dem Schal, dessen rote Seide ihr seitlich aus den Mundwinkeln rann wie noch mehr Blut, hielt eine dreieckige Spiegelscherbe in der Hand. Unter ihrem Körper, vielleicht an einem Stein, hatte sie es fertiggebracht, jenen Taschenspiegel zu zerbrechen und die Bruchstücke als Waffe zu benutzen.

Er raste davon, auf den Schutz der Bäume zu, zog die Hosen hoch, während er rannte. Hinter sich hörte er eine Männerstimme rufen: «Wo bist du? Was ist passiert?»

Ein Schrei, ein Schluchzen, Stille dann, als er bei ihr war, sie umfaßte und tröstete. Victor wagte nicht, anzuhalten, obwohl er spürte, wie das Blut aus der größten der Wunden strömte, wie es förmlich herausgepumpt wurde, ein pulsender Quell, und wie sich auf dem dunkelblauen T-Shirt ein dunklerer Fleck ausbreitete. Er rannte weiter, tiefer hinein unter die Bäume, ohne zu wissen, wohin er eigentlich rannte. Bald würde es finster sein, es war schon jetzt ziemlich dunkel. Durch den Wald zu rennen war nicht einfach, wenn man die Wege verließ, weil man nichts als Ranken und Brennesseln und diesen endlosen Farn unter den Füßen hatte. Und die ganze Zeit horchte er auf Verfolger. Sie würden ihn verfolgen, dachte er, genauso wie damals, als er in Solent Gardens Zuflucht nahm, Heather Cole und der Mann ihn im Park verfolgt hatten. Dornenranken verfingen sich in seinen Hosen, er stolperte, fing sich wieder, aber als er das nächste Mal strauchelte, da kippte er vornüber in eine feuchte Mulde voll von Dornengestrüpp.

Dort kniete Victor und lauschte. Seine Hände brannten von der Berührung mit den Brennesseln. Er war überzeugt, daß er noch immer blutete. Von hinten war kein Laut zu hören, es war überhaupt nirgends ein Laut zu hören außer dem schwachen Summen eines weit entfernten Flugzeuges, insektengleich, kaum vernehmlich. Große Kastanienblätter, gespreizte Baumhände, feucht und kalt, berührten sein Gesicht. Er stand auf, noch immer lauschend. Niemand verfolgte ihn, und er wußte plötzlich auch, warum. Die beiden waren ein heimliches Liebespaar, jeder von ihnen hatte wahrscheinlich gegenüber dem Ehemann oder der Ehefrau oder einem Partner mit älteren Rechten eine Ausrede gebraucht, wohin er ginge. Ihm nachzulaufen oder die Polizei zu verständigen, das hieße, ihr Geheimnis preiszugeben und den Zorn jener anderen heraufzubeschwören, es bedeutete vielleicht das Ende ihrer Affäre. Er zitterte vor Erleichterung bei diesem Gedanken, aber gleich packte ihn wieder die Angst. Wie schlimm hatte sie ihn verletzt? Wenn er sich nun zu Tode blutete?

Es war hier drinnen zu dunkel, um etwas zu sehen. Aber er konnte das Blut auf seiner Brust fühlen, eine warme Nässe. Der Himmel über ihm war noch sichtbar als blaß schimmerndes Grau, aber die Baumkronen waren schwarze Sträuße mit Girlanden schwarzer Blätter. Es mußte doch irgendwo einen Weg geben, Gegenden wie diese waren doch immer durchzogen von Hunderten von Fußwegen. Es war ja keine richtig ländliche Gegend, es war eher eine Art großer Park, ebensowenig ‹Wildnis› wie etwa Hampstead Heath.

Nach seiner Berechnung mußte der Waldstreifen, in dem er sich befand, an die Straße nach Theydon stoßen, auf der er gekommen war, die Straße von Loughton nach Wake Arms, Clays Lane und Debden Green. Früher einmal, vor einer Ewigkeit, hatte er jemanden von Debden Green nach Cambridge fahren müssen, deshalb hatte er eine schwache Vorstellung von der Umgebung. Er konnte nicht einfach den Weg, den er gekommen war, zurückgehen. Trotz aller beschwichtigender Überlegungen wäre das zu riskant. Es war zu dunkel, um festzustellen, wieviel Uhr es war, vielleicht nicht später als zehn? Alles dies hatte David ihm eingebrockt! Warum hatte er David damals in Solent Gardens nicht getötet!

Erst nach sehr langer Zeit stieß Victor wirklich auf einen Pfad, eine Fahrspur, und als es endlich soweit war, hatte er seine Meinung, Epping Forest sei eine Art Londoner Vorortpark, gründlich revidiert: Dieser Wald war riesig und dunkel und verwirrend, ein wahres Labyrinth. Er folgte dem Weg, den er wiedergefunden hatte – aber vielleicht war es auch ein ganz anderer Weg, eine Abzweigung des ersten? Er hatte keine Ahnung, wohin er führte. Ihm war, als sei er über und über blutverschmiert, nicht nur sein Oberkörper, auch seine Hände, denn während er sich vorwärtstastete, hatte er versucht, die Ränder der schlimmsten Wunde zusammenzupressen, um die Blutung zu bremsen. Sie zum Stehen zu bringen, war ihm wenigstens gelungen, das Blut war geronnen, er konnte die Kruste fühlen, vermengt mit Schmutz vom Waldboden. Er streckte die Hände vor, um ein Hindernis, das vor ihm lag, abzutasten. Er glaubte, es sei wieder einer der mächtigen, glatten Buchenstämme, aber er stieß an einen von Menschenhand gemachten, dichten Bretterzaun.

Er tastete sich daran entlang und kam an eine Tür. Sie war nicht verschlossen. Victor trat hindurch und fand sich in einem fremden Garten wieder, einem riesigen Garten mit weiter Rasenfläche, Bäumen und Sträuchern, und in der Mitte schimmerte ein Teich, eine glatte Wasserfläche, in der sich die Sterne spiegelten. Am anderen Ende des Rasens fiel Licht aus einem Schlafzimmerfenster oben im Haus und lag in Form zweier gelber Rechtecke auf dem Grün. Mit einem unwirklichen Gefühl des Entsetzens dachte er: Dort könnte ich jetzt reinklettern, und da finde ich Rosemary Stanley im Bett, und sie wird schreien und das Fenster zerschmettern, und David wird kommen...

Um die Straße zu erreichen, seinen Fluchtweg, mußte er seitlich am Haus vorbeigehen. Auf einmal hatte Victor Angst weiterzugehen. Er konnte nicht mehr, er wurde sich plötzlich bewußt, daß er müde war bis zur völligen Erschöpfung, vollkommen erledigt. Direkt am Zaun, neben der Tür, durch die er gekommen war, stand ein Holzschuppen. Die Tür hatte ein Hängeschloß, aber es war nur lose eingehängt, und die Tür ging auf, als er auf die Klinke drückte. Drinnen war es trocken und stickig, und es roch nach Holzschutzmittel. Und stockdunkel war es auch. Trotzdem konnte Victor noch eben erkennen, daß auf dem Boden etwas lag, das er für einen Haufen Netze hielt, diese Dinger, die die Gärtner benutzen, um Obststräucher gegen die Vögel zu schützen. Er schloß die Tür hinter sich und ließ sich mit dem Gesicht nach unten auf den Haufen Netze fallen.

Gegen vier war es hell. Er hatte keine Ahnung, wie lange er geschlafen hatte, vielleicht vier, fünf Stunden. Sehr helles, bleiches Licht einer eben aufgegangenen Sonne fiel durch das kleine Fenster hoch oben unter den Dachbalken des Schuppens herein. Victor sah sich seine Hände an. Er versuchte auch, seine Brust anzusehen, aber die größte Wunde saß weit oben, und außerdem war das T-Shirt völlig verkrustet von getrocknetem Blut, das an der Haut und an den Haaren klebte. Er mußte irgendeinen Weg finden, das zu säubern, ehe er in einen Bus oder einen Zug stieg.

Er trat vorsichtig aus dem Schuppen, und als er den Garten durch die Tür im Zaun verließ, gelangte er auf einen Waldweg, der zur Straße führte. Er sah jetzt, wie nahe er gestern nacht an einer der Hauptstraßen gewesen war. Nicht, daß ihm das um Mitternacht besonders viel genützt hätte. Auf der anderen Seite der Straße lag ein See, einer jener Waldseen, die einmal Kiesgruben gewesen sind. Seine Wasserfläche war glatt und braun, und lange, flache Blätter schwammen darauf. Ein Lastzug fuhr donnernd vorbei, und dann in entgegengesetzter Richtung ein Personenwagen. Aber es herrschte noch wenig Verkehr. Victor überquerte die Straße, kniete sich hin und wusch Gesicht und Hände im Wasser des Sees. Es war nicht kalt, es war auch nicht sehr sauber, sondern braun und gleichsam ölig, wie stehende Gewässer oft sind. Aber es diente schlecht und recht seinen Zwecken, und er trocknete sich, so gut es ging, mit dem Innenfutter seiner Jacke ab.

Bergab führte die Straße anscheinend vom Wald fort und in die Nähe von Häusern. Nach etwa einem halben Kilometer wurde ihm klar, daß er in Loughton war und auf die Schnellstraße zulief. Der Verkehr wurde allmählich stärker, und hier und da waren auch schon Leute zu sehen. Er hielt einen Mann an und fragte ihn nach dem Weg zur Station Loughton, und der Mann sagte es ihm, ohne ihn auf verdächtige Weise zu mustern, also nahm Victor an, er müsse einigermaßen präsentabel aussehen und nicht wie ein Schreckgespenst.

Eine Narbe würde wahrscheinlich zurückbleiben. Die Wunde hätte gesäubert und genäht werden müssen, denn sie war mehr als drei Zentimeter lang, mit Rändern, die noch immer auseinanderklafften, und innen klebte Schmutz. Vielleicht war es auch jetzt noch nicht zu spät zum Nähen, aber Victor wußte, er würde sich zu keinem Arzt trauen. Das Mädchen konnte immerhin zur Polizei gehen, die Möglichkeit bestand immer noch. Wenn sie und ihr Freund sich irgendeine plausible Erklärung für ihren Aufenthalt im Wald ausdachten, dann konnte sie zur Polizei gehen. Und außerdem konnte Victor sich geirrt haben. Es war auch möglich, daß sie sich dort mit ihm getroffen hatte, weil sie zu Hause mit ihren Eltern zusammenlebte und er vielleicht ebenfalls mit seinen Eltern, so daß es außer dem Wald nichts gab, wo sie sich lieben konnten.

Sie hatte seine Brust übel zugerichtet. Außer der großen Wunde waren da noch eine Menge kleinerer Schnitte. Es war eine Tortur gewesen, als er versuchte, das Hemd auszuziehen. Schließlich hatte er es aufgegeben, hatte sich in die Badewanne gelegt, um es aufweichen zu lassen, und das Badewasser war braun geworden wie von Rost. Seine Jacke mußte in die Reinigung. Er leerte die Taschen aus und fand dabei den Scheck und das blaue Samtkästchen mit dem Ring, den er für Clare gekauft hatte.

Der Zorn in ihm war zwar noch da, denn er hatte ja nichts getan, um ihn abzureagieren, aber er war nicht mehr so explosiv, sondern simmerte eher unter der Oberfläche vor sich hin. Er war jetzt auch imstande, nüchtern nachzudenken und zu erkennen, wie er sich hätte verhalten müssen, wo er einen Fehler gemacht hatte: Natürlich hätte er mit Clare zusammen in ihrem Wagen nach *Sans Souci* zurückfahren müssen. Sein Fehler war sein eigener Stolz gewesen, das erkannte er jetzt. Hatte er nicht sein und ihr Glück geopfert, bloß weil er es nicht fertiggebracht hatte, einzugestehen, daß der rote Escort ein Leihwagen war, der zurückgegeben werden mußte? Wenn sie zusammen dort angekommen, gemeinsam David gegenübergetreten wären, wie anders hätte alles verlaufen können! David verstand eben nur Kraftakte, Gewalt, denn einmal Polizist, immer Polizist! Ja, Victor wußte, er hätte mit Clare mitgehen müssen. Er hätte David Bescheid stoßen und Clare mit Gewalt fortnehmen müssen! Was hätte David schon machen können – vom Rollstuhl aus?

Den kleinen Ring mit den verschlungenen silbernen Händen auf dem Goldreif, den würde er nicht wegwerfen: Clare würde ihn doch noch tragen! Victor klebte sich ein Heftpflaster auf die Brust, und dann zog er sich an, das gestreifte Hemd, Jeans, die grüne Samtjacke. Er setzte sich in den Rollstuhl und zählte sein Geld. Weniger als sechzig Pfund waren noch übrig, obwohl er noch seine wöchentliche Zahlung vom Sozialamt zu bekommen hatte. Und dann war da noch der Scheck, die Vorauszahlung für die Wohnung, die er wiederbekommen hatte, zweihundert Pfund. Er faltete ihn auseinander. Sie hatte ihn auf M. Faraday ausgestellt.

Als er seine Sachen zur Reinigung gebracht hatte und wieder nach Hause kam, rief er David an. Es amüsierte ihn, wenn er jetzt daran dachte, wie verschüchtert er gewesen war, als er David zum erstenmal angerufen hatte, wie es ihm die Sprache verschlagen, wie er lediglich seinen Namen gestammelt hatte, als David abhob. Jetzt hatten sich die Dinge geändert. Er wählte Davids Nummer und wartete ungeduldig, tappte mit den Fingern gegen die Unterseite der Stufen.

«Hallo?»

«David, hier ist Victor. Ich wollte dir bloß sagen, daß ich deinetwegen eine wirklich grauenhafte Nacht verbracht habe. Ich kann von Glück sagen, daß ich noch am Leben bin, trotz der verpaßten Bahn und so. Ich glaube, ich habe die Sache gestern abend nicht richtig gehandhabt, aber auf lange Sicht betrachtet, spielt das keine Rolle. Weißt du, du wirst dich damit abfinden müssen, daß Clare und ich zusammenbleiben werden. Sie will mich, und ich will sie, und so ist das nun mal. Klar?»

David sagte nichts, aber aufgehängt hatte er nicht.

«Ich werde heute noch mit ihr sprechen, später, und die Dinge arrangieren, aber ich meine, wir sollten uns in dieser Sache alle zivilisiert benehmen. Ich glaube, du schuldest es mir, daß du mir wirklich zuhörst. Ich jedenfalls möchte die ganze Geschichte noch mal mit dir durchsprechen. Du weißt, es hilft uns beiden immer, wenn wir die Dinge durchsprechen.» Es kostete Victor einiges, das zu sagen, und im Grunde meinte er es auch gar nicht so, es sollte nur ein Trostpflaster für David sein. «Ich sähe es gern, wenn wir Freunde blieben. Ich weiß, daß Clare gerne auch weiterhin mit dir befreundet sein möchte.»

«Victor, laß uns das eine klarstellen», sagte David, «unser Zusammentreffen war ein Fehler, gleich vom erstenmal an. Es ist eine Menge Schaden angerichtet worden, vielleicht nicht wiedergutzumachender Schaden. Das Beste, was wir jetzt machen können, ist der Versuch, dorthin zurückzukehren, wo wir vorher waren, und die Scherben einsammeln. Wir werden uns nicht mehr sehen.»

Diese überlegene Haltung machte Victor wütend, obwohl er sich vorgenommen hatte, ruhig zu bleiben.

«Du hast sie verloren, David!» schrie er ins Telefon. «Finde dich damit ab, du hast die Schlacht verloren. Du bist besiegt!»

Er knallte den Hörer auf, bevor David abhängen konnte. Als er wieder oben in seinem Rollstuhl saß, zählte er sein Geld noch einmal, betrachtete den Ring. Vielleicht konnte er ihn Jupp verkaufen? Ihre Liebe, seine und Clares, hatte keine Ringe nötig, keine materiellen Fesseln. Er las die Zeitungen, die er in einem Papierkorb gefunden hatte, das Farbmagazin der *Sunday Times* und ein Blatt, das sich *Executiv World* nannte, und dann den *Standard*, aber für den hatte er bezahlen müssen. Der Mann, den sie den ‹roten Fuchs› nannten, hatte eine Frau in Hemel Hempstead vergewaltigt, aber über ein Mädchen, das im Epping Forest überfallen worden war, stand nichts drin. Bis sechs verfolgte er das Tennisturnier von Wimbledon im Fernsehen, und dann wählte er Davids Nummer, entschlossen, den Hörer aufzulegen, wenn sich David meldete.

Es war Clare, die «hallo» sagte.

«Clare, Liebling, du weißt, wer hier ist. Geht es dir gut? Es paßte mir gar nicht, dich bei ihm zurückzulassen, aber was hätte ich denn tun sollen? Ich hätte nicht zulassen dürfen, daß du ihm allein unter die Augen trittst. Aber jetzt werden wir keine Fehler mehr machen, von jetzt an tun wir nur noch das Richtige.» Victor hatte das Gefühl, noch nie in seinem Leben so viel und so artikuliert geredet zu haben. Er war stolz auf sich. «Ich hab solche Sehnsucht, dich wiederzusehen. Wann können wir uns treffen? Ich will auch vollkommen ehrlich zu dir sein, und ich werde dir etwas gestehen: Dieser Wagen gehört gar nicht mir. Ich hatte ihn bloß gemietet. Ich wollte bloß, daß du denkst, es ist meiner, weil – na ja, ich wollte wahrscheinlich, daß du gut von mir denkst.» Die Worte strömten nur so aus ihm heraus, es war ganz leicht. «Verzeihst du mir? Ach, ich weiß ja, das macht dir nichts aus, jedenfalls nicht viel. Und du weißt ja, ich werde überall hinkommen, um dich zu treffen, wo immer du willst, und wenn ich jeden Schritt des Weges zu Fuß laufen müßte! Darauf werden wir uns einrichten müssen, es wird ganz schön hart werden die nächsten paar Wochen, *ihn* zur Einsicht zu bringen. Aber wir werden zusammensein, und wir werden es schon schaffen.»

«Victor», sagte sie mit leiser, verzweifelter Stimme, «es war mein Fehler. Ich weiß es, und es tut mir leid.»

«Es tut dir leid?» sagte er munter. «Was gibt's denn schon, was dir leid tun könnte? Absoluter Unsinn!»

«David wollte nicht, daß ich mit dir spreche, er hat gesagt, ich soll es lieber nicht tun, aber das wäre doch sehr feige von mir gewesen. Ich muß noch eine Menge Erklärungen loswerden. Ich werde mich immer schuldig fühlen, wenn ich das nicht tun kann.»

«Mir kannst du alles sagen, was du möchtest, Liebling, wirklich alles. Wann sehen wir uns? Morgen? Da in deiner Kneipe, im *Halbmond*?»

«Nicht morgen», sagte sie, «Montag. Um sechs Uhr. Ich werde David sagen, was ich vorhabe. Ich weiß, er wird begreifen, daß es richtig ist.»

«Ich liebe dich», sagte Victor.

Er legte den Hörer auf, sehr zufrieden mit dem Ergebnis seines Anrufes. Jemand schloß die Haustür auf, und Mrs. Griffith trat in die Diele. Sie trug weiße Handschuhe und einen anderen Strohhut als neulich, einen marineblauen, diesmal mit einem kleinen getupften Schleier.

«Oh, Mr. Jenner», sagte sie, «Sie ersparen mir das Treppensteigen.» Als ob sein Zimmer im zehnten Stockwerk eines Turmes ohne Lift läge!

Sein Blick ging durch sie hindurch, denn sein Kopf war voll mit Bildern von Clare.

«Gestern waren schon wieder ein paar Polizisten hier und haben nach Ihnen gefragt. So um fünf Uhr nachmittags.»

Sein Herz setzte einen Schlag aus, aber dann beruhigte es sich. Fünf Uhr, das war vier oder fünf Stunden, bevor er diesem Mädchen im Epping Forest begegnet war.

«Das ist nicht sehr angenehm, Mr. Jenner.» Mrs. Griffith blickte um sich und verdrehte den Hals, um die Treppe hinaufzublicken, dann sagte sie mit gedämpfter Stimme: «Mr. Welch und diese Leute von der Rehabilitation versicherten mir damals, es würde keinerlei Ärger geben. Na ja, aus Ihrer Mitteilung ersehe ich ja, daß Sie ausziehen. Und was ich gern noch wissen wollte – also bitte, wann genau?»

Victor hatte ganz vergessen, daß er sich festgelegt hatte, auszuziehen. Es schien so unendlich lange her, daß er diesen Brief geschrieben hatte, den sie eine ‹Mitteilung› nannte. Es war seither so viel geschehen. Und er wußte nun gar nicht, wo er hin sollte.

«Ende nächster Woche», sagte er, und dann korrigierte er sich: «Nein, am kommenden Montag.» Diesmal würde er Clare nicht nach *Sans Souci* zurück lassen. Sie würden beide in ein Motel gehen, in das *Posthaus* in Epping zum Beispiel.

«Wissen Sie, daß sie durch Ihr Hemd bluten?» fragte Mrs. Griffith.

Die Wunde war wieder aufgegangen. Aus einem triumphierenden Glücksgefühl heraus, als er Clares Stimme hörte, als sie ihn beim Namen nannte, hatte er den Arm weit ausgestreckt und seine Brust gedehnt... Er wusch die Wunde über dem Ausguß in seinem Zimmer und klebte ein frisches Stück Heftpflaster darüber, wobei er die klaffenden Ränder zusammenschob. Er setzte sich in seinen Rollstuhl und sah sich im Fernsehen ein aufregendes Damen-Einzel in Wimbledon an.

In der Nacht hatte er einen seiner Schildkrötenträume gehabt. Er war wieder in dem Holzschuppen an der Rückseite jenes Gartens in Loughton, lag auf den Netzen und bemerkte, obwohl es dunkel war, in einer Ecke einen Haufen Steine. Einer der Steine wurde plötzlich lebendig und begann sich zu bewegen, kroch langsam auf sein Lager zu. Victor sah die schuppigen Füße sich rhythmisch bewegen wie ein sehr langsames Uhrwerk, mit schwankendem Panzer darüber und einem Kopf – einem Schlangenkopf, aber tumb, kurzsichtig –, der von einer Seite zur anderen pendelte, als hinge er in rostigen Angeln. Victor schrie und versuchte, nach draußen zu kommen, aber die Tür war verschlossen und das Fenster unerreichbar. Er preßte sich mit dem Rücken gegen die Wand, und das Ding kam immer näher, glotzäugig, langsam, erbarmungslos, und Victor schrie. Schreiend wachte er auf. Es war nicht der erstickte Angstlaut, wie er ihn aus seinen Alpträumen kannte, was da aus ihm herausbrach, sondern das Gellen der Todesangst.

Schritte kamen die Treppe herauf, und jemand hämmerte gegen seine Tür. Es war dieselbe Stimme, die sich schon einmal beschwert hatte, damals, als Victor auf den Boden und gegen die Wände getrommelt hatte.

«Was ist denn hier los?»

«Nichts», rief Victor, «ich hab schlecht geträumt.»

«Mann Gottes!»

Er stand auf, nahm ein Bad und erneuerte den Verband über den Schnittwunden. Um neun, als er wußte, Clare war fort zum Dienst, rief er David an.

«Hallo?»

David klang argwöhnisch. Er ahnte wahrscheinlich sehr wohl, wer es war, und hatte Angst.

«Ja, ich bin es wieder, David», sagte Victor. «Ich weiß nicht, ob Clare es dir erzählt hat – ich treffe mich also am Montag mit ihr, und das wär's dann, klar? Danach wird sie nicht wieder zu dir zurückkommen, sie wird mit mir wegfahren. Ich meine, es ist am besten, in dieser Sache vollkommen ehrlich zu sein und dich zu informieren über alles, was wir vorhaben.»

«Victor, Clare hat nicht vor, irgendwas mit dir zu tun.» David sprach geduldig und langsam wie mit einem Kind, und das ärgerte Victor. «Clare wird hier bei mir bleiben, und sie wird mich heiraten. Ich glaube, ich habe dir das bereits gesagt.»

«Und ich habe dir bereits gesagt, daß Clare sich am Montag mit mir trifft und mit mir fortgeht. Bist du eigentlich taub oder so was?»

«Clare und ich werden dich gemeinsam treffen, Victor, und wir werden versuchen, vernünftig über alles zu reden.»

«Wenn du am Montag mit ihr kommst», sagte Victor, «dann bringe ich dich um.» Damit legte er auf.

Er ging aus, holte seine Unterstützung vom Sozialamt und seine Sachen aus der Reinigung, und als er an Jupps Laden vorüberkam, nahm er den Ring aus der Tasche und betrachtete ihn. Auf dem Schmucktablett im Fenster gab es nichts, das höher als mit fünfzig Pfund ausgepreist war, und das bedeutete, daß Jupp ihm für den Ring wahrscheinlich allerhöchstens fünfundzwanzig geben würde. Das braune Samtsofa war weg, und Kevin schob gerade aus dem Hintergrund eine ziemlich mitgenommene, grüngoldene Chaiselongue an seine Stelle. Victor blieb einen Moment stehen und sah zu, wie er den Pfau auf den dicken goldenen, gedrechselten Holzrand stellte, der über die Rückenlehne lief.

Victor stieg bei Ealing Common in den Zug und fuhr bis Park Royal. Nicht zu Tom diesmal, sondern zu dem Geschäft neben der Weinhandlung, an das er sich von seinem Besuch erinnerte. *Kleinkaliberwaffen – Hanger Green* nannte es sich. Im Schaufenster waren alle möglichen Sorten Waffen, ein wahres Arsenal, aber Victor wußte, daß abgesehen von den Luftgewehren und Schrotflinten kaum welche echt waren. Er ging hinein und fragte nach einer Luger-Imitation. Der Mann hatte keine vorrätig und bot Victor statt dessen eine Beretta an, die Art, die James Bond zu benutzen pflegte, ehe er auf die Walther PPK 9 mm umstieg. Es war eine große, schwere automatische Pistole, haargenau und in jedem Detail das

Abbild einer echten, aber feuern tat sie nicht, war nicht einmal für Platzpatronen ausgerüstet.

Der Preis betrug achtzig Pfund. Danach blieben Victor noch eben gerade vier Pfund übrig, um davon zu leben, bis die nächste Sozialunterstützung fällig wurde. Aber er zögerte nicht. Ihm war der Gedanke gekommen, wie er den Verrechnungsscheck flüssigmachen konnte.

Auf dem Heimweg kaufte er ein Magazin mit dem Titel *This England*, welches vierteljährlich erschien. Er konnte es sich eigentlich gar nicht leisten, er konnte sich kaum noch Lebensmittel leisten, aber es stand ein Artikel über den Epping Forest drin. Was wohl aus all den Essensresten von Sonntag geworden war, überlegte er, aus den Wachteln zum Beispiel? Wahrscheinlich hatte David sie gegessen. Er würde sich nicht entblöden, danach zu fragen, aber anrufen würde er David doch noch einmal. Er konnte ebensogut alle Münzen, die er noch hatte, für ein Telefongespräch mit David verbrauchen.

«Hallo?»

«Hier Victor», sagte Victor. «Als ob du das nicht wüßtest.»

«Ich möchte nicht mit dir sprechen, Victor. Wir haben uns nichts mehr zu sagen. Bitte hör auf, dauernd anzurufen.»

«Aber ich habe *dir* eine Menge zu sagen. Ich komme morgen rüber und besuche euch, wenn Clare zu Hause ist. Und diesmal wirst du keine Chance haben, mich mit einer Glasscherbe anzugreifen. Ich glaube, du weißt, was ich meine.»

«*Was?*»

«Du hast es ja gehört», sagte Victor. «Wenn ich zu einem Arzt gehen und ihm die Wunden auf meiner Brust zeigen würde, dann wärst du dran wegen schwerer Körperverletzung. Ich rufe Clare später noch an. Also laß *sie* dann ans Telefon gehen, klar? So viel Anstand wirst du ja noch haben. Ich ruf so gegen acht an.»

Er legte auf. Fünf Zehn-Pence-Stücke, eine Pfundnote und eine Pfundmünze waren in seiner Tasche noch übrig. In seinem Schrank war noch ein halber Brotlaib, eine Dose Tomaten und etwa ein Viertelpfund Edamer Käse. Morgen würde er gehen und Muriel besuchen. Er ging noch einmal los und gab die Pfundnote und die Pfundmünze für zwanzig Zigaretten, einen halben Liter Milch, einen Riegel Schokolade und den *Standard* aus. Es stand nichts drin über Vergewaltigung, weder in Hertfordshire noch im Epping Forest. Er saß rauchend in seinem Rollstuhl und sah fern. Als das Tennisturnier zu Ende war und die Nachrichten anfingen, löste er unter erheblichen Schmerzen den Verband von der größten Wunde auf seiner Brust und versorgte sie mit einem neuen Stück Heftpflaster. Natürlich glaubte er nicht wirklich, David hätte ihm die Schnittwunden beigebracht, er war ja nicht verrückt, er wußte sehr gut, daß sie von dem dünnen, dunklen Mädchen im Wald stammten, aber er wollte, daß David dachte, er glaube es. Vielleicht fing David schließlich selbst an, es zu glauben.

Mit dem Anruf bei Clare bis acht zu warten, das war unmöglich. Er aß ein bißchen Brot und Käse, rauchte eine Zigarette, dann ging er die Treppe hinunter und wählte Davids Nummer. Es war fünf Minuten vor halb acht.

David nahm ab, obwohl Victor sich ausbedungen hatte, er solle es nicht tun.

«Du hast kein Recht, sie davon abzuhalten, mit mir zu sprechen, wenn sie und ich das wollen!»

«Aber sie will es gar nicht, Victor. Und ich kann dir auch gleich sagen, daß dies das letzte Mal ist, daß du mit mir sprichst, weil ich unsere Telefonnummer ändern lasse.»

Victor fing an zu lachen, er konnte einfach nicht anders, er mußte lachen, daß David sich so viele Scherereien machte, wo er, Victor, ihn doch sowieso nicht mehr anrufen konnte, weil er gar keine Münzen mehr hatte.

«Victor», sagte David, «hör mir mal eine Minute zu. Ich will dir wirklich nichts Böses, das mußt du mir glauben. Aber ich glaube, du mußt in Behandlung, du bist krank. Wirklich, um *deinetwillen*, Viktor, du brauchst Behandlung. Du mußt unbedingt zu einem Arzt gehen.»

«Ich bin nicht verrückt», sagte Victor schroff. «Mach du dir man bloß keine Sorgen um mich. Wenn das Gefängnis es nicht geschafft hat, mich spinnert zu machen, dann schaffst *du* es auch nicht. Aber *ich* will *dir* Böses, verdammt viel Böses sogar. Glaub bloß nicht, daß du mich zum letztenmal gesehen hast. Du kannst Clare sagen, ich lasse sie nicht im Stich, ich werde sie nie und nimmer aufgeben, klar?»

Aber David antwortete nicht mehr, weil das Zahlsignal einsetzte, und Victor hatte kein Zehn-Pence-Stück mehr zum Einwerfen. Er legte den Hörer auf, und mit dem Stift, der oben auf dem Apparat lag, strich er Davids Namen und Telefonnummer aus, die er auf die Unterseite der Stufen geschrieben hatte. Natürlich war es auch Clares Nummer, aber das machte nichts, weil er sie inzwischen auswendig wußte...

Morgen, dachte er, wenn er ein bißchen Geld hätte, dann würde er nach Theydon Bois fahren und die Beretta mitnehmen. Das letzte Mal war David sehr dumm gewesen, weil er nicht an die Echtheit einer echten Waffe hatte glauben wollen. Aber gebranntes Kind scheut das Feuer. Diesmal würde er es glauben. So wie er damals nicht geglaubt hatte, daß die echte Waffe echt war, so würde er diesmal glauben, daß eine unechte Waffe echt wäre. Während Victor David mit der Waffe in Schach hielte, konnte Clare aus dem Haus flüchten. Sie würden mit dem Landrover fahren. Er war jetzt froh, ihr gebeichtet zu haben, daß der rote Escort bloß gemietet war, und auch noch gleich das mit den Vergewaltigungen. Jetzt wußte sie wenigstens alles von ihm, er hatte keine Geheimnisse mehr vor ihr, und so sollte es ja auch sein...

16

Er würde das Ding hochheben und es zur Seite schieben müssen, um den Schlüssel darunter herauszuholen! Angstvoll und hastig blickte er in jene Richtung und dann schnell wieder weg. Noch einmal kletterte er über die Felsen und schaute durch die Fensterscheibe hinein. Muriel schlief noch immer in ihrem Sessel, und kein noch so lautes Schellen der Türglocke, dieses schrille Scheppern, das man durch das Ziehen an dem eisernen Glockenzug auslöste, würde sie aufwecken. Er überlegte sogar, ob vielleicht irgendwas nicht in Ordnung wäre, ob sie vielleicht eine Art Anfall gehabt hatte?

Vielleicht gab es eine Möglichkeit, durch den Hintereingang hineinzukommen. Victor ging seitlich um die Garage herum und probierte es mit der Hintertür. Abgeschlossen natürlich! Der rückwärtige Garten war zu einem Heufeld geworden, durch das der Wind rippelnd seine Furchen zog. Sobald er seine Sache erledigt hatte, würde er die U-Bahn nach Theydon nehmen und Clare mit Waffengewalt aus jenem Haus holen. Die Beretta lag schwer in der Tasche seiner grauen Steppjacke und zog sie an der rechten Seite ein wenig herunter. Damals, beim erstenmal, hatte David zugegeben, daß er sich vor ihm gefürchtet hätte, gefürchtet, er käme, um noch einmal zu schießen, um ‹ganze Arbeit zu machen›. Victor erwartete nicht viel Gegenwehr von David. Das Entscheidende war, erst einmal in das Haus zu kommen. Es war schon zwei Uhr, und er trödelte hier jetzt beinahe seit einer Stunde herum, läutete diese Glocke und untersuchte Türen und Fenster.

Muriel schlief stur weiter, einen leeren Teller und eine Tasse auf dem einen ihrer Beistelltische, Zeitschriften, Schere und Kleistertopf auf dem anderen. Es war ein warmer Tag, sogar der Wind war warm, aber sie hatte ein Element ihres elektrischen Heizofens eingeschaltet, eine einzelne, rotglühende Spirale. Victor konnte ihn hier draußen nicht riechen, aber er konnte sich den Gestank von verbranntem Staub lebhaft vorstellen.

Er kletterte über die Steine zurück und blieb auf einem stehen, auf dem auch das Kaninchen und der Frosch saßen. Frösche machten ihm nichts aus, Schlangen übrigens auch nicht und nicht einmal Krokodile. Er würde mit Vergnügen die Haut einer Kröte anfassen. Er leckte sich über die Lippen, schluckte und zwang seinen Blick auf die steinerne Schildkröte. Es ist bloß ein Stein, redete er sich ein, bloß ein lausiger Steinbrocken. Die machten solche Dinger zuerst aus Wachs oder Ton, und dann machten sie eine Form drumherum, und die gossen sie dann aus. Sie gossen eine Art Mörtel oder feinen Zement in die Gießform. Hunderte, Tausende wurden so hergestellt, das waren reine Massenprodukte. Aber es half nicht viel, daß er sich das alles erzählte. Ich muß wieder daran arbeiten, dachte Victor, ich muß versuchen, zu Ende zu bringen, was ich vor all den vielen Jahren angefangen habe. Clare wird mir helfen, Clare ist es ja gewöhnt zu heilen. Zunächst aber mußte er hier in dieses Haus rein, und dazu mußte er den Schlüssel unter der ... unter dem Ding rausholen. Schildkröte, sagte er laut, Schildkröte!

Das Fleisch seiner Oberlippe begann zu zucken. Er versuchte es mit der Hand stillzuhalten. Aber dann stellte er sich vor, sein Finger sei ein schuppiges Bein, das sich gegen seinen Mund preßte, und ein Schauder durchlief ihn und ließ ihn am ganzen Körper schlottern. Wenn ich es berühre, fall ich in Ohnmacht, dachte er. Und wenn er nun nach nebenan ginge und Jenny oder ihren Mann bäte, das Ding für ihn zur Seite zu rücken? Das gäbe Schwierigkeiten. Sie würden wissen wollen, warum. Und dann, wenn er die Tür aufgeschlossen hätte, dann käme womöglich einer von beiden mit ihm rein, und das wollte er nicht. Er kniete sich hin und schloß die Augen. Warum mußte er sofort an jene letzten Augenblicke in Solent Gardens und an David denken, wie er das Mädchen die Treppe hinunterschob und ihm den Rücken zukehrte? Wegen des Bildes mit den betenden Händen drauf, das an der Treppenwand hing? Vielleicht. Denn er kniete jetzt mit geschlossenen Augen in einer lächerlichen Gebetspose.

An alles andere denken, befahl er sich, bloß nicht an das, was er hier gleich tun mußte – das Objekt seiner Phobie berühren oder doch ein steinernes Faksimile! Denk an David, denk an jenen letzten Moment, an die Pistole, wie sie losging. Das waren schlimme Augenblicke und doch unendlich viel besser als dieser hier. Er beugte sich vor, streckte die Hände aus, umschloß das Ding, fühlte die steinerne Glätte seines Panzers. Es war überraschend schwer, das half. Das echte Ding wäre nicht so schwer gewesen. Mit angehaltenem Atem setzte er es ab, tastete nach dem Schlüssel und fand ihn. Das Ding wieder an den Platz zu setzen, von dem er es genommen hatte, das ging über seine Kräfte. Er stand auf, umklammerte den Schlüssel und würgte. Sein Magen war zum Glück leer, er hatte kein Mittagessen gemocht, und er hätte ohnehin kein Geld gehabt, es zu bezahlen. Zweimal stieg es ihm die Kehle hoch und er würgte, zitternd vor Übelkeit, aber er beherrschte sich einigermaßen, allein schon aus Angst, die ganze Straße beobachte ihn. Es kam ihm vor, als habe das Unternehmen Stunden gedauert, aber als er auf seine Uhr schaute, sah er, daß die ganze Quälerei wenig mehr als eine Minute gedauert hatte.

Er schloß die Haustür auf und ging hinein. Und sofort wachte sie auf, oder vielleicht war sie auch schon vorher wach gewesen, ehe er den Schlüssel ins Schloß steckte. Sie rief: «Bist du das, Joe?»

Victor dachte daran, was für eine Menge Unannehmlichkeiten er sich hätte sparen können. Er ging ins Wohnzimmer. Die Hitze war erdrückend, der Geruch nach verbranntem Staub genauso, wie er ihn sich vorgestellt hatte. Muriel trug ihr braunes Haarnetz, aber sie war angezogen, trug ein geblümtes Seidenkleid, zu dem wohl ein Gürtel gehörte, den sie aber nicht anhatte, und Strümpfe, die bis auf die Knöchel heruntergerollt waren, dazu pelzbesetzte Hausschuhe. Sie verbog sich zu ihrer typischen Haltung scheelen Mißtrauens.

Vornübergekrümmt, den Kopf zur Seite gelegt, schielte sie mit zuckender Nase von unten herauf.

«Was willst *du* denn hier?»

Eine Zorneswoge stieg in Victor hoch, vielmehr, sie wuchs ihm über den Kopf, immer höher wuchs sie, schien aufzuquellen wie Hefe, Blasen zu werfen... Was hatte sie mit sich angestellt, dachte er, daß sie seiner Mutter so ähnlich sah? Es war eine Ähnlichkeit, die er früher nie bemerkt hatte. Wenn seine Mutter noch lebte, ohne seinen Vater, würde sie dann jetzt so aussehen? Die Vorstellung war unerträglich. Aber irgend etwas war da an ihrem Gesicht – die Kinnlinie war voller und fester. Sie hatte keine falschen Zähne, soweit er wußte, aber sie hatte auch nicht mehr viele eigene übrig. Es mußte eine Brücke sein, die sie jetzt trug, die sie eigentlich immer tragen sollte, jetzt aber eingesetzt hatte wegen Jupp, um Jupp eine attraktivere Erscheinung zu präsentieren. Ihm fiel ein, weshalb er gekommen war.

«Ich muß ja wohl keine Einzelheiten erklären», fing er an, «aber ich habe bei dieser Frau durchblicken lassen, mein Name sei Faraday, und sie hat mir einen Scheck gegeben, der auf M. Faraday ausgestellt ist. Alles, worum ich dich bitte, ist, daß du ihn für mich auf der Rückseite unterschreibst.»

«Die Polizei war wieder hier», sagte sie statt einer Antwort.

«*Was* sagst du?» fragte er. «Wann sind sie gekommen?»

«Wann war der Tag, wo es geregnet hat? Als Joe hier war.»

«Wie kann ich das wissen! Montag? Dienstag?»

Vor seiner Nacht im Wald also, dachte er und atmete wieder.

«Sie sind erst bei dir gewesen», sagte sie, «aber du warst nicht da. Wegen einer Vergewaltigung, haben sie gesagt. Es ist mir ganz kalt über den Rücken gelaufen, ich war ganz durchgedreht. Nach dem ‹roten Fuchs› suchen sie, und vielleicht bist ja du das, haben sie gesagt.»

Der Frauenschänder von Hertfordshire. Deswegen waren sie also auch bei Mrs. Griffith gewesen.

«Deine arme Mutter!» sagte Muriel.

«Laß meine Mutter aus dem Spiel. Meine Mutter ist tot.»

Das Gesicht seiner Mutter blickte ihn an, gealtert, entstellt, schnurrbärtig, schnuppernd wie eine Maus, triefäugig, aber dennoch ihr Gesicht. Victor, inzwischen innerlich brodelnd vor Wut, hatte die seltsame Vorstellung, Muriel sei ein niederer Quälgeist, abgesandt von einer höheren Macht, um ihn auf höchst raffinierte, untergründige Weise zu peinigen, auf eine Art, die speziell auf ihn abgestimmt war, so, als sei alles, was seinen wunden Stellen am meisten zusetzte, minutiös in einen Computer eingespeist worden, dessen Ausdruck Muriel als Richtlinie diente. Bloß Muriel war gar nicht seine Tante Muriel, sondern ein Racheengel oder ein Teufel, täuschend vermummt... Warum hatte man das schlimmste Detail noch nicht eingespeist? Oder hatte man bereits? Würde sie im nächsten Moment den Schrank öffnen und es ihm zeigen...?

Als folge sie dem Lauf seiner Phantasie, erhob sie sich. Sie nahm die Tasse und Untertasse mit der linken Hand auf, schob zwei Finger mit der rechten Hand in den Mund und zog eine Prothese mit sieben oder acht Zähnen daran von ihrem Unterkiefer. Victor war wie gelähmt vor Entsetzen und hörte sich einen Protestlaut ausstoßen. Sie ließ die Zähne in ihre Teetasse fallen.

«So, das ist besser», sagte sie, und ihr Gesicht war nicht mehr das seiner Mutter. Aber die Augen waren es noch, plötzlich blaßblau und funkelnd. Victor schloß die seinen. «Und was war es doch, was du wolltest?»

Noch einmal versuchte er ihr die Sache mit dem Scheck zu erklären, aber er verschluckte sich an seinen eigenen Worten, so schnürte ihm die Wut die Kehle zu.

«Na, nun rede schon», sagte sie, die Tasse in der Hand, aus der die Backenzähne emporgrinsten, «weshalb hast du den Leuten meinen Namen angegeben?»

Er konnte nicht antworten.

«Zweihundert Pfund? Da steckt doch irgendein Schwindel dahinter, kann man wohl annehmen. Da muß ja was faul sein, wenn es von dir kommt.» Sie kam sehr nahe an ihn heran. Den Kopf nach hinten geneigt, beäugte sie ihn von unten her. «Und was hat dich abgehalten, meine Unterschrift zu fälschen?»

Ja, was eigentlich? Er hatte einfach nicht daran gedacht. Er packte sie bei den Schultern, um sie wegzuschubsen, und sie zuckte unter seinem Griff zusammen.

«Untersteh dich, du...!» schrie sie. «Wirst du wohl... o nein...»

Plötzlich begriff er, was sie meinte, und ihm grauste. Sie fürchtete, vergewaltigt zu werden! Gebrochene alte Kreatur, die sie war, seine ruinierte Mutter, die sie war – sie fürchtete sich, von *ihm* vergewaltigt zu werden! Und doch glitzerten ihre Augen, während sie sich davor fürchtete. Sie zitterte, starr und fasziniert, sie blinzelte schräg von unten in sein Gesicht, griff nach seinen Händen, um sie wegzuschieben, schlurrte rückwärts, einen Schritt, zwei Schritte. Die Tasse mit den Zähnen fiel zu Boden und rollte über den Teppich.

Erstmals, seit er das Haus betreten hatte, fiel ihm die Pistole ein, deren Gewicht seine Jacke herunterzog. Er griff mit der Hand in die Tasche, zog die Waffe heraus und hieb damit auf sie ein. Der Schlag traf eine Seite ihres Kopfes, und sie taumelte, laut aufschreiend. Victor schlug zu, wieder und immer wieder, mechanisch niederhagelnde Hiebe einer automatischen Hand, gespeist von einer Energie, die aus dem großen Kessel seines Zornes im Zentrum seines Körpers kam und mit immenser Stromspannung seinen rechten Arm hinunterströmte. Die Schläge trafen seine Mutter, trafen alle Frauen, Pauline und Clare und Judy und Mrs. Griffith. Vom ersten Schlag an handelte er einzig und allein aus seinem Zorn heraus, hirnlos, blicklos, genauso, wie es bei all seinen Vergewaltigungen auch gewesen war.

Muriels Schreie verebbten zu einem Stöhnen, dann zu einem Gurgeln. Und erst als es verstummte, als Stille eintrat, machte er seine Augen wieder auf. Trotzdem fuhr er fort, mit der Waffe auf sein Zielobjekt einzuschlagen, obwohl dieses Ziel keine feste Masse mehr war, sondern eine breiige. Er wurde sich auch bewußt, daß er, um mit seinen rasenden Schlägen weitermachen zu können, auf die Knie gefallen war. Eine warme, schmierige Nässe bedeckte ihn, und seine Hände waren klebrig davon. Er ließ sich vornüber auf den Boden kippen, rollte sich von ihr fort und umklammerte mit beiden Händen die glitschige Pistole.

Als erstes mußte er die Leiche zudecken. Es war ein entsetzlicher Anblick, er konnte ihn nicht ertragen. Er griff sich den Kaminvorleger, der vor dem elektrischen Ofen lag, ein dünnes, verschlissenes Ding mit verblaßtem türkischen Muster, und warf ihn über die blutige Masse, die einmal Muriel gewesen war. Nachdem sie seinen Blicken entzogen war, war ihm nicht mehr ganz so zumute, als sei das Ende der Welt gekommen. Er war wieder imstande zu atmen. Aber als er so dastand und sich an der Rückenlehne des Sessels festhielt, in dem Muriel immer gesessen hatte, da fragte er sich doch, wie es einem Menschen möglich war, einen Mord zu begehen und hinterher nicht zu sterben oder verrückt zu werden, sondern sein Leben weiterzuleben, abzuhauen, seine Spuren zu verwischen, alles abzustreiten, zu vergessen. Das fragte er sich, und kaum hatte er es sich gefragt, da tat er schon genau dasselbe. Er schaltete den Heizofen aus, schloß die Tür hinter sich und stieg die Treppe hinauf.

In dem Garderobenspiegel in Muriels Schlafzimmer sah er zufällig sein Spiegelbild, und er stieß einen Schrei aus. Er wußte, daß an seinen Händen Blut war, und hatte vor, sie sofort zu waschen, aber dies hatte er nicht erwartet: Sein Anblick jagte ihm Angst ein. Er war über und über mit Blut bespritzt, mit Blut getränkt, als sei er mit Armen und Händen in einen Kübel von Blut getaucht, habe sich darin gesuhlt wie ein Schlächter. Die wattierte Baumwolljacke war dunkel von Blut, sein Hemd rot von Blut, und ein großer dunkler Fleck breitete sich vorn auf seinen Jeans aus, als ob Blut aus einer Wunde seines eigenen Körpers käme. Es war so grauenhaft, daß er auf der Stelle anfing, sich die Kleider vom Leib zu reißen, und er geriet dabei so in Panik, daß er in seiner Hast Stoff zerfetzte und Knöpfe abriß. Das Blut war durchgeweicht bis auf seine Haut, dünn und bläßlich und von einer Konsistenz wie Fleischsaft. Er stolperte den Korridor hinunter zum Badezimmer, würgend und schluchzend.

Waschen würde nichts nützen, nur völliges Untertauchen konnte helfen. Er ließ die Badewanne vollaufen, und während das Wasser einlief, kniete er auf dem Boden und preßte den Kopf gegen die kalte Emaille. Auf welche Weise auch immer das Wasser in diesem Haus erwärmt wurde, Muriel hatte es niedrig eingestellt. Es war ein kaum lauwarmes Bad, das er schließlich nahm, und er zitterte, als er sich einseifte. Mit einem dünnen, harten Handtuch rieb er sich trokken, und dann fiel ihm ein – Kleidung, er mußte etwas zum Anziehen finden!

Beim Anblick des blutgetränkten Kleiderhaufens im Schlafzimmer wurde ihm wieder übel. Es war, als ob dort eine zweite Leiche läge. Er fing an, die Schubladen aufzureißen, fand aber nur Damenunterwäsche, rosa Korsetts, deren elastische Seitenteile ausgeleiert waren, braune Baumwollstrümpfe, sonnenbraune Seidenstrümpfe, grobgestrickte Wollschlüpfer, Pumphosen geradezu, in Rosa und Weiß, Unterröcke mit breiten Trägern und tiefem, runden Ausschnitt. Seine eigene Nacktheit war ihm entsetzlich fremd, verwirrend, peinlich, eine Quelle der Verlegenheit. So völlig nackt ging und bewegte er sich unbeholfen, und ihm wurde klar, daß er kaum jemals in seinem Leben länger als ein paar Augenblicke nackt gewesen war, außer während jener Stunden mit Clare. Beim Gedanken an sie mußte er die Augen schließen und sich mit den Händen an die Kante der Kommode klammern.

Muriels Kommode enthielt keine männliche Unterkleidung, aber in der obersten Schublade war eine Schmuckkassette. Victor ließ die Schublade offen und den Deckel der Schmuckkassette ebenfalls. Er ging in das Schlafzimmer, wo er den größeren Teil des Geldes gefunden hatte. Die Kommode in diesem Raum enthielt Sydneys Unterwäsche, jedenfalls lag, was davon noch übrig war, in der dritten Schublade. Victor zog sich Altmännerunterhosen aus weißer Baumwolle an, vergilbt vom Alter und nach Kampfer riechend, eine geknöpfte Unterjacke, ein Paar verfilzte dunkelblaue Socken, die mit brauner Wolle gestopft waren. Die untere Schublade war noch halb voller Geld, zum größten Teil mit Pfundnoten. Er nahm sie an sich. Im nächsten Zimmer räumte er eine Schublade voller Fünfpfundnoten aus. Als er wieder in Muriels Schlafzimmer war, machte er den Schrank auf und leerte sämtliche Handtaschen aus. Sie enthielten viele hundert Pfund.

Victor zog sich einen hellbraunen Tweedanzug von Sydney an und ein sandfarbenes Baumwollhemd, das auf einem Bügel hing, noch mit dem Preisschild versehen. Wie alt das wohl war, und dabei nie getragen! Sydney hatte zwei Pfund, neun Schilling, elf Pence und drei Farthings dafür bezahlt. Als er fertig angezogen war, fühlte Victor sich besser, er fühlte sich sauber und so, als sei es durchaus möglich, das Leben weiterzuleben, irgendeine Form von Leben. In Muriels Schmuckkassette lag auf einem Haufen goldener Ketten und Glasperlencolliers der Ring mit den vielen Diamanten. Er steckte ihn in die Tasche und schob die Kassette in die Schublade zurück. Das Geld stopfte er sich in die Taschen, bis sie völlig ausgebeult waren. Der Nachthemd-Hund, aus dessen Bauch rosa Nyloneingeweide quollen, beobachtete ihn mit toten Glasaugen.

Warum sollte er eigentlich das Haus nicht vollständig ausräumen, was Geld betraf? Jetzt konnte er sich doch ebensogut alles nehmen. Aus dem Wandschrank, in dem die Pistole gewesen war, nahm er einen kleinen braunen Lederkoffer, etwas, das sein Vater immer Attachékoffer genannt hatte, und dahinein stopfte er das Geld. Er suchte sämtliche Schlafzimmer ab, auch das vierte, in dem er vorher noch nie gewesen war, und überall fand er Banknoten – in einem Plastikeinkaufsbeutel unter einem Kissen, zwei Zehner unter dem Fuß einer Lampe, ein Bündel Fünfer in der Aschenschublade unter dem Feuerrost, zugedeckt mit einem rußbedeckten silbernen Papierfächer. Es war fast mehr Geld, als in den Koffer hineinpaßte, und nur unter großen Schwierigkeiten schaffte er es, die Verschlüsse zuschnappen zu lassen.

Das Haus war dunkel geworden, dunkler als sein normales Tagesdämmerlicht. Victor hatte die Zeit völlig vergessen, er meinte, es müsse Abend sein. Aber als er auf seine Uhr blickte, sah er, daß es noch nicht einmal drei war. Diese ganze Katastrophe, dieses Erdbeben hatte in weniger als einer Stunde stattgefunden!

Draußen goß es in Strömen – undurchdringlicher, glitzernder Regen wie kerzengerade Glasstäbe, dicht an dicht. Victor ging die Treppe hinunter, und als er unten angekommen war, sah er, daß er auf seinem Weg nach oben auf dem Flurteppich blutige Fußspuren hinterlassen hatte, Spuren, die verblaßten und undeutlicher wurden, je weiter sie nach oben verliefen. Der Regen würde seine Schuhe sauberwaschen, würde das helle Leder von den großen dunklen Flecken reinigen.

An der Flurgarderobe hingen haufenweise Mäntel, immer einer über dem anderen. So war es schon immer gewesen, so lange er sich zurückerinnern konnte. Zwischen den Mänteln eingeklemmt hingen ein paar Regenschirme. Als er den obersten Mantel vom Haken nahm, löste Victor förmlich einen Erdrutsch aus, der ganze Haufen fiel in wüstem Durcheinander auf den Boden. Er zog sich einen Männerregenmantel daraus hervor, Sydneys wahrscheinlich, der hier hängengeblieben war, seit er ihn vor zehn Jahren zum letztenmal ausgezogen hatte. Es war ein Trenchcoat, schwarz und glänzend, aus Plastik oder sonst einem beschichteten Material, und Victor suchte ihn sich aus, weil er vollkommen wasserdicht aussah. Er zog ihn über, band aber nicht den Gürtel zu. Er war ein bißchen zu lang für ihn, aber sonst paßte er.

Jetzt fiel ihm der Schlüssel ein, aber wo er ihn gelassen hatte, das wußte er nicht mehr. Oben zwischen seinen Kleidungsstücken? Da drinnen bei der Leiche? Ihn wieder unter die Schildkröte zurückzulegen, das überstiege ohnehin seine Kräfte. Ebenso fiel ihm die

Waffe ein. Mit geschlossenen Augen machte er die Wohnzimmertür auf, und als er sie öffnete, wurde er sich bewußt, daß er allen Gesetzen der Natur und der Erfahrung zum Trotz gehofft hatte, Muriel in ihrem Sessel sitzen zu sehen, die Schere in der Hand, den elektrischen Ofen neben sich. Jetzt verbarg der Kaminvorleger das Schlimmste, und die Blutspritzer waren nicht bis an die Wände gekommen. Er kroch über den Teppich, vorbei an dem Gebißteil und der Teetasse, packte die Pistole vorsichtig am Lauf, mit vor Ekel weit abgespreiztem Zeigefinger und Daumen. Das geronnene Blut, das daran klebte, fühlte sich wie Gummi an. Was jetzt kam, war beinahe das Schlimmste: Die Tür wieder zumachen, die Pistole in die Küche tragen und sie unter dem Kaltwasserhahn abwaschen und zusehen müssen, wie die Blutklümpchen im Wasser wirbelten und im Sieb des Ablaufs hängenblieben, und dabei unerbittlich denken müssen, daß dies der Stoff war, aus dem auch er gemacht war...

«Wessen Blut ist das?» – Mein eigenes.

Er hatte sich nicht an diese Worte erinnern wollen. Hastig schob er sie beiseite, trocknete die Waffe an Muriels derbem Geschirrhandtuch ab und steckte sie in die rechte Tasche seines Regenmantels.

Der Regen bildete eine Glaswand um das Vordach. Victor trat hinaus, spannte den Regenschirm auf und zog die Haustür hinter sich zu. Jenny von nebenan hatte ihren Wagen draußen vor ihrem Haus geparkt. Als er gekommen war, hatte er dort noch nicht gestanden. Da fiel Victor ein, daß ja heute Samstag war, und Jenny und ihr Mann machten samstags immer ihre Einkäufe. Bestimmt waren sie zum Einkaufen unterwegs gewesen, als er kam, und sie waren zurückgekommen, während er... während er oben war. Sie hatten jetzt bestimmt Sachen bei sich, die sie für Muriel eingekauft hatten, und sobald der Regen aufhörte, würden sie kommen und nach dem Schlüssel suchen...

Vermutlich hatten sie ihn bereits gesehen. Jenny hatte ihm ja erzählt, ihr entginge nichts, was in der Straße passiere. Victor stand an der Gartenpforte am Fuße des künstlichen Steinhanges, da wurde ihm klar, daß es zu spät war, seine Spuren zu verwischen. Sobald jemand dieses Haus betrat, würde bekannt sein, wer Muriels Mörder war. Er war ganz ruhig, gleichsam eingefangen in einem unausweichlichen Schicksal. Alles, was er tun konnte, war, die Entdekkung der Leiche hinauszuzögern.

Nebenan stieg er ähnliche Steinstufen hinauf wie bei Muriel, zwischen ähnlichen Felsüberhängen, Grotten und Vorsprüngen hindurch, zog an einem ähnlichen Klingelstab. Dieser jedoch löste einen Ton aus wie der Halbstundenschlag einer Uhr. Jenny kam an die Tür. Wieder sah er Clares Bild in ihr, eine vergröberte, verdorbene Clare, und ihm war, als fiele etwas aus seinem Körper heraus und hinterließe einen Hohlraum.

«Hallo, Vic! Ich habe Sie einen Augenblick lang gar nicht erkannt. Na, Sie sehen ja schmuck aus! Picobello landfein!»

Sonntagnachmittagsausgehfein...

«Sie sagt, ich soll das Zeug holen, das Sie für sie haben.»

Die Tage seiner plötzlichen Fähigkeit, sich auszudrücken, waren vorüber. Er war wieder halb stumm, unfähig, sich zu artikulieren.

«Ach, das waren ja bloß Teebeutel und eine Biskuitrolle, Vic. Wollen Sie nicht 'ne Minute reinkommen? Okay, wenn Sie es eilig haben...» Sie war nur ein paar Sekunden weg und kam mit zwei Papiertüten wieder. «Also, hier ist es, aber ich kann es auch gern später selbst rüberbringen.» Er sah, daß sie auf seine Schuhe blickte, graue Schuhe, die sich voll Blut gesogen hatten, in großen schwarzen Flecken.

«Ihr geht's nicht so gut. Sie will nicht gestört werden.»

«Na gut. Ich versteh schon. Na, dann man los, Vic! Wiedersehn.»

Weil sie ihn womöglich beobachtete, ging er mit den beiden Tüten ums Haus zur Hintertür und überließ sie auf dem Sims des Küchenfensters dem Zerstörungswerk des Regens. Morgen oder übermorgen würde Jenny von nebenan Muriels Leiche finden. Er ging nach Hause und trug den Koffer mit dem Geld in der Hand, und erst als er schon beinahe dort war, fragte er sich, warum er eigentlich in Mrs. Griffiths Haus zurückging?

Von der Ecke Tolleshunt Avenue aus sah er den Polizeiwagen. Victor war vollkommen ruhig, er wußte ja ganz genau, daß noch niemand von dem Mord an Muriel wissen konnte. Die Polizei kam aus einem anderen Grund zu ihm, dem üblichen Grund. Sie stellten noch immer Nachforschungen an nach dem ‹roten Fuchs›, oder aber die Frau aus dem Epping Forest hatte gequatscht. Er blieb zögernd stehen, und während er wartete, kamen zwei Männer aus Mrs. Griffiths Haus und stiegen in ihren Wagen; einer von ihnen war der Kriminalbeamte, den er Schäbiges Leder getauft hatte. Er glaubte schon, sie würden gar nicht wegfahren. Aber schließlich taten sie es doch, wobei sie eine Wasserfontäne aus dem überfluteten Gully aufspritzen ließen.

Sie würden wiederkommen, das war klar, und zwar sehr bald. Er hatte Angst, Mrs. Griffith zu begegnen oder dem Mann, der sich über seine turbulenten Nächte beschwert hatte. Aber es war niemand da. Victor stieg die Treppe hinauf und schloß sein Zimmer auf. Dort wechselte er seine Schuhe, ohne sich drum zu scheren, daß die grauen, die er zurückließ, der Polizei in die Hände fallen konnten. Er machte Syndeys Attachékoffer auf und legte den einzigen Gegenstand hinein, den er unbedingt mitnehmen wollte: Clares Foto.

Nein, es gab noch einen Gegenstand – den Rollstuhl.

Victor faltete die braune Decke zusammen und legte sie auf den Sitz. Er knallte die Tür hinter sich zu, nachdem er einen letzten Blick auf den runden Bambustisch mit dem Zigaretten-Brandmuster geworfen hatte, auf das Ravioli-Linoleum und die grünen Teppiche und auf den Fernseher, für den der größte Teil vom Geld seiner Eltern draufgegangen war. Er rumpelte den Rollstuhl die Treppe hinunter. Vor der Haustür setzte er sich hinein und zog sich die Decke über die Knie. Der Regen war nur noch ein dünnes Nieseln. Victor arbeitete heftig mit den Armen und rollte die Straße hinunter zur Twyford Avenue, über das nasse Pflaster mit den vielen Pfützen, unter dem schweren, dunkelgrünen Blätterdach der Bäume hindurch, von denen es unvermindert tröpfelte, dichter als Regentropfen. Der Koffer mit dem Geld und Clares Foto lag auf seinem Schoß unter der Decke.

Gerade als er die Ecke erreichte, kam der Polizeiwagen wieder angefahren, verminderte das Tempo, fuhr langsam an ihm vorbei. Er war ja auch nicht Victor Jenner, er war ein behinderter Mann in einem Rollstuhl. Etwa einen Kilometer von Mrs. Griffiths Haus entfernt, als er sich mit dem Rollstuhlfahren bis an die Grenze der Erschöpfung verausgabt hatte, stieg er aus und bemerkte etwas, das er vorher nicht gesehen, das ihm einfach nie aufgefallen war: Der Stuhl ließ sich zusammenfalten. Er klappte ihn zusammen, und als ein Taxi vorbeikam, nahm er den zusammengefalteten Rollstuhl mit sich in den Fond.

17

Victor lag auf dem Bett in seinem Hotelzimmer. Das Hotel war in Leytonstone, etwa auf halbem Weg zwischen Acton und Theydon Bois. Der Taxifahrer hatte sich geweigert, ihn noch weiter hinaus zu befördern, und Victor war zu müde gewesen, über Mietwagen oder U-Bahnen nachzudenken. Während seiner Jahre im Gefängnis hatte der Tourismus in London beträchtlich zugenommen, und Hotels wie dieses waren in den inneren und äußeren Vororten überall nur so aus dem Boden geschossen. Meist waren es umgebaute große, alte Villen, und sie verlangten weit niedrigere Preise als die Hotels im Zentrum Londons. Nicht, daß die Kosten Victor etwas ausgemacht hätten. Er trug in seinem Koffer Tausende von Pfund bei sich – wieviel, das wußte er gar nicht, er war zu müde, es zu zählen. Genug jedenfalls, mehr als genug, um für sich und Clare ein Heim zu finden und darin zu wohnen, einen Betrieb aufzumachen oder auch nach Übersee zu gehen, wenn sie das lieber wollte.

In diesem rückwärtigen Parterrezimmer gab es sogar ein Telefon, aber es war sinnlos, sie anzurufen. Natürlich würde David abnehmen. Es war viel besser, das bis morgen aufzuschieben, wenn er hingehen würde mit dem Geld und der Pistole. Es war noch früh am Abend, aber er hatte Sydneys Anzug ausgezogen und lag in der komischen, vergilbten, alten Unterwäsche auf dem Bett, und er überlegte, ob er sich wieder anziehen und ausgehen sollte, um etwas zu essen, aber immer, wenn er an Essen dachte, fiel ihm ein, wie er die Blutklumpen von der Beretta abgespült hatte, und dann stieg ihm Übelkeit die Kehle hoch.

Seine drei Besitztümer möblierten sozusagen das Zimmer – die Waffe, der Rollstuhl und der Attachékoffer voller Geld. Das Hotelmanagement steuerte lediglich einen eingebauten Schrank, eine eingebaute Schreibplatte nebst Spiegel, ein Bett und einen Fernseher bei. Victor lag auf dem Bett und sah fern. Es kamen die Nachrichten, und zwei oder drei Stunden später kamen sie noch einmal, aber es war nichts drin über Muriel. Das würde es auch so lange nicht, bis Jenny von nebenan ins Haus ginge – möglicherweise nicht vor nächstem Samstag, überlegte er. Er drehte sich zur Seite und schlief ein.

Davids Telefonnummer war ihm glatt entfallen. Aufgeschrieben hatte er sie lediglich auf der Unterseite von Mrs. Griffiths Treppe, und dort hatte er sie ausgestrichen. Aber durch die Auskunft erfuhr er sie, und etwa um zehn Uhr morgens wählte er die Nummer, entschlossen, sofort aufzulegen, falls David sich meldete. Aber es meldete sich niemand. Er schrieb die Nummer auf die Innenseite des Attachékoffers. Die beiden gingen wahrscheinlich spazieren. Es war ein schöner Tag, Wolken und Regen vom Samstag hatten sich verzogen, der Himmel war klar, und die Sonne schien. Victor sah aus dem Fenster und blickte über typische alte Londoner Vorstadtgärten – kurzgeschorener, unkrautfreier Rasen, Birnbäume, eine gelbe Backsteinmauer... Hierher konnte er Clare nicht bringen.

Eine der Wunden auf seiner Brust hatte eine bläulich-purpurne Verfärbung angenommen, und das Gewebe drumherum war geschwollen. Wahrscheinlich steckte da noch ein Glassplitter drin, aber es tat zu weh, wenn er daran herumquetschte. Wenn er jetzt eine Blutvergiftung bekam, dann war David dafür verantwortlich, dachte er, und im Geiste sah er, wie David sich in seinem Rollstuhl vorbeugte und mit einer Glasscherbe nach ihm stach. Aber er brauchte sich deswegen nicht weiter Gedanken zu machen, das war etwas, das Clare schon in Ordnung bringen würde, sobald sie zusammen wären. Er fragte bei der Auskunft nach der Nummer des *Post House Hotel* in Epping, rief dort an und ließ sich ein Doppelzimmer für die Nacht reservieren.

Am Sonntag gingen die Züge weniger oft, und er mußte auf dem Bahnsteig in Leytonstone zwanzig Minuten warten. Er hielt den zusammengeklappten Rollstuhl fest, trug den Attachékoffer und hatte sich den Regenmantel über die linke Schulter gehängt, denn es war zu warm, ihn anzuziehen. In den Grünanlagen in Theydon spielten die Kinder Ball, und die Leute führten ihre Hunde spazieren. Er hielt nach David und Clare Ausschau, denn er dachte, sie gingen vielleicht mit Sally spazieren, aber dann fiel ihm ein, daß Sally noch nicht ausgehen durfte, bis sie ihre Staupeimpfung hinter sich hatte.

Victor schob den Rollstuhl vor sich her. Es war zu schwer, ihn zu tragen. Den Attachékoffer, die braune Reisedecke und den Regenmantel legte er auf den Sitz. Trotz der Wärme des Tages waren alle Fenster von *Sans Souci* geschlossen. Er blickte durch die Fenster, blickte durch das Seitenfenster der Garage und sah, daß der Landrover fort war. An der Rückseite des Hauses waren die Glastüren geschlossen und der blauweiße Sonnenschirm zusammengeklappt. Und noch etwas bemerkte er, und es regte ihn über Gebühr auf. Dabei bestand gewiß kein Grund, sich über etwas aufzuregen, das – wie seine Mutter ihm früher einmal erklärt hatte – für diese Jahreszeit, für Ende Juni, völlig normal war: Es blühten nirgends Blumen. Die Frühlingsblumen waren verwelkt, die Rosen waren geschnitten, die Sommerblumen aber und die späten Rosen standen noch nicht in Blüte. Der Garten war ganz und gar grün, nichts als grün!

Victor trommelte gegen die Glastür, damit der Hund drinnen anfinge zu bellen, aber es rührte sich nichts. Also hatten sie ihn doch mitgenommen, wohin immer sie gefahren waren. Er beschloß, nach Leytonstone zurückzufahren, dort abzuwarten und abends noch einmal wiederzukommen. Der Rollstuhl war eine lästige Sache, aber er konnte ihn nicht gut einfach auf der Straße stehenlassen. Bei einem Zeitungshändler kaufte er sich zwei Sonntagszeitungen und las sie im Zug. In einem Lokal in Leytonstone ließ er sich zum Lunch ein paar Sandwiches geben und ein Glas Wein und dann noch eins, in der Absicht, den Nachmittag zu verschlafen. Die Aussicht, ein bißchen betrunken zu werden, gefiel ihm, und er nahm noch zwei doppelte Whiskies in einer Kneipe weiter unten an der High Road, in einer Gegend, wo der Pesthauch der Stadt oder vielleicht auch der drohende Ausbau der Straße Geschäfte und Büros hatte eingehen lassen, wo an verlassenen Häusern die Fenster mit Brettern vernagelt waren. Es lag etwas Trostloses über dieser Gegend an solch einem heißen, stickigen Tag – kaum Menschen auf den Straßen, dafür dichter Autoverkehr, und über allem eine Dunstglocke von Abgasen. Weit in der Ferne, vielleicht über dem Epping Forest, donnerte es leise.

Wein und Whisky stiegen ihm in den Kopf und versetzten ihn in einen Zustand der Sorglosigkeit. Er kam an einer Frau in einem Rollstuhl vorüber, der von ihrem alten Ehemann geschoben wurde. Da stieg auch er in seinen Rollstuhl, deckte seine Knie zu und schob sich vorwärts. Die Leute gingen ihm aus dem Weg, warfen ihm die wohlbekannten Blicke zu – voll Mitleid, Verlegenheit, Schuld oder Furcht – oder setzten ihren Stolz darein, ihm über die Straße zu helfen. Weil er so konfus und vernebelt war vom Alkohol, kam ihm gar nicht in den Sinn (jedenfalls nicht, bevor er drinnen war), sich mal zu überlegen, was die Leute im *Fillebrook Hotel* von einem

Gast halten sollten, der am Morgen gesund aus der Haustür geht und am Nachmittag als Krüppel zurückkommt! Aber durch den Schichtdienst hatte das Personal gewechselt. Das Mädchen, das jetzt an der Rezeption saß, reagierte sofort, aber nicht erstaunt oder argwöhnisch, sondern indem sie sich beeilte, ihm eine bereits offene Glastür noch weiter aufzuhalten. Und dann lief sie voraus und schloß ihm seine Zimmertür auf, als habe er nicht nur die Beweglichkeit seiner Beine, sondern auch die seiner Hände eingebüßt.

Er legte sich aufs Bett und schlief alle Drinks aus, die er sich genehmigt hatte. Und er wachte mit hämmernden Kopfschmerzen auf. Bevor er eingeschlafen war, mußte er wohl den Fernseher eingeschaltet haben, denn er lief noch immer. Eine Kongregation andächtiger, ernst dreinblickender Leute sang Choräle. Er schaltete von einem Kanal auf den nächsten, geriet in die Sendung *London am Wochenende* – anscheinend eine Art Kriminalserie – und drehte den Ton ganz herunter, um telefonieren zu können. Während er Davids Nummer wählte, überlegte er sich, daß es wohl am besten sei, sich vom Hotel einen hiesigen Minitaxibetrieb nennen zu lassen, sich von denen nach Theydon Bois fahren zu lassen und Clare abzuholen. Jetzt wurde drüben abgehoben, und David sagte «hallo». Bestimmt kam er nicht drauf, daß es Victor war, denn es war ja das erste Mal, daß er nicht von einem Münzapparat aus anrief.

«Ich würde gerne mit Clare Conway sprechen, bitte.» Victor legte sich eine ‹feine› Stimme zu, höher als seine eigene, und David, obgleich argwöhnisch, schien darauf hereinzufallen. «Hier spricht Michael», setzte er noch hinzu.

«Welcher Michael?»

«Faraday», sagte Victor.

Dann herrschte Stille. Er glaubte schon, es liefe alles wie am Schnürchen, aber da hörte er ein Tuscheln, und Clares Stimme sagte: «Mein Gott!»

Victor spürte, wie das Fleisch in seinem Mundwinkel anfing zu zucken. Clare kam ans Telefon, und ihre Stimme war fremd, und ein Zittern lag darin.

«Victor, wo bist du? Bitte sag uns, wo du bist!»

Uns? Er sagte nichts. Sein Blick war beiläufig zu dem stummen Fernsehschirm gewandert, auf dem Muriels Haus erschienen war, eine Tudor-Trutzburg, die wie eine Festung auf ihren Felsen stand und war doch keine Festung, nicht uneinnehmbar. Die Haustür stand offen... Ganz langsam ließ er den Arm sinken, entfernte ganz langsam von seinem Mund den Hörer, aus dem Clares Stimme immer und immer wieder seinen Namen rief: «Victor, Victor...»

Das Bild auf dem Fernsehschirm wurde durch ein anderes abgelöst – durch seine eigene Fotografie, das Porträt, das er Clare geschenkt hatte.

Ihr Verrat lähmte ihn. Lange, sehr lange war er nicht fähig, sich zu rühren. Er schaffte es eben noch, den Hörer wieder auf die Gabel zu legen, nicht aber, den Ton des Fernsehers lautzudrehen. Aber was hätte er ihm schließlich noch verraten können über die Tatsachen hinaus, daß Muriels Leiche gefunden worden war und daß die Polizei nach ihm fahndete? Clare mußte der Polizei sein Bild gegeben haben! Bestimmt hatte David sie dazu angestiftet, aber trotzdem... Er wäre eher gestorben, als ihr Bild herauszugeben! Dort also waren sie und David den ganzen Tag gewesen, auf der Polizei in Acton, denn Muriels Leiche mußte entweder gestern abend oder heute morgen gefunden worden sein.

Konnte man ermitteln, von wo sein Anruf gekommen war? Victor wußte es nicht, hatte aber die vage Vorstellung, als ob das bei privaten Telefonanschlüssen nicht feststellbar wäre. Aber war ein Hoteltelefon privat? Er zog den Regenmantel an, setzte sich in den Rollstuhl, deckte seine Knie mit der Decke zu und legte den Attachékoffer obendrauf. In der rechten Tasche des Regenmantels spürte er schwer und sperrig und tröstlich die Beretta.

Eine innere Stimme sagte ihm, daß dies für lange Zeit seine letzte Chance war, zu telefonieren. Er wählte noch einmal die Theydon-Bois-Nummer, wußte, sie würden sich melden, wußte, daß sie förmlich danach gierten, mit ihm zu reden. Es meldete sich wieder David.

«Du weißt, wer hier ist.»

«Victor, bitte hör mir jetzt zu...»

«*Du* hörst *mir* jetzt zu. Ich hab eine Pistole, und die ist echt. Ich rate dir gut, glaub mir das! Es ist eine Beretta, und sie ist echt. Sorge dafür, daß die Bullen das glauben, wenn du nicht willst, daß noch jemand das kriegt, was du gekriegt hast!»

Er knallte den Hörer auf. Das Foto, das er Clare geschenkt hatte – die Erinnerung daran, wie er es ihr geschenkt hatte, tat so weh, daß er sich innerlich krümmte –, war ja neu und er sofort erkennbar. Plötzlich sah er im Geiste das Mädchen von der Rezeption irgendwo in einem Hinterzimmer die Halb-sieben-Uhr-Nachrichten *London am Wochenende* verfolgen... Und dort sah sie sein Bild, und wenn sie dann nach vorn in die kleine Halle kam, dann sah sie es gleich noch einmal... Der Rollstuhl schützte ihn immerhin ein wenig; auf subtile Weise veränderte der Rollstuhl sogar sein Gesicht. Victor bewegte sich vorsichtig aus seinem Zimmer heraus. Die Diele war leer. Ohne feste Vorstellung, wohin er wollte, ließ er den Rollstuhl die einzelne Stufe zum Bürgersteig hinunterholpern und wandte sich in die andere Richtung, fort von den Zügen, von der Eisenbahnunterführung und der High Road. Er manövrierte sich durch ein Hinterland viktorianischer Straßen, die nirgendwo hinführten, wo er sich auskannte.

Nach einer Weile kam er in den Wald. Ihm war nur vage bewußt gewesen, daß der Epping Forest sich die ganze Strecke bis hier herunterzog, und ihm wurde klar, daß dies hier sein südlichster Zipfel war, typischer Stadtwald bereits, kaum Gras und Blumen auf dem Boden, nur braune, festgetretene Erde. Er rollte in seinem Stuhl die Whipps Cross Road in westlicher Richtung entlang. Ein Polizeiwagen fuhr ganz langsam an ihm vorbei. Da fiel Victor ein, daß er sich im *Fillebrook Hotel* unter seinem richtigen Namen eingetragen hatte, und er begriff, daß es bloß noch eine Frage der Zeit, vielleicht nur von Minuten war, bis die Hotelleitung kapierte, wer letzte Nacht ihr Gast gewesen war. Er mußte raus aus diesem Bezirk, er mußte sich überlegen, wohin er endgültig gehen und was er machen wollte! Das Geld würde ihn absichern. Mit Geld konnte man alles machen, überall hingehen.

Taxifahrer, die den ganzen Tag unterwegs gewesen waren, hatten zwangsläufig kein Fernsehen gesehen. Victor hatte Angst, in aller Öffentlichkeit aus dem Rollstuhl auszusteigen, das wäre verdächtig, das würde die Aufmerksamkeit auf ihn lenken. Also bog er in eine Seitenstraße ein, stieg aus dem Stuhl, faltete ihn zusammen und zog ihn hinter sich her, wieder zurück in die Whipps Cross Road. Dort hielt er ein Taxi an. Der Fahrer sah ihn gleichgültig an, ohne verdächtiges Interesse. Er schien lediglich enttäuscht, daß Victor nach Finchley wollte und nicht ins Londoner Zentrum.

Beim leisesten Anzeichen, daß er Bescheid wußte oder Verdacht hegte, oder wenn er irgendwie auf verdächtige Weise in sein Funkgerät spräche, dann würde Victor ihm den Lauf seiner Pistole in den Nacken pressen und ihm befehlen, ihn irgendwo weit draußen an einen einsamen Ort zu fahren. Aber es geschah nichts. Es war ein trüber, grauer Abend geworden, schwül und stickig. Ein Blitz flakkerte durch die schweren Wolken am Horizont. Muswell Hill mußte das sein, dachte Victor. Die Spitze, die sich dort abzeichnete, das mußte der Kirchturm von der St. James Kirche in Muswell Hill sein. Dort würde er hinfahren. Niemand würde ihn dort vermuten.

Das Gewitter entlud sich spät am Abend. In dem Hotel, das Victor in der Archduke Avenue in Muswell Hill gefunden hatte, gab es in den Zimmern keine Fernseher und auch kein Telefon. Aber sie hatten ein Parterrezimmer frei in einem eingeschossigen rückwärtigen Anbau. Victor trug sich als David Swift ein. Das Personal war entgegenkommend und hilfreich, sie öffneten ihm Türen, liefen voraus, um sich zu vergewissern, daß die Zimmertür für den Rollstuhl auch breit genug wäre.

Überall hier, sogar von den Zimmern im Erdgeschoß aus, hatte man einen weiten Blick über London. Er saß in seinem Rollstuhl und sah zu, wie sich der Sturm seinen Weg bahnte durch einen Himmel aus Wolkengebirgen und -ebenen. Er hatte seit Mittag nicht gegessen, aber er mochte auch gar nichts essen. Während der Taxifahrt hatte ein Gefühl von ihm Besitz ergriffen, als sei er richtig krank, und er hatte dieses Gefühl noch immer. Es war nicht die Übelkeit, die ihn in Streßsituationen so oft überfiel, sondern eine schwere Benommenheit, so etwas wie Fieber. Vielleicht kam es bloß daher, weil er mittags so viel getrunken hatte. Er merkte auch, daß sein Puls beschleunigt war. Ehe er ins Bett ging, griff er noch einmal in die Tasche des Regenmantels, um sicher zu sein, daß die Pistole darin war. Er mußte wohl in die linke Tasche gegriffen haben, denn dort war nichts als ein halbvolles Päckchen Pfefferminzpastillen. Aber an der anderen Seite steckte die Pistole.

Victor schlief ein und träumte von David. David war gesund und konnte wieder laufen, er war wieder im Polizeidienst und leitete die Fahndung nach Muriels Mörder. Victor verdächtigte er nicht, er wollte sogar die Angelegenheit in allen Aspekten mit Victor durchsprechen, sie gründlich durchdiskutieren. Die Sache mußte bis morgen abgeschlossen sein, denn morgen würde David heiraten.

Die Braut kam im Hochzeitskleid ins Zimmer, aber als sie ihren Schleier hob und ihr Gesicht zeigte, da war es nicht Clare, sondern Rosemary Stanley. Victor wachte auf und verspürte eine merkwürdige Steifheit im Nacken und im Kiefer. Es mußte durch die Art und Weise gekommen sein, wie er auf der harten Matratze und dem Latexkissen gelegen hatte. Es war ein bißchen lächerlich, fand er, ein Mann, der von Hochzeiten träumt! Bloß Frauen träumten von Hochzeiten. Er schlief wieder ein, aber er schlief sehr unruhig, und um sieben stand er auf.

Die Steifheit in seinem Gesicht und seinem Nacken war noch da. Vielleicht hatte das irgendwie mit diesem Zucken seiner Gesichtsmuskeln zu tun, das er manchmal hatte, obwohl er heute morgen nichts davon spürte. Sein Puls raste immer noch. Er zog dieselbe Unterwäsche und dasselbe Hemd wieder an, weil er nichts anderes hatte, aber er nahm sich vor, auszugehen und sich etwas zu kaufen, sobald die Geschäfte aufmachten. Es hatte die ganze Nacht geregnet, und der Tag war drückend und feucht und fröstelig.

Er hatte kein Verlangen, etwas zu essen, und er überlegte sich, daß das ohnehin ein schwieriges Unterfangen wäre bei der Art, wie sich sein Kiefer anfühlte. Auf dem Tisch in der Diele lagen die Morgenzeitungen. Victor bewegte sich schwerfällig und langsam in seinem Rollstuhl und nahm sich den *Daily Telegraph* mit ins Zimmer.

Der Mord prangte gleich auf der Titelseite. Da war eine Fotografie von Muriel, so wie Victor sie erinnerte, als er ein Halbwüchsiger war. Es mußte um die Zeit ihrer Eheschließung aufgenommen sein – eine mondgesichtige, lächelnde Muriel mit dickem Make-up und Perlen in den Ohren. Jupp hatte die Leiche gefunden. Es wurde auch einiges von dem zitiert, was er gesagt hatte, so etwa, daß er habe Muriel heiraten wollen, daß er ‹ihr sehr zugetan› gewesen sei. Am Samstag abend sei er zu ihr gegangen – ja, auch um sie zu besuchen, aber hauptsächlich, um etwas abzuholen, das er beim letztenmal vergessen hätte. Ja, er besaß einen Schlüssel zu ihrem Haus und war gegen acht Uhr abends auf eigene Faust hineingegangen. Das erste, was er sah, war ein blutiger Fußabdruck in der Diele, bloß hatte er natürlich nicht gewußt, daß es Blut war.

Victor fragte sich, was es wohl gewesen war, das Jupp vergessen hatte? Und weshalb es im *Telegraph* wohl nicht erwähnt wurde? Es wäre doch viel üblicher gewesen zu sagen: ‹Ich hatte meinen Schirm vergessen› oder ‹meinen Schal›. Vielleicht war es ja ein Regenschirm gewesen, und das war dann bestimmt der, den Victor sich genommen und später in Mrs. Griffiths Haus stehengelassen hatte!

Die Knie bedeckt, den Attachékoffer neben sich, weil er Angst hatte, ihn im Zimmer zurückzulassen, manövrierte Victor den Rollstuhl die Muswell Hill Road entlang, um sich Unterwäsche, Socken und ein oder zwei Oberhemden zu kaufen. Das Verkaufspersonal war aufmerksam und höflich, manche auch ein bißchen verlegen. Er kaufte alles, was er wollte, aber diese Einkäufe bereiteten ihm nicht das Vergnügen, das er zum Beispiel empfunden hatte, als er sein Geld für die graue Jacke, für den Anzug und die grauen Schuhe ausgegeben hatte. In seinem Kopf pochte der Schmerz, und er fühlte sich immer weiter entrückt von der Realität, irgendwie war ihm der Bezug oder der Zugriff zum Leben abhanden gekommen. Selbst die Erkenntnis, daß Clare ihn für immer verlassen hatte, daß er sie nie wiedersehen würde, löste in ihm eher resignierte Trauer als Schmerz aus.

Am Fußgängerübergang über die Fortis Road, gegenüber dem Kino, wartete er mit vier oder fünf Leuten darauf, daß der Verkehr zum Stehen kam. Und da geschah etwas Entsetzliches: Ihm entgegen von der anderen Seite kamen, kaum, daß die Wagen bremsten, ein Mann und eine Frau Arm in Arm, und der Mann war Kevin, Jupps Schwiegersohn.

Er blickte Victor flüchtig an, und dann starrte er ihn an. Victor hatte keine Wahl, hier in der Mitte der Straße, als sich weiter auf ihn zuzubewegen. Sie kamen aufeinander zu, Auge in Auge, aber auf Kevins Gesicht malte sich kein Erkennen. Anfangs hatte er wohl gedacht, Victor sei Victor – aber dann hatte er sich anders besonnen. Der Rollstuhl hatte Victor verkleidet, hatte ihn vorm Entdecktwerden bewahrt. Er würde ihm noch das Leben retten! Kevin blickte sich nicht mal nach ihm um. Er sagte etwas zu der Frau neben sich, von der Victor annahm, daß sie Jupps Tochter wäre, und die beiden gingen in ein Geschäft. Jetzt fiel Victor auch wieder ein, Kevin hatte ihm erzählt, daß er in Muswell Hill wohne.

Im Rollstuhl zu sitzen, machte ihn unsichtbar, oder anders gesagt, verwandelte ihn in ganz jemand anders. Er begriff, daß er sich um seiner Sicherheit willen an diesen Rollstuhl ‹fesseln› mußte, daß er ein Behinderter werden mußte, genau wie David.

18

Als er wieder in seinem Zimmer war, zählte Victor das Geld. Es waren etwas über fünftausend Pfund. Er hatte recht gehabt mit seiner Vermutung, daß Muriel Tausende von Banknoten im Haus versteckt hielt. Vermutlich waren es ursprünglich so an die siebentausend gewesen. Er brachte die genaue Summe dessen, was er sich jeweils mitgenommen hatte, nicht zusammen, irgendwie schien er seine Konzentrationsfähigkeit verloren zu haben. Was immer ihm in den Knochen saß, die halbe Flasche Wein und die beiden Whiskies von gestern mittag konnten es jetzt nicht mehr sein. Falls man im Juli eine Grippe kriegen konnte, dann war es ja vielleicht Grippe, was er ausbrütete, denn er fühlte sich immer abwechselnd heiß und fröstelig. Er packte das Geld wieder in den Attachékoffer, aber Clares Foto stellte er auf dem Tisch neben seinem Bett auf.

Bald war es vierundzwanzig Stunden her, seit er etwas gegessen hatte, aber er hatte überhaupt kein Verlangen nach Essen. Er schlotterte, und doch war er dabei irgendwie voller Hoffnung – heiter geradezu. Das Geld würde eine gute Weile reichen, vorausgesetzt, er käme aus diesen Hotels heraus und fände ein Zimmer. Es mußte natürlich ein Parterrezimmer sein, und die Arbeit, die er bekam, mußte eine Tätigkeit für Behinderte sein. Aber es gab ja allerhand Projekte, die solche Leute erfaßten, darüber hatte er gelesen. Als Behinderter einen Job zu bekommen, konnte sogar leichter sein, und überhaupt konnte das Leben in diesem Rollstuhl als David Swift insgesamt leichter und glücklicher sein!

Victor wagte nicht, ein Bad zu nehmen. Es wäre zu kompliziert und zu gefährlich, wenn er versuchte, den Rollstuhl den Flur entlang und die Stufen hinunter ins Badezimmer zu bekommen. Statt dessen wusch er sich stehend an seinem Waschbecken. Die Wunde an seiner Brust sah häßlich entzündet aus, und ihre Ränder klafften wieder auseinander – schartige, knotige Lippen. Er wußte, er hätte es nähen lassen müssen, aber jetzt war es dazu zu spät.

Es gab keinen Spiegel über dem Waschbecken, der einzige Spiegel hing an der Innenseite der Kleiderschranktür, deshalb zog er sich erst seine neue Unterwäsche und sein neues Hemd an, ehe er anfing, sich zu rasieren.

Als er den Schrank aufmachte und in den Spiegel sah, bekam er einen Schock. Es hatte nicht bloß an dem Rollstuhl gelegen, daß

Kevin ihn nicht erkannt hatte. Sein Gesicht war verändert. Es hatte Ähnlichkeit mit einem Totenschädel, so unbeweglich war es, während die Augäpfel ihm aus dem Kopf zu fallen drohten. Seine dunkle Haut konnte ja nie richtig blaß werden, sie sah leichenhaft grünlich, aschenfarben aus – todkrank. Kein Wunder nach allem, was er durchgemacht hatte, sagte er sich, wirklich kein Wunder!

Inzwischen würden die Abendzeitungen heraus sein. Es war Mittag. Obgleich es warm war, zitterte Victor vor Kälte, und er zog den Regenmantel an. Er mußte nicht nur aussehen wie ein Behinderter, sagte er sich, er mußte sich in das Wesen eines Behinderten hineinversetzen, mußte sich voll und ganz auf die Beschränkung durch diesen Rollstuhl einstellen, mußte sich jede Möglichkeit, sich davon zu trennen, von vornherein verbieten. Der Stuhl mußte so sehr Teil seines mobilen Ich werden, wie es früher seine Schuhe gewesen waren.

Aus Angst, Kevin erneut zu begegnen, wandte er den Rollstuhl in die andere Richtung, auf den Highgate Wood zu. Er kam an ein paar Geschäften vorüber und an einem Restaurant, in dem er Mittag zu essen beschloß. Beim Zeitungshändler nebenan kaufte er sich den *Standard*, *Which Car?* und *Gesundheit für Sie*, letzteres, weil er dachte, seine schlechte Verfassung hinge vielleicht damit zusammen, daß er sich nicht ordentlich ernähre, und womöglich stand da drin, was er essen mußte. Er fuhr mit dem Rollstuhl ein Stückchen in den Wald hinein, und dann las er den *Standard*. Darin stand, daß die Polizei dringend mit Victor Michael Jenner Kontakt aufnehmen wolle, Muriel Faradays Neffen, der seine Wohnung in der Tolleshunt Avenue in Acton verlassen und die Nacht nach dem Mord in einem Hotel in Leytonstone, E 11, verbracht hätte. Victor fiel ein, daß er sich dort als Michael Faraday eingetragen hatte, was ihm jetzt als unglaublicher Leichtsinn erschien. Oder hatte er seinen eigenen Namen genannt? Aber einerlei, hier war er ziemlich sicher, geschützt durch den Rollstuhl. Eine ausführliche Beschreibung seiner Person folgte, so ausführlich, daß sie auf einer der inneren Seiten fortgesetzt wurde, aber Victor machte sich nicht die Mühe, umzublättern. Die Zeilen tanzten vor seinen Augen, formten sich zu wabernden, schwarzweißen Mustern, zu Zickzacklinien und Elipsen. Seine Hände waren zu schwach für die Anstrengung, die Zeitung festzuhalten, und sie glitt von seinem Schoß herunter. Victor sah, wie sie zu Boden fiel und die Zeitschriften hinterher, und er ließ sie liegen, denn ihm fehlte die Kraft, sie wieder aufzuheben. Dieses Stückchen Wald, obgleich staubig und von Fliegen surrend, erinnerte ihn an den Wald bei Theydon, wo er vor langer Zeit das Mädchen überfallen hatte, wo David und Clare ihn hingeführt hatten, wo er versucht hatte, die Frau zu vergewaltigen, die dort saß und sich ihr Gesicht schminkte, die, die dann unter sich in der Laubmulde, in der von Blattfasern und Sporen wimmelnden, mehligen Erde ihren Spiegel zerbrochen und auf ihn eingestochen hatte... Oder hatte David das getan – im Garten? Oder Clare mit einer Scherbe des zerbrochenen Wasserkrugs? Oder er selbst...? Victor konnte sich nicht deutlich erinnern. Die Augen fielen ihm zu. Er sah fiebrige Bilder vor sich – Vorhänge an einem zerbrochenen Fenster, die bis zur Decke hochwehten – das Gesicht seiner Mutter und Muriels Gesicht übereinandergeschoben, dann wieder getrennt – einen Zug, der fauchend aus einem schwarzen Tunnel kam – und er bildete sich ein, er röche den Duft von Geißblatt – ein ausgestopfter Pfau, der auf einem Sofa hockte und schrie – und die Stimme seiner Mutter beschwor Mister Sandman, ihr einen Traum zu bringen...

Er wurde wach, und er zwang sich, sich zu bewegen, obwohl er so schlapp und verwirrt war. Etwas zu essen, das würde er wohl nicht schaffen. Das kleine Restaurant hieß *Terrarium*, und er konnte drinnen einen großen grünen Glasbehälter erkennen, der wahrscheinlich Forellen enthielt, von denen sich die Gäste jeweils eine aussuchten, die dann für sie gefangen und gekocht wurde. Eine reichlich fremdländische Sitte, fand Victor, ein Brauch aus einer anderen Welt. Müde und erschöpft arbeitete er sich den Weg zum Hotel zurück. Es waren nicht mehr als zwei- oder dreihundert Meter, aber ihm kam es vor wie ein Kilometer, und manchmal hatte er das Gefühl, er rolle rückwärts, so wie in frustrierenden Träumen, wo alles sich verschworen hat, einen daran zu hindern, zu fassen, was man fassen möchte, hinzukommen, wo man hinkommen will.

In einer Art Sitznische der kleinen Hotelhalle lief ein Fernseher, und davor saß eine einzelne alte Frau. Einen Augenblick lang meinte er, es sei die alte Frau aus dem Zug, die, die immer Schaffner gespielt hatte und ein Meerschweinchen mit sich herumschleppte, denn sie war so ähnlich angezogen und trug den gleichen gestrickten Hut. Aber als er noch einmal hinsah, da war es, als ob sein Blick auf einmal scharf wurde, und er merkte, daß er sich total geirrt hatte, daß sie sogar hübsch war, mit schönem weißen Haar und einem blauen Kleid. Er steuerte den Rollstuhl auf die offene Durchgangstür zu, als eine Frauenstimme rief: «Mr. Swift!»

Wie merkwürdig, daß hier auch ein echter Swift wohnte, dachte er.

«Verzeihen Sie, Mr. Swift.»

Diesmal rief das Mädchen von der Rezeption es ihm fast ins Ohr. Sie mußte glauben, er sei taub oder verrückt.

«Dies hier haben wir in Ihrem Zimmer gefunden.»

Es war der Diamantring. Er wollte eben bestreiten, daß er ihm gehöre, aber als er die Kuppel aus Diamanten anstarrte, da war ihm, als forme sich aus dem Nichts Muriels Hand drum herum, ihr runzliger Finger mit dem schmutzigen Nagel, der hindurchgesteckt war. Hatte er nicht einmal gedacht, der Ring werde eine schöne junge Hand schmücken?

«Danke», sagte er durch die Zähne, denn die Kiefer waren sehr steif geworden. Es fiel ihm allmählich schwer, den Mund aufzumachen.

Als er das Geld gezählt hatte, mußte er wohl zusammen mit den Banknoten den Ring aus dem Attachékoffer gerafft haben. Er blieb eine Weile im Rollstuhl vor dem Fernseher sitzen und blickte mit leeren Augen auf den Bildschirm. In seinem Kopf hämmerte der Schmerz. Jetzt verspürte er auch eine Art Krampf in seiner Brust, wenn auch ein gutes Stück entfernt von der Wunde. Vielleicht sollte er sich lieber hinlegen und versuchen zu schlafen? Ein junger Mann hatte das Mädchen an der Rezeption abgelöst, während Victor sich in der Halle aufhielt, und er hatte den Eindruck, als betrachte der junge Mann ihn ausdauernd und prüfend.

«Alles in Ordnung, Mr. Swift?»

Das war nichts weiter als eine Frage, wie ein Hotelmanager sie wohl an einen Behinderten richtete, beschwichtigte Victor sich selbst; er hatte sich nur wieder etwas eingebildet! Er nickte knapp und fuhr weiter in sein Zimmer. Die Wunde sah immer noch böse aus, eitrig und geschwollen. Es mußte eine Blutvergiftung sein, es war also gar nicht so falsch gewesen, was er zu David gesagt hatte. Daher sein rasender Puls und das Fieber! Seine Stirn fühlte sich glühend heiß an, und auf seinem Gesicht stand der Schweiß. Er hätte gern gewußt, wie hoch seine Temperatur wohl war, sehr hoch jedenfalls, um vierzig Grad, so wie damals, als er Scharlach gehabt und seine Mutter ihm geradeso die Hand auf die Stirn gelegt hatte, wie er es jetzt selbst tat. Er lag auf dem Bett, versuchte, seinen flatternden Herzschlag zu ignorieren und sich auf seine Pläne für die Zukunft zu konzentrieren.

Wenn er aus London verschwand und die Hälfte des Geldes anlegte, um sich einen Wagen zu kaufen... Wenn die Aufregung sich erst mal gelegt hatte, dann konnte er den Rollstuhl wieder aufgeben und ins Autoverleihgeschäft einsteigen. War es möglich, selbst jetzt noch, daß Clare sich mit ihm zusammentat? Wenn er sie bloß treffen, wenn er ihr bloß alles erklären könnte... Es war, als ob ihre Fotografie größer und größer wurde; ihr Gesicht floß aus dem Rahmen heraus mit diesem mysteriösen Lächeln, diesem versonnenen Blick, der auf einen Punkt weit hinter ihm gerichtet schien...

Es ging ihm nicht gut, natürlich, und daher diese Wahnvorstellungen, diese Phantastereien, fast schon Halluzinationen. Vielleicht kam es auch von seinem mangelhaften Essen. Er las einen Artikel in *Gesundheit für Sie* über schädliche Lebensmittelzusätze und einen anderen über Mineralmangel in der modernen Ernährung. Nicht viel klüger und verstört über seine körperliche Verfassung, schlief er ein.

Schon als er sich aufs Bett legte, hatte sich der Himmel verdunkelt unter heraufziehenden Gewitterwolken, und als er aufwachte, regnete es. Victor betrachtete Muriels Diamantring, den er auf den Nachttisch neben Clares Bild gelegt hatte. Das wäre ein viel schönerer Ring, ihn Clare zu schenken, als das kleine Ding mit den verschlungenen Händen, aber er sah keine Möglichkeit, ihn ihr zu geben, er wußte im Augenblick überhaupt nicht, wie er an sie herankommen sollte. So matt das Dämmerlicht im Zimmer auch war, der Kegel aus Diamanten fing es ein und ließ es aufblitzen. Zwanzig kleine Diamanten und ein einzelner großer in der Mitte, zählte Victor. Im *Standard* hatte nichts von einem fehlenden Ring gestanden (oder überhaupt von irgend etwas, das in Muriels Haus vermißt wurde), also war es vielleicht ganz ungefährlich, ihn zu verkaufen? Welch glücklicher Zufall, wenn sich herausstellte, daß er eine Menge wert war, Tausende und Abertausende vielleicht?

Victor fühlte sich am ganzen Körper steif, nicht bloß im Gesicht. Das war zu erwarten gewesen, sagte er sich, kein Wunder, wenn er die ganze Zeit im Rollstuhl saß und seine gewöhnlich wenig beanspruchten Armmuskeln überanstrengte! Wenn er sich erst mal daran gewöhnt hatte, würde sich das geben. Wahrscheinlich machte es die Sache auch nicht besser, wenn er weiter hungerte. Er *mußte* etwas essen! Er mußte sich zwingen, etwas zu essen, auch wenn es ihm nicht schmeckte.

Die Lufttemperatur war gefallen, es war kalt für einen Juliabend. Victor zog den Regenmantel an, und zum erstenmal fragte er sich, was Sydney bloß eingefallen war, sich so ein unangemessenes Kleidungsstück anzuschaffen und zu tragen. Das war Plastik, kein Leder, ein schwarz schimmerndes Material mit körnig geriffelter Oberfläche und zweifellos völlig wasserdicht. Sydney war bestimmt nicht größer gewesen als einen Meter fünfundsiebzig, der Mantel mußte ihm bis an die Knöchel gereicht haben. Victor rollte aus seinem Zimmer und fand, daß der Antrieb des Rollstuhls sehr schwergängig war. Die Leute veranstalteten doch Wettfahrten in diesen Dingern, das hatte er im Fernsehen gesehen. Wie machten die das bloß? Seine Arme waren schon jetzt ganz erschöpft.

An der Rezeption war wieder das Mädchen im Dienst. In der Halle saßen die alte Dame und ein deutsches Touristenpaar, ein Mann und eine Frau, und sahen sich den Wetterbericht an, der nach den Sechs-Uhr-Nachrichten folgte. Niederschlagsfronten bewegten sich über den Atlantik, ein Tiefdruckgebiet lag über dem westlichen Irland, weitere Regenfälle... Zwischen dem Empfangstresen und der Haustür stand eine Sitzgruppe aus Korbsesseln mit einem Glastisch in der Mitte, auf dem Zeitungen lagen. Ein Mann, den Victor vorher noch nicht gesehen hatte, saß in einem der Korbstühle und las im *ABC London Street Atlas* oder sah wenigstens hinein. Er blickte nur gleichgültig auf, als der Rollstuhl vorbeikam.

Unter den triefenden Bäumen manövrierte sich Victor die Muswell Hill Road hinunter zu dem kleinen Restaurant, das sich *Terrarium* nannte. Es war ein Zimmermädchen gewesen, nahm er an, das Muriels Ring auf dem Boden seines Zimmers gefunden hatte. Wieviel von seinem Eigentum sonst wohl noch durchsucht worden war? Hatte sie etwa die Pistole entdeckt? Die hatte in der Regenmanteltasche gesteckt, der zu diesem Zeitpunkt innen in seinem Kleiderschrank gehangen hatte... Victor schob die Hand in die rechte Tasche, und da war die Pistole. Er hielt die Räder mühsam in Gang, indem er die kleineren Antriebsreifen rhythmisch vorantrieb. Ihm fiel ein, daß er lieber etwas Geld aus dem Attachékoffer holen und in seine Taschen stecken sollte, bevor er in das Restaurant ginge, sonst riskierte er, daß er die Aufmerksamkeit auf sich zog, wenn er am Tisch saß und all die Bündel von Banknoten zur Schau stellte.

Die Eingangstür war gerade eben breit genug, um mit dem Rollstuhl hindurchzukommen. Eine Kellnerin schob Mobiliar beiseite, damit er an einen Tisch kommen konnte. Victor griff in die linke Tasche des Regenmantels, in die er zwei Zehnpfundnoten gesteckt hatte, und seine Hand stieß auf das halbleere Pfefferminzpäckchen. Und da wußte er plötzlich, wessen Regenmantel das war! Er gehörte nicht Sydney, sondern Jupp. *Dies* war der Gegenstand, den Jupp in Muriels Haus vergessen hatte, und um ihn abzuholen, war er am Samstagabend noch einmal wiedergekommen. Er hatte ihn bei einem früheren Besuch vergessen, weil es geregnet hatte, als er ankam, und aufgehört hatte, als er wegging. Und in der Zeitung war man auf diesen vergessenen Gegenstand deshalb nicht näher eingegangen, weil der Regenmantel so unverwechselbar und auffällig war, weil man annahm, daß Muriels Mörder ihn tragen würde und man ihn dadurch identifizieren konnte!

Victor brach der Schweiß aus, und sein ganzer Körper wurde von einer krampfartigen Starrheit erfaßt, wie in gewissen lähmenden Träumen. Glücklicherweise war er allein im Restaurant außer zwei Mädchen, die an einem Tisch saßen und die Speisekarte studierten. Sein Instinkt befahl ihm, den Regenmantel sofort auszuziehen, aber das ließ sich im Sitzen nur unter großen Schwierigkeiten bewerkstelligen. Victor fragte die Kellnerin, wo die Herrentoilette sei. Dort durch die Tür, sagte sie, den Korridor entlang, und da wären auch bloß zwei ganz flache Stufen. Von dem Essensgeruch wurde ihm übel, er wußte schon, er würde keinen Bissen herunterbringen. Er mußte bloß den Regenmantel ausziehen, ihn verstecken und dann wieder gehen. Als er den Rollstuhl in Bewegung setzte, merkte er, daß irgend etwas Entsetzliches mit seinem Gesicht passierte: Ober- und Unterkiefer schnappten eisenhart zu, seine Augenbrauen ruckten in die Höhe zu einem unbeabsichtigten Stirnrunzeln.

In der Herrentoilette kämpfte er sich aus seinem Rollstuhl, zog den Regenmantel aus und versuchte, ihn zusammenzurollen. Er verstaute die Pistole und die Banknoten in seiner Jackentasche und ließ den Regenmantel einfach auf den Boden fallen. Der Spiegel über dem Waschbecken zeigte ihm eine stirnrunzelnde Fratze, eine groteske Grimasse mit grimmig entblößten Zähnen. Ich werde wahnsinnig, dachte er. Warum sehe ich so aus? Als er sich bemühte, sein Gesicht zu entspannen, seine steifen Nackenmuskeln zu lokkern, da verfiel sein Körper ohne Vorwarnung in einen entsetzlichen Krampf. Sein Rücken wölbte sich, als wolle er entzweibrechen, seine Arme und Beine schossen in alle Richtungen. Victor japste nach Luft vor Schmerzen, und er versuchte, sich am Rand des Waschbeckens festzuhalten. Welch grauenhafte Streiche konnten Angst und Schock einem doch spielen!

Zitternd und starr, wehrlos schlotternd, hatte er sich eben wieder in seinen Rollstuhl fallen lassen, als die Tür aufging und der Mann hereinkam, der in dem Hotelfoyer gesessen und im Londoner Straßenatlas gelesen hatte. Er nickte Victor zu und sagte «guten Abend». Victor versuchte zu nicken, aber sprechen konnte er nicht. Als er wieder im Korridor war und auf die Tür losfuhr, die in den Speiseraum führte, überlegte er, ob er versuchen sollte, zu einem Arzt zu gehen? Wenn er privat einen Arzt aufsuchte, dann wären Krankenschein und Versicherungsnummern überflüssig. Mit der Fußraste des Rollstuhls stieß er die Tür auf. Zum erstenmal kam er aus dieser Richtung in das Restaurant. Vor ihm auf einem Tisch, der den Gastraum vom Kassentresen trennte, stand der grüne Glaskasten, durch grelle Leuchtröhren von hinten erhellt, bepflanzt mit fedrigen Farnen und Gräsern, wimmelnd von grünen Reptilien mit Rückenpanzern.

Er schloß die Augen. Er japste hörbar nach Luft.

«Das sind Dosenschildkröten», hörte er die Kellnerin sagen.

Ein freundlicher Ton, eine kleine Gratisinformation für einen Behinderten, der, nach seinem Aussehen zu schließen, auch geistig hilfsbedürftig war: Zeigen wir doch dem armen Mann unsere Menagerie, unser Terrarium...

Er krampfte seine Fäuste um die Antriebsreifen. Die hilfsbereite Kellnerin schob den Stuhl näher an den Glaskasten, um ihm alles zu zeigen. Da war es mit Victors Selbstbeherrschung vorbei. Schwankend kam er auf die Füße, stieg aus dem Rollstuhl, hörte erschrokkene Laute ringsum, hörte eines der Mädchen in der Ecke einen Schrei ausstoßen. Die Kellnerin starrte ihn offenen Mundes an, die Augen aufgerissen, die Hände noch immer am Griff des Rollstuhls. Er packte mit der linken Hand den Attachékoffer. Die Tür vom Korridor her ging auf, und der Mann, der in der Hotelhalle gesessen hatte, stockte, erfaßte blitzartig die Situation, wie es nur ein eigens zu diesem Zweck hergeschickter Polizist vermochte. Er sagte: «Victor Jenner?»

Victor riß die Pistole heraus und zielte auf die Kellnerin. Sie stieß einen wimmernden Schrei aus. Sie war ein kleines dunkles Mädchen, eine Inderin vielleicht oder ein Mischling, mit olivfarbener Haut und schwarzen Augen in dunkel umrandeten Augenhöhlen. Der Polizist trat seitlich zwischen die Tische, gewandt, sprungbereit.

Victor sagte: «Das ist eine echte Waffe. Das können Sie mir glauben!»

Jedenfalls versuchte er das zu sagen. Aber etwas anderes kam heraus, ein gebrochenes Stammeln, ein ersticktes, ruckweises Grunzen, das seine starr zusammengeklemmten Kiefer entweichen ließen. Aber es spielte keine Rolle, was er sagte. Die Pistole sprach für ihn, die Pistole war genug. Hinter ihm, hinter jenem grausig wimmelnden Glaskasten, spürte er immer mehr Leute, die wie angewurzelt dastanden und hörbar atmeten. Die beiden jungen Mädchen waren unter ihren Tisch gekrochen, unter die überhängende Tischdecke.

«Nehmen Sie die Waffe runter, Jenner. Dabei kommt nichts Gutes für Sie heraus.»

Weil er wußte, daß er es gar nicht tun konnte, weil die Drohung diesmal unerheblich war, sagte Victor: «Ich schieß ihr in den Rükken!» Die Worte kamen heraus wie eine Serie stoßweise knirschender Laute. Er drehte das Mädchen herum, schubste sie mit seiner steifen linken Hand, bohrte den Lauf der Beretta in ihren mageren Rücken, in ihr junges, knochiges Rückgrat. «Raus aus der Tür da!» kommandierte er, und weil sie ihn nicht verstand, stieß er sie mit der Waffe auf die Korridortür zu. Denn nie und nimmer, um keinen Preis der Welt konnte er an dem Glasbehälter vorbeigehen, und wenn sein Leben davon abhinge!

Niemand von den anderen rührte sich. Sie glaubten an die Pistole. Die Kellnerin weinte vor Angst, die Tränen liefen ihr die Wangen hinunter. Sie taumelte auf die Tür zu und schluchzte laut auf, als sie ohne Erfolg versuchte, sie aufzustoßen.

«Ziehen! Ziehen!» schrie eine Frau.

Ihre Mutter? Ihre Arbeitgeberin? Victor zog die Tür selbst auf und fuhr herum, weil er wahrzunehmen glaubte, der Polizist mache eine Bewegung. Aber alle standen starr wie die Statuen. Die Frau, die geschrien hatte, weinte, und ein Mann hatte den Arm um sie gelegt. Victor schubste das Mädchen durch die Tür, zog sie hinter sich zu und drehte den Schlüssel um. Er sagte zu dem Mädchen: «Ich brauche einen Arzt, ich muß zu einem Arzt», aber es kam Gott weiß was heraus, nur nicht das, was er gesagt hatte.

Sie stolperte weiter, hielt jetzt die Hände in die Höhe wie eine Geisel in einem Film, einem altmodischen Film, und mit dem Fuß stieß sie eine andere Tür auf, die in einen Raum voller Metallstühle und aufgestapelter Tabletts führte. Von dort ging ein Weg in den Hinterhof, durch eine Glastür, die oben und unten durch Bolzen verriegelt war. Jenseits des regentriefenden Hofes ein grauer Bretterzaun, Baumstämme, und dahinter düstere Waldschneisen. Victor sagte zu dem Mädchen: «Mach die Tür auf oder das Fenster oder wie man das nennt. Los, aufmachen!»

Er drehte sie zu sich um, die Waffe auf sie gerichtet. Sie keuchte vor Entsetzen.

«Los, hast du nicht gehört?!»

«Ich kann Sie nicht verstehen! Ich weiß nicht, was Sie sagen!»

«Keine Bewegung!»

Er hörte jetzt Geräusche, trampelnde Füße, ein Vibrieren des ganzen Hauses, den Krach, als jemand gegen die Tür rannte, sich mit mächtigen Schultern dagegenwarf. Mit der Pistole dirigierte er sie zu einem Turm aufgestapelter Stühle hinüber, und sie preßte sich angstvoll dagegen. Die Waffe auch weiterhin auf sie gerichtet, kniete Victor sich auf den Boden, um den unteren Riegel der Glastür hochzuziehen. Wie ein Blitz aus heiterem Himmel versetzte ein Muskelkrampf seinen Körper in Zuckungen, schleuderte seine Arme zur Seite und bäumte seinen Rücken in die Höhe. Er brüllte auf durch unlösbar zusammengebissene Zähne, er versuchte aufzustehen, aber seine eigenen Muskeln richteten sich gegen ihn, fällten ihn wie einen Baum.

Sein Rücken fuhr in die Höhe, prallte zurück, klappte wie ein Messer zusammen. Um sich schlagend, zuckte er auf dem Boden umher, immer noch die Pistole umklammernd, bis der teuflischste Krampf, den er bisher erlebt hatte, sie ihm aus der Hand schleuderte. In hohem Bogen flog sie durchs Zimmer, prallte gegen die Scheibe der Glastür, zerschmetterte sie und fuhr mittenhindurch. Victor reckte sich, spreizte die Hände und griff ins Leere. Das Mädchen kroch zu ihm heran, wirr flüsternd. Sein Rücken bäumte sich, zuckte, rollte sich wie ein Seil, und seine Gliedmaßen tanzten. Das Mädchen kniete sich neben ihn, fragte, was los sei, was ihm passiert sei, fragte, was sie für ihn tun könne, und die Tränen, die sie immer noch vergoß, fielen auf sein zuckendes, grimassierendes Gesicht.

Die Tür ging auf, gerade als die Krämpfe abebbten, und der Polizist, der hereinstürzte, blieb neben ihm stehen und blickte mit kaum verhohlenem Grauen auf den Mann am Boden, der durch sein eigenes Fleisch zu Tode gefoltert wurde.

19

Die Schildkröte bewegte sich mit gleichförmiger, mechanisch stetiger Langsamkeit aus dem Schatten des Rhododendrons hervor, wo sie den Nachmittag verbracht hatte, kroch den Gartenweg entlang, denn sie hatte den kleinen Haufen Salatblätter, die als Leckerbissen für sie auf der untersten Steinstufe lagen, gesehen oder gerochen oder sonstwie gewittert. Der kleine Hund sah ihr dabei zu, aber er war jetzt an sie gewöhnt. Mit der Pfote auf ihren Panzer zu stupsen und zuzusehen, wie Kopf, Gliedmaßen und Schwanz unter der hornigen Kuppel verschwanden, das hatte aufgehört, ihn zu amüsieren. Seinetwegen hätte sie ein beweglicher Stein sein können. Mit unverminderter Energie bearbeitete er seinen Markknochen.

David Fleetwood beugte sich seitlich aus seinem Rollstuhl und tätschelte den Kopf des Hundes. So langsam kamen er und Clare zu einer regelrechten Menagerie – zuerst Sally, dann diese Schildkröte, die ihnen vor zwei Tagen von irgendwoher zugelaufen war, und heute morgen hatte ihm ein Nachbar ein junges Kätzchen angeboten. Aber da hatte Clare ein Machtwort gesprochen. Die Mücken plagten ihn, und er zündete sich eine Zigarette an, um sie sich vom Leibe zu halten. Der Abend war sehr warm, und am Himmel ahnte man schon jene dunkle Bläue einer hereinbrechenden Hochsommernacht. Ein großer weißer Nachtfalter hatte seine Flügel flach auf der Hauswand ausgebreitet. Er wartete darauf, daß die Außenlampen angingen, wartete darauf, sich an dem zischenden Glas zu Tode zu brennen.

Clare kam durch die Glastür aus dem Haus. Er fand, sie sah blaß und ziemlich erschöpft aus, aber so genau ließ sich das nicht sagen bei dieser Beleuchtung. Sie hatte ein Glas in der Hand, dessen Inhalt nach einem steifen Whisky aussah. Sie trank zuviel – nein, nicht zuviel, aber mehr, als sie sollte. Das habe ihr erst neulich jemand vorgehalten, hatte sie gesagt. Aber sie hatte nicht gesagt, wer.

«Willst du auch einen?»

Er schüttelte den Kopf und deutete auf sein halbleeres Bierglas.

«Wirst du das Krankenhaus anrufen?» fragte er.

«Hab ich schon getan.»

Ihr Gesicht sagte es ihm. Sie setzte sich an den Tisch, sehr dicht neben ihn, und griff nach seiner Hand. Er blickte sie nicht an. Er sah der Schildkröte zu, wie sie ihren Salat knabberte.

«Victor ist heute nachmittag gestorben», sagte Clare. «Wenn er über den heutigen Tag gekommen wäre, dann hätte eine gewisse Hoffnung bestanden. Anscheinend erholen sich Leute mit Tetanus manchmal wieder, wenn sie die ersten vier Tage überstehen.»

David sagte heftig: «Wie zum Teufel hat er Tetanus gekriegt?» Er zündete sich an seiner Zigarettenkippe eine neue an. «Das war doch barer Unsinn, von wegen, ich hätte ihn mit einem Stück Glas gestochen. Ich habe ihn nie angerührt!»

«Ich weiß doch! Es ist ein Rätsel. Vielleicht war es irgendwas, das ihm an dem Abend passiert ist, nachdem er hier fortging. Er hat dir doch erzählt, er hätte eine entsetzliche Nacht gehabt und er könne von Glück sagen, daß er noch am Leben wäre, was immer das nun heißen sollte. Wenn er sich selbst irgendwie geschnitten hat... Man sagt ja, der Boden hier herum sei voller Tetanusbazillen. Ich habe im Krankenhaus in einem Buch über Tetanus nachgelesen. Das Gift als solches ist eines der tödlichsten, die es gibt. Es wird von den Zellen der Bakterien abgesondert und durch den Blutstrom zum Rückenmark transportiert...»

David schauderte. «Hör auf!»

«Es liegt wirklich eine gewisse Ironie darin, nicht wahr, wenn man es so betrachtet...»

«Ich betrachte es nicht so. Es war reiner Zufall. Es war alles Zufall, Clare – daß Victor auf mich geschossen hat, daß er mein Bild in der Zeitung gesehen hat, daß er den Zug nach Epping genommen und gesehen hat, wo ich wohne, daß er an dem Abend kam, als ich fort war...»

Sie blickte ihn beschwörend an, aber es war zu dunkel, ihre Augen zu sehen.

«Alles Zufälle. Nach allem, was wir wissen, war auch sein Mord an der alten Frau ein Zufall – wenigstens fing es so an. Es gibt keine Erklärung dafür, kein Verhaltensschema. Ich habe doch nicht bloß einmal, ich habe doch tausendmal nachgegrübelt über die Dinge, die sich in diesem Haus in Solent Gardens abgespielt haben. Ich hatte sogar schon daran gedacht, Victor so weit zu bringen, den Ablauf mit mir zu rekonstruieren, indem wir zwei zusammen mit anderen Akteuren die Situation in ähnlichen Räumlichkeiten nachspielten...»

Er beugte sich dicht zu ihr, um ihre Reaktion zu erkennen. Ihr Gesicht war ganz ruhig, fragend, traurig, ein wenig schlaff und abwesend durch den Whisky, den sie getrunken hatte. Sie nahm seine Hand in ihre beiden Hände.

«Ich meine es ganz ernst», fuhr David fort, «ich dachte es mir als eine Art Abreagieren, eine seelische Befreiung, für Victor ebenso wie für mich. Ich dachte, wir könnten uns vielleicht mit Bridges zusammentun, wo immer der jetzt stecken mag, oder vielleicht Rosemary Stanley aufspüren und dann den Raum ganz genauso herrichten, bis hin zu den Bildern an den Wänden.»

«Den Bildern an den Wänden?»

«O ja. Das war ein reizend eingerichtetes Haus, es war sehr hübsch. Du weißt doch, ich hab gesagt: ‹Wessen Blut ist das?›, weil ich da noch nicht wußte, daß es mein eigenes war. Ich fand, es sei eine Schande, den schönen, hellen Teppich so zu verschmieren, eine unnötige Schweinerei. An der ganzen Treppenwand entlang und auch oben auf dem Treppenabsatz hingen kleine Bilder. Vögel und Tiere zumeist, Reproduktionen berühmter Drucke und Stiche. Dürers *Betende Hände*, und dann das von dem Hasen und den Schlüsselblumen, und Audubon und Edward Lear...»

«Ich dachte, der hätte Schüttelreime geschrieben?»

«Er hat auch Lithographien gemacht, von Tieren in Menagerien. Da hing seine Fledermaus, das weiß ich noch, und die Schildkröte.» David blickte flüchtig zu der Schildkröte hinüber, die langsam und stetig zurückkroch in ihr Versteck unter dem Rhododendron. «Die hing genau in der Mitte, und die *Betenden Hände* genau darüber. Als ich hinfiel, hatte ich den Blick auf diese betenden Hände fixiert. Ja, ich hatte tatsächlich die komplizierte Idee, das alles zu rekonstruieren... Bloß, ich wollte damit warten, bis ich das Gefühl hätte, ich könnte Victor vertrauen. Und dieser Zeitpunkt ist nun nie gekommen.» Sanft löste David ihrer beider Hände voneinander. «Mach das Licht an, Clare, ja?»

Sie stand auf, ging nach drinnen ins Wohnzimmer und knipste die Lampen an, eine am Rand der Terrasse und eine an der Hauswand zwischen den Blättern des Geißblattes. Der Nachtfalter flatterte von der Hauswand auf und steuerte ins Licht, um seine federzarten weißen Flügel zu verbrennen.

Die Masken der Mütter

Für mein Patenkind Francesca
in Liebe

Erstes Buch

I

Einmal – Benet war damals ungefähr vierzehn, und sie saßen allein in einem Zugabteil – hatte Mopsa sie mit einem Tranchiermesser erstechen wollen. Möglicherweise auch nur bedroht. Benet hatte sich schon gewundert, daß ihre Mutter eine so große Handtasche mitgenommen hatte, eine rote, die nicht zu den Sachen paßte, die sie trug. Mopsa hatte geschrien und gelacht und wildes Zeug geredet und dann das Messer in die Tasche zurückgesteckt. Benet hatte große Angst gehabt. Sie hatte den Kopf verloren und die Notbremse gezogen, die Mopsa die «Notleine» nannte. Der Zug hatte angehalten, und sie hatten Schwierigkeiten bekommen. Benets Vater war sehr ärgerlich und auf grimmige Art traurig gewesen.

Benet hatte diesen Zwischenfall mehr oder weniger vergessen. Doch als sie in Heathrow auf Mopsa wartete, kehrte die Erinnerung plötzlich sehr lebhaft zurück. Obwohl sie Mopsa seither oft gesehen, mit ihr unter demselben Dach gewohnt und erlebt hatte, wie sie sich verändern konnte, hielt Benet Ausschau nach einer in flatternde Tücher und Schals gehüllten Gestalt mit kurzen struppigen Haaren, als sie inmitten von Reiseleitern mit Schildern, ängstlichen Indern und Ehefrauen von Geschäftsleuten hinter der Barriere stand. James wollte aus seiner Kinderkarre heraus, er konnte dort unten nichts sehen und fühlte sich nicht wohl. Benet hob ihn hoch, setzte ihn seitlich auf ihre Hüfte und schlang einen Arm um ihn.

Hier zu warten, hätte eigentlich aufregend sein müssen. Als die ersten Leute hinter der Wand auftauchten, hinter der sich die Zollkontrolle verbarg, hatte der Augenblick etwas Dramatisches an sich, fast so, als seien sie in die Freiheit entronnen. Benet fiel ein, daß sie einmal hier auf Edward gewartet hatte, und wie wunderbar es gewesen war, als sie ihn plötzlich sah. All die unbekannten Leute, die Fremden, und dann Edward, so eindeutig und unverkennbar Edward, als sei er in Farbe und alles andere nur schwarz und weiß.

Auf Mopsa zu warten war nicht so. Auf Edward zu warten, wenn das überhaupt vorstellbar war, wäre heute auch nicht mehr so. In ihrer Welt gab es außer James niemanden mehr, auf den sie noch *so* warten konnte, und für eine Trennung von James gab es nicht den geringsten Grund. Nicht auf viele, viele Jahre hinaus. Sie grub in ihrer Handtasche nach einem Tempotaschentuch und putzte ihm die Nase. Armer James. Aber er war ein schöner Junge. Er war immer schön, auch wenn sein Gesicht blaß und spitz und seine Nase rot war.

Ein Paar kam heraus. Die beiden schoben je einen karierten Koffer auf Rädern vor sich her. Die Frau hinter ihnen trug einen kleinen Koffer in der einen und eine Reisetasche in der anderen Hand. Schwierig zu sagen, welches Stück Handgepäck war und welches die Zollkontrolle durchlaufen hatte. Koffer und Reisetasche paßten zusammen, waren aus einem beigefarbenen Material, dem man nicht ansah, ob es Leder oder Kunststoff war. Die Frau wirkte farblos und verbraucht. Die blassen, rastlos schweifenden Augen blieben auf Benet haften und erkannten sie. Das Erkennen ging von ihr aus – Benet hätte nicht gewußt, wer sie war.

Aber es war Mopsa. Es war ihre wahnsinnige Mutter, die sie küßte, lächelte und mit der Hand abwinkte, als James das Gesicht an Benets Schulter vergrub, anstatt Mopsa zu begrüßen. Sie trug ein schlecht sitzendes graues Kostüm, eine rosafarbene Seidenbluse mit einer goldenen Nadel am Kragen. Das Haar, lieblos abgeschnitten, war zu stumpfem Silbergrau ausgebleicht.

Benet legte das Gepäck auf die Kinderkarre. Sie behielt James auf dem Arm, der schniefte und aus großen runden Augen die unbekannte Großmutter anstarrte. Mopsa hatte sich einen energischen und federnden Gang angewöhnt. Sie hatte eine aufrechte Haltung und trug den Kopf hoch. Früher war sie oft gebückt gegangen, manchmal hatte sie getanzt und sich in ihren Isadora Duncan-Stimmungen schwebend gewiegt, aber sie war nie ausgeschritten wie eine normale Frau. Oder vielleicht hat sie's getan, als ich noch sehr klein war, dachte Benet und bemühte sich, sich zu erinnern, wie ihre Mutter vor vierundzwanzig Jahren gewesen war. Es war zu lange her. Sie wußte nur, daß sie sich immer danach gesehnt hatte, eine normale Mutter zu haben wie andere Mädchen, für die das etwas Selbstverständliches war. Jetzt schien auch ihre Mutter normal zu sein, doch Benet war inzwischen achtundzwanzig, und es hatte keinerlei Bedeutung mehr für sie. Sie fragte nach dem Vater.

«Es geht ihm gut, und er läßt dich grüßen.»

«Und es gefällt dir tatsächlich, in Spanien zu leben?»

«Ich möchte nicht behaupten, daß es keine Nachteile hat, aber Dad spürt seit drei Jahren überhaupt nichts mehr von seinem Asthma. Und ich bleibe auch fit.» Mopsa lächelte, als sei ihre Krankheit auch nichts anderes als eine Form von Asthma. Sie redete genauso wie eine der Nachbarinnen in Edgware geredet hatte. Wie Mrs. Fenton, dachte Benet, wie eine ganz durchschnittliche Hausfrau mittleren Alters. «Ich komme mir wie eine Betrügerin vor, weil ich eigens hergeflogen bin, um mich untersuchen zu lassen», sagte Mopsa. «Ich bin wieder ganz in Ordnung. ‹Mir fehlt nichts mehr›, habe ich gesagt, aber sie meinten, es werde mir nicht schaden, und warum sollte ich nicht ein paar Tage Urlaub machen? Na ja, aber eigentlich bin ich doch ständig im Urlaub, oder? Fahren wir mit der U-Bahn? Es muß schon sieben oder acht Jahre her sein, seit ich das letzte Mal U-Bahn gefahren bin.»

«Ich bin mit dem Wagen hier», sagte Benet.

Als junges Mädchen hatte sie sich immer wieder vorgesagt: Ich darf meine Mutter nicht hassen. Die Selbstbeschwörung hatte nicht immer geholfen, und dann hatte sie sich gesagt: Aber sie ist krank, sie kann nichts dafür, sie ist wahnsinnig ... Sie hatte verstanden und vergeben, aber sie hatte nicht mit ihrer Mutter zusammensein wollen. Als sie auf die Universität gegangen war, hatte sie beschlossen, nie wieder zurückzukehren, und das hatte sie, von ein paar kurzen Ferientagen abgesehen, auch eingehalten. Ihr Vater hatte sich zur Ruhe gesetzt, und dann hatten sich die Eltern ein kleines Haus in der Nähe von Marbella gekauft. Mopsas Gesicht und Handrücken waren von der Sonne Südspaniens gebräunt. Benet setzte James auf ihre andere Hüfte, und er klammerte sich schniefend an sie.

«Er hat eine scheußliche Erkältung», sagte Mopsa. «Ob es richtig war, daß du ihn mitgenommen hast?»

«Ich habe niemanden, der ihn mir abnimmt. Du weißt doch, daß ich gerade umgezogen bin.»

Auf dem Rücksitz des Wagens war ein Kindersitz angebracht, in dem James sonst zufrieden saß. Benet gurtete ihn an und verstaute Mopsas Gepäck im Kofferraum. Sie wäre dankbar gewesen, wenn die Mutter ihr angeboten hätte, sich zu James in den Fond zu setzen, doch sie hatte sich schon auf den Beifahrersitz geschoben, den Sicherheitsgurt angelegt und die Hände in den plumpen schwarzen Lederhandschuhen im Schoß gefaltet. Sie schien auch nicht auf den Gedanken zu kommen, mit James zu sprechen. Er fühlte sich unglücklich, nieste manchmal und quengelte leise vor sich hin. Benet redete mit ihm, während sie fuhr, zeigte ihm Leute, Hunde und Gebäude, alles, was ihn möglicherweise interessieren konnte. Bald jedoch merkte sie, daß Mopsa beleidigt war. Mopsa wollte über ihre Sorgen und Hoffnungen sprechen, über Spanien und ihr Haus und darüber, was sie in London unternehmen wollte. Benet kam ein Gedanke, den sie bisher noch nie verfolgt hatte: irgendwie setzte man immer voraus, daß ein von einer Geisteskrankheit geheilter Mensch nur noch nett war, selbstlos, rücksichtsvoll, angenehm und vernünftig. Doch das war natürlich nicht der Fall. Wieso denn auch? Unter der Psychose lagen genauso wie beim gesunden Menschen Niedertracht und Anständigkeit verborgen, ganz normale Eigenschaften also. Natürlich war Mopsa nicht gemein oder niederträchtig, durchaus nicht. Aber vielleicht, überlegte Benet, erwies sich ihre Mutter, die so lange geisteskrank gewesen war, nach ihrer Heilung als hochgradige Solipsistin – als ein Mensch, der glaubte, die Welt drehe sich nur um ihn.

Das Haus in Hampstead, im Vale of Peace, war Benet immer noch fremd. Sie war erst vor drei Tagen eingezogen. Sie bog in den schmalen Weg zwischen den hohen Böschungen ein, der in das Dörfchen am Rand der Heide führte. Ihr halbes Leben – genau seit jenem Tag, an dem sie mit Freunden auf dem Jahrmarkt gewesen war, der an Feiertagen in der Nähe der Spaniards Road abgehalten wird – hatte sie davon geträumt, einmal hier zu wohnen. Als der Wunsch schließlich nicht mehr nur Traum bleiben mußte, als sie sich ihn erfüllen konnte, hatte er sich in einen handfesten Plan verwandelt. Mopsa schien jedoch noch nie etwas von dieser berühmten Enklave gehört zu haben, die sich unter die hohen Wipfel von Kastanienbäumen, Sykomoren und Montereytannen duckte, wo blaue Gedenktafeln an längst dahingegangene Poeten erinnerten, an einen Maler, an einen oder zwei Impresarios. Daß Shelley auf dem Teich Papierschiffchen segeln ließ und Coleridge, auf dem Dorfanger auf einem Holzklotz sitzend, ein magisches, unvollendet gebliebenes Epos begonnen hatte, waren Überlieferungen aus der Welt der Literatur, die nie bis zu Mopsa durchgedrungen waren. Sie stieg aus dem Wagen und beäugte Benets hohe, schmale viktorianische Villa mit einer Miene, die Enttäuschung verriet. Was hatte sie erwartet? Einen Art Deco-Palast in der Bishop's Avenue?

«Tja, wahrscheinlich wolltest du nichts allzu Pompöses, einfach nur ein Haus für dich und das Baby allein.»

Also ein Baby ist James eigentlich nicht mehr, dachte Benet, während sie die Haustür aufschloß. Er war ein Jahr und neun Monate, konnte schon ziemlich viele Wörter sprechen und noch mehr verstehen. Er kletterte die Stufen zur Haustür hinauf, wurde munterer, weil er wieder zu Hause war, vermutlich weil er sich an die Schätze erinnerte, die ihn erwarteten – seine Spielsachen, mit denen der Fußboden der großen Küche im Hochparterre übersät war, denn sie diente zugleich als Spielzimmer. Mopsa stieg über ihn hinweg, um zur Tür zu gelangen. Benet fragte sich, wie lange es wohl dauern werde, bis sie auf seine Vaterlosigkeit zu sprechen kam. Oder war sie, trotz ihres unvergleichlich viel besseren Zustands, doch keine konventionelle, spießige Vorstadthausfrau mittleren Alters, die sich an solchen Dingen stieß? War es nicht und würde es nie sein? Benet hatte kaum erwartet, ohne eine Anspielung auf Edward, die Nachteile der Unehelichkeit und die Gefahren davonzukommen, die einem Jungen drohten, der nur von seiner Mutter erzogen wurde. Sie sollte froh sein, daß es Mopsa war, die sie besuchte, und nicht ihr Vater. Er reagierte noch immer mit ungläubiger Betroffenheit auf James' bloßes Vorhandensein.

Im Haus herrschte noch wüstes Durcheinander. Schachteln und Kisten mit unausgepackten Kleinigkeiten, Küchenutensilien, Porzellan und Glas standen im Flur herum. Außerdem stapelten sich Hunderte und aber Hunderte von Büchern auf dem Fußboden. Bevor sie zum Flugplatz mußte, hatte Benet in dem Zimmer, das ihr Arbeitsraum werden sollte, Bücher in die Einbauregale geräumt und die Arbeit unterbrechen müssen. Sie hatte sich vorgenommen, ein gewisses System hineinzubringen, was ihr bisher nie gelungen war. Auf dem Boden ausgebreitet lagen auch alle sechzehn ausländischen Ausgaben ihres Bestsellers. Er war die Quelle des Überflusses, dem sie das Haus zu verdanken hatte: *Die vertrackte Ehe*. Benet machte die Tür zu, um James daran zu hindern, zwischen den Bergen von Paperbacks zu wüten.

Obwohl James jetzt noch viel weniger als im Auto geneigt schien, irgendwo zu wüten. Er hatte sich nicht, wie Benet es eigentlich erwartete, auf sein neuestes Spielzeug gestürzt, ein Xylophon, dessen über eine Oktave reichende Stäbe in allen Farben des Spektrums glänzten, wozu noch ein goldener kam. Er verzog sich still in sein Korbsesselchen und lutschte am Daumen. Seine Nase lief wieder, und Benet nahm ihn auf, so daß sie den Atem hörte, der seine kleine Brust hob und senkte. Es war kein Pfeifen, nur ein Atemgeräusch, wo eigentlich nichts zu hören sein sollte. In dem großen Raum im Hochsouterrain war es warm und gemütlich und an einem so sonnigen Tag auch hell genug. Benet hatte Küchenelemente aus Massiveiche einbauen und den Boden mit einem florentinerroten Spannteppich auslegen lassen. Außerdem stand hier noch der große Schrank mit James' Spielsachen.

Mopsa deponierte Koffer und Reisetasche auf dem Bett des Zimmers, das Benet für sie bestimmt hatte, kam munter wieder herunter und verkündete: «So, und jetzt gehen wir alle miteinander essen. Ich lade euch ein.»

«Ich glaube, ich sollte heute lieber nicht mehr mit ihm an die Luft. Es scheint ihm nicht gutzugehen. Wir können hier essen. Ich habe alles für den Lunch vorbereitet.»

Mopsa war ungehalten und zeigte es offen. «Es ist nicht kalt, nicht einmal nach meinen spanischen Maßstäben.» Ihr Lachen klang metallisch und irgendwie geborsten, nicht unähnlich dem tiefsten Ton von James' Xylophon. «Du mußt eine sehr aufopfernde Mutter sein.»

Benet antwortete nicht. Sie war selbst erstaunt, daß sie eine so aufopfernde Mutter geworden war. Es war natürlich auch ihre Absicht gewesen. Als sie sich ganz bewußt dazu entschlossen hatte, als unverheiratete Frau ein Kind zu bekommen, als James geboren wurde, hatte sie sich fest vorgenommen, eine aufopfernde Mutter zu sein, hatte eine ideale Kindheit für ihn geplant, ihm alle nur erdenkliche Liebe und das Beste an materiellen Dingen zu geben. Sie hatte nicht geahnt, daß weder Vorsätze noch Pläne nötig gewesen wären, weil sie ihm vom Augenblick seiner Geburt an völlig verfallen war.

Sie bereitete den Lunch zu – Suppe, Vollkornbrot, Entenpastete und Salat für sie und Mopsa, Rühreier, Toast und Schokoladeeis für James. Am anderen Ende des Raumes, auf dem Fenstersitz mit Ausblick auf den kleinen Steingarten und die Steinmauer dahinter, saß Mopsa und las das Taschenbuch, das sie aus Spanien mitgebracht hatte. Sie hatte nicht versucht, James auf den Schoß zu nehmen. Benet unterdrückte ihre Empörung, verbot sich sogar, sie zu empfinden. James aß nur ein paar Bissen, nicht einmal sein Lieblingsessen konnte seinen Appetit anregen.

«Er muß sich richtig ausschlafen», sagte Mopsa.

Wahrscheinlich hatte sie recht. Obwohl Benet der Meinung war, sie habe es nicht gesagt, weil sie sich um ihn sorgte, sondern eher weil sie ihn loswerden wollte. James' Zimmer war das einzige im Haus, in dem schon mustergültige Ordnung herrschte und keine unausgepackte Kiste mehr herumstand. Benet gab ihm sein Lieblingsspielzeug, ein knautschiges Tigerjunges mit baumelnden Pfoten, in die Hand und legte ihn liebevoll in sein Kinderbett. James ließ sich am Tag nur höchst unwillig ins Bett bringen, setzte sich normalerweise sofort wieder bolzengerade auf und streckte hartnäckig die Arme in die Höhe. Heute blieb er, seinen Tiger umklammernd, reglos liegen. Sein Gesicht war gerötet, als bekäme er tatsächlich die seit langem erwarteten hinteren Backenzähne. Es kann nichts Schlimmes sein, dachte Benet. Sie hatte ihn gegen jede nur denkbare Krankheit impfen lassen. Gegen Erkältungen war er seit jeher anfällig gewesen, und er hatte sehr empfindliche Bronchien. Es rasselte jetzt in seiner Brust, wenn er einatmete. Sie blieb fünf Minuten bei ihm sitzen, bis er eingeschlafen war.

«Ich hätte nicht geglaubt, daß du zu so mütterlichen Gefühlen fähig bist», sagte Mopsa. Sie war ins Wohnzimmer hinaufgegangen, in dem es noch chaotisch aussah, hatte ein paar Flaschen entdeckt, die Benet noch nicht weggeräumt hatte, und schenkte sich einen Brandy ein. Sie hatte nie viel getrunken, war nie in Gefahr gewesen, Alkoholikerin zu werden, aber sie nahm ab und zu recht gern einen Drink, und manchmal hatte er eine merkwürdige Wirkung auf sie. Benet erinnerte sich noch sehr gut, daß ihr Vater und sie sich vor Jahren immer bemüht hatten, Mopsa von der Sherryflasche fernzuhalten. Mit halb geöffneten, zitternden Lippen lächelte Mopsa sie auf eine vage, alberne Art an. «Es ist oft so, daß man sie nicht will und sie doch liebt, wenn sie erst mal da sind.»

«Ich wollte James», antwortete Benet und schnitt, um sie abzulenken, das Thema an, auf das die Mutter – wie sie wußte – mit größtem Vergnügen einging. «Erzähl mir von den Tests, die man mit dir machen will.»

«In Spanien haben sie nicht die notwendigen medizinischen Apparate dazu. Ich hab ja schon immer behauptet, daß mir ein Enzym oder so was Ähnliches fehlt, und jetzt sieht es so aus, als kämen sie langsam zu derselben Überzeugung.» Mopsa hatte seit Jahren geleugnet, daß sie überhaupt krank war. Immer waren es die andern, die krank oder boshaft waren oder kein Verständnis für sie hatten. Doch wenn sie der Erkenntnis, daß sie nicht normal war, nicht mehr ausweichen konnte, wenn sie sich in den Perioden geistiger Klarheit an Alpträume erinnerte, schrieb sie nicht ihrer Psychose die Schuld zu, sondern einem Defekt in ihrem chemischen Körperhaushalt.

«Nehmt doch einmal den Fall George III.», pflegte sie zu sagen. «Man hat ihn jahrelang für verrückt gehalten. Man unterwarf ihn höllischen Torturen. Jetzt weiß man, daß er Porphyrie hatte und er wieder normal geworden wäre, wenn man ihm gegeben hätte, was seinem Körper fehlte.»

Vielleicht hatte sie recht. Doch welche Körpersubstanz ihr auch gefehlt haben mochte, es sah ganz so aus, als sei der Mangel in letzter Zeit auf natürliche Weise ausgeglichen worden. Während Mopsa völlig klar und sehr intelligent über die Einzelheiten der Tests und der späteren sehr komplizierten Auswertung sprach, hatte Benet den Eindruck, sie sei geistig gesünder, als sie sie seit ihrer Kindheit je erlebt hatte. Sogar der Schleier, der ihre grünblauen Augen getrübt hatte, schien verschwunden. An seine Stelle war ein normaleres, von innen her kommendes Licht getreten.

Mopsa sah sich im Zimmer um. «Wo ist dein Fernseher?»

«Ich habe keinen.»

«Was? Du hast wirklich keinen Fernseher? Ohne Fernsehen wäre ich verloren, obwohl das Programm in Spanien nicht sehr gut ist. Ich habe mich auf das englische Fernsehen gefreut. Warum hast du denn keinen Apparat? Es ist doch unmöglich, daß du ihn dir nicht leisten kannst?»

«Ich schreibe, wenn James schläft, also hauptsächlich am Abend. Ein Fernseher wäre wenig sinnvoll für mich.»

«Er schläft jetzt. Möchtest du vielleicht ein bißchen schreiben? Nimm bloß keine Rücksicht auf mich! Ich bin mucksmäuschenstill und lese mein Buch.»

Benet schüttelte den Kopf. Sie war nicht imstande, einem Außenstehenden die besonderen Voraussetzungen zu erklären, die sie brauchte, um schreiben zu können – eine gewisse Abgeschiedenheit, eine nachdenkliche Atmosphäre, eine gewisse geistig-seelische Einstimmung. Und mit Mopsa konnte sie schon gar nicht darüber sprechen. Außerdem war sie in der höchst ungewöhnlichen Situation einer Frau, die ein paar Erinnerungen und Beobachtungen niedergeschrieben hatte – in ihrem Fall über Edward, sich selbst und ihre gemeinsame Zeit in Indien –, die Notizen und Fragmente später nur zum eigenen Vergnügen zu einem Roman verarbeitete und plötzlich feststellen mußte, daß sie einen Bestseller geschaffen hatte. Ein Buch, das sofort an die Spitze jeder Bestsellerliste stürmte. Jetzt mußte sie etwas Neues schreiben, das neben *Die vertrackte Ehe* zumindest bestehen konnte. Sie war die Autorin eines Buches, das möglicherweise ihr einziges bleiben würde, und stand vor der Hürde, ein zweites produzieren zu müssen. Das Schreiben fiel ihr nicht leicht, auch nicht, wenn sie in Stimmung war und James schlief.

Dabei fiel ihr ein, daß er jetzt schon fast zwei Stunden schlief. Sie ging hinauf und sah nach ihm. Er war noch nicht wach. Sein Gesicht war hochrot, und sein Atem ging rasselnd. Sie konnte Edward in seinem Gesicht sehen, besonders im Schwung seiner Lippen und der gut modellierten Stirn. Eines Tages, wenn er erwachsen war, würde er das Aussehen eines «englischen Gentleman» haben, wie Edward. Flachsblondes Haar, ruhige blaue Augen, ein kräftiges Kinn – und vielleicht würde bei James noch etwas dazukommen, etwas, das sein Vater nicht hatte.

Während sie darauf wartete, daß er wach wurde, stand sie am Fenster und beobachtete die untergehende Sonne. Der Himmel färbte sich erst rot, nachdem sie hinter dem Horizont verschwunden war. Jetzt war er aus dunklem Gold, von grauen Streifen durchzogen, und auf dem Wasser des Vale of Peace-Teichs funkelten winzige Lichter. Eine Reihe Montereytannen am anderen Ufer hob sich schwarz vom gelb und grau marmorierten Hintergrund ab. Hier ließ es sich leben, hier sollte James aufwachsen, es war der richtige Ort für ihn. Sie hatte gut gewählt.

War es irgendein Teil der Aussicht – die Tannen vielleicht und der Sonnenuntergang – oder waren es ihre Gedanken über die Kindheit und die richtige Umgebung für ein Kind, die in ihrer Erinnerung jenen furchtbaren Nachmittag mit Mopsa heraufbeschwor? Sie hatte seit Jahren nicht mehr daran gedacht. Jetzt erinnerte sie sich sehr deutlich daran, obwohl es neunzehn oder zwanzig Jahre her war. Aber erinnerte sie sich wirklich an das, was tatsächlich geschehen war? Es war der erste Ausbruch von Mopsas Wahnsinn, ihrer paranoiden Schizophrenie, den Benet miterlebte. Sie war acht und ihre Kusine, die bei ihnen war, erst drei oder vier. Mopsa hatte sie ins Eßzimmer des Hauses mitgenommen, das sie in Colindale gemietet hatten, verschloß und verriegelte die Tür und rief dann Benets Vater in der Arbeit an, um ihm zu sagen, sie werde die Kinder und sich selbst umbringen. Oder hatte Mopsa nur gedroht, mit den Kindern so lange eingeschlossen zu bleiben, bis sie etwas Bestimmtes erreicht hatte? Die richtige Version lag vermutlich irgendwo zwischen diesen beiden. Wozu hatte eine Eßzimmertür eigentlich einen Riegel? Aber Benet erinnerte sich sehr deutlich daran, daß Mopsa Messer aus einer Schublade genommen und die kleine Kusine geschrien hatte wie am Spieß. Dann hatte Mopsa schwere Möbelstücke, eine Anrichte und irgendeinen anderen Schrank, vor die Terrassentür geschoben. Am lebhaftesten erinnerte sich Benet noch an das Krachen der aus den Angeln gerissenen Tür, an das Splittern von Holz und das laute Poltern, mit dem zuerst ihr Onkel, dann ihr Vater ins Zimmer stürmten. Sie waren allein, hatten keine fremde Hilfe mitgebracht. Zweifellos hatten Scham und die Angst vor den Konsequenzen sie daran gehindert. Sie waren alle unverletzt geblieben, und Mopsa war danach ganz ruhig geworden. Niemand hätte vermutet, daß etwas mit ihr nicht stimmte. Bis sie angefangen hatte, zwanghaft zu stehlen. Das war das nächste Symptom gewesen. Unmöglich zu sagen, daß man sich etwas wünschte – etwas innerhalb vernünftiger Grenzen natürlich –, ohne daß Mopsa hinging und es stahl. Benet erinnerte sich, daß ihr Vater eine Platte bewunderte, die er bei irgend jemand gehört hatte, ein populäres, schon fast abgedroschenes Stück, Händels *Wassermusik* vermutlich. Mopsa gab sich unendliche Mühe, dieselbe Aufnahme zu finden, und als sie sie endlich in einem Laden entdeckte, stahl sie die Platte, die sie ohne weiteres hätte kaufen können, denn Geld hatte sie genug. Sie stahl, um den Menschen, die sie liebte, etwas zu schenken; und das Risiko erhöhte, wie ein Psychiater gesagt hatte, in ihren Augen den Wert des Geschenks. Von da an traten die Symptome ihrer Krankheit immer häufiger und in unterschiedlichster Form auf – sporadische Gewalttätigkeit, Wahnvorstellungen, kleinere «Verrücktheiten» ...

James drehte sich um, setzte sich auf, stieß einen zornigen Schrei aus und rieb sich die Augen mit den Fäusten. Aus dem Schreien wurde Husten, und in seiner Brust rasselte es stärker. Benet nahm ihn auf und drückte ihn an sich. Seine Brust war wie ein Resonanzkörper, in dem fast musikalische Töne widerhallten. Die Idee, am Abend ein paar Leute auf einen Drink einzuladen – eine Möglichkeit, den Abend hinzubringen, und eine gute Möglichkeit dazu, da Mopsa sich so vernünftig benahm –, mußte sie jetzt wohl fallenlassen. James war schwer erkältet und würde sie ganz für sich beanspruchen.

Im Haus war es sehr warm. Benet hatte vor ihrem Einzug die Zentralheizung überholen lassen und war jetzt froh darüber.

Mopsa, die bei geöffneter Tür ihren Koffer auspackte, sah wie der Inbegriff einer vernünftigen, ziemlich durchschnittlichen Hausfrau aus. Zweifellos war das eine Rolle, die sie spielte, vielleicht schon seit Jahren. Früher hatte sie die verschiedensten Rollen gespielt, und sie alle schienen in dieser einen verschmolzen. Oder war das die echte Mopsa, die endlich die vielschichtige psychotische Persönlichkeit abgeschüttelt hatte?

Jetzt hätte sogar der einfache Name Margaret, auf den sie getauft war, besser zu ihr gepaßt als jener andere, der einen Beiklang von Wildheit und Hexenkunst, uralten Überlieferungen, Tauchstuhl, Auge des Wassermolchs und Froschschenkel hatte. Der Name stammte jedoch nicht aus *Macbeth*, sondern aus *Ein Wintermärchen*, und Benets Mutter nannte sich so, seit sie mit fünfzehn Jahren bei einer Schulaufführung die Rolle der Mopsa gespielt hatte. Obwohl er Benet als Name ihrer Mutter vertraut war wie anderen Kindern Mary oder Elizabeth, empfand sie ihn plötzlich als etwas Unrealistisches, Unpassendes. Er hätte zugleich mit der wallenden blonden Mähne verschwinden sollen. Mopsas Gesicht, ein mageres, spitzes Gesicht, das seit jeher etwas Hexenhaftes gehabt hatte – obwohl es in Benets Kindheit das einer schönen Hexe gewesen war –, wirkte irgendwie verschwommen, was vielleicht an einem gewissen Alterungsprozeß lag. Die Kinnlinie war nicht mehr fest und schwungvoll, die Lippen ein wenig schlaff. Der schlechte Haarschnitt ließ sie eher bemitleidenswert aussehen, doch auch nicht mehr als andere Frauen ihres Alters, deren Leben keinen besonderen Sinn mehr hatte und die weder besonders geliebt noch gebraucht wurden.

Benet war überrascht, als sie in die Küche kam und sah, daß Mopsa sich selbst Tee aufbrühte. Gewöhnlich erwartete sie, daß man sie bediente, gleichgültig, wo sie war. Sobald es James bessergeht, dachte Benet, gehen wir zu dritt aus. James war bald alt genug, um an interessante Orte mitgenommen zu werden, zumindest konnte man jetzt schon damit anfangen. Nachdem Mopsa aus dem Krankenhaus zurück war, würden sie irgendwo nett essen, und wenn das Wetter so schön war wie heute, konnten sie nach Hampton Court fahren. Kleine Kinder wurden schnell einmal krank, aber ebensoschnell wieder gesund, das hatte Benet schon gelernt. Der heutige Abend würde nicht leicht werden, vielleicht war sie in ein oder zwei Tagen so weit, daß sie es für unerläßlich hielt, einen Fernseher zu mieten.

«Wann muß er ins Bett?» fragte Mopsa.

«Gewöhnlich um halb sieben, aber heute wird es ganz offensichtlich später werden.»

«Du verwöhnst ihn.»

Benet antwortete nicht, und Mopsa begann einen langen Monolog über die Schwierigkeiten, zu dem Krankenhaus zu gelangen, in dem die ersten Tests gemacht werden sollten. Der Weg war so weit, und mit der Untergrundbahn fand sie sich bestimmt nicht zurecht, weil sich «alles geändert» hatte, seit sie nicht mehr in London lebte. Sie studierte eine Karte des U-Bahn-Netzes und eine Straßenkarte. Benet sagte, sie bringe sie selbstverständlich mit dem Wagen hin, und wenn James noch zu krank sei, um mitgenommen zu werden, trieb sie schon jemanden auf, der bei ihm blieb.

Als sie noch in der Wohnung in Tufnell Park wohnte, war es nicht schwierig gewesen, einen Babysitter zu bekommen. Im Nebenhaus gab es junge Mädchen in Hülle und Fülle, die alle darauf brannten, ein bißchen Geld zu verdienen. Hier war es anders. Sie kannte niemanden. Sie hatte nicht einmal Freunde mit kleinen Kindern, abgesehen von Chloe, die ständig im Urlaub und verreist war.

Mopsa, der es nicht an einer gewissen Intuition mangelte, schien zu ahnen, um was sich Benets Gedanken drehten. «Könntest du nicht jetzt jemanden finden? Ich möchte mit dir essen gehen.»

«Ich kann ihn heute keiner Fremden überlassen.»

Benet beschloß, Mopsas mürrische Miene zu ignorieren. Es ging jetzt ohnehin nicht mehr darum, ob sie bei James bleiben sollte oder nicht, sondern darum, irgend etwas für ihn zu tun. Seine Stirn war heiß und feucht. Er atmete mühsam, und manchmal hustete er qualvoll. Er war zu seinem Xylophon getrabt und hatte zu spielen versucht, war aber bald wiedergekommen und auf Benets Schoß gekrochen. Da ihm das Atmen so schwerfiel, weinte er immer wieder jämmerlich und erstickt auf.

«Ich muß den Arzt anrufen.»

«Es ist sieben Uhr. Willst du den armen, überarbeiteten Mann jetzt wirklich noch belästigen, weil das Baby erkältet ist?»

«Es ist eine Frau», sagte Benet, aber mehr auch nicht. Sie wußte noch von früher, daß es sinnlos war, auf Mopsa böse zu sein, und noch sinnloser, die Beherrschung zu verlieren. Sie geriet sofort in verzweifelte, rasende Panik. Das war zwar Jahre her, aber alte Gewohnheiten sterben schwer. Benet griff nach dem Telefon, das im selben Moment zu klingeln begann.

«Das wird dein Vater sein.»

Er war es. Mopsa sah sehr selbstzufrieden aus. Über Beweise der Fürsorge und Aufmerksamkeit freute sie sich ganz unverhältnismäßig.

«Hallo, Dad, wie geht's?» Benet mußte die Sprechmuschel höher halten, weil James laut und kläglich schrie. «Tut mir leid, das ist mein armer James. Er ist erkältet.»

Obwohl es keine dramatischen Szenen gegeben hatte und sie nie aus dem Schoß der Familie ausgestoßen worden war, obwohl es auch nie offene Vorwürfe gehagelt hatte, war ihr Vater über ihre Schwangerschaft und James' Geburt schockiert und empört gewesen. Die Situation war um so schlimmer, weil sie, eine gebildete und jetzt auch wohlhabende Frau, in einer Gesellschaft lebte, in der man die Geburt eines außerehelichen Kindes mit mancherlei Mitteln verhindern konnte. Er hatte James noch nicht ein einziges Mal bei seinem Namen genannt. Wenn James, was kürzlich geschehen war, sich für das Telefon interessierte und mit dem jeweiligen Gesprächspartner seiner Mutter reden wollte, war sein Großvater verlegen, bellte barsch ein paarmal «Hallo» und «auf Wiedersehen» in den Hörer und schien höchst ungeduldig zu sein, wieder Benet an den Apparat zu bekommen. Als sie ihm jetzt erklärte, daß James erkältet war, sagte er nur: «Ach ja?» Es folgte eine fast peinliche Pause. Dann: «Wie geht es deiner Mutter? Sie ist doch gut angekommen, nicht wahr?»

«Es geht ihr gut. Willst du mit ihr sprechen?»

Die Pause war diesmal kürzer, aber sie war da. Zweifellos hatte John Archdale seine Frau früher einmal geliebt. Seit damals hatte er viel durchgemacht, viel ertragen. Es war nicht ihre Schuld, sie mußte einem leid tun, sie war genauso hilflos und krank, als leide sie an multipler Sklerose, aber was er jetzt empfand, war nicht Liebe, sondern Pflichtbewußtsein. Er trug ein Kreuz, das von Jahr zu Jahr schwerer wurde. Im Augenblick genoß er eine kleine, wohlverdiente Atempause, spielte mit seinen ebenfalls in Spanien lebenden Landsleuten und Freunden eine Partie Bridge oder trank ein Glas in der Bar des *Miramar-Hotels*. Jetzt ihre Stimme zu hören, würde ihm den angenehmen Abend zwar nicht gerade verderben, aber ... Benet konnte jedoch nichts tun, um es zu verhindern.

«Nur ein paar Worte», sagte er.

Früher hatte Benet von Zeit zu Zeit erlebt, wie die Mutter ihn mit unglaublich wüsten Schimpfwörtern belegte, von denen «Scheißkerl» und «dreckiger Mörder» ungefähr die mildesten waren. Jetzt nahm Mopsa den Hörer und sprach in der Rolle der vernünftigen Hausfrau mit ihm.

«Hallo, mein Lieber.»

Sie wechselten ein paar Worte, und Benet war entrüstet, weil James' Name nicht ein einziges Mal erwähnt wurde. Er war jetzt still – das heißt, er hatte zwar aufgehört zu weinen, lehnte sich aber schwer an sie, und sein Atem ging keuchender und rasselnder als zuvor.

«Ja, ein recht angenehmer Flug. Ein Gutes hat die Fliegerei, es dauert nie lange, es ist bald vorbei. O ja, ich wurde abgeholt und ganz vornehm nach Hause gefahren. Ja, morgen früh, um zehn. Am besten, du rufst morgen wieder an, meinst du nicht auch? Also dann auf Wiedersehen.»

Sie legte auf, blieb stehen und musterte Benet forschend, die James unwillkürlich fester in die Arme schloß. Dieser bebende Ausdruck, als werde sie gleich in Tränen ausbrechen, kündigte – wie Benet von früher wußte – immer einen Stimmungswechsel an. Plötzlich begann Mopsa zu sprechen, hoch und schnell, aber mit völlig normaler Stimme.

«Ich war dir keine gute Mutter, Brigitte. Das weiß ich. Ich habe dich vernachlässigt – dich auf jeden Fall zuwenig beachtet. Ich war krank, weißt du, ich war schon lange krank, bevor ihr es gemerkt habt, du und Dad. Es war dieses Hormon, oder was immer mir fehlt – vielmehr damals fehlte –, es machte mich krank. Ich war keine gute Mutter, ich war eine verlorene Seele, weißt du? Kannst du mir verzeihen?»

Gefühlsausbrüche von Mopsa waren Benet immer peinlich. Sie wurde verlegen und scheu, unter anderem auch deshalb, weil die Mutter sie immer wieder, besonders wenn sie unter einer inneren Spannung litt, bei ihrem Taufnamen nannte, den sie haßte und den sie, zur Abwechslung einmal Mopsas Fußstapfen folgend, sofort abgelegt hatte, als sie von zu Hause fortgegangen war. Benet war ziemlich eckig, langbeinig, hatte ein spitzes Gesicht und glattes, dunkles Haar. Wie hätte sie, in einem neuen Freundeskreis, wieder das unvermeidliche spöttische Erstaunen ertragen sollen, weil ausgerechnet sie nach der Bardot benannt worden war?

Sie war verlegen, doch sie mußte um der armen, rührenden Mopsa willen ihre Verlegenheit unterdrücken. Und Mopsa stand wartend da, hungrig nach Liebe und nach Trost, und atmete beinahe so schnell und flach wie James.

«Kannst du mir verzeihen, Brigitte?»

«Da gibt es nichts zu verzeihen. Du warst krank. Außerdem warst du keine schlechte Mutter.» James festhaltend und an ihre Schulter drückend, zwang sich Benet, aufzustehen und den anderen Arm um die Mutter zu legen. Mopsa zitterte, bebte wie ein nervöses Tier. Benet hielt James und ihre Mutter mit den Armen umschlungen. Sie küßte Mopsa auf die Wange. Die Haut war heiß und trocken und pulsierte leicht. Aber Mopsas wasserblaue Augen hatten einen klaren, festen Blick. «Ich habe nichts zu verzeihen, glaub mir», sagte Benet. «Und jetzt vergessen wir's einfach, ja?»

«Ich würde alles für dich tun, einfach alles, um dich glücklich zu machen.»

«Das weiß ich.»

Benet setzte sich wieder ans Telefon, rückte James auf ihrem Schoß zurecht und wählte die Nummer der Ärztin.

2

«Er hat Krupp.»

Das Wort war reinste Lautmalerei und klang ungefähr wie das Geräusch, das James beim Atmen machte. Am Ausmaß ihrer Erleichterung – sie hätte Dr. McNeil vor Freude umarmen können – merkte Benet, wie groß ihre Angst gewesen war.

«Ich dachte, das sei eine Krankheit, die nur viktorianische Kinder hatten.»

«Das stimmt. Aber die Kinder bekommen sie auch noch heute. Nur können wir heute mehr für sie tun.» Benets Erleichterung verwandelte sich in eine bleischwere Last, als die Ärztin fortfuhr: «Ich möchte ihn ins Krankenhaus einweisen.»

«Ist das unbedingt nötig?»

«Nur für alle Fälle. Dort ist alles Nötige vorhanden. Ich glaube nicht, daß Sie hier einen Raum mit Dampf füllen können, oder?»

Dr. McNeil war sechzig und wollte in ein oder zwei Wochen in den Ruhestand gehen. Ist sie altmodisch? fragte sich Benet. Einen Raum mit Dampf füllen? Sie stellte sich ein Bad mit voll aufgedrehter Dusche vor, aus der fast kochendes Wasser in die Wanne prasselte, wobei Fenster und Tür des Badezimmers hermetisch verschlossen waren. Aber in einem der beiden Bäder war keine Dusche, und die im zweiten Bad war hoffnungslos verkalkt und mußte erneuert werden.

«Was ist Krupp eigentlich genau?»

«Wenn Sie's hätten, würden wir es Kehlkopfkatarrh nennen.»

Benet überließ es der Ärztin, die nötigen Telefongespräche zu führen. Sie brachte James in die Küche hinunter, wo Mopsa, sehr hausfraulich praktisch in Schürze und Gummihandschuhen, Tassen und Untertassen spülte. Die Erleichterung war zurückgekehrt. Krupp war nur ein Kehlkopfkatarrh.

«Ich begleite dich», sagte Mopsa.

Benet wäre es lieber gewesen, wenn die Mutter zu Hause geblieben wäre, doch sie wußte nicht, wie sie es ihr sagen sollte. Und vielleicht sollte man Mopsa nicht allein lassen, vor allem nicht abends und in einem fremden Haus. Es war ein unglückliches Zusammentreffen, daß Mopsa ausgerechnet jetzt hier war. Benet konnte sich des Gedankens nicht erwehren, daß die Menschen, die behaupteten, sie würden alles für den anderen tun, nie bereit waren, sich im Hintergrund zu halten, nicht einzumischen und auf kleine Bitten einzugehen.

Doch wenigstens setzte Mopsa sich diesmal auf den Rücksitz und nahm James auf den Schoß. Die Nacht war klar, aber mondlos. Benet fiel plötzlich ein, daß Hallowe'en war. Sie trug den in eine flauschige Decke eingepackten James in die große, gotisch gewölbte Vorhalle des Krankenhauses und wurde mit dem Lift in die zuständige Abteilung geschickt.

Mit Krankenhäusern nicht sehr vertraut – sie selbst hatte nur einmal in einem gelegen, und zwar, als James geboren worden war –, hatte Benet einen großen Krankensaal mit zwei Reihen eng beieinanderstehender Betten erwartet. Doch die Edgar Stamford-Abteilung bestand aus lauter kleinen Zimmern, die an einem breiten Korridor lagen. Das Gebäude war früher angeblich das Arbeitshaus gewesen, hatte Benet gehört, doch mußte dieser Teil von Grund auf saniert worden sein, denn außer den kleinscheibigen Spitzbogenfenstern erinnerte hier nichts mehr an das 19. Jahrhundert. In James' Zimmer erwartete ihn ein Kinderbett mit einem darüber angebrachten Zelt, in das Dampf gepumpt wurde. Die Schwester nannte es ein Kruppzelt. Zuerst weinte er, dann wurde er still und umklammerte Benets Hand. Der Arzt kam ungefähr nach zehn Minuten. Vor der Tür des Krankenzimmers zog er sein weißes Jackett aus und legte es auf den Schreibtisch der Schwester.

«Sie bekommen Angst vor weißer Kleidung, wenn wir das nicht tun», erklärte er. «Sie gehen dann nicht mal mehr zum Metzger mit Ihnen.» Er lächelte. «Ich heiße Ian Raeburn und gehöre zum Ärztestab des Krankenhauses.»

Außer dem Kinderbett stand noch ein großes Bett im Zimmer. Benet saß darauf. Ihr war aufgefallen, daß es frisch bezogen und die Decke zurückgeschlagen war.

«Kann ich denn bei ihm bleiben?»

«Selbstverständlich, wenn Sie wollen. Dafür sind die Betten da. Nebenan ist ein Bad. Wir sind ziemlich stolz darauf, daß wir die Eltern hierbehalten können. Es ist heute anders als in der bösen alten Zeit.»

«Ich möchte gern bleiben.»

«Und was wird aus mir?» sagte Mopsa leise und verloren.

«Das können Sie entscheiden», sagte Dr. Raeburn. «Sie werden sehen, daß James bald leichter atmen wird.»

Die kleinen Finger umklammerten ihren Finger noch immer ganz fest. «Du kannst mit dem Taxi zurückfahren, Mutter. Ich geh mit dir hinunter und bestell dir ein Taxi. Du kommst schon zurecht.»

Mopsas Gesicht war erschlafft, sah plötzlich wächsern aus, ihre Lippen zitterten. Das Zimmer war nur schwach erleuchtet, eine einzige Glühbirne brannte über dem Waschbecken, und in diesem Dämmerlicht wirkten Mopsas Augen wieder verschleiert. Seit ihrer Ankunft hatten sie zum erstenmal diesen Ausdruck.

«Ich bin nie allein. Es war schlimm genug, allein im Flugzeug zu sein, ich meine, ohne einen Menschen, den ich kenne. Ich kann in einem wildfremden Haus nicht allein bleiben.»

«Es ist doch nur für eine Nacht.»

«Warum mußt du denn bei ihm bleiben? Er schläft, er weiß nicht, ob du hier bist oder nicht. Früher sind die Eltern nie bei den Kindern im Krankenhaus geblieben, das Personal hätte es nicht geduldet.»

«Die Zeiten haben sich geändert.»

«Ja, und zum Schlimmeren. Dein Vater hätte mir nie erlaubt zu kommen, wenn er gewußt hätte, daß du mich allein lassen würdest, Brigitte. Ich werde krank, wenn du mich allein läßt.»

Vorsichtig entzog Benet James ihren Finger. Er rührte sich nicht. Heftige Abneigung gegen Mopsa erfüllte sie, ein Gefühl, das an Haß grenzte. Wenn ihre Mutter so normal wirkte wie jetzt und dabei alle Symptome eines übersteigerten Solipsismus entwickelte – Gleichgültigkeit gegen die Wünsche anderer und unglaubliche Selbstsucht –, hatte man das Gefühl, daß ihr Wahnsinn nur Theater war, das sie spielte, um Aufmerksamkeit zu erregen. Selbstverständlich war es nicht so, die Krankheit war so real wie eine körperliche Lähmung. Und war es, wenn sie Theater spielte, nicht an sich schon ein Zeichen des Wahnsinns, daß sie es so weit trieb – und über eine so lange Zeit hinweg?

Ich darf meine Mutter nicht hassen ...

«Es passiert dir nichts. Die unteren Fenster haben Gitter, und in jedem Stockwerk ist ein Telefon. Und es ist ja auch keine verrufene Gegend, oder?»

«Ich gehe nicht ohne dich, Brigitte. Du kannst mich nicht zwingen. Ich kann hier im Sessel schlafen. Oder auf dem Boden.»

«Das ist nicht erlaubt», sagte Benet. «Nur Eltern dürfen hierbleiben. Hör zu, ich bring dich nach Hause, dann fahre ich wieder hierher. Und morgen früh komme ich ganz bald zurück.»

«Morgen früh muß ich ganz bald zu meinen Tests.»

Mopsas Gesicht war eigensinnig verkniffen. Die scharfen Züge hatten wieder etwas Hexenhaftes. Ihre verschleierten Augen waren nicht auf Benet, sondern auf einen Punkt am anderen Ende des Raums geheftet. Benet sah James an. Er schlief, und der Apparat puffte leise und regelmäßig Dampf in das Zelt. Sie nahm ihren Mantel vom Bett. Als sie der Stationsschwester sagte, sie bleibe nicht über Nacht, glaubte sie Überraschung, ja, sogar leichtes Befremden in ihren Augen aufblitzen zu sehen. Mopsa, die einen großen Teil ihres Lebens in Krankenhäusern verbracht hatte, fühlte sich hier nicht wohl. Als sie zum Lift gingen, schaute sie wachsam von einer Seite auf die andere. Vor dem Schild, das zur psychiatrischen Abteilung zeigte, schrak sie förmlich zurück.

Trotz der Kisten, die noch unausgepackt herumstanden, schien das Haus sie willkommen zu heißen. Es war warm und hell und gemütlich. Dennoch verbrachte Benet die Nacht fast schlaflos. Sie sah ständig James vor sich, der in dem dampfenden Treibhaus aufwachte und merkte, daß sie nicht mehr da war – es war die reinste Zwangsvorstellung. Was nützte sie denn ihrer Mutter? Mopsa hatte sofort, nachdem sie heimgekommen waren, eine Schlaftablette genommen, war zehn Minuten später eingeschlafen und schlief seither fest. Als Benet um sechs Uhr morgens in die Küche ging, um sich eine Kanne Tee aufzubrühen, kam sie an Mopsas Zimmer vorbei und hörte sie leise schnarchen.

Benet rief das Krankenhaus an, wurde mit der Stationsschwester der Edgar Stamford-Abteilung verbunden und erfuhr, daß James eine unruhige Nacht gehabt hatte und sein Zustand unverändert war. Die Schwester sagte nicht, ob er geweint oder nach Benet gerufen hatte, und Benet brachte es nicht über sich zu fragen. Er hatte es bestimmt getan, das wußte sie. Er war noch nie von ihr getrennt gewesen. Wenn Mopsa zu ihren Tests nur in dasselbe Krankenhaus müßte! Statt dessen mußte Benet sie meilenweit durch die weit auseinandergezogenen nördlichen Vorstädte Londons kutschieren und sich auf der Rückfahrt durch den Verkehr kämpfen, bevor sie James sehen konnte. Zum erstenmal hatte sie James gegenüber ein schlechtes Gewissen, hatte sie das Gefühl, ihn im Stich gelassen zu haben.

Mopsa erschien um acht Uhr. Sie trug den grauen Kostümrock, einen glockenblumenblauen Angorapullover dazu und als einzigen Schmuck eine einreihige Perlenkette. Heute morgen war sie weniger vernünftige Haus-, sondern eher elegante Geschäftsfrau. Sogar ihr Haar wirkte nicht mehr so lieblos abgesäbelt. Diskretes Make-up, rosig und malvenfarben, machte sie jünger. Sie fragte nicht nach James, und Benet sagte ihr nicht, daß sie im Krankenhaus angerufen hatte. Mopsa lebte nur noch in Erwartung ihrer Tests. Sah sie gut aus? Sollte sie den blauen Regenmantel, die graue Kostümjacke oder beides anziehen?

James hätte genausogut nicht existieren können. Benet fühlte einen sehr realen körperlichen Schmerz, weil er so vernachlässigt wurde. Sie konnte nicht essen, glaubte an dem Groll gegen Mopsa und an ihrer Liebe zu James zu ersticken. Am liebsten hätte sie Mopsa gepackt, geschüttelt und ihr ins Gesicht geschrien: Es ist mein Kind, mein Sohn, ist dir das denn nicht klar? Es wäre sinnlos, es wäre grausam und völlig sinnlos gewesen.

Ich darf meine Mutter nicht hassen ...

Als sie im Wagen saßen und die Hampstead Lane entlangfuhren, hatte sie sich so weit gefaßt, daß sie sachlich und ruhig sprechen konnte.

«Ich lasse dich im Royal Eastern Hospital und fahre zu James. Du mußt dir ein Taxi nehmen und dich entweder nach Hause oder zu James' Krankenhaus fahren lassen. Es ist ganz einfach, und du schaffst es bestimmt. Ich habe dir beide Adressen aufgeschrieben.»

Sie wartete auf den Proteststurm, doch er kam nicht. Mopsa war in euphorischer Stimmung, eifrig darauf bedacht zu gefallen, großmütig bereit, nicht selbstsüchtig zu sein. Selbstverständlich nahm sie ein Taxi, selbstverständlich schaffte sie es. Es tat ihr leid, daß sie am Abend vorher von Benet verlangt hatte, mit ihr nach Hause zu fahren, aber am Abend empfand man alles eben ganz anders, nicht wahr? An einem so hellen Morgen wie heute konnte man kaum noch verstehen, wie schlecht man sich gefühlt hatte, wie unsicher, wie allein und wie sehr man sich gefürchtet hatte.

Benet nahm auf dem Rückweg dieselbe Route, dieselbe Abkürzung durch Seitenstraßen, die sie benutzt hatte, um Mopsa ins Royal Eastern Hospital in Tottenham zu bringen. Der Verkehr staute sich, als sie darauf wartete, aus den Rudyard Gardens in die Lordship Avenue abbiegen zu können – an der Kreuzung behinderte eine Baustelle den Strom der Fahrzeuge. Sie mußte sich in die schleichende Schlange einreihen und konnte sich daher ein wenig in dem Viertel umsehen, in dem sie früher einmal gewohnt hatte.

Es hatte sich sehr verändert. Die Bäume in den Rudyard Gardens waren gekappt worden, und die Straße sah jetzt aus wie eine Allee geköpfter Stämme. Die Häuserreihen waren nicht mehr bewohnt, Türen und Fenster mit Wellblech verschlagen. Mopsa hätte kategorisch erklärt, es sei ein Slum. Am entgegengesetzten Ende der

Lordship Avenue schien die Sonne aus einem grellblauen Himmel auf die Wohnblocks, Reihenhäuser und den einzelnen Hochhausturm einer Wohnsiedlung, die Winterside Down hieß. Als Benet, Mary und Antonia gemeinsam eine Mansardenwohnung in der Winterside Road bewohnt hatten, hatte es die Siedlung noch nicht gegeben. Nur ihre Straße war dagewesen, die in ein Stück Ödland mündete, das vom Gaswerk bis zum Kanal reichte.

Benets Wagen und die drei Wagen vor ihr krochen langsam auf die Kreuzung zu. Ein schwarzer Dobermann trottete gemächlich über den Zebrastreifen. Als er die andere Seite der Straße erreicht hatte, begann der Verkehr wieder zu fließen. Genau an dieser Stelle, erinnerte sich Benet, hatte sie immer den Bus genommen, der sie in die City und zur Redaktion des Magazins brachte, in der sie gearbeitet hatte. Wäre es nicht James' wegen gewesen, hätte sie es nicht so eilig gehabt, zu ihm zu kommen, wäre sie in die Winterside Road abgebogen und hätte dort den Wagen geparkt, weil sie, genau in dem Moment, in dem der Verkehrsstrom wieder in Bewegung geriet, jemanden entdeckte, den sie kannte. Groß, schwer gebaut, blond, jetzt wahrscheinlich auf die Vierzig zugehend – wie hieß er doch gleich? Tom Sowieso. Tom Woodhouse. Ihm gehörte die Autowerkstatt neben dem Haus, in dem sie gewohnt hatte, und ein- oder zweimal hatte sie sich bei ihm einen Wagen gemietet. Benet kurbelte die Scheibe herunter, rief seinen Namen und winkte, aber ihre Stimme ging im Verkehrslärm unter. Sie beobachtete durch den Rückspiegel, wie er den Zebrastreifen überquerte und in die Fahrerkabine eines Lieferwagens einstieg.

James lag nicht unter dem Kruppzelt, er war nicht einmal in seinem Zimmer, sondern im Spielzimmer und malte mit Kreide auf eine Tafel. Als Benet hereinkam, rannte er nicht auf sie zu und streckte auch nicht die Arme nach ihr aus, sondern lächelte nur strahlend und irgendwie geheimnisvoll, als gehörten sie einer gemeinsamen Verschwörung an.

«Das ist meine Mami», sagte er zu einem kleinen Mädchen.

«Wir möchten, daß er wenigstens eine Nacht ruhig durchschläft, bevor wir ihn nach Hause entlassen», sagte die Oberschwester.

Mopsa kam um zwölf. Sie schien sehr mit sich zufrieden, war beinahe munter. Sie hatten im Royal Eastern Hospital keine Tests durchgeführt, hatten sie nur untersucht, Fragen gestellt und ihr einen neuen Termin gegeben.

«In drei Tagen soll ich wiederkommen. Und ich will versuchen, heute nacht allein zu Hause zu bleiben.»

«Wenn du das könntest, wäre es eine große Hilfe für mich.» Benet war geradezu lächerlich dankbar. «Das ist sehr tapfer von dir.»

Plötzlich war Mopsa zur vernünftigen Frau geworden, die keine Mätzchen kannte und auch nachts allein in einem fremden Haus blieb. «Ich nehme eine Tablette und werde bis morgen früh nichts sehen und hören.»

James war den ganzen Tag auf den Beinen und spielte. Um sechs Uhr schlief er, ziemlich blaß, schwer atmend, erschöpft. Wenn er ruhig durchschlief, durfte er morgen nach Hause.

«Ich sollte jetzt dort sein», sagte Mopsa, auf die Uhr sehend. «Dein Vater hat wahrscheinlich angerufen. Er wird sich wundern, daß ich nicht da war.»

«Ich gehe mit dir hinunter und helfe dir, ein Taxi zu finden.»

«Ich dachte, ich könnte vielleicht deinen Wagen nehmen.»

Es war dunkel. Die Straßen hier waren eng und verstopft. Mopsa hatte zwar seit dreißig Jahren einen Führerschein, war aber seit fünfzehn Jahren nicht mehr gefahren.

«Mir wäre lieber, wenn du zuerst bei Tageslicht übtest», sagte Benet.

Mopsa machte Einwände, während sie sich den Mantel anzog, machte weitere Einwände im Lift, gab jedoch überraschenderweise klein bei, als Benet sagte, sie habe den Wagenschlüssel oben im Zimmer gelassen und der Reserveschlüssel sei zu Hause. Der Abend war schwarz und feucht, und in der Luft hing der Geruch von Schießpulver. Kinder hatten als Vorgeschmack auf den Guy Fawkes-Tag Feuerwerkskörper losgelassen. Mopsa winkte aus dem Taxifenster, sie lehnte sich heraus und winkte, als gehe sie für immer fort.

Ungefähr drei Stunden später wurde Benet wach, weil James weinte. Sie hatte von Edward geträumt, zum erstenmal seit Monaten. Sie hatte ihm gesagt, sie erwarte ein Kind von ihm, und nein, sie wolle nicht abtreiben, sie wolle das Kind, aber sie werde ihn nicht heiraten, wolle nicht einmal mehr mit ihm zusammen sein ... Ganz ähnlich hatte es sich in Wirklichkeit abgespielt. Aufzuwachen war ein Schock, weil sie geglaubt hatte, der Traum sei

Wirklichkeit. James saß weinend und schluchzend unter dem Kruppzelt.

Benet nahm ihn auf die Arme, hielt ihn fest, und er hörte auf zu weinen, obwohl sein Atem wieder rasselte. Sie fragte sich, ob diese Nacht jetzt nicht mehr als «ruhige Nacht» galt? Der nächste Arzt oder die nächste Schwester, die ins Zimmer schauten, würden sie wahrscheinlich fragen, und sie konnte sie nicht belügen, würde es um James' willen nicht wagen. Das Zimmer war nicht ganz dunkel, die schwache Lampe über dem Waschbecken brannte noch. Für ein Krankenhaus war es sehr ruhig, still, abgesehen von einem weit entfernten metallischen Klappern. Benet dachte über Mopsa nach. Ihr war klar, daß es falsch war, sich um diese Stunde den Ängsten zu überlassen, doch sie waren ungerufen gekommen und ließen sich nicht vertreiben. Hatte sie nicht richtig gehandelt, als sie Mopsa allein wegfahren ließ? Angenommen, sie hatte den Schlüssel für die Haustür nicht gefunden? Wie, wenn es einen Kurzschluß gegeben hatte? Benet war überzeugt, ihr Vater hätte es nie zugelassen, daß Mopsa allein blieb. Und angenommen, er hatte erst angerufen, als Mopsa wieder zu Hause war – lag dann auch er schlaflos da? Weit weg, im Süden Spaniens, sorgte sich um seine Frau, war wütend auf seine Tochter und dachte an tausend Dinge, die passieren konnten?

James war an ihrer Schulter eingeschlafen. Sie legte ihn ins Bettchen und unter das Zelt zurück und schob die Hand durch eine Öffnung im Reißverschluß, damit er sie festhalten konnte. Als die Schwester um vier Uhr kam, schlief er noch, und Benet verschwieg, daß er vor zwei Stunden aufgewacht war und geweint hatte. Sie schlief auch wieder ein. Diesmal träumte sie nicht. Als sie das nächste Mal wach wurde, wurde es im Zimmer allmählich hell, das graue Licht des Morgens sickerte durch die Schlitze der Jalousie ins Zimmer. Eine Sirene hatte sie geweckt, und als sie, im Bett kniend, aus dem Fenster sah, fuhr ein Krankenwagen mit rotierendem Blaulicht vorüber.

Kurz vor acht wollte Benet zu Hause im Vale of Peace anrufen. Jetzt war es noch nicht einmal sieben Uhr dreißig. Mopsa war keine Langschläferin, um acht war sie schon immer auf und fertig angezogen. James lag in dem mit Dampf gefüllten Zelt auf dem Rücken und schlief. Der Verdampfapparat arbeitete unermüdlich. Wahrscheinlich wurde James noch vor dem Lunch entlassen. Dann zwei

Wochen der Erholung, und nachdem Mopsa wieder abgereist war, sprach nichts dagegen, daß sie mit James in Urlaub fuhr. Warum auch nicht? Sie konnte es sich jetzt leisten. Sie konnte sich jetzt so viele Urlaube leisten, wie sie wollte – oder steuerabzugsfähige Studienreisen, wie ihr Steuerberater das nannte.

«Sie machen nie mehr Urlaub, Miss Archdale ...»

Sie konnten irgendwohin fahren, wo es warm war, nach Afrika oder auf die Kanarischen Inseln. Dort würde James keinen Krupp bekommen. Ihr amerikanischer Verleger wollte, daß sie in Kalifornien selbst für ihr Buch warb. Dann konnte sie auch die Universal Studios besuchen, wo man eben angefangen hatte, *Die vertrackte Ehe* zu drehen ...

James rieb sich die Augen mit den Fäusten und drehte den Kopf hin und her. Der Tiger mit den schlaffen Pfoten lag neben ihm auf dem Kissen. Benet schlug auf den bunten Stäben des Xylophons mit dem Holzklöppel die Tonleiter an – do-re-mi-fa-so-la-si-do. Gewöhnlich wurde er dabei munter, griff nach dem Klöppel und wollte die Noten selbst spielen. Sie öffnete den Reißverschluß des Zeltes. Er streckte die Arme nach ihr aus, sagte «Mami», hob aber nicht den Kopf vom Kissen.

Benet nahm ihn auf den Schoß. Seine Stirn war heiß, und er atmete genauso wie an dem Abend, an dem sie ihn ins Krankenhaus gebracht hatte. Er war offensichtlich noch nicht über den Berg. Es ging ihm schlechter als am Tag vorher.

«Du bist ein armes Lämmchen. Dieser Husten macht dir wirklich arg zu schaffen.»

Die Schwester kam mit dem Fieberthermometer herein. Benet übergab ihr James, ging hinaus und zum Münztelefon am Ende des Korridors. Es war Punkt acht. Im Haus war in jedem Stockwerk ein Nebenanschluß, man mußte nicht treppauf oder treppab rennen, wenn das Telefon klingelte. Benet wählte ihre Nummer und fragte sich, wie heftig der Sturm sein würde, der über sie hereinbrach, wenn sie Mopsa erzählte, daß James noch nicht nach Hause durfte und sie bei ihm im Krankenhaus blieb.

Das Telefon begann zu klingeln. Es klingelte und klingelte. Benet legte auf und versuchte es noch einmal, falls sie sich verwählt haben sollte. Mopsa meldete sich noch immer nicht. Doch es war noch früh, und möglicherweise schlief Mopsa ausnahmsweise noch.

Das Frühstück wurde gebracht. Cornflakes, ein gekochtes Ei,

Brot und Marmelade für Benet, Milch, Kinderbrei und eine Orange für James. Er wollte nicht essen. Er drückte sich an sie und umklammerte ihren Nacken, während sie versuchte, Cornflakes zu essen. Die Tagesschwester kam herein und sagte, James müsse wieder unters Zelt, und Benet möge bitte dafür sorgen, daß er drin blieb. Dr. Raeburn werde etwa in einer Stunde nach ihm sehen.

James stieß die Milch mit dem Arm weg und schüttete sie Benet über die Jeans. Unterm Zelt blieb er nur liegen, wenn auch sie den halben Oberkörper hineinschob. Der Apparat zischte und dampfte unermüdlich.

«Er hat ein bißchen Fieber», sagte die Schwester und trug den neuen Wert auf der Fieberkurve ein. «Es wäre gut, wenn er jetzt wieder schlafen könnte.»

Er schlief dann auch ein, und Benet wanderte wieder zum Telefon. Sie wählte ihre Nummer, und es begann zu klingeln. Sie fühlte, wie die Angst in ihr sich zu einem festen Knoten verhärtete. Sie ließ es zehn- oder fünfzehnmal klingeln, dann legte sie auf, wählte aber nicht noch einmal, weil eine Frau im Morgenmantel telefonieren wollte. Benet wollte sie nicht warten lassen, weil sie ein verbundenes Bein hatte.

Benet erinnerte sich, daß Mopsa schon einmal plötzlich verschwunden war und zwei Tage später in Northumberland (in einem ärmellosen Kleid) aufgegriffen wurde. Sie hatte offenbar das Gedächtnis verloren. Sie erfuhren nie, wie sie dorthin gekommen war, oder woher sie das Kleid hatte, das nicht ihr gehörte. Benet war damals ungefähr dreizehn gewesen.

Vielleicht war Mopsa gestern abend gar nicht ins Vale of Peace zurückgefahren. Vielleicht hatte sie dem Fahrer, sobald sie außer Sicht waren, ein anderes Fahrtziel genannt. Benet fragte sich, ob sie die Polizei anrufen solle, fand dann aber, daß es übereilt und übertrieben wäre. Irgendwann im Lauf des Tages, wenn James wieder mit den anderen Kindern spielte wie gestern, wollte sie die Gelegenheit wahrnehmen und schnell nach Hause fahren, um dort nach dem rechten zu sehen.

Mopsa war ihr so normal, so geistig gesund, so vernünftig vorgekommen. Aber vielleicht hatte sie immer kurz vor einem Schub ihrer Krankheit einen besonders gesunden Eindruck gemacht, war vielleicht auch besonders gesund gewesen. Aber wohin konnte sie gegangen sein, wenn sie nicht im Vale of Peace war? Sie kannte in

London niemanden, außer vielleicht diese alten Nachbarn, die Fentons, und wahrscheinlich waren auch sie längst aus der Gegend fortgezogen.

Die Frau mit dem verbundenen Bein beendete ihr Gespräch, und Benet wählte noch einmal. Es meldete sich niemand. Benet konnte sich nicht vorstellen, daß ihre Mutter spazierenging oder mit dem Taxi ins Krankenhaus kam, aber wie gut kannte sie Mopsa überhaupt? Sicher wußte Benet nur, daß sie völlig unberechenbar war. Einmal hatte Mrs. Fenton sie mit aufgeschnittener Pulsader in der Badewanne gefunden. Das Wasser hatte sich schon rötlich verfärbt ...

Es war für Benet gar nicht so leicht, den Band F–K des Londoner Telefonbuchs aufzutreiben, aber endlich bekam sie ihn und fand auch die Nummer der Fentons. Sie wohnten noch immer Harper Lane 55. Zumindest Mrs. Fenton wohnte noch da. Die Nummer war unter dem Namen Mrs. Constance Fenton eingetragen. Vielleicht war ihr Mann inzwischen gestorben. Benet wählte noch einmal ihre Nummer, und als wieder niemand abhob, die von Mrs. Fenton. Es meldete sich die Stimme einer jungen Frau.

«Das war meine Tochter», sagte Constance Fenton, als sie an den Apparat kam. «Meine Tochter, mein Schwiegersohn und mein Enkel wohnen bei mir, bis ihr Haus fertig ist.» Sie war eine Frau mit der liebenswürdigen Eigenschaft, so mit einem zu reden, als hätte man sich erst gestern das letzte Mal mit ihr unterhalten und nicht vor zehn Jahren.

Benet fragte sehr zurückhaltend und taktvoll, ob zufällig ihre Mutter bei Mrs. Fenton sei.

«Ihre Mutter?»

Da wußte Benet sofort, daß Mopsa nicht dort war und auch nicht dort gewesen war. Constance Fenton erkundigte sich lebhaft nach ihr, wollte alles über sie wissen. «Seit wann ist sie in London? Wann kommt sie mich besuchen?» Es sei, sagte sie, eine wirklich nette Überraschung, und sie freue sich sehr, Mopsa wiederzusehen.

«Sie meldet sich bestimmt bald bei Ihnen, das weiß ich», sagte Benet und legte auf. Ihr wurde allmählich übel vor Sorge. Mopsa konnte überall sein, eine Gefahr für sich selbst und für andere.

3

Die Chinesische Brücke, die den Kanal überspannte, begann bei der Winterside Road. Sie endete am anderen Ufer bei dem Pfad, der die grünen Rasenflächen durchquerte und in die Siedlung mündete. Barry hatte sich gefragt, warum sie «Chinesische Brücke» hieß, bis er bei Iris auf einem alten Weidenmusterteller genau dieselbe gesehen hatte. Winterside Down war eine kleine Welt, in der es alles gab, was man sich wünschte, und viel, was man sich nicht wünschte. Die Straßen waren nach Leuten aus der Vergangenheit der Labour Party benannt. In der Mitte gab es einen Bevan Square mit einer Einkaufsstraße, ein Nebenpostamt, einen supermodernen Haarstylisten, ein Video-Center und ein türkisches Lokal, das fertige Gerichte zum Mitnehmen verkaufte. Die meisten Bewohner stammten aus Griechenland, Irland oder von den Westindischen Inseln, aber auch ein paar Inder wohnten da. Alles war ziemlich neu, die ältesten Häuser erst sechs Jahre alt, und noch niemand war so richtig seßhaft geworden. Man hatte einen Hochhausturm erbaut und schien dann die Erkenntnis gewonnen zu haben, daß die Leute keine Hochhäuser mochten, daß sie Angst hatten, darin zu wohnen, so daß jetzt dieser einzelne Turm im Zentrum von Winterside Down wie ein riesiger Leuchtturm in die Höhe ragte, umgeben von Häuserpygmäen, in denen die Menschen gern wohnten.

Die Isadoros bewohnten zwei Häuser, sie waren eine so große Familie. Die Baufirma hatte die Dielen durch einen Bogengang verbunden, so daß man jetzt aus einem Haus ins andere gehen konnte, ohne ins Freie zu müssen. Carols Haus war ein ganz gewöhnliches Einfamilien-Reihenhaus und gehörte zu den ältesten. Wenn man über die Chinesische Brücke nach Winterside Down kam, sah man als erstes die Hinterfronten dieser Reihenhäuser, und wenn Carol zu Hause war, konnte man das Licht in ihren Fenstern sehen. Es passierte nur selten, daß Barry später nach Hause kam als Carol. Aber wenn er später dran war oder glaubte, er wäre es, hielt er, auf dem höchsten Punkt des Brückenbogens angelangt, Ausschau nach ihren Fenstern. Ihr Haus war das achte von da aus, wo der Pfad in die Summerskill Road mündete. Barry zählte immer zwei, vier, sechs, acht, und wenn bei ihr Licht brannte, wallte Freude in ihm auf, machte sein Herz einen Sprung.

Meistens war er früher da als sie. Seit sechs Monaten war hier sein

Zuhause, nicht etwa, weil es ihm so besonders gut gefiel, sondern weil Carol hier war. Wenn sie abends an der Wein-Bar arbeitete, ging er nicht über die Chinesische Brücke, sondern nahm von der Lordship Avenue aus die Abzweigung. Manchmal kümmerten sich die Isadoros tagsüber um Jason, manchmal seine Großmutter Iris und manchmal, aber seltener, seine Tante Maureen. Barry ging auf dem Heimweg bei Iris vorbei, doch Jason war vor dem Fernseher eingeschlafen, und Iris hatte ihn ins Bett gelegt. Sollte er doch über Nacht bei ihr bleiben, warum auch nicht? Morgen früh käme er ja doch wieder.

Barry ging über den Bevan Square nach Hause. Er hielt sich kurz im Tabakladen auf, der bis acht geöffnet hatte, und kaufte eine Schachtel Marlboro. Er hatte früher nie geraucht, aber seit er soviel mit Carol und ihrer Familie zusammen war, paffte er bis zu zwanzig Stück am Tag. Der Platz war mit hellroten Platten gepflastert, von niedrigen Ziegelmäuerchen eingefriedete Blumenbeete lockerten ihn auf, und in der Mitte stand eine Skulptur, die aussah wie ein Stück von einer Autokarosserie, die jemand auf dem Müll gefunden hatte. Sie stammte jedoch von einem ziemlich berühmten Bildhauer und hieß «Der Fortschritt der Menschheit». In der Nähe des türkischen Imbißlokals roch es nach Knoblauch und Fett. Das älteste Isadoro-Mädchen und ein Junge, den Barry nicht kannte, saßen auf dem Mäuerchen eines Blumenbeets und aßen Kebab und Pommes frites aus Papiertüten.

Es war dunkel. Der Platz lag im bräunlich-gelben Licht der Straßenlampen, die auf Peitschenmasten über Winterside Down schwebten. Das gelbliche Licht färbte alles khaki, gelb und schwarz. Von den Jungen, die auf ihren Motorrädern um die Statue herumlungerten, hatte einer gelbes und rotes Haar und einen Schnitt, der aussah wie der Kamm eines Wiedehopfs, und ein anderer hatte es sich blau gefärbt, doch das Licht verwandelte alles in einheitliches Gelbbraun und glitzerte auf den schwarzen Lederdressen wie Goldfunken. Diese Jungen waren nicht viel jünger als Barry, waren fast gleichaltrig mit ihm, doch er kam sich viel älter vor, als es der Abstand zwischen seinen zwanzig zu ihren siebzehn oder achtzehn Jahren rechtfertigte. Als er sich mit Carol zusammentat und sozusagen Vater einer bereits vorhandenen Familie wurde, hatte er ein halbes Dutzend Jahre übersprungen.

Das Foto ihres Mannes, in einem Plastikrahmen von Woolworth, stand im Wohnzimmer auf dem Wandbord über dem Heizkörper. Es war das einzige Foto im Haus. Dave. Er war tot, ums Leben gekommen, als sein Fernlaster in Jugoslawien einen Berghang hinunterstürzte. Dave war ein großer, magerer, dunkelhaariger Mann mit blauen Augen und einem irischen Mund gewesen. Barry sah ihm nicht ähnlich, aber sie gehörten zum selben Typ, Carols Typ. Bald nachdem sie sich kennengelernt hatten und er sie nach Hause begleitete, hatte Carol ihm gesagt, er sei ihr Typ. Und sie hatte ihm das Foto von Dave gezeigt.

Barry staubte das Bild ab. Er staubte auch die paar Nippes, das Telefon und die Rückseite des Fernsehers ab. Dann holte er den Staubsauger heraus und saugte den kleinen Teppich, der Iris gehört hatte, bevor sie überschnappte – wie sie es ausdrückte – und sich das Zimmer ganz mit Teppich auslegen ließ. Er hielt das Haus für Carol sauber, das war das wenigste, das er tun konnte. Bevor er eingezogen war, hatte es wie eine Rumpelkammer ausgesehen, aber wenn jemand drei Kinder und zwei Jobs hatte, konnte man kaum etwas anderes erwarten.

Für Barry war es weder entwürdigend noch unmännlich, ein Haus sauberzumachen. Seine Mutter hätte es höhnisch Weiberarbeit genannt – wenn sie es gewußt hätte. Doch Barry gehörte einer Generation an, in der sich die Mädchen gegen sogenannte untergeordnete Arbeiten noch mehr auflehnten als die Jungen. Für Barry mochte es selbstverständlich sein, daß seine Mutter putzte, wusch und polierte, nicht aber die Frau, mit der er zusammen lebte. Wieso denn auch? Sie arbeitete genauso hart wie er.

Er putzte auch die Diele, zog das Bett ab und wechselte die Laken. Die einzigen hübschen Möbel, die es im ganzen Haus gab, standen in diesem Schlafzimmer – Carols Schlafzimmer, das jetzt auch das seine war. Der Schrank, den Dave eingebaut hatte, als Carol und er hier einzogen und das Haus neu war, hatte Spiegeltüren. Er stand dem Bett gegenüber an der Wand. Carol setzte sich morgens oft auf und betrachtete sich. Es machte ihr eine kindliche Freude, sich in Spiegeln anzusehen – eine Freude, bei der es Barry warm ums Herz wurde.

Barry steckte Kissenbezüge und Laken zusammen mit einem Berg übelriechender Windeln von Jason in einen Plastiksack und ging damit in den Waschsalon auf dem Bevan Square. Blauhaar und Wiedehopf und die übrigen waren noch da, drängten sich jetzt aber um einen alten amerikanischen Wagen, einen Studebaker, der am Straßenrand parkte. Die Wagenfenster waren offen, und das Radio spielte laute Rockmusik. Barry kam sich alt vor, war aber in gewisser Weise auch stolz auf sein Verantwortungsbewußtsein. Er und Carol hatten sich in einem Waschsalon kennengelernt, wenn auch nicht in diesem. Die Waschmaschine seiner Mutter war kaputtgegangen, und er hatte ein paar Jeans waschen wollen. Carol war mit zwei Ladungen Wäsche hereingekommen. Ryan und Tanya verbrachten das Wochenende zu Hause, und in Four Winds sah man es nicht gern, wenn die Kinder mit einem Haufen schmutziger Sachen zurückkamen.

Diese beiden großen Kinder – Barry hatte geglaubt, es seien ihre Geschwister. Er hatte gedacht, sie sei so alt wie er oder jünger. Es war völlig unmöglich, daß sie schon achtundzwanzig war. Maureen sagte, Carol habe ein Gesicht wie eine Puppe, und in gewisser Weise stimmte das auch, aber eigentlich mußte man es andersrum sehen: Puppengesichter wurden doch schönen Kindergesichtern nachgeformt, nicht wahr? Carol hatte ein rundes Gesicht mit sehr kurzer Oberlippe, ihre Haut war wie rosa und weißes Porzellan, und ihr blondes Haar ringelte sich um Stirn und Schläfen. Goldene Ringellöckchen, Babylöckchen, die auch immer feucht aussahen wie bei einem Kind. Ihre meerblauen Augen waren den seinen begegnet, und sie hatte gelächelt.

Ich habe mich in sie verliebt, dachte er später oft, noch bevor ich ein Wort mit ihr gewechselt hatte. Später hatte sie ihn gefragt, ob er Kleingeld für ihre zweite Maschine habe. Hatte er nicht – wer hatte in einem Waschsalon genug Kleingeld? Doch er hatte ihr gesagt, wie sie zu Kleingeld kommen könne.

«Schicken Sie Ihre kleine Schwester in das Papiergeschäft, zwei Häuser weiter. Dort haben sie immer genug Kleingeld.»

Sie hatte ihn von der Seite her angesehen und dann die langen, dunklen aufgebogenen Wimpern gesenkt. Er war bezaubert gewesen.

«Sie können es mit Schmeichelei noch weit bringen, wissen Sie das?» sagte sie.

Barry wußte nicht, was sie meinte, und als sie es ihm erklärte, konnte er's nicht glauben. Es fiel ihm auch schwer zu glauben, daß er das Glück gehabt hatte, Carol kennenzulernen, und sie ihn mochte. Zwei Tage später war er in ihrem Haus und fragte, wer der Mann auf dem Foto sei.

«Sie sind im Grunde derselbe Typ», hatte sie geantwortet. «Ich sage immer, das ist *mein* Typ.»

Er rollte die sauberen Laken zusammen, stopfte sie in den Wäschesack und machte sich auf den Heimweg, um auf Carol zu warten. Nach sechs Monaten war er noch immer ganz aufgeregt, wenn er sich nur vorstellte, daß sie nach Hause kam, und er darauf wartete, ihren Schlüssel im Schloß zu hören. Immer noch? Er war jetzt aufgeregter als am Anfang. Das Beste von allem aber war, am Abend über die Chinesische Brücke nach Hause zu gehen – in deren hölzernes Geländer er sich neben anderen Graffitikünstlern verewigt hatte (mit der Spraydose hatte er «Barry liebt Carol» daraufgesprüht) –, die Häuser zu zählen und im achten Haus die Lichter zu sehen und zu wissen, daß sie dort war und sich so nach ihm sehnte wie er nach ihr.

Kurz vor halb zwölf glaubte er, vor dem Haus einen Wagen zu hören, doch er mußte sich geirrt haben, denn Carol nahm nie ein Taxi oder ein Mini-Car, sie konnten es sich nicht leisten. Es war Zufall, mehr nicht, daß er eine oder zwei Minuten später Carol die Tür aufschließen hörte. Er hatte vor dem Fernseher gesessen, schaltete ihn aber aus, als sie hereinkam.

Sie hatte ziemlich viel getrunken. Doch wer würde nichts trinken, wenn er sechs Stunden in einer Wein-Bar arbeitete? So war die menschliche Natur nun mal. Ihre Wangen waren hochrot, die grünblauen Augen funkelten. Sie trat ein paar Schritte ins Zimmer, nahm eine übertrieben gekünstelte Pose an, hob die Arme und drehte sich langsam um sich selbst, so daß der Rock ihres schwarz und weiß zickzackgestreiften Kleides über ihren roten Stiefeln aufwirbelte.

«Das ist neu», sagte Barry. «Woher hast du es?»

Carol begann zu lachen. «Geklaut. Wie wär's damit?» Sie zog ihn in einen Lehnsessel und setzte sich ihm auf die Knie. «Mrs. Fylemon ging mit ihrer Mami zum Lunch, also fuhrwerkte ich schnell ein bißchen mit dem Staubsauger herum, war um zwei Uhr fertig und fuhr mit dem Bus ins ‹Einkaufsparadies›. Dort ist eine neue Boutique, die mir ins Auge stach. Man darf nur zwei Sachen in die Probierkabine mitnehmen. Die Verkäuferin fragte mich, wieviel ich drin hätte, und ich sagte zwei, hatte in Wirklichkeit aber drei. Ich hatte ein schwarzes Kleid über das hier auf einen Bügel gehängt. Ich schlüpfte hinein, zog meinen Rock und meinen Pulli drüber und trödelte nicht lange rum. Ich brachte die beiden anderen Sachen zurück, sagte, die sind leider zu groß, und segelte einfach hinaus, während ich mich innerlich kringelte vor Lachen.»

«Das war schlau», sagte Barry bewundernd. «Ich möchte aber nicht, daß sie dich erwischen, Schatz.»

Carol streichelte ihm übers Haar und rieb ihre Nase an der seinen. «Mich erwischen sie nicht, ich bin zu vorsichtig.» Ihre Finger glitten über seinen Nacken. «Dennis Gordon war bei Kostas. Er hat ununterbrochen über mein Kleid gequatscht und mich gefragt, ob ich schon mal als Modell gearbeitet hätte. ‹Als Modell gearbeitet?› hab ich gesagt. ‹Was soll das heißen?›»

«Du magst ihn nicht, nicht wahr, Carol?»

«Er ist okay. Ich steh nicht auf ihn, wenn du das meinst. Er war ein Kumpel von Dave. Er erinnert mich ein bißchen an Dave, weil er ja auch Fernfahrer ist. Er hat Kostas erzählt, daß er mit den Transporten in die Türkei so viel verdient, daß er es sich nicht leisten kann, hier zu leben, und eigentlich in ein Steuerparadies umziehen müßte. Wie findest du das?»

«Ich wünschte, er wäre schon dort. Ich wünschte, er würde nach Jersey oder Irland oder sonstwohin umziehen.»

«Du bist wohl eifersüchtig, was, Barry Mahon!»

«Stimmt. Wärst du nicht auch auf mich eifersüchtig?»

Sie schmiegte sich fest an ihn, und ihre Lippen berührten sein Ohr. «Ich glaub schon. Komm ins Bett, Liebling.»

«Dazu sage ich bestimmt nicht nein», antwortete er rauh.

Auf der Treppe erinnerte sie sich an Jason.

«Er ist bei deiner Mutter geblieben», sagte Barry.

Das war eine Erleichterung für sie. Sie tanzte ins Schlafzimmer und zog das neue Kleid über den Kopf. Darunter hatte sie nur eine dünne Strumpfhose an. Sie trug selten einen BH, sie hatte es nicht nötig, ihre Brüste waren so fest wie die Knospen großer weißer Blumen.

«Du wirst mich doch heiraten, nicht wahr, Carol?» sagte er, hielt sie fest, berührte das warme, feuchte, cremefarbene Fleisch. Die Nachttischlampe brannte, die sauberen Laken waren zurückgeschlagen.

«Vielleicht», erwiderte Carol neckend. «Ich schätze schon. Eines Tages. Du siehst toll aus und bist unheimlich scharf.»

«Aber du liebst mich doch?»

«Hab ich das nicht eben gesagt?»

Barry hatte vor Carol eine ganze Menge Mädchen gehabt, doch er konnte ehrlich behaupten, daß er, bevor er mit ihr schlief, keine Ahnung gehabt hatte, was körperliche Liebe bedeutete. Mit ihr war alles ganz anders, nie hätte er gedacht, daß es so sein konnte. Doch das hatte auch eine erschreckende Seite, denn die Leidenschaft, die er empfand, und ihre Erfüllung lösten eher Furcht als Befriedigung in ihm aus. Er verlor sich in Carol und fand etwas, dem er keinen Namen geben konnte. Es war für ihn eine Art mystischer Erfahrung; es war ihm, als nehme er Drogen. Doch diese Droge hatte keinerlei Nebenwirkungen, außer daß seine Liebe noch größer wurde.

Später kuschelte sich Carol zusammengerollt an ihn und hielt seine Hand zwischen ihren Brüsten fest. Er war unvorstellbar glücklich, glücklicher als je vorher.

4

Wieder hatte Benet versucht, Mopsa anzurufen, und wieder hatte sich niemand gemeldet. Bedrückt ging sie in James' Zimmer zurück und fand Ian Raeburn bei ihm. Auch heute hatte er den weißen Kittel ausgezogen, damit James keine Angst vor ihm bekam. Er hielt das Stethoskop an die sich rasch hebende und senkende kleine Brust.

«Er scheint eine Sekundärinfektion zu haben», sagte er, als er zwischen den schimmernden Falten des Kruppzeltes auftauchte. «Sie spricht auf Antibiotika nicht an. Tut mir leid, Sie enttäuschen zu müssen, aber Sie werden ihn noch eine ganze Weile zu Hause entbehren müssen.»

Benet hatte es gewußt, aber als er es ihr bestätigte, wirkte es wie ein Schlag auf sie. Sie setzte sich aufs Bett und preßte eine Hand an die Stirn.

«Machen Sie sich etwa Sorgen?» fragte er.

«Oh, nicht wegen James, nein. Ich weiß, daß er hier sehr gut aufgehoben ist. Es handelt sich um meine Mutter. Sie ist bei mir zu Besuch, und sie ist nicht ganz gesund. Sie sollte nicht allein bleiben.»

Aber sie hatte sie allein gelassen, und wo war sie jetzt? Ian Raeburn fragte nicht nach Mopsa. Vielleicht war ihm bereits klar, daß sie von einer seelischen Labilität sprach.

«Könnte nicht jemand anders bei Ihrer Mutter bleiben, damit Ihnen diese Belastung abgenommen wird?»

Die Fentons? Konnte sie Constance Fenton anrufen und sie bitten, Mopsa ein paar Tage bei sich aufzunehmen? Sie müßten es so einrichten, daß Mopsa nicht dahinterkam, daß es eine abgekartete Sache war. Doch was hatte es für einen Sinn, solche Überlegungen anzustellen, wenn sie nicht einmal wußte, wo Mopsa war? Ian Raeburn sah sie an, es war jedoch nicht der Blick, mit dem ein Arzt gewöhnlich die Mutter eines kleinen Patienten anschaute. Benet glaubte in diesem Blick Interesse für sie als Frau zu erkennen. Zweieinhalb Jahre lang hatte kein Mann sie so angesehen. Es hatte sich keine Gelegenheit dazu ergeben, und sie hatte auch nicht den Wunsch danach verspürt. Er war ein recht gutaussehender Mann, was ihr bisher noch nicht aufgefallen war – groß, dünn, mit einem Gesicht, das ein wenig zur Schärfe neigte, das Haar rötlich-blond. Benet fragte sich, was er jetzt wohl sagen werde.

«Sie sind *die* Benet Archdale, nicht wahr?»

«Ich glaub schon. Ja, ich bin es.»

Soweit also sein Interesse für sie als Frau. Fast hätte sie laut aufgelacht.

«Ihr Buch hat mir sehr gut gefallen. Es muß der schlimmste Gemeinplatz sein, den ein Autor zu hören bekommt, wenn die Leute behaupten, sie hätten keine Zeit zu lesen. Ich habe mir die Zeit genommen, und ich hoffe, meine Patienten haben nicht darunter gelitten.»

Was er sagte, war so herzerwärmend und angenehm, daß es sie für einen Moment ihre Sorgen um James und Mopsa vergessen ließ. Es war genauso schön wie die erste gute Kritik, die sie bekommen hatte. Sie lächelte vor Freude. Wie hatte sie nur so albern, so auf die schlimmste Weise typisch weiblich reagieren und sich einbilden können, ihr wäre sexuelles Interesse lieber gewesen?

«Woher wissen Sie so viel über Indien?»

«Ich war sechs Monate mit James' Vater dort. Er plante eine Artikelserie über einen indischen Mystiker.» Sie begann ihm von Acharya, dem Weisen, und seiner Wanderung über vierzigtausend Meilen zu erzählen.

Eine Schwester kam und sagte, er werde gebraucht. Ob er sofort kommen könne? Benet hatte vergessen, ihn zu fragen, ob sie für eine Stunde nach Hause fahren könne, um nach Mopsa zu sehen. Doch jetzt sah sie, daß das auf keinen Fall möglich war. Sie konnte James nicht allein lassen. Er lag auf dem Rücken und hielt apathisch seinen kleinen Tiger fest. Seine Augen waren weit offen, starr vor Qual über die flachen, rasselnden Atemzüge, zu denen er gezwungen war. Gestern um diese Zeit war Benet mit ihm im Spielzimmer gewesen, und er hatte einen Schubkarren voller Bausteine umhergeschoben und auf der Tafel gemalt.

Jetzt hieß es, er habe eine Virusinfektion. Es gab ein Medikament zur Behandlung, doch war es noch sehr neu und wurde bisher nur in einigen Lehrkrankenhäusern angewandt. Es konnte sechsunddreißig Stunden dauern, bis James auf die Behandlung ansprach. Nach einer Weile begann er zu weinen und wollte aus dem Zelt genommen werden. Benet legte sich auf das Bett, drückte ihn an sich und wiegte ihn sanft. Es war falsch, ihn aus dem Zelt herauszunehmen. Sie mußte dafür sorgen, daß er drinblieb, auch wenn er raus wollte, denn um so früher wurde er gesund. Und er mußte bald gesund werden, mußte schon morgen aufstehen, umherlaufen und spielen können, damit sie nicht länger ans Krankenhaus gefesselt war und sich um Mopsa kümmern konnte, wie es ihre Pflicht war. Eines Tages würde er genauso denken, würde einen Teil der Last auf sich nehmen, die seine Mutter und sein Großvater trugen. Sie stellte sich ihn als Teenager vor, der allmählich Verantwortungsgefühl bekam, stellte sich vor, wie sie mit ihm über seine Großmutter sprach, damit er sie verstehen lernte.

Falls Mopsa noch lebte, wenn James ein Teenager war. Falls sie jetzt noch lebte ... An Benet geschmiegt, schlief er ein, und sie legte ihn behutsam unters Zelt. Sie haßte das rasselnde Geräusch seines Atems, litt körperlich darunter. Aber James schlief, und der Dampfapparat arbeitete zuverlässig. Auch das Medikament begann allmählich zu wirken. Sie ließ James allein und ging wieder zum Telefon.

Eine junge Frau mit einem Kind auf dem Schoß telefonierte. Die Tür des Spielzimmers stand offen. Benet ging hinein und setzte sich auf eines der niedrigen Kinderstühlchen, die um den Tisch herum standen. Im Spielzimmer gab es ein Puppenhaus, einen Schrank voller Bücher, Kisten mit Spielsachen, einen Käfig mit zwei Rennmäusen und an den Wänden unzählige bunte Poster, Zeichnungen und Collagen. Aus Papier ausgeschnittene Hexen, die auf ebenfalls papierenen roten Besenstielen über die Fensterscheiben ritten, erinnerten Benet an Mopsa, obwohl sie nicht eigens erinnert zu werden brauchte. Auf der Innenseite der Tür waren unter der Überschrift «Man hat uns die Mandeln herausgenommen» ungefähr ein Dutzend Namen von Kindern verewigt. Das dominierende Bild war eine bizarre Mischung aus Gemälde und Collage, offensichtlich das Produkt eines Lehrers mit künstlerischer Ader.

Als Benet es am Vortag zum erstenmal sah, hatte sie es spontan «Der Händebaum» betitelt. Gestern hatte es ihr gefallen, und sie hatte sogar darüber gelächelt. Heute kam es ihr unheimlich vor. In der Manier von Dalí gemalt, wie eine Erscheinung aus einem Alptraum. Ein aufrechter brauner Baumstamm auf einen riesigen Bogen weißer Pappe gemalt, ein Baum mit Ästen und Zweigen, und auf dem ganzen Baum, auf den Ästen und Zweigen hängend und wie Schwämme aus dem Stamm ragend, unzählige Papierhände. Alle hatten genau die gleiche Form und waren vermutlich nach der Schablone einer offenen Hand mit leicht gespreizten Fingern von verschiedenen Kindern ausgeschnitten worden. Offensichtlich hatten die Kinder die Hände ausschmücken dürfen, wie sie wollten, denn manche trugen Handschuhe, andere waren tätowiert, ein paar Damenhände hatten rot lackierte Fingernägel und trugen Ringe, eine steckte in einem Box- und wieder eine andere in einem Kettenhandschuh. Die meisten waren weiß, doch es gab auch schwarze und braune. Und eine war die Knochenhand eines Skeletts. Plötzlich kam es Benet so vor, als streckten sich all diese Hände um Gnade flehend nach oben. Sie griffen aus dem Baum heraus und baten um Erleichterung, Freiheit oder vielleicht um Erlösung. Sie waren entsetzlich. Wahnsinn sprach aus ihnen. Benet merkte plötzlich, daß sie von dem niedrigen Stühlchen aufgestanden, ganz dicht an den «Händebaum» herangegangen war und ihn jetzt fasziniert und zugleich angeekelt anstarrte. Als ihr klar wurde, wie hypnotisiert sie war, riß sie sich los und ging wieder zum Telefon, das jetzt frei war.

Das wiederholte hohle Klingeln war ein dumpfes, sinnloses Geräusch. Benet lauschte und ließ es immer weiterklingeln. Ihr war der Gedanke gekommen, daß Mopsa sich vielleicht entschlossen hatte, einfach nicht ans Telefon zu gehen, doch wenn es lange genug klingelte, würde sie abheben, um den Quälgeist loszuwerden. Benet ließ es vierzig-, fünfzigmal klingeln, bis es ihr absurd vorkam, noch weiterzumachen.

Das beste, das Mopsa hätte passieren können, dachte Benet, daß die neue Umgebung, die veränderten Umstände und die Tatsache, daß sie allein und auf sich selbst gestellt war, sie so überfordert hätten, daß sie einfach losgewandert wäre wie damals bei der Northampton-Eskapade. Mit einem Blick auf den Himmel, der von klarem, kaltem Blau war, und die vom Wind geschüttelten Bäume konnte sie nur hoffen, daß Mopsa nicht gerade im Nachthemd aufgebrochen war. Aber dennoch wäre es das beste. Es gab andere Möglichkeiten. Die Überdosis Schlaftabletten und den Rest des Brandys oder die Schlaftablette zehn Minuten, bevor sie ein Bad nahm. Sie konnte sich auch mit Paraffin und einer Schachtel Streichhölzer in einem Zimmer verbarrikadiert haben.

Wenn Benet die Polizei anrief, würde man sie aufs Revier bitten, um ein Formular auszufüllen – eine Vermißtenmeldung. Sie konnte natürlich auch fragen, ob ein Beamter ins Krankenhaus kommen, den Hausschlüssel abholen und selbst im Vale of Peace nach dem Rechten sehen könnte. Aber würde die Polizei sich dazu bereitfinden? Es kam auf den Versuch an. Sobald Dr. Drew, der Hals-Nasen-Ohren-Spezialist, James untersucht hatte, wollte sie die Polizei anrufen.

Er kam um zwei, begleitet von Ian Raeburn und zwei weiteren Krankenhausärzten. Dr. Drew war klein und untersetzt. Er trug einen braunen Tweedanzug und eine goldgefaßte Brille. James begann zu weinen, als er die weißen Kittel der beiden Krankenhausärzte sah, die vergessen hatten, sie auszuziehen. Wenn er weinte, klang es, als ob er ersticke.

Drew war ein Arzt der alten Schule und sagte dem Patienten oder den nächsten Verwandten nie, wie es stand – wenn er nicht unbedingt mußte. Und wenn sie etwas sagen müssen, tun sie so, als seien ihre Gesprächspartner schwachsinnig oder aus dem letzten Dorf, dachte Benet. Er würdigte sie keines Wortes, und mit Ian Raeburn sprach er in einem vielsilbigen Fachchinesisch, während er der kleinen Prozession voranschritt. James streckte die Arme aus und wollte von der Schwester auf den Arm genommen werden, doch sie sagte, er müsse im Kruppzelt bleiben. Das hektische Rot war von seinen Wangen verschwunden, und er war wieder sehr blaß. Sein Puls wurde kontrolliert, und Benet fragte, was ihm eigentlich fehle.

Hatte es je eine Krankenschwester gegeben, die diese Frage beantwortet hätte? «Wir sind ein ziemlich kranker kleiner Junge, nicht wahr, Schätzchen?»

Als sie wieder allein waren, schob Benet die Hand unter das Zelt, damit er sie festhalten konnte. Ihre Hand interessierte ihn nicht, doch er ließ es zu, daß sie die seine nahm, duldete ihre Berührung. Seine ganze Kraft, sein ganzer Wille schienen sich darauf zu konzentrieren, daß er weiteratmen konnte. Benet hielt seine Hand und war so nahe bei ihm, wie es nur ging. Ihn allein zu lassen und die Polizei anzurufen, ihn auch nur diese paar Minuten allein zu lassen, kam nicht in Frage. Wenn Mopsa umherwanderte, würde man sie finden, und wenn sie tot war – nun ja, dann war sie tot, und es war zu spät. Benet fühlte James den Puls und begann mit Blick auf ihre Uhr zu zählen. Einhundert, hundertzehn, -zwanzig, -vierzig, -sechzig, -achtzig ... Er konnte doch in der Minute nicht hundertachtzig Puls haben! Wahrscheinlich hatte sie sich verzählt. Seine Stirn war kühl und trocken, seine Temperatur normal.

Vielleicht war er überhaupt nicht so schwer krank. Die erste Infektion hatte er so schnell überwunden, vielleicht ging die zweite genauso schnell vorbei. Wenn er nur nicht so schrecklich atmen würde! Es klang wie leises, schwaches, fiebriges, ängstliches Gebell. Noch nie hatte sie einen Menschen so atmen gehört. Die Tür ging auf und die von Dr. Drew angeführte Prozession kam zurück.

«Das ist James, nicht wahr? Und Sie sind die Mutter? Ich werde an James eine kleine Operation vornehmen müssen, um ihm das Atmen zu erleichtern.»

Benet stand auf. Sie hatte das Gefühl, als rolle ein schwerer Stein, der schon länger in ihrer Kehle gesteckt hatte, langsam durch ihren Körper.

«Eine Operation?»

«Nichts allzu Ernstes. Nur um ihm das Atmen zu erleichtern. Er wird ein paar Tage durch eine Kanüle im Hals atmen, anstatt durch Nase und Mund.»

Der Stein fiel aus ihr heraus, und sie fühlte sich krank, ausgelaugt, innerlich wund. «Meinen Sie eine Tracheotomie?»

Dr. Drew sah sie an, als habe sie nicht das Recht, das Wort zu kennen, geschweige denn, es auszusprechen. Ian Raeburn antwortete schnell:

«Eine Tracheotomie, ja. Die Luftröhre bei einem Kind in James' Alter ist sehr eng, hat nur einen Durchmesser von ungefähr vier Millimetern. Wenn es dann zu einer Schwellung von anderthalb Millimetern auf der einen und zu einer gleich großen auf der anderen Seite kommt, bleibt für die Atemluft kaum noch ein freier Raum. James' Luftröhre schließt sich allmählich und spricht auf die herkömmliche Behandlung mit dem Ventilator nicht an.»

Eine Schwester legte Benet ein Formular vor – die Einwilligung zu dem vorgesehenen Eingriff. Benet zitterte die Hand, als sie unterschrieb.

«Dr. Drew ist ein sehr erfahrener Arzt», sagte Ian Raeburn. «Erst vor einer Woche hat er bei einem an Diphterie erkrankten Kind eine Tracheotomie vorgenommen, er ist also nicht aus der Übung.»

«Darf ich mit James in den Operationssaal?»

«Er bekommt eine Vollnarkose, wird also nicht merken, ob Sie da sind oder nicht. Dr. Drew würde sagen, er habe mit einem Patienten genug zu tun.»

Benet verstand nicht sofort, was er meinte. «Ach so, Sie denken, mir könnte übel werden oder ich könnte in Ohnmacht fallen.» Sie versuchte zu lächeln. «Durchaus möglich. Woher soll man das wissen?»

Er nahm ihre Hand und hielt sie fest. Er hielt sie sehr fest. «Sie können direkt vor der Tür warten. Es dauert nicht lange.»

Die Schwester öffnete den Reißverschluß des Zeltes und hob James heraus. Benet streckte die Arme nach ihm aus und wollte eben sagen, sie wolle ihn selbst tragen, als die Tür aufschwang und Mopsa hereinspazierte. Benet starrte sie wie betäubt an. Sie sah heiter und glücklich aus, um Jahre jünger. Das Haar hatte sie unter einem rosafarbenen und roten Schal versteckt, und sie trug einen schicken, leuchtend roten Mantel.

«Ich habe versucht dich anzurufen», sagte Benet. «Seit Stunden hab ich's immer wieder versucht.»

«Ach, tatsächlich? Als ich aufwachte, habe ich das Telefon klingeln gehört, aber ich dachte nicht, daß du es sein könntest. Ich habe geglaubt, du bist viel zu sehr mit ihm beschäftigt, um dich um mich zu kümmern. Na ja, und da hielt ich es für eine recht gute Idee, mir den Ersatzschlüssel deines Wagens zu nehmen, herzukommen, deinen Wagen zu holen und mich ein bißchen im Fahren zu üben. Und das habe ich dann auch getan. Ich bin den ganzen Vormittag umhergefahren, und es ging ausgezeichnet.»

Benet sagte nichts. Es war besser so. Es war immer am besten gewesen, wenn man sich Mopsa gegenüber beherrschte. Sie wandte sich ab, doch erst nachdem sie sich ein Lächeln abgerungen hatte. Ihr Mund war strohtrocken, und ein dumpfer Schmerz drückte ihr auf die Stirn. James, dessen Haut sich inzwischen bläulich verfärbt hatte, atmete jetzt nur noch ungefähr einmal pro Sekunde. Für die Dauer eines Herzschlags stellte sich Benet den winzigen, engen Durchgang vor, nicht dicker als eine Stopfnadel, ein Faden, der Stengel eines Gänseblümchens, durch den die gesamte Luft mußte, die James' Lungen, Gehirn und Herz mit Sauerstoff versorgte, dann schob sie den Gedanken so energisch beiseite, daß sie dabei einen leisen Laut ausstieß, ein ersticktes «Ah!» Mopsa sah sie an. Sie fuhren alle mit dem Lift zum Operationssaal hinauf.

«Krupp? Weil er Krupp hat, muß er operiert werden?» Mopsa schüttelte ungläubig den Kopf. «Das kann ich nicht glauben. Sie verschweigen dir etwas.»

«Es ist ja nichts Kompliziertes, nur ein Luftröhrenschnitt», sagte Ian Raeburn.

Benet fiel auf, daß seine Stimme schroff, ja fast abgehackt klang, ganz anders als sonst. Ging ihm Mopsa auch so auf die Nerven wie ihr? Er verschwand durch die Doppeltür im Operationssaal, und die Schwester folgte ihm mit James auf dem Arm. Dr. Drew war schon vorausgegangen. Benet fragte sich, ob es falsch war, daß sie nicht darauf bestand, James zu begleiten? Doch jetzt gab man ihm wahrscheinlich schon die Narkose, und bald war es vorbei ... Das Wartezimmer, das zum Operationssaal gehörte, war so ungemütlich wie alle Wartezimmer, mit harten, unbequemen Sesseln und ungelesenen Zeitschriften. Vier Stockwerke höher als die Kinderabteilung, hatte man von hier oben einen Rundblick über Dächer und Türme. Den Horizont bildeten die Hügel von Hampstead Heath, die so grün waren, daß es den Augen weh tat. Der Sonnenschein sah warm aus, weil es im Krankenhaus so warm war, und diese reglose, konstante Wärme duftete leicht nach Zitronen.

«Er wird doch wieder gesund?» sagte Mopsa. «Ich meine, es besteht doch keine Gefahr?»

In Benet stieg Übelkeit auf. «Soviel ich weiß, ist das nur Routine. Im Grunde bin ich auch nicht besser informiert als du.»

«Der Schwester von Mrs. Fenton haben sie auch so eine Trach-Dingsda gemacht. Sie hatte Kehlkopfkrebs.»

Ich darf meine Mutter nicht hassen ...

«Dein Vater hat gestern abend noch angerufen. Er machte sich große Sorgen um mich, hatte schon den ganzen Abend versucht, mich zu erreichen. Ich habe ihm nichts von James gesagt, dachte, es sei besser so.»

Sinnlos, dagegen etwas einzuwenden. Vergeudete Zeit sogar der Versuch zu erfahren, warum Mopsa dachte, es sei besser so. Benet nahm eine Zeitschrift in die Hand, doch der Druck war nur ein schwarzweißes Muster, die Bilder sinnlose Aneinanderreihungen von Farben. Der «Händebaum» fiel ihr ein, all die flehend und betend erhobenen Hände.

Die Doppeltür ging auf, und Ian Raeburn kam aus dem OP. Er blieb einen Augenblick stehen. Die Zeitung noch in der Hand, sprang Benet auf. Ohne daß sie es merkte, bohrten sich ihre Fingernägel durch das Hochglanzpapier. Ian Raeburns Gesicht war so grau wie das von James gewesen war. Er machte einen Schritt auf sie zu und räusperte sich, um seine Stimme wiederzufinden, und begann sich zu entschuldigen, sagte, es tue ihm leid, es tue ihnen allen leid, über alle Maßen leid. Er unterbrach sich, schluckte und sagte ihr, daß James tot sei.

Der Fußboden hob sich, bewegte sich auf sie zu, und sie brach ohnmächtig zusammen.

5

An jedem zweiten Samstag durften Ryan und Tanya nach Hause, und manchmal blieben sie über Nacht. Gewöhnlich war es Barry, der zum Alexandra Park fuhr und die Kinder aus Four Winds abholte. Carol blieb am Samstag gern lange im Bett. Zwar badete sie jeden Morgen, das gehörte zu ihren festen Lebensregeln, doch am Samstag wurde das Bad zu einem besonderen Ritual. Sie schüttete Avocado- und Buchweizenhefe-Badeschaum ins Wasser und rieb sich hinterher von Kopf bis Fuß mit Körperlotion ein. Carols Körper war makellos, nirgends auch nur die geringste Spur davon, daß sie drei Kinder geboren hatte. Er war weiß und fest, mit straffen Muskeln. Die einzige Narbe, die Carol hatte, war eine merkwürdige sichelförmige Vertiefung auf dem Rücken, direkt unter dem Schulterblatt. Sie hatte Barry erzählt, woher die Narbe stammte.

«Das hat mein Vater getan, als ich noch ein Kind war. Er hat Maureen und mich immer mit seinem Gürtel verprügelt. Wahrscheinlich haben wir's verdient, Kinder können ja richtig biestig sein. Aber damals ist er ein bißchen zu weit gegangen, nicht wahr? Die Verletzung stammt von der Gürtelschnalle. Sie hat Haut und Fleisch glatt bis zum Knochen durchgeschnitten.»

Barry war entsetzt und hätte sich Knapwell gern vorgenommen, egal, wo er steckte – er hatte die Familie im Stich gelassen, als Carol zehn Jahre alt war –, und hätte ihm mit Vergnügen eine Gürtelschnalle aus Metall über den Rücken gezogen, bis sie ihm das Fleisch bis auf den Knochen durchschnitt. Barry liebte Carol um so mehr, weil sie so großmütig war und verzeihen konnte. Er begriff nur nicht, wie sie sagen konnte, Kinder verdienten Prügel. Allerdings hatte sie für Kinder nicht viel übrig, das mußte er zugeben. Es war wirklich Pech für sie, daß sie drei eigene hatte, und manchmal fürchtete Barry, sie könnte keine Kinder mehr haben wollen, wenn sie beide verheiratet waren.

Die Isadoros behielten Jason über das ganze Wochenende, und vielleicht durfte er auch noch am Montag bleiben. Beatie, Isadoros jüngstes Kind, war ungefähr im selben Alter wie er, ein dickes Mädchen mit gelblichbrauner Haut und verfilzten roten Haaren. Beatie war eine Irin aus der Grafschaft Mayo, aber ihr Mann stammte aus Jamaika, und sie hatten bei ihren sieben Kindern ein paar interessante Farbnuancen zustande gebracht. Weil sie in ihren beiden aneinandergrenzenden Häusern viel Platz hatten, betrieb Beatie so etwas wie eine inoffizielle Kindertagesstätte, und die älteren Mädchen mußten ihr helfen, wenn sie nicht in der Schule waren. Beatie war beim Jugendamt nicht als Pflegemutter registriert, aber das hatte den Vorteil, daß sie auch nicht soviel verlangte wie eine reguläre Betreuerin. Barry hatte immer den Eindruck, daß wenigstens zwanzig oder dreißig Kinder durch die beiden Häuser tobten, obwohl es wahrscheinlich nicht so viele waren. Er bezahlte sechs Pfund für die beiden Tage, was ihm exorbitant vorkam. Aber Carol sagte, es sei preiswert.

Karen, Stephanie und Nathan Isadoro sahen sich einen Videofilm an. *Das Kettensäge-Massaker von Texas.* Barry war angeekelt und schaute nicht hin. Ein kleiner blonder Junge saß festgeschnallt auf einem Kinderstühlchen und schrie sich die Seele aus dem Leib. Kein Mensch beachtete ihn, und die videosüchtigen Kinder sahen sich nicht ein einziges Mal nach ihm um. Im Haus der Isadoros roch es immer merkwürdig nach einer Mischung aus Piment, Babywindeln und heißer Schokolade.

Barry holte Tanya und Ryan ab und brachte sie in die Summerskill Road. Carol war inzwischen fertig. Sie trug die Tweedhose, die Mrs. Fylemon ihr geschenkt hatte, und dazu einen cremefarbenen Wollpullover mit Polokragen, der sehr figurbetont war. Sie hatte sich so geschickt geschminkt, daß sie zwar strahlend schön aussah, man aber das Make-up kaum merkte. Ihr von Natur aus goldglänzendes Haar schmiegte sich in weichen Locken an den Kopf. Barry wußte ganz sicher, daß sie es nicht färbte. Sie fuhren alle nach Brent Cross zum Einkaufen, gingen zum Lunch in ein Hamburger-Lokal und sahen sich dann im Kino einen Fantasy-Film an, der im Weltraum spielte. Carol hatte ihm erzählt, bevor er zu ihr gezogen sei, habe sie sich nur selten die Mühe gemacht, mit den Kindern etwas zu unternehmen. Es war ihr einfach zuviel geworden, sie hatte es nicht geschafft. Er hatte sich der Kinder mehr oder weniger angenommen, soweit es eben nötig war, daß man sich ihrer annahm. Er glaubte, daß sie ihn mochten.

Als sie auf den Bus warteten, um nach Hause zu fahren, hoffte Barry, die Leute würden Carol für seine Frau, Ryan und Tanya für seine Kinder halten. Er war noch jung genug, das zu hoffen. Carol sah sich flüchtig in einem Schaufenster und verzog das Gesicht, weil Ryan ihr schon fast bis an die Schulter reichte. «Ich muß nicht ganz bei Trost gewesen sein, ihn so jung zu bekommen. Ist dir klar, daß ich mit Ende Dreißig schon Großmutter sein kann?»

Barry mußte lachen, wenn er sich Carol als Großmutter vorstellte. Er legte den Arm um sie, begann sie mitten auf der Straße zu küssen und vergaß ganz, daß ihnen die Kinder zusahen.

Am nächsten Tag mußten sie nach Four Winds zurück. Tanya wehrte sich immer dagegen. Sie schrie und stampfte und klammerte sich manchmal so fest an Carol, daß man sie mit Gewalt losreißen mußte. Barry fragte sich, warum sie in einem Heim leben mußten, wenn sie zu Hause und bei ihrer Mutter so glücklich waren.

«Man kann das Jugendamt bitten, die Kinder in ein Heim zu geben, weißt du», sagte Carol. «Sie werden einem nicht immer weggenommen. Ich kam nach Daves Tod einfach nicht klar und mußte wegen der Kinder etwas tun. Ich war verzweifelt.»

Nicht ganz zwei Jahre nach Daves Tod war Jason zur Welt gekommen. Barry hatte sie nie nach den näheren Umständen gefragt, er wollte sie nicht wissen. Wahrscheinlich hätte er sich sogar einreden können, Jason sei das Kind von Dave. Aber als Carol ihn eines Tages ausgeschimpft und einen kleinen Bastard genannt hatte, sagte Iris: «So solltest du ihn wirklich nicht nennen, Carol. Es wäre was anderes, wenn er keiner wäre, aber er ist es nun mal, nicht wahr?»

Sobald wir verheiratet sind, können wir beantragen, daß die Kinder aus dem Heim entlassen werden, dachte Barry. Carol konnte dann auch aufhören zu arbeiten oder wenigstens die Arbeit in der Wein-Bar aufgeben. Barry war ehrgeizig. Er hatte einen guten Job als Möbelschreiner und Zimmermann in einem Zwei-Mann-Betrieb auf der Delphi Road. Oder es würde ein guter Job sein, sobald die Rezession zu Ende war und die Wirtschaft wieder besser florierte. Dann konnten sie aus der Summerskill Road wegziehen, sich irgendwo etwas Eigenes kaufen und eine richtige Familie sein. Manchmal hatte Barry einen Traum, der eigentlich schon eine Vision war, so klar umrissen sah er alles vor sich: Er sah ein Zimmer ihres künftigen Hauses, in dem sie alle um einen Tisch herum saßen und das Weihnachtsdinner aßen. Alle glücklich, alle lachend, mit Papierhüten auf dem Kopf und Carol in einem meerblauen Kleid mit ihrem gemeinsamen Kind auf dem Schoß.

Barry wußte, daß sie nicht immer auf Rosen gebettet sein würden. Da waren erstens die Kinder, die nicht die seinen waren und nie sein konnten, und das konnte man nicht einfach beiseite schieben. Zweitens war da Dave, war immer da, immer aus seinem Plastikrahmen lächelnd. Und Carol mochte zwar aussehen wie siebzehn, aber sie war es nicht mehr, sie war acht Jahre älter als Barry und um ebenso viele Jahre erfahrener. Und dann gab es noch etwas, das ihm manchmal Sorgen machte.

Er war ein sanfter Mensch, vielleicht sogar ein bißchen zu weich, wie er manchmal dachte. Er konnte nicht dabeistehen und zusehen, wenn einem Kind weh getan wurde. Man mußte sie strafen, wenn sie über die Stränge schlugen, das war ihm klar. Doch wenn man sie schon schlagen mußte, dann nie zu hart und immer nur auf die

Beine oder auf den Po. Als er daher eines Tages beobachtete, wie Carol Tanya mit dem Handrücken ins Gesicht und auf den Kopf schlug, wobei sie die ganze Kraft ihres Arms in den Schlag legte, immer und immer wieder auf das kleine Mädchen einschlug und den Arm schwang wie ein Tennisspieler, sah er rot, zerrte Carol von Tanya weg und schlug sie auch, damit sie sich beruhigte. Er tat es wirklich nur, um sie zu beruhigen, da ihm irgend jemand erzählt hatte, es sei die einzige Möglichkeit, mit hysterischen Menschen fertig zu werden. Er tat es ungern, leidenschaftslos und nicht, weil er die Beherrschung verlor oder zu Gewalttätigkeit neigte.

Es war Carols Reaktion, die ihm Sorgen bereitete. Sie hörte auf, das Kind anzuschreien, sie wurde ruhig, und das war gut. Und auch wieder nicht. Sie zuckte zwar zusammen, aber sie legte die Hand nicht auf die Wange, die noch von seinem Schlag brennen mußte. Er hatte das sonderbare Gefühl – und er hatte keine Ahnung, woher er es wußte, hatte er doch keinen schlüssigen Beweis dafür –, daß sie darauf wartete, von ihm noch einmal geschlagen zu werden, geschlagen werden wollte. Sie stand vor ihm, verletzlich, schutzlos, mit schlaff herunterhängenden Armen, die offenen Hände ein wenig vom Körper entfernt. Sie atmete flach. Die Lippen geöffnet, Schweißtropfen auf der Haut, wartete sie auf weitere Schläge.

Selbstverständlich hatte er sie nicht noch einmal geschlagen. Er hatte ihr gesagt, es tue ihm leid, er liebe sie, er habe ihr nicht weh tun wollen, es aber tun müssen, da sie die Kontrolle über sich verloren hatte.

«Es hat mir nichts ausgemacht», sagte sie und warf ihm einen seltsamen Seitenblick zu, einen listigen und auch leicht gereizten Blick.

Als sie sich in dieser Nacht liebten, wollte sie ihn dazu bringen, sie zu schlagen. Es dauerte einige Zeit, bis er begriff. Er wußte nicht, was sie tat. Sie provozierte ihn mit Zähnen und Fingernägeln, sprang aus dem Bett, rannte durchs Zimmer, blieb an die Wand gepreßt stehen und bedeckte mit gekreuzten Armen ihren Körper. Als er näher kam, trat sie nach ihm, zischte ihn an, warf den Kopf hin und her wie eine Schlange. Sie mußte ihm sagen, was sie wollte, weil er nicht verstand.

«Schlag mich, Liebling! Schlag mich so fest du kannst.»

Er konnte nicht. Er zwang sich, ihr das Gesicht zu tätscheln, die Finger ein bißchen fester in die Schultern zu bohren. Doch das war es nicht, was sie wollte, sie wollte Schläge, sie wollte Schmerz. Warum? Wie konnte sie nur? Hatte sie unter den Schlägen ihres Vaters nicht genug gelitten? Barry schlug sie. Er schlug sie hart, aber nur mit den Händen. Es war ihm verhaßt. Er mußte sich einreden, daß es nicht Carol war, sondern jemand, den er haßte. Und er mußte die Augen zumachen, um es tun zu können.

Sie bat ihn nie wieder um etwas Ähnliches. Er versuchte es zu vergessen, die Erinnerung daran zu verdrängen, und es gelang ihm beinahe. Manchmal dachte er, er habe nur geträumt, daß er Carol geschlagen hatte – genauso wie er nur geträumt hatte, daß sie Tanya schlug. Trotzdem waren ihre Umarmungen seither heftiger, wilder geworden. Barry hatte nichts dagegen, denn es war eine Abwechslung, mit einer Frau zu schlafen, die nicht passiv war. Aber Carol war eben nicht wie andere Frauen. Sie war eine unter Millionen, sie war einzigartig ...

Nachdem er die Kinder ins Heim zurückgebracht hatte, waren sie allein. Sie gingen ins Bett. Das taten sie immer, wenn sie Gelegenheit dazu hatten. Wenn Leute bei ihnen waren, die bald aufbrechen wollten, oder die Kinder bald ins Heim mußten, hatte Barry immer ein Gefühl wachsender Erregung, und wenn er Carol ansah, wußte er, daß es ihr genauso ging. Sie konnten es kaum erwarten, bis die Tür hinter den anderen zufiel. Manchmal genoß er die Vorfreude so, daß er hoffte, die Gäste würden sich beim Abschied Zeit lassen, der Aufbruch der Kinder würde sich verzögern, so daß er noch länger auf diesem Gipfel atemloser Erwartung verweilen konnte.

Sobald sie allein waren, fielen sie sich in die Arme, außer sich vor Begierde, küßten, leckten und bissen, klammerten sich aneinander und lachten völlig grundlos, es sei denn über ihre Besessenheit. In dem großen Bett mit Carol existierte niemand auf der ganzen Welt für ihn, nichts und niemand außerhalb der unsichtbaren Kuppel, die sich über dem Bett zu wölben schien. Carol sagte ihm, sie habe sich und ihn ein- oder zweimal in dem großen Spiegel beobachtet, und es habe sie noch mehr erregt. Doch er hatte es nie getan. Seine Liebe fand jetzt und hier statt, nicht in einer wenn auch noch so geringen Entfernung.

Sie schliefen. Als sie erwachten, war es dunkel. Sie hielten sich noch immer umarmt, feucht und kühl vom eigenen und vom

Schweiß des anderen. Carol stand zuerst auf, wusch sich und zog das schwarzweiße Zickzackkleid an. Sie bemalte sich das Gesicht mit Pinseln, großen für die Grundierung und das Rouge und kleinen, feinen für die Augenlider, die Brauen und die Konturen der Lippen. Sie kämmte sich und rollte kleine Löckchen um ihre Finger. Sie wollten mit Iris und Jerry etwas trinken gehen.

Es war Vollmond. Er schien hell wie ein Scheinwerfer und schien sich mit dem harten Gelb messen zu wollen, das über Winterside Down hing. Sie gingen über die Chinesische Brücke, wo Barrys Graffiti noch immer von seiner Liebe kündete und wo es hell genug war, daß sich ihre Gesichter in dem ruhigen, glitzernden Wasser des Kanals spiegelten. Es warf ihre Gesichter zurück wie ein Spiegel in einem Raum, der zwar dunkel ist, aber von einem durch die Tür fallenden Lichtschein schwach erhellt wird. Carol ließ ihren Zigarettenstummel ins Wasser fallen. Er zerstörte die glatte Oberfläche und damit auch die Spiegelbilder ihrer Gesichter, die sich für einen Sekundenbruchteil so gräßlich verzerrten, daß Barry zurücktrat und damit sein Gesicht aus dem Wasser nahm. Er hatte Carols schöne Züge erschauern, zerbrechen und schmelzen sehen, bis sie einer Gummimaske glichen, einer abscheulichen Karikatur, gierig, wollüstig und grob, während die seinen sich zur Fratze eines Wasserspeiers mit wulstigen Lippen und rollenden Schielaugen verzerrten.

Er legte den Arm um Carol, rieb seine Wange an der ihren und küßte sie auf die Lippen. Carol trug immer einen Festiger auf, so daß er sie hundertmal küssen konnte und der Lippenstift nicht abging. Hand in Hand gingen sie durch Winterside Down, vorbei an Maureens Haus mit den Vorhängen, die wie Zierschürzchen aus weißer Spitze aussahen, und dem auf Hochglanz polierten Wagen vor der Tür. Iris und Jerry waren schon im *Old Bulldog*, waren vermutlich schon da, seit er geöffnet hatte. Jerry war ein kleiner rotgesichtiger Mann, ein schwerer Trinker, dem man jedoch nicht anmerkte, daß er trank. Er war nie betrunken. Seine Augen sahen aus wie in Lauge gekocht, wirkten immer feucht und gleichzeitig eingeschrumpft. Seine Kleider rochen, als habe man sie in Gin gespült. Seine zweitliebste Freizeitbeschäftigung war, mit einem Glas Gin mit Wasser vor dem Fernseher zu sitzen.

Die Leute sagten, Iris sei früher einmal sogar hübscher gewesen als Carol. Es fiel Barry schwer, das zu glauben. Sie war fünfzig, mager wie ein Skelett und hatte lange, knochige Beine. Das gelb gefärbte Haar trug sie schulterlang, um jünger auszusehen, und hatte sommers wie winters Slingpumps mit sehr hohen Absätzen an, um ihren eleganten Spann und die schlanken Fesseln zu betonen. Barry vermutete, daß ihr Leben mit dem brutalen Knapwell die reinste Hölle gewesen sein mußte. Und doch war sie immer fröhlich, sorglos und holte aus allem das Beste heraus. Sie rauchte vierzig oder fünfzig Zigaretten am Tag und litt an einem Husten, bei dem sich ihr Gesicht vor Anstrengung blaurot verfärbte. Aber ohne Zigarette war Iris zu nichts fähig.

«Laß mich nur schnell 'nen Glimmstengel anstecken», sagte sie gewöhnlich. Oder: «Vorher muß ich aber eine rauchen.»

Seit Knapwells Verschwinden hatte es – laut Carol – einen Mann namens Billy und einen namens Nobby gegeben, aber sie hatten sich nicht lange gehalten. Jerry war seit Jahren mit Iris zusammen. Ein mysteriöser Mann, der selten sprach, keinerlei Gefühle zeigte, keine Familie zu haben schien und allem – vom Gin und vom Fernsehen abgesehen – eine geradezu majestätische Gleichgültigkeit entgegenbrachte. Sogar sein eigener Name war ein Geheimnis, denn als er ungefähr ein Jahr mit Iris zusammen lebte, hatte er angefangen, sich Knapwell zu nennen. Er arbeitete für Thames Water, worüber Barry immer wieder lachen mußte, wenn er an Jerrys Trinkfreudigkeit dachte. Iris hatte einen Job in einer kleinen Kleiderfabrik, die im ehemaligen Prado Kino untergebracht war.

Barry trank ein Bier, Carol einen Gin Tonic. Sie sprach mit Iris darüber, wie Jason in der nächsten Woche versorgt werden sollte. Vielleicht könne Maureen ihn einen Tag übernehmen, meinte sie.

«Machst du Witze?» sagte Iris. «Maureen malt ihr Wohnzimmer. Sie hat heute den ganzen Tag die alte Farbe abgekratzt.»

«Dann werde ich eben noch einen Abend bei Kostas übernehmen müssen, das ist alles», sagte Carol. «Der Junge kostet mich ein Vermögen.»

Jerry stand auf. «Du trinkst doch noch die andere Hälfte?» sagte er zu Barry, als käme sein Bier aus der Flasche oder aus dem Krug und wäre nicht der ganze Inhalt einer Büchse. Da er wußte, was sie wollten, verschwendete er kein Wort an die Frauen.

«Ich muß mir mal 'nen Glimmstengel anstecken», sagte Iris. Sie rauchte und schwieg nachdenklich. Carol sprach davon, noch mehr Arbeit anzunehmen. Das beunruhigte Barry, der glücklich und zufrieden gewesen war. Er wünschte sich, mehr zu verdienen, viel Geld zu verdienen, damit Carol, anstatt länger zu arbeiten, ganz damit aufhören und bei den Kindern zu Hause bleiben konnte. «Das Jugendamt ist ja auch noch da», sagte Iris plötzlich. «Du könntest es mal dort versuchen und sehen, was sie dir vorzuschlagen haben.»

Barry verstand zuerst nicht, was sie damit meinte, sah jedoch, daß Carol es genau wußte. Sie nahm eine Zigarette aus der Packung ihrer Mutter und zündete sie an ihrer Zigarette an.

«Es könnte darauf hinauslaufen. Ja, du hast recht.»

«Ich würde ja sehr gern mehr tun», sagte Iris. «Du weißt, ich würde mich rückwärts überschlagen, um dir zu helfen. Doch wenn ich dazu kündigen müßte, muß ich einen Punkt machen. Ich könnte Mr. Karim nicht im Stich lassen. Ich bin jetzt sieben Jahre bei ihm – das heißt, Anfang nächsten Jahres sind es sieben Jahre –, und er verläßt sich irgendwie auf mich, stimmt doch, Jerry, oder?» Sie wartete nicht einmal auf seine Bestätigung, weil sie wußte, daß sie ohnehin nicht kam. «Du mußt eben nach dem Gehör spielen, schätze ich», sagte sie munter. «Einfach von einem Tag auf den anderen sehen, was sich ergibt.»

«Ich hab's damals nicht geschafft, und wenn ich's diesmal wieder nicht schaffe, werden sie einspringen müssen.»

Jetzt begriff Barry endlich. «Dazu wird es nicht kommen», sagte er. Er fühlte, daß seine Stimme fest klang, autoritär, männlich, genau die energische Stimme war, auf die die Frauen warteten. «Wir schaffen es schon. Ich schaffe es.»

Carol hatte seine Hand gehalten. Sie legte den anderen Arm um ihn, legte ihn über seine Brust und hielt seine Schulter fest. Dann lehnte sie den Kopf an seine Brust. «Du bist wunderbar», sagte sie. «Du bist so stark. Ist er nicht wunderbar, Mutter? Er erinnert mich an Dave. Erinnert er dich nicht auch an Dave?»

«O ja, ein bißchen», sagte Iris.

Barry wußte, daß es ein höheres Lob nicht gab. Er fühlte Carols weiche Wärme, und leichte Erregung prickelte durch seinen Körper. Er begann sich auf das Ende dieses Abends zu freuen, auf den Abschied von Iris und Jerry draußen auf dem Gehsteig, unter dem weißen Mond, und darauf, daß Carol und er wieder miteinander allein sein würden.

6

Die Tage flossen ineinander, ohne gegeneinander abgegrenzt zu sein, ohne Datum, ohne Wetter, fast ohne Licht und Dunkelheit. Sie lag und saß später in ihrem Schlafzimmer, dem großen Raum im obersten Stockwerk des Hauses im Vale of Peace. Mopsa brachte ihr das Essen herauf, doch als sie sah, daß Benet nichts essen wollte, nichts essen konnte, ersetzte sie die Speisen ohne zu zögern durch Tee, Pulverkaffee und am Abend, ohne vorher gefragt zu haben, mit Brandy und Wasser.

Das Leben war stehengeblieben. Zuerst, weil man nicht glauben konnte, was geschehen war, weil es nicht geschehen sein konnte – in den achtziger Jahren sterben keine kleinen Kinder –, und daher blieb nur der Schock zurück, der betäubte und gefühllos machte. Während eines großen Teils dieser Phase der Betäubung und der Benommenheit hatte man Benet im Krankenhaus behalten. In demselben Zustand, ausgerüstet mit Schlaftabletten und Tranquilizern, war sie heimgeschickt worden, in ihr chaotisches Haus und zu Mopsa. Dort begann sich der Schock allmählich zu lösen. Es war, wie wenn nach einem Besuch beim Zahnarzt die Spritze ihre Wirkung verliert und der Schmerz zu toben beginnt. Nur war kein körperlicher Schmerz, den Benet kannte, so schlimm wie dieser. Sogar als sie James zur Welt gebracht und geschrien hatte, waren ihre Schreie nicht nur Qual gewesen, sondern eine Mischung aus Mühsal und Zielstrebigkeit, Freude und Schmerz. Jetzt mußte sie beide Hände auf den Mund pressen, um ihr Leid nicht hinauszuschreien. Sie saß meistens im Zimmer oder ging rastlos hin und her, denn wenn sie sich hinlegte, wälzte sie sich von einer Seite auf die andere und grub sich die Fingernägel in den Leib. Es gelang ihr einfach nicht, sich zurückzuhalten. Eines Nachmittags stach sie sich eine Nadel in den Arm, um eine andere Art von Schmerz zu fühlen.

Weil ihr Zeit kein Begriff mehr war, weil sie nicht merkte, wie die Zeit verging, kam es ihr so vor, als sei sie schon ein Jahr in diesem Zimmer im obersten Stockwerk, werde schon ein Jahr von Mopsa gepflegt, von Mopsa, die jede Stunde an die Tür kam. Vielleicht waren es nicht mehr als zwei Tage gewesen. Sie nahm Unmengen von Barbituraten und ebensoviel Valium. Die Schlaftabletten warf sie in die Toilette und spülte sie hinunter. Das Vergessen, das sie brachten, war das furchtbare Erwachen nicht wert – die Freude am morgendlichen Licht, das Warten auf die ersten morgendlichen Geräusche von James, der im Nebenzimmer schlief, und das Begreifen, daß sie kein morgendliches Geräusch von ihm hören würde, nie wieder etwas hören würde. Nie, nie, nie, nie.

Das Valium hielt sie davon ab, zu schreien oder die Hand auf den Mund zu pressen, um ihre Schreie zu unterdrücken. Es brachte sie dazu, während sie still und stumm dasaß, auf verworrene Weise an verschiedene Methoden des Selbstmords zu denken. Sie warf auch diese Pillen weg. Sie stand am Fenster, hoch über dem Vale of Peace, und betrachtete einen großen weißen Mond, der wie eine schimmernde Perle aussah. Vor zwei Jahren hatte es James noch nicht gegeben, doch sie war noch derselbe Mensch wie damals, nicht viel älter, unverändert im Aussehen. Sie blickte in den Spiegel und sah dieselben vertrauten, regelmäßigen Züge, die mandelförmigen dunklen Augen, hohen Wangenknochen, vollen Lippen. Das dunkelbraune, ziemlich lange, sehr glatte Haar und dieselbe klare, helle Haut. Wenn sie schon so aussah wie vor James' Geburt, warum konnte sie dann nicht auch so empfinden, so sein wie damals, bevor er in ihrem Leben eine Rolle spielte? Das war doch noch gar nicht so lange her. Wie konnte sie in nicht ganz zwei Jahren von einem anderen Menschen so unvorstellbar beeinflußt und verändert worden sein – und noch dazu von einem Menschen, der kaum sprechen konnte?

Sie wollte an ihn nicht als Person denken, als eigenständiges Wesen, und nicht an Dinge, die er getan oder gesagt hatte. Das war das Schlimmste. Dort lauerte unerträgliche Panik, jene Panik, die einem deutlich sagt, noch einen Schritt weiter in dieser Richtung, und du verlierst den Verstand. Benet ging hinunter, stieg die lange Wendeltreppe hinunter, die sich durch die Mitte des Hauses schraubte, betrat den Raum im Souterrain, setzte sich ans Fenster und blickte auf die Gartenmauer und die Straße hinauf. Sie hatte das Gefühl, sie werde nie wieder dort hinausgehen. Es war unmöglich, sich vorzustellen, ins Freie zu gehen, auszuschreiten, anderen Menschen zu begegnen.

Mopsa hielt sich in der Küchenhälfte des Raumes auf und buk offensichtlich einen Kuchen. Wozu eigentlich? Wer sollte ihn essen? Sie trug eine Schürze, die Benet noch nie an ihr gesehen hatte, rosa und weiß karierte Baumwolle mit Bändern, die sich auf dem Rücken kreuzten. Sie hatte alles weggeräumt, was James gehört hatte. Die Türen des Spielschranks waren geschlossen. Das hohe Stühlchen war verschwunden. Oben hatte Benet die Augen zugemacht, wenn sie auf dem Weg ins Bad an James' Zimmer vorüberging. Sie hatte Angst gehabt, die Tür könnte offen sein. Jetzt wußte sie, daß es nicht notwendig gewesen war, die Augen zu schließen. Mopsa hatte sich um diese Dinge gekümmert. Unklar hatte sie in dieser zeitlosen Zeit dort oben wahrgenommen, daß Mopsa sich um diese Dinge kümmerte, sich um alles kümmerte.

Um die Dinge, denen sie nicht einmal in Gedanken einen Namen zu geben vermochte. Um die Eintragung ins Sterberegister. Das Beerdigungsinstitut. Die Beerdigung. Mit einem Euphemismus, den sie früher verachtet hatte, bezeichnete sie diese Dinge vor sich selbst mit einem inneren Frösteln als «die Formalitäten». Die arme verrückte Mopsa, die nicht mehr verrückt war, die diesen furchtbaren Anforderungen besser gewachsen gewesen war als die normalste Frau, hatte sie erledigt – die Formalitäten. Vage hatte Benet dort oben in dem hochliegenden Zimmer, dem dunklen Turm, mitbekommen, daß Mopsa wegging, sie hatte den Wagen starten gehört, hatte Türenklappen und Mopsa zurückkommen und geschäftig hantieren gehört, aufgehend in ihrer Rolle als allgegenwärtiger helfender Engel. Und jetzt rührte sie, nachdem sie sich zu ihrer Tochter umgedreht und ihr traurig und jämmerlich zugelächelt hatte, einen Kuchenteig an, schlug in einer Glasschüssel Eier mit dem Schneebesen schaumig.

Mopsa war – wundervoll gewesen. Das war das Wort, mit dem man immer jemanden auszeichnete, der tat, was sie in dieser Situation getan hatte – wundervoll. Das Telefon hatte oft geklingelt. Mopsa hatte die Anrufe entgegengenommen, wenn Benet auch nie gehört hatte, was gesprochen wurde. Das Telefon klingelte auch jetzt. Mopsa lehnte den Schneebesen an den Rand der Schüssel, ging an den Apparat und nahm ab. Sie sprach mit Antonia, als seien sie alte Freunde, obwohl sie sich – soviel Benet wußte – nie begegnet waren. Ihre Stimme klang lebhaft, freundlich und überhaupt nicht tragisch. Benet werde Antonia ganz sicher anrufen, sagte Mopsa. Sobald sie sich gesund genug fühle, werde sie sie anrufen. Natürlich werde Mopsa es ihr ausrichten.

Benet wandte sich mit einer Frage an ihre Mutter. Es war die erste, die sie seit ihrer Rückkehr aus dem Krankenhaus stellte. Ihre Stimme, die so lange geschwiegen hatte, kam ihr fremd vor. Benet ging zu Mopsa hinüber, und ihre Beine waren so schwach wie bei einer Rekonvaleszentin.

«Sind viele Anrufe gekommen?»

Mopsa siebte Mehl auf den Eierschaum. Sie arbeitete sehr sauber, verstreute kein Stäubchen. «Ein halbes Dutzend. Ziemlich viele. Ich habe sie nicht gezählt.»

«Was hast du den Leuten gesagt?»

«Ich habe ihnen gesagt, es geht dir nicht gut, und du kannst mit niemandem reden. Ich habe ihnen gesagt, daß du im Bett bleiben mußt und man nicht von dir verlangen kann, dich zu unterhalten.»

Es war die korrekte Antwort, es war die vorgegebene, ideale, gnädige Methode, anders konnte ein Mensch in Mopsas Lage sich nicht verhalten. Benet, die wieder in das riesige, kalte Meer ihres Jammers eintauchte, empfand einen Anflug von Unbehagen. Sie ignorierte ihn. Es war nicht wichtig. Unbehagen war nicht mehr wichtig, würde nie wieder wichtig sein.

«Hast du mit Vater gesprochen?»

«Er hat mich fast jeden Abend angerufen.» Das selbstgefällige Lächeln umspielte Mopsas Mundwinkel. «Er läßt dich grüßen.»

Die arme Mopsa, die labil, die krank war, nicht wie andere Frauen, nicht wie die Mütter anderer Leute. Eine Verszeile fiel Benet ein – *Und dennoch, irgendwo in meinem Herzen trau're ich um dich ...*

«Es muß sehr schlimm für dich gewesen sein, es ihm sagen zu müssen.»

Der halbflüssige Teig wurde in die Backform geschüttet. Mopsa runzelte die Stirn, so sehr konzentrierte sie sich auf ihre Arbeit. Als sie fertig war, atmete sie pustend aus. Sie glich einem Schulmädchen, das einen Kuchen für ein hauswirtschaftliches Examen backen mußte. Oder wie jemand, der zum erstenmal einen Kuchen buk. Vielleicht hatte sie es auch noch nie getan. Benet konnte sich nicht erinnern, daß es während Mopsas Krankheit bei ihnen Kuchen gegeben hätte. Mopsa stellte die Backform ins Rohr und knallte die Tür zu, als wollte sie sie nie wieder öffnen, als schließe sie die Tür eines Hauses, in das sie nie mehr zurückkehren wollte.

Dann wandte sie sich Benet zu und wischte sich die Hände an der Schürze ab.

«Oh, ich hab's ihm gar nicht gesagt, Brigitte. Ich konnte es ihm nicht sagen. Es ist ein peinliches Thema für ihn. Unter anderen Umständen wäre er vielleicht herübergekommen. Doch da er nicht fragt, halte ich es für überflüssig, es ihm zu sagen.»

«Einmal wird er's erfahren müssen.»

Mopsa sagte nichts. Sie sah Benet sehr direkt in die Augen. In diesem Augenblick, mit Schürze, einem Mehlfleck auf der Wange, goldglänzende Nadeln im Haar, war sie ganz so wie anderer Leute Mütter.

«Hast du es irgend jemandem gesagt?» fragte Benet.

Mopsa hob die Hand, berührte den Mehlfleck, rieb daran herum. Ihr Blick ließ Benet los und wanderte zum Lichtschalter an der Wand.

«Du hast es überhaupt niemandem gesagt, nicht wahr?»

Mopsa begann vor sich hinzumurmeln. «Ich konnte nicht, Brigitte», sagte sie dann. «Ich wollte mich nicht aufregen. Es ist schlecht für mich, wenn ich mich aufrege.»

«Und wer, glaubst du, wird deinen verdammten Kuchen essen!» brüllte Benet sie an.

Sie stürmte aus dem Zimmer und die Treppe hinauf. Hinter ihr begann Mopsa zu schluchzen und zu weinen. Benet ging nicht zurück. Sie stieg weiter die Treppe hinauf, einen starken Druck im Kopf, ein Pochen hinter den Augen. Sie ging an der offenen Tür von Mopsas Schlafzimmer vorbei, und ihr Blick fiel auf ein Foto auf Mopsas Nachttisch. Es war ein Foto von Edward. Was machte Mopsa mit einem Foto von Edward? Benet hatte nicht einmal gewußt, daß sie eins besaß. Es war eine Porträtaufnahme, ziemlich unscharf, von einem Schnappschuß vergrößert.

Sie stieg die letzte Treppe hinauf und betrat James' Zimmer. Das Kinderbett war noch da und darin die nackte Matratze. Davon abgesehen, gab es nicht den geringsten Hinweis darauf, daß in diesem Zimmer je ein Kind gewohnt hatte. Von diesem Fenster aus sah man die Tannenreihe hinter dem Teich, die grüne Fläche der Heide und darüber einen großen, weißen, leeren Himmel. Sie schloß sich in ihrem Zimmer ein. Mußte Edward das von James erfahren, sollte sie es ihm mitteilen? Hatte das einen Sinn? Er hatte James nur einmal gesehen, und damals war James zwei Tage alt gewesen. Edward war ins Krankenhaus gekommen, um James und Benet zu sehen, und hatte nicht gewußt, was er sagen sollte.

«Du hast mich furchtbar gedemütigt», hatte er schließlich gesagt, hatte einen Blick auf das Kind geworfen und wieder weggeschaut.

«Es wäre besser gewesen, du wärst nicht gekommen, Edward. Du hättest nicht kommen sollen.»

Für sie war alles genauso schlimm wie für ihn, allerdings aus anderen Gründen. Es war falsch gewesen, ihn zu benutzen, es war unrecht gewesen, von ihm ein Kind «nach Plan» zu empfangen, obwohl sie ihn weder heiraten noch weiterhin mit ihm leben wollte. Doch das hatte sie damals nicht so gesehen, es schien ihr das einzig Richtige, schien ihr sogar streng moralisch zu sein. Obwohl sie diese Entscheidung getroffen hatte und das Baby im Arm hielt, war es ihr unmöglich gewesen, Edwards Schönheit zu ignorieren, eine Schönheit, die sie stark berührte. Warum genügt sie mir nicht? hatte sie gedacht. Warum kann sie mir nicht genügen, wenn ich auch weiß, daß sonst nichts da ist, fast überhaupt nichts? Die Welt war voller Männer, die sich an Frauen gebunden hatten, weil sie schön waren. Warum konnte man – warum konnte sie den Spieß nicht umdrehen?

Er setzte sich auf die Bettkante und bat sie wieder, ihn zu heiraten. Sie sagte nein, sie könne nicht, er solle sie bitte nicht noch einmal darum bitten, sie würden beide unglücklich werden, alle drei würden sie unglücklich werden. Er war aufgestanden und gegangen, und sie hatte ihn nie wiedergesehen.

Aus irgendeiner geheimnisvollen Quelle hatte Mopsa sich ein Foto von ihm besorgt, hatte es rahmen lassen und an ihr Bett gestellt. Als ob er ihr Sohn wäre. War es eigentlich wichtig, warum sie es getan hatte? War es überhaupt wichtig, daß Mopsa niemandem etwas von James' Tod gesagt hatte? War noch irgend etwas wichtig?

Seltsamerweise erinnerte sie sich jetzt an Träume, die sie, während sie träumte, nicht als solche erkannt, sondern für die Wirklichkeit gehalten hatte. Angenommen, sie träumte auch jetzt und würde bald aufwachen und begreifen, daß sie den schrecklichsten Alptraum ihres Lebens gehabt hatte, aber eben nur einen Alptraum, würde feststellen, daß es Morgen war und James im Nebenzimmer aufwachte ...

Sie ging hinüber und betrachtete die aufgeräumte Wüste, in die Mopsa das Zimmer verwandelt hatte. Gram erfüllt das Zimmer meines Kindes, das nicht mehr hier ist, liegt in seinem Bett, geht mit mir hin und her, immer an meiner Seite ...

Am nächsten Vormittag fand Benet auf dem Dielentisch eine Nachricht von Mopsa. *Bin mit Constance Fenton zum Lunch gegangen und gegen vier wieder da.* Bisher hatte sie sich nie die Mühe gemacht, eine Nachricht zu hinterlassen. Oder doch? Unter dem Tisch stand ein kleiner Papierkorb. Er war voller zusammengeknüllter Zettel. Benet begann einen nach dem anderen glattzustreichen. Es waren tatsächlich Notizen von Mopsa. Notizen von jedem Tag. *Ich bin ins Krankenhaus gefahren. Ich bin auf dem Standesamt. Ich bin bei Sims & Wainwright.* Benet wollte gar nicht wissen, wer Sims & Wainwright waren. Sie war gerührt, sie hatte ein schlechtes Gewissen, weil Mopsa so viele Zettel geschrieben hatte und unermüdlich weiterschrieb, obwohl sie sah, daß sie keine Beachtung fanden. Sie hatte sie wieder eingesammelt, weggeworfen und den nächsten geschrieben.

Benet öffnete die Tür des Zimmers, das ihr Arbeitsraum werden sollte, und das Mopsa selbstverständlich das «Studierzimmer» nannte. Doch wie sollte sie es schließlich sonst nennen? Als Benet das letzte Mal hier drin gewesen war, hatten die Bücher in unordentlichen Haufen auf dem Boden gelegen. Mopsa hatte sie aufgeräumt. Sie hatte sie ganz durcheinander in die Regale gestellt – manche standen sogar auf dem Kopf. Und in die Schreibmaschine hatte sie ein frisches Blatt eingespannt, als wolle sie Benet einladen, wieder mit der Arbeit anzufangen. Benet fragte sich, ob sie je wieder arbeiten werde. Der Gedanke schien ihr grotesk. Wie konnte sie, auf dem absolut tiefsten Punkt ihres bisherigen Lebens angelangt, je hoffen, die Gefühle anderer zu Papier bringen zu können?

Sie setzte sich ins Souterrainzimmer ans Fenster. Eine Frau ging vorbei. Dann ein Kind, das einen Hund an der Leine führte. Um irgend etwas zu tun, machte sich Benet eine Tasse Tee und trank sie, nur um sich die Zeit zu vertreiben. Die Zeit bis wann? Sie fragte sich, was mit dem Rest ihres Lebens geschehen sollte? Wie konnte sie überhaupt darüber nachdenken, was sie eventuell damit anfangen würde? Eine Weile später zog sie einen Mantel an, verließ das Haus und ging in die Heide. Die Luft war so klar, als sei sie hier an einem unversehrten Ort am Rand der Welt, wohin Luftverschmutzung, Nebel und verseuchte Atmosphäre nie gelangten. Klar wie ein Hinterglasbild lagen weite Flächen von Londoner Dächern, Türmchen und Türmen unter ihr. Nur am fernen Horizont mischte sich ein wenig Blau ins Bild. Über Highgate und dem Norden hingen Wolken, türmten sich, ballten sich, mit Regen gefüllt. Benet ging wieder nach Hause.

Das Telefon klingelte drei- oder viermal. Sie ging nicht an den Apparat. Sie aß ein sehr kleines Stück Butterbrot und einen halben Apfel. Sie fürchtete, daß ihr übel wurde, wenn sie mehr aß. Dann setzte sie sich wieder ans Fenster und wünschte, sie hätte Ian Raeburns Schlaftabletten nicht weggeworfen. Sie saß da und dachte an James, weil es nichts und niemand gab, an den sie sonst hätte denken können. Sie hatte ein Buch geschrieben und ein Kind gehabt. Jetzt war das Kind tot, und sie würde nie wieder schreiben. Es kam ihr so vor, als könne das nicht ihr – als müsse es jemand anders widerfahren sein, weil es so schlimm war, zu schrecklich, um ihr geschehen zu können. Und doch geschah es ihr. Der andere war sie selbst, und sie ganz allein mußte es ertragen ...

Über ihr, hinter dem Fenster, hielt ihr Wagen am Straßenrand. Sie kannte den Klang seines Motors. Mopsa war wieder da. Es war erst kurz nach drei.

Sie sah nicht nach. Es war nur Mopsa. Die Haustür wurde geöffnet, und Benet hörte Schritte im Flur über sich. Noch vor einer Minute hätte Benet gesagt, sie könne sich nie wieder etwas leidenschaftlich wünschen, doch jetzt wünschte sie sich leidenschaftlich, Mopsa wäre nicht bei ihr, Mopsa ginge nach Hause, zurück nach Spanien, damit sie allein sein konnte. Es war nett von Mopsa, es war mütterlich, sie tat nur, was Mütter taten – aber es wäre besser gewesen, sie wäre abgereist. Und wenn nicht besser, dann irgendwie weniger zermürbend und qualvoll schrecklich.

Mopsa kam herein. Sie hielt ein Kind an der Hand, einen kleinen Jungen. «Hast du geschlafen, Brigitte?» fragte sie einfältig. «Habe ich dich geweckt?»

Benet hatte nur Augen für das Kind. Außer dem Mädchen, das seinen Hund spazierenführte, war es das erste Kind, das sie seit James' Tod sah.

«Wer ist das?» Es war ihre Stimme, sie klang jedoch, als gehöre sie jemand anders, komme aus einem anderen Teil des Zimmers.

«Gefällt er dir?» fragte Mopsa.

Das schien Benet eine der absurdesten Bemerkungen, die sie je gehört hatte. Sie war sinnlos, so etwas fragte man im Zusammenhang mit einem Kind einfach nicht. Wenn es um einen Hund ging vielleicht ...

«Wer ist das?»

Mopsa sah auf einmal erschrocken und verängstigt aus. Ihr Gesicht hatte wieder den Ausdruck eines wachsamen, lauernden Tieres. Der kleine Junge hielt noch immer fügsam ihre Hand. Er schien ungefähr zwei Jahre alt zu sein, vielleicht ein bißchen jünger, war ungefähr in James' Alter, aber groß und kräftig. Unter einer schmutzigen roten Steppjacke mit schmutzigem weißen Nylonfutter trug er eine blaue Hose aus grobem Leinen, grün und braun gestreifte Socken und rote Plastiksandalen. Er hatte einen blonden, fast weißen, sehr dichten Schopf, leuchtend rote Wangen und derbe Züge. Man konnte in diesen Zügen jetzt schon den Mann sehen, der er einmal sein würde, in der kräftigen Nase und den wulstigen, entzündet aussehenden Lippen. Benet fand, er sei das häßlichste Kind, das sie je gesehen hatte.

«Das ist der Kleine von Barbara Lloyd», sagte Mopsa unsicher.

«Ich kenne keine Barbara Lloyd.»

«O doch, du kennst sie, Brigitte. Du wirst dich gleich wieder an sie erinnern. Sie hat früher Barbara Fenton geheißen, und sie ist Constances Tochter. Sie hat einen Mann namens Lloyd geheiratet, der etwas mit Computern zu tun hat, und sie wohnen bei Constance, bis ihr Haus fertig ist.»

Jetzt erinnerte sich Benet. Weniger an Barbara Fenton, die sie früher vom Sehen gekannt haben mußte, wenn sie nicht sogar mit ihr gesprochen hatte, sondern eigentlich nur an das Telefongespräch, das sie mit Constance geführt hatte, vor tausend Jahren, als alles in Ordnung, als sie noch glücklich, James noch am Leben und sie dumm genug gewesen war, sich um Mopsa zu sorgen. Constance hatte ihr erzählt, daß Tochter, Schwiegersohn und Enkel zur Zeit bei ihr wohnten.

«Und was macht er hier bei uns?»

«Ich habe versprochen, ihn eine Weile zu hüten. Sie waren ganz verzweifelt.»

Der kleine Junge hatte sich von Mopsa losgerissen. Er machte ein paar zögernde Schritte, sah sich in der fremden Umgebung um, sah dann Benet und wieder Mopsa an. In seinem Gesicht begann es zu arbeiten, offen, unkontrolliert, wie es kleinen Kindern eigen ist. Er verzog den Mund und begann zu weinen.

«Ach Gott, ach Gott, ach Gott», sagte Mopsa. Sie sagte es zu sich selbst, nicht zu ihm. Sie bückte sich und hob ihn auf. Er wehrte sich und brüllte lauthals.

Benet ging in ihr Schlafzimmer hinauf.

Als sie wieder herunterkam, war es schon dunkel. Sie hatte den Wagen nicht wegfahren gehört. Sie schaute hinaus, und er war tatsächlich noch da. Auch der Junge war noch da, und er saß in James' hohem Kinderstuhl. Mopsa hatte ihm ein Rührei und in breite Streifen geschnittenes Brot gegeben, und er benutzte nicht nur den Löffel, sondern auch die Finger zum Essen. Mopsa saß neben ihm am Tisch und hatte eine Tasse Tee vor sich stehen.

«Höchste Zeit, daß du ihn nach Hause bringst», sagte Benet.

Sie fühlte, daß Mopsa, die vor Nervosität ganz verkrampft wirkte, irgend etwas verbarg.

«Warum hast übrigens ausgerechnet du ihn nehmen müssen?»

«Jemand mußte sich doch um ihn kümmern. Die Dame, bei der er bleiben sollte, seine Taufpatin, ist gestürzt und hat sich das Bein gebrochen.»

«Er hat Eltern und eine Großmutter, oder?»

«Sie hatten doch diesen Urlaub gebucht. Hatten ihn schon seit Wochen gebucht.»

Benet begann zu frieren. «Was für einen Urlaub, Mutter? Wovon redest du eigentlich?» Ihr fiel etwas ein, das Mopsa gesagt hatte. «Die Dame, bei der er bleiben sollte ... Was hast du damit gemeint, Mutter?»

«Nun ja, daß er eben bei seiner Taufpatin bleiben sollte.»

«Das hast du gesagt, ja. Soll das heißen, daß er jetzt hierbleiben soll?»

Mopsa biß sich auf die Unterlippe und lächelte dabei wie ein ungezogenes Kind. Sie warf Benet einen listigen Seitenblick zu. Der Junge aß mit Hingabe Rührei und Brot. Offenbar schmeckte ihm das Essen.

«Wohin fährt man im November auf Urlaub?»

«Auf die Kanarischen Inseln», sagte Mopsa.

Benet schloß die Augen und umklammerte die Armlehnen ihres Sessels. Sie zählte bis zehn. Dann schlug sie die Augen auf und sagte: «Heißt das, sie sind auf die Kanarischen Inseln geflogen, und du hast versprochen, das Kind zu hüten, während sie weg sind? Du hast es ihnen tatsächlich angeboten? Für wie lange? Für eine Woche? Vierzehn Tage?»

Eine sehr schwache Stimme kam zwischen Mopsas zitternden Lippen hervor. «Eine Woche.»

Benet sah Mopsa verständnislos an. Es war einfach nicht möglich. Wie konnte ein Mensch nur so sein wie Mopsa? Sie würde sich nie an sie gewöhnen, sie nie akzeptieren, sie nie verstehen. Wie konnte sie tun, was sie getan hatte, sich um alles kümmern, umsichtig und verantwortungsvoll handeln und gleichzeitig so brutal gefühllos, gedankenlos und grausam sein? Das Kind herzubringen, nachdem ihre Tochter ein Kind gleichen Alters verloren hatte, und noch dazu auch einen Jungen. Wie konnte sie nur? Wie konnte das überhaupt jemand tun?

Ich darf meine Mutter nicht hassen ...

Mopsa hatte dem Jungen eine Serviette als Lätzchen umgebunden. Sie schüttete Milch in einen Becher, und er streckte die Hand danach aus, wobei er, wie Benet fand, idiotische Laute ausstieß. Sprechen konnte er anscheinend noch nicht. Er war genau das Kind, das zu dem schweren Brocken Barbara Fenton paßte. Benet glaubte sogar eine Ähnlichkeit mit Barbaras groben Zügen zu erkennen. Plötzlich begann Mopsa zu sprechen, schilderte in allen Einzelheiten das Dilemma, in dem Constance Fenton und die Lloyds gesteckt hatten. Als sie bei ihnen eingetroffen war, hatten sie sich eben schweren Herzens entschlossen, auf den Urlaub zu verzichten. Damit verloren sie natürlich auch die Anzahlung auf den verbilligten Flug, die sie schon geleistet hatten. Barbara hatte geweint. Es hätte der erste Urlaub nach fünf Jahren sein sollen. Was war Mopsa übriggeblieben? Sie hatte es nicht tun wollen, allein der Gedanke war ihr schrecklich gewesen, doch sie war es Constance schuldig. Constance sei «damals» so gut zu ihr gewesen. Und sie hatte nicht gedankenlos gehandelt, sie hatte gewußt, was Brigitte empfinden würde. Aber Brigitte halte sich ohnehin hauptsächlich in ihrem Zimmer auf, nicht wahr? Und das Haus sei groß. Sie brauche ihn nicht zu sehen, wenn sie nicht wolle. Mopsa werde ihn ganz allein versorgen, er werde in ihrem Zimmer schlafen, und sie werde mit ihm spazierengehen ...

Benet stand auf. Sie blätterte im Telefonbuch E–K. Mrs. Constance Fenton, Harper Lane 55, NW9.

«Was machst du, Brigitte?»

«Ich rufe Mrs. Fenton an und sage ihr, es tue uns leid, aber wir sind kein Kinderheim, nehmen keine Kinder in Pflege und bringen ihren Enkel in einer halben Stunde zurück.» Sie wählte die erste Zahl, die Wählscheibe drehte sich.

«Es wird niemand da sein, sie sind schon abgereist.»

«Ich glaube dir nicht, Mutter.»

Sie hörte das Freizeichen und ließ es klingeln. Allmählich wurde sie zornig. Wenigstens war sie fähig, auch noch etwas anderes zu fühlen als Trauer. Es klingelte und klingelte. Es meldete sich niemand. Mopsa hatte recht gehabt, sie waren abgereist.

Der Junge war von dem hohen Kinderstuhl heruntergeklettert, das Gesicht noch mit Speiseresten verklebt. Er ging umher, suchte eine Beschäftigung. Er fand keine. Es gab keine Spielsachen, keine Bücher, Buntstifte, keinen Fernseher. Er tappte in die Küchenecke und öffnete eine Schranktür. Dann hielt er inne, schaute über die Schulter zurück, ob man ihm vielleicht verbieten würde, was er vorhatte, und als er merkte, daß er nicht mit einem Verbot zu rechnen brauchte, begann er das Geschirr aus dem Schrank auf den Boden zu räumen: eine Kasserolle, eine zweite, ein Sieb, einen Seiher ...

«Ich geh weg», sagte Benet. «Spazieren. In die Heide.»

«Es ist stockdunkel, Brigitte. Es ist bestimmt gefährlich.»

«Na und? Vielleicht bringt mich einer um.»

Normalerweise hätte sie bereut, etwas gesagt zu haben, das bei Mopsa eine solche Veränderung hervorrief. Ihr Gesicht verzog sich, fing an zu beben, sie preßte die Hände auf den schlaffen Mund. Jetzt war es Benet egal. Sie ging in die klare, kalte Nacht hinaus und unter einem Mond dahin, der noch beinahe voll war.

7

Sie fragte erst am nächsten Tag nach seinem Namen. Er war ein Kind, er war in ihrem Haus, doch weder das eine noch das andere war seine Schuld. Sie würde ihn sehen müssen und ab und zu – wenn auch so selten wie möglich – mit ihm zusammensein. Sie mußte wissen, wie er hieß.

Mopsa sah sie einfältig an. Es war nicht ihr Hexengesicht noch das des erschrockenen Kaninchens, sie sah einfach aus wie ein Dorfidiot und lächelte verschlagen.

«Ich weiß es nicht.»

Mopsa und der Junge waren weggewesen, sie hatte ihn im Wagen mitgenommen. Benet kam der Gedanke, daß er im Fond in James' Kindersitz gesessen haben mußte. Wenigstens hatte sie es nicht ansehen müssen. Sie hatte beschlossen, bei Tag nicht mehr auszugehen. Im Dunkeln, ja, aber nicht mehr bei Tag. Sie waren einkaufen gewesen, und ihre Einkäufe steckten in Tragtüten von «Mutter und Kind» und «Marks & Spencers». Der Junge, dessen Namen Mopsa angeblich nicht wußte, zog seine schmutzige rote Jacke aus und versuchte die Riemen seiner Sandalen zu lösen.

«Doch, du weißt ihn», sagte Benet. Sie fand, daß ihre Stimme wie die einer Krankenschwester auf einer psychiatrischen Abteilung klang. «Natürlich weißt du seinen Namen.»

Mopsa kauerte sich nieder, um ihm mit den Sandalen zu helfen. Unter halb gesenkten Lidern hervor sah sie listig und verschlagen zu Benet auf. Sie legte den Kopf schief, als wolle sie abschätzen, wie Benet auf die Antwort reagieren würde. Benet fragte sich, was diese Constance Fenton und ihre Tochter für Menschen sein mußten, daß sie das Kind Mopsa anvertrauen konnten. Sie war verrückt. Sahen sie das denn nicht? Sie war unfähig, ein Kind zu versorgen. Constance Fenton wußte doch Bescheid, sie kannte Mopsas Vergangenheit. Durfte Benet ihr unter den gegebenen Umständen die Verantwortung für das Kind überlassen. Über diese Frage und alles, was sie nach sich zog, mußte sie noch gründlich nachdenken.

«Komm schon, Mutter. Wie heißt er?»

«James.»

Benet sagte nichts mehr. Sie ging hinauf. Sie weinte nicht. Sie hatte nicht mehr geweint, seit man ihr gesagt hatte, daß James tot war. Tränen schienen so unzulänglich, nicht groß genug für einen großen Schmerz.

Sie hatten es ihr zweimal sagen müssen. Ian Raeburn hatte es ihr gesagt, und sie war ohnmächtig geworden. Als sie wieder zu sich kam, bemühte er sich mit einer Schwester um sie, und sie mußten es ihr beide noch einmal sagen. James hatte aufgehört zu atmen, bevor der Anästhesist bei ihm gewesen war. Sein Luftweg hatte sich geschlossen. Hätte Dr. Drew diese Notmaßnahme – eine sehr, sehr seltene Notmaßnahme bei einem Kind – eine halbe Stunde früher ergriffen, hätten sie vorhersehen können, daß die Behandlung im Kruppzelt nicht anschlagen würde, hätten – hätten – hätten ...

«Du müßtest gegen sie vorgehen», hatte Mopsa gesagt. «Sie wegen Fahrlässigkeit verklagen.»

Aber es war keine Fahrlässigkeit gewesen, nur eine Fehleinschätzung, menschliches Versagen, ein Irrtum in der Wahl des Zeitpunkts. Und was erreichte sie denn mit einer Klage? Man würde sie für den Verlust entschädigen, den sie erlitten hatte. Eine Entschädigung für James? Sie war nicht arm, sie wollte weder Geld noch Trost, noch Rache. Sie wollte James wiederhaben, und ihn konnte ihr niemand geben.

Sie legte sich auf ihr Bett und dachte an das, was Mopsa gesagt hatte, an den Strom unsensibler, empörender Dinge, der ihrem verschlagen lächelnden, bebenden Mund entwichen war, sie sagte sich, sie dürfe ihre Mutter nicht hassen, müsse Geduld mit ihr haben, versuchen sie zu verstehen. Aber wie kann ein geistig Gesunder Wahnsinn verstehen? Sie wunderte sich jetzt, daß sie am ersten Tag geglaubt hatte, Mopsa sei «geheilt», oder es gehe ihr zumindest besser.

Nach einer Weile setzte sich Benet auf, griff zum Telefon und wählte Constance Fentons Nummer, die sie inzwischen auswendig kannte, so oft hatte sie sie schon gewählt. Es widerstrebte ihr, alles zu glauben, was Mopsa ihr gesagt hatte. Mopsa log, wenn sie nur die geringste Unannehmlichkeit für sich selbst befürchtete. Lügen machten das Leben glatt und einfach, also log sie hemmungslos. Benet wußte, daß die Geschichte von der Reise der Fentons ein Phantasieprodukt ihrer Mutter sein konnte. Und sollten sie wirklich verreist sein, dann wahrscheinlich nicht auf die Kanarischen Inseln, sondern für drei Tage nach Blackpool. Vielleicht waren sie aber auch keinen Tag lang weggewesen. Das Telefon klingelte und klingelte. Vielleicht waren sie abgereist, aber nicht – und das war die schlimmste Möglichkeit – für eine Woche, sondern für vierzehn Tage. Das Telefon klingelte weiter. Benet legte auf.

Sie begann zu überlegen, daß es vielleicht falsch war, das Kind in Mopsas Obhut zu lassen. Als sie begriffen hatte, daß der Junge bleiben – eine Woche bleiben sollte, hatte sie erwogen, in ein Hotel zu ziehen. Sie dachte noch immer daran, aber nicht mehr ernsthaft. Es wäre verantwortungslos, das zu tun. Sie konnte Mopsa nicht allein lassen, und sie wagte nicht, ein Kind mit Mopsa allein zu lassen. So sehr seine Anwesenheit sie auch peinigte, sie konnte Mopsa nicht ihm und ihn nicht Mopsa überlassen. Zu nah, zu schrecklich war noch die Erinnerung an den Nachmittag, den sie und ihre Kusine in dem verschlossenen, verbarrikadierten Speisezimmer zubringen mußten, die Erinnerung an die Messer ...

Mopsa hatte dem Jungen neue Sachen angezogen. Oder ihn zumindest frisch angezogen, obwohl die Sachen neu aussahen. Benet war verblüfft, als sie sah, daß er in seinem Alter noch nicht sauber war. Die dicke Windel zeichnete sich ganz deutlich unter der Latzhose aus blauem Samt ab. Er saß in dem kleinen Korbsessel, der James gehört hatte, und den Mopsa genau wie den hohen Kinderstuhl gestern aus seinem Versteck geholt haben mußte. Was kam als nächstes? Benet fand sich plötzlich für einen Augenblick in der Situation des kühlen, unbeteiligten Zuschauers. James' Spielsachen? Vielleicht sogar seine Kleider? Was kam als nächstes?

«Jay», sagte er. «Jay. Jay will trinken.»

Er konnte also sprechen, und er hieß James. Nun, es war ein beliebter und ein häufiger Name. Mopsa brachte ihm Apfelsaft in einer Babyflasche mit Sauger. Sie hatte wenigstens nicht James gehört, Mopsa mußte sie gekauft haben. James hatte nie aus einer Babyflasche getrunken. Derselbe überhebliche Snobismus, mit dem Benet festgestellt hatte, daß er noch Windeln brauchte, regte sich jetzt in ihr, als sie sah, daß dieses große Kind, dieser sehr maskulin aussehende, derbe Junge, an einem Schnuller saugte.

Als er die Flasche geleert hatte, kehrte er zu seiner Lieblingsbeschäftigung zurück und begann einen weiteren Küchenschrank auszuräumen. Er arbeitete sehr konzentriert, runzelte die Stirn und preßte die Lippen fest aufeinander, als er Töpfe, Pfannen, Schüsseln und Näpfe herausholte, prüfend betrachtete und stapelte. Er kam an einen Schneeschläger, drehte an der Kurbel, und die Schaumbesen begannen rasselnd zu arbeiten. Mit einem breiten, zufriedenen Grinsen sah er zu Mopsa auf.

«Gibst du mir eine von deinen Schlaftabletten?» sagte Benet zu Mopsa. «Ich hab meine weggeworfen.»

Mopsa antwortete, sie lägen in ihrem Zimmer auf dem Nachttisch, und Brigitte solle sich nehmen, was sie brauche. Benet fand die Flasche Soneryl neben einer Dose Mogadon und dem unvermeidlichen Valium hinter Edwards Fotografie. Sie sah ihm ins Gesicht, und er blickte entschlossen an ihr vorbei in die Ferne. Das Gesicht war nicht nur hübsch, es war auch intelligent und empfindsam. Man hatte den Eindruck, ein Mensch mit einem solchen Gesicht müsse wunderbare Sachen sagen, denken und fühlen. Es schien von Geheimnissen umgeben, wie alle stille und wortlose Schönheit. Ungewöhnlich war nur, daß sich so wenig unter dieser Schönheit verbarg. Und was da war, war so ungeheuer alltäglich und banal. Es tat ihr weh, das denken zu müssen und sich daran zu erinnern, daß sie drei Jahre gebraucht hatte, ehe sie dahintergekommen war.

Sie nahm das Soneryl ziemlich früh und schlief gut und lange. Wo der Junge schlief, fragte sie nicht. Im Haus gab es fünf Schlafzimmer, und außerdem stand in Mopsas Zimmer ein zweites Bett. Mopsa ging mit ihm an die Luft, und dazu benutzte sie zweifellos James' Kinderkarre. Am nächsten Tag mußte Mopsa zu weiteren Tests ins Royal Eastern Hospital und bat Benet, sich um den Jungen zu kümmern. Nur drei Stunden. Benet sagte, das habe sie kommen sehen. Sie habe gewußt, daß genau das früher oder später passieren mußte.

«Mir bleibt kaum etwas anderes übrig, nicht wahr?» sagte sie.

Mopsa sah müde aus. Sie hatte dunkle Tränensäcke unter den Augen, und ihre Wangen waren eingefallen. Ein zweijähriges Kind zu versorgen, war zu anstrengend für sie. Benet fragte sich, ob sie nachts mit dem Jungen wach gewesen war, ob er in den Nächten aufwachte und nach seiner Mutter weinte und Mopsa ihn trösten mußte? Sie hatte kein Mitleid mit ihr, der einzige Mensch, mit dem sie Mitleid hatte, war sie selbst.

Der Junge hatte heute wieder die grobe Leinenhose und die roten Plastiksandalen an. Benet fand, sie habe nur selten bei einem Kind häßlichere Schuhe gesehen. Sie wunderte sich wieder einmal über Barbara Lloyd. Der Junge kletterte die Treppe hinauf und hinunter. Bei dieser Beschäftigung schien er ihr ganz gut aufgehoben. Er kletterte auf allen vieren hinauf und rutschte auf dem Po herunter. Er sprach sehr wenig und nie aus Freude darüber, sich verständlich machen zu können. Wenn er etwas wollte, dringend wollte, sprach er von sich in der dritten Person und nannte sich Jay. Nie James oder Jim oder Jem, immer Jay. Er war ungewöhnlich eigenständig und machte manchmal den Eindruck, ganz auf sich selbst gestellt zu sein. Benet, die im Souterrainzimmer in ihrem Sessel kauerte, mußte zugeben, daß er kein schwieriges Kind war.

Sie hatte ihn seit einer halben Stunde nicht mehr gesehen und zwang sich daher, höchst widerwillig, aufzustehen, hinaufzugehen und festzustellen, was er trieb. Er hatte sich Zugang zu ihrem Arbeitszimmer verschafft. Dort hatte er eine halbleere Schachtel Schreibmaschinenpapier entdeckt, sich ungefähr ein Dutzend Blätter angeeignet und bemalte sie jetzt mit einem blauen Filzstift. Er saß auf dem Boden, hatte die Blätter vor sich ausgebreitet und benutzte Benets gebundenen Terminkalender als Unterlage. Ob das Zufall oder Absicht war, konnte sie nicht sagen, auf jeden Fall schien es ihr sehr vernünftig. Und obwohl seine Hände, die Hose, die Arme und der Terminkalender unzählige blaue Tintenspuren aufwiesen, war das, was der Junge malte, kein sinnloses Gekritzel, sondern deutlich erkennbare Zeichnungen von Dingen, einem Mann, einer Frau, einem Haus und etwas, das wie eine Brücke aussah.

Benet hob eins von den Bildern auf und betrachtete es genau. Sie war erstaunt. Was der Junge da fertiggebracht hatte, erwartete man eher von einem Sechsjährigen, und sie erinnerte sich an die Zeichnungen an der Wand des Spielzimmers, in dem das Händebaum-Poster hing. Der Schmerz, den diese Erinnerung in ihr auslöste, war so heftig, daß sie die Zeichnung fallen ließ und sich mit geballten Händen abwandte.

«Jay will trinken», sagte der Junge. Er versuchte die Verschlußkappe wieder auf den Filzstift zu stecken.

Benet tat es für ihn. Sie nahm ihn auf, um ihn nach oben zu tragen, tat es gedankenlos, fast automatisch. Im nächsten Moment ließ sie, jäh zurückschreckend, auch ihn beinahe wieder fallen. Aber das durfte sie nicht. Er war ein Mensch, er hatte Gefühle, und nichts war seine Schuld. Sie trug ihn hinauf und gab ihm eine Babyflasche mit Apfelsaft.

Als Mopsa zurückkam, schlug Benet vor, einen Fernseher zu mieten. Der Junge sei es offenbar gewohnt, viel fernzusehen. Als Mopsa ihn brachte, hatte er sich genauso suchend im Zimmer umgesehen wie sie am ersten Abend. «Du hättest es dann leichter mit ihm», sagte Benet.

Mopsa war von der Idee nicht besonders begeistert. Warum eigentlich nicht? Benet hatte Freude und Entzücken erwartet, sogar den Vorschlag, sie sollten jetzt gleich zu dritt mit dem Wagen wegfahren und einen Apparat besorgen. Doch irgendwie machte Mopsa seit ihrer Rückkehr einen erschöpften Eindruck, wirkte fast verängstigt oder bedrückt, als habe sie unterwegs etwas gesehen oder gehört, was sie tief beunruhigte. Die Untersuchungen im Royal Eastern Hospital seien reine Routine, einfach und die Ergebnisse zufriedenstellend gewesen, berichtete sie Benet, und Benet glaubte ihr. Sie verzog das Gesicht und spitzte die Lippen.

«Aber du magst doch kein Fernsehen.»

«Ich will das Gerät ja auch nicht für mich. Es kommt ins Wohnzimmer hinauf, dort habt ihr es ganz für euch allein, du und dein kleiner Schützling.»

Noch immer keine Begeisterung, und Benet erwähnte die Sache nicht mehr. Mopsa schien sich aber zu Herzen genommen zu haben, was sie gesagt hatte, denn ein Fernsehapparat kam ins Haus, wurde von einem Verleih-Center in Kilburn geliefert und im Wohnzimmer aufgestellt. Sein großes, graues pupillenloses Auge starrte aus der Ecke auf die noch unausgepackten Kisten.

Um halb fünf machten Mopsa und der Junge es sich auf dem Zweisitzer bequem, den Mopsa vor den Apparat gerückt hatte. Mopsa mit einer Tasse Tee, der Junge mit Apfelsaft, diesmal in einer Tasse. Benet ging an der offenen Tür vorbei und sah zu ihnen hinüber, betrat das Zimmer aber nicht.

Später begann sie ihre Zeitrechnung mit dem Tag, an dem der gemietete Fernseher gebracht worden war. Er schien die Demarkationslinie zwischen der Vorhölle, in der sie gelebt hatte, und allem, was danach kam – eine Zeit der Erkenntnis, der Bestürzung, der Furcht. Doch in den ersten beiden Tagen geschah noch nicht viel, und alles andere wäre ohnehin geschehen, ob der Fernseher nun dagewesen wäre oder nicht.

Lange Zeit, wie eine Kamee in ihr Gedächtnis eingeprägt, behielt sie das Bild der mageren, hexenähnlichen, zappligen Mopsa in Erinnerung, die auf der vordersten Kante des Sofas saß, gespannt und scheinbar sprungbereit wie immer – und neben ihr der kleine Junge, der sich in einem Stretchvelouranzug so wohl zu fühlen schien wie ein junger Hund in seinem Fell, einen Daumen im Mund, mit der anderen Hand einen dicken blauen Keramikbecher umklammernd. Dieses Bild schien Benet später das letzte in einer

Periode der Verzweiflung gewesen zu sein oder eins, das am Anfang der Angst gestanden hatte.

An diesem Abend nahm sie kein Soneryl. Sie träumte vom Händebaum. James und sie gingen auf der Heide spazieren. Sie schob die leere Kinderkarre, und James ging neben ihr und hielt ihre Hand fest. In Wirklichkeit waren sie nie zusammen auf der Heide gewesen, doch das war ein Traum. Auf einem sandigen Weg überquerten sie eine Lichtung und kamen wieder in ein Waldstück. Die Sonne schien, es war Hochsommer, die Bäume waren dicht belaubt bis auf einen, der in der Mitte des Wäldchens stand und keine Blätter, sondern Hände trug, Hände mit rotlackierten Nägeln, Hände in Handschuhen, Knochenhände und gepanzerte Hände.

James war entzückt, als er den Baum sah. Er lief darauf zu und umarmte den Stamm. Er streckte seine Hände aus, um die an den niedrigsten Zweigen hängenden Hände zu berühren. Benet wollte eine Hand für ihn pflücken, eine gepflegte weiße Frauenhand mit einem Brillantring, als sein Schreien in ihren Traum eindrang, ihn zerbrach, so daß der Baum allmählich verschwand, die Sonne verblaßte ... Benet war wach, nicht mehr im Bett, sie ging zu James.

Noch bevor sie das leere Zimmer sah, erinnerte sie sich. Ihr Körper krümmte und spannte sich. Sie schloß einen Moment die Augen, raffte die nötige Kraft zusammen und stieg die Treppe hinunter, denn das Schreien kam aus dem kleinen Zimmer neben dem von Mopsa. Der Raum war dunkel. Der Junge hörte auf zu weinen, als sie Licht machte und ihn aus dem Bett nahm. War er es gewohnt, daß in seinem Zimmer Licht brannte? War vielleicht das Licht einer Straßenlampe durch das Fenster gefallen?

Sie knipste die Nachttischlampe an und deckte den Schirm mit einer zusammengefalteten Decke zu. Daumen lutschend schlief er ein. Benet blieb stehen und betrachtete ihn. Sie fand jetzt, als sie sich ihn zum erstenmal wirklich richtig ansah, daß sein Gesicht sie an jemanden erinnerte. An wen – das wußte sie allerdings nicht. Aber dieser Junge sah einem Erwachsenen sehr ähnlich, den sie kannte oder gekannt hatte. Ganz allgemein gesagt, je «hübscher» ein Kind, um so weniger ähnelt es einem Erwachsenen. Ein hübsches Gesicht oder gar Schönheit bei sehr kleinen Kindern hat nichts mit individuellem Aussehen zu tun, sondern mit einer vorgefaßten Meinung über das Aussehen von Babies – einer Mischung aus raphaelitischem Cherub, Peter Pan und Reklamebaby für Kindernahrung.

Der schlafende Junge war das genaue Gegenteil dieses Ideals. Er hatte eine kecke, gerade Nase, ein langes Kinn, einen vollen, gleichmäßig gerundeten Mund, und der spätere kühne Schwung seiner Brauen war zumindest schon als Andeutung vorhanden. Man konnte jetzt schon vorhersagen, wie er als Erwachsener aussehen würde. Ein blonder Mann mit unregelmäßigen Zügen, groß und derbknochig, häßlich – bis er lächelte. Irgendein Mann, den Benet kannte, mußte so aussehen – oder eine Frau mit dicken Lippen und blondem Haar. Nicht Constance Fenton. Barbara Lloyd? Sie glaubte es eigentlich nicht. Sie hatte vergessen, wie Barbara Lloyd aussah, doch jetzt erinnerte sie sich plötzlich deutlich daran. Ein Mondgesicht mit einer aufgeworfenen Nase. Wahrscheinlich glich er seinem Vater, den Benet nie gesehen hatte. Doch irgend etwas stimmte nicht an dieser Schlußfolgerung. Er erinnerte sie an jemanden, den sie gesehen hatte, an jemanden, den sie kannte.

Sie wußte, daß es mit dem Schlaf für heute nacht vorbei war. Im Morgenmantel, in eine Decke gewickelt, saß sie im Arbeitszimmer inmitten ihrer Bücher, die bemerkenswerten Zeichnungen des Jungen auf dem Schoß, und wollte den Morgen herbeizwingen. Gegen fünf machte sie sich eine Tasse Tee.

Erst nach halb acht wurde es allmählich hell. Kaltes Zwielicht schien aus dem wolkenverhangenen Himmel, der grünen Heide, dem Teich das Vale of Peace zu überfluten. Seit Tagen schon hatte die Sonne sich nicht mehr blicken lassen. Ein Junge mit einer Segeltuchtasche am Lenker seines Fahrrads brachte die Zeitungen. Benet beobachtete ihn, und ihr fiel ein, daß sie seit Wochen keine Zeitung mehr gelesen hatte.

Der Junge sollte am Mittwoch wieder nach Hause gehen, und heute war Sonntag. Benet verließ das Haus und ging zu Fuß nach South End Green. Die Welt war grün, grau und frostig, in der Luft hing etwas wie November-Hoffnungslosigkeit, gleichzeitig schien jedoch alles unwirklich zu sein, von ihr entfernt und sie in einer Glaskapsel gefangen. Sie entdeckte einen Zeitungsstand, der geöffnet hatte, kaufte eine Sonntagszeitung, las sie jedoch nicht. Sie nahm sie nach Hause mit und legte sie im Souterrainzimmer auf den Tisch, las sie aber immer noch nicht. Später konnte sie sie nicht mehr finden. Mopsa mußte sie in ihr Zimmer mitgenommen haben.

Mopsa und der Junge saßen vor dem Fernseher. Benet setzte sich zu ihnen. Sie suchte sich mit Dingen zu beschäftigen, die sie mit James nie getan hatte, über die Heide spazieren, im Arbeitszimmer sitzen, fernsehen. Mopsa schien sich nicht wohl zu fühlen, seit Benet da war. Vielleicht beunruhigte es sie, daß Benet so inkonsequent war. Schließlich hatte sie erklärt, sie sehe nie fern, und jetzt tat sie es doch. Nach den Nachrichten schien Mopsa sich jedoch zu entspannen.

Breschnew, das sowjetische Staatsoberhaupt war gestorben, und es hatte einen ausführlichen Bericht über die Beerdigung gegeben. Benet blieb ungefähr zehn Minuten sitzen. Der Junge umklammerte ein weißes Kaninchen, das Mopsa ihm gekauft haben mußte. Mit leicht gespreizten Knien saß er da und hielt das Kaninchen fest, nachdem er es geistesabwesend aus dem Mund genommen hatte wie ein Mann seine Zigarre. Er preßte die Lippen zusammen, die Augen fest auf den Bildschirm geheftet. Benet stand auf und ging hinauf in sein Zimmer, in dem nichts anderes stand als das Bett, in dem er schlief, und eine kleine Kommode. Sie schaute in die Schubladen, doch die waren genauso leer wie vor einem Jahr, als sie die Kommode gekauft hatte. Man hatte ihm keinen Koffer mitgegeben, keine einzige Tragtüte oder Reisetasche mit Kleidern, Spielsachen und den anderen Utensilien, die für Kinder unentbehrlich sind, wenn sie auch nur für einen Tag von zu Hause fortgehen, egal wohin. Auf der Kommode lagen die Tüten von «Mutter und Kind» und «Marks & Spencers», die Mopsa mitgebracht hatte. Die Sachen, die sie enthalten hatten, waren also neu gewesen. Mopsa hatte sie gekauft. Eine Tüte enthielt noch eine ungetragene braune Veloursshose.

Vielleicht waren seine Sachen in Mopsas Zimmer. Benet warf einen Blick hinein, konnte aber nirgends Kinderkleidung entdekken. Die *Sunday Times*, die sie heute morgen gekauft hatte, war zwischen den Kissen von Mopsas Bett versteckt. Sie hätte sie gar nicht gesehen, hätte sie nicht die Nachttischschublade geöffnet und dabei ein wenig die Bettdecke verzogen.

Mit der Zeitung in der Hand, ging sie langsam die Treppe wieder hinunter. Die Schreie des Jungen zerschnitten die Stille. Sie klangen, als kämen sie von jemandem, dem furchtbar weh getan wurde. Benet flog die restlichen Stufen hinunter. Sie sah Mopsas Augen vor sich, erinnerte sich an das verbarrikadierte Zimmer, die Messer. Sie riß die Wohnzimmertür auf. Der Fernseher lief nicht mehr, und der

Junge stand davor, schrie verzweifelt, weinte bittere Tränen und bearbeitete den Bildschirm mit den Fäusten.

«Was gibt es, um Himmels willen?»

«Er wollte nicht, daß ich abschalte.»

«Und warum hast du's getan?» Benet mußte laut schreien, um das Weinen zu übertönen. Sie hob ihn auf und versuchte ihn zu beruhigen. Er trommelte mit der Faust auf ihre Schulter und schluchzte.

Mopsa antwortete nicht. Sie hatte ihre trotzige, unbekümmerte Miene aufgesetzt, die zu sagen schien: Ist doch alles nicht wichtig.

«Was für eine alberne Heulerei», sagte sie zu dem Jungen. Sie stand auf und schaltete den Fernseher wieder ein, wechselte aber den Kanal, wie Benet bemerkte. Das Bild kam, ein Gespann sehr schwerer Zugpferde, die einen Pflug durch eine Wiese zogen.

Der Junge strampelte und wollte hinunter. Benet stellte ihn auf den Boden. Er ging zum Fernseher und tat etwas sehr Merkwürdiges. Er legte die Finger auf den Bildschirm und tastete dann den Rand ab, als versuche er, den Apparat aufzumachen, um hineinzukommen oder etwas zu finden, das hinter der flimmernden Scheibe steckte.

Diesen Eindruck machte es jedenfalls auf Benet. Nach einer Weile gab er den Versuch auf, und sein sonderbar erwachsenes Gesicht, dieses Gesicht eines kleinen Mannes, sah traurig und resigniert aus. Er setzte sich wieder, nicht auf das Sofa neben Mopsa, sondern auf den Fußboden, dicht vor dem Fernseher, und ließ ihn nicht aus den Augen.

Benet nahm die Zeitung nach unten mit. Es stand eine Menge über Leonid Breschnew drin. Sie war mehr an den Lokalnachrichten interessiert, fand jedoch nur ein paar und entdeckte auch bald warum. Die Seiten drei und vier fehlten. Jemand – Mopsa – hatte sie herausgeschnitten.

Hätte Benet sie gefragt, warum, hätte sie nur geleugnet. Und obwohl Benet wußte, daß nur Mopsa es getan haben konnte, konnte sie es nicht beweisen. Es hätte auch beim Zeitungshändler passiert sein können, eine ganz entfernte Möglichkeit bestand natürlich. Das Telefon begann zu klingeln. Sie mußte sich wohl endlich wieder aufraffen, an den Apparat zu gehen, obwohl sie es seit zwei Wochen nicht mehr getan hatte. Ja, einmal mußte sie sich wieder dazu aufraffen. Und sie mußte sich aufraffen zu erklären, was

Mopsa verschwiegen hatte, weil sie sich fürchtete, es auszusprechen.

Es war ihr Vater. Wie es ihr denn gehe? Grippe überwunden? Wie gehe es Mopsa?

«Es geht ihr gut», antwortete Benet und fügte mit einer Bosheit, die sie sofort wieder bereute, hinzu: «Sie kommt jetzt bald nach Hause.»

Er hatte nicht nach James gefragt. Und was hätte sie gesagt, wenn er es getan hätte? Feindseligkeit gegen ihn stieg in ihr auf, weil er nicht nach James fragte – Feindseligkeit, obwohl James tot war, obwohl sie nicht imstande gewesen wäre zu antworten. Er hätte dennoch fragen müssen, es war grausam von ihm, es nicht zu tun, grausamer als er ahnte. Sie ging hinauf und holte Mopsa an den Apparat. Der Junge saß noch auf dem Fußboden und starrte auf den Bildschirm, obwohl die Pferde längst verschwunden waren und ein Mann mit Ziermünzen an den Kleidern mit dem Mikrofon Tango tanzte.

Die Mutter sprach am Telefon wie ein junges Mädchen aus vergangener Zeit, aus den zwanziger Jahren vielleicht, das von einem Untergebenen oder Subalternen angerufen wurde, den es bei einer Tennispartie kennengelernt hatte. Sie sprach geziert, schmollend, flirtend. Mit diesem Mann, mit dem sie seit dreißig Jahren verheiratet war, kokettierte sie herausfordernd. Sie kicherte und stieß vor Entzücken kleine, spitze Schreie aus. Benet zog den Mantel an, band sich ein Kopftuch um und ging hinaus. Sie ging den Hügel hinauf, die Heath Street hinunter und betrachtete das Schaufenster der High Hill-Buchhandlung, in der die Taschenbuchausgabe von *Eine vertrackte Ehe* ausgestellt war. In der Mitte prangte ihre Fotografie, aufgenommen während ihrer Schwangerschaft, von der man allerdings nichts merkte, weil die Falten des losen, dunklen Kleides, das sie trug, ihre Figur gut kaschierten.

Geh zweieinhalb Jahre zurück, sagte sie sich. Geh zurück in jene Zeit, bevor er gezeugt wurde. Geh so weit zurück. Er wurde nie gezeugt, es ist nie geschehen. Du hast nie zu Edward gesagt: «Ich bekomme ein Baby, doch das ändert nichts zwischen uns, es ginge trotzdem nicht. Leb wohl, Edward, es ist vorbei, das ist das Ende.» Nie hast du das gesagt, es gab kein Baby, hatte nie eins gegeben. Hatte Edward nicht selbst behauptet, das könne nicht sein?

«Ich glaube dir nicht, Benet. Du lügst. Das würdest du nicht tun, nicht einmal du würdest so etwas tun ...»

Sie kaufte sich eine Tasse Kaffee und ein Sandwich, setzte sich in eine Ecke und beobachtete die Leute, die alle zu zweit oder zu mehreren waren. Es ist schon merkwürdig, dachte sie, daß man auf dem Foto ihre Schwangerschaft nicht sah. James war drei Monate später geboren, aber man sah nicht, daß sie schwanger war. Es war fast wie ein Omen.

Als Benet zurückkam, schliefen beide. Sie suchte die fehlenden Seiten der *Sunday Times*, konnte sie aber nicht finden. Wahrscheinlich waren auch sie in Mopsas Zimmer, vielleicht unter der Matratze.

Mopsa mußte noch zweimal ins Royal Eastern, einmal am Montag und dann noch am Freitag. Sie ließ den Jungen bei Benet und fuhr um halb zehn los. Benet setzte ihn im Souterrainzimmer auf den Boden, legte ihm ein paar Blatt Papier und drei Filzstifte in verschiedenen Farben zurecht. Er trug die braune Velourhose, einen gelben Pullover, und sein hellblondes Haar bauschte sich, frisch gewaschen, locker um seinen Kopf. Nach einer Weile wollte er etwas zu trinken und nannte sich wieder Jay, aber eigentlich klang es mehr nach Jye. Wenn er überhaupt etwas sagte, dann in einem unverkennbaren Cockney. Barbara Lloyd sprach wahrscheinlich Cockney. Ist ja auch schon mit sechzehn von der Schule abgegangen, dachte Benet unfair. Und wer weiß, woher ihr Mann kam, was für eine Herkunft er hatte. Benet wußte, daß es billig und snobistisch war, so zu denken, doch sie konnte nicht anders. Hoffnungslosigkeit und Verzweiflung waren in der Nacht zurückgekehrt und klebten an ihr wie ein schweres, nasses Kleid.

Als das Telefon klingelte, dachte sie daran, es klingeln zu lassen. Um diese Zeit war es bestimmt nicht ihr Vater. Es war vermutlich Antonia, Chloe, Mary oder Amyas Ireland oder jemand, dem sie die Wahrheit sagen mußte.

Der Junge drehte sich zu ihr um und sagte: «Telefon klingelt.»

«Ich weiß, ich höre es.»

«Kling kling», sagte er und machte «brrr-brrr-brrr». Offensichtlich wollte er die Telefonklingel nachahmen.

Benet wappnete sich und nahm den Hörer von der Gabel.

«Sind Sie das, Benet? Hier spricht Constance Fenton. Geht es Ihrer Mutter gut?»

«Ja. Ja, ich denke schon. Sie ist ganz in Ordnung. Im Moment ist sie nicht zu Hause.»

«Na ja, sie hatte mir so halb und halb versprochen, uns gestern zu besuchen, und als sie nicht kam und mich auch nicht anrief, haben wir uns ein bißchen gewundert. Es ist meistens jemand hier, der ans Telefon geht. Ich bin natürlich in der Arbeit, aber Barbara mit Christopher war den ganzen Tag ...»

Benet unterbrach sie. Ihr Hals war plötzlich strohtrocken, und ihre Stimme klang dünn. «Ich dachte, Ihr Enkel heißt James.»

«Aber nein, meine Liebe. Christopher. Christopher John nach seinem Vater.»

«Meine Mutter war also noch gar nicht bei Ihnen?»

«Wir haben miteinander telefoniert, das ist alles. Aber wir würden sie wirklich gern sehen. Sie möchte uns bitte anrufen, sobald sie Zeit hat ...»

Benet sagte alles, was man von ihr erwartete. Sie fühlte sich merkwürdig schwach und entkräftet. Der Junge auf dem Boden malte eifrig mit dem roten Filzstift. Sogar aus dieser Entfernung erkannte man eine Frau, einen Hund, einen Baum. Sie sagte auf Wiedersehen zu Mrs. Fenton, legte auf, blieb mit geschlossenen Augen sitzen, fuhr sich mit den Fingern durch das Haar.

Ein wenig später stand sie auf, ging hinauf und durchsuchte Mopsas Zimmer. Die fehlenden Zeitungsseiten steckten wahrscheinlich in Mopsas Handtasche. Im Zimmer des Jungen fand Benet seine rote Steppjacke. Mopsa hatte sie gewaschen. Auf halber Treppe kam Benet ein seltsamer Gedanke – eine alles andere als rationale Idee. Sollte er die Jacke nicht tragen, weil er darin auffiel, man ihn sofort erkannte? Egal, wer er war. Sie ging noch einmal ganz hinauf und zwang sich, den Schrank zu öffnen, in dem James' Kleider hingen. Sie hatte ihm einen braunen Dufflecoat aus Tweed gekauft, den er noch nie getragen hatte. Er war ein bißchen zu groß gewesen, und er hätte noch hineinwachsen müssen. Sie zwang sich, nicht zu denken, einfach zu handeln. Sie nahm den Mantel vom Bügel, trug ihn hinunter und zog ihn dem Jungen an. Sie mußte sich eine Zeitung besorgen. Sie wußte nicht, wie es sein würde, mit einem Kind in der Kinderkarre durch die Straßen zu gehen, mit einem Jungen in James' Alter. Aber es würde sie nicht umbringen, das stand fest, es würde sie nicht umbringen, und sie mußte Bescheid wissen.

Sie kamen gleichzeitig nach Hause, sie und der Junge und Mopsa. Während sie den Hügel hinaufging, hatte sie schon den kurzen Artikel im Innern des Blattes gelesen. Vergangenen Donnerstag, dachte sie, war es bestimmt nicht nur ein kurzer Artikel, da war es die Schlagzeile auf der ersten Seite gewesen.

Mopsa sah die Zeitung unter Benets Arm. Sie ging lauernd den Gartenpfad und die Stufen hinauf, tastete sich vorwärts, zuckte fast zusammen, als gehe sie über heißen Sand und nicht über kalten Beton. Benet hielt ihr die Tür offen und schloß sie dann rasch. Noch hatte sie nicht versucht, den Jungen mit seinem richtigen Namen anzusprechen.

«Jason», rief sie, «laß dir den Mantel ausziehen, Jason.»

Mopsa stieß einen kurzen, scharfen Laut aus und preßte die Hand auf den Mund. Der Junge sah Benet mit einem strahlenden Lächeln an. Ich bin Jason, schien das Lächeln zu sagen. Endlich wußten sie's, endlich hatten sie's kapiert.

Benet brachte ihn ins Wohnzimmer. Mopsa würde nachkommen, dessen war sie sicher. Sie schlug die Zeitung auf und las laut:

«Sechs Tage nach dem Verschwinden des kleinen Jason Stratford, ein Jahr und elf Monate alt, aus einer Straße in Tottenham im Londoner Norden, sagte heute ein Polizeisprecher, daß es nur noch eine sehr geringe Hoffnung gebe, das Kind lebend aufzufinden. Jason war zuletzt in einer Straße mit zum Abbruch bestimmten Häusern in der Nähe des Nordostkanals in Winterside Down gesehen worden, wo er mit seiner Mutter Mrs. Carol Stratford, 28, und Barry Mahon, 20, einem Schreiner, wohnt.

Mrs. Stratford hat gestern abend nach den Nachrichten über den Fernsehsender des BBC 1 einen Appell verlesen und gebeten, Jason zurückzubringen. ‹Er wäre nie freiwillig mit jemandem mitgegangen›, sagte sie. ‹Er ist Fremden gegenüber sehr scheu.›»

«Die Straße war Rudyard Gardens», sagte Benet zu Mopsa. Ihr wurde fast übel bei dem Gedanken, daß sie selbst Mopsa in diese Straße geführt hatte. «Als du vergangenen Mittwoch aus dem Krankenhaus zurückgefahren bist, hast du vermutlich dieselbe

Route genommen wie ich. Wo hast du ihn gefunden? In einem Garten? Vor einem Laden?»

«Er hat auf einer Mauer gesessen», sagte Mopsa und brachte es fertig, ihre Stimme vor Pathos beben zu lassen. Sie schob ihr Gesicht ganz dicht an das von Benet heran. Ihre Lippen zuckten. «Ganz allein. Auf einer Mauer zurückgelassen. Keiner wollte ihn. Dann kam ein Hund, ein schwarzer Dobermann, und schnupperte an ihm herum. Er hatte solche Angst. Er hatte solche Angst, daß er von der Mauer fiel. Ich hob ihn auf. Niemand beobachtete mich. Niemand hat mich gesehen.»

«Das ist ja wohl offensichtlich.»

Mopsa legte Benet ihre zitternden Hände auf die Arme.

«Ich hab's für dich getan, Brigitte. Ich habe doch gesagt, ich würde alles für dich tun. Du hast deinen Jungen verloren, also habe ich dir einen anderen gebracht. Ich habe dir einen anderen Jungen besorgt, um dich für James zu entschädigen.»

8

Jason war schon vierundzwanzig Stunden verschwunden, sogar noch länger, bevor es jemand merkte. Das war für Barry fast das Schlimmste, daß der Junge auf diese Weise verlorengehen konnte, weil jeder glaubte, er sei beim anderen, und der andere dachte, er sei zu Hause bei Carol. Am schwierigsten war es, das der Polizei zu erklären. Barry hatte es eben zum x-ten erklärt. Er saß in einem Zimmer des Polizeireviers und beobachtete, wie Detective Superintendent Treddick und Detective Inspector Leatham ihre Papiere zusammenschoben und vom Tisch aufstanden, um ihn eine halbe Stunde allein zu lassen, damit er sich alles noch einmal gründlich überlegen und nachdenken konnte, ob er dem, was er gesagt hatte, nicht doch noch etwas hinzufügen wollte.

Es gab einiges, was er gern hinzugefügt hätte, doch er war natürlich schlau genug, es nicht zu tun. Er wußte, was sie daraus konstruieren würden.

«Sie kommen mit dem Jungen gut zurecht, nicht wahr?» hatten sie ihn ganz ungezwungen gefragt, fast leichthin und beiläufig – nur war natürlich nichts, was sie sagten, beiläufig.

«Klar komme ich gut mit ihm aus», hatte Barry geantwortet. «Sehr gut.»

Und das stimmte. Aber es stimmte auch, daß er ihn gern losgewesen wäre, nicht für immer und nicht auf diese Weise. Doch er wäre gern mit Carol allein gewesen. Er erinnerte sich jetzt, wie erleichtert er immer war, wenn Iris gesagt hatte, er solle Jason über Nacht bei ihr lassen. Und daß Beatie Isadoro ein Kind mehr oder weniger im Haus nichts ausmachte, hatte er nicht weniger begrüßt. Wobei es bei Beatie natürlich sehr darauf ankam, daß sie pünktlich bezahlt wurde. Er wollte Carol für sich allein haben, ohne daß im Nebenzimmer jemand weinte oder nach ihr rief. Nur aus diesem einzigen Grund war er damit einverstanden gewesen, daß Carol so komplizierte Vorkehrungen für die Unterbringung ihres jüngsten Sohnes traf. Manchmal hatte er freilich auch ein schlechtes Gewissen gehabt, doch so schlecht, daß er etwas geändert hätte, war es auch nicht. An dem Tag zum Beispiel, an dem Karen Isadoro oder ihre Mutter oder Iris oder wer immer Jason verloren hatte, war sein Gewissen aufgerüttelt worden und hatte ihm gesagt, er müsse etwas tun. Er hatte es mit Gewalt beschwichtigt. Bedeutete das, daß wirklich er allein für Jasons Verschwinden verantwortlich war? Hoffentlich nicht, daran wollte er nicht einmal denken. Er erinnerte sich sehr deutlich an diesen Tag. An den vergangenen Mittwoch.

Ken Thompson und er stellten in einer Wohnung in der Nähe von Page Green im Schlafzimmer Einbaumöbel auf. Wenn man sich die Umgebung und den baufälligen Zustand des Hauses betrachtete, schien sich das gar nicht zu lohnen. Doch was ging es sie an? Die Kasse stimmte. Heutzutage wurden solche Aufträge immer seltener, die Abstände zwischen ihnen immer größer. Es gab zu viele Heimwerker-Märkte und zu viele Zeitschriften für den «tüchtigen Heimwerker». Do it yourself war Trumpf. Kurz nach eins waren sie fertig, bis auf den Spiegel, der noch im Laden in Crouch End war, weil er zu einer besonderen Form zugeschnitten werden mußte. Ken sagte, sie machten jetzt Schluß, und er komme gegen vier noch einmal, um den Spiegel einzupassen.

Da er vorhergesehen hatte, daß er nur am Vormittag zu tun haben würde, hatte sich Barry, während er noch ein bißchen an den Möbeln herumpolierte, überlegt, daß er am Nachmittag mit Jason etwas unternehmen konnte. Aus einer Telefonzelle rief er bei den Isadoros an. Dylan, der zweite oder dritte Sohn, kam an den Apparat. Seine Mutter und Karen, sagte er, seien eben mit Jason in der Kinderkarre weggefahren. Barry sagte «okay» und «besten Dank», und sie kämen ihn gegen sechs abholen. In ihm war jenes vertraute Gefühl, eine Mischung aus Schuldbewußtsein und Erleichterung, das wir alle kennen und das uns befällt, wenn wir einer lästigen Pflicht ledig sind. Natürlich hätte er darauf bestehen, hätte sagen können, er komme Jason sofort abholen, um mit ihm in den Park oder zum Schaukeln oder sonstwohin zu gehen, aber er hatte es nicht gesagt. Er hatte sich überlegt, daß es für Jason besser war, mit den Kindern zu spielen, als mit ihm in der Kälte umherzulaufen. Es war kalt. Es war ein düsterer grauer Novembertag. Der Wind wirbelte welkes Laub durch die Luft, und das Laub, das schon auf dem Boden lag, war naß.

Vor Barry dehnte sich ein freier Nachmittag. Carol arbeitete mittwochs nicht in der Wein-Bar. Sie war den ganzen Tag bei Mrs. Fylemon und hatte um fünf Uhr frei. Er beschloß, sie abzuholen. Nicht vom Haus selbst, aber er wollte am Fitzroy Park auf sie warten. Bis dahin hatte er allerdings noch mehr als drei Stunden Zeit. Er überquerte Green Lanes, ging durch die Delphi Road und durch die Passage zwischen den Rudyard Gardens und Zimber Road zur Lordship Avenue. Er kam an der großen Kreuzung heraus, an der die ABC-Lichtspiele lagen. ABC zeigte *Der dunkle Kristall*, und die erste Vorstellung begann in ein paar Minuten. Barry liebte Horrorfilme, bei denen das Publikum aufschrie und zusammenzuckte. Er überlegte einen Moment, betrat dann das Kino, kaufte sich unterwegs noch eine Packung Marlboro und nahm seinen Platz auf der Raucherseite des Kinosaales ein.

Während er im Kino saß, mußte Karen Isadoro, die von ihrer Mutter zum Bäcker geschickt worden war, um ein großes Brot zu kaufen, Jason in seiner Kinderkarre über den Zebrastreifen in der Lordship Avenue geschoben haben. Der einzige Bäcker, der Mittwoch nachmittags geöffnet hatte, war in den Rudyard Gardens. Und eine halbe Stunde später war Karen mit Jason, den Laib Brot in einer Tragetasche aus Plastik, denselben Weg zurückgekommen und hatte in der Brownswood Common Lane bei Iris geklingelt, aber es war niemand zu Hause gewesen. Das hatten sie Stunden später – zu viele Stunden später – von Karen erfahren, als sie mit

Leatham und dem Sergeant zu ihr in die Schule gegangen waren, um sie zu befragen. Barry hatte um die Zeit, in der sich das alles zutrug, natürlich nichts davon gewußt.

Ungefähr in der Mitte des Films hatte Karen in der Lordship Avenue ihre Freundin Debbie getroffen. Der Mittwoch war der letzte Tag ihrer Trimesterferien gewesen. Debbie hatte Karen gebeten, sie zu begleiten und ihr beim Aussuchen einer lustigen Geburtstagskarte für ihre Mutter zu helfen. Jason wollten sie nicht mitnehmen. Außerdem hatte Karens Mutter gesagt, Mrs. Knapwell werde ihn nehmen, Mrs. Knapwell habe es versprochen. Sie habe schließlich selbst genug zu tun, auch ohne Carol Stratfords Jungen tagein, tagaus zu betreuen. Sie riefen bei Iris an, das heißt, eigentlich riefen sie bei der Dame an, die im ersten Stock des Hauses wohnte, einer Mrs. Love, weil Iris kein Telefon hatte. Iris war noch nicht zu Hause.

Sie nahmen Jason zu einem Zeitungshändler mit. Um diese Zeit, so hatte Barry es sich ausgerechnet, mußte er sich im Kino die vierte Zigarette angezündet haben. Sie nahmen Jason auch in einen Süßwarenladen mit, in dem man ebenfalls Ansichtskarten bekam. Er begann zu weinen, weil er etwas Süßes wollte, und brüllte lauthals, als sie ihm sagten, für Süßigkeiten hätten sie kein Geld. Debbie meinte, sie wolle es noch unten in der Halepike Lane versuchen, dort gebe es ein Geschäft, das Juxkarten verkaufte, und sie gehe gleich. Karen könne ja mitkommen, wenn sie wolle, aber zuerst müsse sie sich den Bengel vom Hals schaffen.

Es blieb Barry unklar, was dann passiert war. Aber wem war das schon klar? Von da an gab es mehrere stark voneinander abweichende Versionen der Geschichte, weil jeder sich im besten Licht hinstellen wollte, um sein Gesicht zu wahren. Karen sagte, sie habe Jason aus der Kinderkarre genommen und in den Rudyard Gardens auf eine Mauer gesetzt, während sie in eine Telefonzelle ging, um Iris anzurufen. Sie habe ihn aus der Karre herausgenommen, weil der Dobermann des Gemüsehändlers herumschnüffelte und Jason sich vor ihm fürchtete. Auf der Mauer war Jason vor dem Hund sicher. Leider hatten Rowdies das Telefon demoliert, und es funktionierte nicht. Also ließ Karen den Jungen auf der Mauer sitzen und lief um die Ecke, nur ein ganz kleines Stückchen um die Ecke und rief Iris aus der Telefonzelle vor der Gemüsehandlung an. Sie hatte nur zehn Pence – nein, eigentlich zwei Fünf-Pence-Stücke –, und

Mrs. Love brauchte unendlich lange, bevor sie begriff, was sie Iris ausrichten sollte ...

Iris hatte die Nachricht nie bekommen. Zumindest nicht diese Nachricht. O ja, Mrs. Love hatte ihr etwas ausgerichtet, das stand fest. Sie hatte gesagt, Karen Isadoro sei mit Jason unterwegs. Iris war mit Mrs. Love hinaufgegangen, um mit Karen zu sprechen, aber Karen hatte inzwischen aufgelegt, Iris nur noch den Wählton zu hören bekommen.

«Ich habe eine Nachricht hinterlassen», erklärte Karen dem Inspector. «Ich sagte der Dame von oben, sie soll Jasons Oma ausrichten, daß Jason in den Rudyard Gardens auf einer Mauer sitzt und sie ihn dort abholen soll.»

«Hast du das wirklich gesagt?» fragte Leatham. «Hast du das der Dame wirklich und wahrhaftig gesagt?»

Karen blieb noch eine oder zwei Minuten bei ihrer Behauptung und fing dann an zu weinen. «Ich wollte es sagen», murmelte sie.

«Du wolltest. Aber was hast du wirklich getan?»

«Ich hatte kein Geld mehr, und die Zeit war zu Ende ...»

Sie war erst acht. Was erwarteten sie von ihr? Was hatte er erwartet? Barry hatte nicht viel darüber nachgedacht. Und als er im Kino saß, seine sechste Zigarette rauchte und außerirdische Reptilien ihn in Angst und Schrecken versetzten, dachte er begreiflicherweise überhaupt nicht an Jason.

Kurz nach vier war der Film zu Ende. Barry nahm den Bus nach Muswell Hill und stieg in einen anderen um, der die Archway Road hinunterfuhr. Inzwischen war es fünf vor fünf, also ging er so schnell er konnte – lief sogar ein Stück – die steil ansteigende Straße nach Highgate Village und über den Pond Square zur georgianischen Pracht von The Grove. Am Eingang des Fitzroy Parks, in der Toreinfahrt, an der die Privatstraße beginnt, wartete er auf Carol. Er zündete sich eine Zigarette an. Der Weg, der sich zwischen hohen Hecken und unter überhängenden Bäumen hinzog, machte weiter vorn eine leichte Biegung. Dort mußte Carol auftauchen. Barry wußte, wenn sie erschien, würde ihm die Kehle eng werden, würde er dasselbe Herzklopfen, dieselbe Atemlosigkeit fühlen, die ihn immer überfielen, wenn sie ihm entgegenkam, oder er beim Überqueren der Chinesischen Brücke Licht in den Fenstern ihres Hauses sah. Es war fast wie eine Krankheit, eine wohltuende Pein. Das war ihm neu, bevor er sie kannte, hatte er nie ähnliches empfunden, doch er erkannte darin ein Symptom der Liebe – genauso wie ein Mann, der schon mehrere Herzanfälle hatte, genau weiß, was es zu bedeuten hat, wenn er Schmerzen im Arm bekommt und eine eiserne Faust seine Brust zusammenpreßt.

Er hatte ungefähr zehn Minuten dagestanden, als er sie am Ende des Baumtunnels erblickte. Sein Herz geriet in Unruhe, schien sich umzudrehen und fand dann mit einem kleinen Sprung wieder zu seinem Rhythmus zurück. Sie sah ihn und winkte. Er ging auf sie zu. Als sie voreinander standen, legte er ihr die Arme auf die Schultern und sah sie an. Ihr Porzellanpuppengesicht hatte einen mürrischen Ausdruck und wirkte müde. Die goldenen Löckchen klebten ihr an der Stirn, ihr Make-up war verschmiert. Er nahm ihr die große Tasche ab. Er sah sie nicht gern damit. Seine Mutter sagte, man könne eine Frau, die putzen gehe, immer an der großen Tasche erkennen, in der sie Overall und Gummihandschuhe transportierte.

«Ich bin erledigt», sagte Carol. «Der *Prince of Wales* macht gleich auf. Ich sterbe, wenn ich keinen Drink bekomme.»

«Aber nur einen auf die Schnelle. Wir müssen Jason abholen. Beatie war heute ein bißchen komisch, weil wir ihn so oft zu ihr bringen.»

Carol ging immer gleich in die Luft. Kritik konnte sie nicht vertragen. Aber da ist sie nicht die einzige, dachte Barry.

«Sie kann mir den Buckel runterrutschen. Schließlich wird sie dafür bezahlt, oder? Und verdammt gut bezahlt. Wir brauchen uns um Jason aber nicht zu kümmern. Ich habe Madame Isadoro von Mrs. F. aus angerufen, und sie hat gesagt, der Junge sei seit drei Uhr bei meiner Mutter, also können wir einen draufmachen, mein Schatz.» Sie nahm seinen Arm und schmiegte sich an ihn. «Mrs. F. ist für zwei Wochen nach Tunesien geflogen und hat mich im voraus bezahlt, fünfzig Piepen und eine Zulage, weil ich ihre Pflanzen gießen muß. Wie findest du das?» Sie hielt ihm eine Fünfzig-Pfund-Note unter die Nase.

«Ich habe Geld», sagte Barry steif. «Ich will nicht, daß du dein Geld ausgibst.»

«Sie hat ein paar von ihren Sachen aussortiert und mir ein Kleid von Zandra Rhodes geschenkt. Ich habe es in der Tasche. Merkwürdig, daß eine Frau in ihrem Alter glaubt, sie könne Zandra Rhodes-Modelle tragen.»

Ohne Zweifel war Beatie Isadoro wirklich der Meinung gewesen, Jason sei bei Iris, sei seit drei Uhr bei Iris gut aufgehoben. Karen glaubte es auch. Sie hatte Jason nicht zum erstenmal an einem vereinbarten Ort auf der Straße abgestellt, damit seine Großmutter ihn abholen konnte. Und Iris? Sie hatte überhaupt nicht an Jason gedacht. Warum sollte sie auch? Soweit sie wußte, brauchte sie sich an diesem Nachmittag nicht um ihren Enkelsohn zu kümmern. Jason war bei Karen, bei Karens Familie in dem überfüllten Doppelhaus gut aufgehoben, und sie hatte überraschend einen freien Nachmittag, konnte die Füße aus den hochhackigen Sandalen befreien, sich einen Glimmstengel anstecken, fernsehen und in Frieden warten, bis Jerry nach Hause kam und mit ihr in den *Bulldog* ging.

Barry und Carol tranken ein Glas im *Prince of Wales* und auch noch ein zweites, dann zogen sie weiter ins *Flask*. Carol sagte, Dennis Gordon habe ihr von einem neuen Club in Camden Lock namens *Tenerife* erzählt – einem Club mit Disco, in dem man auch trinken konnte. Man zahle am Eingang nur zwei Pfund Mitgliedsbeitrag, und sie hätte nichts dagegen, ihn mal auszuprobieren. Sie gingen in ein Steakhouse zum Essen, und Carol verschwand in der Damentoilette, um sich umzuziehen. Das Kleid, das sie von Mrs. F. geerbt hatte, war gelb, rot und golden, hatte einen kurzen Rock, riesige Ballonärmel und eine goldfarbene Schärpe. Carol trug ihre roten Stiefel, die sehr gut dazu paßten. Sie sah hinreißend aus.

«Du siehst phantastisch aus», sagte Barry. «Ich wünschte, ich hätte daran gedacht, mich auch umzuziehen, ich komme mir richtig schmuddlig vor.»

«Du bist ganz okay», sagte Carol gleichgültig. Ganz offen in sich selbst verliebt, betrachtete sie in dem Spiegel, der an der Wand des Restaurants hing, ihre glänzende und funkelnde Erscheinung.

Barry schlug vor, sie sollten die Dame über Iris anrufen und Bescheid sagen, wo sie waren, und daß sie spät nach Hause kommen würden. Jetzt war er froh, daß er diesen Vorschlag gemacht, doch es tat ihm auch leid, daß er nicht darauf bestanden hatte. Carol hatte es ihm ausgeredet, und er hatte es sich schnell ausreden lassen. Er konnte es kaum noch erwarten, mit ihr zu tanzen. Ihre Körper zwischen anderen jungen, heißen Körpern dicht aneinandergepreßt, im Taumel zuckender blauer, violetter und roter Lichter, die Musik ein aufpeitschend rhythmisch pulsierender Sound.

Was hätte es genutzt, wenn er Iris angerufen, ja, mit Iris selbst gesprochen hätte? Um diese Zeit war Jason schon verschwunden, seit mehr als drei Stunden fort. Und Iris wäre wahrscheinlich ohnehin nicht zu Hause gewesen, und er hätte sie nicht zum erstenmal verdächtigt, Jason einen Tropfen Whisky in die Flasche getan und ihn dann ins Bett gebracht zu haben, damit sie mit Jerry ins Pub gehen konnte. Allerdings hatte Barry bisher nie versucht, diesem Verdacht ernsthaft nachzugehen.

Es wurde spät. Als Carol und er nach Hause kamen, war es fast zwei. Sie hatten ein Taxi nehmen müssen. Winterside Down war um die Zeit tot, obwohl die gelben Lampen auf ihren Stelzen ihr kränkliches Licht, in dem alles zur Farblosigkeit einer Mondlandschaft verblaßte, über die geraden Straßen, die U-förmigen Straßen, den einsam dastehenden Turm und den träge dahinfließenden Kanal warfen. Das Taxi schlängelte sich durch das kahle, trostlose Viertel, in dem es keinen einzigen Baum gab. Zwar hatte man versucht, Bäume in Winterside Down anzupflanzen, doch sie waren entweder sehr schnell eines natürlichen Todes gestorben oder von Halbwüchsigen ausgerissen, geknickt oder anderweitig verstümmelt worden. Der Himmel war von rötlich rauchigem Ocker, gleichförmig und ohne Sterne. In Camden Lock hatte der Mond geschienen, jetzt war er verschwunden. Ecke Summerskill und Dalton Road lungerten noch zwei von den Motorrad-Freaks herum, aber jetzt ohne ihre Maschinen. Barry fragte sich, ob sie je ins Bett gingen, und manchmal fragte er sich, ob sie überhaupt echt waren. Ihr buntes Gefieder war durch die Lampen farblos geworden, doch er erkannte sie an ihrer Haltung und ihrer Figur. Es waren Blauhaar und Wiedehopf. Sie starrten das Taxi an. Sie standen reglos und schweigend da, warteten ganz offensichtlich auf etwas, und das gab ihnen etwas Drohendes und Unheimliches.

Carol hatte viel getrunken. Sie wollte nicht einmal warten, bis sie im Schlafzimmer waren. Im von den Straßenlaternen erhellten, halbdunklen Wohnzimmer schlüpfte sie, ohne vorher die Vorhänge zu schließen, aus dem Zandra Rhodes-Kleid, warf Strumpfhosen und BH weg. Ihr Körper, der sehr weiß war, schimmerte wie Marmor. Sie legte sich auf die kleine Couch, zog Barry auf sich und in sich, und ihre Schenkel und Hüften waren jetzt nicht mehr wie Marmor, sondern weich und feucht wie Sahne. Schweißperlen standen auf ihrer Oberlippe. Carol hatte die Gewohnheit, leise zu stöhnen und dann wieder zu kichern, wenn sie sich liebten. Barry verschloß ihr den Mund mit den Lippen, damit das leise, gurgelnde Lachen aufhörte.

Sie schlief ein. Er hatte zwei Zigaretten angezündet, aber sie schlief. Er hob sie auf, trug sie ins Bett und ging dann wieder hinunter, um das Kleid zu holen und auf einen Bügel zu hängen.

Als die Polizei Barry zum erstenmal richtig verhörte, als sie ihn zum erstenmal aufs Revier mitnahm, hatten sie ihn gefragt, warum er am nächsten Morgen, am Donnerstagmorgen, nicht sofort zu Iris gegangen war und Jason abgeholt hatte? Carol arbeitete am Donnerstagmorgen nicht, sie fing erst um elf in der Wein-Bar an. Warum hatte er Jason nicht abgeholt? Warum hatte er, bevor er zur Arbeit ging, nicht einmal versucht, Jason bei Iris abzuholen, um ihn nach Hause zu seiner Mutter zu bringen? Das habe er früher doch häufig getan. Als Inspector Leatham ihm das erste Mal diese Frage stellte, antwortete er einfach, er wisse nicht warum, es sei schon spät gewesen, er habe es Carol überlassen. Diesmal, vor etwa einer halben Stunde, hatte er zugegeben, den schlimmsten Kater seines Lebens gehabt zu haben. In seinem Kopf habe es gehämmert, sein Mund sei strohtrocken gewesen. Kaum fähig, aufrecht zu gehen, sei er hinuntergetaumelt und habe Wasser aus der Leitung getrunken. Wenn er es pünktlich bis zu dem Haus in Alexandra Park schaffen wollte, wo Ken und er um neun anfangen sollten, eine Bücherwand aufzustellen, mußte er Winterside Down um acht Uhr zwanzig hinter sich haben. Und er hatte es hinter sich gehabt, war grimmig mit hängenden Schultern losmarschiert, die schmerzenden Augen zum Schutz vor der Kälte zusammengekniffen. Wo Jason steckte oder wer sich heute um ihn kümmern sollte, interessierte ihn um diese Zeit herzlich wenig. Er dachte nicht an Jason, er hatte ihn vergessen.

Auf dem Heimweg erinnerte er sich an ihn. Er dachte an ihn, weil es seine Gewohnheit war, ihn um diese Zeit von Iris oder Beatie abzuholen. Am Donnerstag arbeitete Carol je zweimal eine halbe Schicht in der Wein-Bar, von elf bis drei und von fünf bis elf, lange, schreckliche Stunden. Für Barry, der sie am liebsten in Watte gepackt hätte, ein fast unerträglicher Gedanke.

«Wie lange hatten Sie den Jungen nicht mehr gesehen?» fragte Superintendent Treddick. «Einen Tag, eine Nacht und wieder einen halben Tag? Seit Mittwoch früh um acht nicht mehr, oder?»

«Wir wußten ja, wo er war.» Das war eine dumme Antwort, Barry erkannte es sofort, nachdem sie ausgesprochen war.

«Aber genau das wußten Sie eben nicht.»

Iris wohnte im unteren Drittel eines sehr heruntergekommenen gelben Backsteinhauses aus der Zeit der Königin Victoria. Die Wohnung bestand aus drei Zimmern und Küche mit Badewanne, die meist mit einem Brett abgedeckt war und als Eßtheke diente. Carol und Maureen waren dort geboren und aufgewachsen. Dort waren sie geschlagen, getreten und mit Gürtelschnallen verletzt worden, und Maureen, die als Kind viel weinte, hatte einen gebrochenen Arm davongetragen. Barry fragte sich manchmal, was Iris getan hatte, während das alles passierte. Wahrscheinlich vor dem Fernseher gesessen, geraucht, sich überlegt, daß es nicht ewig so weitergehen konnte, und dankbar aufgeatmet, weil Knapwells Gewalttätigkeit sich nicht gegen sie richtete ...

Jerry war an die Tür gekommen.

«Jason?» sagte er, als habe er den Namen nie gehört, als sei es ein ausländischer Name, den er möglicherweise nicht richtig aussprechen konnte.

«Wer ist an der Tür, Jerry?» kreischte Iris von irgendwoher. Sie kam aus der Küche und wischte sich die Hände an einem Geschirrtuch ab. «O nein, Barry, da hast du dich geirrt. Du bist im falschen Laden. Die Schwarzen haben ihn. Ich habe ihn weder gesehen noch gehört seit – seit wann denn? Ach ja, seit Montag. Wir wissen gar nicht, wie uns geschieht, so still ist es bei uns, nicht wahr, Jerry?»

Bevor Barry zu den Isadoros kam, erinnerte er sich, daß er am Abend vorher in Highgate gewesen war, und Carol gesagt hatte, sie habe Beatie angerufen, und Beatie habe ihr gesagt, Jason sei bei Iris. Trotzdem ging er zu dem Doppelhaus. Vielleicht hatte Carol ihn angeschwindelt, damit er Ruhe gab. Sie war nicht unehrlich, aber hin und wieder griff sie schon zu einer kleinen Notlüge, um ihm nicht den Abend zu verderben. Er dachte voller Zuneigung an sie, die kleinen menschlichen Schwächen machten sie um so liebenswerter.

«Jason ist bei seiner Oma.» Beatie höchstselbst war schwerfällig an die Tür gekommen, das Baby Kelly rittlings auf der schwammigen Hüfte. «Karen hat ihn seiner Oma gestern um halb drei übergeben.»

In diesem Moment war in Barry zum erstenmal Furcht aufgestiegen. «Sie hat ihn nicht. Ich war eben dort.»

«Dann ist er bestimmt bei seiner Tante Maureen. Möglicherweise hat Karen gesagt, daß sie ihn zu seiner Tante Maureen gebracht hat.»

Jason war noch nie über Nacht bei Maureen geblieben. Maureen mochte keine Kinder. Sie liebte ihre Wohnung und wahrscheinlich auch ihren Mann Ivan, mit dem sie, obwohl erst sechsundzwanzig, schon neun Jahre verheiratet war. Während dieser neun Jahre hatte sie ihr zweistöckiges Reihenhaus in der Winterside Road in einen kleinen Palast verwandelt. Sie und Carol waren sich nicht ähnlich, dennoch sah man, daß sie Schwestern waren. Sie hatten beide runde Gesichter, und an den Schläfen einen ähnlichen Haaransatz. Aber Maureens Haar war glatt und mausbraun, außerdem war sie flachbrüstig und hausbacken. Sie erinnerte Barry an eine Wüstenmaus, die er einmal in einem Kinderzoo gesehen hatte, wohin er an irgendeinem Wochenende mit Tanya und Ryan gegangen war.

«Carol sollte keine Kinder haben, wenn sie nicht auf sie aufpassen kann, verdammt noch mal», sagte Maureen. Sie hatte gebügelt, und das ganze Haus roch nach Sprühstärke, die einem den Atem nahm, weil sie zu stark duftete. «Es sind immer Kinder wie die ihren, die ermordet werden, das bringen sie ständig im Fernsehen.»

«Um Himmels willen ...»

«Jemand muß ihn haben, das steht fest. Jay hat sich wohl kaum irgendwo ein Zimmer gemietet.»

Danach hatte er Carol in der Wein-Bar angerufen.

«Ich kann den Bullen doch nicht sagen, daß ich ihn seit gestern früh nicht mehr gesehen habe. Das kann ich nicht, Barry! Wie werden die mich behandeln? Du weißt, was für Arschlöcher das sind. Ich kann mich nicht selbst in Schwierigkeiten bringen. Was werden die mit mir machen?»

«Ich weiß nicht», antwortete Barry, der sich jung und unnütz vorkam.

«O Dave, Dave, warum hast du auch sterben müssen!» schrie Carol. «Warum hast du mich ganz allein gelassen? Warum bist du nicht hier und kümmerst dich um mich?»

Barry legte die Arme um sie. «Ich bin ja da», sagte er.

Dennis Gordon, der Mann, der mit seinen Lastzügen quer durch Europa fuhr, hatte sie nach Hause gebracht. Wenn er nicht in Jugoslawien oder der Türkei oder sonst irgendwo und auch nicht in dem großen Haus war, das er in der Nähe von Mill Hill hatte, hielt er sich gewöhnlich in der Wein-Bar auf. Barry erhaschte einen Blick auf seinen Wagen, einen metallicblauen Rolls, ein erstaunliches Fahrzeug. Ins Haus gekommen war Dennis Gordon nicht. Carol war sehr blaß. Sie leckte sich unaufhörlich die Lippen, bis sie sich fast den ganzen Lippenstift abgeleckt hatte. Er brauchte eine ganze Weile, um sie zu überzeugen, daß sie zur Polizei gehen mußten – sie mußten hingehen, was sonst? –, doch am Ende war sie einverstanden, wenn sie auch das Gesicht verzog und die Hände ballte. Sie ging hinauf, um sich umzuziehen, und kam in einem grauen Flanellrock, schwarzem Pullover und rehbraunem Regenmantel, den Barry noch nie gesehen hatte, wieder herunter. Sie sah darin älter und mehr wie Maureens Schwester aus.

Er hoffte, sie werde der Polizei sagen, er sei ihr Verlobter, statt dessen sagte sie, wie zu den Nachbarn in Winterside Down, er habe ihr Gästezimmer gemietet. Barry ließ sich davon nicht kränken. Es war nur natürlich, daß Carol, die ein schweres Leben gehabt hatte und immer kämpfen mußte, respektabel erscheinen wollte. Es glaubt ihr sowieso keiner, dachte Barry zärtlich. Welcher Mann, der Carol ansah, konnte glauben, daß sie keinen Liebhaber habe?

Die Suche nach Jason hatte noch am selben Abend begonnen. Er war selbst mit dem Suchtrupp gegangen. Die Polizei hatte sie alle vernommen – ihn, Carol, Iris, Beatie, Karen und alle anderen Kinder, jeden in der Siedlung, wie ihm schien. Und irgendwann am Freitag vormittag gegen elf hatten Carol und er, Inspector Leatham und ein junger Constable und noch ein paar andere in der Nähe der Lordship Avenue in den Rudyard Gardens gestanden, und man hatte ihnen etwas gezeigt, das in einem langen, schmalen Vorgarten hinter einer niedrigen Mauer zwischen Geröll, Abfall und Gerümpel gefunden worden war. Barry erkannte es sofort. Er hatte es in der vergangenen Woche selbst gewaschen, nachdem Maureen es in Jasons Hand gesehen und naserümpfend gesagt hatte: «Dieses Tier ist eine Schande, Carol, egal, was es ist. Du solltest es ganz einfach wegwerfen, finde ich.»

Ein Wollämmchen, aber aus Nylon. Ein Weihnachtsgeschenk

von Kostas' Frau Alkmini. Carol sah das formlose graue Spielzeug und begann zu schreien.

«Sein Lamm! Das ist Jasons Lamm! Er wäre ohne sein Lamm nie allein weggelaufen!»

Da hatten sie es dann gewußt. Ganz sicher gewußt.

Superintendent Treddick kam nicht wieder und Inspector Leatham ebensowenig. Sie schickten einen Sergeant. Der Sergeant sagte zu Barry, er könne jetzt gehen, wenn er wolle, und Barry ging zu Fuß nach Hause. Weder er noch Carol waren seither zur Arbeit gegangen. Sie waren auch kaum miteinander allein gewesen. Iris und Jerry waren fast das ganze Wochenende geblieben, dann waren Maureen und Ivan und eine Nachbarin nach der anderen gekommen. Carol hatte sich mit den Spicers von nebenan nie vertragen, den Leuten mit dem Stall altenglischer Kaninchen im Garten, die sich Jason durch den Zaun so gern ansah, aber Kath Spicer war auch gekommen, und Carol hatte an ihrer Schulter geweint.

Als Barry in die Summerskill Road einbog, parkte Dennis Gordons Rolls vor dem Haus, von einem guten halben Dutzend Kindern umringt, von denen eins, ein Kupar, kein Isadoro, einen spitzen Nagel zückte. Sie starrten Barry schweigend an, als erwarteten sie, daß er sie ausschimpfte, aber er sagte nichts. Es ging ihn nichts an, wenn Dennis Gordon so dämlich war, seine Prunkkarosse unbewacht in dieser Gegend abzustellen.

Dennis Gordon war bei Carol, und Kostas saß auch da. Gordon hatte Carol einen Armvoll roter Rosen in Cellophan mit silberner Schleife mitgebracht. Kostas war mit zwei Flaschen Riesling gekommen. Obwohl er nicht älter war als Vierzig, hatte Kostas ein Gesicht wie ein alter brauner Lederbeutel. Sein Haar war lackschwarz, er hatte einen Schnurrbart wie Errol Flynn und trug immer sehr helle Anzüge. Heute war es ein blaßgelber mit einem schwarzen Hemd. Dennis Gordon, von dem Barry schon viel gehört, den er aber noch nie gesehen hatte, war ein großer dunkler Mann mit einem sehr langen Kinn und tiefliegenden Augen. Er trug einen Siegelring, der aussah wie aus einem Silbernugget herausgehauen – aber wahrscheinlich Platin oder Weißgold war. Es war der reinste Schlagring, eine stets bereite Waffe, und Barry erinnerte sich, daß Carol sich bewundernd über Gordons Gewalttätigkeit ausgelassen hatte. Er sah aus wie ein Ganove, ein Gangster. Man erzählte sich, er habe auf seine erste Frau geschossen, die, zum Glück für ihn, an der Verletzung nicht starb, sich aber scheiden ließ.

Als Kostas Barry erblickte, begrüßte er ihn, indem er seine schmutzig aussehende Hand ein paar Zentimeter vom Knie hob. Dennis Gordon drehte sich um und sah wieder weg. Er fragte Carol, ob er ihr irgendwie helfen könne, denn er wolle alles in seiner Macht Stehende für sie tun, sie brauche ihm nur zu sagen, was sie wolle. Es breche ihm das Herz, wenn er sich vorstelle, daß sie ganz allein sei.

Carol hatte ihm wahrscheinlich das Märchen von ihrem Untermieter erzählt. «Sie ist nicht allein», sagte Barry. «Sie hat mich.»

Dennis Gordon hielt sich die Faust vor den Mund und biß auf den großen Platinklumpen. Seine Zähne knirschten ein bißchen.

«Ich hab dich im Fernsehen gesehen», sagte er zu Carol. «Du warst echt Klasse.»

«Ach, wirklich?» fragte Carol und sah geschmeichelt aus.

«Du bist einfach toll fotogen. Die sollten dir einen Job im Studio geben.»

Barry verschwand in die Küche, um sich nach etwas Eßbarem umzusehen. Er machte sich eine Tasse Tee, ging damit aber nicht ins Wohnzimmer. Er konnte sich nicht vorstellen, daß die beiden irgendwann Tee tranken. Dennis Gordon sah aus wie die Typen, die sich praktisch von unverdünntem Brandy ernährten. Als Barry wieder ins Wohnzimmer ging, waren die beiden fort, und Iris war gekommen. Auch Iris trank nie Tee. Sie machten den Riesling auf.

«Sie suchen den Kanal mit Schleppnetzen ab, hab ich eben gesehen», sagte Iris.

Carol sah sie aus großen Augen an und preßte die Hand auf den Mund. Barry hätte Iris am liebsten umgebracht.

«Das ist reine Routine», sagte er. «Sie haben mir gesagt, es sei reine Routine.»

Iris zündete sich eine Zigarette an. Sie hatte nikotingelbe Finger und zeigte ihre gelben Zähne, als sie die Zungenspitze herausstreckte, um einen Tabakkrümel loszuwerden. «Manchmal sind Schwäne auf dem Kanal. Er war ein kleines Äffchen und wollte immer zu den Schwänen hinunter.»

Sie sprach, als sei Jason nicht mehr am Leben. Barry fragte sich manchmal, ob sie überhaupt Gefühle hatte, ob es überhaupt jemanden gab, dem sie Zuneigung oder Interesse entgegenbrachte, um den sie sich sorgte, ängstigte. Vielleicht waren ihr diese Empfindungen während ihrer Ehe verlorengegangen. Carol nahm sich eine Zigarette aus der Packung ihrer Mutter, zündete sie an, und ein wenig Farbe kam in ihre Wangen zurück. Sie hatte sich nicht die Mühe gemacht, Make-up aufzulegen, und Barry wußte, daß das ein verläßliches Zeichen für ihren Zustand war. Ihre Angst um Jason hatte sie von Barry entfernt, und sie hatten sich seit Mittwoch nicht mehr geliebt. In Jeans und dem grauen Pullover, den er nicht mochte, kauerte sie, die Arme um die hochgezogenen Knie geschlungen, in einem Sessel und sah ungefähr wie fünfzehn aus. Sie hatten kein einziges Foto von Jason, das sie der Polizei geben konnten. Carol hatte Leatham sehr direkt angesehen und gesagt: «Ich habe kein Geld für Fotoapparate», aber die Zeitungen hatten das wieder wettgemacht, indem sie die Fotos abdruckten, die sie von ihr schossen. In einigen Zeitungen war sie sogar auf der Titelseite erschienen und hatte genauso ausgesehen wie jetzt – jung, unglücklich und schön. Barry hatte die beiden Titelseiten wegen der Fotos aufgehoben. Nie werde ich sie wegwerfen, dachte er.

Vielleicht klang das gefühllos, doch die Wahrheit sah so aus, daß er Jasons wegen zwar beunruhigt war, seine Angst und seine Sorge jedoch Carol galten. Er konnte nicht ehrlich behaupten, daß er Jason liebte, und er litt nicht so, wie wenn er Jasons Vater gewesen wäre. Ihm war nur um Carols willen darum zu tun, daß der Junge wieder heil nach Hause kam. Er blickte von Iris zu Carol und betrachtete dann den lächelnden David in seinem Rahmen auf dem Bord über dem Heizkörper und dachte zum erstenmal über Jasons Vater nach. Er mußte einen Vater haben, irgend jemand mußte sein Vater sein, schließlich war er nicht von einem unbekannten Spender in einer Retorte gezeugt und später Carol in die Gebärmutter eingepflanzt worden.

Als Jason noch bei ihnen gewesen war, hatte Barry nie darüber nachgedacht, wer sein Vater sein mochte, doch nun, da der Junge fort war, belastete ihn der Gedanke. Irgendwie schien jetzt die Identität von Jasons Vater an Bedeutung gewonnen zu haben. Früher oder später – und wahrscheinlich früher – würde dieser Mann, wer immer er war, in Carols Leben zurückkehren, weil Jason verschwunden war. Schließlich war Jason nicht nur Carols Sohn, sondern auch der seine.

Barry faßte den Entschluß, Carol ohne Umschweife zu fragen, wer dieser Vater war. Hoffentlich ging Iris bald, damit er mit Carol allein sein konnte.

9

Mopsa war stolz auf sich. «Ich habe auch seine Kinderkarre mitgenommen. Ich habe sie zusammengelegt und im Kofferraum verstaut.»

«Wo ist sie jetzt?»

«Du meine Güte, sie liegt noch drin!»

«Du hast wirklich geglaubt, jedes Kind wäre gut genug für mich. Ich habe mein Kind verloren, also wäre jedes andere ein vollwertiger Ersatz. Man mußte mir nur ein neues besorgen. Als ob ein Hund stirbt und man sich einen neuen Welpen kauft.»

«Es war nicht irgendein Kind», protestierte Mopsa. «Ich habe einen Jungen für dich gefunden. Ich habe einen kleinen blonden Jungen für dich gefunden.»

«Einen Welpen von derselben Rasse», sagte Benet mit schwacher, erstickt klingender Stimme.

Jason kam zu ihr, damit sie ihm den Mantel auszog. James' Mantel. Zwei Jungen, beinahe gleich groß, beinahe vom selben Typ. Zwei angelsächsische Jungen. Sie dachte an das geflügelte Wort von Gregory – keine Angeln, sondern Engel. Mopsa hatte ihn im Vorbeifahren auf einer Mauer entdeckt ...

Sie nahm Jason bei der Hand und ging hinunter. Mopsa schlich hinter ihnen her. Sie schlich wirklich, trat leise und verstohlen auf, als könne eine falsche Bewegung, ein lautes Geräusch Benets Zorn wecken. Auf Zehenspitzen ging sie durch die Küche und beobachtete Benet aus den Augenwinkeln. Ihr Gesicht wirkte heute merkwürdig schief, als leide sie an einer Fazialisparese oder spanne die Benet zugewandte Wange absichtlich an. Jason fand seine Zeichenstifte und ein sauberes Blatt Papier.

Die Polizei des ganzen Landes sucht ihn, dachte Benet, man vermutet das Schlimmste, man glaubt, er sei entführt, verletzt, ermordet worden. Und dabei war er die ganze Zeit hier, zeichnet, geht spazieren, sieht fern – sieht seine Mutter im Fernsehen und bemüht sich dann verzweifelt, sie aus dem Apparat herauszuholen.

Eine schüchterne Hand legte sich ihr auf den Arm. Mopsa drehte den Kopf herum, bis er ihre Schulter berührte, und sah zu Benet auf. Es war die groteske Parodie eines um Verzeihung bettelnden Kindes. Mopsas Augen waren getrübt, der Blick völlig verschwommen.

«Ich hab's für dich getan, Brigitte.»

«Ich weiß. Das hast du schon einmal gesagt.» Benet bemühte sich, freundlich und ruhig zu sprechen. Ich darf meine Mutter nicht hassen ... «Die Frage ist nur, ob ich die Polizei anrufen und ihn abholen lassen oder ob ich ihn in den Wagen setzen und selbst mit ihm zum Polizeirevier in Rosslyn Hill fahren soll. Vermutlich letzteres. Es wäre wohl schwierig, die Sache am Telefon zu erklären.»

«Das darfst du nicht tun», sagte Mopsa. «Das tust du doch nicht, oder?»

«Was? Nicht anrufen oder nicht hinfahren?»

«Du darfst ihn überhaupt nicht zurückgeben. Du weißt, was sie sagen werden.» Ein unbeschreiblich listiger Ausdruck breitete sich auf Mopsas Gesicht aus. Wenn sie ihre Züge so anspannte, blähten sich ihre Nasenflügel und wurden ganz weiß. Sie ging zu Jason hinüber, der auf dem Boden saß und zeichnete, und stürzte sich auf ihn. Sie riß ihn mit Zeichenpapier und Buntstift in die Arme, und er zuckte zusammen, als erwarte er einen Schlag. Mopsa umklammerte ihn, setzte sich ihn aufs Knie und hielt ihn fest, als sei er ein Requisit, das sie für ihre Rolle brauchte. «Du weißt, was sie sagen werden, nicht wahr? Sie werden sagen, du hättest ihn gestohlen, weil du deinen Jungen verloren hast. Das ist nichts Neues, das tun Frauen oft, denen ein Kind gestorben ist. In der Presse liest man immer wieder von einem solchen Fall. Und du bist berühmt – nun, zumindest bekannt, und viele Leute haben schon von dir gehört. Es wird in allen Zeitungen stehen, daß du ihn entführt hast.»

Jason wollte von Mopsas Schoß herunter. Er schaffte es, ihr zu entkommen, ging zur Tür und begann dann die Treppe hinaufzusteigen. Zurück zum Fernseher und einem neuen Versuch, seine Mutter zu finden, wie Benet vermutete.

«Aber ich habe ihn nicht entführt», sagte sie. «Du hast es getan.»

«Das wird niemand glauben.»

«Selbstverständlich werden sie es glauben. Ich werde es ihnen sagen. Es tut mir leid, aber ich habe keine andere Wahl. Ich werde ihnen sagen müssen, daß – daß du früher zeitweise geistig gestört warst und ihn mitgenommen hast.»

Zum Glück war Jason nicht im Zimmer und sah daher nicht, was als nächstes passierte. Obwohl er Mopsas Schreie hören mußte, war er wenigstens nicht dabei. Mopsa öffnete einfach den Mund so weit wie möglich und stieß Schreie von entsetzlicher Lautstärke aus. Sie stand da und schrie Benet ins Gesicht. Benet hatte so etwas noch nie gesehen oder gehört, und im ersten Augenblick blieb sie wie gelähmt stehen und konnte nichts anderes tun, als die Hände an die Ohren pressen. Sie wußte, daß man jemanden, der einen hysterischen Anfall hatte, kräftig ins Gesicht schlagen mußte, doch sie brachte es nicht fertig. Ihr Arm war so schwach wie der eines Menschen, der im Traum versucht zuzuschlagen.

«Mutter, hör auf. Bitte hör auf ...»

Mopsa schrie weiter. Sie fiel auf die Knie, schlang die Arme um Benets Beine, drückte sie fest an sich und schrie, jetzt schon schwer atmend und heiser vor Erschöpfung. Sie kauerte auf dem Boden und scharrte an Benets Schuhen herum.

«Mutter, ich halte das nicht aus. Hör bitte auf.»

Einen Herzschlag lang hatte sie sich gefürchtet. Im Nacken hatte ihr die Haut geprickelt, und sie hatte gefühlt, wie sich ihr buchstäblich die Nackenhaare aufstellten. Sie hatte sich vor der bemitleidenswerten, halb verrückten Mopsa gefürchtet. Sie bückte sich, packte Mopsa an den Schultern und schüttelte sie, jedoch ohne Erfolg. Mopsa riß sich von ihr los, trommelte mit den Fäusten auf den Boden und schrie: «Sie werden mich in eine Anstalt stecken, sie werden dich dazu bringen, daß du mich in eine Anstalt bringst, man wird mich für geisteskrank erklären, und dann komm ich nie wieder raus, ich werde dort sterben.»

«Aber nein, Mutter, das lasse ich nicht zu.»

«Wenn du es ihnen sagst, kannst du es nicht verhindern. Das Gericht wird mich einweisen. Man wird mir den Prozeß machen, und das Gericht wird verfügen, daß ich in einer Anstalt untergebracht werde, und dann komme ich nie wieder raus.»

Sie fing wieder an zu schreien. Und sie hatte ja recht. Sie wußte sehr gut Bescheid. Welcher Idiot hatte behauptet, die Geisteskranken wüßten nicht, daß sie verrückt sind? Mopsa wußte es sehr gut, und sie wußte auch, was passieren konnte. Wenn sie wegen der

Entführung von Jason Stratford verurteilt wurde, konnte das Gericht sie zur psychiatrischen Behandlung in eine Klinik einweisen und ihre spätere Entlassung verhindern.

«Bitte hör auf zu schreien, Mutter.»

Wieder versuchte Benet, sie aufzuheben. Jason öffnete die Tür und spähte furchtsam herein. Es schien Benet plötzlich unverzeihlich, daß er hier festgehalten und überdies einer solchen Szene ausgesetzt wurde. Sie hob ihn auf und sagte ihm, es sei alles in Ordnung, er brauche sich nicht zu fürchten, obwohl sie nicht hundertprozentig überzeugt war, daß das wirklich zutraf. Sie war gar nicht so sicher, ob es nicht das beste wäre, Mopsa einzusperren, damit sie keinen Schaden mehr anrichten und kein Chaos mehr verursachen konnte. Mopsa schluchzte jetzt, kroch zu einem Stuhl und versuchte sich daran aufzurichten. Sie ist meine Mutter, dachte Benet, ich kann meine eigene Mutter doch nicht in ein Irrenhaus stekken. Ein Gefühl der Hilflosigkeit überkam sie, das Bewußtsein, daß sie der Situation nicht gewachsen war, in die Mopsa sie gebracht hatte. Und Jason, der sich an sie kuschelte wie früher ihr Kind, auf dem Arm zu halten, war ihr plötzlich so widerwärtig, daß sie ihn am liebsten fallen gelassen hätte.

Natürlich tat sie es nicht. Sie stellte ihn auf den Boden, so sanft sie konnte. Das Verlangen, das sie überkommen hatte, als Mopsa ihn brachte, überkam sie jetzt stärker und drängender von neuem. Warum sollte sie nicht fortgehen, in ein Hotel gehen, irgendwohin verschwinden, vielleicht sogar ins Ausland, und die beiden hier zurücklassen? Sollte Mopsa sehen, wie sie mit der Sache allein fertig wurde. Und sollte sie, bevor sie abflog, vom Flugplatz aus die Polizei anrufen und sagen, wo Jason Stratford war?

Aufrecht auf dem Stuhl sitzend, schlang Mopsa ihre Füße um die Stuhlbeine. Sie rang die Hände und zerrte mit den Fingern an den Daumen.

«Ich habe keinen Führerschein.»

«Was soll das heißen?»

«Er ist abgelaufen, bevor wir nach Spanien umzogen. Ich habe ihn nie erneuern lassen. Dein Vater hat gesagt, es sei zu gefährlich, mich ans Steuer zu lassen.» Mopsas Benehmen war jetzt das eines boshaften kleinen Mädchens. «Sie werden wissen, daß ich keinen Führerschein habe. Ich sage ihnen auch, daß ich gar nicht fahren kann. Und außerdem merken sie ja, daß ich nicht kräftig genug bin, um einen so großen Jungen zu tragen.» Weil Benet nicht antwortete, begann Mopsa mit den Absätzen zu trommeln. «Warum sollte ich ihn auch nehmen? Ich mag keine Kinder. Ich habe ihn nicht genommen, ich hab's nicht getan, und du kannst mich nicht zwingen zu sagen, daß ich es war. Wie kannst du es wagen zu behaupten, ich sei es gewesen!»

Jetzt, zu spät, erkannte Benet, daß es ein Fehler gewesen war, Mopsa zu sagen, sie wolle zur Polizei gehen. Sie hätte es einfach tun sollen. Sie hätte Jason in die Kinderkarre setzen und sagen sollen, sie gehe einkaufen. Mit Mopsa energisch zu sprechen, nur einen energischen Satz zu ihr zu sagen, hatte diese schreckliche Wirkung. Man hatte es Benet gesagt, selbst erlebt hatte sie es noch nie.

«Ich habe ihn nicht genommen, Brigitte. Ich hab's nicht getan.»

«Nein, du hast ihn nicht genommen.»

«Du hast es getan und versuchst mir die Schuld in die Schuhe zu schieben.»

«In Ordnung», sagte Benet. «Wie du willst, ganz wie du meinst.»

Ich darf meine Mutter nicht hassen ...

Sie holte zwei Valium für Mopsa und machte ihr eine Tasse Kaffee. Jason würde Hunger haben, und auch wenn Mopsa und sie keinen Appetit hatten, er wollte bestimmt seinen Lunch. Sie machte das Backrohr auf. Auf dem Rost stand eine Kuchenform mit Teig. Eine Welle der Hysterie packte sie, als sie die Kuchenform sah. Mopsa hatte den Kuchen vergangene Woche ins Rohr gestellt, aber den Herd nicht eingeschaltet. Kleine blaßgrüne Schimmelflecke bedeckten die vertrocknete Kruste der Backmischung. Benet drehte den Kaltwasserhahn auf und klatschte sich Wasser ins Gesicht. Es gelang ihr, sich zu beherrschen, nur ein leichter Kopfschmerz blieb zurück. Sie hatte keine Ahnung, was sie tun sollte, und verdrängte jeden Gedanken daran, sie konzentrierte sich auf den Lunch und darauf, daß Mopsa ruhig blieb und der Junge zufrieden war.

Jason schlief, und dann machten sie alle einen langen Spaziergang über die Heide. Seit Benet wußte, wer er war, erwartete sie stündlich, daß die Polizei anrief oder ins Haus kam, und als sie draußen war, glaubte sie, hinter jedem Gebüsch Polizisten lauern zu sehen. Zehn Minuten nachdem sie nach Hause gekommen waren, klingelte es an der Haustür, und sie wußte, daß es zwei Kriminalbeamte waren, ein älterer und ein jüngerer, und einer der beiden würde einen Haussuchungsbefehl zücken und einen Fuß in die Tür stellen. Sie wappnete sich, zögerte einen Moment und öffnete dann. Es war eine Zeugin Jehovas, eine sympathische junge Frau mit einem Kind, das nicht viel älter war als Jason.

Mopsa war von den Ereignissen des Tages erschöpft. Sie schlief vor dem Fernseher ein. Im letzten Bericht in den Nachrichten wurde gezeigt, wie die Polizei den Kanal in Winterside Down mit Schleppnetzen absuchte. Im Hintergrund erkannte Benet die Rückseiten der Häuser in der Winterside Road, wo sie mit Mary und Antonia gewohnt hatte und Tom Woodhouse ihr nächster Nachbar gewesen war. Sie schienen Jason nichts zu sagen. Falls er die Chinesische Brücke, die grünen Rasen und den Turm erkannte, ließ es ihn im Moment kalt. Die schlafende Mopsa schien ihn viel mehr zu interessieren. Ihr Mund war leicht geöffnet, und hin und wieder stieß sie einen leisen Schnarchlaut aus. Jason wartete gespannt auf das nächste Schnarchen, und wenn es kam, wandte er sich Benet zu und lachte.

Seine Schlafenszeit war gekommen. Vermutlich mußte sie ihn jetzt baden. Warum nicht? Morgen früh wollte sie ihn zur Polizei bringen, ohne Mopsa etwas zu sagen. Sie wollte ihn zur Polizei bringen und dort so vernünftig wie möglich erklären, wie es um Mopsa stand. Und gleichgültig, wie die Konsequenzen aussehen würden, sie mußten sie beide auf sich nehmen. Wahrscheinlich hatte sie auch schon etwas Schreckliches getan, weil sie Jason einen Tag länger als nötig seiner Mutter vorenthalten hatte. Sie dachte an James und daran, was sie empfunden haben würde.

Im Bad setzte sie sich Jason auf den Schoß und begann ihn auszuziehen. Er war ungeduldig, wollte ins Wasser. Sie zog sein Unterhemd aus, der Atem stockte ihr, und sie schrie unterdrückt auf.

Alte blaue Flecke, inzwischen gelb verfärbt, bedeckten die linke Seite seines Rückens, die Körperseite und die Innenseite seines Arms. Am Arm hatte er außerdem eine jetzt verschorfte Abschürfung. Auf dem Rücken, rechts neben der Wirbelsäule, war eine große Narbe, die, noch nicht verblaßt, so aussah, als stamme sie von einem Metallgegenstand mit scharfen Kanten, und darüber, fast zu sehen, wenn man den Kragen eines Hemdes oder Pullovers ein Stückchen wegzog, war die tiefe Narbe einer kleinen, kreisrunden Brandwunde. Als sie in der Winterside Road wohnte, hatte ein

Mann, von dem es hieß, er nehme harte Drogen, auf seinem Handrücken eine brennende Zigarette ausgedrückt, ohne zu merken, was er tat. Die Wunde hatte genauso ausgesehen.

Benet hob Jason ins Wasser. Sie konnte den Anblick seines Rükkens nicht ertragen und wandte das Gesicht ab. Zu ihrem Erstaunen – denn was sie gesehen hatte, hatte sie zuerst geschockt und dann mit blindem Zorn erfüllt – traten ihr Tränen in die Augen und liefen ihr über die Wangen. Eine heftige Gemütsbewegung, die nichts mit ihrem Kummer zu tun hatte, hatte sie zum Weinen gebracht. Endlich weinte sie um James. Sie legte die Arme auf den Rand des Waschbeckens, vergrub das Gesicht in den Händen und weinte.

Jason stand auf, schlug mit den Fäusten auf das Wasser und schrie: «Nein, nein, nein, nein!»

Er wollte nicht, daß sie weinte. Sie rieb sich das Gesicht mit einem Handtuch trocken und holte ein paarmal tief Atem. Er beobachtete sie sehr genau, wartete, bis sie wieder ruhig war, nahm dann die Seife aus der Seifenschüssel, reichte sie ihr feierlich und gab ihr zu verstehen, daß sie ihn waschen sollte. Sein so ungewöhnlich reif wirkendes Gesicht war sehr ernst.

Oben im anderen Bad lagen noch James' Badetiere. Während sie Jason wusch und seine Verletzungen dabei sehr vorsichtig behandelte, dachte sie, daß es ihm vielleicht Spaß gemacht hätte, damit zu spielen. Doch ihr hätte es – gelinde, sehr gelinde ausgedrückt – keinen Spaß gemacht, ihn damit spielen zu sehen. Trotz der blauen Flecke und des vernarbten Rückens kehrte ihre Abneigung gegen ihn zurück. Er hatte ihr so viele Schwierigkeiten gebracht, es würde eine Erleichterung sein, ihn loszuwerden, ihn der Polizei zu übergeben. Die Konsequenzen waren ihr völlig egal.

Ganz früh am Morgen, als Mopsa und Jason, wie sie vermutete, noch schliefen, fuhr sie zur Hampstead Station und kaufte sich eine Zeitung. Die Story über den vermißten Jungen wurde in einem Dreispalter auf einer inneren Seite fortgesetzt. Darin hieß es, Jasons Mutter habe noch zwei Kinder, die in einem städtischen Heim untergebracht seien. Sie sei seit fast vier Jahren Witwe und lebe seit sechs Monaten mit einem um acht Jahre jüngeren Mann zusammen. In dem Artikel stand nichts davon, daß man die Möglichkeit eines Mordes in Betracht zog oder daß jemandem eine solche Tat zur Last gelegt wurde oder zur Last gelegt werden würde.

Benet fand ein Café, das schon geöffnet hatte, setzte sich hinein, bestellte einen Kaffee, las die Zeitung und versuchte einen Toast hinunterzuwürgen. Es erinnerte sie an jene längst vergangenen Tage in der Winterside Road, als sie – bevor sie Edward kennenlernte und nicht einmal im Traum an James dachte – freischaffende Journalistin gewesen war. In Cafés herumzusitzen, war ein fester Bestandteil ihres ungeregelten Lebens gewesen, gehörte zum Ablauf jener Tage, in denen Zeit und Zeitdruck für sie unbekannte Größen waren. Aber sie war nicht in jene Zeit zurückgekehrt, sie konnte James nicht ungeschehen machen, und wenn sie ihre Vorstellungskraft noch so sehr bemühte.

Als der High Hill Bookshop öffnete, ging sie hinein und fand in der Abteilung für Soziologie zwei Paperbacks. Das eine hatte den Titel *Das Syndrom des mißhandelten Kindes* und *Die endlose Kette: Einige Aspekte der Kindesmißhandlung*. Das Gefühl, daß die Polizei auf sie wartete, sie beobachtete, sie vielleicht sogar beschattete, war verschwunden. Sie fühlte sich ganz anders als gestern, die Welt sah ganz anders aus. Sie hatte einen entsetzlichen Traum gehabt, den sie vergessen wollte: Sadistische Polizisten wollten Mopsa zu einem Geständnis bringen, indem sie sie mit brennenden Zigaretten folterten.

Im Vale of Peace saß Jason auf dem Boden des Souterrainzimmers und zeichnete etwas, das entfernt an eine Frau mit lockigem Haar erinnerte. Mopsa bearbeitete die Möbel mit einem Polituspray und einem Tuch und summte vor sich hin. Sie unterbrach sich und sagte völlig ruhig, sie und Jason hätten sich schon gefragt, wo Benet sein könnte. Sie hätten sich Sorgen gemacht, weil sie sich nicht vorstellen konnten, wohin sie gegangen war.

Was soll ich nur tun? dachte Benet. Ich brauche Zeit zum Nachdenken. Man wird meine Mutter vor Gericht bringen, und in allen Zeitungen wird stehen, daß sie meine Mutter ist. Soll ich zusehen, wie man sie in eine Anstalt bringt? Das stehe ich nicht durch. Sie setzte sich in den Sessel am Fenster und begann *Das Syndrom des mißhandelten Kindes* zu lesen. Die geschilderten Fälle waren entsetzlich und furchtbar bedrückend. In einem der längsten und sehr ins Detail gehenden Berichte hatte der Autor, um die Identität des Kindes nicht preiszugeben, dem Jungen den schließlich ziemlich häufig vorkommenden Namen James gegeben. Mopsa zog ihren blauen Regenmantel an, band sich ein Tuch um den Kopf und ging mit Jason spazieren.

Das Telefon klingelte zweimal, aber Benet meldete sich nicht. Im Moment war es ihr unmöglich, mit einem Außenstehenden zu sprechen, mit jemandem, der nichts mit Jason und Mopsa zu tun hatte. Oder mit jemandem – und das waren alle –, die nicht wußten, was mit James geschehen war.

«Wann denkst du daran, nach Hause zu fahren?»

Mopsa machte ein gekränktes Gesicht. «Du willst mich wohl loswerden?»

«Mußt du noch einmal ins Krankenhaus?»

«Am Freitag vormittag.»

«Dann wäre es am besten, wenn du Samstag fährst. Ich möchte nicht unfreundlich sein, und ich will dich auch nicht loswerden, Mutter. Aber wir müssen etwas wegen dieses Kindes unternehmen. Ich dachte mir, daß ich deinetwegen warte, bis du in der Maschine sitzt, und ihn dann der Polizei übergebe. Ich werde damit warten, bis du fort bist. Und wenn es dich tröstet, kann ich dir versichern, daß wir mit Spanien wahrscheinlich kein Auslieferungsabkommen haben. Sie können dich nicht zurückholen.»

«Aber ich habe schon das Ticket für den Rückflug – und zwar für nächsten Mittwoch.»

«Ich kaufe dir eins für eine Maschine, die am Samstag geht.»

«Komisch, daß du so viel Geld hast, ein Flugticket kaufen zu können wie andere Leute einen Busfahrschein», sagte Mopsa.

Benet antwortete nicht. Sie wunderte sich über ihr Verhalten. Noch gestern morgen hatte sie nicht im entferntesten daran gezweifelt, daß Jason sofort zu seiner Familie zurückgebracht werden mußte, während sie jetzt ganz gelassen den Entschluß gefaßt hatte, ihn noch vier Tage zu behalten. Um Mopsas willen? Ja, zum Teil. Mopsa der Demütigung und den Schrecken eines Prozesses auszusetzen, hätte keinen sinnvollen Nutzen, weder einen gesellschaftlichen noch einen moralischen. Es konnte nur dazu führen – und sogar hier hatte Benet erhebliche Zweifel –, daß Mopsa zur Behandlung in eine Anstalt eingewiesen wurde. Doch sie wurde schon behandelt, zumindest wurden Pläne zu ihrer Behandlung entwikkelt. Dazu dienten ja die Tests im Royal Eastern Hospital. Aber sie hatte noch einen anderen Grund, Jason nicht sofort und übereilt zurückzubringen.

Während sie gestern versucht hatte, Mopsa zur Vernunft zu bringen und zu beruhigen, hatte sie ununterbrochen an Jasons Mutter denken müssen, an diese Frau, die genauso alt war wie sie, und im Fernsehen einen ergreifenden Appell an einen eventuellen Entführer gerichtet hatte, ihr das Kind gesund zurückzubringen. Es war unrecht von ihr, unglaublich grausam, diese Frau auch nur eine Stunde, einen einzigen Moment länger im ungewissen zu lassen. Dann hatte sie Jason gebadet und seine Narben gesehen. Sie hatte die Bücher gelesen. Sollte sie ihn wirklich dorthin zurückschicken?

Sie dachte dabei weniger an Carol Stratford, sondern ausschließlich an den zwanzigjährigen Barry Mahon, ihren Freund. In vielen dieser Fälle war von jungen Stiefvätern oder jungen Freunden der Mutter die Rede. Benet hatte sich ein Bild von diesem Barry Mahon gemacht. Sie stellte sich ihn als großen, grobschlächtigen, gutaussehenden und wahrscheinlich des Lesens und Schreibens unkundigen Klotz vor. Ungeduldig mit Kindern. Gewalttätig. Vielleicht ein Trinker. Sie sagte sich, sie habe nicht den geringsten Grund, so von ihm zu denken – aber hatte sie den wirklich nicht? Hatte sie nicht die Brandnarbe von einer Zigarette und die von einem Metallgegenstand herrührende große Narbe gesehen?

Sie brauchte Zeit, sie mußte nachdenken. In diesen vier Tagen konnte sie sich überlegen, wie sie Jasons Rückkehr in die Wege leiten sollte. Irgend jemand mußte darauf aufmerksam gemacht werden, daß Jason mißhandelt wurde. Sie würde zwar in keiner sonderlich starken Position sein, doch irgendwie mußte sie es schaffen, damit der Junge nie wieder dahin zurückgeschickt wurde.

Sie hatte ihr Herz gegen Carol Stratford verhärtet. Ihre Sorge mußte Mopsa, sich selbst und Jason gelten, der ein hilfloses Opfer gewesen war, nicht aber Carol Stratford, der man schon zwei Kinder weggenommen hatte – und das mit Recht.

10

Jason wurde seit einer Woche vermißt. Es war wieder Mittwoch, und er war seit einer ganzen Woche fort. Barry mußte wieder zur Arbeit gehen. Es wäre vielleicht etwas anderes gewesen, wenn Jason sein Kind oder er mit Carol verheiratet wäre. Doch wie die Dinge lagen, hatte er keine wirkliche Entschuldigung dafür, daß er Ken im Stich ließ. Außerdem würde er so schnell keinen neuen Job bekommen. Zwar glaubte er nicht, daß Ken sich Ersatz für ihn suchen würde, doch es war durchaus möglich, daß er zu dem Schluß kam, er brauche überhaupt keinen Mitarbeiter.

Barry bat Carol, ihn zu heiraten. Es war nicht das erste, eher das vierte oder fünfte Mal. Sie hatten sich voneinander entfernt, er fühlte es. Er hatte den Eindruck, daß sie ihm, seit Jason verschwunden war, immer weiter entglitt. So hatten sie sich zum Beispiel seither nicht mehr geliebt. Er wollte sie nicht berühren, es schien ihm unrecht, solange sie ihm nicht deutlich zu erkennen gab, daß sie es wollte. Der Arzt hatte ihr Schlaftabletten gegeben, und sie schlief manchmal schon, bevor er ins Bett kam. Oft saß er einfach da und sah sie an, saß eine ganze Stunde da, beobachtete sie und fragte sich, was für Erfahrungen sich während des Schlafs in das Gehirn unter den weichen blonden Babylöckchen einprägten. Wenn er so dachte, fühlte er einen Abstand zwischen sich und ihr, fühlte sich wie ein Fremder, als könne sie jeden Moment aufwachen und ihn fragen, wer er sei und was er in ihrem Schlafzimmer tue.

Als er am ersten Abend nach Jasons Verschwinden nach Hause gekommen war, war sie wieder schick angezogen, frisiert und geschminkt gewesen. Sie sah wie die Carol aus, die er von Anfang an gekannt hatte. Jetzt hinderte sie ja auch nichts mehr daran, abends auszugehen. Er dachte es, sprach es aber nicht aus und war entsetzt, daß er es fast gesagt hätte. Sie aßen, was er aus der türkischen Imbißstube mitgebracht, und tranken den Wein, den er unterwegs besorgt hatte.

«Laß uns heiraten, Carol», sagte er. «Wenn wir uns jetzt entschließen, können wir in drei Wochen verheiratet sein.»

Sie antwortete nicht, hob nur langsam die Schultern und ließ sie wieder fallen.

«Wenn ich dein Mann wäre, könnte ich besser für dich sorgen, könnte dir ein bißchen von deiner Last abnehmen.»

«Ich begreife nicht, was das ändern sollte», sagte sie.

Er versuchte sie zu überreden. Nach einer Weile sagte sie ein bißchen unlogisch und unfair: «Es ist ja nicht dein Kind, das vermißt wird, das wahrscheinlich ermordet wurde.»

Sie hatte ihn verletzt. Sie konnte ihn viel leichter verletzen als sonst jemand. Doch er hatte nicht nachgegeben. «Aber so gut wie», sagte er. «Wenn wir verheiratet wären, wäre es so gut wie meins.»

Sie gab ihm eine vernichtende Antwort, die ihm den Mund verschloß.

«Ein Baby ist ein Teil von seiner Mutter und ein Teil von seinem Vater, das ist alles. Und daran läßt sich nichts ändern.»

Am nächsten Tag hielt er es ihr vor. Es war früher Abend, und sie kamen vom Arzt. Der Arzt hatte gesagt, sie solle in einer Woche wiederkommen. Er hatte Carol Tranquilizer verschrieben. Sie klammerte sich an Barrys Arm, als sie nach Winterside Down kamen. Zum erstenmal seit einer Woche hatte sie ihn von sich aus berührt, und er schämte sich, weil es ihn so glücklich machte.

«Ist das, was du gestern abend über die Kinder gesagt hast, deine ehrliche Meinung?» fragte er. «Fühlst du wirklich, daß sie ein Teil von ihrem Vater sind? Nun ja, ich verstehe natürlich, daß du bei Dave so empfindest. Irgendwie siehst du Dave in Ryan und Tanya ...»

«Und warum sollte ich in Jason nicht seinen Vater sehen?»

Warum hatte er nur gefragt? Warum es überhaupt erwähnt? Bevor Barry Carol begegnet war, hatte er nicht gewußt, daß ein paar gleichgültig geäußerte Worte Glück, Frieden und Zufriedenheit zerstören konnten. Aber ich habe kein Recht, glücklich zu sein, dachte er, und das ist nur meine gerechte Strafe.

Plötzlich umklammerte ihre Hand seinen Arm noch fester, und er glaubte, sie wolle ihn trösten, vielleicht sogar sagen, es tue ihr leid. Er wandte ihr das Gesicht zu. Sie sah jedoch starr geradeaus. Beatie Isadoro mit Kelly im Kinderwagen und Karen und Dylan an der Seite kam ihnen entgegen.

Carol hatte Beatie nicht mehr gesehen, seit Jason verschwunden war. Beaties riesige Gestalt in einem pinkfarbenen Regenmantel über einem grünen Kittel, den sie wiederum über einem braungestreiften Kleid oder Rock trug, nahm fast den ganzen Gehsteig ein.

«Geh mir aus dem Weg, du fette Kuh», sagte Carol.

Beatie starrte sie an. «Die Polizei war heute bei mir, und ich habe ihr einiges über die schlimmen Narben erzählt, die ich an dem armen kleinen Baby gesehen hatte, das du so vernachlässigt hast.»

Barry wußte nicht, was sie meinte. Seine Eltern hatten sich in die Mittelschicht hinaufgearbeitet, und zu dem sozial angepaßten Verhalten dieser Schicht gehörte die Furcht vor öffentlichen Szenen. Selbstverständlich litt auch Barry unter dieser Furcht, doch noch bevor er Carol wegziehen konnte, hatte sie sich auf Beatie gestürzt, schlug mit den Fäusten auf sie ein, kratzte und riß sie an den Haaren. Karen schrie. Barry packte Carol und zerrte sie weg. Ihre langen Fingernägel hatten aber schon drei tiefe, blutende Kratzer auf Beaties schwartiger Wange hinterlassen, und Beatie hatte ihr einen Tritt gegen das Schienbein versetzt. Carol schluchzte in Barrys Armen. In Vorgärten und auf Haustürschwellen standen Leute und sahen zu, stumm, gleichgültig, neugierig. Die meisten waren nicht in England geboren, aber wie Schwämme hatten sie unbewußt englische Verhaltensweisen aufgesogen. Sie beobachteten die Szene mit vager, kalter Neugier. Barry brachte Carol nach Hause. Er legte den Arm um sie und führte sie fürsorglich, als sei sie krank. An der Ecke von Shinwell Close standen die Motorrad-Freaks, Wiedehopf, Blauhaar und der Jamaikaner, den sie, wie Barry gehört hatte, Schwarze Schönheit nannten. Ohne sich umzuschauen, fühlte Barry, daß sie Carol und ihm nachsahen.

Ein Glück, daß sie die Tranquilizer hatten. Sie beruhigten Carol. Sie telefonierte mit Alkmini in der Wein-Bar, als Iris und Maureen kamen. Sie hatten eine Abendzeitung mit einem Artikel über alle in den letzten fünf Jahren in London vermißten Kinder mitgebracht, die nie wieder gefunden worden waren. Jasons Verschwinden war der Anlaß zu dieser Chronik des Schreckens. Jasons Name war auch der erste, der erwähnt wurde.

Maureen fühlte sich nur in ihrem eigenen Heim wohl. Sie zog den Mantel nicht aus. Es war derselbe von oben bis unten zugeknöpfte, gerade geschnittene rehfarbene Regenmantel, den sie fast immer trug. Sie hatte flache braune Schuhe an, und der Mantel reichte ihr bis zu den Waden. Ihr Haar, dachte Barry, sieht aus, als ob sie den Kopf unter den Wasserhahn hält, das Haar dann mit einem Gummi so straff wie nur irgend möglich nach hinten zerrt und es so trocknen läßt. Obwohl sie kein rastloser Mensch, sondern in ihren Bewegungen ziemlich langsam und bedächtig war, schien sie nicht imstande, sich zu entspannen, sondern wanderte im Zimmer umher und nahm dies und das in die Hand, als wolle sie kontrollieren, ob darunter Staub lag. Sie nahm Daves Foto auf und betrachtete es. Man hätte denken können, sie habe es noch nie gesehen.

Ihre Stimme war ohne Modulation, leise und leblos.

«Warum hast du nicht abtreiben lassen?» sagte sie zu Carol.

Carol sah sie an und fragte, was sie damit meine – in jenem schleppenden, gefährlich klingenden Ton, den sie, wie Barry sehr hoffte, nie bei ihm anwenden würde.

«Als David noch lebte, hast du mir gesagt, daß du keine Kinder mehr willst. Du hättest abtreiben lassen können.»

«Sie hatte Angst», sagte Iris mit der Miene eines Menschen, der eine sehr vernünftige Erklärung vorbringt, gleichzeitig jedoch weiß, daß sie nicht wahr ist. «Man braucht sich ja nicht unbedingt eine Narkose geben zu lassen.»

Es liegt einzig und allein an den Tranquilizern, daß Carol jetzt nicht auf Maureen losgeht, dachte Barry. Sie hatte unlustig in der Zeitung geblättert und legte sie jetzt aus der Hand.

«Morgen gehe ich wieder arbeiten», sagte sie. «Irgendwann muß ich ja anfangen. Es hat keinen Sinn, hier herumzuhängen und Trübsal zu blasen.»

«Da hast du ganz recht», sagte Iris. «Das bringt Jason auch nicht zurück.»

In einem dunklen Winkel seines Bewußtseins fürchtete Barry, daß Jason nicht mehr lebte, und er wußte, daß Carol dasselbe empfand, aber Iris sprach, als gebe es keinen Zweifel mehr an seinem Tod. Sie schien ihn sogar mit fröhlicher Sachlichkeit als gegeben hinzunehmen. Sie zündete sich eine Zigarette an.

«Die Arbeit wird mich ablenken», sagte Carol.

Für Barry war es ein Schock. Irgendwie hatte er sich eingebildet, sie werde nie wieder arbeiten gehen. Man würde Jason finden, tot oder lebendig, und sie würde entweder zu Hause bleiben müssen, um darüber hinwegzukommen, oder um ihn zu versorgen. Ihm kam der schreckliche, durch nichts begründete, völlig irrationale Gedanke, daß sie Jason vielleicht überhaupt nicht finden würden.

Er wollte nicht, daß Carol in die Wein-Bar zu all den Männern zurückging. Aber er war nicht ihr Mann und hatte keine Rechte, hatte nicht einmal das Recht, eine Meinung zu äußern. Wie kamen andere, ältere Männer mit diesen Dingen zurecht, wie kamen sie mit der Eifersucht zurecht? Carol gefiel ihm besser, wenn sie geschminkt war, die Nägel lackiert hatte und das gestohlene schwarzweiße Kleid trug, aber dann gefiel sie auch den anderen besser. In dem alten grauen Pullover war sie weniger gefährdet, gehörte mehr ihm.

Nachdem Iris und Maureen gegangen waren, saßen sie nebeneinander auf der Couch und sahen fern. Er nahm ihre Hand, und sie ließ es zu, daß er sie festhielt. Das Programm war nicht besonders interessant, und seine Gedanken schweiften zu Jason. Er dachte sehr viel an Jason, wo er sein und was mit ihm geschehen sein mochte. Maureens Frage hatte ihn geschockt, obwohl er schon selbst manchmal darüber nachgedacht hatte. Warum hatte Carol keinen Schwangerschaftsabbruch vornehmen lassen? Hatte sie Jasons Vater geliebt?

Barry und Ken arbeiteten in dem neuen Bürogebäude in der Nähe der Finchley Road. Es war reines Glück, daß der Direktor ein mit afrikanischem Mahagoni getäfeltes Büro haben wollte, und ein noch größeres Glück, daß Ken den Auftrag bekommen hatte. Sie arbeiteten höchstens eine halbe Stunde, als die Polizei Barry holen kam. Nicht Treddick diesmal, sondern Detective Inspector Leatham und ein Mann, den Leatham Sergeant Dowson nannte. Ken sagte nichts, als sie erklärten, sie wollten Barry mitnehmen, weil er ihnen bei ihren Ermittlungen helfen müsse, aber er machte ein ungläubiges Gesicht.

Im Wagen schwiegen sie. Barry merkte, daß der Fahrer den Weg durch die Delphi Road und Rudyard Gardens zum Revier nahm, und er dachte, sie wären schneller dagewesen, wenn sie direkt durch die Lordship Avenue gefahren wären. Barry selbst ging nie durch die Rudyard Gardens. Es war eine erbärmliche Straße, Häuserreihe um Häuserreihe, Türen und Fenster mit Wellblech verschlagen – eine vernünftige und sichere Methode, Stadtstreicher, Methylalkoholtrinker und Klebstoffschnüffler fernzuhalten, aber trotzdem ein düsterer Anblick. Doch Jason oder Jasons Leiche war in keinem dieser Häuser zu finden. Am vergangenen Wochenende war jedes einzelne geöffnet worden, hatte man die Metallplatten von den Hintereingängen abgenommen wie Deckel von Büchsen und die kleinen, feuchten, dumpf riechenden Räume durchsucht.

Die Straße war abschnittweise gesperrt worden, damit die Suche ungestört verlief, und Barry, der in der Lordship Avenue für Carol eingekauft hatte, hatte sich unter die Zuschauer gemischt.

«Was meinen Sie dazu, Barry», begann Dowson, als sie in einem der Vernehmungszimmer saßen, «wenn ich Ihnen sage, daß man am vergangenen Mittwoch nachmittag einen jungen Mann in den Rudyard Gardens beobachtet hat, den man uns so beschrieben hat, daß man glauben könnte, Sie sind's gewesen?»

Es war das erste Mal, daß sie ihn beim Vornamen nannten. Doch möglicherweise war das einfach Dowsons Verhörtechnik. Barry war über die Frage erstaunt. Wer hatte ihn gesehen?

«Das war ich nicht. Ich gehe nie durch Rudyard Gardens. Eben bin ich mit Ihrem Wagen zum erstenmal durchgefahren, seit ich hier wohne.»

«Aber Sie wissen, welche Straße es ist?» mischte sich Leatham ein.

Selbstverständlich wußte er es. Bog man nicht direkt gegenüber von Winterside Down aus der Lordship Avenue in die Rudyard Gardens ab? Schließlich war er mit Carol dort gewesen, als die Polizei Jasons Lamm gefunden hatte.

«Was stimmt nicht mit der Straße, daß Sie sie nie benutzen? Es wäre für Sie doch der kürzeste Weg in die Green Lanes.»

Barry wußte, warum er nie durch Rudyard Gardens ging – die leerstehenden, verkommenen Häuser bedrückten ihn. Delphi Road oder das Kanalufer, obwohl es dort auch nicht viel mehr gab als Fabriken, Lagerhäuser und Speicher, wirkten irgendwie fröhlicher. Doch Barry wußte nicht, wie man so etwas Männern wie Leatham und Dowson erklärte. Sie betrachteten ihn beide mit gleichgültigem Interesse. Wie sollte er ihnen erklären, daß Rudyard Gardens für ihn eine tote Straße war, von Häuserleichen mit blinden Augen gesäumt? Sie werden glauben, daß ich mir im Fernsehen zu viele Horrorfilme ansehe, dachte Barry.

«Es ist dort so bedrückend», sagte er. «Kein Mensch unterwegs, nichts zu sehen. Ich mag ein bißchen Leben um mich herum.»

«Ein bißchen Leben?» Aus Leathams Mund klang der Satz nach Sünde und Laster. Barry zuckte unter seinem Blick verlegen zusammen, obwohl er keinen Grund hatte, verlegen zu werden oder ein schlechtes Gewissen zu haben.

«Na ja, ich möchte eben, daß ein bißchen was los ist», korrigierte er sich und hatte das Gefühl, alles noch schlimmer gemacht zu haben.

Sie wollten es nicht dabei belassen. Sie weigerten sich, ihn zu verstehen. Barrys Mutter hatte ihn vor Jahren «viel zu sensibel» genannt, und er wußte, daß er viel Phantasie und ein Gespür für Atmosphäre hatte. Er wußte aber auch, daß man bei einem gewöhnlichen Arbeiter keine Sensibilität erwartete. Das war etwas für die Mittelschichten oder für Frauen. Sie fragten ihn immer wieder nach den Rudyard Gardens. Woher wußte er, daß die Straße bedrückend war, wenn er sie nie benutzte? Hatte er es vielleicht einmal versucht? Ein- oder zweimal? Es wurde Mittag, und er dachte, sie würden ihn gehen lassen, aber sie brachten ihn nur in ein anderes Verhörzimmer, wo sie ihn bei einem Detective Constable ließen, der am Schreibtisch saß, Formulare ausfüllte und kein Wort mit ihm sprach. Nach einer halben Stunde brachte ihm jemand auf einem Tablett etwas zu essen – eine Cornwall-Fleisch-Pastete, ein paar Biskuits, ein bißchen Käse in einer Frischhaltepackung und eine Plastiktasse Kaffee.

Leatham und Dowson kamen wieder, als Barry eben genug Mut gefaßt hatte, um dem Detective Constable zu sagen, er gehe jetzt, er könne es sich nicht leisten, den ganzen Tag hier zu vertrödeln.

«Sie haben erklärt», sagte Leatham, als habe es keine Gesprächspause gegeben und als seien inzwischen nicht zwei Stunden vergangen, «daß Sie es mögen, wenn ein bißchen was los ist. Aber das Leben mit Mrs. Stratford und dem kleinen Kind im Haus kann nicht besonders aufregend gewesen sein.»

«Er ist ein braver Junge», sagte Barry. «Man hat keine große Mühe mit ihm.»

«Aber, aber, Barry! Ein Kind von noch nicht zwei Jahren und keine große Mühe? Ich habe selber einen Sohn in diesem Alter und weiß daher sehr genau, wieviel Mühe sie machen. Und ich bin daran gewöhnt.»

«Wir hätten abends ohnehin nicht ausgehen können», sagte Barry. «Carol – Mrs. Stratford arbeitet am Abend.»

«Da hat sie wohl gedacht, sie holt sich ein nettes, kleines unbezahltes Kindermädchen ins Haus, als sie Sie auflas, wie?»

Barry fühlte, wie er feuerrot wurde. Er faßte sich an die brennende Wange. Leatham schien keine Antwort zu erwarten. Er war vollauf damit zufrieden, daß Barry rot geworden war, lehnte sich zurück und kreuzte die Arme.

«Ich lege jetzt meine Karten auf den Tisch, Barry», sagte Dowson.

«Wir versuchen nicht, Sie hereinzulegen. Ehrlichkeit ist immer die beste Politik, finden Sie nicht?»

Genau an diesem Punkt fiel bei Barry der Groschen – er vergaß es nie. In diesem Augenblick begriff er zum erstenmal, daß sie glaubten, er habe Jason ermordet. All diese Fragen und die Fragen, die sie ihm bei früheren Vernehmungen gestellt hatten, sollten nicht dazu dienen, etwas über Jason oder darüber zu erfahren, wohin er gegangen sein mochte. Sie waren einzig und allein auf ein Ziel gerichtet: Er, Barry Mahon, sollte gestehen, Carols Kind ermordet zu haben. Er begann am ganzen Körper zu schwitzen, und der Schweiß wurde eiskalt auf seiner Haut. Er fürchtete sich nicht, er war nur schwer erschüttert und empört. Er ertappte sich dabei, daß er den Tischrand vor sich umklammerte, als habe er die Absicht, den Tisch umzukippen.

Sie glaubten, daß er Jason ermordet hatte. Stumm und wie betäubt starrte er die Polizisten an.

«Wir haben Jasons Leiche nicht gefunden», sagte Dowson. «Vielleicht finden wir sie nie. Und wenn wir sie finden, wird es vielleicht zu – nun, sprechen wir es aus – wird es zu spät sein, um festzustellen, was auf dieser Leiche zu finden ist, wie wir wissen: Brandmale, Barry, blaue Flecke, Narben.»

Beatie Isadoro. Hatte sie das gemeint, als er und Carol sie auf der Straße getroffen hatten?

«Mr. Leatham hat Sie eben Kindermädchen genannt, und ich habe nicht die Absicht, es ihm gleichzutun, weil ich nicht darauf aus bin, Sie irgendwie herabzusetzen. Aber weil das Wort nun mal so praktisch ist, wollen wir mal sagen, Sie waren in den letzten fünf oder sechs Monaten das Kindermädchen des kleinen Jason. Kindermädchen werden manchmal böse, nicht wahr? Es wird ihnen einfach zuviel, schließlich sind sie auch nur Menschen, und dann schlagen sie schon mal zu.»

«Ich habe ihn nie angerührt», sagte Barry. «Nie.» Und auch sonst hatte es niemand getan. Er dachte daran, wie Carol unter Knapwells Mißhandlungen gelitten hatte. Als ob sie, nachdem sie das erlebt hatte, auch nur im Traum daran gedacht hätte ... «Er ist oft hingefallen und hat sich weh getan», sagte er. «Er stolperte immer über irgendwas oder fiel irgendwo runter. Im Sommer hat er sich ein blaues Auge geschlagen, weil er in einen Schlüssel rannte, der in einer Tür steckte.» Carol hatte es ihm erzählt. Er erinnerte sich noch sehr deutlich an die näheren Umstände. Sie hatten alle unter der Hitzewelle gelitten, die damals herrschte, und er und Carol wollten zum Schwimmen gehen. Er war Milch, Beefburger und Brötchen einkaufen gegangen, die sie zum Lunch mitnehmen wollten, und als er zurückkam, war Jasons Auge zugeschwollen und fing an, sich blau zu verfärben.

«Komisch, daß manche Kinder so unfallgefährdet sind und andere nicht», sagte Leatham. «Sehr komisch. Und die unfallgefährdeten sind immer diejenigen, die das Jugendamt später in ein Heim oder in Pflege geben muß, sie sind diejenigen, die mit Wunden, Narben und blauen Flecken übersät sind, von den gebrochenen Gliedern ganz zu schweigen. Also ich glaube nicht, daß einer von meinen Jungen auch nur den kleinsten Unfall hatte. Komisch, nicht wahr? Da kann man schon nachdenklich werden.»

Barry wurde nicht nachdenklich. Er hatte keine Ahnung, worauf Leatham hinauswollte. Er litt furchtbar unter dem unausgesprochenen Verdacht gegen ihn. Dowson begann ihn wieder zu fragen, was er am Mittwoch nachmittag getan hatte, und Barry schilderte ihm noch einmal – jetzt allerdings widerspenstig und schroff –, daß er im Kino gewesen war und sich *Der dunkle Kristall* angesehen hatte. Er war darauf vorbereitet, ihnen die Handlung des Films zu erzählen, doch sie wollten sie gar nicht hören, sie sagten, er hätte sich den Film ja einen Tag früher oder einen Tag später ansehen können. Hatte er die abgerissene Kinokarte aufgehoben?

«Nein, hab ich nicht. Warum denn?»

«Das müssen schon Sie uns sagen, Barry. Es wäre gut für Sie, wenn Sie sie noch hätten.»

Barry antwortete nicht.

«Wie die Dinge liegen», sagte Leatham, «sieht es ganz so aus, als seien Sie nicht einmal in der Nähe dieses Kinos gewesen. Sie gingen durch die Rudyard Gardens nach Hause und fanden Jason, der dort auf der Mauer saß. Er war nicht zum erstenmal allein auf der Straße abgestellt worden, nicht wahr? Auf gut Glück abgestellt, irgend jemand würde ihn schon abholen – oder auch nicht. Es sieht so aus, als hätten Sie ihn gefunden, in seine Karre gesetzt und irgendwohin gefahren. Vielleicht nach Hause. Oder vielleicht in den Lordship Park oder hinaus in die Marschen. Was hat er getan, Barry? Ist er zu weit gegangen? Hat er Sie zu sehr geärgert? Hat er angefangen zu schreien und wollte nicht still sein? Haben Sie ihn zum Schweigen gebracht und sind dabei zu weit gegangen, Barry?»

Er hatte sie nie gefürchtet – nie. In seiner völligen Arglosigkeit war er überzeugt, daß sie ihm nichts tun konnten. Aber er war gekränkt. Er zog sich in ein verbittertes, beleidigtes Schweigen zurück, das sie vielleicht als Schuldbewußtsein interpretierten. Um halb sechs ließen sie ihn gehen. Um diese Zeit hatten sie zweifellos selbst genug und wollten auch nach Hause. Er wäre gern zu Fuß nach Winterside Down gegangen, doch sie bestanden darauf, ihn mit dem Wagen hinzubringen. Auf dem Bevan Square lungerten wie üblich Wiedehopf und Schwarze Schönheit und der Junge mit dem Nasenring herum, ihre Maschinen waren bei der Skulptur abgestellt, die den Fortschritt der Menschheit verkörperte. Sie sahen dem Polizeiauto nach, in dem Barry saß. Spicer, der sich in den Marschen einen Sack voller Kaninchenfutter geholt hatte, öffnete gerade seine Gartentür. In ihrem weißen Witwensari wusch Lila Kupar, mit der niemand sprach und die nie mit jemandem sprach, ihre Fenstersimse, schaute von ihrer Arbeit auf und starrte. In Winterside Down war es nie ganz dunkel. Die hohen Lampen bescherten ihm ein düsteres, fast unheimliches, endloses Tageslicht.

Aber aus den Zeitungen, die am nächsten Tag erschienen, hätten sie ohnehin zwei und zwei zusammenzählen können. Auf der Titelseite prangte eine kleine Meldung, in der stand, die Polizei habe einen Mann, der ihr bei ihren Ermittlungen helfe, den ganzen Tag festgehalten. Das allein hätte nicht genügt, doch die Reporter ließen dieser Meldung einen langen Bericht über die beklagenswerte Mrs. Carol Stratford folgen, die Tag für Tag, von Ungewißheit gepeinigt, in ihrem Heim warte, das sie mit dem zwanzigjährigen Barry Mahon teile. Dann hieß es, der Mann, der bei den Ermittlungen helfe, sei zwanzig, wohne in Winterside Down und sei im Baugewerbe tätig. Barry zuckte zusammen. Er kaufte die Zeitung im Papiergeschäft auf dem Bevan Square und spürte genau, daß Mr. Mahmud, der Zeitungshändler, und seine hübsche Tochter mit dem langen schwarzen Zopf ihn mit größerem Interesse musterten als sonst.

Am nächsten Tag holte die Polizei ihn schon wieder. Es war Samstag, daher war er zu Hause. Auf dem Revier bombardierten sie ihn mit Fragen, wie gehabt: Waren viele Leute im Kino? War es nur halb voll? Waren noch weniger Leute da? Wie viele Leute? Hatte er geraucht? Auf welcher Seite hatte er gesessen, um rauchen zu dürfen? Barry antwortete ruhig, er brauchte nichts zu erfinden, und wenn er sich nicht mehr erinnern konnte, gab er es offen zu.

Sie fragten ihn, ob er jähzornig war? Was er von körperlicher Züchtigung hielt? Hielt er es für möglich, daß man ein Kind erziehen konnte, ohne es zu schlagen? Barry antwortete mechanisch. Er fragte sich, wieso er der einzige Mann war, den man dieser Inquisition aussetzte. Doch vielleicht war er es gar nicht. Vielleicht hatten sie auch Ivan, Maureens Mann, zum Verhör aufs Revier geholt. Vielleicht hatten sie Jerry und Louis Isadoro vernommen. Aber über sie hatten die Zeitungen nicht berichtet, daß sie der Polizei bei den Ermittlungen halfen ...

Es gab in Jasons Leben noch einen Mann. Hatten sie sich nach ihm erkundigt? Hatten sie Carol gefragt, wer er war? Jason hat einen Vater! hätte Barry sie am liebsten angeschrien. Fast hätte er es auch getan. Doch am Ende brachte er aus Loyalität und Respekt gegen Carol nicht fertig. Er ließ ihre Fragen über sich ergehen, antwortete ja oder nein und manchmal überhaupt nicht. Auf eine seltsame Weise hatte er das Interesse verloren, genauso wie ihm am Tag vorher die Angst abhanden gekommen war.

Diesmal ging er zu Fuß nach Hause. Carol war ausgegangen. Sie hatte ihm aber einen Zettel hingelegt, mit zwei Kreuzchen darauf, die Küsse bedeuteten, also durfte er nicht böse sein. Er versuchte sich auf das Spiel Arsenal-Ipswich zu konzentrieren, das im Fernsehen übertragen wurde, doch es gelang ihm nicht, er konnte nur an eins denken. Ein Zusammengehörigkeitsgefühl mit Dave – etwas, das er bisher noch nie empfunden hatte – ließ ihn nach der gerahmten Fotografie greifen. Er sah sie sich sehr genau an. Dave sah so glücklich aus, lächelte so sorglos. Einen Monat, nachdem das Bild aufgenommen worden war, war er tot, sein Körper irgendwo in den kroatischen Bergen im Wrack seines Lasters zerquetscht. Barry fiel es schwer, sich ihn, Carol, Tanya und Ryan als ganz durchschnittliche glückliche Familie vorzustellen. Er wußte nicht warum, aber er konnte es sich nicht vorstellen, konnte Carol nicht als Teil dieser Familie sehen. Und doch sagte sie, genauso sei es gewesen. Und hinterher? Wie war sie hinterher mit ihrem Leben umgegangen?

Die Kinder waren ins Heim gekommen, und sie war allein gewesen. Nur war Carol viel zu schön, um lange allein zu bleiben. Wer hatte Daves Platz eingenommen? Barry wußte kaum, was ihm lieber wäre – hundert oder nur einer. Er fragte sich, was in ihr vorging, wenn sie allein war, was für Gedanken ihr jetzt durch den Kopf gingen, wenn sie zum Beispiel einen Schaufensterbummel machte oder mit Iris und Jerry im Pub saß. Wenn schon er so viel an Jason dachte, mußte sie sich doch die ganze Zeit mit ihm beschäftigen – mit Jason, wie er vor einer Woche gewesen war, mit Jason als Baby, sie mußte an seine Geburt und an die Monate vor seiner Geburt denken. Es konnte gar nicht anders sein. Wenn er eine Frau wäre, wenn er Carol wäre, würde er so denken, das wußte Barry. Und wie sollte er das Denken anderer beurteilen, wenn nicht danach, wie er selbst dachte? Sie mußte an die Zeit denken, in der ihr klar geworden war, daß sie ein Kind bekam, und an die Umarmungen, die dazu geführt hatten. Vielleicht waren sie sich nicht mehr so nahe wie früher, weil sie sich mit diesen Dingen beschäftigte.

Aus einem Impuls heraus beschloß er, dafür zu sorgen, daß sie einen besonders schönen Abend miteinander verleben sollten. Ihre Gedanken sollten sich wieder ihm zuwenden. Wein, dachte er, und ein Brathuhn ... Ein Huhn braten konnte er, und er wollte zur Abwechslung einmal richtig kochen. Als er Winterside Down durch den Haupteingang verließ, sah er niemanden, den er kannte. Es wurde schon sehr früh dunkel, besonders wenn der Himmel bewölkt war wie heute den ganzen Tag. Die Leute kamen von ihren letzten Wocheneinkäufen zurück und schleppten schwer an ihren Taschen. Als er mit seinen Einkäufen zurückkam, brannten die gelben Lichter schon.

Die verschwommene Idee, mit Maureen zu sprechen, führte ihn auf dem Rückweg durch die Winterside Road zum Kanal und über die Chinesische Brücke. Er ging an Maureens Haus vorbei, blieb nicht einmal an der Gartentür stehen. Sie würde ihm nichts sagen, wahrscheinlich wußte sie es selbst nicht, und außerdem war Samstag und Ivan zu Hause. Auf der Brücke gab es ein frisches Grafitti, mit roter Farbe aufgesprüht – *Chicken Rules*. Eigentlich müßte ich wissen, was das bedeutet, dachte Barry, jung genug wäre ich ja. Aber wahrscheinlich war er eben doch zu alt geworden.

Die Motorrad-Freaks hatten sich am Winterside Down-Ende der Brücke versammelt. Eigentlich durften sie mit ihren Maschinen den Weg nicht benutzen und noch viel weniger die Rasenflächen. Doch wer sollte sie daran hindern? Durch den Rasen zogen sich kreuz und quer tiefe Reifenspuren. Der Wiedehopf trug neues eisvogelblaues Lederzeug.

Einer der Burschen – Barry glaubte, daß es der Nasenring war – rief ihm etwas hinterher, als er an ihnen vorbei war. Das war alles. Er kam über die Brücke, und sie versuchten nicht, ihn aufzuhalten, sie belästigten ihn überhaupt nicht, aber als er vorbei war, rief der Nasenring etwas hinter ihm her, das er nicht verstand. Das war ihm zum erstenmal passiert. Er wußte, daß sie den Mädchen dreckige Bemerkungen und den alten Leuten andere Dinge nachriefen. Er hatte Blauhaar zu Mrs. Spicer, die in engen Hosen umherstolzierte, sagen hören: «Für 'ne alte Tante hast du aber einen knackigen Arsch.»

Doch daß sie auch über ihn herzogen, obwohl er ein Mann war und zur selben Generation gehörte wie sie, ärgerte ihn fast genauso wie die Tatsache, daß die Polizei es auf ihn abgesehen hatte. Er hatte nicht mitbekommen, was Nasenring ihm zugerufen hatte, und er wollte es auch nicht wissen. Aber er fühlte ihre Blicke im Rücken, als er den Weg zwischen den grünen Rasenflächen entlangging. Ihre Blicke, die ihn früher gleichgültig oder mit einer gewissen Toleranz gestreift hatten, verfolgten ihn jetzt mit derselben Verachtung, die sie, wie er bemerkt hatte, anderen entgegenbrachten. Doch harte Blicke und harte Worte taten nicht weh. Die Lichter an den Hinterfronten der Häuser in der Summerskill Road tauchten auf. Er zählte die Häuser vom Ende der Reihe an, und auch im achten – in Carols Haus – brannte Licht. Sie war zu Hause. Er ging rascher.

Hinter ihm heulten die Motoren auf, und dann fuhren die Maschinen, eine nach der anderen, ganz langsam und ganz dicht an ihm vorbei, sechs schwere Maschinen brummten mit voller Absicht langsam und fast auf Tuchfühlung vorüber.

Im Haus gab es viele Spiegel. Carol stand vor dem Dielenspiegel und hantierte an ihrem Haar herum. Dazu benutzte sie etwas, das Barry bei sich «irgendsoein Friseur-Dings» nannte, und das sie an die Steckdose über der Fußleiste angeschlossen hatte.

«Was ist denn das?» fragte Barry, blieb hinter ihr stehen und legte ihr die Hände auf die Taille.

«Ein elektrischer Frisierstab. Ich hab ihn in einem dieser Nepp-läden in Brent Cross mitgehen lassen.»

Sie lächelte ihm durch den Spiegel zu. Sie war wieder normal, war ganz wie früher. So wie sie sich anfühlte, und der prickelnden Elektrizität nach zu schließen, die von ihr ausging, wußte er, daß sie heute nacht miteinander schlafen würden – vielleicht sogar schon früher. Lächelnd rollte sie eine Haarsträhne nach der anderen auf den Stab und ließ sich weich gegen Barry zurückfallen.

«Ich habe ein Huhn und zwei Flaschen Wein besorgt», sagte er. «Oder wolltest du ausgehen?»

«Was dir lieber ist», sagte sie verträumt.

Er brachte die Einkaufstüte in die Küche. Er mußte lächeln, weil sie es nicht hatte erwarten können, ihre neueste Errungenschaft auszuprobieren, die um so kostbarer war, weil sie nicht dafür bezahlt hatte. Das war typisch für Carol, die alte Carol, ins Haus zu stürzen und den Mantel auf den Boden zu werfen, weil sie nicht warten konnte. Er hob den Mantel, die Handtasche, die Handschuhe und einen Plastikbeutel auf und trug die Sachen ins Schlafzimmer hinauf. Aus dem Bündel, ob aus der Manteltasche, der halb offenen Handtasche oder dem Plastikbeutel wußte er nicht, fiel ein Kassenzettel von Boots. Auf der Rückseite stand: Terry, Spring Close 5, Hampstead. Es war nicht Carols, es war eine Männerhandschrift. Sie hatte also einen Mann wiedergesehen, den sie von früher her kannte, und er war umgezogen, seit sie sich das letzte Mal gesehen hatten. Das war Barry völlig klar. Er wußte jetzt, warum sie erregt und liebevoll und so wie früher war.

Dieser Mann hätte ihr nicht seine Adresse aufgeschrieben, und sie hätte sie nicht genommen, wenn sie nicht die Absicht hätte, ihn wiederzusehen. Barry beschloß, sie danach zu fragen, ebenso wie er sie fragen wollte, wer Jasons Vater war. Ihm kam der ihm äußerst unangenehme Gedanke, daß dieser Terry und Jasons Vater vielleicht ein- und derselbe waren.

Aber er wollte sie erst später fragen, nachdem sie sich geliebt hatten. Er steckte den Zettel mit der Adresse in ihre Handtasche und machte sie zu.

Zweites Buch

11

Bis zum letzten Augenblick hatte er geglaubt, Freda werde nicht ohne ihn reisen. Es war höchst unwahrscheinlich, und seine eigenen Erfahrungen sprachen ebenfalls dagegen. Eine Vierundfünfzigjährige, die das Glück hatte, sich einen Zweiunddreißigjährigen zu angeln, fuhr nicht auf unbestimmte Zeit allein in die Karibik, wenn sie es sich ohne weiteres leisten konnte, ihn mitzunehmen. Und sie war nicht einmal eine gut erhaltene Vierundfünfzigjährige und konnte nie besonders attraktiv gewesen sein. Sogar die Erinnerung daran war jetzt demütigend, aber am letzten Tag, am Tag bevor sie reiste, hatte er fest damit gerechnet, daß sie ihn mit einem Flugticket überraschen würde.

Sie waren beim Essen gewesen, zu Fredas Haus in Spring Close zurückgefahren, und sie fing an, ihren Handkoffer zu packen.

«Ich glaube, ich sollte jetzt wohl auch packen», sagte er. Er hatte sich nie ganz daran gewöhnen können, die Dinge im Haus so selbstverständlich zu benutzen, als gehörten sie ihm. «Kann ich einen von den braunen Koffern nehmen?»

Sie lächelte. Irgend etwas machte sie sehr glücklich. «Schäfchen», sagte sie, «das haben wir doch vorige Woche alles besprochen, ich dachte, die Sache sei ausgestanden. Ich fahre allein, und du bleibst hier und paßt auf das Haus auf. Ich weiß, du glaubst, daß ich dich gern überrasche, und das habe ich bisher ja schon ein paarmal getan, aber nicht diesmal. Tut mir leid, Schäfchen.»

«Nenn mich nicht so!»

«Entschuldige, Terence. Vor einem Monat habe ich dir gesagt, daß ich nach Martinique fliege und du hierbleibst und dich um das Haus kümmerst. Und du warst einverstanden. Hast du wirklich gedacht, daß ich nur rumspiele?»

«Du brauchtest nicht so verdammt glücklich auszusehen.»

«Ich freue mich auf die Sonne und auf das Meer, Terence. Ich freue mich darauf, alte Freunde wiederzusehen. Warum sollte ich nicht glücklich sein?»

Die Aussicht, als eine Art Hausmeister hier allein zu bleiben, bedrückte ihn schon jetzt. Als sie herunterkam, versuchte er noch einmal, sie umzustimmen. Sie hörte ihm nicht einmal zu. Es war, als sei sie schon fort. Ihr Körper mochte noch hier sein, doch ihr Herz und ihre Seele waren schon in der Boeing 747 und flogen gen Westen.

Sie schliefen in dieser Nacht in verschiedenen Zimmern. Er auf der unteren Ebene des ersten Stockwerks. Das Haus hatte lauter versetzte Ebenen und war die Verwirklichung eines abenteuerlichen Architektentraums mit Teakholz, Fußböden aus Schieferplatten, italienischen Keramiken und getöntem Glas. Die Fenster hatten keine Vorhänge, sondern nur Jalousien, überall lagen schwarze langflorige Teppiche, die Sitzmöbel waren aus purpurfarbenem Leder und Chrom. In den beiden Bädern waren die Wannen in den Boden versenkt, und das eine war zu einer Marmorgrotte ausgebaut. Am Fuß der Treppe stand auf der Säule des Treppengeländers eine schwarze weibliche Marmorstatue, die statt eines Gesichts ein Loch im Kopf hatte. Und am Rand der steinernen Einfassung des Wintergartens in der Halle balancierte ein einbeiniger Mann, der sich anschickte, eine Art Teller zu schleudern.

Fünf weitere Häuser, Arbeiten desselben Architekten, bildeten die Enklave von Christchurch Hill. Das einzige, was Terence bisher daran gefiel – sein Geschmack waren Landhäuser aus dem 18. Jahrhundert –, war die Aussicht aus dem «Spielzimmer» im Penthouse. Von dort aus konnte man fast ganz Hampstead Village, East Heath, die Teiche, die Wälder und das Vale of Peace überblicken.

Diese Aussicht bewunderte Terence nicht um ihrer Schönheit willen, und er war auch unempfindlich gegen das Wunder, daß so viele alte Gebäude und unberührte Landschaft erhalten geblieben waren. Für ihn war das, was er sah, nur ein Äquivalent für Reichtum. Für ihn war es eine «reiche» Aussicht, vermutlich die reichste auf den Britischen Inseln. Wenn er darauf hinuntersah, konnte er sich zwar noch nicht sagen, daß er am Ziel, aber daß er ganz gewiß auf dem Weg dorthin war. Welten trennten ihn von der Sozialwohnung seiner Mutter in der Brownswood Common Lane, seinem Zimmer in Holloway, dem möblierten Holzhaus in Rockhampton, in dem er mit vier anderen Typen gewohnt hatte, als er für die Eisenbahn in Queensland gearbeitet hatte. Hier war das Geld zu Hause, alles quoll von Geld über.

«Dir läuft der Speichel aus dem Mund, Lämmchen», hatte Freda vor noch nicht allzulanger Zeit gesagt.

«Was?»

«Du weißt, was das heißt, Lämmchen. Dir läuft das Wasser im Mund zusammen. Immer wenn ich von Geld spreche, fließt dir ein Tropfen Speichel aus dem Mundwinkel. Ehrlich. Ich scherze nicht.»

Hatte sie es deshalb abgelehnt, ihn zu heiraten? Weil er nicht verbergen konnte, wie gern er das Geld hatte? Er konnte nicht anders, er hatte sein Leben lang zu den Benachteiligten gehört. Was wußte sie denn, eine Witwe, die nie gearbeitet und die von ihrem Mann alles bekommen hatte, was er sich wünschte?

Am nächsten Morgen begleitete er sie bis zur Heath Street, um ihr das Taxi zum Flugplatz zu holen. Zu streiten, hatte jetzt wohl keinen Sinn mehr. Er durfte in dem gräßlichen Haus wohnen, und er wollte das Beste daraus machen. Er küßte sie sogar, allerdings nicht auf den Mund, denn den hatte sie sich reichlich mit glänzendem Fuchsienrot geschminkt, das genau auf ihr Reisekostüm abgestimmt war.

Genauso wie er am Abend vorher bis zum letzten Augenblick erwartet hatte, daß sie ihm ein Flugticket überreichte, erwartete er jetzt das nötige Kleingeld, von dem er bis zu ihrer Rückkehr leben konnte. Sie konnte das nicht über einen Anwalt erledigt haben, dann hätte er irgend etwas unterschreiben oder vielleicht mit ihr zur Bank gehen müssen. Aber ein Barscheck, vielleicht sogar Bargeld ...

«Bekommst du noch Arbeitslosengeld, Lämmchen?»

«Nenn mich nicht so, Freda. Nein, Arbeitslosengeld bekomme ich nicht mehr, nur noch Arbeitslosenhilfe. Dreiundzwanzig Pfund fünfzig wöchentlich, wenn du's genau wissen willst.»

«Ach, tatsächlich?» sagte sie. «So viel? Für die Arbeitslosen wird in diesem Land wirklich gut gesorgt, nicht wahr? Ich glaube, die Leute wissen das gar nicht zu schätzen.»

Er sah sie an, sah ihre dunkelrot bemalten Lippen auf- und zuklappen. Dieses Gerede war wirklich unglaublich. Es machte einen total fertig. Was sollte man dazu sagen?

«Ich habe dich nach dem Arbeitslosengeld gefragt, weil ich dir kein Geld gebe», sagte sie. «Die Steuern sind für sechs Monate im voraus bezahlt, Gas, Strom und Telefon werden von meinem Konto abgebucht. Du darfst das Telefon benutzen, soviel du willst, Terence, und du darfst auf keinen Fall frieren, also immer schön einheizen, ja?»

Mit leeren Händen ging er ins Haus zurück. Er hatte sich geirrt, als er es für selbstverständlich hielt, daß sie ihn heiraten werde, weil er zweiundzwanzig Jahre jünger war. Zum Teufel damit, die Aussicht war ohnehin nicht verlockend, das Geld natürlich um so verlockender. Als einmal aus irgendeinem Grund vom nächsten Jahr die Rede gewesen war, hatte er wie nebenbei erwähnt, daß sie dann wahrscheinlich längst verheiratet sein würden. Sie hatte ihm einen sehr merkwürdigen langen Blick zugeworfen, und er hätte schwören können, daß ihr die Tränen in die Augen traten. Er hatte erwartet, daß sie ihm in die Arme fliegen würde. Als sie das nicht tat und nur langsam den Kopf schüttelte, hatte er eine ihrer witzigen Bemerkungen erwartet, die er so unerträglich fand. Doch alles, was sie gesagt hatte, war: «Nein, Schäfchen, das glaube ich nicht. Das wird wohl nie möglich sein.»

Er fühlte sich verraten und verkauft. Kam sich wie ein Fisch auf dem Trockenen vor, der idiotisch nach Luft schnappte. Er hatte zwar das Haus auf dem Hals, aber keine Mittel, um etwas damit anzufangen. Er konnte es sich nicht einmal leisten, eine Party zu geben. Sie bestrafte ihn, das war ihm klar, strafte ihn in ihrer leichten, halb lachenden Art dafür, weil es ihn amüsiert hatte, wenn die Leute sie für seine Mutter hielten, bestrafte ihn für die Stunden, in denen er sie allein gelassen hatte, um mit einem Mädchen herumzuziehen, bestrafte ihn für seine Ungeduld, wenn sie es nicht aushielt, bis drei Uhr morgens wachzubleiben, und bestrafte ihn schließlich dafür, daß er die Brauen hochzog, wenn sie eine Hitzewallung bekam.

Allein im Haus, beschloß er, keine Zeit zu vergeuden. Er beabsichtigte, alles mitgehen zu lassen, was er finden konnte und was ihm brauchbar erschien – jeden Penny, der irgendwo herumlag, jeden Gegenstand, den er verkaufen konnte. Er begann damit, daß er über den schwarzen Teppich – der lockig und glänzend war wie das Fell eines Cocker Spaniels – zu den Bücherregalen hinüberging, die am Ende der oberen Ebene eine ganze Wand einnahmen. Hier bot ein Panoramafenster Ausblick auf einen gepflasterten Platz mit erhabenen Blumenbeeten und großen Steinkrügen, um den die sechs Häuser herumgebaut waren. Terence drehte an dem patronenförmigen Knauf am Ende der Jalousienschnur, bis die Lamellen halb geschlossen waren und er nicht mehr gesehen werden konnte.

Freda kaufte jeden neuen Roman, der irgendwie Aufsehen erregte. Zwischen *Die vertrackte Ehe* von Benet Archdale und dem neuesten Dick Francis stand ein Morris L. West in einem wunderbaren Einband. Terence wußte, daß der Einband tatsächlich ein französisches Wörterbuch enthielt, aus dem in der Mitte der Seiten ein würfelförmiges Loch ausgeschnitten war, ungefähr von *devoir* – Aufgabe – bis zu *mille* – tausend. Es war Fredas Geheimkasse für Notfälle. Als sie einmal nicht gemerkt hatte, daß er sie beobachtete, hatte sie eine Fünfzigpfundnote herausgeholt. Aber als er das Buch jetzt aufschlug, war das Versteck leer. Vergeblich schüttelte er jede einzelne Seite aus.

Er stieg die Stufe hinunter, ging über den Teppich und auf der anderen Seite die Stufe wieder hinauf in die Wohneinheit, wo rotlackierte Balken die spitz zulaufende Decke stützten. Die Fenster waren so schmal, daß sie den Schlitzen glichen, durch die man in alten Schlössern Pfeile abgeschossen hatte. Gegenüber dem auf roten Ziegeln aufgeschütteten Zimmerbeet mit Rizinuspflanzen und Farnen stand Fredas Schreibtisch. Er war bestimmt abgeschlossen und der Schlüssel irgendwo versteckt. Terence machte sich auf die Suche nach dem Schlüssel. Er sah in glänzenden, schwarzen rhombenförmigen Vasen nach, grub in der Erde um die Rizinusölpflanzen und schaute unter dem Teppich nach, der nur bis an die polierte Holzstufe reichte. Ein einziges Mal bisher, während er mit Fredas Vorgängerin zusammenlebte – als Generalprobe für Freda, sozusagen –, hatte er eine Kreditkarte besessen. Sie war jetzt wahrscheinlich abgelaufen. Da Freda seine Rechnungen nicht bezahlen wollte, war die Kreditkarte auch nie erneuert worden. Er hatte sie behalten, weil er gelesen hatte, man könne mit einer Kreditkarte einfache Schlösser öffnen. Schließlich entdeckte er in Fredas Schlafzimmer eine alte Kreditkarte von ihr.

Er durchsuchte ihren Schrank, den Toilettentisch und die Kommodenschubladen, bevor er wieder hinunterging. Er fand kein Geld, und ihr Schmuck lag irgendwo in einem Safe. Würde er den Mut haben, die silbernen Bürsten mit den Schildpattrücken zu verkaufen, die zweifellos dem verschiedenen John Howard Phipps gehört hatten. Darüber wollte er nachdenken, nachdem er ihren Schreibtisch durchsucht hatte.

Es war sehr schwierig, ihn zu öffnen. Der Trick mit der Kreditkarte gelang ihm nicht. Am Ende benutzte er Hammer und Meißel und schlug so lange unbarmherzig auf das Schloß ein, bis er es splittern hörte. Die Rolltür fiel klappernd hinunter. Von Anfang an war er überzeugt, daß er kein Geld finden werde. Er durchsuchte die vier Schubladen und die beiden Fächer. Er fand einzig und allein einen Briefumschlag mit ein paar Münzen, zwei amerikanische Vierteldollar und einen Nickel, 350 Lire und 10 Schweizer Franken. Außerdem lag in der Schublade noch ein Sparbuch, das einmal ein Guthaben von 5000 Pfund ausgewiesen hatte, aber aufgelöst worden war, bevor er Freda kennengelernt hatte. Damals hatte ihr Mann noch gelebt.

Unter dem Sparbuch lag ein Sparbon-Buch der Nationalbank mit einem grünen Pappdeckelumschlag. Es enthielt zwei Sparbons mit je hundert Einheiten, beide vor fünf Jahren für 500 Pfund gekauft und heute, dem Kleingedruckten darauf zufolge, insgesamt 1400 Pfund wert. Der Name des Inhabers stand auf der Rückseite, und daneben lag die Kundenkarte des Inhabers, die seine Unterschrift trug. Der Inhaber war Fredas verstorbener Mann.

Terence hatte noch nie etwas wirklich Kriminelles getan. Er hatte nicht die Nerven, es zum Beispiel mit Ladendiebstählen zu versuchen. Als er Carol Stratford vor ein paar Tagen oben in Brent Cross beobachtet hatte, wie sie den Frisierstab klaute, hatte er ihren Mut und ihre kühle Selbstsicherheit bewundert. Sie hatte das Ding aus dem Regal genommen, in ihren Plastikbeutel gesteckt und war fröhlich aus dem Laden marschiert. Er hatte im Flur auf sie gewartet und geriet in Versuchung, ihr die Hand auf die Schulter zu legen und zu sagen: «Entschuldigen Sie, Madam, aber ...» Doch er hatte nicht das Herz. Er hatte Carol immer gern gehabt, und sie hatte jetzt ohnehin ihr Päckchen zu tragen. Diese Geschichte mit ihrem Jungen ...

Also hatten sie nur bei einer Tasse Kaffee ein bißchen miteinander geschwatzt, weil die Pubs erst eine Stunde später öffneten. Er hatte ihr seine Adresse aufgeschrieben, obwohl er geglaubt hatte, er werde nicht mehr lange hier zu erreichen sein. Damals hatte er noch gedacht, Freda werde ihn mitnehmen. Carol war recht vergnügt. Sie sagte, sie sei anfangs ganz erledigt gewesen, doch jetzt habe sie das Gefühl, daß es Jason gutgehe und er bald wiederkomme.

«Auf einmal wird er wieder da sein wie ein Bumerang», sagte sie.

Carol war es gewesen, die ihm vor zwei oder drei Jahren den Coup in Golders Green vorgeschlagen hatte. Sie war damals schon Witwe, obwohl nicht älter als fünfundzwanzig. Ein paar Wochen bevor Terence sie nach langer Zeit wiedergesehen hatte, war ihr Mann bei einem Verkehrsunfall ums Leben gekommen und hatte sie mit zwei Kindern zurückgelassen.

Carol hatte schon eine Menge leichter krimineller Delikte auf dem Kerbholz. Sie war eine gute Ladendiebin und war nie erwischt worden. Einmal hatte sie es sogar geschafft, unter ihrem Mädchennamen Arbeitslosengeld zu beziehen, und zugleich unter dem Namen ihres Mannes zwei Jobs auf einmal zu haben. Sie hatte immer Ideen, wie sie zu Geld kommen konnte, ohne zu arbeiten, oder irgendein Ding zu drehen, doch die meisten dieser Ideen waren zu phantastisch, um ernst genommen zu werden. Aber diese Sache war anders gewesen. Sie würde sie ja am liebsten selber machen, hatte sie gesagt, nur habe sie leider nicht das richtige Geschlecht.

Er hatte nichts anderes zu tun, als jeden Tag beim Krematorium in Golders Green herumzustehen und die Trauergäste der einzelnen Beerdigungen im Auge zu behalten. Wenn er einen dunklen Anzug trug, würde man ihn auch für einen Trauernden halten. Er mußte sich die Witwen ansehen, bis er eine entdeckte, die seinen Anforderungen entsprach. Sie mußte wohlhabend, nicht zu alt und am besten kinderlos sein. Carol hatte gesagt, er werde schnell begreifen, und sie hatte recht gehabt. Terence trieb sich bei zehn Beerdigungen von Männern herum, und dann fand er seine Beute. Wieder hatte Carol recht gehabt, als sie sagte, daß die Männer fast immer jünger starben als Frauen. Zufällig war er auch zweimal dabei gewesen, als Frauen beerdigt wurden, doch sie waren beide über achtzig gewesen.

Zu dieser Zeit hatte er schon ein gewisses Geschick darin entwikkelt, Reichtum zu erkennen, und Jessica Mason aufs Korn genommen. Sie trug bei der Beerdigung ihres Mannes einen Zobelmantel. Terence stellte sich ihr nach der Feier vor, als sie die Blumenspenden bewunderten. Er sagte, ihr Mann und sein Vater seien früher einmal enge Freunde gewesen. Es waren nur vier andere Leute anwesend, anscheinend war der verschiedene Roy Mason nicht besonders beliebt gewesen. Terence fand heraus, wo Jessica wohnte, und war von der Adresse tief beeindruckt. Eine Woche später rief er an. Ungefähr einen Monat nach Roy Masons Tod lebte Terence schon bei der Witwe in dem nachempfundenen Tudorhaus an der Grenze zwischen Cricklewood und Golders Green.

Mit Jessica war alles in Ordnung. Sie war erst fünfundvierzig und hatte keine Kinder. Sie besaß sogar noch viel mehr Geld, als er vermutete, doch sie war die herrschsüchtigste und anspruchsvollste Frau, die er je gekannt hatte. Als sie erfuhr, daß er sich noch manchmal mit Carol traf, ging sie mit einem Küchenmesser auf ihn los. Sie wollte ihn und dann sich selbst töten. Terence traf sich nicht mehr mit Carol und blieb noch ein paar Monate bei Jessica. In dieser Zeit nutzte er die Barclay-Kreditkarte weidlich aus, die Jessica ihm besorgt hatte, und übte sich nebenbei darin, ihre Unterschrift zu fälschen. Er wurde ein wahrer Experte darin, hatte jedoch nie den Mut, einen Scheck von Jessica mit der gefälschten Unterschrift zu versehen, und sich auf diese Weise Geld zu beschaffen.

Während sie eines Nachmittags die Mutter einer Freundin im Krankenhaus besuchte, verschwand Terence. Er ging einfach und nahm in einem Koffer, der ihr gehörte, alle Kleider mit, die sie ihm gekauft hatte. Auf der Schwelle zögerte er kurz und dachte daran, zurückzugehen und ein paar von ihren Schmuckstücken und auch sonst noch einige Kleinigkeiten mitgehen zu lassen. Wieder ließen ihn seine Nerven im Stich. Er war nicht sehr mutig, und das wußte er. Wann immer er so etwas tat – als er Jessica zum Beispiel die Brieftasche aus der Handtasche geklaut und ihr eingeredet hatte, sie müsse sie in dem Trubel der Untergrundbahnstation am Oxford Circus verloren haben –, war ihm zum Sterben übel und er wachte nachts in kalten Schweiß gebadet auf. Wie alle Briten huldigte Terence der nationalen Überzeugung, daß Entschlossenheit durch blasse Gedanken angekränkelt werden kann. Er ließ Schmuck und die anderen Kleinigkeiten, wo sie waren, und begab sich in sein neues Heim nach Spring Close. Denn inzwischen hatte er, im Zuge neuerlicher Erkundungstätigkeit in Golders Green Freda Phipps kennengelernt, sich bei ihr eingeschmeichelt und auch schon mit ihr geschlafen.

Als er jetzt das Sparbuch ihres verstorbenen Mannes betrachtete, überkam ihn Bitterkeit. Freda hätte die Sparbons sofort einlösen können, nachdem das Testament rechtskräftig geworden war – vermutlich auch schon früher, da es außer ihr keine Erben gab. Es war ihr jedoch nicht der Mühe wert gewesen, sie hatte auch ohne diese 1400 Pfund genug.

Wenn er schon dabei war, konnte er gleich auch die anderen Papiere in den beiden Fächern durchsehen. Im oberen lagen nur Protokolle von Firmenkonferenzen. Warum hatte sie denn die aufgehoben? Im unteren entdeckte er eine Abschrift von John Howards Testament, seine Geburtsurkunde und den Totenschein. Fredas Geburtsurkunde und der Trauschein lagen ebenfalls da, zusammen mit mehreren Versicherungspolicen für Haus und Auto und anderen Dokumenten. Unbrauchbar. Für ihn genauso unnütz wie die Firmenprotokolle.

Er suchte sich ein Blatt Papier und begann John Howard Phipps' Unterschrift zu üben. Er schrieb ein dutzendmal John H. Phipps und versuchte es dann schneller und mit einem feinen Schnörkel. Die Schwierigkeit lag darin, daß er die Unterschrift vor den Augen eines Postbeamten leisten mußte.

Viel später im Lauf dieses Tages setzte er sich, nachdem er im *King of Bohemia* ein Glas getrunken, zum Lunch eine Dose gebakkene Bohnen aufgemacht, ein Spiegelei gebraten und über einen weiteren Versuch in Golders Green nachgedacht hatte, wieder mit der Feder in der Hand an den Schreibtisch. Er mußte diese 1400 Pfund kassieren, es war seine einzige Chance, denn die Idee, Jessica anzurufen und zu ihr zurückzukehren, erschien ihm höchst unrealistisch.

Wie alt war John Phipps gewesen? Freda hatte das Alter ihres verstorbenen Mannes nie erwähnt. In dem grünen Sparbuch war keine Eintragung, die auf das Alter des Inhabers schließen ließ, es sei denn, daß es irgendwo einen codierten Hinweis gab. Es wäre wohl kaum günstig, das Buch bei einem Postamt vorzulegen und zu erfahren, daß der Inhaber fünfundsechzig war. Ihm war klar, daß ihn seine Nerven wieder einmal im Stich ließen.

«Der Jammer mit dir ist, Terence Wand», hatte Carol einmal zu ihm gesagt, «daß du ein weitverbreitetes Leiden hast – keine Courage.»

Aber unter den Papieren hatte er doch irgendwo die Geburtsurkunde des Mannes gesehen. Er zog einen braunen Umschlag heraus, in dem seiner Meinung nach der Geburtsschein stecken mußte, sah jedoch, daß er den falschen erwischt hatte. Er war mit *Eigentumsurkunde über das Haus Spring Close 5, Hampstead* beschriftet.

Terence betrachtete den Umschlag, dann nahm er das Dokument heraus. Die Urkunde, dickes, liniertes pergamentähnliches Papier nannte für dieses Haus, das vor fünf Jahren gekauft worden war, nur einen Eigentümer. Die Urkunde hätte es auch als gemeinsames Eigentum von John Howard und Freda Phipps ausweisen, oder Freda hätte es nach dem Tod ihres Mannes auf ihren Namen ins Grundbuch eintragen lassen können. Nichts von alldem war der Fall. John Howard, obwohl schon gestorben, war noch immer der einzige rechtmäßige Eigentümer.

Die geradezu abenteuerliche Idee, die Terence kam, das ungeheuer Verbrecherische daran, machte ihn krank vor Angst. Winzige Schweißtropfen traten ihm auf die Stirn. Fremde Sparbons zu kassieren, war nichts im Vergleich dazu. Es war unmöglich, er konnte nicht einmal im Traum daran denken, so etwas zu tun – oder doch?

12

Jason saß im Fond des Wagens in James' Kindersitz und drückte das weiße Stoffkaninchen an sich, das Mopsa ihm gekauft hatte. Benet stellte Mopsas Gepäck in den Kofferraum, zu Jasons alter Kinderkarre, die dort lag, seit Mopsa den Jungen gestohlen hatte. Er sah gut und gesund aus, seine Gesichtsfarbe war nicht mehr so rot und sein Gesichtsausdruck lebhafter. Bilde ich es mir nur ein, dachte sie, oder sieht er tatsächlich hübscher aus? Wenn Mopsa fort war, die in ein oder zwei Stunden abflog, und sie auslöffeln mußte, was Mopsa ihr eingebrockt hatte, konnte wenigstens niemand sagen, Jason habe in ihrer Obhut gelitten. Sie konnten ihn nur beglückwünschen, weil er sich so erholt hatte.

«Diesen Tag wird Daddy sich im Kalender rot anstreichen», sagte Mopsa. «So lange waren wir nämlich noch nie getrennt.»

Sie hatte die langen Perioden vergessen, die sie in psychiatrischen Kliniken verbringen mußte. An diesem Morgen war sie ein Musterbeispiel sachlicher Vernunft in ihrem grauen Kostüm, einem roten Schiffonschal um den Hals und vorsichtig aufgetragenem Lippenstift im gleichen Farbton, weil sie nicht zu auffallend aussehen wollte. Benet bezweifelte jedoch, daß ihr Vater über Mopsas verfrühte Rückkehr so erfreut war wie sie sich einbildete. Am Telefon hatte er ziemlich vorwurfsvoll zu Benet gesagt:

«Du hättest deine Mutter doch wirklich einen ganzen Monat bei dir behalten können, wie es ausgemacht war!»

Und Mopsa selbst hatte alles noch schlimmer gemacht, als sie Benet den Hörer aus der Hand genommen und jammernd erklärt hatte, daß es in London nichts gab, was sie hielt, nachdem alle Tests negativ ausgefallen waren. Sie wolle, hatte sie gesagt, nicht so lange bleiben, bis sie nicht mehr gern gesehen sei.

John Archdales Stimme hatte sein ganzes unausgesprochenes Elend verraten. Du hast sie drei Wochen gehabt, hatte er Benet zu verstehen gegeben, ich habe sie ein Leben lang. Ich beklage mich nicht, ich nehme es auf mich, und alles, worum ich gebeten hatte, waren vier kurze Wochen. Mopsa, dachte Benet, wäre unter den gegebenen Umständen kein Stein aus der Krone gefallen, wenn sie dem armen Mann gesagt hätte, sie freue sich darauf, nach Hause zu kommen.

Jetzt, im Wagen, wurde es offensichtlich, daß sie sich wirklich freute. Erstens des Klimas wegen. Die Temperaturen waren in Spanien mindestens zwanzig Grad höher als in England. Die Sonne würde scheinen, und sie würde wieder in ihrem kleinen, gemütlichen Heim schalten und walten, das Benet nur einmal gesehen hatte und anscheinend nicht wiedersehen wollte. Sie schwatzte über die Vorzüge Südspaniens im Winter, wenn die meisten Touristen abgereist waren, über das Ehepaar aus High Wycombe, das sich ebenfalls dort niedergelassen hatte, und mit dem sie Bridge spielten, und über den Strand. Jason hatte sie offenbar vergessen. Seit Tagen hatte sie ihn buchstäblich ignoriert und es Benet überlassen, für ihn zu sorgen. Einmal hatte sie ihn James genannt.

«Sollte James nicht schon längst im Bett sein?»

Die Spitze, immer gezückt, um Benet bei jeder Gelegenheit mit Erinnerungen zu quälen, hatte voll getroffen. Aber Mopsa hatte es nicht mit Absicht gesagt. James als eigenständiger Mensch hatte sie nie interessiert und Jason noch viel weniger. Für sie schienen die beiden ineinander übergegangen, eins geworden zu sein, kleine Jungen, die nie mehr gewesen waren als Geschöpfe eines Stammes mit einer Gruppenseele. Nur noch einmal hatte Benet versucht

Mopsa zu erklären, was sie Jasons wegen unternehmen wollte, aber Mopsa hatte nur mit den Schultern gezuckt.

«Ich bin dann nicht mehr hier. Wozu erzählst du mir das?»

Am Bücher- und Zeitungskiosk in Heathrow stand eine Pyramide von *Die vertrackte Ehe* im Schaufenster. Der Anblick des glänzenden Schutzumschlags mit dem Bild einer Frau, die einen juwelenbesetzten Kopfschmuck trug, erinnerte Benet an das, was sie erwartete, wenn sie Jason zurückbrachte. Mopsa war niemand. Mopsa wäre nur für kurze Zeit – vielleicht einen einzigen Tag lang – ins Licht der Öffentlichkeit gerückt. Aber sie war Benet Archdale, Bestsellerautorin, ein berühmter Name, wenn auch kein berühmtes Gesicht, so doch eine Persönlichkeit. Was immer sie in Zukunft schreiben, tun, erreichen würde, daß sie einmal ein Kind entführt hatte, würde nie in Vergessenheit geraten. Sollte eines Tages jemand ihre Biographie schreiben, würde es auch darin enthalten sein. Man würde dem Fall ein ganzes Kapitel widmen. Die geistige Labilität ihrer Mutter würde ebenso angeführt werden wie die Tatsache, daß Benet Archdale ein Kind gehabt hatte, das mit zwei Jahren gestorben war. Aber sie brauchte gar nicht abzuwarten, bis jemand in ferner Zukunft ihre Biographie schrieb. Ende der Woche schon würde alles in den Zeitungen breitgetreten werden.

Sie kaufte eine Zeitung. Der Fall Jason machte wieder Schlagzeilen auf der Titelseite. Der Artikel am unteren Ende der Seite war zweispaltig: ein weiteres Interview mit Carol Stratford ...

«Du hast Geburtstag!» rief sie Jason zu. «O Jay, du bist heute zwei Jahre alt geworden.»

Sie hatte es sich angewöhnt, ihn Jay zu nennen. Schließlich nannte er sich selbst so. Sie nahm ihn auf den Arm und sah ihm ins Gesicht.

«Wie schrecklich, du hast Geburtstag, und wir lassen ihn sang- und klanglos vorübergehen.»

«Er weiß es nicht», sagte Mopsa. «Er ist noch zu klein, um zu wissen, was ein Geburtstag ist.»

«Ich wünsche dir alles, alles Gute, Jay.»

«Ich habe nächste Woche Geburtstag, und mir ist nicht aufgefallen, daß du deshalb aus dem Häuschen gerätst.»

Mopsa war mürrisch und schmollte. Sie fürchtete sich jetzt vor dem Flug und schluckte Valium mit schwarzem Kaffee. Jason bekam ein Eis, weil er Geburtstag hatte. Benet, die ihn beobachtete, wunderte sich, wie ihre Abneigung gegen ihn allmählich verblaßt war. Aber wie konnte man überhaupt Abneigung gegen ein kleines Kind empfinden, das nicht viel älter war als ein Baby? Würde man ihr vielleicht erlauben, ihn ab und zu zu besuchen, um zu sehen, wie er sich entwickelte? Vielleicht, wenn es ihr gelang, ihnen begreiflich zu machen, wie alles gekommen war, wenn sie nicht zu grob mit ihr umsprangen ...

Der Flug nach Malaga wurde aufgerufen. Obwohl Mopsa nur widerwillig ein Flugzeug bestieg, machte sie sich schon beim ersten Aufruf bereit. Die Maschine flog sonst vielleicht ohne sie ab. Vielleicht bekam sie Schwierigkeiten, weil sie sich verspätet hatte. Schließlich war ihr Ticket erst vor vier Tagen gekauft worden.

Benet begleitete sie so weit sie konnte. Sie verabschiedeten sich an der Paßkontrolle. Mopsa, die sie während der letzten Tag kalt behandelt und ständig herumgenörgelt hatte, umarmte Benet und küßte sie heftig.

«Du weißt gar nicht, wie sehr du mir fehlst, Brigitte. Du bist mein einziges Kind, und es ist bitter, Hunderte von Meilen von dir getrennt zu sein.»

Benet versprach, anzurufen und zu schreiben. Sie erinnerte Mopsa nicht daran, daß sie an der Trennung schuld war, daß sie es war, die unbedingt in Spanien leben wollte. Von Jason verabschiedete sich Mopsa nicht. Sie nahm keine Notiz von ihm. Benet war überrascht, wie sehr sie sich darüber ärgerte, wieviel Verbitterung es in ihr zurückließ. Es ist nur deshalb, weil ich weiß, daß sie James genauso behandelt hätte, dachte sie.

Ich darf meine Mutter nicht hassen ...

Mopsa betrat den Korridor. Das letzte, das Benet von ihr sah, war die Geste, mit der sie ihre Handtasche auf das Förderband des Durchleuchtungsapparates warf.

Da sie wußte, daß Jason Geburtstag hatte – Carol Stratford hatte es der Zeitung mitgeteilt und tief bedauert, daß sie keine Party für ihn geben konnte –, fühlte Benet sich verpflichtet, ihm ein Geschenk zu kaufen. Auch wenn er heute wahrscheinlich den letzten Tag bei ihr war, wollte sie ihm etwas schenken. Er würde es wohl behalten dürfen. Warum auch nicht?

Jason schien keinen besonderen Wunsch zu haben, doch am liebsten hätte er den ganzen Spielwarenladen mitgenommen. Benet erinnerte der Laden lebhaft an das Spielzimmer im Krankenhaus. Ein Teil der Spielsachen dort stammte offenbar von hier. Sie sah sich wieder auf einem niedrigen Kinderstuhl sitzen und darauf warten, daß das Telefon frei wurde und sie Mopsa anrufen konnte. Vor ihr, die ganze Wand einnehmend, der Händebaum ... Damals lebte James noch, und die unzähligen erhobenen Hände schienen um etwas zu flehen, aber um was? Um was?

Sie kaufte ein Schaukelpferd. Es war groß und schön, ein Apfelschimmel. Es sollte am nächsten Morgen ins Vale of Peace geliefert werden, aber Benet wollte nicht, daß Jason darauf warten mußte. Ihr Wagen parkte in der Nähe, und sie nahm es gleich mit. Mit dem in braunes Papier eingeschlagenen Schaukelpferd beladen, überquerte Benet mit Jason die Straße. Sie waren ungefähr in der Mitte des Zebrastreifens, als Benet auf der anderen Straßenseite Ian Raeburn entdeckte. Bei seinem Anblick überkam sie ein sonderbares Gefühl.

Ihr war auf einmal, als habe sie ihn schon immer gekannt – nein, es war mehr als das –, es war, als sei er ein enger Freund oder Verwandter und das unerwartete Wiedersehen mit ihm eine freudige Überraschung. Ihr war, als gehöre er zu den wenigen Menschen, die sie liebten, so daß seine Augen aufleuchten würden, sobald er den Kopf wandte und sie sah. Dieses Gefühl dauerte nicht länger als ein paar Sekunden. Es überkam sie blitzartig und war ein Moment reinen Glücks. Der erste, den sie seit James' Tod erlebte. Und er wurde sofort von Furcht verdrängt. Die einzige Möglichkeit, die ihr blieb, war die, rasch vorüberzugehen und zu hoffen, daß er sie nicht gesehen hatte. Tiefes Bedauern überkam sie. Sie griff nach Jasons Hand und half ihm auf den Gehsteig hinauf.

Ian Raeburn kaufte Obst. Zwei Kiwis und eine Tüte Orangen. Er nahm sein Wechselgeld entgegen, drehte sich um, begegnete ihrem Blick und erkannte sie sofort. Er wundert sich bestimmt, daß ich mit einem Kind an der Hand vor ihm stehe, dachte sie. Ich, die ich mein Kind verloren habe. Die Erklärung, die Mopsa ihr gegeben hatte und die eine Zeitlang glaubwürdig gewesen war, lag sehr nahe.

«Eine Freundin hat ihn mir anvertraut», sagte sie. «Ich habe ihr versprochen, mich um ihn zu kümmern, solange sie verreist ist.»

«Darf ich Ihnen das abnehmen?» fragte er.

Sie überließ ihm das Schaukelpferd, dessen bemalte Hufe aus der Verpackung herausschauten.

«Hilft es Ihnen?» fragte er ruhig.

Er meinte, daß sie Jason versorgen mußte, er meinte, ob es ihr half, einen Jungen um sich zu haben, der etwa im selben Alter war wie James.

«Ich weiß nicht.» Sie überraschte sich mit dieser rückhaltlos ehrlichen Antwort selbst. «Ich weiß es wirklich nicht.» Noch vor einer Woche hätte sie nur «nein, nein, nie!» schreien können.

«Ich habe ein paarmal angerufen, um mich zu erkundigen, wie es Ihnen geht. Ich nehme an, Ihre Mutter hat es Ihnen ausgerichtet.»

Mopsa hatte es nicht ausgerichtet. Doch wenn sie es getan hätte, hätte das auch nichts geändert.

«Meine Mutter ist heute abgereist.»

«Macht es Ihnen nichts aus, allein zu bleiben?»

Sie schüttelte den Kopf. Er hob den Kofferraumdeckel und legte das Schaukelpferd neben die gestohlene Kinderkarre.

Gleich würde er sie fragen, ob er sie wiedersehen dürfe, sie wußte es, sie fühlte es in der Spannung, die zwischen ihnen hing. Aber das war unmöglich, sie hatte keine Zukunft, ihr blieb nichts, nachdem sie Jason zurückgebracht haben würde. Dann würde Ian Raeburn nichts mehr mit ihr zu tun haben wollen. Denn dann war sie verloren, viele Leute würden sie für verrückt halten, so verrückt wie Mopsa.

Sie bückte sich und nahm Jason auf den Arm. Er liebte Abschiede und hatte schon angefangen zu winken und auf Wiedersehen zu sagen.

«Ein großzügiges Geschenk für das Kind einer Freundin», sagte Ian Raeburn und schlug den Kofferraumdeckel zu. «Ist er Ihr Patenkind?»

«Es ist nicht für Weihnachten. Er hat heute Geburtstag.»

Daß sie das gesagt hatte, bereute sie sofort. Es war ihr einfach herausgerutscht. Denn angenommen, auch er hatte den Artikel auf der Titelseite der Zeitung gelesen?

Er sah sie an, in seinem Blick lagen Güte und Verstehen. Und dennoch verstand er nicht. Wie sollte er auch? Er glaubte nur zu verstehen. Man verachtet diejenigen, die behaupten, einen zu verstehen, obwohl ihre Vermutungen weit am Ziel vorbeigehen. Sie verachtete Ian nicht, aber sie wollte fort von ihm. Schroff sagte sie auf Wiedersehen und stieg in den Wagen.

Das Telefon klingelte, als sie das Haus betrat. Es war Antonia, die sie zum Abendessen einlud. Sei es eigentlich schwierig, da, wo sie jetzt wohne, einen Babysitter für James zu bekommen?

Einen Augenblick brachte Benet kein Wort heraus. Dank Mopsas Lügen würden die Leute so mit ihr reden, als sei James noch am Leben. Sie war jedoch nicht imstande, Antonia die Wahrheit zu sagen. Ihre eigene Stimme klang ihr schwach und fremd in den Ohren, als sie erwiderte, nein, sie könne nicht ausgehen, sie kenne hier noch niemanden und habe keine Ahnung, woher man einen Babysitter bekommen könne. Jason kam zu ihr, zog sie am Ärmel und wollte, daß sie das Pferd auspackte. Sie legte auf.

Er kletterte auf das Pferd und begann zu schaukeln. Sie mußte über seinen Gesichtsausdruck lächeln, der großes Entzücken, Staunen und eine Art Lust verriet. Sie begann sich das Gespräch auszumalen, das sich zwischen ihr und dem Polizisten oder mehreren Polizisten entwickeln würde, wenn sie Jason ablieferte. Jede Erklärung, die sie für Mopsas und ihr daraus resultierendes Verhalten geben konnte, kam ihr jetzt verrückt, irrwitzig und – das vor allem – unglaubwürdig vor. Warum hatte sie Jason nicht sofort zurückgebracht, als ihr klar wurde, wer er war? Das würde man sie fragen. Das war eine der Fragen, mit denen sie immer und immer wieder auf sie einhämmern würden. Und sie konnte nur antworten, sie habe so und nicht anders gehandelt, damit Mopsa aufhörte zu schreien. Wenn sie jetzt zurückblickte, verstand sie sich selbst nicht mehr. Vielleicht war nicht nur Mopsa geistig verwirrt gewesen ...

Es gelang ihr nicht, einen einzigen Dialog zwischen ihr und der Polizei zu konstruieren, der nicht damit endete, daß man sie beschuldigte, Jason entführt zu haben. Die Tatsachen, die Beweise sprachen alle gegen sie. Sie kannte das Stadtgebiet, sie hatte früher in Winterside gewohnt. Der Wagen, in dem das Kind entführt worden war, gehörte ihr. Sie hatte vor kurzem ihr Kind verloren. Und mehr als das: Sie hatte – so mußte es wenigstens aussehen – den Tod ihres Kindes allen Freunden und Bekannten verheimlicht.

Benet gab Jason sein Abendessen. Es war ein besonders gutes Essen, weil er ja Geburtstag hatte. Sie setzte sich ihn auf den Schoß und las ihm *Peter Rabbit* von Helen Beatrix Potter vor, obwohl er noch zu klein war, um die Geschichte zu verstehen. Er liebte Bilder.

Schien sie mehr und mit größerer Begeisterung zu lieben als andere Kinder seines Alters. Wenn ich seine Mutter wäre, dachte sie, würde ich glauben, daß er einmal Maler wird – Kunstmaler natürlich.

Seine Mutter ... Diese hübsche, kleine blonde Frau, diese lebendige Puppe. Und der brutale Junge, kaum den Teenagerschuhen entwachsen, mit dem sie lebte. Sie mußten Jason zurückbekommen. Daran gab es keinen Zweifel. Es stand Benet nicht zu, über sie zu Gericht zu sitzen und ein Urteil zu sprechen. Sie konnte nur versuchen dafür zu sorgen, daß Jason nicht mehr geschlagen wurde, wenn sie ihn wiederhatten.

Die blauen Flecke waren fast verschwunden, wie sie feststellte, als sie Jason in die Wanne hob. Nur die Haut, die sich fest über die untersten Rippen spannte, war noch gelblich verfärbt. Das Brandloch würde natürlich nie verschwinden, es würde noch da sein, wenn er ein alter Mann war. Aber sie konnte nicht beweisen, daß es von einer Zigarette stammte. Und die Polizei wird es nicht glauben wollen, dachte sie. Sie wird den zusätzlichen Scherereien aus dem Weg gehen. Denn zusätzliche Scherereien wären unvermeidlich, wenn sie ihr glaubten.

Sie brachte Jason ins Bett und deckte ihn zu. Das weiße Kaninchen war verschwunden, und sie hatten es im ganzen Haus gesucht. Hatte Mopsa es vielleicht aus Versehen eingepackt und nach Spanien mitgenommen. Sie überlegte, biß die Zähne zusammen, öffnete James' Spielschrank, holte James' Tiger heraus und gab ihn Jason. Ihn damit zu sehen, tat weh, aber der Schmerz war zu ertragen. Glücklich und widerspruchslos akzeptierte Jason den Ersatz für sein Kaninchen, steckte sich eines der runden goldbraunen Ohren des kleinen Tigers in den Mund und schlief ein.

Um diese Zeit hätte Jason schon nicht mehr bei ihr sein sollen. Am Tag vorher hatte sie den festen Entschluß gefaßt, ihn um drei Uhr zur Polizei zu bringen. Sie hatte sich sogar eingeredet, sie freue sich darauf. Es würde eine Erleichterung für sie sein, die Sache hinter sich zu bringen, von ihm frei zu sein. Wieder allein zu sein und nur für sich selbst verantwortlich. Sie mußte sich selbst überzeugt haben, daß sie ihre Geschichte akzeptieren, daß sie ihr glauben würden, wenn sie ihnen schilderte, welche Rolle Mopsa dabei gespielt hatte und daß sie fast die Alleinschuldige war. Jetzt mußte aber noch eine Nacht vergehen, bevor sie Jason zurückbringen konnte, und die Tatsache, daß sie es nicht sofort nach Mopsas Abreise getan hatte, sprach sehr stark gegen sie.

Sie stieg die Treppe hinunter, ging im Souterrainzimmer auf und ab, zum erstenmal allein, seit James gestorben war, und wußte plötzlich, daß sie Jason nicht zur Polizei bringen würde. Allein der Gedanke daran – ganz realistisch und ohne Winkelzüge betrachtet – machte sie krank und jagte ihr entsetzliche Angst ein. Es nutzte nichts, sich Gespräche auszudenken und zu überlegen, auf welche Weise sie die Polizei überzeugen konnte. So war die Polizei nicht. Sie ließ sich nicht überzeugen, sie würde ihr nicht glauben. Nach drei Minuten auf dem Polizeirevier, würde man sie zur geisteskranken Kriminellen abgestempelt haben. Und am nächsten Tag würde alles in den Zeitungen stehen, und sie würde, schwarz auf weiß gedruckt, mit der Tatsache von James' Tod konfrontiert.

Sie würde es nicht tun.

Nachdem sie sich zu diesem Entschluß durchgerungen hatte, war sie erleichtert. So erleichtert, daß sie sich ganz schwach und schlapp fühlte. Nein, sie würde Jason nicht zur Polizei bringen. Es würde keine Ausreden, Geständnisse, Erklärungen geben, die arme Mopsa nicht in die Sache hineingezogen werden.

Das bedeutete nicht, daß Jason bei ihr bleiben sollte. Natürlich mußte er seiner Mutter und seiner Familie zurückgegeben werden, und das so bald wie möglich. Benet ging hinauf zum Barschrank und schenkte sich einen doppelten Whisky pur ein – etwas, das bei ihr nur sehr selten vorkam. Seit sie sich von Edward getrennt hatte, war das ihr erstes Glas. Sie setzte sich mit ihrem Drink in den Sessel am Fenster und begann zu überlegen, wie sie Jason am besten zurückbringen konnte. Es mußte eine narrensichere Methode sein, ungefährlich für sie und geheim.

13

Die Fotografien in den Fenstern des Immobilienmaklers zeigten Häuser in jeder erdenklichen Bauart – vom erstklassig erhaltenen georgianischen Haus bis zu modernen Studiohäusern, in denen es keine Türen gab und ein Raum in den anderen überging. Terence sah sich die Bilder und den Begleittext mit Beschreibung und Preisangabe an. Er hatte nicht geahnt, wie teuer die Häuser in Hampstead waren, und ihm wurde ein wenig schwindlig. Aber es war kein unangenehmes Gefühl.

Jetzt mußte er nur noch einen Makler in der Heath Street aufsuchen. Terence schlenderte bis an die Ecke der Church Row und blieb vor dem Schaufenster stehen. Er hatte nicht die Absicht, hineinzugehen. Es war besser, diese Dinge telefonisch zu erledigen. Es war ein aufschlußreicher Vormittag gewesen, doch als er den Hügel wieder hinaufstieg, fragte er sich, ob er sich die Mühe nicht deshalb gemacht hatte, weil sie notwendig war, sondern um den ersten schicksalhaften Schritt noch weiter hinauszuschieben.

Fast eine Woche war verstrichen, seit er den Kaufvertrag und die anderen Urkunden für das Haus Spring Close 5 gefunden hatte. Seither hatte er kaum an etwas anderes gedacht, als an seinen Plan, und falls Freda nicht plötzlich nach Hause kam oder ein Agent oder Anwalt John Phipps zufällig persönlich kannte – oder wußte, daß er tot war – oder die Nachbarn etwas erfuhren – wie sollten sie? – konnte eigentlich nichts schiefgehen. Aber er war innerlich ganz starr vor Angst. Er hatte Angst, weil alles so einfach schien, ein Kinderspiel, sobald es in die Wege geleitet war. Doch so einfach konnte es nicht sein, irgendwo mußte der Haken stecken. Es war unmöglich, daß er so leicht zu – wieviel? – 100000 oder 150000Pfund kommen konnte.

Jessica und Freda nahmen beide regelmäßig Valium. Jessica nahm jeden Morgen eine, um den Tag überhaupt beginnen zu können. Terence hatte, als er ging, eine Hunderterpackung in eine Mülltonne geworfen.

«Sie sind billiger als Alkohol», pflegte Freda zu sagen. Sie hatte ihm fast zweihundert dagelassen. Er war reichlich versorgt, und trotz allem, was die Ärzte und Apotheker behaupteten, schienen sie nicht abhängig zu machen. Er nahm zwei mit einem Glas Wasser und fügte, nachdem er kurz überlegt hatte, einen Schuß von Fredas Chivas Regal hinzu. Er schüttelte sich, als er ihn trank, denn er hatte sich noch nie viel aus Alkohol gemacht.

Der Immobilienmakler, den er ausgesucht hatte, meldete sich sofort, als er anrief, und er wurde an einen Mr. Sawyer weitergereicht. Mr. Sawyers Akzent ähnelte stark dem seinen. In Nord-London geboren und in die Schule gegangen, äfften sie, wenn sie daran dachten, die Ausdrucksweise der Fernsehsprecher nach. Terence hatte sich den ersten Satz immer wieder laut vorgesagt. Er hatte sich sogar dabei ertappt, daß er ihn im Schlaf murmelte. Jetzt war es soweit, jetzt mußte er die Feuerprobe bestehen.

«Ich möchte gern mein Haus verkaufen», sagte er.

Die Summe, die Sawyer ihm als Verhandlungsbasis nannte, waren 140000 Pfund, oder im Jargon der Immobilienmakler 139995.

«Wann würde es Ihnen passen, daß wir zum Ausmessen kommen, Mr. Phipps?»

«Zum Ausmessen?»

«Ja. Wir messen die Räume aus, um in unseren Verkaufsinformationen genaue Angaben machen zu können. Und ein Foto hätten wir auch gern. Ich kenne das Objekt natürlich. Ein sehr schöner Besitz.»

«Wie wär's, wenn Sie gleich heute nachmittag kämen?»

«Wunderbar. Um drei? Halb vier?»

Sie einigten sich auf drei Uhr. Bring es so schnell wie möglich hinter dich, dachte Terence. Er hatte über Fredas Nachbarn noch nie viel nachgedacht. Wenn er zum Beispiel um zwei Uhr morgens Fredas Wagen in die Garage fuhr und den Motor noch einmal laut aufheulen ließ, wenn er ausstieg und die Tür zuknallte, schienen die Nachbarn für ihn nicht zu existieren. Er blickte aus dem mittleren der schießschartenähnlichen Fenster hinaus. Eine magere, verbraucht aussehende Frau pflanzte etwas um den Stamm des Trompetenbaums herum, der in der Mitte des Hofes stand. Sie schien eine von der neugierigen Sorte zu sein, aber was sollte er dagegen tun? Angenommen, sie oder jemand anders sah, daß Sawyer das Haus fotografierte. Und immer vorausgesetzt, daß sie wußten, wer Sawyer war, würde die- oder derjenige einfach annehmen, daß Freda das Haus verkaufen wollte. Vielleicht wußten die Leute nicht einmal, daß sie verreist war.

Die einzige Gefahr lag darin, daß jemand hörte, wie Sawyer ihn Phipps nannte. Das durfte nicht passieren, darauf mußte er achten. Nachdem der erste Schritt getan war, war er längst nicht mehr so nervös. Was hatte er schließlich schon getan? Er hatte sich zu nichts verpflichtet, er konnte sich noch immer zurückziehen, es sich anders überlegen. Und falls doch jemand hörte, daß Sawyer ihn Phipps nannte – er konnte ja ohne weiteres ein Kusin des verstorbenen John Howard sein. Ein viel jüngerer Kusin. John Howard war mit einundfünfzig Jahren gestorben, wie Terence dem Totenschein entnommen hatte.

Sawyer kam pünktlich, sogar zwei Minuten zu früh. Bevor er vor der Haustür noch ein großes Trara machen und lauthals verkünden konnte, wie bezaubernd und geschmackvoll die kleine Enklave doch sei, holte Terence ihn schnell ins Haus, indem er sagte, Sawyer solle bitte schnell die Tür schließen, da er glaube, er habe sich erkältet.

«Der Markt», sagte Sawyer, mit dem Maßband auf den Knien liegend, «ist sozusagen moribund.»

Es klang wie ein Wort, das er eben erst gelernt hatte. Terence glaubte, es heiße, die Geschäfte gingen gut oder etwas ähnliches. Der Nachmittag kam ihm irgendwie unwirklich vor.

«Stadthäuser», fuhr Sawyer fort, «sind im Augenblick nur schwer zu verkaufen, aber ein Besitz wie dieser unterliegt natürlich eigenen Gesetzen. Ihn als Stadthaus zu beschreiben, würde auch einen völlig falschen Eindruck vermitteln. Der Verkauf muß sehr sorgfältig in die Wege geleitet werden. Ich werde mir da etwas überlegen müssen. Darf ich fragen, ob Sie schon etwas anderes haben?»

«Wie bitte?»

«Ich meine, ob Sie dabei sind, sich etwas Neues zu kaufen?»

«Darüber brauchen Sie sich keine Sorgen zu machen. Ich gehe ins Ausland. Und ich möchte, daß es schnell geht mit dem Verkauf. Ich habe keine Lust, noch lange hier herumzusitzen.»

Er fragte Sawyer, ob er etwas dagegen habe, allein hinauszugehen, lief dann in den ersten Stock hinauf und beobachtete ihn beim Fotografieren. Soweit er es beurteilen konnte, sah außer ihm selbst niemand zu. Sawyer steckte die Kamera ein und schlenderte unter dem Torbogen hindurch, der in die älteren kopfsteingepflasterten Regionen von Hampstead führte.

Terence erwartete nicht, daß sich in den nächsten Wochen etwas tun würde. Doch als er zwei Tage später Mut faßte, um in die Heath Row zu gehen und festzustellen, ob das Foto schon im Fenster von Steiner & Wildwood auslag und was er empfand, wenn es tatsächlich da war, rief Sawyer an und sagte, Mr. und Mrs. Pym würden sich das Haus gern ansehen. Sei es Mr. Phipps recht, wenn sie in etwa einer Stunde kämen?

Freda hatte die Hausarbeit selbst erledigt. Sie sagte, erstens habe sie dann etwas zu tun, und zweitens möge sie keine Putzfrauen im Haus. In einer gewissen Beziehung war Terence froh darüber. Eine Putzfrau hätte sich bestimmt lebhaft für alles interessiert, was er tat, hätte geklatscht, vielleicht sogar Briefe nach Martinique geschrieben. Aber irgendwie hatte er es für selbstverständlich gehalten, daß das Haus sauber war und wie durch Zauberkraft sauber blieb. Seit fast vierzehn Tagen hatte es kein Staubtuch mehr gesehen und war nicht gerade blitzblank. Aber es war zu spät, um sich darüber den Kopf zu zerbrechen. Terence nahm zwei Valium und empfing die Pyms heiter und gelassen.

Sie blieben nicht lange. Als sie feststellten, daß der Garten ungefähr so groß war wie das kleinste Schlafzimmer, verloren sie das Interesse. Aber es war ein Anfang. Terence holte den Staubsauger heraus, fand ein paar Staubtücher und machte sauber. Er holte ein Spinngewebe von einem der roten Balken herunter und polierte den Diskuswerfer. Es war das allererste Mal, daß er sich als Hausmann betätigte, doch er fand es nicht schwierig. Ich könnte mir damit sogar meinen Lebensunterhalt verdienen, wenn alles andere schiefgeht, dachte er.

Das Foto, das Sawyer gemacht hatte, lag nicht bei Steiner & Wildwood im Schaufenster. Wahrscheinlich hatten sie es zu den Maßen und den anderen Unterlagen getan, die sie den Kaufinteressenten vorlegten. Es beruhigte ihn. Er wäre sich irgendwie preisgegeben vorgekommen, wenn das Foto im Fenster gewesen wäre und jeder Vorübergehende es gesehen hätte.

Seit Freda abgereist war, lebte er wie ein Einsiedler. An diesem Abend brach er aus und ging in eine Kneipe, *Smithy's* in Maida Vale, wo er hin und wieder mit Jessica gewesen war, und wo man die ganze Nacht trinken konnte. Im *Smithy's* las er ein Mädchen namens Teresa auf, dem er sagte, er heiße John Phipps. Er nahm ein Taxi, und Teresa fuhr mit ihm nach Hause. Sie war tief beeindruckt, ja, sogar überwältigt und sagte immer wieder, nach einem solchen Haus habe er wirklich nicht ausgesehen. Sie lagen am nächsten Vormittag noch im Bett, als Sawyer anrief. Eine Mrs. Goldschmidt wollte sich um zwei Uhr das Haus ansehen.

Da blieb ihm Zeit genug, Teresa loszuwerden. Er ertappte sie dabei, daß sie sich Fredas Telefonnummer aufschrieb, die auf der Wählscheibe stand, doch es schien ihm nicht wichtig. Sobald sie aus dem Weg war, schluckte er zwei Valium und um halb zwei eine dritte. Mrs. Goldschmidt verspätete sich, und als sie klingelte, hatte er sie schon fast aufgegeben. Er zwang sich, ganz langsam zur Tür zu gehen, um zur Abwechslung sie warten zu lassen.

Sie war eine ungewöhnlich gut aussehende Frau, derselbe Typ wie Carol Stratford, aber zwischen ihr und Carol war ein so großer Unterschied in Klasse und Stil wie – laut Sawyer – zwischen dem durchschnittlichen Stadthaus und Spring Close 5. Sie hatte sehr kurzes, zurückgekämmtes blondes Haar, ihre Haut war leicht gebräunt und hatte einen gesunden Schimmer, und ihr Mund glich dem Fruchtfleisch einer reifen Erdbeere. Sie trug einen hellgrauen Wildledermantel, gelbe Lederstiefel und einen langen gelben Schal. Frauen wie sie stiegen nie vor den Stufen eines Krematoriums aus einem Daimler.

Er hatte keine Erfahrung im Kauf oder Verkauf von Häusern, doch Instinkt oder Telepathie sagten ihm, daß sie das Haus haben wollte. Sie sprach nicht viel, während er sie von Zimmer zu Zimmer führte, sie sagte überhaupt kaum etwas, aber sie ließ sich viel Zeit, sie war sehr gründlich und nickte manchmal zufrieden vor sich hin.

Als sie fertig war, war es halb vier. Um diese Zeit konnte man niemandem einen Drink anbieten, und er hatte keine Lust, ihr eine Tasse Tee zu machen. Tee paßte nicht zum Image von Spring Close 5. In gewisser Weise war es ein Jammer, daß ihr das Haus gefiel, denn das setzte einen Schlußpunkt hinter die Idee, sie mit Hilfe dieses Images näher kennenzulernen.

Sie hatte eine monotone, zombie-ähnliche Stimme, die Terence sehr anziehend fand. «Ich möchte, daß mein Mann es sich ansieht.»

«Wunderbar. Jederzeit.»

«Ich sage bei Steiner Bescheid, wann wir kommen.»

Trotz des Valiums mußte Terence seine Nerven beruhigen. Er holte den Staubsauger heraus und bearbeitete die flauschigen Teppiche noch einmal gründlich, damit alles tipptopp aussah, wenn Goldschmidt kam. Danach übte er eine Stunde lang John Howards Unterschrift. Seine Hand war sicher und ruhig, er atmete tief. Er durchsuchte noch einmal den Schreibtisch und fand zwei alte Scheckbücher mit den Scheckabschnitten. Eins enthielt noch einen einzelnen ungebrauchten Scheck. John Howard war ganz plötzlich an einem Herzinfarkt gestorben. Es war schon merkwürdig, wenn man bedachte, daß er keine Ahnung gehabt hatte, daß Scheck Nr. 655 399 nie benutzt werden oder 655 398 – an die North Thames Gas über einen Betrag von fünfundneunzig Pfund dreiundvierzig – der letzte war, den er je ausstellen sollte. Sechs Tage später hatte er einen Termin in Golders Green gehabt...

Derartige fatalistische Überlegungen sahen Terence eigentlich nicht ähnlich, und er schob sie auch bald beiseite. Fredas Mann hatte sein Konto bei der Barclay-Bank in der High Street von Hampstead gehabt, und mehr hatte er nicht wissen wollen. Er wollte nur in Erfahrung bringen, welche Zweigstelle welcher Bank er meiden mußte.

Goldschmidt kam am nächsten Tag und am übernächsten noch einmal. Er war fett, dunkel und kahlköpfig und trug eine starke Brille mit einer wuchtigen Fassung. Seine Frau trug ein schwarzes Lederkostüm mit einem Nerzschal, den sie sich locker um den Hals geschlungen hatte.

«Das ist mein Traumhaus», sagte sie mit der Stimme eines Menschen, der eben aus dem Koma erwacht ist.

«Darf ich Ihnen mein Angebot nennen?»

Terence sagte, wie von Sawyer instruiert: «Diese Dinge müssen Sie mit Steiner & Wildwood erledigen.»

Schon nach einer knappen Stunde rief Sawyer an. Terence stellte fest, daß er fast keine Stimme hatte, ein häufiges Symptom bei ihm, wenn er nervös war.

«Noch immer erkältet, Mr. Phipps?»

Terence krächzte etwas, das wie eine Bestätigung klang.

«Mr. Goldschmidt bietet Ihnen 130 000 Pfund für das Haus.»

Das war akzeptabel, und Terence wäre einverstanden gewesen. Sawyer riet ihm dennoch zu handeln. Vierundzwanzig Stunden verstrichen, und Terence traute sich nicht aus dem Haus, weil er Angst hatte, Sawyer könnte inzwischen anrufen. Außerdem war ihm ständig übel, und er ahnte, daß die Kälte – es war bitterkalt geworden – ihm so zusetzte, daß er tatsächlich krank werden würde. Er war in Fredas Bad, als das Telefon klingelte, und er sprang aus der Wanne und stürzte an den Apparat, wobei er sich nicht einmal die Zeit nahm, sich in ein Badetuch zu wickeln. Der Hörer rutschte ihm fast aus der nassen Hand.

«Das erscheint mir ein Kompromiß, den beide Parteien akzeptieren können, finden Sie nicht, Mr. Phipps?»

Terence nickte. Dann fiel ihm ein, daß Sawyer ihn nicht sehen konnte, und er setzte das Nicken in ein abgehackt gekrächztes «Ja. Klar. Fein. Gut. Ja» um.

Es sah so aus, als habe er Freda Phipps' Haus für 132950 Pfund verkauft oder sei auf dem besten Weg, es für diesen Preis zu verkaufen.

14

Es regnete, obwohl es kalt genug war, um zu schneien. Ein eisiger Wind pfiff durch die Straßen. Barry, der die Samstagseinkäufe erledigte, sah Maureen mit einem dünnen Buch unter dem Arm die Stufen der öffentlichen Bibliothek herunterkommen. Sie trug schwarze Gummistiefel und ihren langen bräunlichen Regenmantel. Sie blieb auf den Stufen stehen, um einen großen schwarzen Regenschirm aufzuspannen, der vermutlich Ivan gehörte.

Barry hatte sie einmal allein erwischen wollen und folgte ihr in den Supermarkt. Sie hatte den Regenschirm und das Bibliotheksbuch (*Fortgeschrittene Do-It-Yourself-Methoden für den Heimwerker*) in ihren Einkaufswagen gelegt. Als sie Barry sah, veränderte sich ihr Gesichtsausdruck genausowenig wie beim Anblick einer Pyramide aus Dosenfutter für Hunde.

«Ich habe gehört, daß du der Polizei bei den Ermittlungen hilfst», sagte sie und im selben Tonfall: «Reich mir eins von den Flash-Paketen runter. Ich kann's nicht erreichen.»

«Hast du Zeit für einen Kaffee, Maureen? Oder für einen Drink?»

Sie kratzte sich am Nasenflügel. «Wozu?»

«Ich möchte dich etwas fragen und hab mir gedacht, wir könnten uns irgendwohin setzen ...»

«Ich wasche die Wände in unserem Wohnzimmer ab und wollte mir nur einen Schwamm besorgen.»

«Das macht nichts», sagte Barry, der wußte, daß sie damit sagen wollte, sie sei für ein Lokal nicht richtig angezogen.

Nebeneinander gingen sie zur Kasse. Wie ein Paar mit Kinderwagen, das zur Baby-Klinik unterwegs ist, dachte Barry. Ihm fiel ein, daß Carol gesagt hatte, Maureen sei kein menschliches Wesen. Irgendwie fiel es ihm dadurch leichter, mit ihr über Dinge zu sprechen, die nur allzu menschlich waren. Er sagte rasch und ohne Umschweife:

«Weißt du, wer Jasons Vater ist, Maureen?»

«Wer was ist?»

Er wiederholte die Frage, erklärte und unterbrach sich dann, weil das Mädchen an der Kasse mithören konnte. Maureen trottete über den Gehsteig und las die Gebrauchsanweisung auf dem Flash-Paket. Barry hielt den Regenschirm über sie beide. Er versuchte es noch einmal.

«Es hat mich nachdenklich gemacht, weißt du? Ich meine, vielleicht hängt sie noch an Jasons Vater, empfindet Jasons wegen vielleicht etwas ganz Besonderes für ihn.»

Maureen sah nicht auf, befaßte sich weiterhin mit der grünen Druckschrift. «Sie hatte viele Kerle. Da gab's einen, der in einem Strandbuggy rumkurvte und den Typen aus der Autoreparaturwerkstatt drei oder vier Häuser die Straße runter, und dann war da noch ein Schwarzer. Ich und Ivan waren entsetzt. Ach ja, und noch einen Kerl gab's, einen gewissen Sowieso Wand, Terry Wand. Mutter war mit seiner Mutter befreundet, sie wohnt auf'm Brownswood Common.» Maureen sah Barry zum erstenmal an, seit sie den Laden verlassen hatten. «Ich war nie mit einem anderen als mit Ivan zusammen», sagte sie. «Das würd ich nie tun. Ich begreife nicht, wozu das gut sein soll. Aber das zeigt wieder mal, wie verschieden Schwestern sein können. Kann ich den Beutel haben, in dem du deine Butter hast? Wenn das Zeug hier naß wird, gibt's eine schöne Schweinerei.»

Er verabschiedete sich auf der Brücke von ihr. Eigentlich war sie sehr glücklich. Sie hatte, was sie wollte. Sie und Ivan sprachen kaum miteinander. Wenn er nicht bei der Arbeit war und sie nicht im Haus herumwirtschaftete, saßen sie Hand in Hand vor dem Fernseher. Sie würden nie Kinder haben, sich nie trennen, umziehen, auf Urlaub fahren, sich mit anderen Leuten anfreunden, eifersüchtig sein, leiden. Eines Tages würden sie aufwachen, feststellen, daß sie sechzig waren und nichts sich verändert hatte. Fast beneidete er sie um dieses Leben.

Terence Wand war der einzige Name, an den Maureen sich erinnerte. Nach allem, was sie über ihn erzählt hatte, schienen Carol und er von Kind an befreundet gewesen zu sein. Die anderen Männer – nun, Maureen hatte keine Beweise, sie und Ivan vermuteten nur. Kein Wunder, daß die Männer hinter Carol her gewesen waren. Männer würden immer hinter Carol her sein. Mit Terence Wand war es anders, er war eine Ausnahme. Barry spürte intuitiv, daß er Jasons Vater war. Vater zu sein, verlieh einem eine gewisse Würde, machte einen gewichtiger. Man wurde nicht so schnell vergessen. Es war der Name von Jasons Vater, an den Maureen sich erinnert hatte.

Carol hatte angefangen, am Samstag zu arbeiten. Ohne Mittagspause und den ganzen Abend. Das hatte sie bisher nie getan, doch gleich nachdem sie wieder anfing, hatte Kostas sie gefragt, ob sie auch am Samstag arbeiten würde, und sie war einverstanden gewesen. Das Haus duftete nach ihrem Parfum, das sie neuerdings immer nahm – ein schweres, nach Moschus riechendes französisches Eau de Toilette, das, wie Barry wußte, zwölf Pfund die Flasche kostete. Es war ihr Geld, sie verdiente es und hatte das Recht, es auszugeben wie sie wollte. Barry hätte keinen Gedanken daran verschwendet, wenn er sicher gewesen wäre, daß sie sich das Parfum selbst gekauft hatte.

Er packte die Einkäufe aus, legte die Sachen in den Kühlschrank und begann sich dann mit Gedanken zu beschäftigen, die ihn immer wieder heimsuchten, wenn er allein im Haus war. Er bildete sich ein, Jason sei noch hier, daß nichts wirklich geschehen sei, was sich in den letzten Wochen ereignet hatte, und dann drehte er sich rasch um und sah Jason auf der Schwelle stehen. Es fiel ihm nicht schwer, das Gesicht des kleinen Jungen gewissermaßen heraufzubeschwören, er wußte noch ganz genau, wie er aussah. Jason hatte ein ungewöhnliches Gesicht, überhaupt kein Babygesicht und Carol gar nicht ähnlich. Es war wirklich komisch und fast eine Ironie, daß Carol, die mit achtundzwanzig noch ein Babygesicht hatte, einen Jungen zur Welt bringen konnte, der mit zwei Jahren, wenn auch nicht das Gesicht eines Erwachsenen so doch eines hatte, das für sein Alter irgendwie fertig und sehr reif wirkte.

Das bedeutete, daß er so aussehen mußte wie sein Vater. Er war keinem von den Knapwells ähnlich, die Barry kannte, und auch nicht seinen Halbgeschwistern. Barry war plötzlich fest davon überzeugt, daß er Jasons Vater erkennen würde, wenn er ihn sah. In diesem Fall war bestimmt keine Blutuntersuchung nötig, man würde es auf den ersten Blick erkennen. Barry stellte sich einen großen, kräftigen Mann mit blondem Haar, scharfen Zügen und einer hellen Haut vor, die nie bräunte, sondern in der Sonne nur rot wurde. Seine Augen waren dunkler als die von Carol, mit mehr Grün darin.

Barry wanderte ins Wohnzimmer und fragte sich, was er mit dem restlichen Tag anfangen sollte. Er konnte am Abend natürlich zu Kostas gehen. Aber ein paar Stunden mit Dennis Gordon zu verbringen, der nur zwei Themen kannte, Geld und seine Heldentaten, war keine besonders angenehme Vorstellung. Dennis Gordon behandelte Barry, als glaube er wirklich daran, daß er Carols Untermieter sei – oder eben ein Junge, der gelegentlich kleinere Arbeiten für sie verrichtete und dafür bei ihr wohnen durfte. Er war verrückt nach Carol, das war unverkennbar, aber er war auf Barry nicht eifersüchtig. Dazu nahm er ihn nicht ernst genug.

Ein Polizeiauto hielt vor dem Haus. Die Spicers kamen mit zwei Wäschesäcken aus dem Waschsalon, und im selben Moment stieg Leatham aus dem Wagen. Barry schloß kurz die Augen. Er hätte wissen müssen, wie er den Rest des Tages verbringen würde.

Sie hatten Jasons Leiche gefunden. Sie sagten es ihm, als sei es wahr, endgültig, als gebe es keine Zweifel. Trotzdem verlangten sie von ihm, daß er das Ding identifiziere, das sie in Finchley in einem Garten ausgegraben hatten.

Zuerst brachten sie ihn aufs Revier. Chief Superintendent Treddick war da und schlug einen wissenden Ton an, als wolle er sagen, Barry sei sehr schlau, er verstehe und bewundere ihn sogar. Barry müsse jedoch begreifen, daß die Polizei noch schlauer sei. Er sprach, als sei Barry ein überführter Mörder, und deutete durch die Blume an, daß die Polizei sehr freundlich und nachsichtig mit ihm sein werde, wenn er nur gestand – wenn er sich Zeit ließ und alles gestand, auch die geringste Einzelheit. Leatham war schroffer und unfreundlicher. Sein rötliches Gesicht, die Hakennase und das wellige gelbe Haar brachten Barry wieder auf das, woran er gedacht hatte, nachdem er vom Einkaufen zurückgekommen war. Vom Typ her hätte Leatham Jasons Vater sein können, aber er war nicht hübsch genug.

Der Hausbesitzer in Finchley hatte in seinem Garten ein Loch gegraben, um einen Baum zu pflanzen. In einer Tiefe von etwa sechzig bis neunzig Zentimetern war er auf ein faulendes Bündel gestoßen. Er wohnte erst seit einer Woche hier, vorher hatte das Haus ein halbes Jahr leer gestanden. Haus und Garten waren ungefähr hundert Meter – einen Steinwurf weit, sagte Treddick – von dem Gebäude entfernt, in dem Ken und Barry das Büro täfelten.

«Wir arbeiten erst seit einer Woche dort», sagte Barry.

«Vor sechs Wochen waren Sie dort, um sich den Raum anzusehen, weil Sie einen Kostenvoranschlag einreichen sollten», sagte Treddick.

Aber Barry war nicht dort gewesen. Die Kostenvoranschläge machte immer Ken. Barry bemühte sich, es ihnen zu erklären, aber es schien wirkungslos von ihnen abzuprallen. Ihnen genügte die Tatsache, daß er das Viertel vom Hörensagen kannte.

«Ich war nie dort», protestierte er. «Ich habe nie mit Ken darüber gesprochen. Sie könnten genausogut behaupten, ich hätte mir die Straße auf dem Stadtplan gesucht.»

«Vielleicht haben Sie das getan», sagte Leatham.

Sie waren unlogisch, gingen an die Dinge nicht mit Vernunft heran. Das bereitete ihm größeres Unbehagen als die Beweise, die sie ihrer Meinung nach gegen ihn hatten. Sie fragten ihn nach der Straße, in der das tote Kind gefunden worden war, wollten wissen, was er und Ken in der Lunchpause machten, wo sie aßen, wie er nach Finchley kam, mit welchem Verkehrsmittel, und dann gingen sie mit ihm ins Leichenschauhaus.

Bis dahin hatte er nicht gewußt, daß dieses Gebäude das Leichenschauhaus war. Sein Leben lang war es für ihn nur eine rote Backsteinmauer mit hoch angesetzten Fenstern gewesen, hinter denen man weiße Fliesen sah. Sie führten ihn durch eine Eingangstür mit einer auf Hochglanz polierten Messingklinke. Das Bild dieses glänzenden Stück Messings prägte sich seinem Gedächtnis unauslöschlich ein, und er zuckte von da an immer zusammen, wenn er irgendwo schön poliertes Messing sah. Im Haus roch es sehr scharf, nicht nach Tod und Verwesung, sondern nach einem Desinfektionsmittel, doch wenn Barry später etwas Ähnliches roch, brachte er es sofort mit dem Tod in Verbindung.

Seiner Meinung nach benahm er sich im Leichenschauhaus so, als habe er es tatsächlich getan, als habe er Jason wirklich ermordet. Sie schlugen das Tuch zurück, und Barry sah das Gesicht. Die Kehle schien ihm in den Rachen zu rutschen, verkrampfte sich, würgte ihn. Er schlug die Hände vor die Augen und taumelte zurück. Jemand mußte ihn aufgefangen haben. Er wußte nichts mehr und kam erst wieder zu sich, als er, den Kopf zwischen den Knien, auf einem Stuhl saß.

Wenn sie versuchen sollten, Carol zu zwingen, das schreckliche Ding unter dem Tuch zu identifizieren, werde ich wirklich zum Mörder, dachte er. Dann bring ich sie alle um. Dann wären aber sie selber schuld. Doch sie holten nicht Carol, sie ließen Maureen kommen. Er sah, wie sie sie hineinbrachten, ausdrucksloses Gesicht, das Haar unter einem Kopftuch versteckt, und er sah sie genauso ruhig und gelassen wieder herauskommen. Sie fuhren ihn in die Summerskill Road zurück. Zwei Reporter waren bei Carol, die aus der Wein-Bar nach Hause geholt worden war. Aber vorher mußte er wieder unzählige Fragen über sich ergehen lassen – dieselben ermüdenden Fragen. Wie gut kannte er diesen Teil von Finchley? Wie oft war er dort gewesen. Im Vorgarten des Hauses, in dem die Kinderleiche gefunden worden war, hatte monatelang eine Tafel des Immobilienmaklers gestanden. Die Seitenpforte hatte, aus den Angeln gehoben, am Zaun gelehnt. An dem Tag, an dem Jason verschwunden war, hatte Barry in Wood Green gearbeitet, nicht wahr? Es war nicht schwierig, mit dem Bus von Wood Green nach Finchley zu kommen. Er hätte Jason in den Rudyard Gardens abholen, nach Finchley mitnehmen, umbringen und im Garten begraben können und wäre trotzdem noch pünktlich um fünf in Highgate gewesen ...

In dieser Nacht konnten Carol und er nur schlafen, weil sie beide betrunken waren. Sie hatten erst gar nicht zu Wein gegriffen, sondern zusammen eine Flasche Gin geleert. Barry wachte mit rasenden Kopfschmerzen auf, sein Mund war trocken und pelzig. Carols Gesicht auf dem Kissen war jung, porzellanrosa und weiß und schweißfeucht. Er ließ sie schlafen und holte eine Sonntagszeitung. Er wollte wissen, was sie über ihn schrieben, und ob schon feststand, wer das tote Kind war.

Mr. Mahmud im Papiergeschäft war immer ein bißchen zurückhaltend, und seine Tochter lebte in einer eigenen Welt, daher fiel es Barry kaum auf, daß sich der Zeitungshändler nicht bedankte, weil er den richtigen Betrag für den *Sunday Mirror* und den *Express* auf den Zahlteller legte und keinen großen Schein wechseln ließ. Die pakistanische Familie war bekannt für die Schweigsamkeit, mit der sie ihre Kunden bediente. Aber als er den Laden verließ, traf Barry zwei Mädchen, die diesen Ruf durchaus nicht hatten. Stephanie Isadoro und ein Mädchen, das – wie er glaubte – Diane Fowler hieß, die Schwester von Blauhaar, überquerten den Platz, in Regenmänteln, mit hochhackigen Sandalen an den Füßen, Arm in Arm. Barry hatte die Schlagzeilen gelesen, so erleichtert, weil es nichts Neues gab, daß er es sogar fertigbrachte, sich von dem großen, schönen Foto von Carol ablenken zu lassen, das der *Mirror* auf der Titelseite brachte. Doch jetzt blickte er auf und sagte zu den beiden Mädchen hallo.

Diese Mädchen kicherten gewöhnlich ununterbrochen. Karen hatte Barry sogar einmal erzählt, daß Stephanie in ihn verknallt sei. Falls das je zugetroffen haben sollte, war sie jetzt jedenfalls drüber weg, denn sie wandte betont den Kopf ab und schaute auf die andere Seite. Und Diana tat es ihr nach. Irgendwie war es schon komisch, er hatte oft gedacht, die meisten dieser Leute könnten nicht lesen, aber die Zeitung lasen sie, und vor allem hatten sie gelesen, daß er der Polizei bei den Ermittlungen half.

Carol stand erst zum Lunch auf. Das Telefon klingelte ein paarmal, doch die Anrufer mußten sich immer verwählt haben, denn wenn er sich meldete, wurde sofort wieder aufgelegt. Es sei denn, dachte er, daß jemand Carol zu erreichen versucht, der mit mir nicht reden möchte, jemand, der nicht will, daß ich von seinen Anrufen erfahre. Und dieser jemand war natürlich ein Mann. Er räumte die Küche auf, spülte die Gläser vom Abend vorher und die Tassen und Untertassen ab, aus denen die Reporter Tee getrunken hatten. Dann trug er den Müllsack zur Abfalltonne neben der Hintertür.

Es war kalt aber trocken, kälter jedoch als am Morgen. Ihm fiel auf, wie grün Winterside Down war, all die kleinen Gartenrechtecke, die Rasenflächen, Böschungen und Abhänge. Es war ein leuchtendes, hartes, grelles Grün ohne Bäume. Es war ein Grün, das den Augen weh tat. Mrs. Spicer stellte Schüsseln mit einer dampfenden, breiartigen Masse in die Kaninchenställe. Sie drehte sich um, lächelte Barry zu, sagte guten Morgen und daß es heute besser sei als gestern, nicht wahr, kälter zwar aber wenigstens trokken. Er war ihr ganz unvernünftig dankbar dafür, daß sie mit ihm sprach, ihn freundlich begrüßt hatte. Er hätte sie küssen können.

Carol sagte, sie ertrage es nicht, noch einen Abend mit ihm allein zu sein, sie drehe durch. Sie badete lange und genußvoll mit Avocado- und Pfirsichbadeöl im Wasser und einer Kräutermaske auf Gesicht und Hals. In dem schwarzweißen Kleid und Mrs. Fylemons abgelegtem Fuchsmantel aus synthetischem Pelz – nach dem Motto: Schönheit ohne Grausamkeit – war sie wieder die alte Carol, seine Liebste, seine Kindfrau und Mutter dreier Kinder. Sie hatten Tanya und Ryan seit Jasons Verschwinden nicht mehr gesehen. Aber daran wollte Barry nicht denken, er schob es beiseite, seine Probleme waren auch so groß genug. Er und Carol wollten sich mit Iris und Jerry im *Bulldog* treffen, doch als sie eben gehen wollten, klingelte das Telefon. Diesmal ging Carol an den Apparat. Barry wartete schon an der Haustür. Sie war ins Wohnzimmer zurückgegangen, um das Gespräch entgegenzunehmen, und nachdem sie «hallo» und dann weniger unpersönlich «oh, hi», gesagt hatte, zog sie die Wohnzimmertür zu. Sie schloß sich mit dem Telefon ein und ließ ihn allein in der Diele stehen. Er hatte plötzlich das Gefühl, in die tiefste Einsamkeit zu stürzen, die er je erlebt hatte. Er begann zu frieren. Carol telefonierte nur ein paar Minuten, höchstens drei. Sie kam heraus, nahm seinen Arm und sagte, es sei Alkmini gewesen.

Iris und Jerry saßen mit einem Paar an einem Ecktisch, das, wie sie erklärten, ein Stück weiter unten in ihrer Straße wohnte. Barry dachte sofort an die Mutter von Terence Wand. Ob sie das vielleicht war? Iris stellte nie jemanden vor. Sie setzte voraus, daß man die Leute kannte. Carol wußte, wer die Frau war, sie nannte sie Dorothy. Barry studierte das sechzigjährige, schlaffe Gesicht mit der auffallenden Kriegsbemalung, den kühn geschminkten Mund, das mit Henna gefärbte graue Haar und suchte nach einer Ähnlichkeit mit Jason. Sie schien ihm möglicherweise in der Nase und in den Augen vorhanden, die jetzt blaß, aber früher einmal vielleicht kornblumenblau gewesen waren. Er zerbrach sich den Kopf, wie er herausfinden konnte, wer sie war, als sie und ihr Mann oder Freund oder was immer er war, ganz plötzlich aufstanden und sagten, sie müßten gehen. Barry war ziemlich enttäuscht. Erst später ging ihm auf, daß die beiden einen Blick gewechselt hatten und so brüsk aufgestanden waren, nachdem Iris ihn zum erstenmal an diesem Abend mit seinem Vornamen angesprochen hatte.

Eine Locke um den Finger wickelnd, sah Carol sich in der Salon-Bar um. Sie war ein großer, höhlenartiger Raum mit geätzten

Scheiben aus der Zeit König Edwards, rotem Plüsch und einer Decke, deren Stukkatur vom Nikotin dunkelbraun verfärbt war. Jerry saß stumm und vom Gin benebelt da, das Gesicht bläulich verfärbt. Die klauenartige Hand auf Barrys Arm legend, wies Iris mit einer bezeichnenden Kopfbewegung zu ihren im Abmarsch begriffenen Nachbarn hinüber.

«Mach dir nichts draus, Barry. Manche Leute werden nun mal ein bißchen komisch, wenn sie mit jemandem zusammentreffen, der mit der Polizei zu tun hat.»

Das ihr eigene selbstgefällige halbe Lächeln umspielte ihren Mund. Es war das Lächeln einer dicken Frau im Gesicht einer dünnen. Iris steckte sich zwei Zigaretten zwischen die lächelnden Lippen, zündete sie an und reichte eine an Carol weiter.

Auf dem Heimweg nahm Barry Carols Arm, zog ihn durch den seinen und fragte, ob Dorothy mit Familiennamen Wand hieß. Carol war geistesabwesend, aber das wunderte ihn nicht. Er fragte sie noch einmal und sah ihr diesmal ins Gesicht dabei, obwohl er das in Winterside Down bei Dunkelheit nur ungern tat. Das gelbe, farbverzehrende Licht meinte es auch mit dem hübschesten Gesicht nicht gut. Es verwandelte Gesichter in Totenschädel und ließ die Augenhöhlen leer erscheinen.

«Was hast du gesagt?» fragte sie.

«Ich dachte, daß sie vielleicht eine Mrs. Wand ist.»

«Ist sie nicht, sie ist eine Mrs. Bailey. Wieso bist du plötzlich so neugierig?»

Der einzeln stehende Hochhausblock, der die Siedlung beherrschte, war vom Erdgeschoß bis unter das Dach beleuchtet. Er sah aus wie ein Schornstein voller Löcher, durch die Flammen schlugen. Sie gingen über den Bevan Square, wo Wiedehopf und Schwarze Schönheit, Nasenring und ein paar Mädchen mit schwarzen Lippen und Fingernägeln – oder Lippen und Fingernägeln, die in diesem Licht schwarz wirkten – vor dem türkischen Imbißlokal standen und Pommes frites aßen. Wiedehopf sagte etwas, als Carol und Barry vorübergingen, aber er sagte es nicht laut, und das einzige, was Barry auffing, war das Wort «Frau».

«Sie wissen's eben nicht besser», sagte Carol laut genug, daß sie es hören konnten. «Damit muß man sich abfinden, wenn man hier lebt, mit ungebildetem Abschaum und Pöbel, wie die zwei es sind.» Sie zitterte am ganzen Körper, und Barry war von einem geradezu leidenschaftlichen Stolz erfüllt, weil sie seinetwegen so zornig war. Leise, nur für ihn bestimmt, fuhr sie fort: «Ich würde alles tun, um hier rauszukommen. Ich hasse dieses Loch. Manchmal glaube ich, daß ich hierbleiben muß, bis ich alt bin, bis ich sterbe.»

«Carol», antwortete er, «Carol – ein Jahr oder zwei, gib mir nur ein Jahr oder zwei. Ich werde Geld verdienen. So viel, daß wir die Anzahlung für ein Haus leisten können ...»

Sie wandte das Gesicht ab. «Du könntest es auch nur mühsam zusammenkratzen, nicht wahr?» erwiderte sie rauh, aber nicht unfreundlich. «Ich will ans große Geld, ich hab's satt, zu knausern und zu sparen. Mit meinem Mann hätte ich eine Chance gehabt, aber er mußte natürlich sterben.»

«Ich bin noch jung. Ich kann genausoviel verdienen wie Dave. Laß uns heiraten, Carol. Wenn du ‹mein Mann› sagst, möchte ich damit gemeint sein.»

«Wie kann ich heiraten?» fragte sie. «Ich kann nicht heiraten, solange wir nicht wissen, ob Jason lebt oder tot ist.»

Ihre Stimme klang aufrichtig, aber Barry hatte das Gefühl, daß sie etwas ganz anderes sagte, daß hinter diesem Vorwand etwas viel Schwerwiegenderes steckte.

Die Polizei erschien am nächsten Morgen und teilte Carol mit, daß es sich bei dem toten Kind nicht um Jason handle, das stehe einwandfrei fest. Carol antwortete nicht, zuckte nur gleichgültig mit den Schultern. Sie hatten sie gerade noch erreicht, bevor sie zu Mrs. Fylemon aufbrach. Es war ihr erster Arbeitstag nach Mrs. Fylemons Rückkehr aus Tunesien. Der Detective Sergeant sagte, der Junge, dessen Leiche man gefunden habe, sei nicht zwei, sondern fast drei Jahre alt gewesen, und an Hand seines Schädels habe man festgestellt, daß er einem negriden Rassekreis angehört habe. Außerdem war er seit mindestens sechs Wochen tot, eine Tatsache, die Barry nicht überraschte, wenn er an das Gesicht dachte.

Er hatte das unvernünftige Verlangen – unvernünftig nur deshalb, weil er wußte, sie würden nicht einmal im Traum daran denken, es zu tun –, die Polizei zu bitten, in ganz Winterside Down Plakate und Transparente mit der Aufschrift «Barry Mahon ist unschuldig» anzubringen. Vielleicht sollten sie mit einem Lautsprecherwagen umherfahren, wie vor den Wahlen, und laut verkünden, daß er es nicht getan hatte, daß er entlastet war. Seine Phantasie ging mit ihm durch, das wußte er. Ohne ein Wort gesagt zu haben, sah Barry dem Sergeant nach, als er wieder ging.

Es war ja auch egal. Stock und Stein, bricht mein Gebein, aber Worte tun nicht weh. Das hatte ihm seine Mutter beigebracht, als er noch klein war und man ihn auf dem Schulhof verspottet hatte. Er hatte es nie vergessen. Es war nicht wichtig, daß eine alte Schachtel mit gefärbtem Haar im Pub nicht mit ihm an einem Tisch sitzen wollte, oder daß Wiedehopf ihm nachrief, gewisse Leute würden es nicht wagen, sich draußen sehen zu lassen, wenn sie sich nicht hinter dem Rockzipfel einer Frau verstecken konnten. Barry war inzwischen sicher, daß es dem Sinn nach genau das gewesen war, was er gestern abend hinter ihm und Carol hergesagt hatte.

Aber als er mit Carol zur Bushaltestelle ging, konnte er an nichts anderes denken, obwohl heute morgen niemand da war, vor dem sie ihn «beschützen» mußte. Auf dem Pfad zur Chinesischen Brücke trafen sie nur den Alten mit dem Sherlock Holmes-Hut, der an den meisten regnerischen Morgen unter einem grünen Regenschirm am Kanal saß und angelte. Barrys Bus kam als erster. Er wollte nicht nach Finchley, er wollte nie wieder dorthin. Außerdem kam er ohnehin schon Stunden zu spät.

Den Bus nach Wood Green nehmen und dann in einen anderen umsteigen. Was für ein kurioser Zufall führte den Doppeldeckerbus mit der Aufschrift Anfänger an dieser Haltestelle vorbei? Kein Bus, der nach oder durch Hampstead fuhr, nahm diese Strecke. Dieser aber, auf einer Übungsfahrt, hatte vorn das Schild «Hampstead». Barry erinnerte sich an den Zettel mit der Adresse, der aus Carols Tasche gefallen war. Spring Close 5, Hampstead. Terence Wand. Auf dem Zettel hatte Terry gestanden, aber Barry wollte nicht als Terry an ihn denken, das klang seinem eigenen Namen viel zu ähnlich, rückte es in dieselbe Namensklasse. Terence. Terence Wand, der in Hampstead unter einer vornehmen Adresse lebte, durch Welten von Winterside Down getrennt, das Carol «dieses Loch» nannte.

Barry stieg in den nächsten Bus, suchte sich einen Platz auf dem Oberdeck und musterte alle Männer, wobei er nach einem ganz bestimmten Typ Ausschau hielt. Er saß auf dem Vordersitz und betrachtete die Männer auf der Straße. Es schienen ihm um diese Zeit mehr unterwegs zu sein, als noch vor ein paar Jahren. Das lag natürlich an der Arbeitslosigkeit. Barry wollte nicht an Arbeitslosigkeit denken, dabei lief es ihm eiskalt den Rücken hinunter.

Viele dieser Männer waren Schwarze, Inder oder irischer Abstammung wie er. Letzteres erkannte er instinktiv: dunkel, mit wilden Gesichtern und einem Licht in den Augen. Einige waren blond und hatten scharfe Gesichtszüge, aber keiner sah wie ein erwachsener Jason aus. Um seinen Seelenfrieden wiederzufinden – und wenn nicht den Frieden, dann wenigstens Erleichterung –, würde er nach Hampstead fahren, Spring Close suchen und sich Terence Wand ansehen müssen. Ein vager Gedanke zuerst, doch er nahm immer festere Formen an.

15

Benet hatte ein merkwürdiges Gefühl, als sie in der Zeitung von dem Leichenfund in Finchley las. Wenn sie das Kind als Jason identifizierten, brauchte sie ihn nicht zurückzugeben. Aber in ihrer Hypothese waren zwei schwerwiegende Fehler: erstens konnte die Kindesleiche nicht Jason sein, weil Jason ein oder zwei Meter von ihr entfernt sein Schaukelpferd mit Zuckerstückchen fütterte; zweitens war nichts verhängnisvoller für sie und nichts für ihre Arbeit und ihr Leben schlechter als das Gefühl, sie sei verpflichtet, Jason zu behalten. Doch auf eine sehr seltsame Weise hatte sie sich darüber gefreut, daß die Leiche gefunden worden war. Sie verachtete sich zwar dafür, aber es war dennoch so. Es war entsetzlich und unrecht, so zu empfinden, denn der kleine Leichnam war einmal ein Kind gewesen, ein Kind, das man ermordet oder zu Tode gequält und dann in einem schmutzigen Vorstadtgarten verscharrt hatte.

Ebenso wie sie sich fast darüber gefreut hatte, als man den Leichnam gefunden hatte, war sie auf eine unklare und vernunftwidrige Weise enttäuscht, als er als Martin M'Boa identifiziert wurde, ein nigerianisches Kind, das seit mehr als drei Monaten vermißt wurde. Das brachte Benet zu einem Problem zurück, das sie auf die lange Bank geschoben hatte, solange Zweifel an der Identität des Kindes bestanden – sie mußte einen Entschluß fassen. Obwohl schon eine Woche vergangen war, seit sie sich dafür entschieden hatte, Jason heimlich zurückzubringen, war ihr noch immer nicht eingefallen, wie sie es anstellen sollte. Jason hatte neuerdings die Gewohnheit, nachts wach zu werden, nur ein einziges Mal aufzuwachen und nach ihr zu rufen. Als er das erste Mal «Mami» rief, hatte sie Entsetzen verspürt, denn als seine Stimme sie weckte, war er einen Herzschlag lang James gewesen. Sie hatte nicht zu ihm hineingehen, hatte statt James nicht ihn sehen wollen. Aber sie war gegangen. Es war nicht seine Schuld, er war nicht verantwortlich für das, was geschehen war, und er nannte sie nur so, wie er jede junge Frau nennen würde, die für ihn sorgte. Nachdem sie ihn beruhigt hatte, lag sie lange wach und dachte über sich und über das nach, was mit ihr geschehen war. Mopsa war natürlich verrückt. Aber war sie durch den Schock und den Kummer nicht auch ein bißchen verrückt gewesen, weil sie Jason so lange behalten hatte, obwohl sie wußte wer er war? Aber jetzt dachte sie klar und vernünftig, sie schrieb sogar wieder, und die Arbeit ging ihr gut von der Hand, nachdem sie Jason ins Bett gebracht hatte. Aber es war zu spät. Ihre Vernunft war zu spät zurückgekehrt. Sie mußte Jason zurückbringen, das stand fest. Aber die Ideen, wie sie das bewerkstelligen sollte, waren alle so verrückt, daß sie von Mopsa stammen konnten: sie wollte Jason wieder auf die Mauer setzen, von der Mopsa ihn fortgeholt hatte; wollte ihn in einem überfüllten Kaufhaus einer Verkäuferin übergeben und erklären, er müsse im Gewühl der Weihnachtseinkäufer seine Mutter verloren haben; wollte ihn auf der Straße einfach dem ersten besten Polizisten in die Arme drücken und davonrennen wie ein Hase. Mopsa-Ideen, eine wie die andere. Wenn es ihr gelungen wäre, Mopsa zu überreden, Jason zurückzubringen, hätte sie sich so etwas ausgedacht. Es waren Ideen, für die ihre wiedererwachte Vernunft nur Verachtung übrig hatte.

Mopsa hatte nicht mehr mit Benet gesprochen, seit sie wieder in Marbella war. Ihr Vater hatte sie angerufen, um ihr zu sagen, daß Mopsa gut angekommen sei, einen angenehmen Flug gehabt habe, bester Laune sei und ununterbrochen von ihrem Besuch in London rede. Benet fragte sich, ob Mopsa sich etwas ausgedacht hatte, um ihm Jasons Anwesenheit im Haus zu erklären. Falls sie ihn überhaupt erwähnt hatte. Sie mußte etwas gesagt haben, denn ganz zum Schluß, bevor er auflegte, fragte John Archdale: «Wie geht's dem Jungen?»

Benet begriff erst ein paar Stunden später, daß er James gemeint hat.

Sie brauchte einen Menschen, dem sie sich anvertrauen konnte. Merkwürdigerweise hatte Mopsa auf unbefriedigende und unzulängliche Weise diese Rolle ausgefüllt. Inmitten dieser übervölkerten Stadt wurde sich Benet ihrer Isolierung bewußt, einer Einsamkeit, die sie sich selbst geschaffen hatte und die sie aufrechterhalten mußte, bis Jason wieder fort war. Seit Antonias Anruf hatte das Telefon nur noch ein einziges Mal geklingelt. Ian Raeburn hatte sie zum Essen eingeladen.

Benet wäre sehr gern mitgegangen. Daß sie so schroff zu ihm gewesen war, daß sie ihn so kalt behandelt hatte, als sie ihn mit Jason und dem Schaukelpferd auf der Straße traf, bekümmerte sie und nagte seither an ihr. Ohne Jason, in einem Restaurant und später allein, konnte sie ihn besser kennenlernen. Sie war überrascht, wie sehr sie sich das wünschte. Aber sie durfte Jason nicht allein lassen, und es gab auch niemanden, den sie bitten konnte, ihn zu hüten. Alle Leute, die ihr einfielen, waren früher Babysitter bei James gewesen. Sie mußte Ian sagen, sie habe am Abend schon etwas anderes vor.

«Dann ein andermal?» fragte er. «Wie wär's mit nächster Woche?»

«O ja, bitte!» sagte Benet wie ein Kind, dem man etwas versprochen hatte. Nie vorher hatte sie so mit einem Mann gesprochen.

Jetzt war die nächste Woche da, und sie wartete darauf, daß er anrief. Wenn er anrief, war sie gezwungen, wegen Jason etwas zu unternehmen. Um drei Uhr morgens wach im Bett zu liegen und darüber nachzudenken, kam ihr durchaus vernünftig vor. Wenn sie sich zum Beispiel für Donnerstag abend mit Ian zum Essen verabredete, hieße das, daß sie Jason am Mittwoch loswerden mußte. Als sie Jason am nächsten Morgen anzog, ihm sein Frühstück gab und mit ihm über den vor ihnen liegenden Tag sprach, empfand sie jedoch ganz anders. Ihr Verantwortungsgefühl kehrte zurück, ihre Sorge um Jasons Wohlergehen und seinen Status als menschliches Wesen, den man respektieren mußte. Dennoch wartete sie auf Ians Anruf wie ein junges Mädchen, das zum erstenmal auf einen Freund wartete. Ständig bildete sie sich ein, sie höre das Telefon klingeln, obwohl es gar nicht geklingelt hatte. Und als sie eines Tages feststellte, daß der Hörer seit Stunden neben dem Apparat lag, weil Jason damit gespielt hatte, mußte sie sich große Mühe geben, um ihren Ärger zu unterdrücken.

[illegible]
Fritz-Lang-Str [illegible]
2627 Berl[illegible]
Tel. 0 30 [illegible]
Fax 0 30 [illegible]

25-04-00

06 *14•00
*14•00 ST
*14•00 TX ST
*0•92 VT 2
*13•08

*14•00 CA

000-2416 1
16-45

An diesem Nachmittag riß sie eine weitere Schranke nieder und schloß James' Spielschrank auf, damit Jason das Telefon in Ruhe ließ.

Methodisch wie ein Erwachsener holte Jason die Spielsachen heraus und untersuchte sie. Ein Malkasten, den James nie benutzt hatte, weil er noch viel zu klein gewesen war, interessierte Jason sehr, obwohl er nicht wissen konnte, was oder wozu die Farben in den kleinen, viereckigen Schalen dienten. Vielleicht liebte er Farben einfach. Es war für Benet interessant zu beobachten, wie groß seine manuelle Geschicklichkeit war. Er ließ nur selten etwas fallen, aß sauber und ordentlich. Jetzt nahm er einen Pinsel heraus, fuhr mit der Spitze seines linken Zeigefingers über das weiche Kamelhaar. Dann sah er mit seinem breiten und strahlenden Lächeln zu ihr auf. Eine Weile später entdeckte er das Xylophon mit der Regenbogenoktave. Es waren die Farben, das Spektrum und das Gold, die ihn faszinierten. James, erinnerte sie sich mit einem schmerzlichen Gefühl, hatte die Töne der Tonleiter hören wollen, das hatte ihm Spaß gemacht. Aber nach einiger Zeit griff auch Jason zu einem Holzstab und spielte langsam und nachdenklich ein *do-re-mi-fa-so-la-si-do* ...

Die Haustürklingel unterbrach sie. Benet hörte, wie die Gartenpforte zufiel, hörte Schritte auf dem kurzen gefliesten Weg, dann wieder die Klingel. Sie sprang auf und ging zum Fenster. Noch nie war jemand an die Haustür gekommen. Die Polizei hätte keine Hemmungen, dachte sie, und ihr Mund wurde trocken.

Um sechs Uhr war es schon dunkel. Die Straßenbeleuchtung im Vale of Peace war anheimelnd und altmodisch, wie überall in Hampstead. Benet schaute durch die Schlitze der Jalousie hinaus. Kein Polizeiwagen, überhaupt kein fremder Wagen. Nur ihr eigener und die ihrer Nachbarn, die immer hier parkten. Dann fiel ihr ein, daß der Besucher möglicherweise Ian war. Vielleicht wohnte er in der Nähe. Ihr kam gar nicht zu Bewußtsein, daß man aus dem Vale ja nur in die dunkle, unbewohnte Heide gelangte. Und hätte er nicht vorher angerufen? Nun ja, schließlich hatte Jason das Telefon stundenlang blockiert.

Es klingelte wieder, lange und anhaltend diesmal. Benet lief hinauf. Die ganze Zeit dachte sie: Hoffentlich ist er es, hoffentlich ist er es! Bei einer Tasse Tee mit ihm und Jason in ihrem warmen Souterrainzimmer zu sitzen und zu schwatzen, war das schönste, das sie sich vorstellen konnte. O bitte, hoffentlich ist er es ...

Sie knipste das Licht in der Halle an und öffnete die Haustür. Es war nicht die Polizei, und es war nicht Ian.

Es war Edward.

Die Anwaltsfirma, die von Terence beauftragt wurde, seine Interessen wahrzunehmen, arbeitete in Cricklewood. Er sah den Namen in vergoldeten Lettern an einer Fensterreihe über den Büros einer Baugesellschaft. Cricklewood erschien ihm sicherer als Hampstead. Er nahm die Dokumente mit. Inzwischen hatte er sich daran gewöhnt, Mr. Phipps genannt zu werden, und er verspürte auch keine Angst mehr, etwas unterschreiben zu müssen, weil er John Howards Unterschrift jeden Tag geübt hatte.

Terence war auf eine Unmenge von Fragen gefaßt, aber der Anwalt wollte nur den Namen des Immobilienmaklers wissen. Er schien überrascht, als Terence ihm die Eigentumsurkunde vorlegte.

«Wir werden darauf drängen, daß der Kaufvertrag schnell unterschrieben wird und gleichzeitig zehn Prozent der Kaufsumme hinterlegt werden», erklärte der Anwalt.

Als Terence die Treppe hinunterging, dachte er über das nach, was der Anwalt gesagt hatte. 13 295 Pfund. Wenn er die Nerven verlor, wenn ihm die ganze Sache über den Kopf wuchs, konnte er sich mit diesem Geld aus dem Staub machen. Konnte ganz einfach die Fliege machen. Der Gedanke war tröstlich, und sein rebellierender Magen kam zur Ruhe. Als er nach Hause kam, lag ein Brief für ihn auf der Matte. Es war einer der wenigen Briefe, die er bekommen hatte, seit er in Spring Close wohnte, der erste, seit Freda abgereist war.

Er erkannte ihre Schrift auf dem Umschlag.

«Lieber Terry» – eigentlich hätte er erwartet, daß sie «liebstes Schäfchen» schrieb, obwohl er noch nie einen Brief von ihr bekommen hatte. Die Anrede schien ihm unheilverkündend. Er las schnell, weil er fürchtete, sie könnte zurückkommen. Doch diese Gefahr bestand nicht. Sie schrieb zwar nicht viel über das, was sie tat, aber immer wieder kam der Name Anthony darin vor. Am Ende dann eine kurze Erklärung, wer Anthony war: «... ein alter Freund, den ich schon vor meiner Ehe kannte. Wir hatten uns jedoch im Lauf der Jahre aus den Augen verloren. Er hat hier ein Haus ...» Terence verstand endlich. Deshalb war sie allein gefahren. Dieser Anthony hatte ihr geschrieben, sie vielleicht sogar eingeladen. Irgendein alter, reicher Mann. Geld will zu Geld, dachte er. Wahrscheinlich würde sie Anthony heiraten.

Er ärgerte sich über den Brief. Wie es ihm ging, war ihr offensichtlich gleichgültig. Sie schrieb ihm tatsächlich so, als sei er ihr Hausmeister. «Die Heizung müßte noch vor Weihnachten überholt werden. Ruf bitte die zuständige Firma an und verabrede einen Termin. Ich habe einen Wartungsvertrag, also brauchst Du Dir wegen der Kosten keine Sorgen zu machen ...» Gleichzeitig freute er sich über den Brief. Sie kam nicht zurück und konnte nicht herumschnüffeln. Wenn er nur die Nerven behielt, cool blieb, dann brauchte er auch nicht bei Nacht und Nebel mit dreizehntausend Pfund flitzen und konnte in aller Ruhe abwarten, bis er das Zehnfache bekam.

Er rief Steiner & Wildwood an und nannte Sawyer den Namen seines Anwalts. Im Lauf des Gesprächs erwähnte Sawyer, daß Steiner & Wildwood drei Prozent Provision bekamen. Er hatte es Terence schon zu Beginn ihrer Geschäftsbeziehungen gesagt, aber es war ärgerlich, daran erinnert zu werden. Eine angenehmere Nachricht war, daß Mr. und Mrs. Goldschmidt nicht erst ihr Haus verkaufen mußten, um die Kaufsumme für Spring Close 5 aufbringen zu können.

«Ein glücklicher Umstand», sagte Sawyer, «es ist nämlich kein Kettenverkauf.»

«Kein Kettenverkauf?»

«Nun ja, das heißt, daß Mr. und Mrs. Goldschmidt nicht darauf angewiesen sind, zuerst ihren jetzigen Besitz an jemanden zu verkaufen, der wiederum zuerst an jemanden verkaufen muß, der ebenfalls ... Und so weiter und so fort.»

«Ich verstehe. Das ist großartig. Ausgezeichnet.»

Es schien Terence ein Grund zum Feiern. Er erwog ernsthaft, auch John Howards Sparbons zu Geld zu machen. Er zweifelte nicht daran, daß er die Unterschrift inzwischen perfekt nachahmen konnte. Und er brauchte sie ja nur auf einem Auszahlungsschein zu fälschen. Er hatte entdeckt, daß er nicht einmal selbst auf dem Postamt erscheinen mußte. Aber waren 1400 Pfund auch nur das geringste Risiko wert? Wie wäre ihm hinterher wohl sein Leben lang zumute, wenn er für etwas mehr als ein Hundertstel die 150 000 Pfund aufs Spiel gesetzt und verloren hätte?

Nein, für den Augenblick mußte er sich mit dem begnügen, was ihm der Staat in seiner Großmut zukommen ließ. Er rief Teresa an und ging mit ihr ins Kino. Sie gingen ins *Screen on the Hill* und waren kurz nach zehn wieder in Spring Close. Terence hatte zum erstenmal Fredas Wagen benutzt. Es war höchste Zeit, daß er wieder gefahren wurde. Die Batterie war fast leer, und Terence mußte ihr lange gut zureden, bevor der Motor ansprang. Weil er den Wagen wieder in der Garage geparkt hatte, betraten Teresa und er das Haus durch den Hintereingang.

Teresa fragte, ob sie baden dürfe. Fredas Bad erinnerte sie an ein Foto, das sie in der Zeitschrift *Heim und Garten* gesehen hatte, als sie beim Zahnarzt wartete, um sich den Zahnstein entfernen zu lassen. Terence ging ins Schlafzimmer, um die Jalousie herunterzulassen. Sie war aus schwarzer Seide mit einem chinesischen Gemälde darauf. Es war weder Schüchternheit noch Prüderie, die ihn davon abhielten, vorher Licht zu machen, sondern eine natürliche Abneigung dagegen, die Aufmerksamkeit der Nachbarn auf sich zu ziehen. Wenn sie einen nackten Mann und ein nacktes Mädchen in Fredas Schlafzimmer sähen, hieße das selbstverständlich nicht, daß sie sofort Steiner & Wildwood informieren würden, aber man würde über ihn reden, und das schien ihm zum gegenwärtigen Zeitpunkt absolut nicht wünschenswert, wie Sawyer es ausdrücken würde.

Unter dem Torbogen, durch den man zu den sechs Häusern von Spring Close gelangte, stand ein Mann. Terence sah ihn im Licht der nachempfundenen Kutschenlaternen auf den beiden Torpfosten. Es war ein junger, ein sehr junger Mann, fast noch ein Jugendlicher, wie Zeitungen und Fernsehen diese Altersgruppe nannten. Im Licht der Laternen erkannte Terence, daß er dunkelhaarig war, ein gutaussehender Ire, sehr schlank und schlaksig, mit schmalen Hüften. Er trug Jeans, eine Lederjacke und einen Pulli mit einem hohen Polokragen. Terence fand, daß er angezogen war wie ein junger Kriminalbeamter, der für einen herumlungernden Jungen gehalten werden wollte.

Terence bekam so starkes Herzklopfen, daß er das Gefühl hatte, regelmäßig einen Schlag gegen die Rippen zu bekommen. Kein Zweifel, der junge Mann beobachtete dieses Haus. Terence ging allen Schwierigkeiten am liebsten aus dem Weg und konnte sich sehr schnell einreden, daß schwarz weiß und die Dinge genau andersherum waren. Diesmal kam er jedoch nicht darum herum, eindeutig festzustellen, daß sich der Mann unter dem Torbogen ausschließlich für Spring Close 5 interessierte. Ihre Blicke trafen sich, aber Terence wußte, daß der Mann ihn nicht sehen konnte, denn er hatte schon selbst ab und zu im Dunkeln unter dem Torbogen gestanden und herübergeschaut.

Was machte der Kerl dort? Hatte die Polizei irgendwie erfahren, was er vorhatte? Dieser Anwalt, dachte er, und der Schweiß brach ihm aus allen Poren. Wahrscheinlich war der Anwalt ein Freund von John Howard Phipps gewesen. Terence tappte zum Nachttisch hinüber und schluckte zwei Valium. Er hörte Teresa im Bad planschen. Warum sollte die Polizei das Haus beobachten? Wenn sie etwas wüßte, würde sie ihn doch wohl gleich festnehmen?

Vielleicht war der Mann dort draußen genau deswegen hier, glaubte aber, es sei noch niemand zu Hause. Doch das würde er, Terence, bald wissen, er mußte es erfahren. Was hatte er schon getan? Er würde sagen, er sei Fredas Vetter, und sie habe ihn gebeten, in ihrer Abwesenheit das Haus zu verkaufen. Und wenn sie Freda fragten, würde sie ihn in diesem Stadium nicht verraten. Sie würde ihn vielleicht hassen, nie wieder ein Wort mit ihm sprechen, aber sie würde ihn nicht der Polizei verraten. Er holte tief Atem, knipste das Deckenlicht an und zog sofort die Jalousie herunter.

Vom Duft von Fredas «Opium»-Badeöl umweht, kam Teresa aus dem Bad getänzelt. Ihre wohlriechende Nacktheit hatte auf Terence nicht die geringste Wirkung, und er hoffte inbrünstig, daß sich das später änderte. Jetzt war er an der Reihe, ins Bad zu gehen. Er putzte sich die Zähne, dann stellte er sich auf den Rand von Fredas Bidet und schaute aus dem Fenster.

Der Hof war leer, bis auf eine weiße Katze, die unter dem Trompetenbaum saß. Der Mann war verschwunden.

Im Licht der Verandabeleuchtung sah er blaß und viel dünner aus als vor drei Jahren. Er trat wortlos ein, als werde er erwartet. Und als er sich aus seinem langen Schal wickelte und seine Jacke aufhängte, begriff sie, daß zumindest er überzeugt war, erwartet zu werden. Wahrscheinlich gehörte er zu den Leuten, die angerufen hatten, als sie in ihrem Zimmer lag und Mopsa alle Gespräche entgegennahm. Weiß Gott, was sie alles erzählt hatte. Ihn hatte sie natürlich aufgefordert, Benet zu besuchen. Gewiß war es ein Lieblingswunsch von

Mopsa, daß Benet und Edward heirateten, gleichgültig, was sie füreinander empfanden, um den Schein zu wahren, aus Gründen der Schicklichkeit, James zuliebe, der nicht mehr lebte.

«Ich nehme an, meine Mutter hat dich eingeladen?»

«Deine Mutter hat gesagt, du wolltest, daß ich komme.»

«Wie meinst du das, um Himmels willen?»

«Du warst krank, als ich anrief. Sie erklärte, sie wisse genau, daß du mich sehr gern sehen möchtest, du hättest es ihr schon ein paarmal gesagt, aber ich solle ein oder zwei Wochen warten, bis es dir wieder besser gehe. Sie sagte auch, du würdest mich anrufen, wenn es dir am Mittwoch nicht passe.»

Hatte seine Stimme schon immer so mürrisch geklungen? Es war die Stimme eines Paranoikers.

«Ich hab dich nicht eingeladen. Ich wußte nicht einmal, daß du angerufen hattest.»

«Ich hatte schon auf dem Weg hierher das sonderbare Gefühl, daß ich nicht mit offenen Armen empfangen werden würde», antwortete Edward.

Er hatte sich weder im Verhalten noch im Aussehen verändert. Er zog sich auch noch an wie früher, so exzentrisch wie ein athletischer Teenager: Jeans, über der Brust ein offenes weißes Hemd, Lederjacke und gestreifter Schal, der ihm bis an die Knie reichte. Das Jungenhafte hatte er sich auch noch bewahrt; die blonde Locke, die ihm in die Stirn hing, war noch da und der sensible Mund mit den leicht nach oben gezogenen Winkeln. Doch die Natürlichkeit der Jugend war dahin, die Züge wirkten angespannt, der Prozeß des Alterns hatte begonnen. Seine Nase wirkte schärfer, wurde einer Adlernase immer ähnlicher. Aber das wunderschöne Blau seiner Augen war so intensiv wie eh und je.

«Komm, und trink was», sagte Benet.

Sie wollte ihn ins Wohnzimmer führen, wo der Barschrank war, doch dann erinnerte sie sich an Jason. Jason war allein im Souterrain, und in der Küche gab es alles mögliche, was ihm gefährlich werden konnte: der elektrische Wasserkessel, die Gashähne, Messer. Benet wandte sich zur Treppe, die hinunterführte. Edward folgte ihr. Er ging immer leise und federnd, hatte einen Gang wie eine Katze, als bewege er sich nur auf den Fußspitzen vorwärts. Er ist wie eine Katze, dachte Benet. Wenn solche Vergleiche gezogen werden, denkt man immer an dunkelhaarige Menschen, nur Edward ist blond. Aber er ist wie eine Katze, ein langer, schlanker, heller Kater ...

Für Jasons Anwesenheit mußte sie ihm die gleiche Erklärung geben wie Ian Raeburn. Warum auch nicht? Sie würde ihn ohnehin nicht interessieren. Früher hatte er oft gesagt, daß er Kinder nicht mochte.

«Ich habe dein Buch gelesen», sagte er. «Es hat mir gefallen. Es ist ein großartiges Buch und hat den Preis verdient, den du dafür bekommen hast.»

Sie war erstaunt und gerührt, wandte ihm das Gesicht zu und sagte: «Also, daß du das sagst, finde ich riesig von dir, Edward.»

«Worauf ich besonders stolz bin, ist, daß du es zum größten Teil mir verdankst.»

Dazu gab es nichts zu sagen. Er hatte ihr den Atem abgeschnitten.

«Die Tatsache, daß du überhaupt nach Indien gegangen bist, zum Beispiel. Daß du Zutritt zu Orten hattest, die du ohne mich nie zu sehen bekommen hättest. Ganz zu schweigen von dem, was ich dir über das Schreiben beigebracht habe. Dafür hättest du mich wirklich entschädigen können, mit einer Widmung, mit ein oder zwei Zeilen: ‹Für Edward Greenwood, ohne dessen Hilfe ...› und so weiter und so fort.»

«Ach, der Stolz, den du empfunden hast, war keine angemessene Entschädigung? Du wolltest ein Honorar?»

Benet rannte die letzten sechs Stufen hinunter. Ihr Herz schlug wild, so zornig war sie. Jason, der sich für eine Weile von James' Xylophon getrennt hatte und James' Schubkarre mit James' Bausteinen belud, blickte auf und lächelte, als er sie sah. Die Freude darüber, daß sie wieder da war, leuchtete ihm aus dem Gesicht. Er hatte gewartet, er hatte nicht geweint, aber er war fast überschwenglich erleichtert, weil sie wieder da war. Er kam zu ihr und streckte die Arme aus. Sie nahm ihn auf, es beruhigte sie, ihn zu fühlen, ihr Zorn kühlte sich ab.

Edward betrachtete sie und das Kind. Das Blut war ihm in die Wangen geschossen. Er sagte in seiner mürrischen Art: «Das ist also mein Sohn?»

Das hatte sie nicht erwartet. Als sie mit Edward ins Souterrainzimmer hinunterging, hatte sie daran nicht mehr gedacht, obwohl sie es natürlich hätte vorhersehen müssen. Es wäre so leicht gewesen, jetzt ja zu sagen, der leichteste Ausweg. Schließlich würde sie Edward selten sehen, dafür wollte sie sorgen. Sie konnten nicht einmal mehr «Freunde» werden, es war ganz einfach unmöglich. Auch wenn James noch lebte, wenn das Kind auf ihrem Arm James gewesen wäre, wäre es dennoch unmöglich. Da James tot war, gab es überhaupt nichts mehr, was sie verband.

Sie brauchte nur zu nicken. Ein Achselzucken, ein einfaches Schweigen, und alles wäre überstanden. Um allen Fragen, Erkundigungen, jedem Verdacht ein Ende zu setzen, brauchte sie jetzt nur zu nicken, einen Schritt vorwärts zu machen und dieses hübsche, blonde, blauäugige Kind diesem hübschen, blonden, blauäugigen Mann zu reichen. Sie konnte es nicht. Es kam ihr fast wie ein Verbrechen vor. Also bedeutete Edward ihr noch etwas? Oder bedeutete ihr es noch etwas, was zwischen ihr und Edward gewesen war? Genug jedenfalls, damit es ihr unmöglich wurde, ihm ins Gesicht zu sehen und ihm zu sagen, das sei sein Kind.

«Nein. Er ist das Kind einer Freundin, um das ich mich ein paar Tage lang kümmere.»

Er glaubte ihr nicht. «Laß das, Benet. Du hast dich mir entzogen, hast mir dein Buch und deinen Erfolg vorenthalten. Du mußt die bösartigste Frau sein, die es gibt. Und jetzt möchtest du sogar leugnen, daß mein Sohn mein Sohn ist.»

«Ich leugne gar nichts, Edward. Das ist nicht James.»

Sie setzte Jason auf das Schaukelpferd und versetzte es in Schwung. Aber Jason hatte genug von Schaukelpferden, Xylophonen und Schubkarren. Er rieb sich die Augen mit den Fäusten.

«Jay möchte Saft.»

Das sagte er immer, wenn er müde war. Sie trug ihn zum Kühlschrank, nahm das Fläschchen mit Apfelsaft heraus und hielt es unter den Warmwasserhahn, um es etwas anzuwärmen. Jason saß rittlings auf ihrer Hüfte. Edward folgte ihr und blieb dicht vor ihr stehen.

«Wenn das nicht James ist, wo ist James dann?»

Um Mut zu fassen, um die Kraft zu haben, das Wort aussprechen zu können, tat sie etwas sehr Merkwürdiges. Sie drückte Jason fest an sich, um seine Wärme zu fühlen.

«James ist tot, Edward.»

«Was?»

«Ich habe es deutlich gesagt. Du hast mich gehört. James ist tot. Er starb vor ungefähr sechs Wochen im Krankenhaus.»

«Heutzutage sterben Kinder nicht mehr», sagte er. «Kinder sterben nicht.»

«Das dachte ich auch. Ich habe mich geirrt. Sie sterben.»

Jason trank seinen Saft am liebsten selbst. Sie setzte ihn in den großen Windsorsessel und stopfte ihm ein paar Kissen in den Rükken. Edward starrte ihn an.

«Ich glaube dir nicht, Benet. Es wäre typisch für dich, dir irgendeine List auszudenken, um mich von meinem Sohn ganz fernzuhalten. Ich habe ohnehin keinen gesetzlichen Anspruch. Aber die Tatsache, daß er mein Sohn ist, genügt vermutlich, um dich zu beunruhigen. Du würdest sogar versuchen, das aus der Welt zu schaffen.»

Sie hob die Schultern. «Ich zeige dir den Totenschein», sagte sie tonlos.

Als Mopsa an jenem Spätnachmittag nach Hause gekommen war, an dem Benet das erste Mal das Bett verlassen hatte, konnte sie sehen, wie ihre Mutter einen langen gelben Umschlag in ein Schreibtischfach legte. Sie hatten nicht darüber gesprochen, aber Benet wußte, was er enthielt. Sie nahm den Totenschein heraus und reichte ihn Edward, ohne einen Blick darauf zu werfen. Er las und sah sie aus plötzlich leblos wirkenden Augen an.

«Wie konntest du nur zulassen, daß ihm das passierte? Wie konntest du zulassen, daß er – daß er erstickt ist?»

Das also war als Todesursache genannt? Sie wollte es nicht sehen. Kalter, verächtlicher Zorn gegen Edward packte sie. Was wußte er denn? Was kümmerte es ihn? Er vergrub das Gesicht in den Händen. Sie hoffte und betete darum, daß er endlich ging. Daß er seine kleine Schau abzog und ihr einen Kummer vorspielte, den er nicht empfinden konnte, weil er das Kind nicht gekannt hatte, und dann ging – natürlich nicht ohne ihr vorher zu drohen, sie zu beleidigen und zu beschuldigen. Er hob den Kopf, und seine Augen waren rot unterlaufen.

«Vor einer halben Stunde hast du mir einen Drink angeboten. Als du vorhin oben warst, habe ich gedacht, daß du mir einen holst, es wäre das mindeste gewesen. Nach dem, was du mir gesagt hast, brauche ich einen Drink.»

Sie wußte jetzt, an wen er sie erinnerte. An Mopsa. War das immer so gewesen? War etwas in ihrem Wesen, das eine Mopsa brauchte, ein parasitäres Geschöpf, das von ihr schmarotzte, sie beleidigte und mit seiner skrupellosen Selbstsucht immer wieder überraschte? Darüber mußte sie lachen, nicht ironisch, sondern mit echter Belustigung.

«Vor drei Jahren dachte ich, du könntest nicht noch härter sein», sagte er. «Aber ich habe mich geirrt. Ich hatte gehofft, du hättest dich verändert. Ich dachte, wir könnten wieder zusammenkommen. Dachte sogar, wir könnten vielleicht heiraten.»

«Doch jetzt hast du alle Illusionen verloren, oder?» Jason war eingeschlafen. Sie nahm ihm vorsichtig die Flasche weg. «Wenn du einen Drink willst, Edward, mußt du ihn dir schon selber holen. In dem Zimmer über uns, im Schrank am Fenster. Ich muß den Jungen ins Bett bringen.»

Barry ging den Hügel hinunter zur Untergrundbahn-Station Hampstead. Er war völlig durcheinander. Wie hätte er auch voraussehen können, was geschehen würde. Das Haus war den ganzen Abend dunkel gewesen, und als er eben die Hoffnung aufgegeben hatte, sich noch heute Gewißheit verschaffen zu können, entdeckte er plötzlich ein schwaches Licht. Nicht in einem der vorderen Räume, sondern irgendwo im hinteren Teil des Hauses. Barry hatte es nur bemerkt, weil es durch einen offenen Bogen oder eine offene Tür fiel. Terence Wand war also durch die Hintertür ins Haus gegangen. Barry wäre gar nicht auf die Idee gekommen, daß es einen Hintereingang gab, aber bevor er den Weg zur Untergrundbahn einschlug, hatte er sich umgesehen und die Garagen entdeckt. In der mit der Nummer fünf stand ein kleiner blauer Volvo.

Nachdem das Licht angegangen war, hatte er wieder eine Zeitlang gehofft, Terence Wand zu sehen und als Jasons Vater zu identifizieren. Er rechnete damit, daß Wand sich am Fenster zeigen würde, und das hatte er auch getan, aber auf erschreckende, ja fast schreckliche Weise. Barry fragte sich, wie lange Terence Wand schon gewußt hatte, daß er unter dem Torbogen stand? Und anscheinend auch gewußt hatte, wer er war, und wie er und Carol zueinander standen? Denn Terence Wand mußte es gewußt haben, das hatte er durch sein Verhalten unmißverständlich verraten.

Falls Barry im Hinblick auf Terence Wand überhaupt noch Zweifel gehabt hatte, waren sie jetzt verschwunden. Ihm war völlig klar, was Wand mit Jason verband, wie seine Beziehung zu Carol gewesen war und wieder sein würde, wenn er die Chance bekäme. Wand hatte ihn mit seinem kurzen Macho-Auftritt lächerlich machen wollen. Das Haus war bis auf den schwachen Schimmer in den hinteren Regionen dunkel gewesen. Irgendwie schien diese Dunkelheit unbelebt und fortdauernd. Seine Aufmerksamkeit hatte für kurze Zeit nachgelassen, und er beobachtete eine weiße Katze, die von einer niedrigen Mauer sprang und auf den Baum in der Mitte des Hofs zulief. Warum hatte er eigentlich noch einmal zu den glänzenden schwarzen Fenstern hinübergeschaut? Gewiß nicht, weil er spürte, daß sich an dem Haus etwas veränderte. Vielleicht sagte ihm sein sechster Sinn, daß er den Kopf heben und aufblicken sollte.

Das Licht hinter einem Fenster ging an, und in der plötzlichen Helligkeit stellte sich für einen Moment ein nackter Mann spöttisch zur Schau. Sein Haar schimmerte golden, und er wirkte so groß wie eine Statue. Dann fiel die Jalousie, eine schwarze Kaskade, und der Spuk war verschwunden.

Barry ging über die Chinesische Brücke nach Hause. Wo der Fußpfad von der Summerskill Road abzweigte, blieb er stehen und zählte die Häuser, aber Carols Fenster waren dunkel. Es war erst kurz nach elf, und die Wein-Bar schloß nie früher.

Winterside Down machte einen ungewöhnlich leeren Eindruck. Nicht einmal die Motorrad-Freaks waren unterwegs. Lila Kupar, die nie ihre Vorhänge schloß, bügelte in ihrem spärlich eingerichteten Zimmer einen weißen Sari. Dicht über ihrem Kopf hing eine nackte, viel zu grelle Glühbirne. Barry schloß auf und betrat das Haus. Die Spicers hatten den Fernseher laut aufgedreht, und das hohle Konservengelächter war in Carols Diele zu hören. In der Dunkelheit sah Barry Terence Wands Gesicht vor sich. Zwar hatte er es nur ganz flüchtig erblickt, doch er war überzeugt, daß es sich seinem Gedächtnis für immer und ewig eingeprägt hatte. Es war das Gesicht eines ungefähr dreißigjährigen Jason, das er heraufbeschwor.

Barry besaß keine Handschuhe. Er zog Carols Gummihandschuhe an, die in der Küche auf dem Rand der Spüle lagen, und suchte dann den Kugelschreiber. Carol und er benutzten ihn, um sich gegenseitig – oder auch dem Milchmann – kurze Nachrichten zu schreiben. Dann holte er das Schulheft, das Tanya einmal zu Hause vergessen hatte. Das Kuvert mußte er morgen kaufen. Sehr sorgfältig begann er mit Druckbuchstaben einen Brief zu schreiben.

16

Den anonymen Brief bekam Detective Inspector Tony Leatham von Superintendent Treddick, nachdem er von den Beamten der Spurensicherung ergebnislos auf Fingerabdrücke und andere eventuelle Hinweise untersucht worden war. Das linierte Papier, aus einem Schulheft oder -block herausgerissen, war stark zerdrückt und ziemlich lappig. Leatham kannte den Inhalt bereits. Man hatte wegen dieses Briefes eine Besprechung abgehalten.

DER VATER VON JASON STRATFORD IST TERENCE WAND, SPRING CLOSE 5, HAMPSTEAD.

Offenbar wollte sie der Schreiber glauben machen, dieser Wand habe seinen Sohn entführt und halte ihn irgendwo versteckt. Wahrscheinlich steckte nichts anderes als ganz gewöhnliche Rachsucht dahinter. Jemand wollte Wand in Schwierigkeiten bringen. Treddick glaubte natürlich, Jason sei tot und zwar seit dem Tag, an dem er verschwunden war. Mit an Sicherheit grenzender Wahrscheinlichkeit war er tot gewesen, bevor sein Verschwinden der Polizei gemeldet wurde. Er war ermordet und irgendwo vergraben worden, wie das afrikanische Kind in Finchley, und eines Tages würde man auch seine Leiche finden.

Leatham war sich dessen nicht ganz so sicher. Er hielt es noch immer für möglich, daß Jason entführt worden war. Mit den Jahren zäh und hart geworden, hielt er nicht mehr allzuviel von den Menschen, hoffte aber immer noch für Jason. Er liebte Kinder. Seit Jason verschwunden war, betrachtete er seine Söhne oft mit dem Beschützerinstinkt des leidenschaftlichen Vaters, einem Gefühl, das ihm früher nie bewußt geworden war.

Treddick hatte es auf Barry Mahon abgesehen. Er glaubte, es sei nur eine Frage der Zeit, bis er ihn soweit hatte, daß er gestand. Eines Tages würde sich Barry verraten, würde sie wahrscheinlich zu Jasons Grab führen, und Treddick war geduldig, er konnte warten. Tony Leatham war der Meinung, daß sie nicht die Spur eines Beweises gegen Barry hatten. Daß er diesen Brief geschrieben hat, ist wahrscheinlich das einzige Vergehen, dessen er schuldig ist», dachte Leatham. Er war beinahe überzeugt, daß Barry ihn geschrieben hatte. Und Treddick war der gleichen Ansicht. Er sagte, Barry habe damit den Verdacht auf einen anderen abwälzen wollen.

Leatham war das ziemlich gleichgültig, er verlor allmählich das Interesse. Er hatte nur den Wunsch, daß Jason heil und gesund wiedergefunden wurde – möglichst von ihm –, und dann sollte man Vergangenes vergangen sein lassen. Ein anderer Fall, mit dem er im Sommer zu tun gehabt hatte, beschäftigte ihn stärker. Der Mann, um den es ging, ein Bankräuber, war aus der Untersuchungshaft ausgebrochen und um die halbe Welt geflohen. Erst in Melbourne konnte man ihn wieder festnehmen, und seit die australische Regierung sich bereit erklärt hatte, Monty Driscoll auszuliefern, hoffte Leatham, man würde ihn hinüberschicken. Eine solche Abwechslung vom täglichen Einerlei gab es sehr selten für ihn. Er setzte alle Hebel in Bewegung, damit man ihn nach Melbourne beorderte, um Driscoll abzuholen.

Doch bis es soweit war, mußten sie sich um Terence Wand kümmern. Sie konnten sich über den Brief nicht einfach hinwegsetzen.

Mrs. Goldschmidt rief am frühen Morgen an und fragte, ob sie sich das Haus noch einmal ansehen und ein paar Maße nehmen dürfe? Terence wollte nicht, daß sie kam, wußte jedoch nicht, wie er ablehnen sollte. Es war riskant, jemand anders als ganz persönliche Gäste im Haus zu haben. Er nahm zwei Valium.

Mrs. Goldschmidt erschien um halb elf, diesmal in einem pinkfarbenen Ledermantel mit Pelzkragen. Bisher hatte Terence sie nur in Leder oder Pelz zu sehen bekommen. Heute hatte sie das blonde Haar in wuscheligen Löckchen nach vorn gekämmt, ihr Make-up war malvenfarben, die Lippen damaszenerblau. Sie benahm sich wie jemand, der Beruhigungsmittel schluckte, und daher klang ihre erste Bemerkung sarkastisch.

«Ich bin ganz hingerissen, daß wir Ihr Haus bekommen.»

Sie sprach in dem farblos monotonen Tonfall eines Menschen, der ununterbrochen über das schlechte Wetter oder eine chronische Krankheit klagt. Terence ging mit ihr im Haus herum. Im Schlafzimmer mit dem *Futon* zog sie den Mantel aus und warf ihn auf einen niedrigen japanischen Tisch. Unter dem Mantel trug sie ein sehr kurzes pinkfarbenes Strickkleid mit einem riesigen Polokragen.

«So ist es besser.»

Sie stieg auf einen Hocker, um die Fenster für Vorhänge auszumessen.

«Ich finde, Jalousien ohne Vorhänge wirken so kalt», sagte sie.

Sie streckte Terence die Hand entgegen, damit er ihr herunterhalf, obwohl der Hocker nur ungefähr dreißig Zentimeter hoch war. In Strümpfen kletterte sie auf die Ottomane, die in der Fensternische des Hauptschlafzimmers stand. Sie streckte sich mit dem Maßband, verlor das Gleichgewicht und wäre gefallen, wenn Terence sie nicht aufgefangen hätte. Er faßte sie um die Taille und hielt nicht etwa einen starren, abwehrenden Körper fest, sondern einen weichen, sogar nachgiebigen. Er fragte sich, was da vorging? Etwas ging vor, das war ihm klar. Er wußte, daß Frauen ihn anziehend fanden – das war schließlich das Kapital, von dem er seinen Lebensunterhalt bestritt, wie jemand, der ein graphisches oder kaufmännisches Talent besaß, daraus einen Beruf machte –, aber was an ihm so unwiderstehlich war, wußte er nicht. Er war etwas unter mittelgroß, nicht besonders gut aussehend und ziemlich farblos – wie eine Maus. Carol Stratford hatte ihn einmal gefragt, ob er eigentlich ein Mann oder eine Maus sei, und wie eine Maus fühlte er sich oft – klein, braun und nervös. Vielleicht gefiel den Frauen gerade das.

Er löste die Hände von Mrs. Goldschmidts Taille und gab ihr einen leichten Klaps auf den Oberschenkel. Er fragte sich, was er tun, wie er reagieren sollte, wenn sich die Atmosphäre erhitzte. Gefährdete eine Ablehnung den Verkauf des Hauses, oder verlor er seine Chance, wenn er nachgab? Tief in Gedanken warf er einen Blick aus dem Fenster, und im selben Moment betraten zwei Männer durch den Torbogen den Hof, blieben stehen und betrachteten die fünf Häuser.

Terence wußte noch nicht genau, wie er den Mann einordnen sollte, der vor einigen Tagen das Haus beobachtet hatte, aber daß diese beiden Polizisten waren, stand für ihn fest. Er gehörte zu den Menschen, die für Polizisten eine Nase haben. Niemand sonst hatte so müde, trübe Augen; Gesichter wie Gummimasken, Kleider, die an ihnen schlotterten, als hätten die Träger an Gewicht verloren, und ungeputzte Schuhe. Sie standen da und musterten die fünf Häuser. Dann überquerten sie den Hof zu Nummer eins. Terence atmete tief aus. Er hatte gar nicht gemerkt, daß er den Atem anhielt. Mrs. Goldschmidt reichte ihm die Hand, damit er ihr von der Ottomane half, schien aber zu erwarten, daß er ihr die Hand vorher küßte.

Als sie hinuntergingen, warf Terence einen Blick durch die Fensterschlitze, durch die Licht auf die Treppe fiel. Die Polizisten waren in Nummer eins verschwunden, aber die Tür stand noch offen. Das gefiel Terence ganz und gar nicht. Er wollte, daß Mrs. Goldschmidt ging. Sie nahm langsam, lässig eine Stufe nach der anderen, ließ die Hand über das Treppengeländer gleiten und sah einmal mit einem wehmütigen Lächeln über die Schulter zu Terence zurück. In der Halle blieb sie bei der Statue mit dem Loch im Kopf stehen und notierte etwas mit großer, linkslastiger Schrift in ihren Schreibblock.

«Oh, ich habe meinen Mantel vergessen! Im Zimmer mit dem Futon.»

Sie geht hinauf, holt ihn, dachte Terence, und dann ruft sie mich und ...

«Ich hole ihn», sagte er.

Er rannte zur Treppe. Durch das Schlafzimmerfenster sah er die beiden Polizisten auf der schmalen Terrasse vor Nummer drei im Gespräch mit der Frau, die dort wohnte. Er packte den pinkfarbenen Ledermantel. Wieder unten, hielt er ihr den Mantel, damit sie hineinschlüpfen konnte, nahm sogar ihren rechten Arm und schob ihn durch das Armloch. Er mußte seinen ganzen spärlichen Mut zusammennehmen, um die Haustür zu öffnen. Die Polizisten waren da, ungefähr drei Meter entfernt, sahen die Tür an und jetzt ihn.

Etwas schnürte ihm die Kehle zusammen, sein Herz machte einen Sprung und schlug plötzlich in der Mitte seiner Brust. Irgendwie waren sie ihm auf die Schliche gekommen. Irgend jemand, vielleicht ein Nachbar, hatte erfahren, daß das Haus verkauft werden sollte, war ein Freund von Sawyer, korrespondierte mit Freda ... Mrs. Goldschmidt trat langsam aus dem Haus, ging die Stufen hinunter, streckte ihren Schwanenhals, lächelte vage. Terence begriff, daß die Polizisten unbeweglich stehenbleiben und nichts sagen würden, bis Mrs. Goldschmidt aus dem Weg war. Das war ihre Auffassung von Takt. Als wäre es ihm nicht egal! Schließlich konnte sogar sie es gewesen sein, die ihm die Typen auf den Hals gehetzt hatte. Woher sollte er wissen, daß dem nicht so war?

Sie drehte sich einmal um. «Auf Wiedersehen, und vielen Dank», sagte sie.

Nenn mich nicht Phipps! schrie er lautlos. Nenn mich bitte nicht Phipps!

«Vielleicht rufe ich Sie wieder an. Vielleicht komme ich noch einmal!»

Es klang unerbittlich, es klang wie eine ernste Drohung. Er hatte nichts zu sagen und hätte auch keinen Ton herausgebracht, selbst wenn er gewollt hätte. Seine Stimme hätte wie ein Piepsen geklungen. Sie ging an den Polizisten vorbei, als seien sie nicht da oder gehörten zur Ausstattung des Gartens, als seien sie Bäume oder steinerne Amphoren. Mit kleinen Schritten rückwärtsgehend, begutachtete sie das Haus, das sie eben verlassen hatte. Erst als sie sich wieder umdrehte, nachdem sie Terence mit geschlossenen Lippen noch einmal zugelächelt hatte, und gemessenen Schrittes auf den Torbogen zuschlenderte, setzten sich auch die Polizisten in Bewegung. Sie stiegen die Stufen hinauf und der ältere, rötliches Gesicht, hellhaarig, im flatternden Regenmantel mit baumelnden Gürtelenden, sagte in einem unaufdringlich leisen Gesprächston: «Mr. Wand? Mr. Terence Wand?»

Terence nickte. Er kam sich vor wie ein vom Wind getriebenes Blatt. Die Haustür schloß sich mit einem leisen, vornehmen Klikken. Sie sahen sich in Fredas Halle um, musterten die Statuen, die Modigliani-Kopie, den schwarzen Spanielteppich – sahen sich um, wie es eben Polizisten-Art ist, als würden sie selbst von einer undankbaren Gesellschaft dazu verurteilt, für immer und ewig in Sozialwohnungen aus der Vorkriegszeit zu hausen. Terence öffnete die zweiflügelige Tür zum Wohnzimmer. Er wünschte, er hätte zum Frühstück keine Cornflakes, kein Ei und auch nicht das Croissant gegessen, weil er überzeugt war, sich im nächsten Moment entschuldigen und auf die Toilette rasen zu müssen, um sich zu übergeben.

Sie traten ein und sahen sich wieder forschend um. Als Terence gerade nach Worten suchte, um sich zu entschuldigen und ins Bad zu flüchten, sagte der jüngere Beamte: «Jason Stratford, Mr. Wand. Wir sind wegen des kleinen Jason Stratford hier.»

Im ersten Moment wußte Terence mit dem Namen überhaupt nichts anzufangen. Er empfand nur eine gewisse Bestürzung, weil er ja etwas ganz anderes erwartet hatte.

«Dürfen wir uns setzen?»

Wieder nickte Terence. Er selbst blieb stehen. Er hielt sich sehr ruhig und blieb innerlich gespannt, weil er noch immer fürchtete, sich übergeben zu müssen, wenn er sich bewegte.

«Sie wissen natürlich, daß der kleine Jason vermißt wird. Ich glaube, daß es inzwischen kaum noch jemanden gibt, der es nicht weiß. Wenn ich richtig informiert bin, sind sie mit seiner Mutter, Mrs. Carol Stratford, befreundet?»

Erleichterung überkam Terence. Ihm war, als drücke ihm jemand ein weiches Kissen auf das Gesicht. Er bekam kaum Luft. Um was es hier auch ging, mit seinem betrügerischen Plan, Freda Phipps' Haus zu verkaufen, hatte es nichts zu tun. Er fragte sich, ob er schon sprechen konnte, wagte aber noch immer keinen Versuch.

«Unseren Informationen zufolge besteht die Möglichkeit, daß Sie Jason Stratfords Vater sind.»

Wenn irgend etwas Terence die Sprache zurückgeben konnte, dann das. Seine Stimme klang schrill.

«Ich?»

Sie sagten nichts. Sie sahen ihn nur an, wenn auch nicht gerade unfreundlich.

«Hat sie ihnen das gesagt?» fragte Terence schroff und empört, der Sprache nun wieder völlig mächtig.

«Nein, Mr. Wand. Wir dürfen Ihnen unsere Informationsquelle zwar nicht verraten, aber ich denke, wir können Ihnen sagen, von wem die Information nicht stammt. Und sie stammt nicht von Mrs. Stratford.»

Terence glaubte ihm nicht. Er traute es Carol durchaus zu, so etwas zu behaupten. Bestimmt wollte sie Jasons Vater schützen, weil er auf irgendeine krumme Tour reiste oder den Jungen tatsächlich hatte. Bei Carol mußte man auf beinahe alles gefaßt sein, sie war völlig skrupellos und unaufrichtig. Er verstand jetzt, warum sie bei den Nachbarn geklingelt hatten. Sie hatten gefragt, ob in letzter Zeit ein fremdes Kind in Spring Close aufgetaucht war.

«Ich wußte nicht mal, daß der Junge existierte», sagte er. «Hab's erst durch das Fernsehen erfahren, nachdem er verschwunden war.»

Die Polizisten blieben höflich, zurückhaltend. Terence wußte, daß der größere, hellhaarige sich fragte, warum er so nervös gewesen war, wenn er nichts zu verbergen hatte.

«Sie haben wohl nichts dagegen, wenn wir uns ein bißchen im Haus umsehen?»

So konnte man das auch ausdrücken! Der jüngere Beamte sagte, das Haus sei wirklich hübsch. Terence widersprach nicht, denn ihm war klar, daß das sehr unklug gewesen wäre. Aber er ging hinter ihnen die Treppe hinauf. Im Bad neben dem großen Schlafzimmer entdeckten sie Teresas Lidstift auf der gläsernen Ablage unter dem Spiegel.

«Sind wohl jetzt verheiratet, Mr. Wand?»

Terence schüttelte den Kopf. Er gab keine Erklärung ab. Der Ausdruck in den Augen des jüngeren Polizisten schien zu besagen, das bestätige nur seinen Verdacht, daß es überall von unehelichen Kindern wimmle, die Terence in die Welt gesetzt hatte und von denen er nichts wußte. Terence fühlte wachsenden Groll gegen Carol Stratford. Doch sie sollte nicht ungeschoren davonkommen, dazu würde er ihr ein paar Worte sagen.

Die Polizisten durchsuchten das Haus nicht gründlich. Sie warfen nur einen Blick in jedes Zimmer. Dann baten sie Terence um seinen Paß, und er fürchtete ein paar entsetzliche Sekunden lang, daß sie ihn einbehalten wollten. Aber sie gaben ihn wortlos zurück und gingen bald darauf. Terence nahm zwei Valium und schenkte sich einen mächtigen Whisky ein. Er setzte sich mit seinem Drink nieder und begann ernsthaft darüber nachzudenken, ob er die Kraft hatte, seinen Plan durchzuführen. Nicht daß es sich nicht gelohnt hätte. Es lohnte sich sehr wohl, um hundertdreißigtausend Pfund in die Hände zu bekommen, lohnte sich fast alles. Nein, die Frage war nicht, ob es sich lohnte, sondern ob er durchhielt?

Terence kannte sich. Er machte sich selbst nichts vor – eine sehr seltene Eigenschaft bei Menschen. Der Schrecken dieses Vormittags hatte ihm eine neue Selbsterkenntnis gebracht. Seine Angst war so groß gewesen und hatte so lange angehalten, daß er sich wunderte, keinen Herz- oder irgendeinen anderen Anfall bekommen zu haben. Wenn er schon so reagierte, weil zwei Polizisten bei ihm erschienen, wie würden sein Körper und seine Nerven sich verhalten, wenn er den Kaufvertrag unterschrieb, den Scheck über diese riesige Geldsumme ausgehändigt bekam, das Geld von der Bank abhob und damit floh? Wie sollte er es durchstehen, mit dem Geld in einer Reisetasche zum Flugplatz zu fahren und in ein Flugzeug zu steigen?

Wie, wenn er vor Angst tot umfiel?

Wäre es nicht klüger, sich mit der Anzahlung von dreizehntausend Pfund zufriedenzugeben und dann Schluß zu machen? Goldschmidts Scheck zu nehmen und zu verschwinden? Goldschmidts Scheck ... Ein eisiges Frösteln durchrieselte Terence. Er stellte sein Glas ab.

Daran hatte er überhaupt noch nicht gedacht, hatte es sträflich vernachlässigt, daran zu denken. Goldschmidts Scheck oder der Scheck seiner Anwaltsfirma, auf John H. Phipps ausgestellt, würde bestimmt ein Verrechnungsscheck sein, und Terence würde ihn bei der Bank einreichen müssen, bei der John H. Phipps sein Konto hatte. Aber er hatte kein Konto. Er existierte nicht.

Nun gab es natürlich nichts, was Terence abhalten konnte zur – nun ja, zum Beispiel zur Midland Bank in der West End Lane zu gehen und im Namen von John Howard Phipps ein Konto zu eröffnen. Das Vorhaben mußte jedoch scheitern, weil die Bank Referenzen erwartete. Irgend jemand, vorzugsweise ein Kunde derselben Bank, wenn nicht gar derselben Filiale, würde dafür bürgen müssen, daß er eine respektable und kreditwürdige Person war. Und zwar als John Howard Phipps. Terence kannte sich da aus. Jessica hatte bei der Anglian-Victoria Bank auf dem Market Place im Vorort Hampstead Garden ein Konto für ihn eröffnet und selbstverständlich für ihn gebürgt.

Es gab keinen Menschen auf der Welt, der bereit wäre zu bezeugen, daß Terence Wand, der sich als John Howard Phipps ausgab, eine respektable, vertrauenswürdige Person war. Und ganz nebenbei, wer wäre schon bereit, einer Bank weiszumachen, Terence Wand sei John Phipps?

Niemand. Er hatte keinen Komplicen, und er konnte sich auch keinen verschaffen. Mit einem Komplicen zu arbeiten, hieße zwangsläufig, das Geld mit ihm zu teilen, wahrscheinlich sogar fünfzig zu fünfzig. Viel lieber lasse ich die ganze Sache sein, dachte er, ehe ich das tue.

In der Nacht hatte es ein wenig geschneit. Der Schnee lag wie ein dünnes, durchlöchertes Gazetuch auf den Häuser- und Autodächern, aber auf den Gehsteigen hatten die Pendler und der Briefträger schon braune Fußspuren hinterlassen. Von den Dachrinnen tröpfelte es. Über der Heide hing grauer Nebel.

Nach dem Frühstück setzte sich Jason auf den Boden und

zeichnete. Er zeichnete das Xylophon und nahm für die verschiedenfarbigen Stäbe jeweils den richtigen Buntstift. Für einen Zweijährigen ist das wirklich eine sehr gute Zeichnung, dachte Benet. Man sieht ganz deutlich, was es sein soll.

Jason war schon angezogen. Er trug die Sachen, die sie für ihn gekauft hatte. Sorgfältig hatte sie alle Etiketten daraus entfernt, damit man nicht zurückverfolgen konnte, woher sie stammten. Er trug eine blaue Kordsamthose, ein blauweiß gestreiftes T-Shirt und einen Pullover aus ungefärbter Wolle, hellbraune Socken und halbhohe braune Lederschnürstiefel. Benet setzte sich Jason auf den Schoß, um ihm den Mantel anzuziehen, einen braunen Tweedmantel mit Kapuze und Knüppelverschlüssen, mit schwarzem Karostoff gepaspelt. Wegen dieses Mantels war sie ein wenig in Sorge. Sie hatte ihn in Hampstead in einem exklusiven, teuren Laden gekauft und war mit Jason ziemlich lange dort gewesen, während er Mäntel anprobierte. Würde die Verkäuferin sich an sie erinnern? Benet wollte jedoch, daß er den Mantel behielt. Er mußte das Schaukelpferd, das Xylophon und seine Malsachen bei ihr lassen, aber den warmen Wintermantel sollte er unbedingt behalten.

Er fuhr so leidenschaftlich gern Auto, daß er ihr nie Schwierigkeiten machte. Wie würde er wohl reagieren, wenn sie in die Lordship Avenue kamen, würde er sich erinnern? Und würde er sich an dieses Haus im Vale of Peace erinnern? Damit meinte sie nicht, daß er den Leuten jetzt sagen würde, wo er gewesen war. So viel konnte er noch immer nicht sprechen. Aber würde er, wenn er als Erwachsener nach Hampstead kam – vielleicht von South End Green herauf – oder von der Heath Street herunterkam ein *déjà vu*-Gefühl haben? Würde er plötzlich denken: Hier war ich doch schon? Und würde er sich, sofern man ihm von den sechs Wochen seines Lebens erzählt hatte, in denen er verschwunden gewesen war, würde er sich fragen, ob er diese sechs Wochen hier verbracht hatte?

Für sich selbst befürchtete Benet eigentlich nichts. Sie glaubte nicht, daß sie in ernsthafter Gefahr war. Sie gehörte nicht zu dem Personenkreis, gegen den sich der Verdacht der Polizei richten würde. Wenn sie Frauen vernommen hätten, die vor kurzem ein eigenes Kind verloren hatten, wären sie schon bei ihr gewesen. So viele konnten es nicht sein. Nein, sie hatten diesen Aspekt entweder übersehen oder es für völlig unwahrscheinlich gehalten, daß eine so bekannte und wohlhabende Schriftstellerin die Lordship Avenue kannte. Und deshalb glaubten sie sie über jeden Verdacht erhaben. Wenn man sie also schon nicht verdächtigte, solange Jason verschwunden war, würde sich das wohl nicht ändern, wenn er wieder auftauchte.

An einer roten Ampel blickte Benet über die Schulter zurück, um sich mit Jason zu unterhalten.

«Geht's dir gut, Jay?»

«Weiß», sagte er. «Schnee.»

«Er schmilzt schnell, aber es wird noch mehr schneien, und dann kannst du einen Schneemann bauen.»

«Schneemann», sagte Jason. Das Wort gefiel ihm. «Schneemann. Schneemann.»

Sie begann ihm laut ihre Gedanken auseinanderzusetzen.

«Ich bringe dich in die öffentliche Bibliothek in der Lordship Avenue, Jay, in die Filiale, die Winterside heißt. Vielleicht warst du schon mal mit deiner Mutter dort oder mit – mit Barry? Ich erinnere mich an die Bibliothek. Als ich noch in der Winterside Road wohnte, bin ich häufig da gewesen. Es gibt dort eine Kinderabteilung mit einem Tisch und Stühlen drumherum. Ich werde dich auf einen Stuhl setzen, dir ein Buch holen, das du dir ansehen kannst, und dann lasse ich dich allein. Aber vorher werde ich dir einen Zettel an den Mantelaufschlag stecken, auf dem steht, wer du bist. Ich hab ihn schon geschrieben, den Zettel. ‹Ich bin Jason Stratford› steht darauf.»

«Mantel», sagte Jason. «Jays Mantel.»

«Das ist richtig, ich stecke den Zettel an Jays Mantel. Und wenn die Leute in der Bibliothek sehen, daß du allein bist, werden sie den Zettel lesen und deine Mutter holen.»

Und die Polizei, dachte sie. Sie versuchte sich die Szene vorzustellen, das Geschrei und Gezeter, doch es gelang ihr nicht. Mit Jasons Rückkehr war die Welt zu Ende.

«Mami», sagte Jason freundlich. «Mami.»

Benet fuhr nach Osten, die Rudyard Gardens entlang und hielt Ausschau nach einem Parkplatz. Seit sie hier gewohnt hatte, war das Parkplatzproblem schlimmer geworden. In der Lordship Avenue herrschte jetzt totales Parkverbot. Sie wollte den Wagen irgendwo in der Nähe der Bibliothek abstellen. Die Winterside Road lag recht günstig, nur durfte man aus der Lordship Avenue nicht in die Winterside Road abbiegen. Sie mußte einen langen Umweg fahren, durch die Canal Street, an der Garage von Woodhouse und an dem Haus vorbei, in dem sie früher gewohnt hatte. Direkt vor der Tankstelle war eine Parklücke frei, doch angenommen, Tom Woodhouse war da, kam heraus und sah sie?

Die gekappten Platanen waren um diese Jahreszeit ein gräßlicher Anblick, ihre Stämme sahen wie alte Knochen aus. Der schwere graue Himmel hing voller Schnee. Benet hatte Edward in einem schneereichen Winter kennengelernt, und es war ein harter, kalter Winter oder fast schon Frühling gewesen, als sie sich von ihm trennte. Sie hatten in Tufnell Park gewohnt, und er war damals ausgezogen und hatte hier in der Nähe ein Zimmer oder eine Wohnung gefunden. Brownswood Common Lane? Oder Brownswood Dale? Sie konnte sich nicht erinnern, und er war jetzt ohnehin nicht mehr da. Die Adresse, die er ihr gegeben hatte, lag irgendwo in Kentish Town. Er hatte ihr gesagt, er hasse sie, sie sei stahlhart, und sie hätten ohnehin nie zueinander gepaßt, und dann hatte er einen seiner seelischen Purzelbäume geschlagen, hatte versucht, sie in die Arme zu nehmen und von ihr verlangt, ihm zu versprechen, zu ihm zurückzukehren, ihn zu heiraten.

Sie entdeckte auf der Winterside Down-Seite der Straße einen freien Parkplatz, direkt neben dem Pfad, der zur Chinesischen Brücke führte. Sie verdrängte Edward aus ihren Gedanken. Er wohnte nicht mehr hier und war wohl der letzte, der ihr über den Weg laufen würde.

Die Rasen von Winterside Down zeigten ihr frisches Dezembergrün. Jemand hatte die Zweige einer norwegischen Rottanne mit einer weihnachtlichen Lichterkette geschmückt. Benet nahm Jasons Kinderkarre aus dem Kofferraum und überlegte, ob sie auch sie zurückgeben sollte. Sie war alt und schäbig, doch sie gehörte Carol Stratford, und Benet hatte nicht das Recht, sie zu behalten. Andererseits war es vielleicht verboten, einen Kinderwagen in die Bibliothek mitzunehmen, und man würde sie auffordern, ihn zusammenzufalten und draußen stehenzulassen. Damit würde sie jedoch nur unerwünschte Aufmerksamkeit auf sich ziehen. Sie beschloß, die Karre in den Kofferraum zurückzulegen und dort zu lassen. Die Kleider, die Jason trug, waren eine ausreichende Entschädigung, sie hatten viel mehr gekostet als eine neue Karre.

Sie hob Jason aus dem Wagen. Er sah nach Winterside Down hinüber, musterte die Reihe der roten Backsteinhäuser, die weißen

Fahrwege, das einzelne Hochhaus. Seine Wangen wurden in der kalten Luft feuerrot. Im Gehen hielt er den Kopf ständig zur Seite gewandt, den Blick auf die Siedlung gerichtet, blieb zurück, ließ sich von Benet weiterziehen. Dann zeigte er hinüber. Er sah sie groß an und stellte dann die Frage in der einzigen Frageform, die er kannte.

«Wasis das?» sagte er. «Wasis das?»

«Dort hast du früher gewohnt, Jay, und dort wirst du bald wieder wohnen.» Sie hob ihn auf und setzte ihn rittlings auf ihre Hüfte. «Es tut mir leid, Jay», fuhr sie fort, denn es war ihre letzte Chance, das zu sagen. «Es tut mir alles sehr leid. Am Anfang war es nicht meine Schuld. Du und ich, wir waren Opfer der Umstände. Nun ja, eigentlich waren wir Opfer der armen, kranken Mopsa. Und später? Ich konnte es Mopsa nicht antun, nicht wahr? Ich habe keine Entschuldigung dafür, daß ich dich nach ihrer Abreise noch so lange behalten habe. Ich weiß wirklich nicht, warum ich's tat. Wahrscheinlich bin ich ein Feigling, sonst wäre ich mit dir schnurstracks zur Polizei gegangen. Dann würde ich dich jetzt zu deiner Mutter bringen. Aber ich kann's nicht. Ich habe nicht den Mut dazu, ich bin ein Feigling. Deshalb tut es mir leid, und ich hoffe nur, du warst nicht unglücklich, ich hoffe, es hat dir nicht geschadet.» Er sah sie nicht an. Er runzelte die Stirn und hatte die Unterlippe vorgeschoben. «Komm, Jay, sag etwas. Ein freundliches Wort genügt mir.»

«Hund», sagte Jason und zeigte auf den Dobermann, der vor der Fischhandlung an Packkisten schnupperte. Dann drückte er sich fest an sie. «Mami!»

Die Winterside-Bibliothek war in einem viktorianischen Gebäude mit holländischer Fassade untergebracht. Über dem Eingang auf einer roten Sandsteintafel stand die Inschrift: ÖFFENTLICHE BIBLIOTHEK. Mit Jason auf dem Arm, ging Benet die Stufen hinauf. Ein älterer Mann, ein Rentner mit einem Bücherstapel, hielt die Tür für sie offen.

Zwei Bibliothekarinnen standen zwischen den beiden Schaltern mit den Schildchen «Rückgabe» und «Ausleihe». Die eine stempelte ein Buch, das eben ausgeliehen wurde, die andere blätterte in einem Katalog. Benet sah, daß das Buch, das der Kunde mitnahm, ihr Roman in der großen, schön gebundenen Ausgabe war. Auf der Rückseite des Schutzumschlags war ihre Fotografie, ein junges, herzförmiges, leicht lächelndes Gesicht, ohne die geringste Ähnlichkeit mit der hageren Frau, die eben mit einem Kind hereingekommen war. Die dunkle, glänzende Haarfülle hatte sie unter einem Kopftuch versteckt.

Die Kinderabteilung war noch vorhanden, wenn auch verändert, bunter, fröhlicher, die kleinen Stühle verschiedenfarbig, an der Wand ein Poster, eine Collage, bei deren Anblick Benet unwillkürlich lächeln mußte. War das vielleicht ein immer wiederkehrendes Motiv bei einem Lehrerseminar? Oder hatte eine der beiden Bibliothekarinnen ein Kind, das im selben Krankenhaus gewesen war wie James? Das Poster, obwohl viel einfacher in der Ausführung, obwohl kleiner, kärglicher und bei weitem nicht so kühn wie das im Krankenhaus: war ein Händebaum.

Ihn hier wiederzufinden, schien Benet wie ein Omen. Aber wofür? Sie glaubte nicht an ein Omen. Also setzte sie Jason auf einen türkisblauen Stuhl und suchte ihm ein Bilderbuch aus dem Regal heraus. In der Bibliothek war es still, man hörte nur die leisen Schritte zweier Leser, die zwischen den Regalen hin und her gingen, und im Lesesaal räusperte sich ein Mann, der die heutige Zeitung las. In der Kinderabteilung waren sie allein. Jason blätterte die dikken Pappdeckelseiten seines Bilderbuchs um, betrachtete einen Hund, eine Katze, zwei schwere Zugpferde.

«Was is das?»

Benet legte zuerst einen Finger auf ihre und dann auf Jasons Lippen, wie es ihre Gewohnheit war, wenn sie ihm sagen wollte, er müsse ganz leise sein. Die Hände am Händebaum glichen alle den ihren – waren dünn, braun, ringlos, waren alle gleich, zeigten alle nach unten. Ihre eigenen Hände waren wie sie, als sie in ihre Handtasche griff, um Zettel und die Sicherheitsnadel herauszuholen.

Jason zeigte auf das Buch. Er flüsterte, weil sie ihn gebeten hatte, leise zu sein.

«Was is das?»

«Du weißt, was das ist. Es ist ein Hund.»

Er sagte den ersten ganzen Satz seines Lebens – langsam, perfekt artikuliert, und er mußte wissen, was für ein Triumph es war, denn schon beim ersten Wort lächelte er stolz.

«Ich mag keine Hunde», sagte er und lachte trotz der Aussage vergnügt glucksend in sich hinein.

Benet hielt den Zettel in der linken, die Sicherheitsnadel in der rechten Hand. Ihr war übel, sie fürchtete fast, ohnmächtig zu werden. Plötzlich war ihr zum Bewußtsein gekommen, was sie jetzt tun wollte, plötzlich sah sie vor sich, was danach kam – der Nachmittag, der Abend, die Verlassenheit, das Alleinsein. Und sie sah, als sei es das erste Mal, mit ganz anderen Augen, den blonden, kräftigen kleinen Jungen an, dessen Beine im Sitzen noch nicht auf den Boden reichten, der entzückt über seine eigene Klugheit lachte, dessen Narben nie ganz verschwinden würden. Sie konnte ihn nicht mit einem Etikett versehen wie ein Paket und dann hier zurücklassen. Sie wollte ihn nie verlassen. Wie hatte sie sich das nur einreden können? Wie war es möglich, daß sie nicht begriffen hatte, was mit ihr geschah, als die Tage mit ihm zu Wochen wurden und ihre Abneigung sich in Duldung verwandelte, Duldung in Billigung, Billigung in Kameradschaft und Kameradschaft schließlich in …

Aber ich könnte ja gar nicht mehr ohne ihn leben, dachte sie. Jason rutschte von seinem Stuhl hinunter. Er gab ihr das Buch und streckte die Arme aus. Er hatte genug von der Bibliothek, er wollte nach Hause.

17

Letzte Weihnachten hatte Carol Tanya und Ryan nach Hause geholt. Barry fragte sich, wer außer Iris, Jerry und den Kindern noch mit Carol gefeiert hatte. Terence Wand vielleicht oder einer von den anderen, die Maureen erwähnt hatte. In diesem Jahr wollte Carol nicht einmal über Weihnachten sprechen, sie sagte, sie wolle an den Feiertagen arbeiten, sie habe nichts zu feiern. Was hatte es für einen Sinn, ihr vorzuschlagen, Tanya und Ryan nach Hause zu nehmen, wenn Carol kaum da sein würde?

Wäre sein Job ein bißchen sicherer gewesen, hätte er sie vielleicht überreden können, nicht so oft bei Kostas zu arbeiten. Doch er hätte nicht darauf wetten mögen, daß er nächstes Jahr um diese Zeit überhaupt noch einen Job hatte. Dieser Auftrag in Finchley war der letzte, den Ken Thompson hatte, und sie waren fast fertig. Sie ließen sich bei der Arbeit sogar viel Zeit, denn danach kam nichts mehr, es sei denn, jemand brachte ihnen innerhalb der nächsten zwei Tage einen neuen Auftrag. Normalerweise konnte Ken ihn natürlich nicht entlassen, konnte ihn ohne ausreichenden Grund nicht hinauswerfen, doch es war natürlich etwas anderes, wenn er nachweisen konnte, daß keine Arbeit vorhanden war. Barry konnte Carol also nicht sagen, sie solle nicht mehr so viel arbeiten, wenn er selbst vielleicht bald arbeitslos sein würde.

Kens Verhalten gegen ihn hatte sich ohnehin verändert, obwohl er eigentlich gar nicht so genau sagen konnte, wie er auf den Gedanken kam. Ihm war nur aufgefallen, daß Ken ihn nicht mehr beim Vornamen nannte. Früher hatte es Barry hier und Barry da geheißen, und jetzt redete er ihn überhaupt nicht mehr direkt an. Und wenn Barry sich während der Endphase ihrer Arbeiten im Büro zufällig umdrehte, ertappte er Ken oft dabei, daß er ihn beobachtete. Nicht rachsüchtig oder angewidert, nein, wirklich nicht. Ken, fand er, sah ihn an wie etwas, das nicht ganz der menschlichen Rasse angehörte, wie die Abart eines Affen vielleicht oder das Bild eines Urzeitmenschen.

Wenigstens war die Polizei nicht mehr wiedergekommen. Hatte das sein Brief bewirkt? Das war durchaus möglich. Er stellte sich vor, wie man Terence Wand den langen, gräßlichen Verhören mit Treddick und Leatham unterzog, wie man Terence Wand fragte, ob er sich als Kindermädchen sehe oder Kinder mißhandle. Es würde ihn ganz schön fertig machen, wenn man ihn mit einem Polizeiauto aus seinem schicken Haus wegholte. Barry überlegte, wie jemand mit Terence Wands Herkunft in den Besitz eines solchen Hauses gelangen konnte? Er mußte sich in sehr jungen Jahren selbständig gemacht und ein Geschäft angefangen haben. Barry wußte, daß man es auf diese Weise schaffen konnte, und er sehnte sich danach, es auch so zu machen, Carol ein solches Haus und einen Wagen schenken zu können. Nur war jetzt nicht die richtige Zeit dafür. Noch vor zehn Jahren sei alles anders gewesen ... Es hatte keinen Sinn, sich selbständig zu machen, wenn Ken, der ein eingeführtes Geschäft hatte, keine Aufträge bekommen konnte.

Winterside Down zeigte Barry die kalte Schulter. Die Spicers von nebenan verhielten sich nicht so wie die Isadoros oder die Leute in den Läden auf dem Bevan Square, sie starrten ihn nicht an und wandten dann den Kopf ab, so daß er die Absicht merken mußte – die Spicers taten einfach so, als hätten sie ihn nicht gesehen. Barry mußte am Abend etwas unternehmen, er konnte nicht die ganze Zeit allein zu Hause sitzen und fernsehen. Er gewöhnte es sich an, gegen sieben in den *Bulldog* zu gehen und ein Glas zu trinken. Der

Bulldog war von Winterside Down weit genug entfernt, so daß die Leute dort nicht wußten, wer er war.

Eines Abends traf er Iris und Jerry, die aus der entgegengesetzten Richtung kamen, aber demselben Ziel zustrebten. Das heißt, er sah die beiden schon von weitem. Sie gingen Arm in Arm, Iris in ihren wackeligen Sandalen mit überhohen Absätzen größer als Jerry. Barry hätte nicht einmal im Traum daran gedacht, daß er eines Tages glücklich sein würde, sich mit Iris und Jerry unterhalten zu können. Er winkte nicht, denn er hatte nicht das Gefühl, daß sie sich jemals so nahegestanden hätten, um sich gegenseitig zuzuwinken, aber er ging ein wenig schneller. Der *Bulldog* war auf dieser Straßenseite, jetzt nur noch wenige Meter entfernt. Die Brauerei hatte ein neues Schild anbringen lassen, eine Bulldogge mit einer Zigarre in der Schnauze und einer Matrosenmütze auf dem Kopf. Barry sah, daß Iris Jerry am Ärmel zupfte und ihm etwas ins Ohr flüsterte. Obwohl weit und breit kein Fußgängerüberweg war, überquerten sie die Straße, kamen bis in die Mitte der Fahrbahn und mußten an der weißen Linie warten, so sehr waren sie darauf versessen, ihm aus dem Weg zu gehen. Barry konnte es kaum glauben. Carols eigene Mutter! Sie konnte doch nicht wirklich denken, daß er Jason ermordet hatte. Sie war für sein Verschwinden genauso verantwortlich wie alle anderen. Er war am Eingang des *Bulldog* angelangt, blieb jetzt aber stehen und ging nicht hinein. Er sah Iris und Jerry auf der anderen Seite der Lordship Avenue, wo sie so taten, als betrachteten sie ein Schaufenster, bestimmt beobachteten sie durch die Scheibe nur, ob er tatsächlich das Pub betrat.

Offensichtlich dachte Iris genauso wie die anderen. Er hörte förmlich, wie sie mit ihrer leisen, gleichgültigen, quengelnden Stimme ihre sogenannten Vernunftgründe ins Feld führte.

«Schließlich heißt es nicht umsonst, wo Rauch ist, ist auch Feuer, Barry.»

Nur würde sie ihn nicht mehr beim Vornamen nennen, ebensowenig wie Ken. Rasch ging er die Lordship Avenue hinunter. Er mußte eine Meile zwischen sich und Winterside Down legen, um nicht mehr das Gefühl zu haben, daß jeder Vorübergehende «Kindsmörder, Kindsmörder» dachte. Er wollte in der Wein-Bar etwas trinken. Carol würde einiges zu sagen haben, weil Iris ihn auf diese Weise geschnitten hatte. Er stellte sich vor, wie sie seinetwegen zornig wurde und ihn vor allen Leuten «Liebster» nannte.

Da er schon so weit zu Fuß gegangen war, lohnte es sich nicht mehr, einen Bus zu nehmen. Man konnte das Neonschild der Wein-Bar schon von weitem sehen, da sie an einer Kurve lag, an der die Straße nach rechts abbog. Es war schon komisch, daß er Carols Lichter immer schon von weitem sah und sich magnetisch davon angezogen fühlte.

Die Wein-Bar lag an der Ecke einer kleinen Seitenstraße namens Java Mews. Am anderen Ende gab es ein Pub, das *Java Head*. Es war Ken Thompsons Stammlokal. Barry wollte jetzt nicht mit Ken zusammentreffen. Verlegenheit und Spannung wären stärker als bei der Arbeit. Dennis Gordon wollte er zwar genausowenig sehen, doch das ließ sich nicht vermeiden. Der silbrig-blaue Rolls, wie ein Diamant auf einem Abfallhaufen, parkte ein Stückchen weiter unten in den Mews direkt unter einer Laterne, als sei die Laterne eigens dort, um das Prachtstück ins rechte Licht zu rücken. Dennis Gordon stieg eben in den Wagen, setzte sich hinter dem Steuer bequem zurecht, aber die Hand mit dem großen, schimmernden Ring hielt noch die Tür offen.

Er stieg wieder aus und winkte Barry, der nicht verstand, warum er das tat. Es sei denn, er wollte sich und den cremefarbenen Ledertrenchcoat zur Schau stellen, den er trug. Er hob mit einer kleinen lockeren Bewegung aus dem Gelenk heraus die Hand in Barrys Richtung, beugte sich dann über die Windschutzscheibe und kratzte ein Staubkorn oder eine winzige verschmierte Stelle vom Glas ab.

Barry nickte ihm weder zu noch nahm er von seinem Winken Notiz. Er kam nicht auf die Idee, Dennis Gordon dafür dankbar zu sein, daß er sich herabließ, ihn zur Kenntnis zu nehmen. Der Rolls fuhr leise an, elegant wie ein schnittiges Schiff, das einen durch Docks und Kais zwangsläufig schmutzigen Hafen verläßt. Wie viele Leute mit Geld es doch gibt, dachte Barry. Da waren Ken, Mrs. Fylemon, Kostas, Terence Wand, Dennis Gordon ... Manchmal war sein Verlangen nach Geld oder einer Möglichkeit, viel Geld zu verdienen, größer als sein Verlangen nach Carol. Er hatte es im Gefühl, daß er sie für immer behalten könnte, wenn er Geld hätte.

In der Wein-Bar gab es eine Unmenge Grünpflanzen mit Luftwurzeln, Bilder von der See, Poster von Tempelruinen, es wirkte alles sehr griechisch. Alkmini, rund, dunkel, mit schweren Brauen, schwarz gekleidet ohne eine Spur von Weiß oder Bunt, bediente allein hinter der Bar. Hinterher war Barry froh – sofern er überhaupt noch froh sein konnte –, daß er sich nicht verraten und nach Carol gefragt hatte. Als er ihn sah, hob Kostas seine magere braune Hand ein paar Zentimeter vom Knie hoch, und Alkmini fragte, bevor Barry auch nur ein Wort sagen konnte: «Sie haben vergessen, daß heute Mittwoch ist, Barry?»

Er antwortete nicht sofort. Irgend etwas bewegte sich ganz willkürlich in seiner Brust. Sein Gesicht begann zu brennen. Mit dem Einfühlungsvermögen des Liebenden begriff er sofort, was Alkmini ihm sagen wollte. Carol arbeitete noch in der Wein-Bar, arbeitete auch an den Samstagen, hatte aber die Mittwochabende aufgegeben. Und sie hatte es ihm nicht gesagt.

«Hab ich total vergessen», erwiderte er.

Es war ihm ziemlich gleichgültig, ob sie die Ausrede durchschauten oder nicht. Und als er über die Schulter zurückblickte und Alkmini mit einem Gast flüstern sah, war es ihm auch egal, ob sie über ihn redete: «Das ist der Freund von Carol Stratford, der – nun, Sie wissen schon.»

Wenn Carol ihm nichts gesagt hatte, dann wollte sie nicht, daß er erfuhr, wohin sie an den Mittwochabenden ging. Er konnte es natürlich unschwer erraten. Er stieg in einen Bus, den ersten, der vorbeikam, wußte kaum, wohin er fuhr, wollte nur einen möglichst großen Abstand zwischen sich und Winterside Down bringen. Ein seltsamer Gedanke kam ihm – aber einer, den er sehr rasch beiseiteschob –, der Gedanke, daß Carol ihn lieben mußte, daß es ihr nicht gleichgültig war, was er dachte und fühlte, sonst hätte sie sich kaum die Mühe gemacht, ihn anzulügen und zu hintergehen. Sie wollte ihn nicht verletzen.

Er versuchte sich zu erinnern, was sie heute morgen angehabt hatte. Doch selbst wenn er sich erinnert hätte, hätte es nichts zu bedeuten gehabt, denn wenn sie mit Terence Wand ausgehen wollte, war sie bestimmt nach Hause gekommen, um sich umzuziehen, nachdem sie bei Mrs. Fylemon fertig gewesen war. Das Zandra Rhodes-Kleid vielleicht oder das schwarzweiße Zickzackkleid mit dem synthetischen Pelz darüber, es war heute abend kalt genug dafür. In Camden Town stieg er aus dem Bus und ging zur Untergrundbahn-Station. Als er in Hampstead an der Heath Street den Zug verließ, schneite es leicht, fiel hin und wieder eine Flocke vom rauchigen schwarzen Himmel.

Hampstead war wie ein Museum voller alter Dinge, schön, gut erhalten, unwirklich. Der Reichtum, der selbst an diesem winterlichen Abend überall zu spüren war, die Mauern, hinter denen Geld hauste, bedrückten ihn. Er schlenderte durch gewundene Gäßchen und kleine Alleen, bis er an die Mauer kam, die Spring Close einfriedete wie ein Schloß. Und das war es natürlich auch, das Schloß eines reichen Mannes, das ihn vor der rauhen Welt abschirmte. Barry blieb unter dem Torbogen stehen. Der Lampenschein im Hof war ganz anders als das grelle, farbenfressende Licht, das Winterside Down bleichte. Er schien die braunroten Klinker zu streicheln, das helle, glatte Mauerwerk, das dunkle, glänzende Holz, das Glas. Es war auch hell genug, um den Schatten des Baumes auf die Steinfliesen zu werfen, einen Schatten, der aussah wie eine verzweigte Koralle. Es hatte aufgehört zu schneien.

Das Haus von Terence Wand war stockdunkel. Sie waren zusammen ausgegangen, natürlich waren sie das, doch vielleicht hatten sie die Absicht, später hierher zurückzukommen. Was hätte er außerdem tun können, wenn sie jetzt hiergewesen wären? Er konnte nicht hineinmarschieren, den Mann niederschlagen, Carol packen und mitzerren. Er war nicht ihr Mann. Sie hatte ihm nicht einmal versprochen, daß er eines Tages ihr Mann sein würde.

Er ging einmal um den Spring Walk herum. Die Garage von Nummer 5 war leer. Sie waren mit dem Wagen weggefahren. Er ging nach Hampstead zurück, bog in die Heath Street ein, dann in die High Street und trank im *King of Bohemia* ein Bier. Im Lokal war es warm, und es herrschte großes Gedränge. Carol muß um halb zwölf zu Hause sein, wenn ich weiterhin glauben soll, daß sie in der Wein-Bar gearbeitet hat, dachte er. Jetzt war es fast zehn Uhr. Die Kälte traf ihn wie ein Schlag, als er die warme Bar verließ. Es war dumm, nach Spring Close zurückzugehen. Aber Barry ging zurück.

Mit dem Eintreffen des Polizeiautos war seine Wache zu Ende. Es glitt in den Torbogen hinein, ein kleines, schnittiges blauweißes Auto mit dem orangefarbenen Schild auf dem Dach. Barry wurde von den Scheinwerfern aufgespießt wie ein Stück Wild auf einer Landstraße. Sein erster Gedanke war, daß sie ihn wieder zu einem Sechsstundenverhör abholten, daß man ihm hierher gefolgt war, jeden Schritt beobachtete, den er tat, die Verkehrsmittel, mit denen er fuhr, und daß sie ihn jetzt wieder in irgendein Verhörzimmer schleppen würden, um ihn erneut zu demütigen.

Aber der junge uniformierte Beamte, der ausstieg und auf ihn zukam, fragte nur höflich, was er hier tue? Barry wußte nicht, was er sagen sollte. Er wußte ja selbst nicht, was er hier tat.

«Ich habe mich nur ein bißchen umgesehen», antwortete er mit unsicher klingender Stimme. «Ich wußte nicht, daß es hier auch moderne Häuser gibt, also bin ich reingegangen, um sie mir näher anzusehen.»

«Sie haben aber sehr lange dazu gebraucht.»

Wahrscheinlich hatte einer der Bewohner von Spring Close sie gerufen. Jemand aus einem der erleuchteten Häuser mußte die Polizei angerufen und gemeldet haben, es treibe sich jemand im Hof herum.

«Ich an Ihrer Stelle würde nach Hause gehen», sagte der Polizist. «Es ist ein bißchen zu spät, um herumzulungern und sich fremde Häuser anzusehen. Wir werden Sie ein Stückchen begleiten. Sie wissen, wo die U-Bahn-Station ist?»

Sie hatten ihm natürlich sofort angesehen, daß er nicht nach Hampstead gehörte. Sie überzeugten sich, daß er auch tatsächlich zur Station ging. Sie beobachteten ihn aus dem Wagen, und als er am Scheitelpunkt des Christchurch Hill angelangt war, hörte er den Wagen hinter sich herkriechen, fühlte die Scheinwerfer im Rücken. Inzwischen war es schon nach halb zwölf. Wenn er sich nicht beeilte, verpaßte er noch in King's Cross den letzten Zug der Picadilly Line. Aber er kam ohnehin schon zu spät nach Hause. Jetzt durfte sich Carol zur Abwechslung einmal den Kopf zerbrechen, wo er war. Das Polizeiauto folgte ihm die Heath Street hinunter und entfernte sich auf der Fitzjohn's Avenue, nachdem die Beamten gesehen hatten, daß er in der U-Bahn-Station verschwunden war.

Er erwischte wahrscheinlich den letzten Zug und stieg gegen halb eins an der Turnpike Lane aus. Jetzt hatte er noch einen weiten Weg vor sich. Die einzigen, die außer ihm noch unterwegs waren, waren junge Männer seines Alters, allein oder in Gruppen. Keine einzige Frau war zu sehen. Es gab nur wenig Verkehr. Während er im Zug gesessen hatte, hatte es stark geschneit, und der Schnee war zu großen Pfützen geschmolzen. Ein junger Schwarzer mit einem Transistorradio, das sehr laute Rockmusik spielte, ging an Barry vorbei.

Barry bog in die Winterside Road ein und nahm den Pfad zur Chinesischen Brücke. Er zählte die Häuser, doch diesmal nicht mit Freude im Herzen. Ihre Lichter würden ihn zu ihr ziehen, aber er würde nicht laufen, und glücklich würde er auch nicht sein.

Sie brannten, im ersten Stock und im Erdgeschoß. Er begann zu überlegen, was er zu ihr sagen würde. Er konnte es nicht einfach hingehen lassen. Die grünen Rasen schienen im Licht der Natriumdampflampen khakibraun, und der Himmel schimmerte rötlich, wie immer über London. Die Lampen am Anfang und am Ende des Fußpfades waren so geschaltet, daß sie um Mitternacht automatisch ausgingen. Der Durchgang selbst war finster und wurde erst am Ende wieder hell, wie ein Höhleneingang aus dem Innern der Höhle gesehen. Plötzlich kam Barry der Gedanke, daß er sie vielleicht die ganze Zeit zu Unrecht verdächtigte, daß sie sich vielleicht nur diesen Mittwochabend freigenommen und vergessen hatte, es ihm zu sagen. Alkmini hatte nichts gesagt, woraus er auf etwas anderes schließen konnte. Vielleicht war sie, als sie bei Mrs. Fylemon fertig war, noch in eines der Einkaufszentren gegangen, die bis acht Uhr geöffnet hatten. Das tat sie häufig. Er war um sieben weggegangen. Jetzt war sie zu Hause. Sie kann schon stundenlang zu Hause sein und auf mich warten, dachte er.

Barry wollte das so gern glauben. Wenn Carol mir diese oder eine ähnliche Geschichte erzählt, will ich ihr glauben und glücklich sein, dachte er. Er betrat die Gasse zwischen den hohen Zäunen, und zur gleichen Zeit tauchten am anderen Ende zwei Männer auf. Ihre Körper sperrten das Licht aus, so daß Barry nur die Umrisse ihrer Gestalten sehen konnte, nicht aber ihre Gesichter. Im ersten Moment dachte er sich nichts dabei. Zwei Männer kamen ihm entgegen, das war alles.

Er ging weiter, wurde jedoch langsamer, als ihm plötzlich doch etwas merkwürdig vorkam. Es war verdächtig, daß sie noch immer nebeneinander hergingen, einer nicht zurückgeblieben war, um ihn vorbeizulassen. Sie gingen immer noch Seite an Seite, gingen auf ihn zu, als hätten sie die Absicht, ihn anzurempeln.

Barry fühlte Gefahr, und ein eiskalter Schauer lief ihm über den Rücken. Er drehte sich um. Ein dritter Mann, mager, schlaksig, schwarze Lederkleidung, stand glänzend im schwachen Licht, das von der Straße auf den Weg fiel. Dieser Dritte war absichtlich leise über den Rasen gekommen und stand jetzt mit vor der Brust gekreuzten Armen wartend da.

Es waren natürlich keine Männer. Es waren Jungs. Barry erkannte den mit den gekreuzten Armen, denn ihn konnte er genau sehen. Es war Blauhaar. Sie mußten ihm aufgelauert haben und hatten darauf gewartet, daß er einmal spät abends oder nachts allein unterwegs war. Er drehte sich wieder um wie ein in die Enge getriebenes Tier, und Wiedehopfs heißer, kebab-stinkender Atem strich ihm über das Gesicht. Die Schwarze Schönheit neben ihm hatte Pockennarben unter den Wangenknochen, als habe einmal eine Schrotladung sein Gesicht getroffen.

«Laßt mich vorbei», sagte Barry.

«Du verdammter Babykiller!»

Barry wußte, daß er dran war. Egal, was er tat, egal ob er sich krümmte, jammerte oder bettelte, also würde er sich nicht krümmen. Daß ausgerechnet diese Bande sich zum Bewahrer sozialen Gewissens aufwarf, war bittere Ironie. Er hob den rechten Arm und stieß Wiedehopf mit dem Ellenbogen aus dem Weg. Er benutzte beide Ellbogen und war so schnell, daß es ihm bei Wiedehopf fast gelang. Aber der schwarze Junge packte Barry bei der Schulter, riß ihn herum und schlug ihm mit der flachen Hand ins Gesicht. Barry schlug zurück. Er schlug nach der Schwarzen Schönheit und trat nach Wiedehopf. Adrenalin strömte ihm ins Blut, und für einen Augenblick, einen Sekundenbruchteil, war es gut, er trat und schlug und gewann. Aber nur für einen Augenblick.

Blauhaar, der darauf gewartet hatte, machte einen Satz, als setze er zu einem Weitsprung an, rannte los und warf sich mit fliegenden Fäusten auf Barry. Er trug mit kurzen Metallspikes besetzte Lederhandschuhe. Schwarze Schönheit, dem Barry das Knie fest in die Leisten gerammt hatte, packte Barrys Arme, drehte sie nach hinten und hielt sie fest, während Blauhaar auf ihn eindrosch, hauptsächlich auf den Kopf und ins Gesicht.

Schwarze Schönheit hielt Barry noch lange aufrecht, obwohl er schon längst zusammengebrochen war. Er hielt ihn fest, damit Blauhaar und Wiedehopf ihn als Punchingball benutzen konnten. Schwärze senkte sich wie ein Vorhang auf ihn herab, und sein Mund füllte sich mit Blut, als ihm ein Zahn ausgeschlagen wurde. Schwarze Schönheit ließ ihn fallen, vielleicht um sich nicht mit Blut zu besudeln. Barry stürzte, prallte gegen den Zaun, der heftig vibrierte. Wiedehopf trat Barry mit dem spitzen Stiefel in die Seite. Aber es war sein rechter Fuß, und Wiedehopf war linksfüßig. Er zog das linke Bein zurück und versetzte Barry mit ganzer Kraft einen Tritt in die Rippen.

Das letzte, was Barry bemerkte, war, daß im ersten Stock des Hauses hinter dem Zaun ein Fenster geöffnet wurde und eine Stimme etwas rief, das er nicht mehr wahrnahm.

Drittes Buch

18

Diese Vereinbarung wird geschlossen zwischen John Howard Phipps, Spring Close 5, Hampstead, London, NW3 (später «der Verkäufer» genannt) einerseits und Morris und Rosemary Catalina Goldschmidt, seiner Ehefrau, beide wohnhaft The Dale 102, Cricklewood, London NW2 (später «der Käufer» genannt) andererseits.

Terence überflog die ersten beiden Absätze nur flüchtig und kam dann zu Punkt drei, dem einzig wichtigen:

Der Kaufpreis beträgt 132.950 Pfund, und der Käufer leistet zugunsten des Verkäufers nach Unterzeichnung dieses Vertrags eine Anzahlung in Höhe von 13.295 Pfund an Lewis & Plummer, Anwälte des Verkäufers, per Verrechnungsscheck, Bausparkassenscheck oder Bankscheck.

Bedeutete das vielleicht, daß dieser Anwalt Goldschmidts Scheck nicht herausgab, bevor die Transaktion nicht abgeschlossen war, und das Geld vielleicht sogar investierte? Terence wäre nicht überrascht gewesen, so etwas war für solche Leute typisch, für diese Haie und Geldsäcke. Doch alles in allem würde auch das schlimmstenfalls einen Aufschub von einem Monat bedeuten. Wenn es ihm nicht gelang, bis Ende des Monats ein Bankkonto zu eröffnen, mußte er es bis zum endgültigen Termin unbedingt schaffen.

Der Vertrag trug noch kein Datum, aber in seinem Begleitschreiben hatte der Anwalt den 15. Februar vorgeschlagen. Mr. Phipps solle so freundlich sein, in seinem Antwortbrief zu erwähnen, ob ihm dieses Datum genehm sei. Terence rief an. Der Anwalt war nicht da, und Terence sprach mit einer Sekretärin.

«Es wird gewöhnlich so gehandhabt, daß eine solche Anzahlung bis zur endgültigen Abwicklung des Verkaufs beim Anwalt des Verkäufers verbleibt, Mr. Phipps.»

Terence wollte keinen Verdacht erregen, indem er andeutete, er sei knapp bei Kasse, obwohl er dringend Geld brauchte. Er beendete das Gespräch. Er hatte sich überlegt, daß es nicht unklug wäre, sich ungefähr eine Woche vor der endgültigen Abwicklung ein Flugticket zu besorgen, und noch am selben Tag abzufliegen. Was für ein Tag war der 15. Februar überhaupt? Hinter der Küchentür hing ein Kalender für dieses Jahr, aber im ganzen Haus fand sich keiner für das nächste. Er mußte die Tage an den Fingern abzählen. Dem Himmel sei Dank, der 15. Februar war ein Dienstag! Schreckliche Vorstellung, es wäre ein Freitag, Goldschmidt würde den Scheck erst am Nachmittag bringen, und Terence könnte vor Montag nicht an das Geld heran.

Hatte er die Courage, bis zu diesem Dienstag zu warten und erst dann den Flug nach – nun ja, zum Beispiel Südamerika zu buchen? Das hieße, es haarscharf darauf ankommen zu lassen. Terence, dessen Angstneurose eher von seiner Angst vor der Angst herrührte als von der Angst selbst, konnte sich sehr gut vorstellen, wie gelähmt seine Zunge sein, wie stark er unter den jämmerlichsten Sprachhemmungen leiden würde, wenn er mit einem Koffer voller Bargeld von Flugschalter zu Flugschalter irrte und versuchte, ein Tikket zu erstehen. Mit flackerndem Blick, der kaum etwas erfaßte und starr geradeaus gerichteten Augen. Seine Kehle würde so trocken sein, daß er nicht sprechen konnte, seine Hände zitterten, wenn er versuchte, die Kofferschlösser zu öffnen. Nein, er mußte im voraus buchen. Da er sich so gut kannte, wußte er, daß er zu diesem Zeitpunkt noch heiter und gelassen sein könnte, da er bis dahin noch nicht gravierend gegen das Gesetz verstoßen haben würde. Vor allem hätte er noch keinen Penny von Goldschmidts Geld angerührt.

Aber wie sollte er ohne Goldschmidts Geld ein Flugticket kaufen? Ein einfacher Flug an ein so weit entferntes Ziel, wie es ihm vorschwebte, kostete wahrscheinlich kaum weniger als 500 Pfund. Er hatte keine Lust mit Chartermaschinen zu fliegen, zu denen man bis Amsterdam anreisen mußte. Die Summe von fünfhundert Pfund, die er seiner Schätzung nach ausgeben mußte, war das Limit, mit dem er sein Barclay-Kreditkonto belasten durfte. Seit er bei Jessica ausgezogen war, hatte er die Karte nie mehr benutzt. Barclaycard wußten nicht, daß seine Adresse sich geändert hatte, aber die Karte war wahrscheinlich ohnehin nicht mehr gültig.

Oder vielleicht doch? Terence hatte nicht die geringste Ahnung, wo die Karte sein konnte. Er war nur ganz sicher, daß er sie nicht weggeworfen hatte. Er warf nie etwas weg, das sich eines Tages eventuell – und wenn die Möglichkeit auch noch so weit entfernt war – als Geldquelle erweisen konnte. Er ging hinauf und begann nach ihr zu suchen, sah in allen Mantel-, Anzug-, Jackett- und Hosentaschen nach, fand aber nichts als ein paar Kupfermünzen, ein gebrauchtes Papiertaschentuch und ein Stück Kaugummi. Mit Büchern hatte er sich nie viel abgegeben, und er besaß auch keine. Was war aus dem Koffer geworden, den er sich von Jessica ausgeliehen hatte, um seine Sachen hineinzupacken?

Bestimmt war er mit den übrigen Koffern und Reisetaschen in dem großen Schrank neben dem Gästebadezimmer. Er schaute hinein und fand ihn, einen braunen Revelation-Koffer mit einer Reißverschlußtasche im Futter, in der eine Menge Papiere waren. Eine Nummer des *Knave*-Magazins, ein Brief von Freda, den sie ihm unvorsichtigerweise an Jessicas Adresse geschickt hatte, eine Rechnung von Brian in der Brook Street für zwei Hemden, ein Bankauszug – und die Barclaykarte. Sie war noch nicht abgelaufen, wurde erst im Februar des nächsten Jahres ungültig. Jetzt erinnerte er sich wieder. Jessica hatte ihm die Karte im Vorfrühling vor fast zwei Jahren gegeben, und er hatte sie drei oder vier Monate später verlassen. Er konnte sein Glück kaum fassen. Er mußte sofort an Barclay schreiben und ihnen seine neue Adresse mitteilen, damit sie ihm rechtzeitig eine neue Karte zuschicken konnten.

Sobald er die neue Karte hatte, war alles ganz einfach. Daß sein Kreditlimit 550 Pfund betrug, war Nebensache. Er konnte das Ticket durch ein Reisebüro bestellen, eine Anzahlung leisten und den Rest mit dem Kredit des nächsten Monats begleichen. Barclaycard rechneten immer um den Zwanzigsten eines jeden Monats ab, wie er sich erinnerte. Auf diese Weise würde er nicht einmal die Kreditgebühren von 10 oder 12 Pfund bezahlen müssen, da er den Kredit nicht vor dem Achtzehnten des Monats beanspruchen und am Fünfzehnten des nächsten Monats über alle Berge sein würde.

Terence kehrte an den Schreibtisch zurück, schrieb an Barclaycard, gab seine neue Adresse an und ersuchte die Firma, ihm eine neue Kreditkarte auszustellen. Gerade noch rechtzeitig hielt er sich selbst davor zurück, mit John Howard Phipps zu unterschreiben. Anschließend schrieb er seinem Anwalt und bestätigte den fünfzehnten Februar als Erfüllungsdatum. Dann wappnete er sich, um den Vertrag zu unterzeichnen. Zum Glück brauchte er keinen Zeugen.

Ein Drink wäre keine schlechte Idee. Aber nur einer. Ein einziger, um seiner Hand die nötige Festigkeit zu geben und die wahnwitzige Angst zu beschwichtigen, die ihn packte, wenn er über diesen Schritt nachdachte, mit dem er sich praktisch festlegte und verpflichtete, Fredas Haus zu verkaufen. Vier Finger breit Whisky und dieselbe Menge Wasser. Die Wirkung des Valiums, das er nach dem Lunch genommen hatte, hatte schon wieder nachgelassen. Manchmal glaubte er, er habe schon so viel von dem Zeug geschluckt, daß es gar nicht mehr richtig wirken konnte. Obwohl es noch Nachmittag war, wurde es allmählich dunkel. Er knipste ein paar Lampen mit schwarzen und ein paar mit weißen Schirmen an, ging auf dem schwarzen Spanielteppich auf und ab und trank seinen Whisky.

Im Hof blinkten und flimmerten die bunten Lichter, mit denen jemand den Trompetenbaum geschmückt hatte. Zuerst brannten die grünen und gelben, dann die blauen und die roten, dann die weißen und schließlich alle auf einmal. Entschlossen ging Terence zum Schreibtisch, setzte sich und unterschrieb den Vertrag. Er holte zwei-, dreimal tief Atem, umfaßte fest den Füller und zeichnete das Dokument mit John Howard Phipps. Es war die beste Unterschrift, die er je zustande gebracht hatte ... Beinahe besser als das Original, wenn so etwas möglich wäre, dachte er.

Die Post ging zwar erst morgen früh heraus, aber er konnte die Briefe genausogut gleich einwerfen und auf dem Rückweg im *White Bear* etwas trinken. Ein paar Pfund hatte er ja noch. Als er im Pub bei einem Glas Bier in einer Ecke saß und vor sich hingrübelte, fiel ihm der Kontoauszug ein, den er in der Reißverschlußtasche von Jessicas Koffer gefunden hatte. Er war so aufgeregt gewesen, als er die Kreditkarte entdeckte und feststellte, daß sie noch gültig war. Den Kontoauszug hatte er überhaupt nicht beachtet. Angenommen, er hatte noch ein bißchen Geld auf dem Konto? Angenommen, es waren 20 Pfund? Das war durchaus möglich. Nachdem er Jessica verlassen hatte, hatte er nie mehr etwas abgehoben. Das mußte er unbedingt nachprüfen. Auf keinen Fall wollte er der Anglian-Victoria Bank in Golders Green eine beträchtliche Geldsumme hinterlassen, wenn er außer Landes ging. Gleich morgen früh wollte er zur Bank gehen und diskret nach dem Kontostand fragen. Ebenso diskret würde die Antwort der Bankangestellten sein: sie notierte den Betrag auf einen Zettel, den sie ihm mit der Schrift nach unten zuschob. Aber nicht morgen. Morgen war der erste Weihnachtsfeiertag.

Also eben nächste Woche. Er mußte vor allem darüber nachdenken, wie er irgendwo ein Bankkonto für John Howard Phipps eröffnen konnte. Die niederträchtige Hinterlist des Anwalts hatte ihn der Notwendigkeit enthoben, sich sofort um das Konto kümmern zu müssen, aber nicht für lange. Der Bankscheck über 132000 Pfund, den Goldschmidt am 15. Februar hinterlegen würde, mußte irgendwo eingezahlt werden. Terence konnte seinen Anwalt nicht bitten, ihm die Summe bar auszuzahlen. Vielmehr, er konnte es natürlich schon, aber er wagte es bestimmt nicht, dieses Risiko wollte er nicht eingehen.

Und plötzlich wußte er es. Er wußte, wie es gemacht werden konnte. Er blickte in sein Glas mit der klaren goldgelben Flüssigkeit und der dünnen, bläschentreibenden Schaumschicht wie in eine Kristallkugel. Das Bier verwandelte sich in ein Lebenselixier oder einen Born der Weisheit. Er trank es aus und bestellte ein neues.

«Fröhliche Weihnachten», sagte er zu dem Mädchen hinter der Bar, ging aber nicht so weit, ihr einen Drink zu spendieren.

Der Traum einer Weihnachtsparty für Jason war am Ende darauf hinausgelaufen, daß drei Kleinkinder mit ihren Müttern vor Speisen und Getränken saßen, die für mehr als die doppelte Anzahl von Gästen gereicht hätten. Außerdem schienen sie durch die üppige Weihnachtsdekoration und die Fülle von Geschenken ein wenig verwirrt. Aber die Party war auch ein Erfolg gewesen. Sie hatten viel Spaß gehabt, und Chloe und ihre zweijährige Tochter Kate, die James ein halbes Jahr nicht gesehen hatten, zweifelten nicht daran, daß Jason James war. Die anderen, ein Junge und ein Mädchen mit ihren Müttern, die im Vale of Peace wohnten, hatten natürlich keine Ahnung, daß es irgendeinen Zweifel geben könnte. Sie riefen ihn alle Jay, obwohl Chloe, als sie die Abkürzung seines Namens hörte, eine Augenbraue hochzog.

Als alle nach Hause gegangen waren und Jason im Bett lag, saß Benet im Souterrainzimmer inmitten von schmutzigen Tellern und Tassen, Weihnachtspapier, bunten Bändern und anderem glitzernden Tand und betrachtete die beiden Bäume – den Weihnachtsbaum mit den Lichtern und den Baum, den sie an die Wand gemalt hatte, und der mit grünen, gelben und scharlachroten Händen geschmückt war. An jeder Hand hatte ein geschickt befestigtes kleines Geschenk für Jason gehangen: ein Spielzeugauto, eine Orange, eine Murmel, ein Magnet, ein Päckchen mit Nüssen. Benet wußte, daß sie maßlos gewesen war. In Zukunft mußte sie sich vor Übertreibungen hüten. Sie durfte ihn nicht verhätscheln, weil sie so glücklich gewesen war, ihn zu finden. Doch an diesem ersten Weihnachtsfest mit ihm hatte sie einfach nicht anders können. Es war nicht nur für ihn, sondern auch für sie ein Fest der Freude gewesen. Und er hatte sich gefreut, er war selig gewesen. Ihr Leben lang würde sie sein allmählich aufdämmerndes fröhliches Lächeln nicht vergessen. Immer würde sie ihn vor sich sehen, wie er langsam auf den Händebaum zuging und im letzten Moment zu ihr aufsah und mit diesem Blick um Erlaubnis bat, die vielen Hände zu plündern. Dennoch hatte sie den Baum für sich selbst an die Wand gepinselt, hatte es getan, um diesen Ausdruck auf seinem Gesicht zu sehen, sich daran zu freuen. Seit dem Tag in der Bibliothek wärmte die Freude sie von innen her, wärmte sie im wahrsten Sinn des Wortes. Es war, als fühle sie die Kälte der dunklen Dezembertage nicht. Oft zog sie, wenn sie hinausging, nur eine leichte Jacke an, weil sie innerlich vor Glück förmlich glühte.

An dem Tag, an dem sie ihn in die Winterside Bibliothek gebracht und wieder mitgenommen hatte, und auch noch ein paar Tage danach, hatte sie entsetzliche Angst gehabt – Angst, die manchmal zu Panik wurde –, daß sie sich und Jason verraten hatte, daß man ihr auf der Spur war und es nicht mehr lange dauern konnte, bis die Polizei erschien. Doch als niemand kam und gleichzeitig alle Artikel und Notizen über Jason aus den Zeitungen verschwanden, wurde ihre Angst von glücklicher Ruhe abgelöst. Sie versetzte sich selbst in ein liebliches Wolkenkuckucksheim, das keine Vergangenheit und über die nächste Woche hinaus auch keine Zukunft kannte. In ihrem Narrenparadies war es ihr auch nicht gestattet, daran zu denken, daß es nicht ewig so weitergehen konnte und die Wahrheit eines Tages ans Licht kommen mußte. Sie war glücklich, sie war heiter und ausgeglichen, und sie arbeitete. Sie wußte, daß sie unverwundbar war, daß keine Zurückweisung, keine Ablehnung ihr etwas anhaben konnten, und in dieser

Stimmung rief sie im Krankenhaus an und lud Ian Raeburn zu sich ein.

Er kam noch am selben Abend. Jason war schon seit ungefähr einer Stunde im Bett. Und dann geschah etwas sehr Seltsames. Benet hatte ähnliches noch nie erlebt. Es war, als wüßten sie beide, was sie zu tun hatten, als hätten sie sich schon unendlich lange auf diese Weise begrüßt. Sie fielen sich in die Arme und küßten sich leidenschaftlich. Sie waren beide überrascht, hatten es nicht erwartet, es hatte sie überrumpelt, und sie sahen sich an und lächelten. Aber das Lächeln dauerte nicht lange, denn Leidenschaft ist nicht vergnügt, es sei denn, sie ist schon altgewohnt. Sie hielten sich gegenseitig fest, und Benet wußte, daß sie nichts sagen, nichts erklären und sich nicht entschuldigen, sondern, ohne sich loszulassen, in ihr Schlafzimmer hinaufgehen würden. Dann weinte Jason und rief mit seiner verängstigten Alptraumstimme:

«Mami! Mami!»

Es zerstörte, was zwischen ihr und Ian gewesen war. Sie lief die Treppe hinauf zu Jason und wußte, daß es nur vorübergehend gestört war, daß sehr bald nach Erfüllung drängen würde, was heute zwischen ihnen begonnen hatte, aber nicht heute abend, nicht jetzt. Sie nahm Jason auf, drückte ihn an ihre Brüste, die schmerzten, einen Körper, in dem halbvergessene, schwache Pulse klopften. Aber als sie wieder hinunterkam und Ian im Souterrainzimmer fand, setzte sie sich nur neben ihn und nahm seine Hand. Und es war besser so, besser, mit Vorsicht in das hineinzugleiten, was sie zu fühlen begann, vielleicht konnte es fürs Leben sein.

Er fragte sie, ob sie den kleinen Jay in Pflege genommen hatte, weil sie ihn eventuell adoptieren wollte, und sie klammerte sich an den Strohhalm, den er ihr hinhielt und sagte ja. Ja, das wolle sie.

«Er ist kein Ersatz für James. Das ist er ganz und gar nicht. Ich weiß nicht, ob du das verstehen kannst.»

«Ich will's versuchen.»

«Es ist, als hätte ich zwei Söhne gehabt, und einer sei gestorben. Ich werde ihn nie vergessen, und der Platz, den er in meinem Leben eingenommen hat, wird immer leer bleiben. Ein leerer Stuhl an meinem Tisch, wenn das nicht zu sentimental klingt.»

«Nicht für mich.»

«Wahrscheinlich kann man keinen Menschen ersetzen. Man kann nur andere Menschen finden. Ich will damit nicht sagen, daß ich Jay mehr oder weniger liebe, als ich James geliebt habe. Ich liebe ihn nicht einmal anders. Es ist dieselbe Art von Liebe, aber zu einem anderen Menschen.»

«Ich freue mich für dich», sagte Ian. «Du hast etwas sehr Kluges, etwas sehr Wichtiges für dich getan.»

Ein Frösteln überlief sie, als sie sich fragte, was er denken würde, wenn er die Wahrheit wüßte? Das Unbehagen verflog, ging im Glück unter.

«Wir werden uns jetzt sehr oft sehen, nicht wahr, Benet?»

«Sehr oft, ja», sagte sie.

«Und ist es das, was ich denke?»

«O ja, ich glaube, das ist es.»

Sie lachten sich an. «Jeden Abend?» fragte Benet.

«Jeden Mittag und jeden Nachmittag», antwortete er. «Während der nächsten vierzehn Tage jedenfalls. Ich habe Nachtdienst.»

«Und ich habe vergessen, daß ich einen Roman schreibe.»

«Hast du das meinetwegen vergessen?» fragte er.

Von da an hatten sie sich jeden Tag gesehen – mit Jason. Über Weihnachten war Ian zu seinen Eltern nach Inverness gefahren. Um neun Uhr wollte er sie anrufen. Sie begann das Souterrainzimmer aufzuräumen, und das Radio begleitete sie mit leichter Countrymusik. Mit dem neuen Roman kam sie gut voran. Sie schrieb abends, wenn Jason schlief, schrieb manchmal bis Mitternacht. Daran würde sich natürlich etwas ändern, wenn Ian zurückkam und Tagdienst hatte ... Mit einem Tablett voller Geschirr blieb sie stehen. Im Glas spiegelte sich ein volleres, jünger wirkendes Gesicht, wenn sich unter das dunkle Haar auch ein paar weiße mischten, ungefähr zwei bis drei Zentimeter lang. Um diese Länge zu erreichen, brauchte ein Haar ungefähr zwei Monate, und sie wußte, daß sie sie bekommen hatte, als James gestorben war.

Sie griff zum Telefonhörer und wählte die Nummer ihrer Eltern in Spanien, um ihnen ein glückliches neues Jahr zu wünschen. Mopsa meldete sich.

«Das darf man erst an Silvester, sonst bringt es Unglück», sagte sie.

«Unsinn.» Benet war selbst überrascht, daß sie so energisch widersprechen konnte. «Silvester gehe ich wahrscheinlich aus und werde mich amüsieren.»

Schweigen. Dann: «Ich wünschte, ich könnte auch einmal so

selbstsüchtig sein.» Mopsa machte eine Pause und wartete auf Antwort. Als keine kam, fragte sie: «Wie geht es James?»

Benet drehte sich das Herz im Leib um, und im ersten Augenblick war sie nicht fähig, etwas zu sagen. Als sie eine Woche vor Weihnachten angerufen hatte, hatte sie nur mit ihrem Vater gesprochen, und von ihm konnte sie natürlich nicht erwarten, daß er es wußte. Aber Mopsa! Ich darf meine Mutter nicht hassen ...

Die ganz einfache Erklärung jedoch war, daß Mopsa alles vergessen hatte. Da Jasons Entführung nicht gut aufgenommen, geschweige denn mit Beifall begrüßt worden war, hatte sie reagiert, wie sie immer auf Tadel oder Kritik reagierte: Sie hatte das Erlebnis einfach verdrängt, wozu ein seltsamer Mechanismus ihres Geistes sie befähigte. Sie hatte vergessen. Erinnerung war für sie immer wie eine Schrift auf einer Tafel gewesen, jede Art von Unbehagen konnte sie sofort löschen.

«Es geht ihm gut», gelang es Benet zu sagen. «Wir hatten eine Party.»

«Ich kann mich nicht erinnern, eine Einladung bekommen zu haben.»

«Du hast auch keine bekommen. Du würdest kaum achthundert Meilen weit reisen, um bei einer Kinderparty dabei zu sein.»

«Als die Tochter des geschäftsführenden Direktors aus Vaters Firma in Santiago heiratete, schickte sie uns eine Einladung, und bis Santiago sind es ungefähr achttausend Meilen.»

Es war sinnlos, dieses Gespräch weiterzuführen, das wußte Benet. Sie sprach mit ihrem Vater, der ihr müde und bedrückt vorkam. Mopsa weigerte sich, noch einmal an den Apparat zu kommen. Sie sagte, die Verbindung sei so schlecht, daß ihr die Ohren weh täten.

Ich darf meine Mutter nicht hassen ...

Und plötzlich begriff Benet, daß sie Mopsa nicht mehr haßte, daß sie diese Beschwörungsformel nie wieder brauchen würde. Sie würde ihr ewig dankbar sein, und das war nur einen Schritt von Liebe entfernt. Denn ohne Mopsa hätte sie Jason nie bekommen. Mopsa hatte ihn für sie gestohlen und mit einer Weisheit, die niemand in ihr vermutet hätte, vorausgesehen, daß Benet ihn eines Tages lieben würde, wenn man ihr nur genug Zeit ließ. Und um das zu erreichen, hatte sie riskiert, wovor sie sich am meisten fürchtete, hatte riskiert, in eine Nervenheilanstalt gebracht und dort zwangsweise festgehalten zu werden. Sie hatte Jason gestohlen und Benet gegeben und in ihrem methodischen Wahn jede Erinnerung an die Entführung aus ihrem Gedächtnis getilgt, weil sie nicht die einzige Zeugin sein wollte.

«Es macht nichts», sagte Benet zu ihrem Vater. «Grüß sie noch einmal von mir, und sag ihr, daß ich oft an sie denke.»

Die kühle, feuchte Öde, die die Lücken zwischen den Weihnachtsfeiertagen füllt, machte sich in der Finchley High Road deutlich bemerkbar. Am neunundzwanzigsten Dezember hatten viele Läden noch geschlossen, aber die Banken natürlich nicht. Mit einem kleinen Whisky und zwei Valium gestärkt, fand Terence in der Regent's Park Road viele freie Parklücken für Freda Phipps Wagen. Die wenigen Leute, die mit Einkaufstüten unterwegs waren, hatten in den letzten Tagen anscheinend viel gefeiert, so daß sie wie benommen wirkten.

Terence ging ziemlich langsam. Er passierte die Westminster Bank und Lloyds, die Midland und die Barclays Bank und fürchtete allmählich – hoffte es in gewisser Weise auch –, daß es hier keine Zweigstelle der Anglian-Victoria Bank gab, daß die Adresse im Telefonbuch falsch angegeben oder die Bank umgezogen war. Aber dann sah er sie vor sich, das Monogramm A und V auf einer orangefarbenen Tafel zwischen dem Postamt und einer Bausparkasse. Er zögerte, blieb stehen und betrachtete das unbeleuchtete, mit einem Gitter gesicherte Schaufenster einer Herrenboutique, als faszinierten ihn der gelbe Pullover und die beige Kordhose, die er in dem schattigen Halbdunkel nur undeutlich wahrnahm. Es half alles nichts, er mußte in die Bank. Entweder ging er hinein, oder er gab das Ganze auf, ließ das Projekt fallen.

Halb zwölf, und die Pubs hatten geöffnet. Seit dem Fund in Jessicas Koffer war er recht wohlhabend, hatte den größten Teil seiner Lebensmittel, die Mahlzeiten in den Restaurants und seine Drinks mit der noch gültigen Barclay-Karte bezahlt. Er hätte sich ohne weiteres ein paar Gläser Scotch leisten können. Aber er fürchtete, seine Sprache könnte sich verwischen, und ihm könnte die Hand zittern, falls er eine Unterschrift zu leisten, den Namenszug «John Howard Phipps» vor Zeugen entsprechend schwungvoll hinzuwerfen hätte.

Schließlich konnte ihm in der Bank nichts passieren. Sie konnten ihn ablehnen, aber das war auch alles. Sie würden bestimmt nicht die Polizei holen lassen, weil er unter dem Namen Phipps ein Konto eröffnen wollte. Es war kein Verbrechen, sich einen anderen Namen zuzulegen, in diesem Land konnte sich jeder nennen, wie er wollte. Und er hatte eine narrensichere Möglichkeit gefunden, den erforderlichen Bürgen beizubringen, nicht wahr? Sie konnten ihn schlimmstenfalls ablehnen ...

Terence hatte schon oft versucht auf diese Weise gegen seine Paranoia anzukämpfen, mit der anerkannten Methode, sich aufzumuntern, indem man sich so leicht greifbare Sprüche vorbetete wie: «Das meiste, vor dem du Angst hattest, ist nie eingetroffen» oder: «Man braucht nichts zu fürchten als die Furcht selbst» und «Sie können dich nicht fressen» und so weiter. Aber sie hatten ihm nie viel geholfen, sie waren nie zu ihm durchgedrungen. Es waren nur wohlklingende Sätze. Sie stießen nicht in den harten Kern der Angst vor und waren weit entfernt davon, ihn aufzubrechen. Dort in der Finchley High Road überkam Terence an diesem düsteren grauen Morgen nach Weihnachten eine schreckliche Depression, weil er, während er im Schaufenster seine hellbraune Hose anstarrte, plötzlich begriff, daß er sein Leben lang von Angst besessen sein würde, mit ihr leben mußte und von ihr gelähmt werden würde, und daß es auf der ganzen Welt nicht genug Valium und Whisky gab, um diese Angst einzudämmen. Das lohnt sich nicht, dachte er, das lohnt sich doch ganz und gar nicht. Doch was meinte er damit? Was lohnte was nicht? Meinte er, daß sich ein Leben in Angst nicht lohnte?

Aber so zu denken führte zu nichts. Es blieb ihm nichts anderes mehr übrig, als zu handeln, er hatte die Sache schon zu weit vorangetrieben. Er hatte den Vertrag unterschrieben und sich damit festgelegt. Wer A sagte, mußte auch B sagen, und B waren hundertzweiunddreißigtausend Pfund. Er betrat die Bank und verlangte mit heiserer Stimme, von einem Räuspern unterbrochen, jemanden zu sprechen, bei dem er ein Konto eröffnen könne.

«Phipps», sagte er, als man ihn nach seinem Namen fragte.

Er wurde gebeten, Platz zu nehmen, und setzte sich in einen der orangefarbenen Ledersessel, die herumstanden. Nach ein paar Minuten kam jemand und sagte, der stellvertretende Zweigstellenleiter erwarte ihn. Terence ging in ein sehr kleines Büro, das gleichfalls ganz in Orange gehalten war, und schüttelte einem Mann namens Fletcher die Hand.

«Ich möchte ein Konto eröffnen», sagte Terence. Seine Stimme klang wieder normal, aber sein Körper fühlte sich ganz leicht an, wie beim Wassertreten. «Mit 50 Pfund», fügte er hinzu, wobei ihm klar war, daß ein Betrag in dieser Höhe heutzutage nicht besonders beeindrucken konnte. Doch mehr hatte er in drei Wochen von seiner Arbeitslosenhilfe nicht zurücklegen können.

Fletcher wirkte jedoch irgendwie erleichtert. Vielleicht, dachte Terence, hat er geglaubt, daß ich ein Kunde bin, der einen Überziehungskredit haben möchte. «Das dürfte eigentlich kein allzu großes Problem darstellen, Mr. Phipps.»

Er schob ein Formular über den Schreibtisch, das Terence rasch überflog. Seine Kehle verkrampfte sich erneut, obwohl es sich um ganz alltägliche Fragen handelte. Eine eigenhändige Unterschrift unter Fletchers Augen wurde verlangt. Terence unterschrieb «John Howard Phipps», ohne zu zittern, seine Hand schien in verzweifelter Konzentration erstarrt.

Dann kam die Spalte «Name und Adresse» eines Bürgen.

«Sie könnten sich an jemanden wenden, der ein Konto bei Ihrer Zweigstelle in Golders Green hat», sagte Terence. «Geht das in Ordnung?»

«Aber selbstverständlich, Mr. Phipps.»

Also schrieb Terence in die dafür vorgesehene Spalte: «Mr. Terence Wand» und darunter «Gibs House 14, Brownswood Common Lane, London N 15». Es war die Adresse seiner Mutter.

19

Die Waffe sah ganz anders aus, als Barry erwartet hatte. Er wollte irgendeine Pistole, einen Revolver, obwohl er auch davon nur eine ganz verschwommene Vorstellung hatte. Er wollte ein Ding wie das, mit dem Dennis Gordon auf seine Frau geschossen hatte. Diese Waffe sah nach einem Gewehr aus, an dem jemand herumgemurkst und es dann wieder zusammengeflickt hatte. Aber der Mann, der sich Paddy nannte, wollte vierzig Pfund dafür haben, und Barry wußte, daß das für eine echte Waffe nicht viel war.

«Sind Sie sicher, daß sie funktioniert?» fragte er.

«Aber klar doch», antwortete Paddy.

Sein Zimmer war das scheußlichste, das Barry je betreten hatte. Er hatte nicht geahnt, daß es in Hornsey, wo er aufgewachsen war und seine Eltern noch immer wohnten, so etwas gab. Es enthielt kein einziges Möbelstück, auf dem Boden lag eine verdreckte Matratze, und in einem Winkel war ein eingebauter Speiseschrank mit einer Tür aus Maschendraht. Es stank nach Hamburgern, ungewaschenen Kleidern und Urin. Aus dem Speiseschrank hatte Paddy die Waffe geholt.

«Was ist das für ein Fabrikat?» fragte Barry.

Er wollte einen jener berühmten Namen hören, die allen Liebhabern von Kriminalfilmen und Büchern vertraut sind – Luger, Smith & Wesson, Beretta.

Paddy warf ihm einen langen Seitenblick zu.

«Es ist eine abgesägte Flinte, oder?» fragte er.

Er war ein großer, bulliger blonder Mann, sah überhaupt nicht irisch aus und trug den Familiennamen Jones. Behauptete er. Er hatte eine monotone Baßstimme wie ein Zombie. Sein Akzent war ebenfalls nicht irisch. Aber Barry vermutete, daß Paddy im Pub nicht mit ihm gesprochen und ihn auch nicht in seine Wohnung mitgenommen hätte, hätte er Barrys irischen Namen nicht gehört und nicht festgestellt, daß Barry mit seinen schwarzen Haaren, den blauen Augen und der weißen Haut seine Herkunft nicht verleugnen konnte. Er kam unverkennbar aus Connemara.

Barry selbst sah sich als Engländer – nun ja, dann eben als Briten. Und abgesägte Flinten setzte er mit Terrorismus gleich. Aber er mußte die Waffe haben, denn nie wieder wollte er nach Einbruch der Dunkelheit unbewaffnet durch Winterside Down gehen. Eine Attrappe hätte ihm nicht genügt. Außerdem kostete sie beinahe soviel wie die echte Waffe.

«Wir könnten sie wohl nicht irgendwo ausprobieren?»

«Wo, zum Beispiel? Unten in der High Street?»

Barry hatte an den Alexandra Park gedacht, doch auch er war nicht groß genug für ein Probeschießen. Außerdem machte die Waffe, wenn man sie abfeuerte, bestimmt einen furchtbaren Krach.

«Du mußt mir schon trauen», sagte Paddy.

Er sah plötzlich wie ein politischer Fanatiker aus. Wie einer von den Leuten der IRA, deren Gesichter immer wieder in den Fernsehnachrichten gezeigt wurden. Barry nahm die dünne Geldscheinrolle aus der Tasche. Es war praktisch sein letztes Geld, fast der ganze Lohn der letzten Woche, der absolut letzten Woche, denn Ken Thompson war pleite und hatte ihn entlassen.

Paddy packte das Gewehr in einen Lumpen, ein Stück von einer grauen Weste. Er legte Barry das Bündel in die Hände wie ein seltenes und zerbrechliches Geschenk.

«Töte Engländer», sagte er nur mit seiner toten Stimme.

Barry strömte das Blut eiskalt zum Herzen, er war wie gelähmt vom starren Blick dieser hellen Augen, der dumpfen Stimme und dem tödlichen Haß darin. Er konnte das Haus nicht schnell genug verlassen, zwang sich aber dazu, lässig zu schlendern, bis Paddy ihn nicht mehr sehen konnte. Das letzte, was er von dem Waffenhändler sah, war das klobige, aufgedunsene Gesicht mit den starren Schweinsaugen, die ihn über das Treppengeländer hinweg beobachteten, als er die unzähligen Treppen hinunterstieg.

Für einen Besuch bei seinen Eltern war es jetzt zu spät. Carol kam in einer halben Stunde nach Hause. Seit er aus dem Krankenhaus entlassen worden war, war er heute das erste Mal am Abend unterwegs. Er hatte sich geschworen, erst wieder hinauszugehen, wenn er eine Waffe hatte, um sich zu schützen. Blauhaar, Wiedehopf und Schwarze Schönheit hatten ihm einen Zahn ausgeschlagen, zwei Rippen gebrochen, und eine Zeitlang hatten die Ärzte geglaubt, er hätte einen Riß in der Milz davongetragen. Eine solche Chance sollten sie nie wieder haben. Barry betastete die in den grauen Lumpen gewickelte Waffe, die in einer Plastiktüte steckte. Sie war zwar ein bißchen sperrig und hinderlich, aber er wollte sie überallhin mitnehmen, egal, wohin er ging. Er lächelte in sich hinein, wenn er sich vorstellte, wie er über ihre Köpfe hinwegfeuern und sie rennen sehen würde.

Einen Tag nachdem er ins Krankenhaus eingeliefert worden war, war die Polizei erschienen, um ihn zu vernehmen. Ein Sergeant und ein Constable, die er noch nie gesehen hatte. Sie fragten ihn, ob er wisse, wer ihn überfallen hatte, und er zögerte nur eine Sekunde, bevor er nein sagte. Nein, er konnte die Männer nicht identifizieren, er würde sie nicht wiedererkennen, er wußte weder ihre Namen noch woher sie kamen. Was hätte es für einen Sinn gehabt, etwas zu sagen? Ins Gefängnis kämen Blauhaar und die anderen nicht. Sie würden auf Bewährung entlassen oder zum Psychiater geschickt und sich später an ihm rächen.

«Ich habe sie nicht gesehen», sagte er. «Es war stockdunkel. Bevor sie über mich herfielen, habe ich sie weder gesehen noch gehört.»

Barry sah dem Sergeant an, daß er dachte, daß er das, was passiert war, nur für ausgleichende Gerechtigkeit hielt. Die Polizei konnte Barry nicht überführen, sie hatte keine Beweise gegen ihn, also was machte es schon aus, wenn ein paar Wegelagerer ihm eine private Abreibung verpaßten? Sie stellten ihm noch ein paar halbherzige Fragen und gingen. Vielleicht glaubten auch die Ärzte, daß er Jason getötet hatte. Und wenn er wirklich einen Milzriß gehabt hätte, hätten sie ihn sterben lassen und es für das beste gehalten.

Carol und er mußten wegziehen, sie mußte fort aus dieser Gegend. Vielleicht konnten sie mit einem Sozialbau in einem anderen Viertel tauschen. Crouch End gefiel ihm oder Palmer's Green, aber weiter nach Westen wollte er nicht, auf keinen Fall in die Nähe von Hampstead. Wo immer sie wohnen würden, es mußte weit weg von Terence Wand sein, so weit weg wie möglich.

Hatte sie sich mit Terence Wand getroffen, während Barry im Krankenhaus lag? Er wußte es nicht, und er hatte nicht gefragt. Trotz seiner Schmerzen – sein ganzer Körper hatte tagelang höllisch gebrannt, und er hatte qualvolle Schmerzen gehabt, die ihn mit Messerstichen zu durchbohren schienen – war er glücklich und selig gewesen, weil Carol sich um ihn gesorgt hatte, über seine Verletzungen entsetzt gewesen war. Als sie ihn am ersten Tag besuchen kam, war sie zu ihm gelaufen und hatte sich mit einem kleinen hysterischen Aufschrei über das Bett und in seine Arme geworfen. Es hatte verdammt weh getan, doch seine Freude war größer gewesen als der Schmerz. Er hatte mit keinem Wort protestiert, obwohl sie auf ihm lag und ihre Finger sich in ihn hineingruben. Erst als die Schwester kam, flüsterte er ihr zu, sie solle aufstehen, weil es ihm peinlich war.

Nach diesem ersten Tag hatte sie nicht mehr oft kommen können. Die Besuchszeit fiel immer mit ihrer Arbeitszeit zusammen. Das verstand er natürlich. Er lag da und dachte über Terence Wand nach und fragte sich, ob die Polizei etwas wegen des Briefes unternommen hatte? Es war ein alberner Brief gewesen. Schließlich verdächtigte er Terence Wand nicht, Jason entführt zu haben, oder?

Eines Abends kam Maureen. Er war überrascht, sie zu sehen. Sie trug ihren langen Regenmantel. Das straff zurückgekämmte Haar war am Hinterkopf mit einem Gummiband zusammengezurrt. Sie fragte ihn nicht, wie es ihm ginge. Sein rechter Arm, an dem der Schlafanzugärmel aufgerollt war, lag auf der Bettdecke, und sie hob ihn am Handgelenk auf wie einen leblosen Gegenstand, einen Ast oder ein Stück Rohr, und betrachtete gleichgültig die Verletzungen, die sich inzwischen braun und gelb verfärbt hatten.

«Jedenfalls bist du noch hier», sagte sie.

Sie meinte, er war nicht tot.

«Sie haben mich nicht umgebracht, wenn es das ist, was du sagen willst.»

«Mutter meint, das Schlimme war, daß er sich zwischen euch gedrängt hat.»

«Wer hat sich zwischen uns gedrängt?» fragte er, obwohl er wußte, wer gemeint war.

«Jason.»

Er sah sie an, musterte das häßliche runde Gesicht, das dennoch irgendwie Carols Gesicht war, ein bißchen breiter und flacher, aber es genügte, um ihm alle Schönheit zu nehmen. Die leeren blauen Augen begegneten den seinen. Bei dem, was sie dann sagte, blieb ihm die Luft weg, doch diese Wirkung hatten Maureens Äußerungen oft.

«Vielleicht ist es ganz gut so. Vielleicht war es das beste. Tatsache ist, daß niemand ihn wollte, und jetzt ist er wenigstens aus dem Weg.»

Sie glaubte also, daß er ein Mörder war. Der Unterschied war, daß sie es auch glaubte, aber es ihr jedoch gleichgültig war. Sie starrte noch immer seinen verletzten Arm an und schien wieder danach greifen zu wollen. Er hatte das unheimliche Gefühl, daß sie imstande wäre, ihn bei Ellenbogen und Handgelenk zu nehmen und die Unterarmknochen in der Mitte entzweizubrechen. Rasch steckte er den Arm unter die Decke, und nach einer Weile stand sie auf. Im Gehen sagte sie: «Ich an deiner Stelle würde mich mit dem Rauskommen nicht allzu sehr beeilen.»

Seither hatte er sich schon ein paarmal gefragt, was sie damit gemeint hatte. Er sollte nicht auf seine Entlassung aus dem Krankenhaus drängen, das war ihm klar. Er war in der feindseligen Welt von Winterside nicht willkommen. Die Rache, die man an ihm geübt hatte, war irgendwie eine Bestätigung für seine Schuld. Die Leute sprachen noch mit ihm, aber niemand nannte ihn beim Namen, und ihre Augen sahen ihn an, als sei er etwas anderes als sie, als trenne ihn die unaussprechliche Tat, derer man ihn beschuldigte, für immer auch von den Schlimmsten unter ihnen. Daß Carol zu ihm hielt, daß er noch in Carols Haus wohnte, war etwas Wunderbares, etwas das er hüten mußte wie einen Schatz. Er war auf eine geradezu dumme und lächerliche Weise dankbar. Ich benehme mich dumm und lächerlich, weil ich nichts getan habe, dachte er. Ich habe Jason nicht mal mit dem kleinen Finger angerührt, habe im Gegenteil zu den wenigen gehört, die den Jungen wirklich gern hatten. Alle, die ihn verdächtigten, hatten unrecht, und er hatte recht. Auch wenn niemand auf der Welt an seine Unschuld glaubte, blieb er dennoch unschuldig, hatte er dennoch Jason nicht getötet. Aber er lernte, wie hart es war, alleinzustehen, wie schwer, in der Isolation an der Wahrheit festzuhalten, so daß man sogar selbst daran zu zweifeln beginnt, ob es die Wahrheit ist. Im Krankenhaus und auch zu Hause hatte er ein paarmal geträumt, er sei im Garten eines der abbruchreifen Häuser in den Rudyard Gardens und begrabe Jasons Leiche.

Im wachen Zustand mied er die Straße immer noch. Er stieg aus dem Bus und ging die Delphi Road entlang, vorbei an erleuchteten Häusern mit zum Teil noch weihnachtlich geschmückten Fenstern. Auf der Bank vor der Bibliothek saßen zwei oder drei in Leder gekleidete Jungen. Barry krampfte sich der Magen zusammen, und die Kehle wurde ihm eng. Er nahm das Gewehr aus der Tüte und schob es unter seine Reißverschlußjacke. Zu Hause würde er das Taschenfutter aufschneiden, dann konnte er die Waffe immer unter der Jacke tragen und hatte sie trotzdem griffbereit.

Aber die Jungen auf der Bank waren nicht Blauhaar oder Wiedehopf oder ein anderer von der Bande. Es waren Fremde, die ihn kaum beachteten, die noch nicht wußten, wie der Mörder von Jason Stratford aussah. Er zwang sich, über die Chinesische Brücke zu gehen und den Pfad über den Rasen zu nehmen wie an dem Abend, an dem sie ihn überfallen hatten. Früher oder später mußte er den Mut finden, und früher war am besten. Das Gewehr half ihm dabei.

Der Abend war nicht so finster wie damals, und es war auch viel früher. Das Gras glänzte im Mondlicht, und der Frost hatte die Spitzen der Zäune versilbert. Barrys Herz machte einen Sprung, als er sah, daß in Carols Haus das Licht brannte. Nur um sich zu vergewissern, zählte er die Häuser, als er an die Stelle kam, an dem der Pfad zwischen die Häuser einmündete: eins, zwei, drei, vier – ja, im achten Haus von der Ecke brannte Licht.

Im Durchgang zwischen den Zäunen war niemand. Er passierte ihn rasch, zwang sich jedoch, nicht zu rennen, kam an der Stelle vorbei, an der sie ihn niedergeschlagen hatten, und fragte sich, ob auf dem betonierten Boden und am Zaun noch Blut zu sehen war.

Er zeigte Carol das Gewehr nicht und erzählte ihr auch nichts davon. Sie hätte ihm vielleicht Vorwürfe gemacht, weil er so viel Geld ausgab, obwohl er arbeitslos war. Sie saß vor dem Fernseher, hatte die Beine hochgelegt und eine Flasche Rotwein neben sich, aus der sie zwei oder drei Gläser getrunken hatte. Er schenkte sich auch ein Glas ein und setzte sich neben sie. Sie ließ sich von ihm küssen, und ihr Mund bebte leicht unter dem seinen.

Sie trug das schwarzweiße Zickzackkleid. Die schwarze Spitzenstrumpfhose hatte sie in einem eleganten Laden in Highgate von einem Ständer gestohlen, erzählte sie ihm. Hatte sie auch die Uhr an ihrem linken Handgelenk gestohlen, die aussah, als sei sie mit Brillanten besetzt?

Ihr Ärmel war hochgerutscht, und darunter schaute ein breiter roter Striemen heraus. Die Uhr verdeckte das Ende. Innerlich zusammenzuckend, erinnerte Barry sich an die Nacht, in der sie von ihm geschlagen werden wollte, er ihr weh tun sollte, und wie sie das offenbar genossen hatte. Jetzt lachte sie über etwas im Fernsehen und griff nach ihren Zigaretten. Er wußte, daß er es nicht fertigbringen würde, sie zu fragen, woher sie den roten Striemen und die Uhr hatte. Er hatte sie ja auch nicht fragen können, wo sie in der Nacht gewesen war, in der die Motorrad-Freaks ihn fast umgebracht hätten.

20

Terence lag mit Mrs. Goldschmidt im Zimmer mit dem Futon im Bett. Sie waren beide eingeschlafen, und Mrs. Goldschmidt schlief noch. Als er aufwachte, wußte er nicht, wo und kaum wer er war, geschweige denn, wer die nackte Blondine war, die, das Gesicht in den Kissen vergraben, neben ihm lag. Im ersten Moment dachte er an Carol Stratford, doch das war reines Wunschdenken. Es war Mrs. Goldschmidt – oder Rosemary, wie er aus dem Vertrag wußte –, mit der er vor ein paar Stunden ins Bett gegangen war. Sie schlief weiter, wobei sie ab und zu leicht und leise aufschnarchte. Terence wünschte sich heftig und leidenschaftlich, er hätte ihr nicht nachgegeben.

Sie war überraschend gekommen. Terence beunruhigten diese unerwartet auftauchenden Besucher in steigendem Maß. Er hatte den Vormittag damit verbracht, als Terence Wand eine Bankempfehlung für John Howard Phipps zu schreiben, und als es klingelte, erwartete er natürlich, daß es die Polizei war. Sein Magen zog sich zusammen. Terence zwang sich, zur Tür zu gehen und zu öffnen. Er hatte die Zähne zusammengebissen, doch seine Kiefer entspannten sich, als er sah, wer vor der Tür stand, und er lächelte schwach. Sie trug ein hellgrünes Kleid und darüber einen Pelzmantel aus unzähligen kleinen Fellen. Ein paar Tausend winziger Geschöpfe, nicht größer als eine Maus, hatten für diesen Mantel ihr Leben lassen müssen.

Diesmal ließ sie ihn über Sinn und Zweck ihres Besuchs nicht im Zweifel. Sie ging in den ersten Stock hinauf, und Terence trabte hinter ihr her. Auf der obersten Stufe blieb sie stehen, legte die Arme um ihn und küßte ihn wortlos und gierig. Dann ging sie ins Schlafzimmer und ließ den Mantel fallen, der wie ein schlafender Bär auf dem Boden lag. Terence hatte das Gefühl, hilflos von einer Woge des Schicksals mitgerissen zu werden. Manchmal dachte er, es sei seine Schüchternheit, die ihn für Frauen so anziehend machte, das, was Freda seine «Schwäche» nannte. Sie bemächtigten sich seiner, machten mit ihm, was sie wollten, beherrschten, bemutterten oder fraßen ihn.

Mrs. Goldschmidt fraß ihn. Aber konnte er sich dagegen wehren? Wenn er nein sagte, ging sie vielleicht nach Hause und überredete ihren Mann, den Vertrag nicht zu unterschreiben. Er hatte so seine Erfahrungen mit verschmähten Frauen. Andererseits war es natürlich auch möglich, daß sie zu jenen gehörte, die einen Seitensprung ihrem Ehemann beichteten, dann würde Goldschmidt so wütend sein, daß er nicht unterschrieb.

Mürrisch sah er sie an. Rosemary. Der Name paßte nicht zu ihr.

Sein Blick blieb nicht ohne Wirkung. Sie schlug die Augen auf, stieg aus dem Bett und ging ins angrenzende Gästebad. Terence zog die Unterhose an, marschierte hinunter, nahm die Whiskyflasche und eine Flasche Perrier aus dem Kühlschrank und stellte sie zusammen mit zwei Gläsern auf ein Tablett. An der Stelle, an der sich die Treppe im rechten Winkel drehte, blieb er stehen und sah aus dem Fenster in den Hof. Vor einer Woche hatte jemand die Lichterketten vom Trompetenbaum abgenommen. Auf dem Kopfsteinpflaster lag eine weiße Plastiktüte, die der Wind vor sich hertrieb, aus dem Licht in den Schatten und wieder ins Licht. Schließlich blieb sie an einem niedrigen Mäuerchen kleben. Der Himmel war bräunlich und purpurn gefärbt, und die wenigen Sterne waren schmutziggelb und verwischt. Terence hatte den ganzen Tag keinen Fuß vor die Tür gesetzt, aber es sah aus, als sei es grausam kalt. Unter dem Torbogen stand ein junger Mann und schaute zum Haus und zu Terence herüber, so daß es den Anschein hatte, als begegneten sich ihre Blicke. Terence wandte sich rasch ab. Der Beobachter glich dem jüngeren der beiden Polizisten, die bei ihm gewesen waren, doch ob er es tatsächlich war, konnte Terence nicht sagen.

Mrs. Goldschmidt zog sich an, das Licht brannte, die Jalousie war hochgezogen. Terence zog sie rasch herunter.

«Ich dachte, du möchtest vielleicht etwas trinken, Rosemary?»

«Katie.»

«Wie bitte?» sagte Terence.

«Ich werde Katie gerufen.»

Er nickte, weil ihm einfiel, daß sie mit dem zweiten Vornamen Catalina hieß. Er paßte nicht besser zu ihr als Rosemary. Sie schlüpfte in bronzefarbene hochhackige Schuhe und griff nach dem Glas, das Terence ihr reichte. Er nahm seinen ganzen Mut zusammen und fragte, ob sie und ihr Mann schon den Vertrag unterschrieben hatten. Er warte zu Hause, sagte sie. Er sei heute vormittag mit der zweiten Post gekommen, und sie wollten heute abend unterschreiben. Es sei wohl am besten, sie gehe jetzt nach Hause. Dagegen hatte Terence nichts einzuwenden. Sie wickelte sich in ihren Mantel aus unzähligen Mäusefellchen, und dann fiel ihr ein, daß sie Terence das Futon abkaufen wollte, von dem sie begeistert war. Sie fragte ihn, ob er bereit sei, sich von dem seltenen Stück zu trennen, und als er nickte, schrieb sie einen Scheck aus. Er freute sich natürlich über das Geld, hatte jedoch gleichzeitig das Gefühl, direkter als sonst für seine Dienste bezahlt zu werden.

Als Jason sich das erste Mal selbständig am Telefon meldete, war Ian am Apparat. Ian hörte ihn «Mami, Mami, da ist ein Mann!» rufen. Das zweite Mal war es John Archdale aus Marbella, und als Benet den Hörer nahm, glaubte sie aus der Stimme ihres Vaters Staunen und so etwas wie Erleichterung herauszuhören. Anscheinend akzeptierte er jetzt das Kind und betrachtete es nicht mehr als Monster oder als Skelett im Schrank der Familie.

Die erste Nacht, die Benet mit Ian verbrachte, bescherte ihr ein schlechtes Gewissen, weil Jason im Haus war. Als sie am nächsten Morgen sehr früh erwachte, mit dem Rücken an Ian geschmiegt und von seinen Armen umschlungen, überlegte sie sofort, was Jason wohl denken würde, wenn er hereinkam und sie beide so zusammen sah. Das war merkwürdig, denn sie hätte nicht so empfunden, wenn James noch am Leben gewesen wäre und im Nebenzimmer geschlafen hätte. Als sie das Kind erwartete, hatte sie keineswegs beschlossen, enthaltsam zu leben, bis es alt genug war, um von zu Hause fortzugehen. Sie stand auf und ging in Jasons Zimmer.

Ihr erster Gedanke war, daß er sich sehr verändert hatte. Seine Mutter würde ihn zweifellos noch erkennen. Aber sonst niemand. Sie hatte ihm zwei Tage vorher die Haare schneiden lassen, und der symmetrische Schnitt hatte ihn von einem Kleinkind in einen kleinen Jungen verwandelt. Trotzdem, dachte sie, sieht er auf merkwürdige Weise jünger aus. Sein Körper war schlanker, und er war gewachsen, sein Gesicht aber weicher und voller geworden. Außer für das scharfe, einfühlsame Auge einer Mutter, war Jason Stratford so unkenntlich geworden wie jemand, der sich einer plastischen Operation unterzogen hat. In diesem Moment erkannte sie, daß er für sie nie wieder Jason sein würde. Sie ließ das seitliche Gitter des Kinderbetts herunter, beugte sich über ihn und küßte ihn auf die feste, runde, rosige Wange.

Als sie mit einem Tablett und frischem Tee wieder heraufkam, war Jays Zimmer leer, und er war bei Ian im Bett. Benets Leben schien plötzlich übervoll, und ihr stockte der Atem. Sie zögerte nur einen Augenblick, bevor sie zu den beiden ins Bett kletterte. Jay lag zwischen ihnen und kuschelte sich an sie.

Im Lauf des Vormittags klingelte das Telefon. Das Klingeln brach ab, also war Jay an den Apparat gegangen. Als Benet jedoch hinunterkam, lag der Hörer wieder auf der Gabel, und Jay spielte Xylophon. Sie fragte ihn, wer angerufen habe.

Er lächelte und antwortete mit einer eigenen Wortschöpfung, einer Kombination aus «häßlich» und «grauslich» vielleicht. «Hauslich», sagte er.

Sie glaubte zu verstehen, was er meinte. «Jay», fragte sie, und ihr war nicht ganz wohl in ihrer Haut, «legst du immer auf, ohne Mami Bescheid zu sagen, wenn dir die Stimme am Telefon nicht gefällt?»

«Ja», sagte Jay und nickte heftig, um seinen Worten mehr Nachdruck zu verleihen. «Hauslicher Mann.»

Darüber mußte Benet lachen, wenn auch das Unbehagen blieb. Vielleicht hatte sie sich geirrt, als sie glaubte, er sei bisher nur zweimal ans Telefon gegangen. Vielleicht hatte ihm schon oft eine Stimme nicht gefallen, so daß er einfach aufgelegt hatte. Ich darf jetzt auf keinen Fall zu streng mit ihm sein, dachte sie, damit könnte ich großen Schaden anrichten. Sie setzte sich ihn auf die Knie und erklärte ihm sorgfältig, daß er es ihr immer sagen müßte, wenn jemand anrief. Wenn sie oben und dort die Klingel abgeschaltet war, hörte sie das Telefon vielleicht nicht und wußte dann auch nicht, wer angerufen hatte. «Verstehst du das, Jay?»

Am Nachmittag rief der Werbechef ihres Verlags an. Sie sollte im Mai eine längere Reise durch die Vereinigten Staaten machen, um dort die Taschenbuchausgabe ihres Romans vorzustellen. Benet fragte ihn, ob er schon einmal angerufen habe. Ja, einmal, sagte er, aber ihr kleiner Junge sei am Apparat gewesen und habe wieder aufgelegt.

Benet war sofort erleichtert gewesen, obwohl sie nicht genau wußte warum.

Die Frau, deren Umrisse er hinter Terence Wands Fenster gesehen hatte, war bestimmt nicht Carol gewesen, dessen war sich Barry sicher. Sie hatte sich eben angezogen, dabei die weißen Arme über den Kopf gehoben, und er konnte ihr kurzes blondes Haar erkennen. Der Tag hatte zu viele Stunden für ihn, und er wußte nicht, was er damit anfangen sollte. Das redete er sich zumindest ein, damit er einen Grund hatte, nach Hampstead zu fahren.

Er hatte bisher noch keine Arbeit gefunden, dafür hatte Carol einen weiteren Job angenommen, zusätzlich zu Mrs. Fylemon und der Wein-Bar. Sie arbeitete stundenweise am Empfang eines Hotels. Barry starb fast vor Ehrfurcht, denn das roch irgendwie nach Mittelschicht, war schon eher ein Beruf als ein Job. Er kannte kaum einen Menschen, der eine richtige Ausbildung hatte, der an einem Schreibtisch saß, das Telefon beantwortete und Anmeldeformulare ausfüllte.

«Hast du auf ein Inserat geantwortet, Schatz?» fragte er. «Du hast mir nie was davon erzählt.»

Ihre Antwort war nicht sehr klar. «Der Typ, der das Hotel leitet, hat mich in der Wein-Bar gesehen. Er sagte zu Alkmini, er habe geglaubt, ich sei ein Modell.»

Das Getränke auf einem Tablett serviert? Aber das dachte Barry nur, er sprach es nicht aus.

Sie trug ihre Diagem-Armbanduhr und einen Ring mit einem roten Stein, den sie angeblich Weihnachten bei Iris bekommen hatte. Barry hatte jedoch noch nie gesehen, daß jemand aus einem Knallbonbon einen solchen Ring gezogen hätte. «Er sagte», fuhr Carol fort, «er würde alles drum geben, jemanden wie mich im *Rosslyn Park-Hotel* zu haben.»

«Ich hoffe, er bezahlt dich auch entsprechend.»

Um einen Blick hineinzuwerfen und sie zu sehen, hätte er sich von der Untergrundbahn-Station nach links, nicht nach rechts wenden und dann den Hügel zur Heide hinaufsteigen müssen. Aber er war nicht nach Hampstead gekommen, um Carol zu sehen. Warum sollte er? Sie würde nur vermuten, er wolle sie kontrollieren. Er bog also rechts ab und ging nach Spring Close hinauf. Und schon bald darauf konnte er die Frau beim Anziehen beobachten. Deshalb war er nicht lange geblieben. Nachdem er sie gesehen hatte, ging er, ein wenig erregt und ein wenig verlegen. Es war nicht Carol, bestimmt war es nicht Carol, und das mußte er schließlich am besten wissen, er hatte oft genug zugeschaut, wenn sie sich an- oder auszog. Aber als er wieder in der U-Bahn saß und später, als er den Bevan Square überquerte, fragte er sich unwillkürlich doch, wieso er so sicher sein konnte, daß es nicht Carol gewesen war? War er es vielleicht nur deshalb, weil er nicht wollte, daß sie es war?

Wiedehopf, Stephanie Isadoro, Schwarze Schönheit und noch ein paar andere saßen auf den Bänken und aßen etwas Türkisches aus gewachsten Pappschachteln. Immer wenn Barry Wiedehopf sah, erinnerte er sich an den Schmerz, der bei jedem Tritt, den die Stiefelspitze seinen Rippen versetzt hatte, wie ein elektrischer Stromstoß durch ihn hindurchgejagt war. Jetzt beachteten die Typen ihn überhaupt nicht. Er steckte die Hand in die Jackentasche durch das aufgetrennte Futter und betastete die Waffe. Er würde sie nicht brauchen, aber es war tröstlich zu fühlen, daß sie da war, genauso tröstlich wie ein dickes Geldbündel in der Tasche oder ein Wort der Liebe, an das man sich erinnerte.

War die Frau in Terence Wands Schlafzimmer vielleicht doch Carol gewesen? Als er unter dem Torbogen stand, glaubte er, sicher zu sein, aber jetzt war er es nicht mehr. Vielleicht war er's ja auch nur deshalb gewesen, weil er wußte, daß Carol um diese Zeit im *Rosslyn Park-Hotel* arbeitete. Er blickte zum Telefon hinüber, das neben Daves Foto auf dem Bord über der Heizung stand. Zwar wußte er die Nummer des *Rosslyn Park* nicht, doch er konnte sich bei der Auskunft erkundigen. Aber auch wenn Carol jetzt arbeitete, war das kein Beweis dafür, daß sie nicht vor einer Stunde in Spring Close gewesen war.

Er wählte die Auskunft und ließ sich die Nummer des Hotels geben, doch weiter ging er nicht. Es blieb ihm ein Rätsel, warum er plötzlich so guter Laune war, weil er jetzt die Telefonnummer des *Rosslyn Park* hatte, fast als habe er geglaubt, das Hotel existiere gar nicht.

Barry wechselte die Bettwäsche, saugte in den Schlafzimmern Staub und brachte die Wäsche in den Waschsalon.

Sobald er die Mitteilung bekommen hatte, daß die Verträge ausgetauscht, die Anzahlung in den Händen des Anwalts und das Erfüllungsdatum endgültig der 15. Februar war, ging Terence in ein Reisebüro, das nahe bei der Wohnung seiner Mutter lag, und buchte für den Fünfzehnten einen Flug nach Singapur. Als es darauf ankam, hatte Terence der Mut verlassen, er konnte sich nicht vorstellen, daß er mit einem Koffer voller Geld mutterseelenallein in Mittel- oder Südamerika war. Er flog lieber nach Singapur und nahm von dort aus eine Maschine oder ein Schiff nach Bali.

Das hing natürlich davon ab, um welche Zeit die Maschine nach Singapur ging. Goldschmidts Bankscheck würde am Fünfzehnten gegen Mittag auf dem Konto von John Howard Phipps eingehen, dann blieben Terence noch dreieinhalb Stunden, um das Geld wieder abzuheben. Dafür und um nach Heathrow hinauszukommen, mußte er ausreichend Zeit haben. Die Vorstellung, die Nacht vom Fünfzehnten zum Sechzehnten in London zu verbringen, war entsetzlich, das würden seine Nerven nicht aushalten. Der Möbelwagen mit den Möbeln der Goldschmidts würde kurz nach dem Lunch in Spring Close eintreffen. Doch im Haus würden noch Fredas Möbel, in der Garage Fredas Wagen stehen. Das brauchte ihn jedoch kaum noch zu kümmern, wenn er schon unterwegs zum Flugplatz war, sobald die Goldschmidts diese Entdeckung machten.

Es war daher eine große Erleichterung für ihn, als er erfuhr, daß der Quantas-Flug mit Zwischenlandungen in Bahrain und Singapur um 21 Uhr 45 startete. Er ließ einen Platz in der Touristenklasse buchen und bekam noch Rabatt, weil er einen Monat im voraus bezahlte – mit der neuen Barclaykarte, die heute morgen gekommen war. Am gleichen Tag hatte sein Anwalt ihm ein Dokument zugeschickt, das irgend etwas mit der Grundbucheintragung zu tun hatte und das er unterschreiben mußte. Doch diesmal genügte nicht seine Unterschrift allein, er mußte in Gegenwart eines Zeugen unterzeichnen. Terence fuhr den Hügel hinunter in die Wein-Bar, um dort mit Carol Stratford zu essen. Er hatte sie angerufen, nachdem er sich das Dokument angesehen hatte.

«Gibt wohl nichts Neues, nehme ich an?» fragte Terence.

«Nicht die Bohne.» Carol war es inzwischen gewohnt, daß man sie als eine Art Vorspiel zu jeder Unterhaltung fragte, ob sie etwas über Jason erfahren hatte.

«Er war nicht mein Kind, das weißt du, Carol.»

«Das hab ich den Bullen auch nie gesagt. Ich will nicht behaupten, daß ich nicht weiß, wer es war, aber ich war's jedenfalls nicht.»

Terence zuckte mit den Schultern. Er habe sein Haus verkauft, sagte er und fragte, ob sie etwas dagegen hätte, seine Unterschrift auf einem Dokument zu beglaubigen. Carol war der einzige Mensch, den er darum bitten konnte, der einzige, den er kannte und der, wenn man ihn danach fragte – vor dem fünfzehnten Februar natürlich, denn wen kümmerte es schon hinterher? –, hartnäckig lügen würde, weil es ihr Spaß machte zu lügen. Sie war auch die einzige, die das Dokument nicht allzu genau ansehen würde, weil sie eine Nase für krumme Sachen hatte und bestimmt von vornherein annahm, daß hier nicht alles mit rechten Dingen zuging.

Womit sie natürlich recht hatte. Terence hatte das Dokument fotokopiert und wollte die Kopie in Carols Gegenwart mit seinem Namen unterschreiben. Er brauchte ihre Unterschrift nur, um sie später auf dem echten Dokument fälschen zu können, nachdem er selbst mit Phipps unterzeichnet hatte.

Sie unterschrieb mit ihrer runden, linkslastigen Schrift, doch erst nachdem sie ihn eines Besseren belehrt und das Dokument gelesen hatte. An der Stelle, an der der Preis genannt wurde, hielt sie kurz inne.

«Vor drei Jahren», sagte sie, «warst du genauso blank wie ich.»

«Ich hatte ein bißchen Glück», antwortete er vage.

Sie fragte ihn, was er mit dem Geld anfangen würde, und Terence erzählte ihr, daß er eine Weltreise machen wolle. «Hättest du Lust, mitzukommen?»

«Machst du Witze?» fragte Carol, ganz große runde Puppenaugen und Babylöckchen.

Terence gab zu, daß es ein Scherz gewesen war. Doch er reise wirklich. Allerdings sei es mehr eine Geschäfts- als eine Vergnügungsreise. Aber sie gehe doch am Abend vor seiner Abreise mit ihm essen. Auf Barclays Kosten, dachte er.

21

Beim Abendessen in der *Villa Bianca* erzählte Ian ihr von der Stellung, die man ihm in Kanada angeboten hatte. Sie war zum erstenmal abends ausgegangen, seit Jay im Haus war. Sie hatte einen Babysitter aus ihrer Zeit in Tufnell Park angerufen, eine Achtzehnjährige, die James das letzte Mal gehütet hatte, als er vierzehn oder fünfzehn Monate alt gewesen war. Außerdem lag Jay ohnehin schon im Bett und schlief, als sie kam.

«Es ist ein großartiges Angebot», sagte Ian. Er lächelte. «Meine große Chance. Das Krankenhaus ist neu und hat eine Ausstattung, von der man hier nur träumen kann.»

«Wann müßtest du fort?»

«Ich habe noch einen Monat Zeit, um mich endgültig zu entscheiden.» Er zögerte, und Benet ertappte sich dabei, daß sie den Atem anhielt. «Könntest du dir vorstellen, in Vancouver zu leben, Benet?»

Konnte sie es sich vorstellen? Als ihre Eltern nach Spanien gezogen waren, hatte sie kategorisch erklärt, nichts könnte sie je dazu bringen, im Ausland zu leben. Sie hatte damals nicht gewußt, daß sie sich verlieben und dadurch alles anders werden würde. Dann dachte sie an Jay, wie jetzt immer, wenn sie einen Plan oder eine Veränderung erwog. Wenn sie mit ihm ans Ende der Welt ging, bestand natürlich überhaupt keine Gefahr mehr, daß ihn jemand erkannte. Aber sich so ausschließlich und so bald zu verpflichten ... Sie legte ihre Hand über die von Ian.

«Laß mich darüber nachdenken. Laß mir ein bißchen Zeit, ja, Ian?»

«Du sollst soviel Zeit haben wie ich», erwiderte er. «Ich war sicher, du würdest nein sagen. Du machst mich glücklich, weil du nicht sofort nein gesagt hast.»

Sie kamen ein bißchen später zurück, als sie Melanie gesagt hatten, und sie wartete schon und wollte sofort aufbrechen. Benet hatte nur Zeit, ihr zu danken und sie zu bezahlen, dann fuhr Ian sie nach Hause. Neben dem Telefon im Souterrainzimmer fand Benet eine Nachricht: *Edward Greenwood hat um halb neun angerufen.* Als Benet das las, wußte sie sofort, warum ihr so unbehaglich zumute gewesen war, seit sie wußte, daß Jay ans Telefon ging und sie nicht immer rief. Sie fürchtete, daß Edward schon öfter angerufen hatte. Sie hatte ihn seit einem Monat nicht mehr gesehen, doch ihr Unterbewußtsein hatte sich offenbar ständig mit ihm beschäftigt. Wenn sie nach Vancouver ging, entkam sie auch ihm ...

Als Ian zurückkam, sagte sie ihm jedoch nichts davon. Es war ihre letzte Nacht, bevor er wieder Nachtdienst machen mußte. Sie versuchte, Edward aus ihrem Bewußtsein zu verdrängen und glaubte auch, es sei ihr gelungen, aber sie träumte von ihm. Es war ein böser Alptraum, in dem er sie mit einem Messer bedrohte und sie zu überreden versuchte, einen Selbstmordpakt mit ihm zu schließen. Sie erwachte schreiend, verängstigt und suchte Ian. Die andere Hälfte des Bettes war leer. Sie knipste die Nachttischlampen an und rief in panischer Angst nach ihm. Er kam aus Jays Zimmer herübergestürzt.

«Er hat zuerst angefangen zu schreien», sagte er, «und dann hast du eingestimmt.» Er nahm Benet in die Arme. «Was ist mit euch beiden los?»

«Ich weiß es nicht, ich weiß es nicht. Was sollte ich bloß ohne dich tun?»

«Du brauchst gar nichts ohne mich zu tun», antwortete Ian.

Ian ging am Vormittag, nachdem sie verabredet hatten, sich zum Tee zu treffen. Als er fort war, raffte Benet sich auf, wählte die Nummer, die Edward ihr gegeben hatte. Sie dachte, sie könne ihn vielleicht endlich loswerden, wenn sie ihm sagte, sie werde heiraten und gehe nach Kanada. Er meldete sich nicht. Es war auch sehr unwahrscheinlich, daß er um elf Uhr zu Hause war. Bestimmt hatte er einen Job und arbeitete. Hatte sie ihn jetzt angerufen, weil sie wußte, daß er nicht da sein würde? Um ihre Angst und ihre innere Unruhe zu beschwichtigen, um sich selbst sagen zu können: Ich habe ja angerufen, ich hab's versucht.

Sie stand an der Haustür, um jemandem ein Pfund zu geben, der für eine wohltätige Vereinigung sammelte, als sie das Telefon klingeln hörte. Es klingelte zweimal und hörte dann auf. Jay mußte an den Apparat gegangen sein. Aber keine helle Stimme rief aufgeregt: «Mami! Mami!» Benet lief durch den Flur und die Treppe hinunter. Jay saß auf dem Schaukelpferd und schaukelte wild. Der Hörer lag auf der Gabel.

«Te'fon klingeln», sagte er und lächelte sie strahlend entwaffnend an.

Edward trug seine dünnen Sachen und hatte den dicken, langen Schal zweimal um den Hals geschlungen. Sein Gesicht war rot und um die Lippen herum leicht bläulich verfärbt. Ganz wie bei Jay, wenn ihm richtig kalt war, dachte Benet. Er stand hinter ihr, als sie jetzt die Tür öffnete, und klammerte sich an ihren Rock.

«Wenn du ihn an die Tür geschickt hättest», sagte Edward, «hätte er sie mir vor der Nase zugeknallt.»

Sie hatte schon den ganzen Tag geahnt, daß er kommen würde,

und hatte sich darauf eingestellt. «Komm rein», sagte sie. «Es ist kalt.»

Er glaubte, sie wolle damit sagen, daß seinetwegen Kälte ins Haus kam. «Entschuldige, daß ich einen Luftzug verursache.»

«Du weißt, daß ich's nicht so gemeint habe, Edward. Tu nicht immer so, als wär ich eine Hexe. Jay hat ein paarmal Telefonieren gespielt, wenn du angerufen hast, und er hat mir nicht immer Bescheid gesagt. Es tut mir leid.»

«Du solltest den kleinen Teufel nicht an den Apparat lassen.»

Benet schwieg, obwohl es ihr nicht gefiel, daß er Jay einen kleinen Teufel nannte. Jay selbst starrte Edward mit der staunenden Faszination an, mit der sehr kleine Kinder Erwachsene ansehen, die sie nicht mögen. Es war vier Uhr nachmittags. Sie hatte sich mit Ian zum Lunch getroffen und wollte eben mit Jay zu einem Spaziergang aufbrechen. Unterwegs wollte sie sich nach einer Spielgruppe erkundigen, in die sie Jay zweimal wöchentlich schicken konnte, damit er mit anderen Kindern zusammenkam. Sie fragte sich, was Edward zu ihr geführt haben mochte, und als sie die Treppe zum Souterrainzimmer hinuntergingen, fielen ihr zwei Antworten ein. Er wollte Geld. Er wollte das Krankenhaus verklagen, weil Fahrlässigkeit zu James' Tod geführt hatte. Sie traute sich zu, damit fertigzuwerden. Mit jeder dieser Möglichkeiten für sich oder mit beiden zusammen.

Der Händebaum, aller Päckchen beraubt, schmückte noch immer die Wand. Edward betrachtete ihn und musterte dann mit demselben leichten, nachdenklichen Widerwillen den Berg Spielsachen in dieser Ecke des Raums. Von einem Zoo kuscheliger Tiere eingerahmt, lagen auf dem Boden die beiden Zeichenblöcke, die sie Jay gekauft hatte. Die obersten Blätter waren schon mit bunten Zeichnungen von Vögeln, Blumen und Bäumen bedeckt. Nachdem er Edward lange genug angestarrt hatte, kehrte Jay wieder an seine Arbeit zurück und suchte sich lächelnd einen bis dahin unbenutzten leuchtend chromgrünen Buntstift aus.

«Du solltest ihn nicht dauernd herumkritzeln lassen», sagte Edward in demselben Ton, in dem er sie getadelt hatte, weil sie Jay ans Telefon ließ.

Plötzlich erinnerte sich Benet, daß sie Edward, als er das letzte Mal vor fast zwei Monaten hier gewesen war, erzählt hatte, Jay sei das Kind einer Freundin. Aber acht Wochen waren eine lange Zeit, eine unerhört lange Zeit, um ein fremdes Kind zu hüten. Sie füllte den Wasserkessel und steckte dann den Stecker ein. Sie stellte Tassen auf ein Tablett und goß für Jay ein Glas Orangensaft ein. Bestimmt würde Edward jetzt gleich eine Bemerkung über ihn machen, würde fragen, wieso er so lange hier war, und sie würde eine einleuchtende Antwort zur Hand haben müssen. Er hatte sich in den Schaukelstuhl gesetzt und beobachtete Jay. Ein paar Minuten später stand er wieder auf und hob zuerst den Zeichenblock vom Boden auf, den Jay im Moment nicht benutzte, murmelte etwas in sich hinein und nahm dann auch den zweiten an sich, auf den Jay mit seinem leuchtend grünen Bleistift die Umrisse eines Baumes gemalt hatte.

Jay schrie nicht und weinte nicht. Er stand einfach auf und sah wie betäubt vor sich hin. Es war Benet, die Edward am liebsten angebrüllt hätte. Es bedurfte eines immensen Kraftakts an Selbstbeherrschung, um es nicht zu tun. Sie erklärte Edward, daß Jay ihrer Meinung nach ein echtes Zeichentalent hatte, das auf jede nur erdenkliche Weise unterstützt und gefördert werden sollte. Aber schon während sie sprach, war ihr klar, daß durch jedes Wort, das sie sagte, ihre Rolle als zeitweilige Pflegemutter immer unglaubwürdiger wurde. Jays Lippen begannen jetzt zu zittern. Er fing an zu weinen, streckte die Arme nach ihr aus und warf sich gegen sie. Sie nahm ihn auf, drückte ihn an sich und wartete auf Edwards unvermeidliche Fragen: Wer ist dieses Kind? Was bedeutet es dir?

Er stellte sie nicht, zuckte mit den Schultern und legte die Zeichenblöcke wieder auf den Boden. Das Blut, das ihm die Kälte ins Gesicht getrieben und das ihm die Haut gerötet hatte, war zurückgewichen, und er kam ihr blasser vor als sonst. Er wirkte sehr konzentriert. Benet trocknete Jay die Tränen und setzte ihn wieder auf den Boden.

«Hauslich», sagte Jay zu Edward, der zum Glück keine Ahnung hatte, was das Wort bedeutete.

Benet machte Tee und gab einen gestrichenen Teelöffel Zucker in Edwards Tasse.

«Das weißt du noch», sagte er.

«Aber selbstverständlich. Solche Dinge vergißt man nicht.»

Er schwieg. Jay war mit dem Baum fertig und fing an, einen merkwürdigen Vogel mit großen Füßen und roten Beinen zu zeichnen. Benet stellte fest, daß sie nichts zu sagen hatte. Ihr fiel überhaupt nichts ein, was sie zu Edward sagen konnte, um das Schweigen zu überbrücken. Es wurde allmählich peinlich, fast schon greifbar. Er fing schroff an und mit einem für sie höchst erstaunlichen Thema.

«Ich möchte, daß wir wieder zusammen leben, Benet, wie früher. Ich möchte zurückkommen und hier mit dir leben. Das ist das Natürlichste und Nächstliegende für uns. Für uns beide hat es seither niemanden gegeben, der zählt – für mich jedenfalls nicht. Wir gehören zusammen, Benet», schloß er so nachdrücklich, daß sie aufsprang und einen oder zwei Schritte zurückwich.

«Es ist unmöglich», erwiderte sie. «Es kommt nicht in Frage.»

«Warum denn? Wir sind älter geworden. Ich bin älter geworden, wenn du so willst. Ich bin nicht neidisch auf deinen Erfolg, ich habe jeden eigenen Ehrgeiz aufgegeben. Es läuft da ein Englischkurs für ausländische Studenten, ich könnte dort unterrichten. Ich habe mein Examen gemacht. Ich wäre zufrieden, wenn du deine Höhenflüge absolviertest und ich ein bescheidener Lehrer bleibe.»

Fast hätte sie laut aufgelacht, doch das wäre herzlos gewesen. Die Gefahr, daß sie eine Bemerkung über relative Einkommen machte, war bei weitem nicht so groß. Er hatte noch nichts gesagt, um so etwas zu verdienen. Und sie war so ungeheuer erleichtert, daß er nicht gekommen war, um mit ihr über Jay zu sprechen, daß etwas wie echte Zuneigung in ihr aufstieg. Sie ging zu ihm zurück und legte ihre Hand leicht auf die seine.

«Es ist wirklich nicht möglich, Edward. Lieber Edward. Und es ist genausowenig deine Schuld wie die meine. Vielleicht ist es sogar mehr meine. Ich weiß, daß ich dich verletzt, dir unrecht getan habe.» Sie sagte ihm nicht, auf welche Weise, sie war überzeugt, daß er verstand, was sie meinte. «Aber es ist zu lange her.» Sollte sie Ian erwähnen? Es war nicht notwendig, noch nicht. «Ich habe mich verändert und bin dir dadurch nicht nähergekommen – im Gegenteil.»

«Ich sehe keine Veränderung in dir.» Er zögerte. «Wir könnten noch mehr Kinder haben, weißt du. Um deinetwillen könnte ich mich mit Kindern abfinden.»

Ihr Herz verhärtete sich wieder. Jay, der sie beobachtete, spürte – ohne es zu verstehen – die Erregung, mit der die Luft plötzlich geladen schien.

«Ich könnte es nicht, Edward, ich hab dir doch schon gesagt, es ist nicht möglich.»

«Vielleicht habe ich mich nicht klar genug ausgedrückt, Benet. Ich habe gemeint, daß wir heiraten sollen. Ich bitte dich, mich zu heiraten.»

Er sagte es mit der Herablassung eines Menschen, der einem anderen eine große Gnade erweist. Es klang schwülstig, hochtrabend, großspurig. Eine unerhörte Ehre wurde erwiesen, eine Belohnung verteilt. Diesmal lachte sie wirklich.

«Ein Heiratsantrag ist heutzutage für eine Frau kein Anlaß mehr, überschwengliche Dankbarkeit zu empfinden, Edward. Ich wüßte zum Beispiel wirklich nicht, warum ich dich heiraten sollte, aber ich habe einen sehr triftigen Grund, es nicht zu tun: Ich will es nicht.»

Er senkte den Kopf, blickte auf seine Hände hinunter, hob den Kopf wieder und sah ihr in die Augen.

«Dann sage ich dir einen sehr triftigen Grund, warum du's tun mußt.» Er zeigte mit dem Daumen auf Jay. «Glaubst du wirklich, ein Richter würde dir, einer unverheirateten Frau, erlauben, dieses Kind zu adoptieren?»

Irgend etwas krampfte sich in ihr zusammen, wurde eiskalt. Sie spürte, wie sich ihre Muskeln anspannten. Hatte sie ihm denn gesagt, sie habe Jay in Pflege und denke daran, ihn zu adoptieren? Bestimmt nicht, dessen war sie sicher. Als sie Edward das letzte Mal gesehen oder gesprochen hatte, war sie – so unglaublich ihr das jetzt schien – noch immer fest entschlossen gewesen, einen Weg zu finden, um Jay zu seiner Familie zurückzubringen.

«Denn das willst du doch, nicht wahr?» sagte er. «Das planst du.»

Benet nickte, wie hypnotisiert. Bei seinen nächsten Worten glaubte sie, ohnmächtig zu werden. Das Zimmer wurde dunkel, und sie dachte, sie würde im nächsten Moment stürzen wie im Krankenhaus, als man ihr gesagt hatte, James sei tot. Aber sie blieb reglos stehen, den Rücken gestrafft, die Fingernägel in die Handteller gebohrt.

«Ich weiß nämlich, wer er ist», sagte Edward. «Ich habe zwei und zwei zusammengezählt. Es war nicht schwierig. Er ist Jason Stratford, der verschwundene Junge.»

22

Später fragte sie sich, warum sie es nicht geleugnet hatte. Sie hätte bluffen können, aber sie hatte nicht die Nerven gehabt, war nicht cool genug gewesen. Als sie ihn fragte, woher er es wußte – und das war das erste, was sie tat –, hatte sie praktisch alles zugegeben.

«Woher weißt du es?»

«Nun ja, erstens nennst du ihn Jay, magst aber keine abgekürzten Namen. Du bist der einzige Mensch, der mich nicht Ted nennt. Dann seine Haar- und Augenfarbe. Er wurde in der Presse oft genug als blond und blauäugig beschrieben. Deine Situation – Kindesentführerinnen sind oft Frauen, die ein Kind verloren haben. Und dann die Gegend, aus der er kommt. Du hast früher gleich um die Ecke gewohnt. Zufrieden?» fragte er.

Eine wirklich merkwürdige Frage. Sie fühlte sich innerlich wie ausgedörrt und hohl. Sie dachte daran, ihm zu erklären, wie Jay hierhergekommen war, doch hatte das überhaupt einen Sinn? Inzwischen war es doch so, als habe sie Jay selbst entführt, nicht anders, als sei sie mit der Absicht unterwegs gewesen, ein Kind zu stehlen. Außerdem interessierte sie nur, was Edward unternehmen wollte. Gleichzeitig jedoch wußte sie, daß es schon schlimm genug war, weil er alles wußte. Er wußte. Er würde nicht vergessen wie Mopsa. Sein Wissen bedeutete fast das Ende der Welt.

«Was hast du vor?» fragte sie.

«Ich glaube, du hast in einer Art Narrenparadies gelebt, aber du mußt gewußt haben, daß du nicht für ewige Zeiten davonkommen kannst. Wie hast du dir eigentlich die Zukunft vorgestellt?»

Sie hatte nie mehr als ein oder zwei Tage vorausgeschaut.

«Ich glaube, ich dachte, er werde sich mit der Zeit so verändern, daß ihn niemand mehr erkennen würde. Ich dachte daran, mit ihm wegzugehen, weit weg ...» Hatte sie das wirklich? Ihr wurde klar, daß sie jetzt daran dachte. «Schon jetzt würde ihn außer seiner Mutter niemand mehr erkennen.» Sie versuchte kühl zu bleiben, aber ihre Stimme klang wie geborsten, heiser vor Angst. Edward betrachtete sie wie ein Richter, beugte sich vor, runzelte die Stirn.

«Welche Schritte wolltest du unternehmen, um dich zu schützen?»

«Was meinst du mit ‹Schritten›? Ich habe ihn entführt, verschleppt. Ich habe überhaupt keine Rechte, das weiß ich.»

Jay wählte diesen Augenblick, um den Buntstift fallen zu lassen, zu ihr zu kommen und die Arme auszustrecken, damit sie ihn auf den Schoß nahm. Als sie ihn in ihren Armen spürte, schluchzte sie leise auf, preßte aber sofort die Hand auf den Mund, um den Laut zu unterdrücken. Jay begann sie mit der erstaunlichen Kraft eines kleinen Kindes zu umarmen und an sich zu drücken.

«Jay, du erwürgst mich ja, nein, Liebling ...» Sie war fest entschlossen, vor den beiden nicht zu weinen. Ihr Gesicht und ihre Augen fühlten sich an, als seien sie verschwollen. «Bitte, Edward, sag mir, was du tun wirst.»

«Du redest mit mir, als wär ich ein Erpresser», sagte er sarkastisch.

War er denn keiner? Sie begriff erst jetzt, daß sie genau das gedacht hatte. «Edward ...»

«Ich wußte, daß deine Zuneigung zu mir sich in Abneigung verwandelt hat, aber ich wußte nicht, daß du mich so niedrig einschätzt.»

Sie hielt Jay fest. Es war, als sei jemand gekommen, um ihn ihr wegzunehmen, doch sie wußte, daß sie es nicht gewaltsam tun, und ihn nicht ihr entreißen würden. Gleichzeitig war ihr klar, daß sie für Edward ein Bild besessener, irregeleiteter Mütterlichkeit abgeben mußte.

Sanft, aber mit geradezu übermenschlicher Kraftanstrengung zwang sie sich, Jay auf den Boden zu setzen.

«Tut mir leid», sagte sie, «aber du hast mich erschreckt. Trotzdem mußt du die Absicht haben, etwas zu tun, sonst wärst du nicht hergekommen.»

«Glaubst du nicht, daß er einen Vater haben müßte?»

«Zweifellos hat er irgendwo einen. Darüber habe ich mir noch nicht den Kopf zerbrochen.»

Edward sah sie mit seltsamer Intensität an, die eine ganze Reihe von Gefühlen ausdrückte. Sie ließ sogar seine Züge schärfer erscheinen.

«Du betrachtest dich als seine Mutter. Wäre ich dein Mann, könnten wir seine Eltern sein. Wir wären höchst geeignete Adoptiveltern, Benet. Du hast Geld und dieses Haus. Wir sind im richtigen Alter. Wir waren beide noch nicht verheiratet. Ich meine, man würde uns keine Schwierigkeiten machen, wenn wir bei Gericht die Adoption beantragten.»

«Es muß dir ja wahnsinnig viel daran liegen, mich zu heiraten», antwortete sie trocken.

«Das stimmt. Es liegt mir viel daran.»

Ihre Augen ruhten nachdenklich auf Jay. Und wie lange, dachte sie, würde es dauern, bis du anfangen würdest, ihn zu schlagen? Du haßt Kinder.

«Das ist ohnehin unmöglich. Er wurde nicht zur Adoption freigegeben. Er hat Eltern. Ich habe ihn gestohlen. Ich dachte, das hättest du verstanden, hättest mir genau das in Erinnerung bringen wollen.»

«Ich habe gestern den ganzen Tag im Zeitungsarchiv der Bücherei in Conindale verbracht und alles über den Fall Jason Stratford nachgelesen. Es ist ganz offensichtlich, daß seine Mutter sich den Teufel um ihn schert. Ihre beiden anderen Kinder sind in einem städtischen Heim untergebracht, und Jason wäre in einem oder zwei Jahren denselben Weg gegangen. Sie ist Bedienung in einer Bar und ihr Freund arbeitslos. Glaubst du nicht, daß sie dir Jason verkaufen würde?»

Hoffnung kehrte zurück, drängte sich auf, schob sich wie ein kleiner Finger durch eine schmale Öffnung. Benet sah eine saubere, makellose Welt ohne Schuld vor sich, in der jeder die Wahrheit wußte und alle glücklich waren. James' Tod war bekannt, Jays Existenz erklärt, und sie und Edward lebten wieder zusammen. Nachdem sie einen Liebestrank getrunken hatten, der sie verblendete, sahen sie sich gegenseitig mit denselben Augen wie früher – mit den Augen der Illusion. Der Finger schob sich herein, und eine Tür fiel hinter ihm zu, nicht mit lautem Getöse, aber sehr fest, sehr endgültig.

«Ich dachte daran, ihr 20000 anzubieten.»

«Das scheint mir nicht besonders viel zu sein», meinte Benet trocken. «Es kommt mir sehr wenig vor – für ihn. Ich habe für dieses Haus fünfmal soviel bezahlt.» Sie fühlte die Warnzeichen einer drohenden Hysterie, die sie gewissermaßen mit zusammengebissenen Zähnen unterdrückte. «Ein Haus in Hampstead kostet fünfmal soviel wie ein Kind. Da stimmt irgendwo was nicht, Edward.»

«Könnte ich bis auf 50000 hinaufgehen, wenn ich müßte?»

Alles, was ich habe, dachte Benet. Das Haus, meine gesamten Honorare, alles, was ich habe. Selbstverständlich. Das brauche ich doch nicht erst zu sagen. Wieso weiß er das nicht?

«Angenommen, sie geht nicht darauf ein? Angenommen, sie meldet es der Polizei?»

«Das ist ein Risiko, das du in Kauf nehmen mußt.»

«Warum, Edward? Warum soll ich noch weitere Risiken in Kauf nehmen? Du könntest jetzt von hier weggehen, könntest es verdrängen, vergessen, und wir brauchten uns nie wiederzusehen.»

«Lassen wir einmal die Gefühle beiseite und bleiben beim Grundsätzlichen. So etwas kann man nicht verdrängen, nicht vergessen, ich wüßte es, nicht wahr? Und du wüßtest immer, daß ich es weiß. Warum denkst du nicht darüber nach, Benet? Du hast drei Tage Zeit. Ich habe mich mit Carol Stratford verabredet, aber sie weiß nicht warum. Sie weiß nur, daß es um Geld geht, und sie liebt Geld.»

«Du warst ja sehr sicher», sagte sie leise.

«Ich war sicher, ja.»

Drei Tage Zeit, um zu fliehen, drei Tage, um mit Jay zu verschwinden. Sie war ihm fast dankbar, daß er ihr eine Chance gegeben hatte. Die Polizei hätte es nicht getan.

In der Nacht, in der Carol überhaupt nicht nach Hause kam, rief Barry um Mitternacht im *Rosslyn Park* an. Er hatte eine ganze Flasche Wein getrunken, und es war ihm inzwischen egal, was die Leute von ihm dachten. In letzter Zeit war immer Wein im Haus, Carol brachte ihn mit. Die Stimme, die sich am Telefon meldete, sagte, nein, Carol müsse keine Überstunden machen, sie übernachte auch nicht im Hotel, weil es so stark schneie und die Straßen kalt seien – ein Strohhalm, an den Barry sich geklammert hatte –, und sie habe an diesem Abend keinen Dienst gehabt, weil sie überhaupt nicht im *Rosslyn Park-Hotel* arbeite. Barry schlief auf dem Sofa im Wohnzimmer ein.

Er bekam sie den ganzen nächsten Tag nicht zu sehen. Am Spätnachmittag rief ein Mann mit einer vornehmen Stimme an. Barry wollte fragen, ob er Terence Wand sei, aber der andere legte zu schnell auf. Nachdem Barry bei der Arbeitsvermittlung gewesen war, um zu fragen, ob sie etwas für ihn hatten – was natürlich nicht der Fall war –, machte er einen langen Spaziergang, weil er irgend etwas tun mußte. Die Flinte schlug ihm bei jedem Schritt leicht gegen die Brust, während er durch die Straßen wanderte.

Als er am nächsten Morgen aufwachte, war Carol da. Sie lag mit ihm im Bett – das heißt, sie lagen in demselben Bett. Carol war so weit von ihm abgerückt, daß nur die fest unter die Bettkante gestopfte Decke sie davor bewahrte, hinauszufallen. Es war schon spät, zehn oder elf Uhr vormittags. Barry ging hinunter und machte Tee.

Als er wieder ins Zimmer kam, waren die Brillantuhr und der Ring mit dem roten Stein, die sie abgenommen und auf den Nachttisch gelegt hatte, das erste, das ihm ins Auge fiel. Sie war jetzt wach, lag mit weit geöffneten blauen Augen auf dem Rücken.

«Hi», sagte sie, und fügte, als sie das Teetablett sah, hinzu: «Sind Zigaretten im Haus?»

Er wußte es nicht und zuckte mit den Schultern. Er hatte vor ein oder zwei Wochen das Rauchen aufgegeben, ohne es zu wollen, ohne es überhaupt so recht zu merken. An einem Tag hatte er noch zwanzig oder dreißig geraucht, und am nächsten Tag keine einzige mehr. Es fehlte ihm nicht.

Iris nachahmend, sagte Carol: «Du machst ein Gesicht, als hätte es dir die Petersilie verhagelt. Was ist los mit dir? Wenn's deshalb ist, weil ich spät nach Hause gekommen bin, darf ich dir vielleicht erklären, daß ich im *Rosslyn Park* für jemanden einspringen mußte. Ich habe den letzten Bus verpaßt und mußte warten, bis mich jemand mitgenommen hat.»

«Du arbeitest gar nicht dort», sagte Barry. «Du hast nie dort gearbeitet.»

«Okay, also arbeite ich nicht dort.» Sie war noch immer guter Laune. Er roch auch jetzt noch den Brandy in ihrem Atem, doch ihr Gesicht war das eines kleinen Mädchens, frisch, seidig glatt, rosig, weiß und unschuldig. Sie setzte sich auf, und er sah, daß sie ganz nackt war. Ihre Brüste lagen weich auf der Decke. «Wenn du keine Fragen stelltest, bekommst du auch keine Lügen zu hören», sagte sie. «Was geht es dich überhaupt an, wo ich bin und was ich tue? Du bist nicht mein Mann. Aber du bist genauso schlimm wie der verdammte Dave, das bist du! Wo warst du? Mit wem warst du zusammen? Wo bist du gewesen?»

Barry fühlte, daß er an der Schwelle schrecklicher Enthüllungen stand. Nie vorher hatte sie auch nur angedeutet, daß zwischen Dave und ihr etwas anderes als ungetrübte Liebe gewesen wäre. Auf ihren Wangenknochen zeichneten sich zwei feurig rote Flecke ab.

«Ich verlange von dir ja auch nicht, daß du mir über jeden Schritt Rechenschaft abgibst», sagte sie mit einer Stimme, die höher klang als sonst. «Ich gehe dir nicht nach, spioniere dir nicht nach. Ich frage dich nicht, wo du morgens, mittags und abends warst. Das tue ich nicht, bei Gott!»

«Carol», sagte er, «du warst mit dem Typen zusammen, der Jasons Vater ist, nicht wahr? Er ist reich, das weiß ich. Du hast diese Uhr nicht geklaut, und den Ring hast du auch nicht bei deiner Mutter aus einem Knallbonbon gezogen.»

Sie stieg aus dem Bett. Seitlich am Hals hatte sie blaue Flecke, die Eindrücke von spielerisch zubeißenden Zähnen. Aus irgendeinem Grund dachte er an die blauen Flecke, die Jason gehabt hatte, der genauso zart- und weißhäutig war wie sie.

«Laß mir mein Bad ein, ja?» sagte sie.

Ihre harte Stimme, die zugleich spöttisch und befehlend klang, brachte ihn zum Zittern. Aber er rührte sich nicht. Er sah sie an, als sie so vor ihm stand, nackt, den Mund zusammengepreßt, die Fäuste geballt, und zum erstenmal stellte er Unvollkommenheiten an ihr fest. Die schlaffe Haut an den Innenseiten der Schenkel, die Schwangerschaftsstreifen, die aussahen, als habe jemand altes graues Gummiband durch die seidige weiße Haut gezogen.

«Er ist Jasons Vater, nicht wahr?» sagte er.

Carol explodierte, als sei eine Zündschnur bis ans Ende heruntergebrannt. Sie war klein, sie war eine Frau, und sie war nackt, aber sie fürchtete sich nicht vor ihm. Sie kam auf ihn zu, hob die Arme, umklammerte seine Schultern und schrie ihm ins Gesicht. Schrie ihm mit Iris' rauher Stimme ins Gesicht.

«Du willst es wissen? Willst du das wirklich? Du willst wissen, wer sein Vater ist? Schön, dann sag ich's dir. Ich weiß nicht, wer sein verdammter Vater ist. Ich weiß es nicht, und niemand weiß es. In der Woche, in der ich meiner Rechnung nach schwanger wurde, hatte ich acht Männer in sieben Tagen, und es könnte jeder von ihnen sein. Kapiert? Jeder von ihnen oder vielleicht einer von den sieben oder acht, die ich in der nächsten Woche hatte. Ich weiß es nicht, und es ist mir scheißegal.»

«Carol», sagte er. «Carol ...» Er packte sie beim Hals und

drückte an der Stelle zu, an der sie gebissen worden war. «Das ist nicht wahr! Sag, daß es nicht wahr ist.»

«Natürlich ist es wahr. Und laß mich gefälligst los.»

Er lockerte seinen Griff. Er war so entsetzt, als habe er eine verbotene Tür geöffnet und dahinter ein Blutbad entdeckt. Sie riß sich von ihm los und rannte aus dem Zimmer. Er hörte das Rauschen und Klatschen, mit dem das Wasser aus zu heftig aufgedrehten Hähnen in die Wanne schoß. Plötzlich fürchtete er, sie könnte sich vor ihm im Bad einschließen. Er ging ihr nach und blieb, die Tür festhaltend, auf der Schwelle stehen.

Sie beugte sich über die Wanne und ließ Kräuteressenz hineinträufeln. Ein Duftgemisch aus Rosmarin und Dettol stieg aus dem dampfenden Wasser auf. Als sie sich langsam umdrehte und aufrichtete, um ihn anzusehen, schlug eine Welle übermächtigen Begehrens über ihm zusammen. Trotz allem, was sie ihm eben gesagt hatte, wollte er sie. Es war demütigend und irgendwie auch schokkierend, aber er wollte sie in die Arme nehmen und den warmen, nackten weißen Körper mitten zwischen die unordentlich auf dem Boden liegenden Handtücher werfen, und es war ihm egal, daß der Salzwassergeruch des anderen Mannes noch an ihr haftete.

«Was ist nur mit uns passiert?» rief er. «Was ist schiefgegangen, Carol? Können wir es nicht wieder in Ordnung bringen, daß es wieder wird wie früher? Es ist noch nicht zu spät. Ich liebe dich. Ich will dich heiraten, will es noch immer.»

«Das kann nicht dein Ernst sein!» Sie spuckte ihm die Worte fast ins Gesicht. «Ach, du willst es also ‹noch immer›! Also wie find ich denn das? Ich glaub dir gern, daß du's noch immer willst. Ich glaub auch, du denkst noch immer, ich würde den Mann heiraten, der meinen Jason ermordet hat?»

«Was?» fragte er. Es war, als ob sie ihn geschlagen hätte. «Was hast du gesagt?»

«Du hast es genau gehört.»

Wenn sie ihn geschlagen hätte, wäre er damit fertig geworden, aber nicht mit dem, was sie gesagt hatte.

«Das kannst du doch nicht wirklich von mir denken», sagte er wie ein Schuljunge, den man zu unrecht beschuldigt hatte, etwas angestellt zu haben. «Du doch nicht. Du weißt, daß ich's nicht getan habe, daß ich dazu nicht fähig wäre. Was auch alle anderen sagen mögen, du weißt, ich hätte es nie tun können.»

«Natürlich hast du's getan», erwiderte sie. «Ich war nur zu dumm, um es zu begreifen.» Sie drehte die quietschenden Wasserhähne zu. Auf dem Rand der Badewanne stand ein Krug, den sie zum Kopfwaschen benutzte. Barry war zu benommen, um mitzukriegen, was sie tat, als sie sich über die Wanne beugte und den Krug ins heiße Wasser tauchte.

Mit einer sehr raschen Bewegung sprang sie auf, drehte sich gleichzeitig um und schüttete ihm das Wasser ins Gesicht. Er schnappte nach Luft. Sie stieß ihn mit beiden Händen aus dem Bad und warf die Tür zu.

23

Sie sah Ian jeden Tag, und jedesmal, wenn sie sich trafen, wollte sie ihm alles sagen. Sie wollte ihm alles gestehen und sich ihm auf Gnade und Ungnade ausliefern. Eine leise Stimme in ihrem Innern flüsterte, daß es dann schon zwei Menschen wüßten. Und morgen Edward und Carol Stratford.

Außerdem würde Ian ihr sofort raten, Jay aufzugeben, ihn zur Polizei zu bringen. So war er nun einmal. Er würde nicht stillschweigend dulden, was sie tat. Die Ironie der Sache war, daß sie keinen Mann wollte, der stillschweigend geduldet hätte, was sie tat. Das war auch ein weiterer Grund dafür, warum sie Edward nicht wollte.

Ian hatte Nachtdienst, und sie war froh darüber. Sie schlief nur wenig, aber wenn sie schlief, schrak sie jedesmal nach kurzer Zeit aus einem Alptraum hoch. Edward kam am Sonntagabend wieder. Sie fand ihn in ihrem Arbeitszimmer, wo er eine Seite ihres Manuskripts las.

«Wie bist du reingekommen?»

Er lächelte und hielt einen Schlüsselbund in der Höhe. Das Lächeln war weder triumphierend noch anmaßend und alles andere als drohend. Ich bin wieder nach Hause gekommen, sagte es. Er hielt es für selbstverständlich, daß er erwartet wurde.

«Du siehst schlecht aus, Benet.»

Sie zuckte mit den Schultern, sagte nichts.

«Du brauchst dir keine Sorgen zu machen.» Er versuchte sie in die Arme zu nehmen. Sie stand stocksteif da. «Wenn sie ja sagt, sind wir im Geschäft, und wenn sie nein sagt, bist du nicht schlimmer dran als bisher.»

«Wenn sie nein sagt, geht sie auch zur Polizei.»

«Leute wie sie haben eine natürliche Abscheu davor, der Polizei irgend etwas zu sagen, Benet. Vergiß nicht, daß ich die Zeitungsartikel gelesen habe. Nachdem das Kind verschwunden war, hat sie noch einen Tag und eine Nacht gewartet, ehe sie zur Polizei ging.»

«Ich will nicht, daß du mit ihr sprichst, Edward», sagte Benet. «Ich möchte, daß du gehst und uns in Ruhe läßt. Wenn ich bereit wäre, ihr Geld zu geben ...»

Er ließ sie los. «Zwing mich nicht, dich zu erpressen.»

Sie ging ins Wohnzimmer und nahm zwei Gläser und die Whiskyflasche aus dem Schrank. Ihre Hände zitterten beim Einschenken. Jay schlief in seinem Zimmer, zwei Stockwerke höher, doch sie fühlte überall um sich seinen regelmäßigen, leichten Atem.

Ich gehe mit ihm fort, dachte sie. Ich gehe mit ihm irgendwohin, wo niemand uns findet. Edwards Plan war undurchführbar, seine Schlußfolgerungen falsch. Denn wenn Carol nein sagte, würde die Polizei Jay durch Edward aufspüren, und wenn Carol ja sagte, war es unvermeidlich, daß man ihr Jay vorübergehend zurückgab. Wenn vorübergehend, warum dann nicht für immer, da es gegen das Gesetz verstieß, ein Kind zu kaufen? Edward würde ihr eine bestimmte Summe anbieten, damit sie in die Adoption einwilligte, und den Rest sollte sie bekommen, sobald die Adoption abgeschlossen war. Sie wird die erste Zahlung einstecken, dachte Benet, und dann zur Polizei rennen. Aber ich werde mit ihm fortgehen, damit das nicht geschieht. Ich verlasse das Land mit ihm, gehe weit, weit fort, in den Fernen Osten vielleicht. Ich werde mein Geld dazu verwenden, ihn zu verstecken, nicht um ihn zu kaufen.

Sie reichte Edward sein Glas. «Tu, was du willst», sagte sie. «Tu, was dir Spaß macht.»

Nachdem er gegangen war, dachte sie darüber nach, wie es möglich war, daß sie, eine der Mittelschicht entstammende, gesetzestreue Bürgerin, so leicht und unausweichlich zur Kindesentführerin, zur Verbrecherin, zum Flüchtling geworden war. Sie, die sich bis dahin keiner schlimmeren Vergehen schuldig gemacht hatte, als einiger kleiner Verkehrsdelikte. Sie ging zu Jay hinauf und betrachtete ihn. Er hatte sich im Schlaf von einer Seite auf die andere geworfen, die Decke weggestrampelt, und die Schlafanzugjacke war ihm von einer Schulter gerutscht. Sogar noch im Halbdunkel sah sie das Loch, das ihm die Zigarette neben der Wirbelsäule eingebrannt hatte. Sie überwand das fast hysterische Verlangen, ihn aus dem Bett zu nehmen und an sich zu drücken. Fürsorglich deckte sie ihn zu, dann begann sie ganz willkürlich und wie im Fieber Kleider in Koffer zu packen.

Jays Paß kam am nächsten Morgen mit der ersten Post. Sie hatte ihn völlig vergessen gehabt, sie hatte verdrängt, daß sie ohne diesen Paß das Land nicht verlassen konnten. Sie wußte auch noch nicht, wohin sie wollte. Die Koffer hatte sie in Panik gepackt, ohne zu berücksichtigen, ob ihr Ziel in einer warmen oder einer kalten Klimazone liegen würde. Es war ihr hier und jetzt einfach unmöglich, sich Sonne, Wärme, einen klaren Himmel vorzustellen. Leichter, pudriger Schneefall hatte eingesetzt. Sie suchte ihren Paß heraus und legte ihn mit Jays neuem Paß in ihre Handtasche. Jay wachte spät auf. Sie zog ihn an und gab ihm sein Frühstück.

«Schnee», sagte er und preßte das Gesicht an die Fensterscheibe. «Einen Schneemann machen.»

«Wir fahren weit, weit weg vom Schnee, Jay.»

Sie zog ihm den Dufflecoat und die Stiefel an, setzte ihm eine warme Mütze auf, wickelte ihn in einen Wollschal. Während sie das Gepäck in den Wagen lud, spielte er mit Schnee, warf ganze Handvoll in die Luft. Die Kälte rötete ihm das Gesicht und die Nasenspitze, und sie erinnerte sich, daß sie bei Edward die gleiche Wirkung hatte. Ihr kam ein Gedanke, der ihr aber plötzlich zu entsetzlich vorkam, und sie verdrängte ihn sofort, verbot sich geradezu wütend, ihn je wieder in sich aufkommen zu lassen.

Am Montagmorgen war Carol noch immer nicht zurückgekommen. Es war Valentinstag. Kurz nachdem sie sich kennengelernt hatten, hatte Barry eine Geburtstagskarte für Carol gekauft und schon damals an diesen Tag gedacht, hatte sich sogar eine ganz besondere Valentinskarte gemerkt, die er ihr schicken wollte. Mit der Morgenpost kam eine Karte in einem großen blaßrosa Kuvert für sie. Barry machte es auf und erwartete, Terence Wands Namen auf der Karte zu finden, doch sie war nur mit unzähligen Kreuzchen unterschrieben.

Schnee fiel wie ein leichter Schleier. Gegen Mittag war Winterside Down wieder weiß und das Haus vom Widerschein blassen, transparenten Lichts durchflutet. Carol war seit Samstag nicht mehr dagewesen. In Barrys Kopf drehte sich das, was sie gesagt hatte, unaufhörlich im Kreis. Daß es in ihrer Vergangenheit hundert oder tausend Männer gegeben hatte, war nicht mehr wichtig. Das konnte er ertragen. Aber daß auch sie ihn beschuldigte, Jasons Mörder zu sein! Sie, die sich an dem Nachmittag, an dem Jason verschwand, mit ihm getroffen hatte, ihm entgegengelaufen, ihn geküßt und dann in ihrem neuen Kleid eine Pirouette gedreht hatte.

Dafür haßte er sie. Nichts anderes zählte, nicht die Männer, nicht die Lügen, nicht, daß sie ihn ausgenutzt hatte, als wäre er ihr Diener. Aber daß sie ihm den Mord zutraute, das zählte. Solange sie an ihn geglaubt hatte, waren ihm die anderen, die es nicht taten, völlig gleichgültig gewesen. Er saß im Wohnzimmer, in dem der Schnee gedämpfte Helligkeit verbreitete, und dachte daran, wie sie gesagt hatte, daß sie den Mann nicht heiraten konnte, der ihren Jason ermordet hatte. Ihn packte das übermächtige Verlangen, von ihr fortzugehen, sie nie wiederzusehen, Winterside Down für immer zu verlassen und in die Wärme und Geborgenheit seines Elternhauses zurückzukehren. Es war kindisch, es war unreif, doch das war ihm gleichgültig, er wollte es.

Zur gleichen Zeit aber wollte er es auch wieder nicht. Zur gleichen Zeit liebte er sie. Am Valentinstag lernte Barry etwas, von dem er bisher keine Ahnung gehabt hatte – daß es möglich war, zugleich leidenschaftlich zu hassen und leidenschaftlich zu lieben. Als er das begriff, stöhnte er laut auf, preßte aber sofort die Hand auf den Mund, obwohl niemand da war, der ihn sah oder hörte.

Er mußte sie sehen, mußte wieder mit ihr zusammensein. Er mußte sie dazu bringen, zurückzunehmen, was sie gesagt hatte, sie mußte zugeben, daß sie es nur im Zorn gesagt hatte, daß es nicht wahr war. Ein Schneeball schlug gegen die Scheibe, und er sprang auf, überzeugt, daß jemand ihn geworfen hatte, um ihn zu erschrecken. Aber es waren nur kleine Kinder draußen, Isadoros, Kupars und O'Haras, und ihre Schneebälle waren wirklich nur eine Handvoll Schnee und enthielten weder Steine noch Glasscherben.

Die Sonne war herausgekommen, und es taute schon wieder. Carol würde zurückkommen, wenn er lange genug wartete, sie mußte zurückkommen, doch er ertrug es nicht, untätig dazusitzen. Er zog eben die Jacke an und schob die Flinte hinein, als das Telefon klingelte.

Barry meldete sich. Eine Männerstimme fragte vorsichtig, ob Carol da war.

«Nein, sie ist nicht da.»

«Kommt sie ins *Bacchus*?»

Barry hatte den richtigen Namen der Wein-Bar schon so lange nicht mehr gehört, daß er ihn vergessen hatte. «Heißen Sie Wand?» fragte er.

Schweigen, nur von einem tiefen Atemzug belebt. Dann legte der Anrufer auf.

Natürlich war Carol am Montag zur Lunchzeit in der Wein-Bar. Sie würde bis drei Uhr dort sein.

Auf dem Kanal war es eisig kalt und ruhig gewesen. Benet fragte sich, ob Jay schon einmal das Meer gesehen hatte? Er betrachtete es sehr lange und ernsthaft, wandte Benet dann das Gesicht zu und lachte. Nur während unserer ersten Lebensjahre lachen wir über Dinge, über die wir uns ehrlich freuen, dachte sie. Später lachen wir nur noch, wenn wir etwas belustigend finden.

Sie liefen in kaltem, grauem Nebel in Calais ein, als Benet plötzlich wußte, wohin sie fuhr. Hinunter in den Süden Spaniens zu Mopsa und ihrem Vater. Sie war ihre Tochter, und sie hatte einen Sohn. Die Nachbarn, ihr Bekanntenkreis, wußten das inzwischen wohl. Was konnte unauffälliger und normaler sein, als daß Tochter und Enkel sie besuchen kamen?

Großbritannien hatte keinen Auslieferungsvertrag mit Spanien. Sie konnte von dort aus ganz leicht nach Nordafrika übersetzen. Sie sah sich mit Jay in endlose Fernen fliehen. Er war noch zu klein, um huckepack getragen zu werden, er ritt auf ihren Schultern und verkündete laut: «Ich mag das Meer! Ich mag das Meer!»

Sobald sie in Paris waren, wollte sie ihre Eltern anrufen und ihnen sagen, daß sie kam. Vielleicht ließ sie auch den Wagen in Paris stehen und nahm eine Maschine nach Malaga.

Im Haus war es dunkel. Als er unter den Torbogen getreten war, hätte er geschworen, in einem der schlitzartigen Fenster auf der linken Seite ein Licht zu sehen, doch jetzt glaubte er, daß es wahrscheinlich nur der Widerschein von einer Straßenlaterne gewesen war.

Er wollte ohne jede Hemmung bei Terence Wand klingeln. Wenn sie da war und die beiden versuchten, ihn gemeinsam zu verprügeln, war ihm das egal. Er mußte sie finden, mußte sie sehen, mußte ihr gegenübertreten. Wenn nötig, wollte er sie mit seiner Waffe bedrohen. Terence Wand war ihm gleichgültig geworden. Der Mann mochte Jasons Vater sein oder auch nicht, es war bedeutungslos geworden. Barry fragte sich, warum er sich je dafür interessiert hatte, wer Jasons Vater war. Er klingelte einmal, zweimal und dann anhaltend. Vielleicht bildete er sich nur ein, daß im Haus jemand lauerte und sich nicht melden wollte. Woher sollte man das wissen? Man hörte keinen Laut, es herrschte absolute Stille. Als er versuchte, durch ein Fenster zu schauen, sah er nur auf dem auffallend seidig aussehenden dunklen Teppich das gefilterte Licht einer Lampe und die bronzenen Glieder einer Statue. Er ging um das Haus herum nach hinten und schaute durch das Garagenfenster. Der Wagen war da. Er rüttelte an der Garagentür, doch sie war abgeschlossen.

An den Zäunen türmten sich gelbliche, mit Streusand durchsetzte Schneehaufen. Es war sehr kalt geworden. Wo vorher schwarze Nässe gewesen war, glitzerte jetzt Eis. Barry ging zur U-Bahn-Station hinunter. Er wollte es bei Maureen versuchen und, wenn es sein mußte, auch bei Iris.

Als er die Chinesische Brücke hinter sich ließ und über die verharschten Schneereste ging, die auf dem Rasen kleine Inseln bildeten, sah er, daß in Carols Haus Licht brannte. Sein Herz machte einen Sprung wie immer, aber es fehlte die Leichtigkeit, und es tat ihm weh. Obwohl er wußte, daß es Carols Haus war, zählte er von der Ecke aus, um ganz sicher zu sein: zwei, vier, sechs, acht ...

Da er die Waffe hatte, fürchtete er sich nicht davor, den finsteren Durchgang zu benutzen. Bevor er den schwarzen Tunnel betrat, der heute abend rutschig war, holte er die Flinte heraus und hielt sie mit beiden Händen, wie Paddy Jones es ihm gezeigt hatte. Aber er begegnete niemandem, und niemand folgte ihm. Er kam am anderen Ende auf die Straße heraus, und von da konnte er das Licht sehen, daß aus ihrem Wohnzimmer in den kleinen Vorgarten fiel. Dann ging das Licht aus. Er wußte aber nicht, ob alle Lichter im Haus gelöscht wurden, das konnte er von hier aus nicht sehen.

Aus Carols Haus kam eine Frau. Im ersten Moment dachte er, es sei Iris, weil sie wie Iris den Mantel über der Brust zusammenraffte und denselben raschen, beinahe huschenden Gang hatte. Im Licht einer Straßenlaterne sah er ihr Haar, die matt glänzenden naturblonden Locken. Es war Carol. Sie trug Mrs. Fylemons synthetischen Pelz und Sandalen mit sehr hohen Absätzen. Manchmal, fiel ihm ein, kam sie mit blaugefrorenen Füßen nach Hause.

Sie sah sich immer wieder hastig und verstohlen um, als fürchte sie sich vor etwas oder glaubte vielleicht, daß ihr jemand folgen könnte. Barry schmeichelte es nicht, daß sie sich vor ihm fürchtete, aber er folgte ihr. Es schien auf der ganzen Welt nichts anderes für ihn zu tun, keine andere Beschäftigung zu geben. Sie schaute zwar ununterbrochen nach links und rechts, aber nie hinter sich. Am oberen Ende des Bevan Square, an der Ecke bei den Läden, lümmelten sich Schwarze Schönheit und Blauhaar lässig auf ihren Motorrädern, als seien die Sättel Barhocker.

Barry hatte die Flinte wieder unter die Jacke geschoben. Zwar hielt er den Kolben umklammert, aber er holte sie nicht heraus. Einer der beiden sagte etwas, ein undeutlich genuscheltes, wahrscheinlich obszönes Wort, das Barry nicht verstand. Carol glaubte, sie sei damit gemeint, drehte sich blitzartig um und schrie ihnen zu, sie sollten sich verpissen. Barry bewunderte ihren Mut. Die beiden Typen kicherten. Carol lief in Richtung Lordship Avenue weiter.

Barry ging langsamer, er wußte nicht recht, was er tun sollte. Vielleicht wollte sie ja auch nur zu Iris. Aber auch sie wurde langsamer, und an der Ecke, an der die Seitengasse zwischen zwei Wohnblocks in die Lordship Avenue mündete, blieb Carol stehen und wartete – oder trat vielmehr auf der Stelle, drehte sich, die Arme über der Brust verschränkt, auf ihren fast bloßen Füßen langsam im Kreis. Es schneite leicht, und der Schnee, der sehr kalt und so fein wie Staub war, stach Barry ins Gesicht und in die Handrücken. Er schob die Hände in die Jackentaschen. Es herrschte beißende Kälte, aber der Himmel hatte die Farbe des Rauchs über einem brennenden Abfallhaufen.

Der Wagen bog von der Lordship Avenue ein. Er bog ein, wendete und hielt an der linken Bordsteinkante. Barry konnte den Fahrer nicht sehen, aber er glaubte, daß es der Wagen war, den er in Terence Wands Garage gesehen hatte.

Die Beifahrertür schwang auf, Carol sprintete über die Straße, stieg hastig ein – tauchte fast hinein, um der grimmigen Kälte zu entkommen –, und die Tür knallte zu.

Als Barry auf die Hauptstraße kam, war der Wagen verschwunden, aber er glaubte zu wissen, wohin er gefahren war. Am Randstein standen ein paar Leute und sahen auf etwas hinunter, das am Fahrbahnrand lag. Eine Frau löste sich aus der Gruppe, ging weiter und hinterließ eine Lücke in der kleinen Ansammlung. Barry sah, daß ein Lieferwagen ein Tier überfahren hatte und der Fahrer mit einem der Umstehenden stritt – mit einem dieser Leute, die immer auf geheimnisvolle Weise wie Pilze aus dem Boden schießen, wenn irgendwo ein Unfall passiert. Das Ding auf der Straße, schwarz, muskulös, glatt, anscheinend unverletzt, aber tot, war der Dobermann des Gemüsehändlers. Barry wurde bei seinem Anblick leicht übel.

Er hatte zwar zu Fuß gehen wollen, aber als er bei der Haltestelle vor dem Pub war, kam gerade ein Bus. Der Lauf seiner Waffe wölbte seine Jacke über der Brust, als habe er ein deformiertes Brustbein. Die Frau, die ihm gegenübersaß, musterte ihn mit starrem Blick. Er schob die Flinte tiefer und hielt sie fest.

Sie waren nicht in der Bar. Er sah es sofort, er brauchte nicht zu fragen. Alkmini servierte, Kostas saß mit ein paar Griechen in mittleren Jahren – ungefähr so alt wie er – an einem Tisch. Dennis Gordon, beinahe stockbetrunken, das dunkle Gesicht aufgedunsen, hing zusammengesunken über der geschwungenen schwarzen Bartheke. Er sah Barry an, und ihre Blicke trafen sich, aber keiner sagte ein Wort. Dann schweiften Gordons Augen ab. Glasig und blutunterlaufen hefteten sie sich wieder, wie schon vorher, auf Kostas' schwarze Wanduhr, deren Zeiger auf fünf vor neun standen.

Barry hatte gerade noch soviel Geld, um sich einen Drink kaufen zu können, doch er gab es nicht aus. Er ging wieder hinaus. In der Java Mew parkte Dennis Gordons silbrig blauer Rolls an derselben Stelle wie vor ein paar Tagen. Barry hörte, daß die Seitentür der Wein-Bar geöffnet wurde und wieder zufiel, aber er sah sich nicht um. Sein Instinkt hatte ihn in die Irre geführt, sie war nicht bei Kostas, und er fragte sich, wo er sie suchen solle.

Wahrscheinlich waren sie ins West End gefahren. Geh nach Hause, sagte die Stimme der Vernunft in ihm. Geh dahin zurück, wo du warst, bevor du ihr begegnet bist. Früher oder später mußt du's sowieso, warum also nicht gleich? Am Scheitelpunkt des Hügels tauchte ein Bus auf, umrundete schwerfällig wie eine Galeone die Kurve, ein roter Doppeldecker, der nach Hornsey fuhr, und am Ende der Straße vorüberkam, in der Barrys Eltern wohnten.

Er ließ den Bus vorüberfahren. Vielleicht waren sie in einem Pub. Vielleicht waren sie im *Java Head*. Barry ging nicht durch die Mews, sondern um den Block und um den Platz herum, den die Lordship Avenue und die drei kleinen kleinen Straßen bildeten, und schaute im Vorübergehen in die geparkten Wagen.

Es war hier dunkel, denn Lampen gab es nur an den Ecken. Die Gegend war für ihn ungefährlich, hier kannte ihn niemand, aber die beiden Jungen, die unter einer Laterne herumlungerten, sahen doch zu sehr nach Wiedehopf aus, waren zu sehr vom gleichen Typ, um Barry ganz kalt zu lassen. Er griff nach seiner Waffe, und das Blut schien ihm plötzlich rascher durch die Adern zu fließen, Kraft durchströmte ihn. Die Jungen sahen ihn nicht einmal an.

Fast hatte er das Pub erreicht, trat eben in das Licht, das aus dem Fenster der Salon-Bar auf die Straße fiel, als er den ersten Schuß hörte. Er hielt seine Waffe noch immer unter dem Jackenfutter im Anschlag und bildete sich einen wahnwitzigen Moment lang ein, er habe geschossen, habe die Flinte abgefeuert. Es folgten eine ganze Serie von Schüssen und ein Schrei, der die kalte Luft zu zerreißen schien. Barry fing an zu rennen. Hinter ihm flog die Tür des Pubs auf, und die Leute drängten heraus. Barry rannte die Straße hinauf und wußte nicht, ob er vor den Schüssen weg- oder ihnen entgegenlief.

Es folgte noch ein einzelner Schuß. Vor sich auf dem Gehsteig entdeckte Barry Dennis Gordon, eine blindlings vor sich hintaumelnde King Kong-Gestalt, eine Silhouette so schwarz wie ein Gorilla. In der Hand, die riesig war wie eine Pranke, hielt er eine Waffe, halb so groß wie Barrys Flinte. Im nächsten Moment schleuderte er sie in einem weiten Bogen von sich.

Barry wußte nicht, woher plötzlich all die Menschen kamen. Die Kälte hatte sie in den Häusern gehalten, aber Blut und Schreie, die Hitze der Gewalt hatten sie herausgelockt. Überall waren Menschen und unbeschreiblicher Lärm.

Er sah das Einschußloch im Kotflügel des Wagens, bevor er erkannte, wessen Wagen es war. Er drängte sich durch die Menschen, stieß sie mit den Ellenbogen beiseite. Die Beifahrertür, die sich vor seinen Augen für Carol geöffnet hatte, stand wieder offen, und kleine Rinnsale von Blut flossen über den Rand des Sitzes und über die Unterkante des Türrahmens.

Auf dem Boden des Wagens sammelte sich sehr viel Blut und bildete schon eine große Lache. Barry hatte sich oft gefragt, was er tun würde, wenn er Carol in den Armen eines anderen – zum Beispiel in Terence Wands Armen – erwischte. Er sah es jetzt und fühlte plötzlich gar nichts mehr, in ihm war nur noch die totale Leere, die mit dem Schock kommt. Unmöglich zu sagen, ob sie sich schon umarmt hatten, bevor der erste Schuß fiel, oder sich im Tod in die Arme gesunken waren. Auf Carols goldenen Babylöckchen war kein Blut. Der Schuß, der sie getötet hatte, war dicht unter ihrem linken Ohrläppchen in den Kopf gedrungen, wo das stockende Blut einen Ohrring bildete, der aussah wie eine Traube aus dunklen Edelsteinen.

Barry wandte sich ab und schob sich mit Hilfe seiner Ellenbogen durch die Menge bis ans Ende der Straße. Wie ein Automat bewegte er sich den Hügel hinauf – oder wie ein Teilnehmer an einem Geher-Wettbewerb. Polizeiwagen mit heulenden Sirenen und ein überflüssiger Krankenwagen rasten an ihm vorbei und bei Rot über die Kreuzung. Der Abend war plötzlich vom Heulen der Sirenen erfüllt. Barry fühlte nichts, aber die ganze Zeit über sah er Carols Gesicht mit dem roten Schmuck unter dem Ohr vor sich, und er bildete sich ein, daß es nach Zitronen roch – wie im Leichenschauhaus. Mechanisch ging er weiter, die Waffe bewegte sich rhythmisch unter seiner Jacke wie ein fünftes Glied.

Auf dem höchsten Punkt des Hügels angekommen, beugte sich Barry über die Brücke und ließ die Flinte über die Brüstung in den Kanal fallen. Sie klatschte auf, versank, und das aufgewühlte Wasser begann immer weitere Kreise zu ziehen. Es hatte sich noch nicht beruhigt, als Barry in den Bus nach Hornsey stieg.

24

Das Taxi setzte ihn in Golders Green ab. Das war weit genug entfernt, von hier konnte er die U-Bahn nehmen. Er fühlte sich merkwürdig sorglos und beschwingt. Auch körperlich fühlte er sich leicht. Er hatte sich gewogen, bevor er aufbrach, und festgestellt, daß er seit Weihnachten elf Pfund abgenommen hatte. Er hatte seine Vergangenheit abgelegt, und mit ihr schienen auch seine Schwierigkeiten zurückgeblieben zu sein. Er war so entspannt, daß er sich auf dem Bahnhof eine Zeitung kaufte, damit er im Zug etwas zu lesen hatte.

Auf der Treppe zum Bahnsteig warf er einen Blick auf die Schlagzeile der ersten Seite. Warf einen Blick darauf, blieb stehen, las. Der Schock war so groß, daß sich sein Inneres zusammenkrampfte. Wenn er Carol gestern nachmittag nicht angerufen und gesagt hätte, er schaffe es nicht, sich mit ihr zu treffen, dann hätte vielleicht er mit ihr in dem Wagen gesessen, den die Zeitung das ‹Todesauto› nannte. Hätten seine Nerven ihm nicht gesagt, er könne diese letzte Nacht in Spring Close nur überstehen, wenn er allein blieb und sich mit einer Mischung aus Tranquilizern, Alkohol und Beruhigungsmitteln betäubte – dann hätte er es sein können. Sie hätten bestimmt einen Teil des Abends in der Wein-Bar verbracht, man konnte nicht mit Carol ausgehen, ohne dort zu landen. Den Namen des ermordeten Mannes erfaßte er kaum. Edward Greenwood. Keine Ahnung, wer das war. Seine Hand zitterte so stark, daß ein Schloß seines braunen Handkoffers aufsprang.

An Carol dachte er erst viel später. Arme alte Carol. Angenommen, er wäre gestern abend mit ihr ausgegangen, wie sie es ursprünglich geplant hatten? Auch wenn er nicht erschossen worden wäre, wäre er zweifellos in die unangenehme Auseinandersetzung mit dem eifersüchtigen Typen verwickelt worden, mit dem sie mit Unterbrechungen zusammen zu leben schien. Vielleicht war es der, mit dem er gestern telefoniert hatte. Bestimmt wäre dann die ganze Sache mit Fredas Haus herausgekommen und seine Flucht mit dem Geld ins Wasser gefallen. Terence kam zu dem Schluß, daß er einen Schutzengel haben mußte.

Er stieg in Euston aus und ging in das kleine Hotel, wo er für die Nacht ein Zimmer bestellt hatte, um sich am Nachmittag und am Abend darin aufhalten zu können. Dort zählte er sein Geld. Ungefähr zweitausend Fünfzig-Pfund-Noten hätten nicht so viel Platz gebraucht, aber in der Bank hatten sie nicht so viele Fünfziger gehabt und ihm wenigstens die Hälfte des Geldes in Zwanzigern und Zehnern ausbezahlt. Tatsächlich war der Koffer kaum groß genug für die vielen Scheine. Deshalb sprangen immer wieder die Bügel auf, die die Schlösser sicherten.

Er traute sich nicht, das Geld im Hotelzimmer zu lassen, nahm den Koffer mit und ging in die Tottenham Court Road. In einem Laden, der Lederwaren und Souvenirs verkaufte, erstand er einen festen Gurt, den er dem Koffer umbinden konnte, und dann, als er das Geschäft schon verlassen wollte, eine Falttasche aus Nylon.

Wieder im Hotel, überraschte er sich selbst mit dem Übermaß an ängstlicher Sorgfalt, das ihm beim Packen von Koffer und Tasche unerläßlich schien. Am wichtigsten war natürlich, das Geld sicher zu verstauen. Er hatte gepackt, umgepackt und immer wieder umgepackt, als er das ganze Geld schließlich in der Nylontasche und die wenigen Kleider samt seinen Toilettensachen im Koffer unterbrachte. Dann fiel ihm ein, daß wahrscheinlich nur ein Stück Handgepäck erlaubt war. Also nur die Nylontasche. Es war eine jener Taschen, die einen um drei Seiten laufenden Reißverschluß hatten, so daß man sie offen ganz ausbreiten und in ein eigenes integriertes Täschchen zu Taschentuchgröße zusammenfalten konnte. Sie wog praktisch nichts und war viel geräumiger, als er ursprünglich angenommen hatte.

Als er die beiden Gepäckstücke wieder auspackte, fühlte er, daß seine Nerven wieder verrückt zu spielen begannen. Carol, dachte er, Carol, und bemühte sich, Trauer zu empfinden, konnte aber nur an Spring Close 5 und den Möbelwagen der Goldschmidts denken und an die Goldschmidts selbst, die ein Haus voller Möbel und in der Garage den Wagen vorfanden. Das war wohl inzwischen geschehen. Was würden sie tun? Zu Steiner & Wildwood gehen und sich von Sawyer die Nachsendeadresse von Mr. Phipps geben lassen. Sie lautete: per Adresse Wand, Brownswood Common Lane, Tottenham. Terence wußte jedoch, daß seine Mutter den ganzen Tag nicht zu Hause sein würde. Am Dienstag besuchte sie immer ihre Schwester in Palmers Green.

Aber selbst wenn die Goldschmidts in diesem Moment versuchen sollten, ihn aufzuspüren, damit er seine Möbel abtransportieren ließ, würden sie noch lange nicht vermuten, daß ihm das Haus überhaupt nicht gehört hatte. Diese Tatsache und ihre unabwendbaren Folgen würden ihnen vermutlich frühestens in einer Woche oder noch später klar werden. Dennoch saß er, während er die Tasche packte und wieder umpackte, wie auf glühenden Kohlen und beobachtete die Zeiger, die langsam auf halb acht zukrochen. Er fühlte ungeheure Erleichterung, als er endlich, die Nylontasche auf den Knien und einer Fahrkarte nach Heathrow Central in der Tasche in der Untergrundbahn saß.

Detective Inspector Tony Leatham hatte eine schicke Reisetasche – kein Leder, aber so gut wie – aus dunkel cremefarbenem synthetischen Schweinsleder. Es war ihm gelungen, zwei Nächte in Melbourne herauszuschlagen. Monty Driscoll war inzwischen drei Monate dort, also würden ihm zwei Tage mehr auch nicht schaden, während er selbst auf Grund des kurzen Aufenthalts von vierundzwanzig Stunden sehr unter den Folgen des Jet lag – der Zeitverschiebung – gelitten hätte. Was er sich eigentlich unter dem «Jet lag» vorzustellen hatte, wußte er nicht. Seine bisher weiteste Auslandsreise hatte ihn an die Costa del Sol geführt.

Er war fest entschlossen, die Reise zu genießen. Keine Untergrundbahn für ihn. Sie stellten ihm einen Wagen zur Verfügung, der ihn direkt zu Terminal drei brachte. Wie alle ungeübten Reisenden, kam Leatham viel zu früh und checkte als einer der ersten für den Quantas-Flug ein, der um 21 Uhr 45 startete. Er trank eine Tasse Kaffee und kaufte sich ein Taschenbuch. Nicht *Die vertrackte Ehe,* die man jetzt in allen Schaufenstern sah. Er glaubte nicht, daß der Roman seinem Geschmack entsprach, sondern eher eine neue Sammlung von Horrorgeschichten. Weil es dann anscheinend nichts mehr für ihn zu tun gab, zeigte er seinen Paß vor und betrat den Flugsteig, von dem es, hatte man ihn einmal passiert, kein Zurück mehr gab.

Das Mädchen war sein Typ. Es hatte ein kleines, rundes Gesicht und blonde Löckchen, die allerdings nicht Natur, sondern dauergewellt waren. Sie stand vor einem Berg aus Koffern und Taschen. Er konnte sich nicht vorstellen, wie sie das Zeug allein – denn das kleine Kind, das sie bei sich hatte, war bestimmt eher Belastung als Hilfe gewesen – in den Zug gewuchtet hatte. Sie trug Jeans und eine braune Pelzjacke, Kaninchen vermutlich, und zuerst dachte er, daß sie einen gewaltigen Busen haben mußte, unnatürlich groß für ein so zartes Ding. Erst als er sich schon ein paar Minuten mit ihr unterhalten hatte – oder sie sich mit ihm, sie hatte sich seiner bemächtigt, so schnell es nur ging – und sie ihm sagte, sie heiße Jane, merkte er, daß sie ein Baby in einer Art Brustbeutel trug. Sie beugte sich vor, und er sah den winzigen, fast kahlen

Kopf, wo er die Vertiefung zwischen ihren Brüsten zu sehen erwartet hatte.

Zwei Kinder und diese Unmenge Gepäck. Terence wollte sich auf nichts einlassen, aber es war zu spät. Sie hatte schon das Schild gesehen, das am Griff von Jessicas Koffer hing, und auf dem Singapur und der Name des Hotels standen, in dem er wohnen würde. Er sah ihren Augen an, wie erleichtert sie war, daß sie für die nächsten vierundzwanzig Stunden einen Begleiter und Dienstmann gefunden hatte. Es würde ihn ablenken und hatte deshalb etwas für sich. Wenn er sich mit ihr unterhielt, würde er nicht ständig an die Goldschmidts denken. Und wenn sie nach Singapur kamen ...

«Bill muß bis April in Penang bleiben», sagte sie, «aber er hat mir eine *ayah* besorgt.»

Terence vermutete, daß sie damit eine Kinderfrau meinte. Er dachte, er könnte es schlechter treffen, als einen oder zwei Tage ihre Gesellschaft zu genießen, falls ihm das vom Schicksal vergönnt sein sollte. Das ältere Kind, geschlechtslos in einem Velouroverall und mit Kurzhaarschnitt, hieß Miranda. Es kletterte Terence auf den Schoß und begann mit dem Reißverschluß seiner Nylontasche zu spielen. Terence hoffte, daß die *ayah* auf dem Flugplatz wartete, am besten schon auf der Rollbahn.

Er schleppte drei Koffer und schob einen vor sich her, der kleine Räder hatte. Seine eigene Tasche hing an seinem Handgelenk. Jane trug das Baby und zwei weitere Koffer, während Miranda quengelnd am Saum ihrer Jacke hing. An den Abfertigungstischen lungerte keine Polizei herum, wie Terence heimlich befürchtet hatte. Die Erleichterung darüber, die Koffer endlich los zu sein, wurde von der Angst vor der Gepäckkontrolle abgelöst. Er dachte, jetzt sei alles aus, als sie sagten, er solle die Nylontasche aufmachen und sie dann selbst aufmachten, so daß der halbe Inhalt herausfiel. Aber niemand sagte etwas. Sie drehten die Banknotenbündel genauso uninteressiert um wie vorhin die Packung mit den Papierwindeln in Janes Koffer. Jane sah zwar das Geld an, wie er merkte, aber sie sagte nichts.

Sie gingen alle in den Laden mit den zollfreien Waren, und Jane kaufte Parfüm. Terence kaufte nichts. Noch eine Stunde, und er brauchte keinen Whisky mehr. Geschmeckt hatte er ihm ohnehin nie. Sie tranken Kaffee und Miranda aß eine Packung Knusperflokken, und während sie sich noch überlegten, ob sie ein Sandwich bestellen oder warten sollten, bis im Flugzeug etwas serviert wurde, verkündete Quantas, daß die Passagiere des Fluges QF 2 nach Bahrein, Singapur und Sydney an Bord gehen konnten. Es war erst der erste Aufruf, sie hatten noch viel Zeit.

Jane sagte, sie solle vielleicht auf die Toilette oder in den Wickelraum gehen, wenn es einen gebe, und dem Baby die Windeln wechseln. Vielleicht hatte sie später stundenlang keine Gelegenheit mehr, es zu tun. Schließlich wußte jeder, daß man im Flugzeug immer Schlange stehen mußte. Terence dachte, sie werde Miranda mitnehmen, aber sie ließ sie bei ihm zurück, und kaum war ihre Mutter außer Sicht, warf Miranda eine fast volle Kaffeetasse um. Der Kaffee ergoß sich über seine Nylontasche. Er riß den Reißverschluß auf, weil der Kaffe durch den Stoff sickerte, und im selben Moment sprang ihn Miranda – vielleicht reumütig zerknirscht oder auch nur erschrocken – an und umklammerte seinen Hals.

Die Passagiere an den Nebentischen standen jetzt allmählich auf und gingen einzeln oder in kleinen Gruppen zur Tür. Er beschloß, ebenfalls zu gehen, und zum Teufel mit Jane, ihren Gören, ihren Koffern und ihrer *ayah*. Er bemühte sich, auf die Beine zu kommen, aber Miranda hielt ihn noch immer fest, und als er versuchte, sich von ihr zu befreien, sah er plötzlich Inspector Leathams Gesicht vor sich. Sie erkannten sich gegenseitig, und zwar sofort. Terence wurde von derselben Übelkeit, derselben Schwäche und demselben Schwindelgefühl befallen wir damals, als Leatham zu ihm nach Spring Close gekommen war.

Leatham hatte an einem drei oder vier Meter entfernten Tisch gesessen. Er stand auf, kam langsam auf Terence zu, sah zuerst ihn und dann Miranda an und sagte:

«Jason Stratford, wie ich vermute?»

Terence hörte die Worte, doch sie waren für ihn nichts anderes als unverständliche Laute – Laute einer ihm fremden Sprache. Seine Nerven versagten, gaben nach wie eine zu stark und zu lange angespannte Feder. Er stieß einen leisen, unartikulierten Schrei aus, stieß Miranda von sich, packte die offene Tasche und rannte. Die Tasche stülpte sich nach außen und verstreute ihren Inhalt, der Terence' Fluchtweg markierte wie bei einer Schnitzeljagd: Rasierapparat, Zeitung, Unterwäsche, Zahncreme, Tranquilizer und 132000 Pfund ...

25

Sie brachten das Buch zurück. Mit Jay an der Hand, betrat Benet an einem Vormittag im März die Winterside Bibliothek, reichte das Buch durch den Schalter und versuchte zu erklären, wieso sie es hatte. Obwohl kein Mitglied, habe sie sich vor ein paar Monaten zufällig in der Bibliothek aufgehalten, und ihr kleiner Junge habe das Buch mitgenommen. Versehentlich …

Das Tierbilderbuch war groß und grellbunt und kaum zu übersehen. Doch die Bibliothekarin schien froh, ein fehlendes Buch zurückzubekommen und akzeptierte jede Erklärung. Benet hätte es auch mit der Post schicken können. Sie hatte sich jedoch gezwungen, in diese Ecke von Tottenham zu fahren, durch die Lordship Avenue und Winterside zu gehen, weil sie das Gefühl hatte, wenn sie jetzt nicht den Mut dazu aufbrachte, würde sie es nie tun, würde sie die Gegend immer meiden und die längsten Umwege auf sich nehmen, wenn es erforderlich war, diesen Teil von London zu durchqueren. Das Buch war auch nur ein Vorwand, um einen schmerzlichen, aber dennoch befreienden Blick auf die Umgebung zu werfen, in der Edward gestorben war und Carol Stratford mit ihm.

Wie bei ihrem ersten Besuch hatte sie den Wagen in der Winterside Road geparkt. Es war ein funkelnder, eiskalter Tag. Die Narzissen waren schon draußen, aber man sah noch keine einzige Blattknospe, und in der Luft spürte man nicht einmal einen Hauch von Frühling. Jay wuchs aus seinem Dufflecoat heraus. Er brauchte möglicherweise einen neuen, bevor es warm wurde. Sie gurtete ihn in seinem Sitz an und fuhr zur Tankstelle von Tom Woodhouse, weil sie Benzin brauchte.

Ein junges Mädchen bediente sie. Benet ging mit ihr ins Büro, um mit ihrer Kreditkarte zu bezahlen. Tom Woodhouse saß an einem Schreibtisch und telefonierte. Sie betrachtete ihn und wußte nicht so recht, ob sie sich zu erkennen geben sollte, sobald er auflegte. Oder ließ sie es besser sein? Auf einmal faßte sie ihn schärfer ins Auge. Ein merkwürdiges Gefühl, eine Mischung aus Erstaunen und äußerster Verlegenheit, überkam sie. Es war fast wie das unerwartete und unwillkommene Wiedersehen mit einem alten Liebhaber. Aber natürlich war Tom Woodhouse nie ihr Liebhaber gewesen. Der ihre nicht, aber der von Carol Stratford, da gab es nicht den geringsten Zweifel.

Die Ähnlichkeit war so unheimlich, daß es ihr kalt den Rücken hinunterrieselte. Der Mann am Telefon hatte eine hohe Stirn, meerblaue Augen, eine Hakennase und ein langes Kinn. Seine dichten blonden Brauen wölbten sich über den Augen, und sein Haar war von heller Sandfarbe. Als sie Jay das erste Mal gesehen hatte, hatte er sie sehr stark an jemanden erinnert, sie hatte jedoch nicht gewußt, an wen. Mechanisch unterschrieb sie den Bon. Tom Woodhouse sagte «auf Wiedersehen» ins Telefon, legte auf, schrieb etwas auf einen Block und hob langsam den Kopf.

Benet nahm mit abgewandtem Gesicht die Quittung entgegen und verließ schnell den Raum. Die Bekanntschaft mit dem Mann zu erneuern, der zweifellos Jays Vater war, war wirklich das letzte, was sie wollte.

Sie hatte Ian seit einer Woche nicht mehr gesehen, und seine Abreise nach Kanada stand in vierzehn Tagen bevor. Er kam um sieben, gleich nachdem Jay ins Bett gegangen war.

«Ich komme nicht mit dir», sagte sie, sich aus seiner Umarmung lösend. «Aber das weißt du, hast es schon erraten, nicht wahr?»

Auf seinem Gesicht lastete dieselbe tiefe Traurigkeit wie an dem Tag, an dem sie ihm gesagt hatte, sie sei gar nicht auf den Gedanken gekommen, ihm zu sagen, daß sie nach Spanien fahre, daß sie es schlichtweg vergessen hatte. Als sie drei Tage bei Mopsa und ihrem Vater gewesen war, hatte sie von Edwards Tod erfahren, und erst dann hatte sie sich erinnert, daß sie Ian anrufen mußte. Trotzdem war es kein Mangel an Liebe gewesen, aber Angst ist nun einmal stärker als alle anderen Gefühle.

«Ich weiß, daß du nicht mitkommst», sagte er, «aber ich weiß nicht, warum.»

Sie mußte ihn jetzt belügen, um in Zukunft nicht mehr lügen zu müssen. Und eine gemeinsame Zukunft ohne Lügen wäre für sie unmöglich, da er nie stillschweigend dulden würde, was sie getan hatte. Ebenso undenkbar war andererseits eine Zukunft, in der sie ihm ein Märchen ums andere, eine Lüge nach der anderen auftischen mußte, um ihm Jays Anwesenheit, seinen legalen Status als ihr Sohn plausibel zu machen. Selbst wenn er ihr glaubte, würde all das ihre Beziehung zerstören – und ihrer Meinung nach würde er ihr nicht lange glauben.

Ein anderer Mann – falls es je einen geben sollte – würde nichts über ihre Vergangenheit wissen und sich mit ein paar erklärenden

Worten zufriedengeben. Aber Ian war der einzige Mensch, der wußte, daß Jay nicht der James Archdale sein konnte, als den sein Paß ihn auswies, der einzige, der James noch gekannt hatte und wußte, daß er tot war. Sie hatte also ihre Wahl treffen müssen, und sie hatte sie getroffen. Ian oder Jay – sie hatte sich entschieden. Und als erstes mußte sie zu ihrer Lüge greifen, um dieser Entscheidung das nötige Gewicht zu verleihen.

«Tut mir leid, Ian. Ich liebe dich einfach nicht genug, um dir durch die halbe Welt zu folgen. Ich habe gedacht, ich liebte dich, und ich tu's ja auch, aber nicht genug.»

Er wollte es nicht akzeptieren. «Versuchen wir's doch mit einer Trennung von sechs Monaten. Bis dahin bist du dir über deine Gefühle bestimmt im klaren.»

«Ich werde genauso empfinden wie heute.»

Sie wußte, daß sie ihn nach diesem Abend nie wiedersehen würde. «Ich werde deine Bücher kaufen», sagte er. «Wenn ich dir schon nichts anderes sein kann, will ich dein treuer Leser bleiben.»

Als er gegangen war, weinte sie. Sie schenkte sich einen Drink ein, setzte sich in ihr Arbeitszimmer und tröstete sich mit der traurigen Gewißheit, daß das letzte Hindernis aus dem Weg geräumt war. Sie selbst hatte es so gewollt, sie selbst hatte ihr Leben in diese Bahnen gelenkt. Ein eiskalter Trost in einem einsamen mitternächtlichen Haus.

Jay wachte auf und wollte ein Glas Wasser. Am besten, ich gehe auch ins Bett und komme nicht wieder herunter, dachte sie. Sie setzte ihn auf ihren Schoß und gab ihm eine Tasse Wasser. Er trank und ließ sich dann bereitwillig in sein Bett zurückbringen. Die Augen fielen ihm zu, bevor sie ihn zugedeckt hatte. Ein bißchen bedauernd und mit viel Hoffnung sah sie ihn an. Ein paar Worte, die Edward gesagt hatte, fielen ihr ein.

«Nun, Jay», sagte sie, «es sieht ganz so aus, als wären wir im Geschäft.»